Gente que viene y bah

Bestseller

Laura Norton

Gente que viene y bah

ESPASA

El papel utilizado para la impresión de este libro está calificado como **papel ecológico** y procede de bosques gestionados de manera **sostenible**.

Avinguda Diagonal, 662, 6.ª planta. 08034 Barcelona (España)
www.espasa.com
www.planetadelibros.com

Adaptación de la cubierta: Booket / Área Editorial Grupo Planeta
Ilustración de la cubierta: © Olga Korneeva y Tomacco / Getty Images
Primera edición en Colección Booket: junio de 2019
Segunda impresión: septiembre de 2019

Depósito legal: B. 9.261-2019
ISBN: 978-84-670-5632-7
Composición: Realización Planeta
Impresión y encuadernación: CPI (Barcelona)
Printed in Spain - Impreso en España

Biografía

Laura Norton, gracias al buen karma, ha conseguido convertir la escritura en su modo de vida. El éxito de *No culpes al karma de lo que te pasa por gilipollas*, *Gente que viene y bah* y *Ante todo, mucho karma* es un sueño hecho realidad que se ha visto refrendado por la adaptación al cine de sus dos primeras novelas.

@LauraNorton2014

LauraNorton

A mis padres

La chica del telediario

Creo que tomé conciencia de que todo era real, de que estaba ocurriendo y de que me estaba ocurriendo a mí cuando mi hermana Débora entró en la cocina de la casa de mis padres y dijo lo que dijo. En algún momento tenía que pasar. Mucho más pronto de lo que hubiera deseado, pero lo malo siempre llega antes de lo que quieres, porque no querrías que llegara nunca. Ya de nada valía disimular, ni esconderse. Era un hecho.

—Acabo de ver a Víctor en la tele. ¿Puede ser? O se le parecía mucho, y se llamaba Víctor también, y decían que era arquitecto.

—Sí, va a ser Víctor entonces —dije yo.

—Estaba con...

Se calló antes de decir su nombre, temiendo mi reacción. No quería hacerme daño. Mi madre y mi hermana Irene la miraron como animándola a que acabara la frase. Pero Débora no se atrevía. Así que la acabé por ella. Y lo hice de manera tranquila, o más bien resignada, como si no fuera conmigo. Como si yo ya estuviera por encima del bien y del mal.

—Con la presentadora del telediario de las tres. Sí.

—Estaba en un yate.

—¿En un yate?

—Gigante.

—Qué hijo de puta —aullé.

—¿Pero... cómo ha pasado? ¿Por eso has cancelado la boda?

Yo ya había vivido otras rupturas. Y tenía cierta capacidad para hacer borrón y cuenta nueva. A rey muerto, rey puesto. Muerto el perro, se acabó la rabia. A río revuelto, ganancia de pescadores. Vale, ese último refrán no viene al caso, pero siempre me ha gustado mucho más que el de «Al que buen árbol se arrima buena sombra le cobija». Sobre todo ahora que el árbol Víctor, al que me había arrimado los últimos cinco años, y que tan buenas sombras y momentos me había dado, estaba a punto de caer sobre mí, retransmitido por todas las cadenas y como en cámara lenta, para aplastarme del todo. Y no iba a poder hacer como si nada. Ni librarme tan fácilmente. Yo aún no lo sabía, pero es muy difícil pasar página cuando todos los días en la tele, en internet, en las revistas del corazón, retransmiten paso a paso y con todo lujo de detalles la historia de amor incipiente entre un joven y apuesto arquitecto de moda y la presentadora de telediario más guapa y fabulosa después de Sara Carbonero y Letizia Ortiz. Y simpatiquísima, y qué sonrisa, la desgraciada.

De pronto me sentía hermanada a Jennifer Aniston. Lo que tuvo que sufrir cuando Brad Pitt empezó su relación con la otra. Fíjate que me llegué a sentir tan identificada con ella que para mí Angelina pasó de tener nombre a no tenerlo y convertirse en la otra. Imaginaba a Jennifer todos aquellos días intentando poner buena cara cada vez que alguien le preguntaba o cada vez que encendía la tele y los veía allí, tan guapos, tan perfectos, tan... ¡¡¡hijos de puta!!! Y a ver dónde te escondes, que no hay lugar en la tierra donde no hayan puesto un capítulo de *Friends* o no hayan visto *Thelma y Louise*. Al menos yo tenía donde esconderme. Podía hacer las maletas y refugiarme en algún lugar donde no hubiera tele, donde no hubiera wifi, donde no compraran revistas del corazón. Y ese lugar era la casa de mis padres en Cantabria. Pronto descubriría que se habían comprado una enorme pantalla plana y que mi hermano pequeño tenía conexión de cien megas a internet.

Víctor y yo habíamos elaborado nuestro *top five*, una lista de cinco famosos y famosas, que, llegado el caso, nos podríamos tirar sin que a ninguno de los dos nos molestase. Es más, si surgía por algún caso remoto la más mínima posibilidad de conocerlos, nuestra obligación moral sería intentar acabar en la cama con ellos. Así de modernos nos creíamos. Así de gilipollas éramos. Por supuesto, la lista era del todo imposible, tres actores de Hollywood, un modelo y un deportista en mi caso. En el suyo, dos actrices, dos modelos y una presentadora del telediario.

Víctor conoció a la presentadora del telediario. Víctor se lio con la presentadora del telediario. Víctor me dejó a menos de dos meses de casarme con él por la presentadora del telediario.

En realidad no es del todo cierto, o no estoy siendo del todo precisa. Fue algo más complicado. Y él podría tener otra versión, y hasta podría decir que fui yo quien le lancé a los brazos de ella, y que, en última instancia, fui yo quien rompí con él. Y no estaría mintiendo.

Tengo que ordenar los hechos. O contarlos de manera cronológica.

Víctor y yo vivíamos juntos desde hacía tres años, y también trabajábamos juntos en el mismo estudio de arquitectura. Él tenía una capacidad innata para caer bien a todo el mundo, sobre todo a los clientes. Eso fue algo que mis jefes descubrieron enseguida y pronto estuvo sentado con ellos en la mesa para vender los proyectos y tratar de convencer a los clientes de las propuestas más inverosímiles. A Víctor esa capacidad le venía de lejos, cuando su padre, viajante de productos de cosmética, lo llevaba en vacaciones a trabajar con él. Ahí adquirió una capacidad de seducción y de persuasión que ha utilizado en todos los ámbitos de su vida. Su padre quería que fuera abogado, porque creía que con su oratoria y su habilidad argumentativa podría salvar de la cárcel hasta al criminal más abyecto y luego quedar con la jueza a cenar y acabar con ella en la cama. Yo no soy así. Tal vez tenga otras virtudes, pero caer bien de buenas a primeras y convencer a los clientes o a los amigos no es una de ellas. Mis hermanas dicen que tengo un carácter endiablado y que echo espumarajos por la boca a la mínima de cambio. Exageran. Creo. Me altero fácil, puede ser, desconfío de la gente, mucho, las injusticias me enervan, sí, tiendo a ver las cosas más negras de lo que son, tal vez, y puede que tenga cierta incapacidad social y no aguante mucho las tonterías, pues... vale. Mi hermana Irene opina que si hubiera nacido ahora, donde todo se diagnostica y a todo le ponen un nombre, a mí me habrían endiñado un síndrome de Asperger como una catedral. O algo peor. Mentira, porque yo siento y padezco y me emociono como la que más. Y para nada soy una inadaptada, y sé relacionarme. Pero me cuesta así de sopetón. Y no me gusta conocer gente nueva al tuntún, porque a mí la gente me suele parecer bastante decepcionante. No es que exija mucho, es que me lo sé. No soy miss simpatía, lo admito. Pero no todas podemos servir para presentar un concurso de la tele o un telediario.

A lo que iba. Yo no me vendo muy bien en el trabajo, por eso formaba tan buen equipo con Víctor. Y quizá por eso nunca me importaba que en algunos proyectos, en los que yo había trabajado tanto o más que él, mi nombre ni apareciera. Si con eso me libraba de aguantar a los clientes, yo feliz. Además, no tengo un ego desmedido, no necesito firmar proyectos colectivos, y menos ahora que aún estoy empezando. Bastante feliz estaba con haber conseguido trabajo de lo mío y no haber tenido que emigrar.

Hacíamos tan buen equipo que cada vez nos buscaban con más frecuencia para que nos uniéramos a todo tipo de proyectos del estudio. Muchos solo se quedaban en eso, en proyectos, porque atravesábamos un momento delicado, de hecho los rumores de recorte de personal cada día eran más frecuentes, y aparte de las pocas obras a particulares que realizábamos, el estudio se presentaba a todos los concursos que surgían, que si una estación de autobuses en Soria, que si un aeropuerto en Chicago, que si la remodelación de un ala del Museo Contemporáneo de Santiago de Chile. Los dos últimos años habían sido una locura y un estrés. Yo no sé ni cuántos trabajos distintos compatibilizábamos. Y casi nunca servían para nada, porque ganar cualquiera de esos concursos era prácticamente imposible. Por lo tanto eran días y semanas echadas a la basura. Muy frustrante. Y lo peor era que apenas nos quedaban horas al día para otra cosa que no fuera el Autocad o la documentación exhaustiva sobre todo tipo de materiales, de estructuras, de otras obras... Yo empezaba a gastarme el mísero sueldo que nos pagaban en champús anticaída, porque era pasarme la mano por la cabeza y acabar con cientos de pelos entre los dedos. A ese paso me iban a conocer como la arquitecta calva, que como título de obra de teatro bien, pero para la vida real como que no.

Hubo un proyecto en especial en el que nos dejamos los ojos, la paciencia y hasta la salud. Era un concurso para la reconstrucción del Museo de las Ciencias de Estocolmo. Participaban cinco de los estudios más prestigiosos de Europa y otros más de andar por casa, entre esos otros estábamos nosotros. Contra todo pronóstico, lo ganamos. Mi nombre, una vez más, tampoco aparecía. Y reconozco que esta vez sí sentí un pinchacito de rabia. Pero me duró poco, porque lo importante había sido ganarlo, así que tampoco iba a darle mayor importancia.

Los jefes estaban pletóricos, felices, y quisieron celebrarlo por todo lo alto. Y planificaron una fiesta para cuando vinieran los de Estocolmo a España. Después de años malviviendo con proyectos de poca monta, o aspirando y dejándonos la piel en concursos megalómanos, por fin rozábamos un pedacito de cielo. Y por eso querían celebrarlo a lo grande. Iba a ser una fiesta sonada.

Y tanto que lo fue.

Víctor, no sé si imbuido de ese espíritu festivo y de optimismo generalizado, o porque realmente llevaba tiempo esperando el momento perfecto, una noche me pidió matrimonio. Con anillo y todo.

Me desarmó por completo.

Yo no tenía especial ilusión por casarme. Nunca había estado entre mis prioridades, ni de pequeña había sido la típica niña que soñaba con vestir de blanco, ni tenía planeada la ceremonia, ni quiénes serían las damas de honor, ni nada de nada. Pero no sé qué ocurrió cuando me lo pidió. Juro que no lo sé. El caso fue que me hizo una ilusión loca. Tanta que hasta yo misma me sorprendí. Debe de ser que estoy en esa maldita edad en que muchas de mis amigas o compañeras de trabajo habían decidido pasar por el altar o que tantas películas y novelas románticas acaban por colarse en el inconsciente, no sé, pero yo, que me creía ajena a todo eso, ante su propuesta primero intenté una mueca cínica, como de estar por encima de todo, pero enseguida empecé a sentir un bulle bulle interior, una felicidad que se apoderaba de mí, y en cero coma cero me vi dando saltos de alegría y gritando, gracias, Dios mío, gracias, no me voy a quedar soltera, no soy una fracasada, ni un desecho humano, ni un orco de la Tierra Media, me quiere, Dios mío, me quiere, gracias, gracias, gracias. Chúpate esa, hermana, tú que decías que a mí nadie me iba a aguantar. Y mira con quién me caso. ¡¡¡Míralo!!!

Menos mal que todo eso lo sentí, pero no lo expresé. O no de esa manera. Aunque mi reacción debió de ser de todo menos comedida.

Y ojalá lo hubiera sido.

Entre otras cosas, porque creo que dejé desconcertado a Víctor. Que con tanto grito ya no sabía si ponerme el anillo en el dedo, si bajar al chino a por una botella de champán, si prepararme una tila... Y yo que sí, pónmelo, pónmelo, que se van a quedar todas muertas, qué bonito, tú pónmelo, ay, la madre que te parió, si es que es precioso, ay, espera que llamo por teléfono a Chavela, ay, que cuelgo una foto en el Instagram, y en Facebook, y... ay... Y al chino bajamos ahora y compramos una botella de champán o cinco y le muestro a Chin Lu, Rosa, para todo el barrio, el anillo. ¡Ay, qué ilusión, que me caso! ¡Me caso! ¡¡¡Me caso!!!

Qué bochorno, Dios.

Sobre todo por lo que vino luego, claro.

Decidimos hacer una boda discreta. No más de cien invitados. Todo lo que pasara de ahí sería una ordinariez: invitamos a doscientos quince.

Tampoco me iba a gastar una fortuna que no tenía en el vestido. Todo lo que pasara de ochocientos euros era un disparate: dos mil ochocientos cincuenta y tres. Ni los tres euros me rebajaron. Pensé hasta en pedir un crédito para pagarlo. O un *crowdfunding*.

Ah, y yo no iba a ser la típica petarda que presume de anillo, que presume de novio, que presume de boda: sufrí una luxación en el brazo de tanto extenderlo para enseñar el anillo de manera casual y sutil.

Si en el estudio los compañeros y sobre todo las compañeras solían ignorarme, yo creo que desde el anuncio de la boda me odiaron.

Y llegó el día en que vinieron los de Estocolmo. El día de la celebración. Mis jefes habían alquilado tres plantas del Casino de la calle Alcalá. Incluida la terraza con vistas al centro majestuoso de Madrid. Moët & Chandon, barra libre y un *catering* de lujo. Cientos de invitados. Y hasta varios famosos de la tele. A alguno que otro le habíamos hecho algún proyecto que nunca compraron y acabaron, ¿cómo no?, yendo al estudio de Joaquín Torres, pero, oye, no tuvieron ningún reparo en acudir a la fiesta.

Y en medio de la multitud la vi. A ella. A la presentadora del telediario. A la que formaba parte de la lista de las cinco famosas permitidas para una canita al aire de mi futuro marido. Y como era mi futuro marido y yo me creía tan segura, tan estupenda y tan moderna, a pesar de la boda tradicional que había organizado, me faltó tiempo, para decirle a Víctor que la presentadora estaba en la fiesta. Y que si quería montar la despedida de soltero antes de tiempo, que por mí no había ningún problema. En mi descargo tengo que decir que me había bebido ya como tres botellas de Moët y que el exceso de burbujas y de alcohol estaba hablando por mí. Sobria no se me hubiera ocurrido. Menos mal que Víctor, más sereno, más entero y más cabal, me mandó a la mierda.

—Deja de decir tonterías.

—Estaba en tu lista. Tenemos una obligación moral. Yo si aparece ahora mismo el actor de *Cincuenta sombras de Grey* por esa puerta ni me lo pienso. Me lanzo a sus pantalones. Ay, omá...

Miré hacia la puerta e hice una pausa dramática, como esperando el milagro de que el actor de la película entrara. No entró. Lástima.

—Qué mal te sienta el champán, Bea. De verdad.

—¿Quieres que te la presente?

—Quiero que te des un poquito de agua en la cara, a ver si te refrescas.

—Te vas a casar con la mujer más maravillosa y comprensiva del mundo y así la tratas. Arisco. Soso. Cobardica.

Víctor me calló con un beso. Y me quitó la copa. Aparte de su labia y su capacidad argumentativa, era un hombre de acción. Y siempre había sabido cómo callarme.

—Cómete un par de croquetas antes de tomarte la siguiente botella de champán.

Me comí varias croquetas, me bebí varias copas más de champán, hablé con unos y con otros, no parecía ni yo de lo integrada que me sentía. No hay nada como un anillo en el dedo y litros de Moët en el estómago para convertir a una mujer de carácter en el alma de la fiesta. Víctor de vez en cuando controlaba que aún estuviera de pie y que no me diera por mear en alguno de los jarrones enormes de la terraza cual borracha inglesa en Magaluf. Precaución exagerada por su parte, porque yo cuando tenía la vejiga llena me iba al baño como la arquitecta moderna europea y civilizada que era. Y ganadora de un concurso, aunque mi nombre ni se mencionara.

Y fue en el baño donde ocurrió. Donde el pedo se me quitó al instante.

Yo estaba allí con el vestido arremangado, sentada en la taza entretenida más de la cuenta mirando, una vez más, lo bien que quedaba mi anillo en el dedo, cuando escuché unas voces que enseguida reconocí, eran de dos compañeras del estudio y hablaban de mí.

—No puedo con Bea, de verdad. Casi prefería la versión preboda de ella.

—Es que ese tipo de mujeres son las peores. Van de independientes, de ariscas, de *superwoman*, pero les ponen una sortija en la mano y se convierten en perritos falderos.

—Pues chica, yo también estaría contenta de pillar un maromo como Víctor, pero tanto como para olvidar lo otro...

—A mí me da que aún no lo sabe.

—¿Tú crees?

—Claro, si por eso le ha pedido matrimonio. Es una jugada maestra.

—Es que es muy listo.

—Y ella un poco lerda, para tragar con todo.

¿Pero de qué coño estaban hablando, por Dios? ¿Víctor me había sido infiel? ¿Por eso me pedía matrimonio, porque estaba arrepentido? ¿Esa era la jugada maestra de la que hablaban? Pero si eso era el truco más viejo del mundo, y que no, que no le pegaba nada a Víctor.

—Pero es muy injusto, porque ella será una bruja, pero tiene talento. Todo el que no tiene él.

—Si aún te va a caer bien.

—Que no, pero la solución para los arbotantes y para la estructura que va en el agua es de ella. A Víctor jamás se le hubiera ocurrido. ¿Pero quién es el vendeburras al que adoran los clientes? ¿Y por tanto a quién echan y quién se queda con el trabajo?

Casi me caigo al suelo de la impresión. ¿Me iban a echar? ¿A mí? Era verdad que llevaban medio año anunciando recortes, pero... pero... Ahora que habíamos ganado el concurso, ahora que habían regado la puta fiesta con Moët, ¿ahora iban a venir con los recortes?

—Y de ahí la jugada maestra de pedirle matrimonio. Para que la otra trague y no diga ni esta boca es mía cuando descubra que le ha robado el puesto de trabajo. El tío es listo, porque a ver ella cómo le echa nada en cara si al fin y al cabo va a ser su marido.

—Pero a lo mejor no es así, ¿no? Digo que hay que ser muy cínico y muy estratega y muy maquiavélico...

Exacto, no puede ser así, pensé. No, no, no. A mí Víctor jamás me la jugaría de esa manera. No, no, no, tiene que ser un error, tiene que haber otra explicación, no, no, no.

—Pero si oí cómo lo comentaban los de administración. Que lo saben todos.

—Habría que decírselo.

—A esa ni agua, ¿pero tú has visto cómo nos restriega el anillo por la cara?

Abrí la puerta de par en par, y mientras me recolocaba el vestido, las miré a la cara y me quité el anillo de manera dramática.

—Tranquila, que ya no os lo restriego más —les dije.

Ellas ni abrieron la boca. Tanto rajar y ahora mudas las hijas de puta.

Tiré el anillo a uno de los lavabos y cuando vi que estaba a punto de ser succionado por el desagüe, corrí rauda a recogerlo. Una cosa era tener un arrebato y otra perder un anillo que a poco que costara me podía solucionar unos meses de mi nueva vida. Porque o Víctor me convencía de que todo había sido un malentendido, o yo iba a empezar a la voz de ya una nueva vida. Conseguí recuperar el anillo por los pelos. Por los pelos que había en el desagüe y que sirvieron para que no desapareciera por la tubería. Toda digna, y reprimiendo una arcada de asco, limpié la sortija con parsimonia, de manera concienzuda, y la guardé en el bolso. Las otras seguían tan mudas que parecían figurantes de *The artist*. Si hasta habían perdido el color.

Volví a la fiesta. Busqué por todos lados a Víctor. Pero

ni rastro. Me topé, eso sí, con uno de recursos humanos que iba bastante achispado. No quise dejar escapar la ocasión.

—¿Cuánto me corresponde de finiquito?

El de recursos humanos abrió los ojos como en un dibujo manga. Y se le pasó el pedo de golpe.

—¿Ya te lo han dicho? Pensé que iban a esperar al lunes.

Yo intenté no reaccionar ante esa respuesta. Era verdad, me echaban. Tranquila, Bea, tú tranquila. Tú fría. Fría como un témpano.

—¿Cuánto me corresponde?

—Pues no sé... pero con tu contrato... y si piensas que has estado de becaria hasta hace un año y pico... me da que unos mil cuatrocientos euros.

Ahí se me fue la frialdad y el témpano a tomar por culo.

—¿En serio? ¿Me he dejado la piel en esta empresa, y hasta el pelo, que estoy medio calva, y me vais a dar mil putos euros?

En ese momento me estaba arrepintiendo de no haber meado en cada uno de los jarrones de la terraza. Aún estaba a tiempo de hacerlo.

—Meteos ese dinero por donde os quepa.

Y me fui de su lado toda dignidad y desprecio. Que es un caminar que me sale de maravilla. A pesar de los tacones y del Moët.

Seguí buscando a Víctor. Pero no lo veía. Empecé a preguntar por él, a todos, hasta a los camareros.

—Alto, metro ochenta y tres, barba de diez días, guapo, mucho, con corbata verde agua, que se la regalé yo...

—Lo siento, señora.

—No me llames señora que te crujo, que solo tengo treinta y uno.

—Lo siento, señora... digo...

—¿Lo has visto o no lo has visto?

—Es que hay muchos con esa descripción. Ya sabe que ahora las barbas...

—Tan guapos y tan hijos de puta como mi Víctor, no, te lo aseguro. De esos hay poquitos.

Después de mantener varias charlas similares e igual de poco fructíferas con distintos camareros en las tres plantas del casino, por fin lo encontré. Allí estaba, apoyado en una columna. Reconocía su espalda hasta con ese traje, y eso que él no era de llevar mucho traje. Tomé aire, tenía que relajarme, tenía que intentar no montar una escena, lo mejor era mostrarme calmada, que se explicara, todo tenía que ser fruto de un malentendido. Seguro. Me acerqué a él, para verle cara a cara, y justo cuando me separaban apenas dos metros, me topé de bruces con la imagen de la que se iban a alimentar mis pesadillas.

—¡Víctor...!

—Bea...

Víctor acababa de separar sus labios de los de la chica del telediario.

Y ahí sí que me dio el arrebato. Ahí sí que abrí el bolso, cogí el anillo y se lo metí en la boca.

—Así te atragantes. Cabrón.

No tuvo tiempo ni de replicarme, porque yo me fui de allí con paso firme, sin que se notara que lo de llevar taconazos con litros de Moët en el cuerpo no era lo mío, sin mirar atrás. Y oí su voz. A lo lejos. Y no sé si me lo inventé, o si escuché mal debido a todo el jaleo que había, pero creo que le oí decir:

—Pero... si me habías dado permiso.

En el apartamento de Chavela

¿Cuántas probabilidades hay de que te toque el gordo de la lotería? ¿Y de sufrir un accidente aéreo? ¿Y de que el hombre con el que estás a punto de casarse se líe con una de las cinco famosas de su lista de «famosas con las que mi novia me dejaría acostarme»? ¿Cuántas probabilidades hay? ¿Cuántas?

Siento repetirme. Y mi mejor, por no decir única, amiga de verdad, Chavela, también lo sentía. La pobre ya no sabía cómo aguantarme durante esos días en los que me acogió en su casa y en los que yo intentaba aceptar, primero, ese beso que presencié y luego lo demás. Porque cuando digo que yo lancé a Víctor a los brazos de la presentadora del telediario, no me refiero solo al hecho de que en la fiesta yo le diera el primer empujoncito, no, eso no fue más que anecdótico. Lo grave vino luego. Lo grave vino cuando yo no quise cogerle el teléfono, ni el primer día, ni el segundo. Cuando no quise contestar a ninguno de sus WhatsApps. Cuando se presentó en casa de Chavela y yo me escondí en un armario y me negué a salir. Cuando me mandó a dos de sus amigos para intermediar. Y a su hermana. Y yo venga a mandarlos a la mierda. Venga a dramatizar. O cuando fui el lunes siguiente al trabajo para comprobar si era verdad que me echaban. Y sí, era verdad. Mil doscientos cincuenta euros de finiquito que, por supuesto, acepté. Y no monté ningún pollo. No me salió. El arrebato digno que me había dado en la fiesta ya se me había pasado. Y además el de recursos humanos parecía incluso más apenado y dolido que yo. Que tal vez fuera su táctica para que nadie montara el número, pero conmigo funcionó. Y si dos días antes me había escondido en el armario de Chavela para no enfrentarme a Víctor, ese lunes en la oficina hice virguerías para no cruzarme con él. Lo conseguí, aunque muchos me miraban raro cuando me veían detrás de los ficus, saltando de uno a otro.

Reconozco que no me estaba comportando como la mujer que yo creía que era. Ninguna feminista estaría orgullosa de mí. Bueno, ni una feminista, ni ningún ser humano con un poquito de cabeza. Pero esos días yo no estaba utilizando la cabeza.

No pasé por casa ni para coger ropa limpia, Chavela tenía casi mi talla, era más bajita que yo y sus vaqueros me quedaban en plan pirata, y un poco anchos de cintura, pero no me importaba, así que aparte de quedarme en su apartamento diminuto —¿cómo se puede vivir en veinte metros cuadrados?—, le saqueaba el armario. Chavela esos días fue mi pilar, la roca a la que aferrarme, mi paño de lágrimas, mi consuelo, mi ancla para no volverme loca. Ella tiene una capacidad innata para convertir todos sus dramas amorosos en una suerte de relato hilarante y divertidísimo. Tal vez porque es capaz de exagerar hasta el ridículo todo lo malo que le ocurre con todos esos hombres que va conociendo por Tinder, esa aplicación en la que descartas posibles parejas solo con mover un dedo sobre la foto del chico, a la derecha, te gusta, a la izquierda lo rechazas. O al revés, nunca me acuerdo. Chavela, como sicóloga que es y como adicta al Tinder, sueña con formar un grupo de terapia de adictos a esa aplicación y donde cada adicta o adicto desgrane con detalle su historia. Yo creo que quiere hacer esa terapia no para curarlos, sino para alimentar sus fantasías eróticas. Ella es así y, por mucho que se queje del Tinder, reconoce que tiene mucho que agradecerle, ya que la convirtió en lo que siempre quiso ser de adolescente: una mujer promiscua. Chavela podía contarte las historias más tremebundas con los chicos con los que quedaba, y mientras te relataba lo que para ella era una historia de miedo, tú no podías parar de llorar de la risa. Así que sin duda era la mejor amiga para un momento como el que yo estaba pasando. Sabía cómo relativizarlo todo. O cómo darle la vuelta.

—Yo no es porque no me robes más bragas, ¿pero no crees que deberías hablar con tu novio?

—No.

—¿O dejar de encerrarte en el armario cada vez que suena el timbre?

—No.

—¿O tratar bien a los amigos en común que te envía como emisarios? Que no tienen la culpa de nada, y que seguro que le dicen a Víctor que estás para que te encierren de los gritos que les metes.

—No.

—Si lo piensas, solo fue un beso, y tú bien que te hubieras lanzado al cuello del de *Cincuenta sombras de Grey*. Y yo también, no te culpo. Me la he visto dos veces en el cine y siete pirata. Y mira que es ridícula. Pero ese culito de Grey, ese culito, ay, ¿por qué no me saldrá uno así por el Tinder?

—Yo no me hubiera lanzado al cuello del Grey.

—¿Cómo que no?

—¿Estamos hablando de su beso o de algo que no ha pasado con el chulazo de los chulazos?

—Lo habíais pactado.

—No.

—Sí. Tú, cinco tíos, y él, cinco tías.

—Lo habíamos pactado porque esas cosas... esas cosas no pasan. Y que eso es lo de menos.

—Lo de menos, ya...

—Que sí, lo grave es lo otro, lo otro. Que me ha propuesto matrimonio para robarme el trabajo.

—Eso no lo sabes. Y por eso deberías quedar con él, para que te lo explicara. Porque a mí no me pega nada que Víctor haya hecho semejante cosa. Que no es propio de él.

—¿Y qué me va a explicar? Un tío que es capaz de liarse a menos de dos meses de su boda con una famosa y delante de su novia puede hacer cualquier cosa.

—Fue un beso, Bea. Y que no hemos ido a un colegio de monjas.

—Chavela, fue un beso con la tía más guapa de toda la cadena. En una cadena que está llena de guapas, que hasta para presentar el telediario las cogen de Victoria Secret. Y tiene tres másteres, y dos carreras, y sabe cinco idiomas, la muy hija de...

—Te voy a quitar el Google.

—¡A mí el Google no me lo quitas!

—Pues la conexión a internet.

—Ni se te ocurra.

—A ti lo que te pasa es que te da una inseguridad que te mueres que alguien como Víctor pueda estar con una tía así. Y eso te tiene paralizada, bloqueada. Muerta del susto.

—Mierda de sicóloga.

—¡Oye!

—Digo que muy buena no serás cuando solo te puedes pagar este apartamento en el que no cabemos.

—Pues ahí tienes la puerta.

—Eso, tú échame.

—No te echo, Bea, pero estás desquiciada, y es muy

difícil convivir en tan pocos metros contigo, con Víctor y con la chica del telediario.

La chica del telediario de tres másteres y cinco idiomas, la chica de origen humilde hecha a sí misma. La chica que... Me lo había leído todo de ella, había visto todas sus fotos. Hasta me había bajado de la web de TVE varios telediarios para verlos en bucle, y qué bien leía el teleprompter, y qué bien daba paso a vídeo, y qué bien improvisaba en directo. Que hija de la gran...

A los ocho días, llegó la noticia, vía revista del corazón, la *Cuore*, de que el beso se había convertido en algo más. De que yo tenía razón. «Joven apuesto sale a las ocho de la mañana del piso de la presentadora del momento.»

—A las ocho de la mañana, Chavela. Blanco y en botella. Se han liado. Ay, Dios, que se han liado.

Desolación. Horror. Dolor. Ganas inmensas de ir al baño. Descomposición. Fiebre. Fiebre amarilla. Malaria. Dadme barbitúricos. Muchos. Kilos de barbitúricos. Yo me muero aquí mismo.

—Pues si se han liado, te lo has ganado a pulso —contestó Chavela con una frialdad que me heló hasta las raíces del pelo.

Me quedé muerta. Mi mejor amiga se pasaba al bando enemigo. Sí que le estaba afectando compartir sus pocos metros cuadrados conmigo.

—¿Cómo que me lo he ganado? ¿Qué quieres decir con que me lo he ganado?

—¡Cógele el puto teléfono!

—Si ya no me llama, si estará entretenidísimo saliendo a las ocho de la mañana de pisos de presentadoras del momento. ¿Y por qué es la presentadora del momento? ¿Eh? ¿A santo de qué es la del momento? Si lleva como tres años presentando el puto telediario. Un momento muy largo me parece a mí.

—Porque lo ha dejado con el futbolista ese...

—Ah... y como un futbolista le parecía poco a la cuatrilingüe, hala, a por mi arquitecto. Zorra.

—Y que no se te olvide una cosa, seguro que es más simpática que tú. A poco que se esfuerce.

Le lancé una naranja a la cabeza. La esquivó y la naranja acabó estampada contra un cuadro que había en la pared, provocando que el cristal se rompiera.

—Qué ganas tengo de que te arregles con Víctor, de verdad.

—¿Pero cómo me voy a arreglar? ¡Si se ha liado con otra!

—¿Y además de gritar y de destrozarme la casa vas a hacer algo al respecto?

—¿A estos veinte metros lo llamas casa? ¿Cómo voy a seguir ninguno de tus consejos si tienes un concepto tan deformado de la realidad? Casa, dice... A esta caja de zapatos... Casa... ¡Y eso de ahí fuera no es una terraza, es un balcón! ¡Y pequeñito! Que cada vez que dices que vamos a desayunar en la terraza, me entra un comecome, una desazón... Que ahí no se puede desayunar. ¡Que no se cabe! ¡Si tenemos que hacer las rebanadas de pan más pequeñas!

—¿A que te retuerzo el pescuezo? Bea, te adoro, pero no te aguanto. Hasta a mí me están entrando ganas de liarme con la del telediario.

Lo único que sabía hacer era enervar a Chavela, encender la tele y ver todos los programas del corazón para ver si se hacían eco de la noticia. Pero por ahora nada.

—Vamos a solucionar esto de una vez —me dijo Chavela después de llegar del trabajo una noche y verme nuevamente allí tirada en su minisofá de Ikea. Sofá que cojeaba de una pata, lo que provocaba cierto desnivel que te obligaba a estar alerta si no querías acabar en el suelo al rato de estar tumbada.

Chavela sacó de la bolsa de plástico que traía una botella de ron miel. Sabe que es mi debilidad. Sé que a una mujer de carácter como yo le pegaría más tomar vodka a palo seco, pero una tiene sus contradicciones.

Sirvió dos chupitos generosos en los vasos que utilizábamos para el Cola-Cao. Y los llenó hasta arriba.

—Eso no son chupitos, Chavela, eso es tamaño pinta.

—¿También le vas a poner pegas a mis chupitos? Que si la casa pequeña, que si los chupitos grandes... Bebe y calla.

—Vale, bebo, bebo... Qué carácter.

Consejo para navegantes. O lo que es lo mismo, para bebedoras de ron miel. Esconde tu móvil si te has bebido dos chupitos tamaño vaso de Cola-Cao llenos hasta arriba. Si no lo haces, es probable que teclees algo así como: Hijjjjjo de puuuuttaaaaaa. Y se te cuele luego el emoticono de la mujer flamenca.

Víctor contestó de inmediato al mensaje.

«Por fin das señales de vida. ¿Qué significa la mujer flamenca?»

—¿Qué mujer flamenca? —le pregunté desconcertada a Chavela.

Ella me la señaló en mi mensaje.

—Ah... sí. Tiene razón. La mujer flamenca. —Miré a Chavela—. ¿Y eso es lo primero que se le ocurre después de todo lo que ha pasado...? Ponme otro chupito, Chavela, que necesito fuerzas...

Y mientras Chavela me lo servía, pensé una respuesta que estuviera a la altura. Y se la escribí: «La flamenca es porque estoy muy contenta de que te hayas tirado a una de tus cinco de la lista». Qué chispa me daba el ron miel.

«Yo no me he tirado a nadie.»

«Mentirossssso. Te he visto en la coreo.»

«¿En dónde?»

«Puto corrector. En la *Cuore*.»

«Quiero verte. Tenemos que hablar.»

Chavela me ofreció el vaso de ron miel. Yo le di un buen trago.

—Quiere hablar. A la otra se la zumba y conmigo quiere hablar. Cerdo.

—Te acaba de decir que no se la ha tirado.

—Pero si salió de su casa a las ocho de la mañana. ¿Qué han estado haciendo toda la noche? ¿Jugar al Monopoly? Si hasta tú te la quieres tirar...

—¿Pero qué dices? Si a mí no me gustan las chicas.

—Las chicas no, pero esa es trilingüe... ¿Y has visto sus tetas? ¿Y su pelo? Le tengo que preguntar a Víctor qué champú utiliza. Porque esa anuncia Pantene, pero el Pantene no te lo deja así. Y eso debería considerarse publicidad engañosa, debería denunciarla. Por mentirosa y robamaridos.

—Te voy a quitar el vaso de ron miel. Porque tu manera de desvariar empieza a ser preocupante.

—Como si tú no desvariaras con tus historias promiscuas del Tinder.

—Al menos yo tengo gracia. Tú tienes muy poquita.

El pitido del móvil volvió a sonar. Nuevo mensaje: «Vamos a quedar.»

—¿Quedo?

—Pues claro —me dijo Chavela.

—¿Ahora?

—Mejor mañana.

—Ahora. Espera que se lo escribo.

«Quedamos ahora. En casa.»

—Estás un poco pedo, Bea. No es el mejor momento.

—Estoy estupendamente. Me cojo un taxi y voy.

—Antes pégate una ducha.

—Tengo que decirte un secreto, Chavela. Odio tu ducha. El agua se sale y no puedes estirar ni medio brazo... Tengo una contractura por culpa de tu ducha.

—Ahora entiendo esos pelos de loca que llevas y ese olorcillo. Si vas a ir a verlo, antes te duchas.

—Qué sargento eres, Chavela.

—Y tú qué pesada.

—Te quiero un montón.

—¡A la ducha!

La ducha me despejó. Aunque antes de que me despejara tuve un pequeño resbalón, y para no caerme me agarré a la estantería, también de Ikea, que tenía sujeta con cuatro alcayatas mal puestas y se me vino encima. No hubo demasiados daños. Asombrosamente. Aunque sí un estruendo monumental que hizo que Chavela abriera la puerta del baño con ímpetu.

—¿Qué ha pasado?

—La estantería que...

—Tú lo haces a propósito.

En el taxi, mientras le pedía al taxista que no corriera tanto, que no se quemaba mi casa ni íbamos camino a las urgencias de ningún hospital, intenté organizar mis ideas. Tenía que dejarle hablar. Sobre todo eso. Que se explicara. Y cada vez que se fuera por las ramas o cada vez que intentara desviar el tema y llevarlo a su terreno, yo como Ana Pastor, incisiva y a degüello. ¿Por qué te quisiste casar conmigo? ¿Es verdad que todo lo de la boda era una estrategia para que no me cabreara cuando te quedaras con mi puesto? Explícate, por Dios, y explícate con detalle. Seguí formulando preguntas en mi cabeza. Y luego las ordené, las estructuré y hasta memoricé el tono con el que iba a preguntárselas. Todo muy civilizado, muy europeo, muy estupendo. Bajé del taxi orgullosa y satisfecha de mi ejercicio de introspección. Así sí podríamos llegar a entendernos, desde la cosa cabal, desde el diálogo. Muy bien, Bea. Muy bien.

—Oiga, que me ha devuelto de menos —le dije al taxista, comprobando el cambio que me había dado.

El hombre se puso a contar las monedas.

—Cinco céntimos de menos... —dijo él con vocecilla de película de Disney, que quizá le funcionara con otros pero conmigo no.

—¿Se los he regalado? Pues míos son.

En vez de abrir la puerta con mis llaves, decidí llamar al timbre, por alguna razón me parecía lo más adecuado ante una situación así. Adecuado y europeo. No sé qué perra me había dado a mí con lo europeo...

Y tan pronto como abrió, y lo vi allí, tan en ropa de andar por casa, tan con ese pelo revuelto y sexy, y esos pantalones de chándal gris que marcaban todo lo que tenían que marcar, tan con esa barbita que sería la envidia de cualquier agencia de modelos, lo primero que salió de mi boca fue:

—¿Cómo te has podido tirar a la del telediario?

A partir de ahí todo fue a peor.

Y por eso acabé cogiendo un tren a casa de mis padres.

La niña que sabía inglés

La niña sentada con su madre en el asiento de al lado en el Alvia destino a Cantabria no tendría más de tres años y ya sabía contar hasta diez en inglés, y también los colores.

—¿De qué color tiene el pelo la chica?

La chica era yo.

—*Brown*.

—¿Y sus pantalones?

—Los pantalones son *blue*.

—¿Y la camiseta?

—*Pink*.

¿Y el alma? ¿De qué color tiene el alma la chica?, pensé. Si dice «*black*» le doy un caramelo. O mejor que conteste que no tengo alma, que el alma no existe, que es un invento de los curas. Si contesta eso, la llevo a la tele.

—¿Y el corazón?

Yo ahí miré a la madre, no podía ser verdad que le hubiera preguntado a su hija de qué color tenía yo el corazón. Y luego fijé mi mirada en la niña de manera amenazante. A ver qué se te ocurre contestar, espabilada. La niña debió de notar mis ojos cargados de ira porque solo se atrevió a decir:

—*Aydonou*.

—*Red*, su corazón es *red*. Si no fuera *red*, estaría muerta —le dijo. Y yo noté una sonrisilla maliciosa.

La madre que la parió. ¿Pero qué clase de monstruo tenía esa pobre niña por madre? ¿Y qué sabía esa sobre mi corazón? ¿Acaso era tan transparente la coraza que me había puesto? ¿Acaso se vislumbraba desde su distancia que yo tenía el corazón *partío* y que más que rojo estaba tirando a *grey*, *more black than grey*?

Miré el móvil. El símbolo de la batería estaba en rojo. Diez por ciento restante. Mierda. Tenía que cargar el maldito móvil. No es que estuviera esperando una llamada de Víctor, o sí, no sé. Seguía hecha un lío. Y sobre todo después del lío que había armado. Ay, no, no podía ni pensarlo. Qué bochorno. Y por eso solo se me había ocurrido coger ese tren que me llevaba a casa de mis padres. Como una niña pequeña que busca consuelo, refugio, cariño y, cómo no, un poco de perspectiva. Perspectiva que seguro obtenía de mis hermanas, no ya solo por sus sabios consejos, sino porque es pisar la casa de mis padres y enseguida te ves inmersa en los dramas de todos. Y eso necesitaba yo, refugio, bullicio familiar, cualquier cosa que me alejara de Madrid, de mi drama y de los telediarios de las tres. Y con mi familia podría mostrarme fuerte, porque todos tenían una imagen de mí de mujer que puede con todo, de mujer independiente que no se derrumba ante nada. Y ahora necesitaba estar rodeada de personas que me vieran así para que me resultara mucho más fácil comportarme de esa manera. Porque casi por inercia, o por costumbre, o porque es mucho más cómodo, acabamos por actuar de la manera en que la gente cree que somos. Si estás con un amigo que cree que eres la más simpática —no es mi caso pero como ejemplo vale—, tú te comportarás de esa manera para no decepcionarlo. Si quedas con una amiga que siempre alaba tu rapidez mental, tú te mostrarás incisiva. Y así. Por eso pensé que unos días con mi familia podrían servir para dejar de lado mi yo más histérico y sacar a relucir a la persona sensata que yo sabía que había en mí. Y para qué engañarme, sobre todo quería huir de las portadas de las revistas donde salía Víctor con ella. Porque en muy poco tiempo la noticia se había propagado a una velocidad de vértigo. ¿Pero por qué les había dado por ellos? Con todos los famosos que se lían y se deslían, ¿tenían que fijarse en la chica del telediario y su nueva conquista?

Lo malo es que los primeros pasos de mi plan de fuga no estaban saliendo exactamente como esperaba y eso me tenía un poquito crispada. Porque en el quiosco de la estación del tren ya me había encontrado cientos de revistas con la nueva pareja, y en el vagón ya había pillado a dos chicas, y a un señor, al que no le pegaba nada leer prensa del corazón, concentrados en la noticia. Y eso me estaba poniendo de muy mala leche. Qué poco me gustaba que las cosas no salieran como esperaba. Yo ya había decidido que en el momento en que montara en el tren, Víctor y la chica del telediario desaparecerían como por arte de magia. Que no fuera así me tenía con los nervios a flor de piel.

Volví a mirar el móvil. Como si a base de mirarlo la batería se fuera a cargar sola. Si no va a llamar, lo sabes. Si no va a llamar. ¿Y para qué? ¿Se lo cogerías? ¿Eh? Después de la que montaste cuando lo fuiste a ver, después de la que montaste los días siguientes, ¿tú llamarías? No. Claro que no.

Pero aun así yo necesitaba el móvil operativo. Por si acaso. Necesitaba estar conectada. Era mi cordón umbilical con el mundo. Aunque ahora mismo quisiera desaparecer del mundo. Pero yo necesitaba ese cordón. Lo necesitaba. Algunos me llaman adicta. Aparte de contradictoria. Y sí, tal vez sea pura adicción lo que tengo, qué le vamos a hacer. Dejé el alcohol y las drogas y me enganché al móvil y a las redes sociales. Bueno, el alcohol tampoco lo he dejado. Porque el Moët & Chandon y el ron miel llevan algo de alcohol, ¿no? Y las drogas... No se puede abandonar lo que nunca consumiste de manera habitual, supongo. Si la última vez que me metí algo fue en la despedida de soltera de mi hermana Débora y de eso hacía ya más de año y medio. Menuda noche, cómo acabamos todas. Madre mía. Mira que eran buenas las pastillas y el M que llevé. Menudo pelotazo. Fui la estrella de la fiesta, cada vez que veo a alguna de las amigas de mi hermana aún me lo recuerdan. Antológico. Qué tiempos, éramos felices y las chicas del telediario se limitaban a presentar el telediario.

Busqué un enchufe en los laterales del asiento. Pero no encontré ninguno. Maldije haber pagado un billete en preferente para eso.

—Yo casi prefiero que no haya, por la niña.

—¿Por qué? ¿No sabe decir enchufe en inglés?

—¿Eh?

—Nada. Voy al baño, a ver si allí lo puedo recargar un poco.

—Estás un poco enganchada —dijo con una sonrisa beatífica de mamá primeriza.

—¿Te digo yo lo que pienso de las niñas precoces que hablan inglés a los tres años? —Eso no lo dije, solo lo pensé. Que una es tarada pero educada.

Me levanté como pude, intentando molestar lo menos posible a la madre y a la niña, aunque la mujer no tuvo ningún problema en incorporarse de manera ostentosa, mientras le explicaba a la niña que yo tenía una urgencia muy poco urgente de ir al baño. Y sin quitarse la sonrisa. La hija de puta. Sí, estaba claro que yo estaba pelín crispada. Relaja, Bea, relaja, por Dios, que aún quedan muchas horas de viaje y te va a acabar dando un ataque de ansiedad. Relaja.

Esperé a que el baño se desocupara. A los diez minutos, cuando ya mi batería estaba a punto de desfallecer, salió una anciana del lavabo.

—La puerta se atasca.

Llevaba la revista *Semana* en la mano. Con ellos en la portada. Ya empezaba a creer que estaba dentro de un *reality show* y que todos se habían confabulado para volverme loca. Hice una mueca, que la señora en su magnanimidad debió de interpretar como una sonrisa, porque ella sí me sonrió.

—Buen viaje.

Yo mascullé algo parecido. Entré, busqué el enchufe y puse el móvil a cargar. Miré mi aspecto en el espejo. Nadie diría que era una mujer que acababa de romper con todo. Quizá tenía las ojeras un tanto oscuras y pronunciadas, pero nada que no arreglara un buen corrector. Y un poco de color en los labios tampoco me iría mal. Con ese par de retoques, que ahora no podía acometer, porque el neceser lo llevaba en la maleta, daría el pego. Ni mis hermanas ni mi madre, ni mi hermano pequeño sospecharían cómo era de frágil mi estado mental. Yo de hecho no les había dicho que iba a casa buscando refugio. Menuda soy yo. Iba al cumpleaños de mi madre. Yo, cuando el trabajo me lo permitía, volvía en esas fechas, así que la coartada era perfecta. Ya habría tiempo de contarles que pensaba alargar la estancia hasta que decidiera qué hacer con el caos en que se había convertido mi vida. Y sí, por supuesto que me iban a preguntar por Víctor y por todo lo que había pasado, pero yo me iba a mostrar fuerte y serena.

Fuerte y serena. Qué gran título para una canción de Alejandro Sanz.

Fuerte y serena.

Salí del baño dejando el móvil allí. Pero no me fui al asiento, me quedé esperando en el pasillo para alertar a todos los que entraran al lavabo de que ese móvil que estaba cargándose tenía dueña. Y esa dueña era yo. En media hora entraron al baño tres ancianos, una adolescente, un hombre de unos cincuenta años, tres mujeres y por último un chico de veintipocos. A todos les fui avisando de que el móvil era mío.

—Qué buena idea, yo no hubiera sabido dónde recargarlo.

—¿Qué modelo es?

—¿Cuánto te dura la batería?

—¿Y si alguien necesita ese enchufe de urgencia?

—¿Más urgencia que la mía?

—A lo mejor alguien quiere afeitarse.

—O freírse un huevo, hay gente para todo, diga usted que sí, señora. Si alguien quiere afeitarse, estese tranquila que yo desenchufo el bicho.

—¿Qué bicho?

—El cargador, señora.

Y siempre que salían del baño yo entraba para comprobar que el móvil seguía allí. Y ahí estaba. Hasta que el último chico, de unos veintipocos y aspecto anodino e inofensivo a pesar de sus gafas de carey en un intento de darle algo de personalidad *hipster* a su rostro, salió y descubrí que el móvil, mi móvil, no estaba. El cargador seguía conectado a la red, pero el móvil *missing* total. No quise sacar conclusiones precipitadas. Lo busqué en el suelo, por los rincones. Tenía que haberse caído. El chico no podía haber sido tan capullo de haberme robado el móvil en las narices. Pero por más que busqué, nada. ¿Qué se suponía que tenía que hacer ahora? ¿Perseguir al chaval y gritarle hasta que me lo devolviera? ¿Y si lo dejaba pasar? Al fin y al cabo, el modelo ya no era nuevo, la batería me iba fatal, llevaba tiempo pensando en cambiar de teléfono, tal vez lo sensato sería hacer como si lo hubiera perdido. No era la primera vez que lo perdía.

Vuelve a tu asiento y piensa que se te ha caído en el

retrete. ¿Lo hubieras recuperado si se te hubiera caído a esa agua llena de químicos donde han meado a saber cuántas personas? Seguro que no. Y en tu vida han pasado cosas mucho más gordas. Te han echado del trabajo y el chico con el que te ibas a casar se ha liado con el pibón nacional. Cuatrilingüe. Así que perder un móvil es el menor de tus problemas. Piensa eso, que se te ha caído. Pero si sé perfectamente que se lo ha llevado el chico, ¿de verdad voy a hacer como si nada para evitar el conflicto? Lucha por lo tuyo. Di no, di sí, pero di algo, coño. ¿Y no llevas siendo una capulla y una maleducada todo el viaje? Tienes tus razones, sí, tu vida se ha puesto del revés, sí, pero maleducada has sido un rato largo. ¿Ahora que es cuando de verdad necesitas echarle valor te vas a rajar? Fantástico. Si al final vas a merecer todo lo que te pasa.

Así que, después de azuzar mi conciencia, decidí seguir al chico. Con tanto vaivén intelectual y circunloquio absurdo ya se había adelantado bastante y tuve que correr para llegar hasta el tercer vagón en el que se había metido.

—Perdona —le dije, tocando con mi dedo índice su espalda.

—¿Sí?

—No sé muy bien cómo decir esto... Soy la que estaba cargando el móvil en el baño.

—Ya...

—¿Y? —pregunté a modo de pregunta incisiva y concreta. Estaba claro que sabía cómo manejar un conflicto. Si seguía así, podría ganarme la vida de negociadora de rehenes.

—¿Y qué? —me preguntó él, echando por tierra al segundo mi futuro de negociadora.

—Creo que tienes algo mío.

—¿Yo?

El tío se iba a hacer el duro. No me quedaba más remedio que echarle valor y llamar al pan pan y al vino vino.

—Es que he entrado y mi móvil no estaba en el suelo... ni cargándose, y antes de que entraras tú el móvil sí estaba.

—¿Qué estás insinuando?

—A ver... Que a lo mejor pensaste que era tuyo, a lo mejor tienes uno igual, no sé... El caso es que has cogido mi móvil.

—¿Pero qué dices? ¿Me estás diciendo que te he robado el móvil?

—No, te estoy diciendo que a lo mejor te has confundido. Ya, ya, ya sé que nadie es tan gilipollas como para confundirse, pero es mejor que llamarte ladrón.

—¿Me estás llamando ladrón?

—No, gilipollas. ¿O es que no has seguido mi razonamiento? Creía que era menos ofensivo llamarte gilipollas que ladrón.

—¿Pero tú de qué vas, tía? Vuelve a tu asiento antes de que la liemos.

Yo ahí noté cómo todo el vagón ya estaba pendiente de nuestra conversación. Es lo que tiene que los auriculares que te regalan para ver las películas de DVD sean una porquería y las películas que emiten aún más porquería si es posible. Nuestra conversación, sin duda, ganaba en interés por goleada. El único que no miraba era un chico en la fila tres, estaba absorto ayudando a una niña de unos cuatro años a hacer un puzle. Y no sé si porque necesitaba evadirme un segundo del momento absurdo que estaba viviendo, pero me quedé observándole. Era pelirrojo, de unos treinta años, vestía con una camisa azul de cuadros pequeños, que le apretaba en los brazos debido a sus bíceps desarrollados, y no sé si por su estilo de vestir, o de tratar a la niña, o por el color de su pelo, o por cómo se soplaba el pelo del flequillo para quitárselo de los ojos, o porque era el único que me ignoraba, decidí que era extranjero. Desde luego, no pegaba nada en ese vagón, parecía sacado de un fotograma de una película indie con mucho filtro de Instagram, o de un catálogo de Tommy Hilfiger. Tal vez no sabía español y por eso no seguía la conversación, o simplemente estaba por encima de mi drama mundano, ahí metido en esa especie de burbuja inmune a mis gritos. Fuera por lo que fuera, el caso es que secretamente agradecí su desinterés. Y por un momento también me intrigó que pudiera ignorarme de esa manera. No a mí, sino a cualquiera que estuviera formando este espectáculo. Así funciona mi cerebro en momentos de estrés. Es como una olla a presión que busca cualquier resquicio para no estallar.

—Tía, ¿y ahora qué te pasa? Te has quedado alelada.

—Solo quiero mi móvil —reaccioné, lamentando estar de vuelta en mi realidad.

—Que yo no te he robado el móvil, tía. Que es muy fuerte que vengas aquí a acusarme. ¿La están escuchando? Esta mujer me está llamando ladrón.

—No hace falta que metas a todos en la conversación, gracias.

—¿Por qué me das las gracias?

—Era una ironía.

—No lo pillo.

Ladrón y gilipollas. Las dos cosas. Eso lo pensé, no lo dije, para no avivar más el conflicto. Que ya bastante calentita estaba la cosa. Y yo sabía cómo parar.

—Lo que yo no pillo es que me robes el móvil en mi cara y tengas ahora el cuajo de negarlo. Dámelo.

Volví a mirar al chico pelirrojo, como esperando su apoyo o aprobación, pero seguía sin inmutarse.

El chico sacó su móvil del bolsillo de su vaquero. Era un modelo muy diferente al mío.

—Este es el único móvil que tengo. El mío.

—¿Y en los otros bolsillos?

—No tengo nada.

—Y una mierda. Claro que lo tienes. Vacíatelos.

Fuerte y serena.

La canción de Alejandro Sanz se iba desvaneciendo por momentos.

—Vacíamelos tú, si tienes cojones.

Ya no había nadie que no estuviera siguiendo nuestra discusión. Nadie. Porque hasta el chico pelirrojo y la niña habían decidido observarme. Yo los miré, como buscando ayuda. ¿Qué debía hacer? ¿Meter mis manos en sus bolsillos? ¿Caer así de bajo?

Caí.

Pero tan pronto como fui a meter la mano en su bolsillo derecho del pantalón, él me la apartó de malas maneras.

—¿Pero qué haces, tía? Qué mano más larga. ¿Adónde vas?

—Me has dicho que podía meterla.

—Porque pensé que no lo ibas a hacer.

—Eso es que tienes mi móvil.

—Que yo no tengo nada, loca.

—¡Ni se te ocurra insultarme!

Yo noté cómo las lágrimas amenazaban con salir de mis pupilas. Y eso sí que no lo podía permitir. No iba a perder esa batalla y menos echándome a llorar. No y no. No había derramado una sola lágrima en todos estos días (ejem) y no iba a empezar ahora. Y sobre todo por semejante tontería. No, no y no. Pero no hay nada como no querer llorar, para que no puedas cerrar el grifo.

—¿Y ahora por qué lloras?

—¿Quién está llorando? ¿Quién está llorando? Solo quiero mi móvil. ¡Dámelo! ¡No vas a bajar de este tren hasta que no me lo des! ¡Nadie va a bajar de este tren hasta que no tenga mi móvil! ¡Es más, si es necesario tiro de la palanca de freno! ¡No sé si estoy hablando clarito!

Fuerte y serena.

Fuerte y serena.

Adiós, Alejandro Sanz.

—Sí que estás desequilibrada, tía. Te estoy diciendo que yo no tengo tu puto móvil. No sé en qué idioma te lo tengo que decir.

—A lo mejor el chico dice la verdad —insinuó una pasajera.

—¡Tú te callas! —grité—. A ti no te ha dejado tu futuro marido por la chica del telediario.

Nadie entendió nada. No les culpo.

—Bueno, bueno, tampoco hay que ponerse así —dijo muy ofendido el señor que iba a su lado y que debía de ser su marido.

—¡Yo me pongo como me da la gana, me han robado el móvil! ¡Seguro que a ella nadie le roba el móvil! ¡Ella, la cuatrilingüe, la perfecta, seguro que tiene su móvil bien guardadito en su bolso de Prada! ¡O de Gucci o de Dolce y Gabbana!

Estaba gritando y estaba llorando. Estaba perdiendo el norte. Estaba fuera de mí. La intriga inicial que había suscitado en el vagón había dado paso a una incomodidad cada vez más palpable. No hay nada más violento que tener que presenciar el estallido de una loca en un espacio cerrado. Por si la violencia verbal pasa a violencia física, más que nada.

—Tal vez sería mejor llamar a un revisor —dijo otra persona.

—¡Yo solo quiero mi móvil! ¡De aquí no se mueve nadie! ¡Ni Dios!

Sí, se ve que no me iba a calmar. Hasta el chico se asustó con mi improperio. Y empezó a vaciar todos los bolsillos. Un mechero, un paquete de Kleenex, un clip, unas monedas y un papel de chicle arrugado. Que sosos son los chicos guardando cosas. Tendrían que ver nuestros bolsos. Pero el caso es que de mi móvil ni rastro.

—¿Dónde lo tienes?

—Tía, ¿quieres que te enseñe también los gayumbos? Si quieres cachéame. Yo no tengo tu móvil.

En ese momento entró la madre con la niña bilingüe. La niña llevaba un móvil en la mano. Igualito al mío. Y alzó su brazo.

—¿Tuyo?

—¿Cómo se dice en inglés? —preguntó la madre.

—¿*Selfon*?

Otra que acabará trilingüe, pensé.

—Estaba en el baño —dijo la niña.

—Y la muy avispada lo reconoció —añadió la madre orgullosa—. Es el tuyo, ¿verdad?

Yo me quise bajar del tren en marcha.

Pero tuve que aguantar a la niña tres horas más hasta el final de trayecto en Santander diciendo los nombres de los colores en inglés. Y cada vez que algún pasajero pasaba al baño yo notaba su mirada de desprecio. Yo era la loca del móvil. La acosadora de los chicos indefensos.

El color de mi pelo era *brown*, el de mis vaqueros *blue*, y el de mi bochorno ya no sabía ni qué color tenía.

¿*Yellow*, *red*, *purple*?

El bochorno

No sabría de qué color era el bochorno. Pero esas dos últimas semanas me había hecho un máster en la materia. Duele hasta recordarlo. Pero será mejor que me lo quite de encima cuanto antes.

Cuando bajé del taxi, y Víctor me abrió la puerta de casa y yo le solté aquello de: ¿cómo te has podido tirar a la del telediario?, él no supo ni cómo reaccionar.

—Bea, ¿qué te pasa? ¿Por qué crees que me he liado con esa chica?

—Porque te he visto.

—Me viste dándole un pico, por Dios. ¿Cómo has podido sacarlo todo de quicio?

—Eso, tú ahora hazte el digno y a mí déjame de loca. Que nos casamos en dos meses, Víctor. O nos casábamos.

—¿De verdad te vas a poner así de tremenda?

—Llevo tremenda una semana, por si no te habías dado cuenta.

—Sí, lo de esconderte en los armarios y detrás de las plantas me dio una idea.

—¿Me viste en el estudio?

—Como para no verte. Un ficus no es la mejor planta para ocultarse.

—Ya, es que no había otra.

—Bea, ¿me vas a decir qué está pasando?

Víctor quería la verdad, una confrontación directa. Pues la iba a tener.

—¿Por qué me pediste matrimonio?

Me observó como el que observa a un alienígena en el desierto de Arizona. Y me habló como el que habla a alguien con ciertas deficiencias cognitivas.

—Porque te quiero y me quiero casar contigo.

—¿Por nada más?

—¿Prefieres otra razón?

—¿No sabías que me iban a despedir? —le pregunté con cierto tono de esperanza en mi voz.

Ahí a Víctor le cambió la cara. Yo creo que hasta se le encanecieron varios pelos de la barba.

—Lo sabías —le dije. Yo tenía razón. Yo.

—A ver... Bea...

—Lo sabías. Y por eso decidiste pedirme matrimonio. Para que luego, cuando te quedaras con mi trabajo, no pudiera echártelo en cara. Ruin, que hay que ser ruin, y estratega y mala persona y...

—¿Qué? ¿Pero estás mal de la cabeza? ¿Pero te estás escuchando? ¿Cómo puedes pensar que yo puedo hacerte semejante cosa?

—¿No?

—No.

—Pero... ¿sabías o no sabías que me echaban? ¿Y no me pediste matrimonio por eso?

—Sí, vale.

—¡Lo admites, lo admites! ¿Ves como no estoy loca? ¿Ves como tenía toda la razón al ponerme como me he puesto? Y más de una semana tenía que haber estado escapándome de ti. Toda la vida.

—¡Bea! —gritó—. Te pedí que te casaras conmigo al saberlo. Sí. Pero no para que te echaran, sino para lo contrario.

—¿Cómo? —me pilló fuera de juego, lo reconozco.

—Que sabía que a mí no me iban a echar, y supuse que si nos casábamos tampoco tendrían el valor de echarte a ti.

¿Eh? ¿Qué tipo de razonamiento era ese? Desconcierto. Sobre todo porque echaba por la borda toda mi teoría. Intenté entender su lógica, seguirle en su discurso. A ver si me aclaraba.

—¿Creías que no me iban a echar por ser tu mujer?

—Claro.

—¿Pero por qué no me iban a echar por ser tu mujer?

—Porque sé lo que me valoran. Perdona la presunción, pero me valoran un huevo. Y ante la idea de tu despido, yo les diría, ¿de verdad vais a echar a mi futura esposa?

—¿O sea, que me estás dando la razón? —Puedo ser muy retorcida cuando quiero.

—¿Cómo que te estoy dando la razón?

—Sí, que había una finalidad tras la boda, tras el hecho de que me pidieras matrimonio. Una finalidad laboral. Que no lo hacías por amor.

—Pero...

—Pero ¿qué?

—¿Qué hay de malo en que no quisiera que te echaran?

—Que me pediste matrimonio por eso.

—Eh... Y porque te quiero.

—Sí, pero si no hubieras sabido que me iban a echar, no me lo habrías pedido. Reconócelo...

Víctor se llevó la mano a la barba, para rascársela. Gesto que hace cuando se siente perdido, atrapado, desconcertado, en un callejón sin salida. O cuando le pica, claro.

—No, no lo sé... Supongo que antes o después acabaríamos casándonos, ¿no? ¿Qué más da la razón exacta?

—Víctor, que yo quiero que me pidan matrimonio por amor, no por una razón económica o laboral.

—Pero no has oído que te he dicho que te quiero.

—Que sí, Víctor, pero compréndeme que ahora dude de todo. Sobre todo porque no tuviste ni la confianza de decirme el verdadero motivo. ¿Por qué no me lo dijiste? O al menos, ¿por qué no lo planeamos juntos? Como el equipo, como la pareja que somos. ¿En qué momento decidiste por tu cuenta y riesgo salvarme de las garras del paro proponiéndome matrimonio?

—A ver... que iba a decírtelo justo después de darte el anillo, pero te hizo tanta ilusión lo de la boda, te volviste tan loca que..., no sé..., no quise arruinar el momento.

—No me volví loca.

—Se lo contaste a todos los que estaban en la tienda del chino. Y no conocías a ninguno de los que estaban allí. Y luego llamaste a tu madre, a tus hermanas, a tu hermano, a tu padre al barco. Llamaste a media oficina. Lo publicaste en Facebook. Hasta te abriste una cuenta de Instagram para subir una foto del anillo.

—Exagerado. Eso no es así. Y que a una no le proponen matrimonio todos los días. ¿Qué hay de malo en compartirlo?

—Nada, pero por eso no quise arruinarte ese momento.

Yo seguía ofuscada. A pesar de que su respuesta tenía sentido. Pero no sé si por los restos del ron miel en mi cuerpo, por mi semana patética escondida en casa de Chavela, o por haber reaccionado exageradamente por el beso a la del telediario, yo seguía erre que erre.

—Yo quiero casarme por amor.

—Bea, y amor hay.

—¿Y entonces por qué besaste a la del telediario?

—La madre que te parió.

—No metas a mi madre.

—Ojalá estuviera aquí para poner un poco de sensatez a todo esto.

—¿Estás diciendo que yo no soy sensata?

—Prefiero no contestar.

—Eso, tú no contestes a nada.

—Pero si te estoy contestando a todo.

—¿Por qué besaste a la del telediario?

—No sé, Bea, no sé, porque llevaba tres copas, porque tú llevabas media noche perdida, hablando, bebiendo cual cosaca y flirteando hasta con las columnas y porque... fue muy halagador saber que esa chica quería besarme.

—¿Halagador?

—Sí, que una de las cinco famosas imposibles se ponga a tiro es halagador. Hasta tú lo tienes que entender. Dime que no hubieras hecho lo mismo.

—No, porque yo tuve la decencia de no poner a ningún español en la lista, para que no pasara.

—El modelo ese que pusiste, el que tiene nombre de río... es español.

—Se llama River y vive en Los Ángeles. Y se lio con la Paris Hilton. ¿Y has visto su tableta de abdominales? ¿Tú te crees que tengo la más mínima oportunidad de cruzármelo, o de que me mire en caso de encontrármelo?

—Pues sí, porque habría que ser muy idiota para no mirarte.

Hijo de puta. Si es que a ese juego no hay quien le ganara. Así tuvo que conseguir el beso de la otra. Claro. Qué don de palabra, qué oportuno, qué desarmante, qué... Pero no, tú, firme, tú Ana Pastor.

—Aquí el único idiota eres tú, por besarte con famosas a dos meses de nuestra boda.

—Que fue solo un pico, por Dios... ¿Podemos pasar página?

—¿Y qué fuiste a hacer a su casa, me quieres decir?

¿O no eras tú el que salía en la portada a las ocho de la mañana?

—En la foto no sale, Bea, pero fuimos unos cuantos amigos.

—Ah, que ya te ha dado tiempo de hacerte amigo de ella y de meterte en su pandilla. No pierdes el tiempo, tú.

—Si me hubieras contestado alguno de los mensajes. Si hubieras dado alguna señal de vida...

—Si ahora va a ser culpa mía que te hayas metido en la pandilla de la famosa... ¿Y no eres un poco mayorcito para empezar a hacer amigos nuevos? Que no te creo, Víctor, que no te creo...

—¿Qué es lo que no crees?

—Todo, no sé... Es que siento que se ha roto algo dentro de mí, de nosotros... Ya no sé quién eres... Ni los motivos por los que me pides matrimonio, ni la razón que te lleva a meterte en casa de esa... Ya no sé si creerte, si no creerte, porque me lo cuentas y todo tiene su lógica, pero luego los hechos dicen lo contrario...

—Te lo estoy explicando.

—Eso es lo malo, que me lo explicas y yo no lo creo. ¿Por qué no me pediste matrimonio por amor? Como hace todo el mundo.

—Bea, ¿de verdad te crees que esos son los motivos por los que se casa la gente?

—Supongo que si eres de la monarquía habrá otros motivos, pero entre gente de a pie, sí, me creo que se casan por amor.

—Ni tú eres tan ingenua.

—¿Perdona?

—Bea, la gente se casa por muchas razones. Que el amor está presente, seguro, pero muchas veces se casan por presión social, porque lo han visto hacer a sus amigos, por despecho ante un ex que se ha casado antes que tú, por agradar al otro miembro de la pareja, por el piso que le compran los padres, porque alguien en la familia se va a morir y los quiere ver casados, por el pedazo de viaje de novios que le regala no sé quién, para ascender en el trabajo, para dar una determinada imagen, para formar una familia... O creyendo que así se va a arreglar algo que no funciona, como una huida hacia delante, o porque creen que es el siguiente paso lógico que tienen que dar para que la pareja vuelva a tener sentido. La gente se casa todos los días por esas razones. Y casi ninguna tiene que ver con esa idea romántica y edulcorada del amor. En la vida real de los adultos es así. Y se acepta, y no pasa nada.

—Se acepta y no pasa nada, joder. Y encima me llamas infantil e ingenua. Estupendo. ¿Y tú? ¿De todos esos motivos cuál fue el que elegiste para pedirme matrimonio? Porque se ve que te lo tenías bien analizado. ¿Para arreglar algo que no funciona, como una huida hacia delante?

—Bea...

—No. Si era una pregunta retórica. Si ya sé la respuesta. Lo has hecho para ascender. Para dar una imagen. Qué maravilla.

—Para que no te echaran, para protegerte.

—¡Yo no necesito que me protejan!

—¡Déjame que lo dude! —gritó.

Al menos había conseguido sacarlo de quicio. Que no era muy útil para que nuestra discusión acabara bien, pero igualaba un poco los términos. Que ya estaba harta de ser yo la histérica y él, el moderado. Sobre todo cuando era él quien me había pedido matrimonio por los motivos equivocados y era él quien había besado a una de la lista.

—Si me vas a gritar, me voy. Si te vas a poner imposible, me voy —le espeté toda digna.

—Eso, aquí solo puedes gritar tú.

—Porque yo soy la damnificada. Tengo derecho.

—¿Y yo no? Que ya no sé si me caso o no me caso. Que ya no sé ni con quién me caso.

—¿Ah, no? Pues eso lo arreglamos ahora mismo. Anulamos la boda y arreglado.

—Bea, yo no quiero anular nada.

—Pues no lo parece. Y total, si ya me han echado del trabajo. ¿De qué iba a servir ahora casarse?

—¿Ya no te quieres casar? —preguntó.

Maldito. Al final sabía hacer mejores preguntas que yo. Y lo malo es que yo había venido ensayando todas las preguntas, pero no tenía prevista ninguna de las suyas y mucho menos las respuestas.

—No lo sé, Víctor. No lo sé, estoy hecha un lío.

—Pues para que no quede ninguna duda. O para que no dudes de mí, te voy a decir una cosa. Escúchala bien, ¿vale? Yo sí me quiero casar contigo. Te pediría matrimonio otra vez, ahora mismo. Y mañana, y pasado. Yo me quiero casar contigo. Y solo contigo. De todas las mujeres del mundo, te he elegido a ti. De todas las famosas de la lista, la única que importa no está ahí, porque la única que importa eres tú.

Qué guapo estaba, qué encantador, qué perfecto, qué... labia tenía el muy desgraciado. Pero yo tenía que pensar, tenía que ser fuerte, tenía que...

Le besé. Y le quité la camiseta, y le seguí besando, y cuando ya le estaba quitando el pantalón gris del chándal, como una leona en celo, al ver que no llevaba calzoncillos debajo y que la cosa se estaba animando, entré en razón.

—Me voy a ir, Víctor. Me voy y seguimos con la conversación en otro momento.

—¿En serio? ¿Lo dices en serio? ¿Me vas a dejar así?

—Por favor, no me presiones ahora, por favor... Vístete. Aléjate. Hazme ese favor.

Y Víctor, casi sin inmutarse, se subió el pantalón del chándal y se puso la camiseta.

—Vale.

Su frialdad me decepcionó un pelín.

—¿Vale? ¿No me vas a presionar?

—Me has dicho que no lo haga.

—Sí, sí, tienes razón. Gracias. —Miré su bulto, su vello púbico asomándose por encima del pantalón del chándal. Ay, qué ganas de perderme ahí dentro... Ay—. Me voy. Me voy. Me voy y pienso en todo esto.

—No tardes mucho.

—¡No me presiones! ¡Y súbete bien los pantalones, por Dios!

Sonrió y en vez de subírselos se los bajó un poco más, para que viera lo que me estaba perdiendo, mientras me miraba de esa manera en que solo un golfo como Víctor sabe mirar. Con ese brillo en los ojos, con ese puntito de maldad y travesura que llevaría a cualquiera a cometer un disparate. ¿Pero cómo no iba a desear casarme con ese semental? Si no me había visto en otra en toda mi vida. Si estaba muriéndome de deseo ahora mismo, si solo tenía que decirme que quería una familia numerosa cual miembro del Opus y yo me pondría a parir como una coneja sin dudarlo. Y eso que ni me gustan los niños.

Dejé de mirar sus pelillos para recuperar la cordura.

—Prométeme una cosa. Solo una.

—Dime.

—Que no vas a volver a ver a la del telediario.

Él movió varias veces la cabeza como dándome por imposible.

—Prométemelo —insistí.

—Prometido.

Volví a casa de Chavela feliz. Cachonda perdida, pero feliz. El caso es que hacía mucho que mi novio no me excitaba de esa manera. Qué retorcido es el deseo, no hay nada como ponerle trabas, inconvenientes, dudas, para que estalle como fuegos artificiales. Lo importante ahora, aparte de que tuviera unas ganas enormes de meterme en la ducha y gastar las pilas de todos los juguetes sexuales de Chavela, era que Víctor me quería, era un práctico realista, un cabroncete, un vendeburras, un sobrado de la vida, pero me quería. Y eso era lo importante. Todo había sido un malentendido. Ahora tenía que ordenar un poquito las ideas y volver con él. Ya está, todo era agua pasada.

Pero esa noche en el sofá al que Chavela me había desterrado, al parecer ya estaba harta de dormir conmigo y de que yo hasta en sueños solo hablara de lo único, me volvieron a entrar las dudas. Había algo que no me acababa de cuadrar. ¿De verdad se había ido con amigos a la casa de la otra? ¿De verdad me había pedido matrimonio para intentar salvar mi puesto de trabajo? ¿Y entonces por qué toda la oficina creía lo contrario? ¿De dónde había nacido ese rumor? Después de darle muchas vueltas me dormí inquieta. Y a la mañana siguiente tomé la resolución, para disgusto de Chavela, de no precipitarme, de no volver corriendo a casa. Si había estado una semana fuera, bien podía aguantar dos o tres días más.

Y durante esos tres días analicé una y mil veces todo lo ocurrido. Los hechos, sus razones, los hechos, mis arrebatos. ¿Había ido demasiado lejos? ¿Me había vuelto muy loca? ¿Realmente iba a tirar cinco años por la borda por algo tan insignificante, por dos malentendidos? Sí, vale que los dos malentendidos se habían dado casi a la vez y eso es lo que me había disparado, pero si los analizaba, los desmenuzaba, tampoco eran para tanto.

—A ver, si todo esto te ha venido de perlas para tener una excusa para cancelar la boda.

—¿Pero qué dices, loca? Yo me quiero casar. Claro que me quiero casar. Y con Víctor.

—Ya...

—Sí.

—Vale.

Y claro que me quería casar. No sé si por alguno de los motivos que había esgrimido Víctor, o simplemente porque estaba enamorada de él. Tampoco quería analizarlo demasiado. Sabía lo que había sentido cuando me dio el anillo. Y esa loca emoción era irrefutable. Me había encantado, me había entusiasmado. Claro que me quería casar. Así que si quería hacerlo, tenía que dar carpetazo a todo este asunto. Comportarme como la adulta que se suponía que era y volver con Víctor. Con el tiempo, todo este episodio se convertiría en una anécdota que contar a nuestros hijos. «Pues fíjate que tu padre, justo antes de casarse, va y se lía con una famosilla que ahora ya nadie conoce. ¿Qué habrá sido de esa chica? Estará gorda, seguro.»

Así que le llené la nevera a Chavela, con cosas carísimas, para darle alguna utilidad sensata a los mil euros de mi finiquito, y así agradecerle su santa paciencia, y me despedí de ella.

—Me voy, Chavela, vuelvo a casa.

—¿De verdad? —preguntó ella con tal brillo y emoción en la mirada que yo me la imaginé con un matasuegras en la boca y serpentinas en el pelo.

—No hace falta que te alegres tanto.

—Me alegro por ti.

—Claro, claro.

Y justo cuando estaba cogiendo el bolso de la mesita del salón, la vi. A la chica del telediario, en la tele, la estaban entrevistando a la salida de su casa. Una urbanización de lo más normalita, algo que me sorprendió, quizá porque nos creemos que todos los famosos viven en casoplones y se ve que también pueden vivir en pisos normales.

—Cuéntanos, te hemos visto muy bien acompañada la otra noche. ¿Qué nos puedes decir de él?

—Solo es un amigo —contestó ella con una sonrisa un tanto sospechosa.

—Huy, esa sonrisilla...

Busqué el mando de la tele para subirle el volumen. Chavela intentó llegar antes que yo, pero no lo consiguió ya que me tiré en plancha para cogerlo. Y presioné con ganas el botón del volumen. La reportera seguía animándola a hablar.

—Ahí hay algo más que una amistad. ¿Y cómo culparte? Si se le ve tan alto, tan grande, tan atractivo. ¿Lo tiene todo así de grande?

—¿Pero qué clase de pregunta es esa? —dijo ella, intentando un gesto de indignación pero escapándosele una sonrisa.

—Todas hemos visto la foto que has compartido en las redes sociales. Y en fin... Creo que va a entrar por derecho propio en la galería de hombres con un enorme talento.

Yo ahí grité. ¿Enorme talento? ¿En serio estaban hablando en la tele del tamaño del rabo de mi novio? ¿En serio? ¿Pero en qué momento había empezado esta pesadilla? ¿Y qué clase de periodismo era ese, joder?

—¿Desde cuándo se habla del tamaño de los rabos en televisión?

—Qué poco ves la tele, Bea.

—¿Y de qué foto habla? ¿Cuál es su cuenta de Twitter? ¿Cuál es su cuenta de Instagram? ¿Dónde puedo ver esa foto?

Chavela no sabía ni qué decirme.

—Bea, por favor, olvídate de esas chorradas... Si hablan por hablar. Y seguro que ni se refieren a él. Si Víctor te prometió que no la volvería a ver.

—Me lo prometió, sí, me lo prometió. Tantas cosas me prometió, hasta que se casaba conmigo me prometió. Y ahora están hablando del tamaño de su polla. ¡En la tele!

Y mientras lo decía yo buscaba desde mi móvil la

cuenta de esa fresca, de esa desgraciada, de esa descarada, de esa cotilla, de esa presentadora lagarta de telediario.

—Y que Víctor tampoco la tiene tan grande, ¿no? —comentó Chavela.

—¿Y tú qué sabrás cómo la tiene? ¿O se la has visto? Porque ya era lo que me faltaba.

—Que no, que no, bueno aquella vez en Caños haciendo nudismo, pero claro, saliendo del agua fría del mar como que tampoco te puedes hacer una idea...

Encontré la cuenta de la chica del telediario. Busqué sus últimas fotos. Y lo vi. Ahí estaba, la había colgado el día anterior. Estaba con él. Era Víctor, con su pantalón de chándal gris. El bulto de la entrepierna era tal que no me extrañaba nada que la periodista lo comentara.

—¡¡¡¡Hijo de puta!!!!

Reconozco que me cegué. Lo reconozco.

Y antes de que me diera cuenta, antes de que pudiera procesar todo lo que estaba haciendo, me vi sentada en el ordenador de Chavela, entrando a mi cuenta de correo y escribiendo un mail a todos los invitados de la boda. A todos. Era fácil contactar con todos porque los tenía dentro del grupo: invitados a la boda.

En el mail me limité a poner que por causas ajenas a mi voluntad, pero nada ajenas a las de mi novio, ni a las de su bulto, la boda se suspendía.

Ni lo repasé antes de enviarlo.

Las primeras reacciones no se hicieron esperar.

Ni la de Víctor. Que me llamó al teléfono unas veinte veces y no le cogí ninguna. Y acabó mandándome este WhatsApp:

> Bea, ¿pero... te has vuelto majara del todo? ¿Por qué mandas un mail anulando la boda? ¿Y de qué bulto hablas?

Y yo, como toda respuesta, le reenvié la foto que había colgado la chica del telediario.

Y un único mensaje:

> Mañana iré a recoger mis cosas del piso. Ten la decencia de no estar allí. Si estás, llamaré a la policía.

Chavela me miró preocupadísima.

—¿A la policía? ¿No se te está yendo de las manos?

—Hace mucho que se me fue de las manos, ¿es que no lo ves?

—Lo veo, lo veo y me preocupo. —Miró resignada hacia su sofá y luego apoyó una mano sobre mi hombro—. Tendré que comprar un sofá más cómodo.

—Tranquila, que no me voy a instalar contigo. Me voy a casa de mis padres.

El Mercedes rosa

Nadie quiso ayudarme a bajar mi maleta del compartimento más alto del vagón. Supongo que el incidente del móvil había corrido como la pólvora. Me sentía como la protagonista de *La letra escarlata*, con su letra bien bordadita en mi solapa. Era una apestada, una loca, alguien que no merecía un simple gesto de ayuda. Y no hacía falta. Yo podía con mi maleta. Que se notaran las horas de gimnasio pegada a la maldita máquina de la electroestimulación. Mis músculos estaban duros, mi espalda fortalecida. Podía con esos veinte kilos. Al bajarla noté un crujido en la espalda. Y un dolor intenso. Y la mano derecha se me adormeció. Unas gotas de sudor resbalaron por mi frente. Mi reino por un Nolotil. Pero que nadie note nada. Tú puedes bajar la maleta hasta el andén. Tú puedes.

No sé cómo, pero conseguí salir del vagón con la maleta a rastras. Fue posarla sobre el arcén y una de las ruedas se rompió. Estupendo.

Respiré el aire cargado de humedad, el olor tan característico y tan familiar de una ciudad cantábrica como Santander. Estaba en casa. Siempre que volvía me embargaba una sensación extraña; por un lado, la satisfacción de retornar a mi lugar de origen, a ver a mi familia y a los pocos amigos que me quedaban, si es que me quedaba alguno, porque yo nunca había sido muy dada a la amistad, con mis hermanas me bastaba; y por otro lado, la angustia de sentir que nunca acababa de salir de allí, de que una fuerza telúrica, un gran imán cósmico, me atraía de nuevo a casa, y con ello la impresión de que no había avanzado, de que no había crecido, de que volvía a ser la adolescente necesitada de afecto, de estima y de aprecio que un día fui. Quizá por eso ahora regresaba; yo creía que lo hacía porque aquí podría mostrarme fuerte, como mis hermanas me veían, pero a lo mejor lo que necesitaba era abandonarme en esa adolescente de un pueblo del norte, apática a veces, soñadora otras, cabreada siempre.

Mientras la maleta traqueteaba, seguí notando las miradas de *persona non grata*. Ahora además algunos se quejaban de que con mi velocidad de crucero estaba interrumpiendo el paso. Yo no dije ni una palabra, que la ira de mi mirada sirviera para dejarlos a todos fulminados. Vi cómo el chico pelirrojo que casi me había ignorado en mis momentos más bajos salía de otro vagón con la niña en brazos y con dos pequeñas mochilas a cuestas. No sé por qué, pero esperé algún gesto de solidaridad por su parte, no que me ayudara con la maleta, bastante tenía con cargar a su hija y las mochilas, pero tal vez una sonrisa, o unas palabras de ánimo en inglés. Pero no se produjeron. Pasaron por mi lado sin percatarse. Algo es algo, pensé, mejor la indiferencia a otra mueca de desprecio.

Mi cuñado Juan me esperaba en la estación. Se me hace raro referirme a él como cuñado porque apenas lleva casado año y medio con mi hermana Débora, la alocada Débora, la etérea Débora, dos años mayor que yo y tan distinta a mí, siempre dispuesta a seguir cualquier tendencia ecológica que surgiera en algún lugar del mundo, desordenada, caótica, entusiasta intermitente, de las que pone mucha energía en algo, pero enseguida se le consume la batería, adalid de las causas perdidas, y para causa perdida ella misma, hasta que conoció a su marido y por fin se empezó a centrar convirtiéndose en poco tiempo en la mujer que es ahora. Que tampoco es que se haya transformado en una persona distinta, porque la cabra, claro, tira al monte. Pero hay cabras felices pastando todo el día en las faldas de las montañas, ¿no? Mi hermana, por otro lado, ha cumplido una de las fantasías recurrentes de cualquier mujer: casarse con un bombero y eso, quieras que no, ha alimentado su ego y le ha dado una seguridad y un pasearse por la vida con aplomo que ella, por supuesto, nunca admitirá.

Juan y ella se habían dado prisa en ir a por el niño. A los tres meses de casada nos anunció que estaba embarazada. «Para qué íbamos a esperar más, yo ya tengo más de treinta.» Esa fue la explicación que nos dio, aunque nadie se la había pedido. Ella era muy de explicarse, estaba acostumbrada debido a la cantidad de tonterías que cometía. Y que generalmente mi madre la alentaba. Y a veces hasta compartía con ella, que si beberse en ayunas un vaso de agua templada con el zumo de medio limón, que si defecar en cuclillas con los pies sobre la taza del váter para favorecer el tránsito intestinal, que si apuntarse a bikram yoga y subir la temperatura del salón a cincuenta grados para hacer estiramientos... Y otras muchas tonterías en las que mi madre ya no participaba, que si liarse con tres profesores y una profesora de la facultad y compartir sus experiencias en un blog, que si colarse en una granja de visones para liberar a todos los animales, que si unirse una temporada a las mujeres estas que enseñan las tetas como medida de protesta... En una de estas encuentra el camino, ya veréis. Y si no lo encuentra, lo que se está divirtiendo no se lo quita ya nadie, decía mi madre. Los demás creíamos que no siempre se divertía; de hecho, en su búsqueda se solía dar unos buenos y dolorosos tropezones. Pero mi madre también creía que eso formaba parte de la diversión y del aprendizaje. Mi madre siempre entusiasta con cada uno de nosotros. A su manera, claro, porque ella era muy suya, pero animándonos a que viviéramos la vida a la que aspirábamos. Sin complejos y sin miedos.

—Me ha tocado a mí venir a recogerte, espero que no te importe. Tus hermanas estaban ocupadas ayudando a tu madre con la fiesta de cumpleaños.

—Qué va, me alegro de que hayas venido tú.

Y era verdad que me alegraba. Juan era un buen tipo, alto, fuerte, no llegaba a los treinta años, bombero de profesión y toda una celebridad en Cantabria por haberse negado a desalojar a un par de ancianas de sus casas embargadas. Él y dos de sus compañeros dejaron bien claro que su profesión era apagar fuegos, no despojar a la gente de sus viviendas de toda la vida. Ahora estaban a la espera de juicio. Salía guapísimo en las fotos que ocuparon las portadas de todos los periódicos de tirada nacional. Anda que no presumí yo en el estudio de arquitectura. «Es mi cuñado, Juan, el que está casado con mi hermana Débora.» «Es un héroe, mirad qué brazos, qué gesto, qué integridad.» Y además de su integridad, Juan era un tipo bastante callado. Algo que me venía estupendamente en mi actual circunstancia. Se limitaría a hablar del tiempo, del estado de las carreteras y, como mucho, de su trabajo si yo le preguntaba.

Juan me ayudó con la maleta. Tal vez él esperara un poco de resistencia por mi parte cuando se ofreció a cogerla, pero yo estaba demasiado cansada y dolorida como para disimular, así que se la cedí sin más. Mientras la metía en el maletero de su Ford Mondeo, vi que a unos metros el chico pelirrojo y la niña se acercaban a un coche aparcado que no pasaba desapercibido. Era un Mercedes antiguo, de los años ochenta, descapotable, pero con una cubierta de lona, y todo él de color rosa. Jamás había visto un Mercedes de color rosa. Y desde luego era toda una excentricidad en una ciudad tan de toda la vida, tan del norte, tan lluviosa. Un Mercedes de color rosa chicle en Santander. Porque aquello no era un color salmón, ni un color malva suave, no. Rosa chicle. Era un coche como para llevar por Miami, pero no por Cantabria. El pelirrojo colocó a la niña en el asiento de atrás, y al cerrar la puerta miró hacia donde estaba y me saludó con un gesto. Y yo me sobresalté. Tenía los ojos de un tono claro y algo achinados, y un hoyuelo en la mandíbula. Y ahí me di cuenta de que más que de un catálogo de Tommy Hilfiger podría ser el protagonista de uno de esos calendarios de remeros de alguna universidad pija inglesa. Esos en los que unos guapos y fibrosos deportistas se desnudan para recaudar dinero para cualquier causa benéfica. Bendita moda de hombres desnudos en calendarios de causas benéficas.

—¿Qué tal? —le dijo Juan a modo de saludo.

Vaya, el pelirrojo no me había saludado a mí, sino a mi cuñado el famoso. El pelirrojo musitó un «bien», subió al coche y arrancó su Mercedes rosa.

—¿Le conoces? —pregunté. Porque no sabía si le saludaba debido a la popularidad de mi cuñado o porque realmente le conocía.

—Claro, es Diego Ariza, vive en el pueblo. Lleva el aserradero y la fábrica.

—¿Es español?

—Eh... sí. ¿Por?

—Por nada. —Yo aún estaba procesando la información—. ¿Y vive en San Esteban y conduce un Mercedes rosa?

—Hay gente para todo.

La maleta gigante

Mi cuñado Juan aparcó delante de casa de mis padres y me ayudó a bajar la maleta. La casa estaba en una urbanización algo agreste a las afueras del pueblo, rodeada de vegetación y casi colindante con el bosque que bajaba de la falda de la montaña. Qué verde es Cantabria, qué verde y qué bonita. Recuerdo que la primera vez que valoré en toda su magnitud el privilegio de haber vivido rodeada de naturaleza fue cuando volví de Madrid a pasar las vacaciones de Navidad. En tres meses me había acostumbrado ya al asfalto y a no ver más que cemento y adoquines y al llegar al pueblo descubrí que allá donde mirara, allá que había árboles, hierba, agua, vida. Muchas veces necesitas irte de los sitios para apreciarlos en lo que valen. Somos así de lerdos. Y para mí había sido tan lógico crecer entre ese paisaje que ni le había dado importancia. Es más, en mi adolescencia ansiaba tanto la ciudad que yo creo que caminaba mirando para el suelo para no ver más que el asfalto e imaginarme así en una gran urbe.

La casa era el orgullo de mis padres. Había sido una de las primeras que se construyó en la zona. Tres alturas, si contamos el ático, tejado a dos aguas, un enorme garaje, lugar de ensayo de Débora y el grupo de rock que tuvo en la adolescencia, y también un sótano, envidia de todos nuestros amigos, en el que prácticamente vivíamos mis hermanas y yo y que habíamos habilitado con un futbolín, con una mesa de pimpón y todos los cojines y colchonetas que encontramos. La casa constaba asimismo de cuatro habitaciones, tres baños, una cocina con muebles de madera roja, y un salón con un enorme ventanal que daba al jardín y a la huerta con orientación sur, donde mi madre cultivaba calabacines y tomates, que luego solía olvidarse de recoger y acababan pudriéndose en la tierra. También había un neumático de camión a modo de columpio y pintado de rojo. Las demás casas se habían ido edificando luego, sin un plan urbanístico muy claro, y de ahí que cada una fuera muy distinta a la otra, desde estructuras enormes y pretenciosas construidas con piedra de granito y enormes tejados de pizarra, hasta otras más sencillas cubiertas de enredaderas. El conjunto era bastante armónico dentro de su propio caos. La nuestra no estaba en primera línea de playa, ni en segunda, ni siquiera en tercera. Vamos, que solo si te subías al tejado veías un poquito del mar Cantábrico. Allí tumbadas sobre las tejas nos pasamos muchas horas mis hermanas y yo. Por el día para tomar algo de sol, por la noche para bebernos unas cervezas o compartir el porro que la intrépida de mi hermana Débora conseguía de uno de los camellos del pueblo, que encima nos ponía a las tres muy burras, qué bueno estaba. Desde ese tejado se cayó León, mi hermano pequeño, cuando tenía tres años. Ahora, a sus veintiuno, sigue conservando una hermosa cicatriz en la mandíbula, recuerdo de aquel fatídico día. Qué miedo pasamos. Si cierro los ojos, aún escucho el sonido que hizo al caer. Y qué manera de quedarse inmóvil en el suelo y qué manera de manar sangre de su mandíbula. Menos mal que mi hermana mayor, Irene, reaccionó al momento, ella siempre tan decidida y resuelta, cogió el coche de mi padre y nos llevó corriendo al centro de salud, mientras Débora y yo intentábamos pararle la hemorragia con el primer trapo que encontramos.

—Ya verás, fíjate en Débora, y luego dime si tengo razón o estoy un poco paranoico —me dijo Juan, sacando la maleta del coche.

Durante el trayecto yo le había preguntado a Juan qué tal llevaban lo de ser padres. Si les había cambiado mucho la vida, si el bebé lloraba mucho, si mi hermana se había convertido en una madraza... No es que en ese momento me interesara mucho el tema, pero cualquier cosa mejor que hablar de Víctor y de mi huida. La respuesta de Juan me había dejado un tanto desconcertada.

—Tu hermana está rarísima, no suelta al niño en ningún momento. Todo lo quiere hacer ella, no me deja ni bañarlo. Yo que creía que me iba a hartar de cambiar pañales, y nada.

Y era raro que a Débora le diera por ahí. Toda la vida quejándose de los hombres que no compartían las tareas del hogar y la crianza de los niños y ahora se comportaba como una madre de otro siglo.

—Yo no sé si es que no se fía de mí, pero te juro que estoy capacitado para cambiar un pañal o darle un baño. No tengo pecho para darle de mamar, pero todo lo demás lo puedo hacer.

—Tú tranqui, que ya me encargo yo de hablar con ella —le dije.

—A lo mejor es que aún no me ha perdonado.

—¿El qué?

—Que el parto me pillara en Turquía.

—Juan, ¿pero qué dices? ¿Qué ibas a saber tú que se iba a adelantar un mes? Y te necesitaban allí. Débora aquí nos tenía a todos.

Juan asintió agradeciendo mis palabras y, una vez que dejó la maleta en la entrada, se metió de nuevo en el coche.

—¿Tú no entras?

—He quedado para correr.

—¿Ahora? Si es de noche.

—Tenemos un equipo de *running* nocturno. Empezamos en la playa y luego nos metemos por las pistas forestales. Cuando quieras puedes animarte. Tú corrías, ¿no?

—Bueno... algo... sí.

No quise especificar más para no desilusionarlo. Le despedí con la mano y me quedé en la puerta hasta que lo vi marchar. Tomé aire antes de entrar en casa y observé toda la calle residencial, aquí me había criado, aquí volvía ahora para refugiarme del caos en que se había convertido mi vida. Y antes de abrir la puerta con mis propias llaves, que estaban en el mismo llavero que las del piso de Madrid, dudé por un momento. ¿Y si esta no era la mejor idea? ¿Y si me había confundido al venir aquí? ¿De verdad quería sumirme en la vida de mi familia? ¿Volver a revivir peleas, reproches, piques entre hermanas, volver a ganarme mi sitio queriendo agradar a unos y a otros sin acabar de conseguirlo nunca? No lo pienses y abre de una vez esa maldita puerta.

—Ha traído una maleta gigante.

Mi hermana Débora, con el bebé en brazos, anunciaba así mi llegada a casa. Un chucho de tres patas muy feo se acercó a mí para olisquearme mientras meneaba el rabo. Se movía torpemente debido a la ausencia de una de las patas de atrás y porque debía de tener más años que una tortuga milenaria. Mi madre siempre había tenido querencia a adoptar perros desahuciados. Los recogía de la perrera y cada nuevo que traía parecía más feo que el anterior. Eran chuchos a los que apenas les quedaban unos años, o unos meses de vida. «Se merecen pasar lo poco que les quede siendo queridos», decía siempre mi madre. Y así, de paso, también nosotros nos acostumbrábamos a la muerte desde niños. Aunque, para ser honesta, a lo único que nos acostumbrábamos era a no cogerles mucho cariño para no sufrir. Yo creo que de ahí me viene el desapego que he ido adquiriendo a lo largo de mi vida por la gente. ¿Para qué encariñarse si luego o se van, o te decepcionan, o se mueren?

El chucho intentó marcar con su orina mi maleta, pero mi hermana Débora consiguió apartarlo a tiempo.

—Quita, Gollum.

—¿Se llama Gollum? Pobre bicho.

—Así lo bautizó tu hermano León, ¿a que le pega?

Débora llevaba los ojos maquillados de un tono oscuro y el pelo bastante desaliñado, teñido de rubio y con unas grandes raíces negras que amenazaban con cubrirlo todo. No sabía si era un *look* cuidadamente descuidado, porque la verdad es que no le quedaba mal, o que realmente con el niño no tenía ni tiempo ni ganas de pasar por la peluquería. Me imaginé a su hijo a los dieciocho y viendo fotos de la madre de esta época. ¿Pensaría que habría sido criado por una *hippy*, por una *hipster*, por una *grunge*, por una yonqui o por una tarada?

—Sí que es grande la maleta, sí —dijo mi madre, saliendo del baño con los rulos puestos y una bata azul cielo que tenía más años que yo. Qué querencia le tenía a la maldita bata, y mira que le habíamos regalado otras, pero nada. Los rulos acentuaban su cara de preocupación mientras señalaba la maleta.

—No es tan grande —protesté—. Y solo quería tener varias opciones de ropa por si no sabía que ponerme este fin de semana.

—Mientes —sentenció Irene.

Irene tiene treinta y nueve años, y cierta tendencia a la obesidad, a la mala leche y a llevar ropa de señora. Irene es organizanta, marimandona, práctica. Irene no es que tenga una opinión para todo, Irene las lleva a la práctica. Ella se define como una mujer de acción. Allá donde vea un problema, allá que va ella. Y lo que le importa es el resultado, y si hay que coger atajos, los coge. Lo malo es que muchas veces esos problemas no necesitan que ella se encargue de ellos, vamos, que se mete en más fregados de los que debe. Tanto dentro como fuera de casa. Porque en casa, desde que yo recuerde, siempre ha llevado la voz cantante. A veces pienso que no me crio mi madre, sino Irene. ¿Qué le vamos a hacer? Ella ha nacido para liderar, para mandar, para ser la capitana. Le sale solo. Supongo que por eso ha acabado de alcaldesa.

Había engordado. Irene achaca su sobrepeso a un problema de tiroides. Ja. Y su gusto por la ropa de señora a que es la alcaldesa del pueblo, y que por mucho que sea de Izquierda Unida, no va a ir hecha unos zorros. Porque en un pueblo cántabro y pijo como el nuestro te pueden perdonar ser roja, pero jamás que vayas mal vestida. Irene llegó a la alcaldía, entre otras cosas, porque presumió de bolso de Loewe. Regalo de su exmarido, cuando aún era marido, claro. Ella dijo en un mitin: «Este es el único regalo que me voy a permitir si me votáis como vuestra alcaldesa». Y ya la frase que la encumbró fue: «Llego con un Loewe y me iré con un Loewe». La de viñetas gráficas y la de tertulias en la tele local que se llenaron con esa frase. A los de Izquierda Unida de Madrid no les hizo mucha gracia, pero luego, cuando arrasó por mayoría absoluta, se callaron la boca. En fin...

—¿Se ha quedado él con el piso? ¿Te ha echado? Si es así, lo podemos demandar —dijo Irene, señalando mi maleta.

—¿Qué? No te embales, Irene. ¿Traigo una maleta grande y ya estás sacando conclusiones? —protesté yo, toda digna—. No pasa nada, está todo bien. Lo llego a saber y me vengo con mochila.

—No cuela.

Desde otro lado de la casa escuché a grito pelado otra voz familiar.

—¡Ha llamado Víctor y los ha puesto al día! ¡Que lo de la cancelación de la boda va en serio y que te has ido de casa! ¡Así que no te hagan el lío! —Era mi hermano pequeño, seguramente gritando desde su habitación. Allí se pasa el día encerrado, pegado al ordenador. Aunque se entera de todo, el tío. Qué capacidad.

Miré a mis hermanas y a mi madre. ¿Víctor también les habría hablado de la chica del telediario? ¿Habrían visto las revistas? Yo, desde luego, no había contado nada más allá del mail colectivo de anulación de boda. Y por ahora no pensaba hacerlo. Lo último que quería era que se apiadaran de mí. Y si algo no necesitaba en ese momento era un interrogatorio. Yo tenía todo el derecho del mundo a buscar asilo en casa de mis padres, al igual que hacían el resto de mis hermanas, sin pasar por este tercer grado. Tenía todo el derecho a ser tratada con el mismo desdén y despreocupación con los que eran tratadas ellas cuando sus vidas se venían abajo y se metían en casa bajo el ala protectora de mi madre. Sí, mi madre nos trataba con una especie de desdén y despreocupación. Esa era su manera de querernos. Por supuesto que se preocupaba y nos quería, pero no era de las que está todo el día encima. Ni tenía tiempo ni creía que fuera la mejor manera de educar a nadie. Y supongo que por eso Irene se apropiaba del rol de matriarca responsable que mi madre no ejercía. Pero el caso es que el desdén de mamá nos sentaba bien porque para ella nunca nada era lo bastante grave, o lo bastante preocupante como para tener que hacer un drama de ello, y eso era el primer paso para que sanáramos. Y en estos momentos necesitaba mucho de su despreocupación para empezar a recomponerme.

Mi hermano León salió de su cuarto. Lo vi muy distinto desde la última vez, llevaba una parte de la cabeza rapada al cero, y le caía una pequeña melena por el flequillo. Vestía con una camiseta sin mangas y por los costados la abertura llegaba casi hasta la cintura, dejando entrever su cuerpo delgado y fibroso. León era puro nervio y eso se reflejaba en su complexión. Podía devorar como una lima que él nunca engordaba ni un gramo. Todo lo quemaba. En casa ninguno entendíamos cómo se podía pasar todo el día pegado al ordenador, parecía incompatible con el nervio que tenía. León estudiaba ingeniería informática a distancia, solo tenía que examinarse de manera presencial en la facultad. Aunque a ninguno nos quedaba claro si no iba a clase porque estudiaba a distancia o porque no le apetecía moverse de casa. Pero como sus calificaciones nunca bajaban del sobresaliente tampoco nos importaba demasiado. León era inteligente, leído, de todo sabía y no le avergonzaba demostrarlo. Eso le llevaba a ser a veces un poco redicho.

—¿Es verdad que te has exiliado de la república independiente de su casa? —preguntó.

—También era mi casa. Y aquello no era una república, te lo aseguro.

—¿Pero no te estarás precipitando? —preguntó Irene.

—Mira que anular la boda... con el vestido tan bonito que me había comprado —dijo mi madre.

—Y yo ya le había echado el ojo a un traje de Calvin Klein. Fabuloso. Añil eléctrico —intervino León.

—¿Y qué se supone que tenía que hacer? ¿Tragar con todo?

—Ahora te vas a poner tú con remilgos... —dijo Débora—. Será que no has tragado...

—¿Perdona?

—¿Os devuelven el adelanto en el restaurante? Míralo en el contrato, que seguro que hay una cláusula donde especifica que se quedan con el dinero. Pero no te preocupes que aunque la haya les podemos demandar —me recomendó mi hermana Irene.

Hacía lo menos diez años que no ejercía de abogada, pero siempre sacaba a relucir la posibilidad de poner una demanda contra quien fuera.

—Nada de demandas, que a lo mejor aún dan marcha atrás —dijo mi madre.

—No hay marcha atrás. ¿Creéis que he cancelado la boda por una tontería?

Las miré. Se miraron. Nos miramos. Y ahí me di cuenta de que me creían capaces de suspender mi boda por una tontería.

—Centrémonos —pidió mi madre—. Cuéntanos tu versión.

—Mi versión es que... Nos hemos dado un tiempo.

—«Nos hemos dado un tiempo.» ¿Pero qué gilipollez es esa? Qué mal te sienta haber estudiado en la capital, de verdad —soltó Irene con su mala baba habitual—. No hace falta que te des esos aires de Madrid, doña «soy la única que ha estudiado fuera».

—¿Pero qué dices, Irene? ¿Ya estamos a vueltas con esa tontería?

—Ignora a la alcaldesa —interrumpió León—. Expón tu caso.

Yo me revolví. No quería exponer nada.

—Ya habrá tiempo de hablar, ¿vale? He venido al cumpleaños de mamá y punto.

—Y el lunes te vuelves a Madrid, ¿no? —preguntó Irene.

—¿Ya me queréis echar?

—Hija, aquí nadie te quiere echar. Tú puedes estar en esta casa todo el tiempo que quieras.

—Sí, y estás tú ahora como para ponerte a alquilar un piso por tu cuenta en Madrid. La hija de Mari lleva un año estudiando allí y cuando me dijo lo que pagaba por una habitación en el centro, casi se me caen los pelos del chocho. —Irene tenía mala leche y también podía ser bastante ordinaria. Como soltara esas burradas en los plenos del ayuntamiento... Yo cada vez que la oía hablar a su hijo de quince años con ese vocabulario soez se me ponían los pelos como escarpias. Aunque no sé por qué, ya que todas las hermanas tendemos al taco suelto. Pero yo al menos con mi sobrino me corto—. Y supongo que a los treinta y uno no querrás compartir piso.

—Yo me puedo pagar un piso para mí sola perfectamente.

—No será con tu trabajo... —insinuó Débora.

—¿Pero qué más os ha contado Víctor? —pregunté horrorizada.

—Que te han dado el pasaporte en el estudio de arquitectura —dijo León—. Vamos que te han echado.

—¡No me han echado! Han tenido que hacer recortes.

—Y solo te han recortado a ti. Ya es mala suerte —malmetió Débora.

—Yo es que no sé ni para qué vengo, de verdad. Si queréis cojo mi maleta y me voy.

—Con lo que debe de pesar estás tú como para cargar con ella por el pueblo —opinó Irene.

A León le hizo gracia el comentario de Irene, pero intentó aguantarse la risa, y eso provocó que mi madre se acabara riendo, y su carcajada contagió a mis dos hermanas. Y finalmente también a León.

Allí estaba toda mi familia pitorreándose de mi desgracia. Bienvenida a casa.

—Me voy a dar una ducha. A ver si se me olvida este recibimiento que me estáis dando. Mi vida patas arriba, destrozada, rota, y vosotros cachondeándoos.

—¿Veis como se da aires de diva? —E Irene me imitó—: Destrozada, rota...

—Acudir a adjetivos más propios del bolero está justificado en situaciones como la suya —argumentó León.

Arrastré la maleta por el pasillo y sentí cómo el olor de la casa de mis padres empezaba a hacer su efecto en mí. A pesar del mal pie con el que había empezado con todos, ya comenzaba a sentir el calorcito que siempre me recorría el cuerpo nada más entrar en casa. Qué contradictorios los sentimientos que genera la familia.

La fiesta de cumpleaños de mi madre sería al día siguiente. Una comida a lo grande, con toda la familia, excepto por la ausencia de mi padre, que este año le tocaba estar embarcado. Mi padre se pasaba ocho meses al año en la mar. Durante ese tiempo mi casa se convertía en un matriarcado, y con dos capitanas al mando, Irene y mi madre. Irene venía a suplir de alguna manera la presencia de mi padre, tenían un carácter parecido, aunque era Débora quien se parecía como una gotita de agua a él. Cuando volvía a casa intentaba recuperar el trono perdido, pero con bastante poco éxito, porque cuando estaba cerca de imponer su voluntad, ya le tocaba embarcar de nuevo. Recuerdo que a los amigos de mis hermanas les tenía muy intrigados a la vez que fascinados el orden que imperaba en nuestra casa y cómo se veía alterado con la presencia o no de nuestro padre. Para nosotras era algo habitual. Cuando creces de una determinada manera, crees que en todas partes será así. De hecho, yo pensaba que todas las familias vivían dos estaciones emocionales tan distintas como la nuestra, y que a los ocho meses de una vida más relajada, le seguían cuatro de un régimen más estricto. Nosotras disfrutábamos o al menos agradecíamos el cambio, porque las dos maneras de vivir en familia tenían sus cosas buenas. Es verdad que crecimos con la frase amenazadora de Irene: «Ya verás cuando vuelva papá», «Da gracias a que papá no esté aquí, porque si se enterara de esto...», pero eran premisas vacías y que casi nunca tenían efecto. Porque cuando mi padre llegaba, el agravio que había valido la amenaza ya se había olvidado. Papá además siempre volvía cargado de regalos de los lugares exóticos a los que le tocaba viajar. Máscaras africanas, figuritas de la fertilidad con unos miembros viriles enormes, muñecas de todas las razas y colores, alimentos típicos de cada país... Y su llegada siempre era una fiesta. Las dos semanas previas a que desembarcara estaban cargadas de ansia y de tensión, de unas ganas tremendas por verlo, y nos afanábamos por ordenar la casa, arreglar los desaguisados, resolver nuestras discusiones y peleas, y hacer propósitos de enmienda para que mi padre al llegar se encontrara la mejor versión de su familia. No siempre lo conseguíamos. Y las veces que parecía que todo estaba en orden, enseguida el caos familiar se apoderaba de todo.

¿Y cómo vivía mi madre la ausencia de su marido durante ocho meses? Ella decía que ahí radicaba la clave del buen funcionamiento de su matrimonio. Cuatro meses para disfrutar a su marido y ocho meses para echarlo de menos. En cuatro meses no da tiempo a que se encallen las discusiones, y en los ocho meses de ausencia se consigue olvidar cualquier desencuentro o pelea. Era el éxito de su matrimonio y también de una vida sexual intensa. Algo que como hijos no necesitábamos saber, pero que a ella no le importaba airear. De hecho, hasta presumía de ello.

A mamá tampoco le molestaba especialmente que mi padre no pudiera acudir a su cumpleaños. Le veía su lado positivo al hecho de que su marido estuviera en años alternos. «Así solo cumplo años cuando viene a la celebración. Aún cree que tengo cincuenta y uno». Y el caso es que cumplía sesenta y cinco. Una de esas edades que debe de impresionar. La edad de la jubilación, aunque mi madre no pensaba jubilarse. La edad en la que solo Jane Fonda está estupenda y puede aspirar a ligarse a uno de cuarenta sin parecer patética. Pero mi madre no tenía ninguna intención de ligar con nadie que no fuera mi padre, así que lo de estar más o menos atractiva se la traía al pairo, y como quería demostrarnos a todos que los sesenta y cinco no le daban miedo, quería celebrarlo por todo lo alto. Porque había mucho que festejar, tal vez ya no tuviera la piel de la Fonda, pero sí las mismas ganas de seguir disfrutando de la vida.

Salí de la ducha, me envolví en una toalla, y me metí en la que había sido mi habitación y de la que solo quedaba la cama. Ahora era el cuarto de las visitas y el de la plancha, y el de las maquetas de barcos de mi padre. Había cierta acumulación de muebles, pero como en el resto de la casa. A mi madre y también a mi padre les encantaba pasar las horas reparando muebles, siempre con la intención de venderlos, pero después de haber empleado días y días en un armario, o en una mesa, les entraba una dependencia horrible y eran incapaces de desprenderse de ellos. Así que la casa cada vez estaba más llena.

Abrí la maleta y busqué qué ponerme. Me entró una minicrisis de pánico. No había traído suficiente ropa. No había nada en esa maleta que me apeteciera vestir. Sentí una angustia horrible. Y tuve que respirar como una embarazada en sus clases de preparación al parto, siendo consciente de cómo el aire entraba lentamente en mis pulmones y cómo lo expulsaba también lentamente, para tratar de relajarme. Mientras estaba concentrándome en la entrada y salida de aire de los pulmones, mi madre entró en el cuarto.

—¿Qué me has traído de regalo?

—Eh...

—Tranquila, que ya sé que me habéis comprado algo entre todas.

—¿Sí? —pregunté intrigada.

—Un neopreno para que aprenda a hacer submarinismo.

—¿En serio te vamos a regalar eso?

—Es lo que había pedido. Tú no sabes lo que estiliza un neopreno. Y si no me atrevo con el buceo siempre me lo puedo poner para ir a hacer la compra. O para quedar con las amigas.

—¿Qué amigas?

—Me he echado tres amigas del coro de la iglesia.

—¿De la iglesia? Pero si tú no crees, ¿no? Digo, si ni estamos bautizadas...

—Siempre me gustaron las canciones de misa. Y le pregunté al cura nuevo si era necesario creer para cantar en el coro.

—¿Y qué te dijo?

—Que si distinguía el do del si, estaba dentro. Y me lo estoy pasando en grande. Hasta me han dado un solo.

Esbocé una sonrisa. Mi madre siempre con esa capacidad para sorprenderme.

—¿Cómo estás, corazón? —me preguntó.

—No sé qué ponerme.

Mi madre echó un vistazo a la maleta.

—Los vaqueros y esa blusa.

—¿Tú crees?

—Es ropa, ¿no?

—Así no ayudas.

Mi madre apoyó su mano derecha sobre mi espalda. Yo me revolví.

—Mamá... —protesté.

—¿Qué?

—Que estoy bien. Quita la mano.

—Lo que tú digas.

El don

Mi madre, a ver cómo lo digo, tiene un don. Como en las novelas de realismo mágico, pero no es que levite, ni que a su paso lluevan flores amarillas, lo de mi madre es más normal. Bueno, normal tampoco es el adjetivo, porque bien mirado lo suyo es bastante extraordinario. Tiene una capacidad empática fuera de lo común. Puede sentir el dolor que está sintiendo el de al lado con solo tocarle las manos, o cualquier parte del cuerpo. Y puede hacerlo de una manera precisa, hasta el punto de dar un diagnóstico exacto de sus síntomas. Y es un don que ha ido perfeccionando a lo largo del tiempo a base de estudios. Es más certera que cualquier médico de toda Cantabria. Y eso es algo que le ha granjeado mucha popularidad, y todos los días son decenas las personas que se acercan a casa para ser diagnosticadas. Lo mismo detecta un tumor en el estómago, que una depresión crónica, una crisis de ansiedad, una tuberculosis escondida detrás de una alergia respiratoria o unas piedras en el riñón. Pero mi madre no es sanadora, lo suyo no son ni los remedios caseros, ni las oraciones a dioses paganos, ni la imposición de manos, ella solo detecta los síntomas y se limita de decirle a los enfermos a qué especialista deben acudir. Mi madre tampoco admite dinero por sus consultas, no quiere tener problemas legales, solo acepta comida. Algo que le viene muy bien, porque es una cocinera espantosa. Vamos, que nos ha alimentado con las ollas de comida de sus pacientes. Ollas a las que luego pone nombre y dirección con un rotulador indeleble para que sus dueños puedan recuperarlas. Yo me pasé media infancia y adolescencia recorriendo el pueblo en bicicleta para devolver las ollas a la gente. Creo que no hay una casa en el pueblo en la que yo no haya estado. Me conocen y los conozco a todos. Para lo bueno y para lo malo. Aunque ya hace años que no me encargo de devolver las ollas y es probable que haya gente nueva. Como el hombre del Mercedes rosa.

Fue raro crecer con una madre con un don. Y con un don tan especial como ese. Que tu madre empatice con el dolor de todo el mundo no solo es extraño, es también demasiado acaparador. Entre otras cosas porque la manera de diagnosticar ese dolor era sintiéndolo y eso la dejaba agotada. Se entregaba tanto a sus pacientes, a los demás, que apenas le quedaba tiempo para ella y mucho menos para regañarnos y actuar como una madre entregadísima a sus hijos. De ahí que Irene muchas veces ocupara su lugar. En mi adolescencia me dediqué a investigar de dónde podía provenir esa capacidad suya, qué había de real y qué de inventado. ¿De verdad podía sentir el dolor ajeno o simplemente tenía una perspicacia extraordinaria para diagnosticar síntomas? Di con un caso parecido, una extraña enfermedad. Ya no me acuerdo si la descubrí en uno de esos libros de Oliver Sacks de enfermedades neurológicas raras o si lo encontré en otro sitio. Una mujer padecía un problema neurológico en el que se le cruzaban sus sentidos, es decir, lo que veía lo sentía a través del tacto. Si veía cómo a alguien le daban un abrazo, ella sentía el abrazo, si alguien se quejaba de dolor de piernas, ella sentía el mismo dolor, si veía a alguien comer, ella sentía cómo esa comida era introducida en su boca y bajaba por su garganta. Algo sin ninguna duda agotador. La pobre mujer, cansada de sentir lo que los demás vivían, se encerró en su casa para no ver a nadie. Cuando descubrí ese caso extraño, empecé a temer que lo de mi madre no fuera un don, sino una enfermedad. Así que lo comenté con ella. Porque si era una enfermedad, quizá tuviera cura y se pudiera librar de esa maldita esclavitud. Pero a mi madre le dio igual. Si era una enfermedad, no quería curarse, porque gracias a ella tenía la posibilidad de ayudar a mucha gente. Debía vivir con ello y quería hacerlo. Algo que le había granjeado el cariño de todo el mundo. A mi madre la adoraban en el pueblo. Tanto que mi hermana Irene, cuando se presentó a la alcaldía, tuvo un apoyo inmediato gracias a ser hija de quien era. Y mi hermana, consciente de eso, lo aprovechó. Pero eso sí, tan pronto como la eligieron alcaldesa, hizo todo lo posible y lo imposible para demostrar que era digna de ese apoyo, trabajando a destajo y volcándose en el pueblo.

Descubrí que la mujer de la extraña enfermedad neurológica tenía una hija que también había heredado ese mal. Pero ella intentaba vivirlo de otra manera, de espaldas a la enfermedad, y así como su madre se encerraba para no sentir lo que otros sentían, ella prefería tener una vida social intensa y obviar lo que sentía por culpa de otros.

Ahí me dio por pensar que a lo mejor alguna de nosotras, o tal vez León, habíamos heredado el don de mi madre. Y me obcequé tanto con el tema que llegué a obsesionar a mis hermanos. Y de vez en cuando hacíamos pruebas para comprobar que solo sentíamos lo que cada uno sentía y que por más que nos tocáramos éramos incapaces de empatizar con el dolor del otro. A lo mejor eso me volvió más egoísta. De tanto no querer sentir lo que los demás sentían, me encerré demasiado en mí. Tal vez eso marcó mi carácter y mi manera de relacionarme con los demás y con mis parejas. Tal vez. O tal vez sea una manera de justificar mi carácter.

Mi madre, todo hay que decirlo, es un poco nefasta a la hora de diagnosticar síntomas entre sus hijos. No es que pierda el don, es que lo exagera. Se despreocupa con cualquier otro problema, pero los síntomas siempre los exagera. Y por eso no nos gusta que pose su mano sobre cualquier parte de nuestro cuerpo. Puede convertir un simple catarro en un inicio de pulmonía. En eso es igual que todas las madres. Bien es verdad que gracias a una de sus predicciones exageradas a mi hermana Irene le habían detectado un tumor en los ovarios que pillaron a tiempo. Pero, en general, lo saca todo de quicio. Y eso que de natural, ya digo, es poco preocupada. De ahí que me revolviera cuando puso su mano sobre mi espalda. No quería que sintiera lo que yo estaba sintiendo, que amplificara mi dolor y mi rabia. Porque a nada que lo exagerara ya la veía pidiendo mi ingreso en la López Ibor. Y lo mío no era para tanto.

—Tú estás fatal —sentenció.

—Una contractura, la maleta que pesaba mucho. Nada más.

—Cariño...

—Mamá, he venido a tu cumpleaños, tengamos la fiesta en paz.

—Ay, pobrecita.

—¡Mamá!

—¿Qué? ¿Por qué me gritas? —preguntó.

—Que no quiero que te compadezcas de mí. Y que no te pega nada. Que tú eres de no preocuparte.

—¿Cómo que no me preocupo? Si me paso la vida preocupada. Sin alharacas, pero me la paso.

—Pues sigue así, sin alharacas.

—Vale, vale... Pero, cariño, que sepas que de todo se sale. Aunque ahora te parezca imposible. De todo. Con trabajo, con disciplina, con ilusión, con esfuerzo, con el apoyo de los tuyos, con terapia, con medicamentos y sobre todo quitándole importancia...

La miré asustada.

—¿Pero tan mal me has sentido?

—Pobrecita.

Y sin más salió del cuarto.

Tócate las narices. Me dejaba así, con el pobrecita en los labios. ¿Desde cuándo se había vuelto ese tipo de mujer que decía «pobrecita»?

—¡Pues para eso mejor estate callada! —grité a la habitación vacía.

Mis voces debieron de alertar a mi hermana mayor, porque no tardó más de tres segundos en presentarse en mi cuarto.

—¿Estás bien?

—¿Esta blusa o esta? —dije, señalándole dos opciones. Fue lo primero que se me ocurrió, qué le vamos a hacer.

—¿Por eso gritabas? Tú estás fatal.

Y salió de la habitación. Ahí empecé a sospechar que la idea de venir a refugiarme al pueblo a lo mejor no había sido muy afortunada. En la distancia siempre se me olvidaba lo especialita que es mi familia. Yo desde Madrid la mitificaba, la edulcoraba y luego siempre me daba de bruces con la realidad. Era verdad que entretenidos eran un rato, pero a excéntricos no había quien les ganara. Irene entró de nuevo, pero esta vez acompañada de mi hermana Débora, que venía con el pecho izquierdo al aire para amamantar a su hijo. Iba a tener razón mi cuñado Juan, mi hermana no se separaba del crío. Observé al bebé. Qué manera tenía de agarrarse al pezón. Menuda lapa. Mis dos hermanas me miraron en silencio. Yo, incómoda ante semejante escrutinio silencioso, hablé:

—¿De verdad le vamos a regalar un neopreno a mamá? ¿Y desde cuándo va a misa?

—¿Ves? —dijo Irene, mirando a Débora—. Ahora desvía la conversación hacia temas triviales, típico de ella cuando está mal.

—¿No irás a tener una crisis de las tuyas? —preguntó Débora con cierto pánico.

—¿Qué crisis de las mías? —quise saber.

—Hazte la tonta.

Ahí caí en la cuenta de a qué se refería.

—Eso fue a los dieciséis años.

—Sí, y el de la panadería aún se acuerda. El lío que armaste con el roscón de reyes...

—¡Estaba duro y asqueroso! ¡No se podía comer y había hecho una cola de dos horas para comprarlo! ¡Dos horas!

—¿Y eso fue motivo para amenazar de muerte al pobre panadero?

—Era una adolescente, por Dios. ¡Y tampoco lo amenacé, que cada vez que contáis la historia la exageráis más!

—Pero si han pasado quince años y es mencionar tu nombre al panadero y tiembla.

—Tonterías. Y que sepáis que no he vuelto a tener una crisis de ansiedad en mi vida. —Porque lo que había pasado en el tren no se podía considerar una crisis de esas, ¿no? Como mucho un estallido incontrolable de ira. Bueno, sí, un poco parecido al que tuve con el panadero, pero... tampoco tenía por qué entrar en detalles con mis hermanas.

—Mamá ya está revolviendo en el botiquín buscando ansiolíticos —dijo Débora.

Irene le dio un pisotón.

—¿Qué haces? —protestó dolorida.

—Que no le digas lo de los ansiolíticos, que la asustas.

—¿Qué pasa, que mamá se los pensaba esconder entre la comida como a los perros? —preguntó Débora mientras recolocaba su teta para que el niño siguiera succionando.

Las miré sin dar crédito. Y yo creyendo que mis hermanas me veían como una persona fuerte.

—Estoy atrapada en vuestra genética de trastornadas —les increpé.

—Muy bonito, échale la culpa a nuestros genes por haber huido de tu boda. En esta familia no huimos de los conflictos.

—No huirás tú, deja que los demás nos apañemos como podamos.

—¿De verdad que no lo vas a arreglar con Víctor? Mira que es estupendo. Que tú no eres consciente de la suerte que tuviste encontrándolo, con lo que tú eres —dijo Irene.

—¿Cómo soy, a ver?

—Irene... —le recriminó mi otra hermana—. Comentarios negativos a un inestable nunca, que lo arrojas al precipicio.

—¿Pero os estáis escuchando? —grité.

—Huy, qué gritona vienes.

—Mucho, muy gritona, tiene razón Irene.

—¡Es que no ayudáis! —exploté—. ¿No veis que así no ayudáis?

Con los gritos el bebé dejó de chupar la teta y me miró con los ojos abiertos. Qué verdes los tenía, yo no sé a quién salía ese niño. En menos de un segundo arrancó a llorar.

—¿Estarás contenta? —me reprochó Débora—. Ahora ya no va a haber manera de que agarre la teta. Con lo que le cuesta. Si no le hubieras hecho ese comentario negativo, no habría estallado.

—Si la madrileña no necesita ayuda para estallar.

—La madre que os parió —dije yo.

Y salí de mi antiguo cuarto sin más miramientos.

Un paseo por la playa

Sin pensarlo demasiado me vi caminando hasta la playa. Con la esperanza de que el aire fresco de la noche me hiciera serenarme. Olvidarme por un rato del recibimiento familiar y sobre todo, sobre todo, quería quitarme a Víctor de la cabeza, para poder pasar página cuanto antes. Pero dolía demasiado. Y yo era la primera sorprendida ante este tipo de dolor. Nunca lo había sentido, o no de esa manera. Era un dolor inabarcable, que me impedía pensar e incluso por momentos respirar. Allí, pisando la arena, empecé a darme cuenta de lo difícil que iba a ser romper con todo. Que una cosa era dar el paso impulsivo de coger la maleta y marcharme, de escribir un mail furioso y acabar con la boda, y otra muy distinta aceptar que mi vida cambiaba por completo. ¿Dónde iba a vivir? ¿Dónde iba a encontrar trabajo de arquitecta? ¿Y realmente quería seguir dejándome la vida, las pestañas, el humor, en proyectos megalómanos que casi nunca se materializaban y que para una vez que lo hacían me lo pagaban echándome? Estaba muy decepcionada con la arquitectura, sentía que los dos últimos años solo habían servido para alejarme cada vez más de lo que un día me apasionó. Con mis treinta y un años a lo mejor aún estaba a tiempo de plantearme otra profesión, otro futuro... Siempre me podía poner a diseñar lámparas, qué sé yo.

Noté cómo la arena se colaba en mis zapatos. Me descalcé y fui hasta la orilla. Siempre había estado enamorada de esa playa, de las pocas cosas que realmente echaba de menos en Madrid. Vale, a mi familia la echaba de menos a ratos, pero eso con unas llamadas de teléfono se arreglaba. Lo del mar no, lo de esta playa de arena blanca y fina, de tamaño perfecto, acogedora, cálida y llena de vida en verano, atormentada, revuelta y para mí sola en invierno, no se dejaba de añorar con un telefonazo. El primer curso en Madrid pensé que me ahogaba sin el mar, no me pasó lo mismo con los paisajes verdes, luego me acostumbré, claro, la ciudad era demasiado excitante, demasiado absorbente como para lamentar la pérdida.

El agua estaba congelada y no aguanté más de tres segundos con los pies metidos. Me arrepentí al momento de haberlos mojado, porque ahora no tenía con qué sacudirme la arena y me iba a tocar ir a casa descalza. La luna llena iluminaba la noche y se veían perfectamente todas las casas más cercanas. ¿No había una ley de costas que prohibía esas edificaciones tan pegadas a la playa? No es que tuviera yo una conciencia ecológica muy desarrollada. Más bien era pura envidia. La envidia de que otros vivieran tan pegaditos al mar y mi familia no. Con la luz de la luna me quedé observando la gran casa de los Andrada. Era un palacete de principios del siglo xx. El edificio más bonito de toda Cantabria. De piedra y con unas grandes galerías de madera blanca, que pintaban y reparaban cada año, para que el efecto pernicioso y devorador del salitre no acabara con ellas. El jardín de no sé cuantos cientos de hectáreas estaba primorosamente cuidado, con sus castaños centenarios, cedros, robles y alguna especie más que desconocía. Algo me llamó la atención. Y me acerqué para cerciorarme de que la luz de la luna no me estaba jugando una mala pasada. Al lado de uno de los robles estaba aparcado un coche que ya había visto antes. El Mercedes rosa. ¿Qué hacía ahí? Yo conocía a la familia Andrada y podía asegurar que el hombre con la niña en brazos, el hombre del puzle, el hombre que conducía ese coche no era de la familia. ¿Habrían vendido la finca? Tendría que preguntarle a mi hermana Irene, seguro que, como alcaldesa que era, estaba al tanto. La puerta de la casa se abrió y vi salir al chico del Mercedes. Iba en chándal y llevaba una bolsa de plástico enorme en la mano. Parecía pesada. Se acercó al coche y colocó la bolsa en el maletero. Después se metió en el vehículo, pero no arrancó el motor. Yo me quedé observando unos minutos, y el coche no se movió, ni el chico volvió a salir. Qué raro, pensé. ¿Tendrá problemas de insomnio y solo conseguirá conciliar el sueño en el asiento del coche? No sé muy bien por qué, pero me acerqué todo lo que pude a la casa. Quería ver qué estaba haciendo allí dentro. No era asunto mío, ya lo sé, y yo tenía otras preocupaciones en mi vida. Pero lo hice. El muro de piedra me impedía tener una buena visión del vehículo. Así que me encaramé a él. No era fácil porque estaba descalza y la superficie irregular y puntiaguda de las piedras se me clavaban en la planta de los pies. Pero finalmente conseguí asomar la cabeza por encima del muro. ¿Qué estaba haciendo en el Mercedes? ¿Cantaba? ¿Gritaba? El chico empezó a golpear el salpicadero del coche con furia. Me dio algo de miedo, pero supongo que no el suficiente como para irme. A veces el miedo produce curiosidad. Así que en vez de irme, me encaramé un poco más al muro. Al asomarme tanto él notó mi presencia y giró la cabeza hacia donde estaba. Yo, con la impresión y para que no me viera, intenté reaccionar lo más rápido que pude, di un paso hacia atrás, perdí el equilibrio y me caí del muro. Me golpeé con la cabeza y con todo mi cuerpo. Creo que perdí parte de la piel de mi espalda, de mi culo y también una vértebra en la caída. Qué daño. Qué horror. Intenté moverme, pero el dolor de espalda era terrible, y además los pantalones y el jersey se me habían enganchado a una zarza. Entre el dolor y lo enganchada que estaba apenas conseguía moverme. Además, pisé algo que se rompió y mi pie derecho se coló en un hueco. Oí un ruido. Alguien estaba abriendo la verja. Mierda. Era él, seguro que era él. Y yo sin conseguir desengancharme. Se me ocurrió quitarme el jersey, dejarlo entre las zarzas y echar a correr. Lo intenté, pero no es fácil quitarse una prenda de ropa cuando el dolor de espalda es agudo y te tiene medio paralizada. Tampoco el miedo y las prisas son tu mejor aliado en una situación así de ridícula. Oí los pasos acercándose.

—¿Quién anda ahí?

Y yo ya estaba sudando, intentando desembarazarme de las zarzas, con el jersey a medio quitar, por encima de la cabeza, con un brazo fuera y el otro no... Pero sin conseguir arrancármelo del todo ni moverme. Así que se me ocurrió la peor cosa que se me pudo ocurrir. Hacerme la inconsciente, como si el golpe me hubiera dejado KO. Ahora ya puedo decir que hay un animal más tonto que un avestruz, que oculta su cabeza entre la tierra cuando hay un peligro creyendo que si él no lo ve el peligro desaparece, ese animal más tonto soy yo.

Una luz de linterna atravesó el tejido de mi jersey. Apuntándome a la cara. Menos mal que la lana me protegía del bochorno más absoluto. Oí su voz, grave, seria, preocupada, pero seca.

—Hey, tú, ¿estás bien?

Y yo muda, paralizada. Inconsciente. Avestruz total. Más allá del avestrucismo, inventando una nueva definición para la estupidez. Muda, paralizada, sin mover un músculo. Hasta tenía los ojos cerrados y eso que no me los podía ver a través del jersey, pero por si acaso. En las situaciones de pánico me da por reaccionar así, qué le vamos a hacer. Aún recuerdo un día en una clase práctica para sacarme el carné de conducir, que ante un inminente impacto con otro vehículo lo único que se me ocurrió fue gritar, cerrar los ojos y quitar las manos del volante. El profesor no quiso volver a darme clase. No sé por qué. Tres profesores más tarde conseguí sacarme el carné.

—Tú, ¿me oyes?

Y yo ahí, sin moverme, sin decir ni una palabra, ni un quejido, como esperando que por arte de magia el buen hombre desapareciera o yo me despertara en mi cama como si todo hubiera sido un sueño. Sentí cómo se agachaba y me apartaba el jersey de la cara. Yo seguía con los ojos cerrados.

—Oye, oye...

Noté su dedo índice en mi cuello. Buscaba mi pulso. De haber sabido hacerlo hubiera bajado mis pulsaciones hasta hacerlas imperceptibles.

—Tienes pulso.

Me dio unos pequeños cachetes en la cara.

—Hey, me estás asustando. Venga, despierta.

Lo había dicho como ordenándomelo, como si estuviera acostumbrado a que se acataran siempre sus órdenes. Como si una inconsciente pudiera resucitar simplemente porque él se lo ordenara. Vale que yo no estaba inconsciente, pero él no lo sabía. Yo seguí sin moverme. No quería ni respirar. Noté sus manos en mi cabeza, levantándomela ligeramente. Y palpando todo mi cuero cabelludo. Como encuentre sangre me desmayo de verdad, pensé. Tengo un pánico irracional a la sangre. Que no haya sangre, por Dios, que no la haya.

—No hay sangre.

Ufff... alivio. Menos mal. No me podía imaginar nada peor a que me estuviera desangrando, aunque solo fuera un poquito.

—Voy a llamar a una ambulancia.

¿Qué? No, no, no. Una ambulancia no. ¡Eso es casi peor que la sangre! Que van a descubrir que todo era un paripé. No, no, no. Bea, abre los ojos de una puñetera vez, antes de que la cosa se líe más. ¡Ábrelos! Pero espera, no lo hagas ya. Que si te despiertas al oír la palabra *ambulancia* no se va a creer que estuvieras inconsciente. Y menuda se las gasta el tío, y encima tienes todas las de perder. Pero tampoco aguardes demasiado, porque le da tiempo a llamarla. ¿Cuánto entonces? ¿Ya? ¿Ahora? No, espera. Tú abre los ojos en un punto intermedio. ¿Cuándo?

—¿Dónde tengo el móvil? —preguntó.

Me decidí. Abrí con lentitud y algo de miedo un ojo. El derecho, que lo abro mucho mejor que el izquierdo, cuando solo quiero abrir uno, me refiero.

—Hey... ya estás aquí. ¿Estás bien?

—Eh... no sé...

—¿Te puedes mover?

—Eh... Creo que sí, voy a ver. —Y al moverme di un grito. Mi pie se había enganchado más de lo que creía. No dolía tampoco mucho, pero pensé que gritando lo podría desconcertar un poco y ganar algo de tiempo. Cuanto más herida estuviera, menos bronca me caería por estar encaramada a un muro de una propiedad privada, ¿no?

—¿Qué te duele?

—El pie, la espalda, el culo, la cabeza... Todo...

—Venga —dijo como si le costara la vida ser amable—, que te ayudo.

El chico, con sus brazos de remero, me levantó con cuidado. Mi pantalón no quería desprenderse de las zarzas y él utilizó su pie derecho para quitármelas de encima. Oí cómo la tela del pantalón se desgarraba. A la mierda doscientos euros. Por fin conseguí ponerme de pie. Me palpé la espalda, tenía la piel levantada, herida. Miré la yema de mis dedos y vi algo de sangre. Un ligero mareo.

—¿La tengo muy mal?

—No soy médico.

—Pero me puedes decir si hay mucha herida, por favor.

Refunfuñó, molesto. Pero accedió.

Levantó la camiseta y miró mi espalda.

—Solo un par de rozaduras. Ponle algo de desinfectante cuando llegues a casa.

—Vale —dije con un hilillo de voz. Me estaba mareando de verdad de solo imaginarme la herida. Y él ahí se debió de apiadar de mí.

—¿Vives cerca? ¿O quieres que coja algo de alcohol?

—No, no, vivo aquí al lado, gracias.

Él me observó con atención. Y ahí sentí que me reconocía.

—¿Tú no eres la del tren?

—¿Yo?

—Sí, la que le montó el follón a un pobre chaval.

—Bueno, bueno, follón... tampoco.

—Tenías a todo el vagón acojonado.

—¿Yo?

El chico me miró sin decir nada. Durante dos o tres segundos, que a mí se me antojaron horas.

—Mi hija ha hecho un dibujo de la chica del tren con cuernos y rabo. No te digo más.

—Vaya. Lo siento.

—Es fuerte, no te preocupes.

—Bien por ella.

—¿Y qué hacías en el muro?

No supe cómo contestar a esa pregunta. Cualquier respuesta iba a ser mala. Así que di la peor.

—Creo que me estoy mareando.

Ante su gesto de perplejidad intenté reforzar mi pantomima.

—Es el oído, a veces tengo vértigos...

—Ya, sobre todo cuando te caes de un muro.

—No, sí... a ver...

—¿Lo haces mucho? ¿Lo de trepar por muros ajenos?

Emití un sonido que intentaba hacer pasar por una negativa.

—¿Qué pretendías? —lo preguntó como quien lanza un misil. Con precisión, sin piedad. Como lo hubiera preguntado Clint Eastwood cuando aún no dirigía *Los puentes de Madison*.

Pude acojonarme, pero decidí no hacerlo. Era mi momento, o el momento de ser ingeniosa, de que mi inteligencia, mi rapidez mental, alguna de mis maravillosas ocurrencias diera algo de sentido a este sinsentido.

—Soy arquitecta.

Sí, dije: «Soy arquitecta». A la mierda mi momento. Una siempre puede caer más bajo que de un muro. Una puede hacer incluso más el ridículo que haciéndose la muerta en una situación extrema. Una siempre puede abrir la boca y decir que es arquitecta.

—¿Y?

—Digo, que no soy una ladrona, que... quería ver la arquitectura de la casa...

—¿A estas horas?

—Fue... un impulso. A veces me pasa.

—Ya. Un impulso. Como acusar a un chaval de robarte el móvil.

—No lo suelo hacer normalmente. De verdad.

—¿Puedes caminar?

—Sí, sí, creo. Sí. Puedo. Gracias por preocuparte.

Otro gruñido por su parte. Era todo efusividad el hombre. Pero en vez de apocarme, le pregunté:

—¿Y tú? ¿Estás bien?

Al chico se le torció el gesto. Se ve que no le había hecho gracia mi pregunta.

—¿Perdona?

—Nada, nada, olvídalo.

Me alejé de allí, cojeando, e intentando que no se notara. Como si una cojera fuera lo único que tuviera que disimular esa noche para superar mi humillación.

Fue entrar en casa y respirar aliviada. Me seguía doliendo la espalda, pero ya estaba a salvo. Busqué Betadine en el botiquín del baño y me lo apliqué como se lo hubiera aplicado una enfermera a un herido de la Segunda Guerra Mundial, con generosidad y mimo. Envolví mi espalda en una toalla, para no pringar las sábanas ni mi ropa y me metí en la cama.

Intenté dormir y olvidarme del absurdo episodio con el chico del Mercedes rosa, pero no lo conseguí. Así que, dolorida como estaba, cogí el edredón nórdico de la cama y me lo llevé al tejado. Me acomodé entre las tejas y eché de menos no tener una cervecita que llevarme a la boca. La opción de pasarme borracha esos primeros días que intuía duros era algo que considerar. Pero bajar a por una cerveza hasta la cocina me daba mucha pereza. Siempre me debatía entre las ganas de hacer cosas y la pereza que me daba hacerlas. La pereza solía ganar las batallas. Unos ruidos me sobresaltaron. Era mi hermana Irene, que como si me hubiera leído el pensamiento, estaba subiendo al tejado con dos latas de cerveza en la mano. Ay, cómo te quiero.

—Qué maravilla de luna —dijo, pasándome una cerveza.

—Sí.

Mi hermana se sentó a mi lado y me pilló algo del edredón para taparse las piernas.

—¿Y entonces, cuáles son tus planes? Porque tendrás que organizarte. ¿O vas a entrar en un periodo lánguido de heroína de novela romántica?

—¿No podemos seguir hablando de la luna?

—Es grande, redonda, luminosa. No se me ocurre nada más.

—Es bonita también.

—Sí.

—Y... grande.

—Eso ya lo he dicho yo.

—Ya. Ay...

Me retorcí algo dolorida.

—¿Estás bien?

—Sí, nada, un golpe tonto... Pero no es nada.

Y me quedé callada. Le di un trago a la cerveza.

—Qué rica.

—¿También le vamos a poner adjetivos a la cerveza?

—Espumosa, fresquita, amarga...

—¿Ya?

—¿Y qué tal en la alcaldía?

—Se podría definir ahora mismo con una palabra: biomasa.

Yo no sabía de qué hablaba.

—¿No has visto la gran fábrica que han instalado al lado del aserradero de los Andrada? Seguro que Juan ha tenido que mencionártela al traerte de la estación. Si aquí no se habla de otra cosa.

—No.

—Pues tenemos al pueblo dividido. Entre los partidarios de la fábrica y los que están en contra. Aunque yo te juro que no acabo de entender a los que se oponen. Energía limpia, barata, va a dar salida a toda esa madera inservible de los bosques, y encima genera empleo. Y más que va a generar si los planes salen como queremos.

—¿Estás metida en la fábrica?

—No, no, pero la estamos apoyando desde el consistorio. No veas la maravilla de instalaciones que han montado, y lo que queda. Porque la fábrica solo produce *pellets* para calderas, pero...

—¿*Pellets*? —la interrumpí. No tenía ni idea de lo que me hablaba.

—Sí, son como unas pastillas de serrín seco y comprimido que se usan como combustible en las calderas.

—Ah...

—Al lado de la fábrica están construyendo una mucho más grande para convertirla en una planta de energía eléctrica. Es un proyecto ambiciosísimo. Pero que necesita la implicación de todo el pueblo. Porque hay que hacer una agrupación de los bosques privados, uso de los públicos y plantaciones forestales de cosecha corta de tres años... Y de ahí que esté la gente dividida. Aunque ya te digo que no entiendo a los que se oponen. Cenutrios. Tendríamos que estar orgullosos de que por fin alguien piense más que en anchoas y en turismo para Cantabria. Pero algunos ya sabes cómo son ante los cambios, antes se pudren que aceptar algo nuevo.

—¿Me vas a dar un mitin?

—Tú preguntaste. Pero me callo.

—Otro día me lo cuentas con calma.

—Sí, si ya verás alguna pintada en el pueblo, donde me insultan con todas sus ganas.

—¿A ti?

—Sí, hija, sí, al parecer una mujer de izquierdas debería estar empeñada en salvar todos los arbolitos podridos de la zona. Soy una traidora a Cantabria por no hacerlo.

—¿Y no estás empeñada en salvar los árboles?

—No, estoy empeñada en el progreso. Claro que quiero árboles, pero también quiero energía verde, limpia, ecológica, eficiente, que dé trabajo, que produzca electricidad para cincuenta mil personas. ¿Sabes lo que significaría eso? Podríamos olvidarnos de los combustibles fósiles, del gas y del petróleo, y ser autosuficientes. Seríamos pioneros en España, joder. Y que se puede tener todo, árboles y energía. Solo hace falta un poquito de cabeza. Y hasta unos dinosaurios como los Andrada se han dado cuenta de por dónde va el futuro y por eso han ampliado el negocio de la madera. Bueno, la verdad es que el yerno ha tenido mucho que ver. Pero ya ves, siempre sale algún ecologista trasnochado llorando por cuatro zarzas y cuatro matojos que para lo único que sirven es para provocar incendios, o para que se extiendan las plagas. Y ahora dicen que me he aliado con el capital, tócate las narices. Yo. Con el capital. Cuando lo único que hago es pensar en que este puto pueblo arranque.

Me admiraba la pasión de mi hermana. Qué seguridad, qué envidia cochina.

—Has nacido para esto.

—¿Para qué? ¿Para pelearme?

—Y para defender lo que crees.

—Pues tu hermana Débora se ha pasado al enemigo. Ahora está a favor de que no se toque ni un árbol, ni una rama. Como si alguna vez le hubieran importado. Así que mejor no sacar este tema delante de ella. Porque la tenemos. Y mi exmarido en la oposición también me toca día sí y día no los ovarios que ya no tengo. Pero ese lo hace por revancha, a ese sí que se la refanfinflan los arbolitos.

—Lo que tú digas. Oye, ¿y quién es el yerno de los Andrada?

—Diego, un tío muy capaz.

—¿Diego? ¿Pelirrojo?

—Sí, ¿lo conoces?

—Eh... me lo he cruzado.

—Pobre, con todo lo que se le ha venido encima y ahí está, sacando la fábrica adelante. Y ya te digo, estamos trabajando codo con codo para hacer realidad la planta eléctrica. Necesita inversores de fuera, pero está en ello. Y lo vamos a lograr. Así me odie medio pueblo y así tenga que coger todos los atajos que tenga que coger. Pero esto lo sacamos adelante.

—Ten cuidado, Irene, por Dios, que eres la alcaldesa.

—¿Y?

—Digo que a ver si vas a coger algún atajo ilegal... y te acaban acusando de corrupción, de malversación, de cohecho, o de todas esas cosas que acusan a los políticos.

—Pero a esos casi siempre los acusan con razón. Yo jamás me he llevado un euro ni he favorecido a un amigo, ni he cometido tráfico de influencias. Esto es bueno para el pueblo y punto. Y que esté apoyando a muerte al pobre Diego no es por simpatía o amistad, es por su proyecto, que es cojonudo.

—¿Pobre? ¿Pero pobre por qué? Si ha dado un braguetazo, vive en un casoplón, y es de un árido y de un seco que tira para atrás.

—¿Pero tú cuánto hace que no vienes a casa? ¿No sabes lo de Diana, la hija pequeña de los Andrada? Qué autista has sido siempre, de verdad. Y qué poco te ha interesado lo que pasaba en el pueblo.

—¿Qué le ocurre a Diana?

—Se mató.

—¿Diana?

—En un accidente de coche. Al día siguiente de sacarse el carné, ¿cómo te quedas? En un cruce un camión se la llevó por delante. Diego estaba casado con ella.

—¿Qué me dices? Si por algo yo no cojo el coche. Así que el pelirrojo es viudo.

—Viudísimo. Lo que te puede cambiar la vida de un día para otro. Y ahí está en esa casona, sacando adelante a su niña, que no habla, y a una suegra que apenas se mueve. Fue morir la hija y a ella darle un derrame que la dejó medio paralítica.

—¿Pero qué película me estás contando?

—Cuando dicen que las tragedias no vienen solas, es verdad.

—¿Y la niña es muda?

—En teoría, no. Vamos, que no tiene ningún problema físico. Pero no habla. Yo ya le he dicho que la traiga para que la vea mamá, a ver qué le dice, pero no quiere.

—¿Tanta confianza tienes con el pelirrojo?

—La biomasa. Si ya te digo que estamos trabajando mano a mano en el ayuntamiento. Y sí, el hombre tiene su carácter y se gasta a veces una mala leche importante, pero cualquiera le culpa.

—Ya...

—Hala, ya te he puesto al día. Te quejarás. Ahora tú. Tus planes. Cuéntame.

Yo me quedé mirándola sin saber muy bien qué contestar. Aún digiriendo toda la información que me había dado. No había nada como volver al pueblo para imbuirse en los problemas ajenos.

—No sé. No sé qué planes tengo.

—¿Vas a buscar otro trabajo ya? ¿Tienes algo de dinero ahorrado? ¿Qué vas a hacer con el piso? ¿Lo de Víctor es definitivo o solo una rabieta? Digo, que anular una boda es una cosa seria. Menos mal que has dado con una familia relajada a ese respecto, porque en otras ya te hubieran formado un consejo de guerra.

—¿Pero de verdad no os habéis enterado?

—¿De qué?

—De las fotos, del *Cuore*. ¿Víctor no os ha dicho nada?

O disimulaba muy bien o Irene no tenía ni idea de lo que le estaba hablando.

—¿Estás bien? Dices cosas sin sentido. ¿Qué es lo del *Cuore*?

—Nada, nada... Ya habrá tiempo...

—Dime. Ahora no me dejes con la intriga.

—No, mejor así. Este fin de semana es el del cumpleaños de mamá. Luego ya habrá tiempo.

—¿O sea que te quedas más días? ¿Cuántos?

—No lo sé, Irene. No lo sé. ¿Te parece mal que me quede?

Irene me abrazó.

—No eres más tonta porque no entrenas. Estoy encantada de que te quedes. Así a lo mejor me puedes echar una mano con tu sobrino.

—¿Qué le pasa?

—Nada. Que está en una edad imposible. A ver si no nos da la comida mañana en el cumpleaños. Pero de verdad que me tiene preocupada. Y el merluzo de su padre no ayuda, no ayuda nada. ¿Qué vería yo en ese argentino, por Dios?

La fiesta de cumpleaños

El cumpleaños de mi madre fue un éxito. Como todos los años. Al menos eso decía ella cada vez que nos poníamos a recoger los restos de comida de los platos para tirarlos a la basura.

—Un éxito.

—Sí, mamá. Un éxito —dije yo.

—Un exitazo —exageró Débora.

—Más éxito incluso que el año pasado —añadió Irene.

—Ya os estáis cachondeando.

—Un poco. Oye, qué fuerte lo del guardia civil, ¿no? —comenté.

Lo del guardia civil había tenido su aquel, y yo aún lo estaba asimilando. Estábamos sentados ya a la mesa para dar cuenta de todos los manjares que teníamos delante —unas rabas estupendas, un sorropotún, que es una especie de bonito encebollado con pimiento, una merluza en salsa verde y una carne mechada que se deshacía solo con mirarla, todo gracias a la generosidad de los pacientes de mi madre que, sabiendo que era su cumpleaños, se habían esmerado—, cuando nos dimos cuenta de que León había puesto un plato de más. O se había confundido o esperaba a alguien, porque allí ya estábamos todos: mis dos hermanas, mi cuñado Juan y también Fin, que es el hijo adolescente de mi hermana Irene y al que tuvieron la ocurrencia de llamarle Serafín, ya hay que ser desgraciados, menos mal que todos le llamamos Fin. Pero como a mí me suena muy definitivo, siempre imagino el nombre con dos enes al final, como si fuera inglés, y me quedo más tranquila.

—¿Viene papá? —quise saber yo.

—No, tu padre estará ahora mismo atravesando las Maldivas —dijo mi madre—. Si hablé ayer con él por Skype. Es su último viaje.

—¿Cómo que su último viaje? —pregunté.

—Jubilación anticipada.

—¿Pero cómo se va a jubilar, si no tiene ni sesenta...?

—Pues se la conceden, el problemilla que tenía en la mano le ha ido a más y ha conseguido que le arreglen los papeles.

—¿Y cuándo viene?

—En tres semanas.

—Ay, mamá, que lo vas a tener aquí todo el día, qué bien, ¿no?

—Supongo —respondió mi madre sin estar del todo convencida—. A ver cómo se adapta, cómo nos adaptamos...

—Oye —dijo Irene—, pues podíamos poner el ordenador aquí y llamarle ahora. Así sería como si comiéramos con él.

—De eso nada —protestó mi madre—. Que estoy ya del Skype hasta los mismísimos.

—¿Te pasa algo con papá? —pregunté yo con cierta alarma.

—Si sigue empeñado en el Skype, me va a acabar pasando. Qué manía les ha dado a todos los de la tripulación ahora con estar continuamente conectados. Si llevábamos veintitrés años de maravilla viéndonos cuando nos teníamos que ver y hablando lo justito cuando estaba embarcado, no sé a santo de qué esa moda de hablar a cada rato. Pero, claro, como los otros compañeros del barco lo hacen, pues él, lo mismo.

—Pues díselo, dile que no quieres hablar tanto con él.

—¿Pero cómo no voy a querer hablar con él? Claro que quiero, pero cuando esté aquí —dijo de manera contundente y con una lógica aplastante, como si tuviera cierta lógica lo que acababa de decir.

—¿Y entonces este plato para quién es?

Y como en las comedias de situación de la tele, en ese momento sonó el timbre. Me tocó a mí ir a abrir porque estaba más cerca de la puerta. Y me quedé un poco helada al ver quién era. Jacobo. Más delgado y más guapete de lo que lo recordaba, con el pelo rapado y sin sus greñas, pero Jacobo. ¿Quién había sido el descerebrado de llamar al camello del pueblo en la fiesta de cumpleaños de mi madre? ¿Débora? ¿León?

—Hola, tú eres... Bea, ¿no?

—Y tú, Jacobo. ¿Qué quieres? Estamos a punto de empezar a comer.

—Llego un poco tarde, ¿o qué?

Seguía con su muletilla. De hecho, muchos en el pueblo le conocían como el Oqué. Traía una orquídea en la mano. Con la maceta envuelta en papel de regalo.

—¿Te gustan las orquídeas, o qué, Ángela? Es que no sabía qué comprarte —le dijo el camello a mi madre.

—Preciosa, pasa, pasa.

¿Y esas confianzas? ¿Mi madre le pillaba marihuana al camello del pueblo? ¿Mi madre se había vuelto porrera, ahora que también le había dado por ir a misa? Yo dirigí mi mirada hacia mis hermanas. ¿Alguna me podía explicar lo que estaba pasando? Pero ninguna se dignó a hacerlo. O no lo sabían o estaban disfrutando de mi desconcierto. León y el camello se saludaron con un movimiento de cabeza.

—¿Cómo van esas motos, campeón? Ganamos, ¿o qué? —le preguntó el camello a mi sobrino. Fin, a sus quince años, es un portento del motocross. Se lo ha ganado todo el tío. Lleva montado en una moto desde los seis y desde siempre ha sido un fuera de serie.

—Ahí va —contestó Fin con humildad. Nunca le había gustado presumir de sus éxitos.

Yo no sabía muy bien qué pensar de que el camello estuviera tan integrado en la familia y que a todos les pareciera tan normal. Así que aproveché un momento en que mi madre se metió en la cocina para ir tras ella.

—¿Me puedes decir quién ha invitado a Jacobo a tu cumpleaños?

—Yo, bueno, tu hermano me pidió permiso y le dije que claro, que viniera.

—¿Lo ha invitado León? ¿Pero de qué lo conoce?

—Hija, es su amigo, su *fabari*.

—¿Su *fabari*?

Yo no estaba entendiendo nada. ¿Qué rayos era eso de *fabari*?

—Sí, así lo llama él. Será de favorito, yo qué sé —añadió mi madre.

—*Fuck buddy* , mamá, es mi *fuck* —aclaró León desde la mesa del comedor, al parecer todos se habían enterado de mi conversación privada. Qué oído.

—Ah —dije yo. Pero enseguida me di cuenta de lo que acababa de decir León. ¿El camello era el qué de mi hermano?

—Pues eso, *fabari*, lo que yo digo —insistió mi madre.

—Abuela, *fuck buddy* significa folla-amigo —dijo Fin, mi sobrino de quince años. El bilingüismo cuánto mal ha hecho, Dios.

—¿Folla qué? —preguntó mi madre, pero enseguida

llegó por sí misma a la conclusión—. Ah, un amigo con el que... O sea, un novio.

Mi madre, todo hay que decirlo, lo había soltado de una manera de lo más natural, como si estuviera hablando, qué se yo, de una receta de cocina. A mí, sin embargo, me estaba costando asimilarlo, no por prejuicio, es que estaba en shock por la sorpresa. ¿Mi hermano era gay y llevaba a su novio camello al cumpleaños de mi madre?

—No lo llames novio, que un fiel sirviente de la Benemérita no tiene de eso —ironizó León—. Que él es muy macho.

—Estoy delante, si no os importa, ¿o qué? —dijo con cierta vergüenza Jacobo. Hasta tuvo la decencia de ponerse un poco colorado.

—¿Fiel sirviente de qué...?

—Guardia civil —me explicó Irene—. Es guardia civil.

—¿Tú? ¿Eres guardia civil? ¿Desde cuándo?

—Aprobé las oposiciones hace dos años —contestó sin disimular ni un poquito el orgullo que sentía—. No te lo esperabas, ¿o qué?

—Fíjate, me alegro —dije yo entre la admiración y el desconcierto—. ¿Y lo otro lo has dejado?

—¿Qué es lo otro? —preguntó mi madre.

—Nada, mamá —respondió rápidamente mi hermano León, asesinándome con la mirada.

—Tu hermana sigue igual, ¿o qué? —Y se rio. De una manera un tanto bobalicona, todo hay que decirlo, pero no le quedaba mal. La simplicidad en algunos hombres puede ser hasta atractiva. ¿O qué?

La comida, después de esa pincelada de color, por decir algo, transcurrió por derroteros mucho más normales. Básicamente porque era difícil superar ese momento. A mi sobrino lo noté un poco bajo de ánimo, la verdad, con lo que solía ser él de vital, pero lo achaqué al carácter voluble de la adolescencia. Y mi hermana Débora seguía a lo suyo, con esa manía de no soltar al niño ni para ir a mear. Yo notaba las miradas de Juan, como pidiendo ayuda, así que me lancé.

—¿Y no vas a dejar que esa cosita sea acunado por su tía?

—Si a ti no te gustan los niños —contestó Débora.

—Qué tontería, claro que me gustan.

—A Fin no lo acunaste ni una sola vez.

—¿No? —preguntó Fin.

—No digas tonterías, claro que te acuné —dije con cierto tono indignado—. Y la de pañales que te habré cambiado.

—Uno, el día de Nochevieja de 2004 —puntualizó Irene.

—¿Solo? —pregunté con asombro sincero—. Pues fíjate que lo recuerdo. Qué descomposición tenías... Yo no sé cómo podéis estar todo el día con los pañales para arriba, pañales para abajo, qué ascazo.

—¿Ves? Tienes el instinto maternal de un androide. Como para dejarte a mi Osquítar.

—Y tú pareces un canguro, que solo te falta que te crezca una bolsa en la barriga. Todo el día pegada a él —solté yo con cierta acritud. Lo del androide me había dolido.

—Se llama Óscar, no Osquítar —corrigió mi cuñado a su esposa—. Y deja que lo coja tu hermana.

—Qué pesaditos estáis —dijo ella, claudicando y pasándome al niño—. Como me lo despiertes, la tenemos.

Tuve que hacer unos esfuerzos tremendos para acordarme de cómo se cogía un bebé. No quería darle a mi hermana la más mínima oportunidad de volver a echarme en cara la falta de instinto maternal.

—Míralo qué mono... Y qué pequeñito, ¿no? Y un poquito cabezón.

—¿En serio estás insultando a mi hijo?

—Que no lo insulto, solo digo que tiene la cabeza un poco desproporcionada con respecto al cuerpo —dije, quitándole la manta, para que todos vieran su cuerpecito—. Que a lo mejor es lo normal. Que yo de esto sé entre poco y nada. Pero es muy guapo. Qué ojazos verdes. —Miré a Juan—. ¿Tu padre o tu madre tienen los ojos verdes?

—¡Trae!

Débora me lo quitó de las manos sin más miramientos.

—Yo también creo que está creciendo raro —dijo Juan.

—Ya estamos. Para eso querías que lo cogiera Bea, ¿no? Para tener más aliados en tu paranoia. El niño es perfectamente normal.

—Lo podía coger tu madre en brazos y que nos dijera a ver si nota algo... —sugirió Juan.

—Sí, claro, ahora mamá va a saber más que los pediatras. No te ofendas, mamá.

—No, no, si no me ofendo. Llevo toda la vida escuchándolo. Y se ve que está perfectamente sano —dijo mi madre.

—¿Veis?

—Pues si está sano, que lo coja en brazos —insistió Juan.

Mi hermana se levantó de la mesa.

—Me voy a dar una vuelta, porque me estás poniendo de los nervios.

Débora metió al bebé en el carrito y salió del comedor.

—Está como una leona con sus cachorros. Yo no sé si admirarla o llevarla a un siquiatra —concluyó Juan.

—Ya se le pasará. Cuando tenemos críos a cada una nos da por una cosa —dijo mi madre.

—Yo era todo lo contrario —comentó Irene—. Siempre estaba deseando que me lo quitaran de encima.

—¿De verdad? —volvió a preguntar Fin, el pobre no ganaba a disgustos.

—A ver, que yo estaba encantada contigo, corazón, pero oye, si a ratitos podía descansar, lo agradecía. Es que estaba en plena campaña electoral. Y menos mal que para eso tu padre siempre fue de ayuda, hasta que se hizo del PP, allí ya se empezó a desentender. Aunque era peor que este con lo de alarmarse —dijo, señalando a nuestro cuñado—. Con cualquier cosa se preocupaba. Que si comías poco, que si comías mucho, que si no llorabas nada...

Fuimos a por la tarta, cerramos las persianas, encendimos la vela, cantamos el cumpleaños feliz y mi madre la sopló emocionada. Solo había una vela, porque hubiera sido absurdo intentar poner sesenta y cinco y mi madre tampoco quería la típica vela con el número.

—Una cosa es llevar bien la edad y otra estar ahí recordándola todo el rato.

Mientras mi madre cortaba la tarta, oímos un suspiro de mi sobrino Fin.

—¿Te pasa algo? —le pregunté.

—Nada, nada —dijo con cierto tono lastimoso. Mi hermana Irene censuró su actitud con una mirada amenazante. Pero él no se dio por aludido—. Lo de los sesenta y cinco de la abuela.

—¿Qué les pasa?

—Tengamos la fiesta en paz, Fin —le recriminó mi hermana.

—Deja al chaval que hable —dije yo en plan tía enrollada.

—Abuela —preguntó mi sobrino a bocajarro—, ¿cómo puedes estar tan contenta sabiendo que ya te queda tan poco de vida?

Eso nos dejó muertos.

—¿Cómo que tan poco de vida? ¿Te pasa algo, mamá? ¿Estás enferma? —pregunté alarmada.

—Primera noticia —respondió mi madre con una tranquilidad pasmosa.

Me encaré a mi sobrino, bastante alterada, tengo que confesarlo.

—¿Entonces para qué le preguntas semejante cosa? Los sesenta y cinco son los nuevos cincuenta. ¿O es que no lees el *Cosmopolitan*?

—Ni caso, a mi hijo no le hagáis ni caso —dijo Irene enfadada—. Le ha dado ahora por leer a Sartre y se ha vuelto existencialista. Todo el día preocupado por la muerte. Allá donde mire, allá ve su huella. Muy tremendo. Que me salga un hijo existencialista, a mí. Con la de cosas que hay que hacer en esta vida, para perder el tiempo con angustias existenciales.

—Pues ya te podía haber dado por leer a la de *Crepúsculo*. O por ver la tele, coño, que es lo que hace la gente normal. —Adoraba a mi sobrino, pero no le perdonaba el susto que me había dado con mi madre.

—¿Pero cómo podéis vivir tan tranquilos sabiendo que nos morimos? ¿Para qué celebrar que estamos un año más cerca de la muerte? —preguntó él, así, como si esa fuera la mejor pregunta que hacer el día de un cumpleaños. Caramba con el campeón de motocross.

—Yo no digo nada, pero tu hijo empieza a necesitar una novia como el comer. Una novia o un *fabari* de esos —dijo mi madre.

Conseguimos reconducir la conversación dándole el regalo. El neopreno, y Jacobo, no sé si por sentirse más integrado o para desviar el tema de la muerte, se empeñó en que se lo probara. Y mi madre, para demostrar tal vez que estaba más viva que nunca, se lo puso. Allí mismo, delante de todos se quitó la falda, la blusa, se quedó en ropa interior y se embutió en el neopreno. Imagen que ya se me ha quedado grabada en la retina, ni el alzhéimer podrá hacérmela olvidar.

Fin, ya recuperado de su rapto existencialista, le hizo una foto. Y luego la subió a su Instagram. Hashtag: Abuela # neopreno #orquídea guardia civil

Mi hermana Irene le preguntó al guardia civil si ya sabían quién estaba detrás de las pintadas donde la insultaban y que habían aparecido en el ayuntamiento.

—Tenemos nuestras sospechas, pero aún nada que podamos confirmar.

—Pues a ver si os espabiláis un poco. Que ya es la segunda vez que pasa. Y ya estoy harta de que mi familia tenga que leer las burradas que dicen de mí.

—Si una vez que te habitúas, tampoco te creas...

—Pues a ti te dará igual, pero yo tengo un hijo.

—Si a mí me da igual, mamá. Eres política, qué menos.

—Pues nada. Solo me importa a mí. Así que haced el favor de dar de una vez con los macarras esos.

—¿En serio le estás echando la bronca a mi novio el día del cumpleaños de mamá? —preguntó León algo mosqueado—. Y que por muy alcaldesa que seas no eres su jefa.

—¿Pero entonces sois novios o no sois novios? —pregunté yo—. Qué lío.

—No, no lo somos. Que si se lo dices le da alergia —ironizó mi hermano.

—A mí me da igual. El asunto es estar bien, ¿o qué? —dijo el guardia civil.

—¿Te da igual? —preguntó León algo sorprendido.

—Claro, mientras pueda compartir estos momentos en familia, me da igual cómo me llames.

Ante nuestro gesto de sorpresa por tamaña afirmación aclaró:

—Yo nunca tuve. Un abuelo borracho y militar, poco más.

—Pues bienvenido —dijo Juan—. Yo creo que lo que

me acabó de enamorar de Débora fue pasar tantas tardes aquí con todos.

—Al bombero quitadle el vino, que se pone ñoño a la mínima de cambio —saltó Irene.

—Es bonito, ¿o qué? —admitió el guardia civil, abrazando a León y dándole un beso en la cabeza.

—¿A que te quito a ti también el vino? —protestó mi hermano. Pero se le veía que estaba encantado.

Horas después, en la cocina y recogiendo los platos, yo aún estaba asimilando lo de Jacobo. Había aprovechado un momento en que mi madre había salido para sondear a mi hermana.

—¿Así que el guardia civil, antes camello, es el novio de nuestro hermano pequeño? —pregunté, rebañando un plato con restos de quesada.

—Para que luego digas que en el pueblo no somos modernos —sonrió Irene.

—¿Y a ti León te había dicho que era gay?

—¿A mí? Si se pasa la vida encerrado con el ordenador. A mí qué me iba a decir. Pero fíjate que me extraña más del guardia civil que de él. Quién lo iba a imaginar. ¿Tú te acuerdas de lo mucho que nos ponía a las tres Jacobo?

—Bueno, tampoco... —dije yo.

—¿Tampoco? Pero si a ti te faltó bajarle los pantalones. Y mira, para ninguna de las tres, se lo lleva nuestro hermano. Así es la vida de puñetera y de chistosa.

En ese momento entró mi madre.

—¿Tú sabías que León tenía novio? —le preguntó Irene a mi madre.

—Pues no. Pero se le ve buen chico a Jacobo, ¿a que sí? Hacen buena pareja.

—No son novios —nos corrigió Débora—. Solo se lían.

—No, si Jacobo de liar sabe mucho —dije yo.

Mi hermana celebró mi comentario con una sonrisa que cortó de golpe mi madre.

—Ahora es guardia civil, todo el mundo tiene derecho a tener un pasado.

Y parecía tonta la tía, pero no se le escapaba una. Así que arrepentida de mi broma, cambié completamente de tercio. Estaba empeñada en seguir manejando yo la conversación para que no acabaran preguntándome sobre Víctor y mi huida.

—Oye, ¿y esa obsesión de Fin con la muerte? ¿Le ha dejado alguna novia?

—¿Y por eso se va a poner existencialista? Tienes cada cosa... No sé, le ha dado por ahí. Ya se le pasará, espero. Aunque el otro día me dijo que quería dejar las motos.

—Yo creo que todo esto es cosa de su padre —dijo mi hermana—. Aprovecha cualquier fisura para alejarlo de la competición. Y no lo voy a permitir.

A Román, el exmarido de Irene, nunca le había gustado que su hijo Fin se dedicara al motocross. Demasiado peligroso. Y demasiada dedicación y disciplina. Al menos para un chaval tan joven; él creía que debía estar con los amigos y jugando a la consola. Mi hermana, sin embargo, como lo veía tan feliz cada vez que se subía a una moto, siempre le había apoyado. «Con lo difícil que es encontrar algo que te llene de esa manera, como para obligarle a que lo deje.» Y era verdad que mi sobrino dedicaba muchas horas y mucho esfuerzo a ser el número uno. Pero quien algo quiere algo le cuesta, decía mi hermana.

—A ver, que se pregunte sobre la muerte es normal a su edad...

—Pero que se angustie de esa manera no, si se despierta por las noches con pesadillas, o directamente no puede dormir de la angustia que le da pensar en que venimos de la nada y vamos hacia la nada, que la vida es un paréntesis absurdo y sin sentido.

—Sí que le ha dado fuerte, sí.

—Con lo feliz que era con las motos. Yo es que no lo entiendo. Y me desespera, ¿eh? Porque mira que yo estaba preparada para cosas, para que se enganchara a los porros o al alcohol, o que dejara embarazada a una...

—O te trajera un novio guardia civil.

—Pues sí, a cualquier cosa que tuviera o una solución o una manera de abordarlo, pero esto... esto tan etéreo, pues no. No. Y te juro que me tiene a maltraer verlo sufrir tanto por algo tan...

—Tan poco tú.

Porque mi hermana no se había comido la cabeza ni un solo día con tonterías filosóficas, ella era práctica. Y punto. Que su hijo estuviera en las antípodas de su carácter estaba matándola. Se le notaba.

—Es que no lo entiendo, no lo entiendo.

—¿Y no tendrá que ver con lo tuyo? —pregunté.

—¿Qué es lo mío?

—Tu cáncer, Irene, ¿qué va a ser? Puede haberle dejado huella.

—Pero si él era muy pequeño cuando enfermé. Y han pasado ya muchos años... Y yo ahora estoy de maravilla.

—No sé, esas cosas marcan, acuérdate de cómo fue aquello, que pensamos que te perdíamos.

—Pero lo superé, Bea. Lo superé. Fue una puta pesadilla... —Irene no quería revivir aquello, al menos no la parte mala, la de los miedos, la angustia, el vértigo abrumador ante la realidad de la muerte—. Pero aquí estoy, más fuerte y más viva que antes. Y es absurdo que mi hijo se coma la cabeza con esas cosas.

—No sé, pero aunque estés estupenda, sigues teniendo tus revisiones y supongo que él se dará cuenta de que en esos días te cambia el humor, estás preocupada.

—¿Yo?

—Tú, Irene, tú. Que hasta yo, desde Madrid, y autista como soy, me doy cuenta. Que me llamas más cariñosa de lo normal y que me dices que todo ha ido bien, y se te nota el alivio, y si estás así de aliviada será porque los días previos estás muerta de miedo, y eso Fin lo tiene que notar.

—Que no, que no puede ser eso.

Débora nos interrumpió entrando como una exhalación a la cocina.

—Acabo de ver a Víctor en la tele. ¿Puede ser? O se le parecía mucho y se llamaba Víctor también y decían que era arquitecto.

Pues, hala. Ya se habían enterado.

Arquitectura en las nubes

Esa noche di vueltas y más vueltas en la cama. Echaba de menos mi colchón de 1,50, firme y duro. Y sentía cómo a cada vuelta que daba se me clavaban los muelles en las costillas. No dejaba de pensar en Víctor subido a un yate, a un maldito yate. Pero si estábamos a mediados de abril, el cielo estaba encapotado, al menos aquí, en Cantabria, ¿dónde rayos estaba varado ese yate? ¿Ibiza, Marbella? ¿Cuándo se había ido hasta allí? ¿Iban ellos dos solos o también estaban rodeados de esos nuevos amigos tan majos y tan inseparables? ¿De quién era el yate? A cada pregunta me daba una vuelta en la cama y sentía cómo un nuevo muelle dejaba una marca en mi espalda. Víctor estaría ahora mismo contemplando un cielo estrellado, bebiendo champán, riendo y acariciando a la presentadora del telediario, y yo aquí, clavándome muelles, sin poder dormir. Qué injusto era todo. Pero muy injusto. Aún me retumbaban las preguntas de mis hermanas.

—¿Dónde la conoció?

—¿Pero van en serio?

—¿Tienes alguna posibilidad de recuperarlo?

—¿Pero qué le ha visto esa diosa a Víctor? —preguntó Débora.

Con esa pregunta reconozco que me cabreé. Así que Víctor era mucho para mí, pero poco para ella. Muy bonito.

—Víctor no está tan mal —dijo Irene.

—¡Víctor podría enamorar a cualquiera! —respondí casi sin pensar.

—Ay, la pobre, que encima de que la deja por una famosa de su lista aún le defiende.

—Tú sigues coladita.

—¡Que no! ¡Que Víctor ya es historia antigua! ¡Víctor es mi Paleolítico!

—Di que sí, tú sigue repitiéndolo, que a lo mejor de tanto repetirlo te lo acabas creyendo. Paleolítico, Víctor, Paleolítico —insistió mi hermana Irene.

—Víctor Paleolítico —se unió mi hermana Débora.

Hasta mi madre se animó al cántico.

—Víctor Paleolítico.

Y no se cansaban de repetirlo. Mi hermano León salió de su cuarto y las vio a las tres allí gritando lo de Víctor Paleolítico.

—¿Y ese corifeo a santo de qué? —preguntó.

—¿Qué dice mi hermano?

—Alguna palabreja de las suyas.

León nos dejó por imposibles y se volvió a encerrar en su habitación.

—Tú tranquila, que de todo se sale. Aunque, claro, si lo vas a tener que ver todos los días en la tele, te va a costar el triple —razonó Irene.

—Si es que ya es mala suerte.

—Si es que tú tienes que ser tremenda hasta en las rupturas —comentó Irene.

—Si ahora va a ser culpa mía que se haya liado con esta.

—No pasa nada —dijo mi madre—. No se vuelve a encender la tele en esta casa y listo. Si total vivíamos muy bien sin ella. Ojos que no ven, corazón que no siente.

—Y si van a durar dos días —dije yo, intentando creérmelo y animarme.

—Ay, que aún tienes esperanzas de recuperarlo, ay, pobre —se lamentó Débora.

—Que no, si a esa presentadora le duran dos telediarios. Y nunca mejor dicho —aseguré yo, consciente del chiste inconsciente que acababa de hacer.

—Qué bien traído —me alabó mi madre—. Vamos a brindar, para que no dure más de dos telediarios con la chica del telediario.

Y brindamos. Ya llevábamos tres botellas de lambrusco. Pero enseguida mi hermana Débora chafó mi alegría con un maldito comentario que sacó de internet de su móvil.

—Aquí dice que su última relación duró cuatro años. Eso son más de dos telediarios. Y menudo pibonazo.

—Puto Google, lo felices que éramos antes de que Google tuviera respuesta para todo —me lamenté.

—A ver... a ver el tío —dijo mi hermana Irene, cogiéndole el móvil—. No está mal, pero vale mucho más Víctor.

—Sí —mi madre también estuvo de acuerdo.

—Pues si con este soso duró cuatro años, con Víctor...

—¿Estáis aquí para animarme o para hundirme?

Eso las hizo reaccionar y enseguida empezaron las palabras de apoyo, mezcladas con condolencias.

—Tú te mereces a cualquier famoso de los de tu lista. A nada que te pusieras.

—Pobre... di que sí. Si te arreglaras un poquito... El lunes te llevo a ver a Gema. Que hace milagros con el pelo —dijo Irene y miró a Débora—. Y tú también deberías ir, qué pelos me llevas, que hasta lo comentan en el ayuntamiento. Que yo tengo una imagen, Débora.

—Sí, claro, y ya si quieres me pongo una falda tubo y un burka para contentar a esa panda de fachas.

—¿Qué lista de famosos? —preguntó mi madre algo

desconcertada. Que cada vez que una de mis hermanas mencionaba la lista, ella ponía cara de haberse perdido en medio de Times Square.

—Nada, mamá, la típica lista que se hace siempre de los famosos a los que te podrías tirar sin que tu novio se molestara. Y ellos hacen la misma pero con chicas.

—¿Pero quién hace esa tontería de lista?

—La hacemos todas, mamá —contestó Débora—. Pero siempre procuras poner a gente muy lejana, de Hollywood y así, para que no se pueda llevar nunca a cabo. Pero esta dejó que Víctor pusiera a la presentadora del telediario, y mira.

—¿Pero yo cómo iba a pensar que esos dos podían coincidir?

—¿A que adivino a quién tenías en tu lista? —le dijo Irene a Débora.

—Seguro que no aciertas ni uno.

—Tres de cinco seguro.

—¿Qué nos jugamos?

—¿Pero no estabais consolándome? —pregunté al ver que se despistaban a la primera de cambio. Aunque he de reconocer que esa cháchara divagante tan propia de mi familia tenía un runrún adormecedor que me sosegaba como a otros un Lexatin. Deberían envasar las charlas tontas de mi familia. ¿Pasará en todas?

—Bueno, deja que hagamos una pausita, ¿no? —Mi hermana empezó a enumerar—: Beckham, el chico este de... la peli... que lo entierran vivo, Figo, Channing Tatum y el de *300*, ¿cuántos he acertado?

—Cuatro —dijo Débora admirada—. Qué hija puta.

—¿Qué te dije? Que por lo menos acertaba tres. ¿En cuál he fallado?

—Beckham, que ya no me pone. Ya se le pasó el arroz. Porque a ellos también se les pasa el arroz. No va a ser solo a nosotras.

—Pues yo me comía tres raciones de ese arroz pasado —afirmó mi madre.

—¡Mamá! —gritamos las tres hijas al unísono. Escandalizadas.

—Ah, ¿que solo vosotras podéis meter a hombres en una lista? Y a vuestra madre que le den.

—¿Tú meterías a Beckham en tu lista? —preguntó Irene incrédula.

—¿Y a quién quieres que meta, a Sean Connery, que debe de tener ya noventa y cinco? Mira en el Google ese, a ver cuántos tiene.

—No sé, mamá, puedes meter a Harrison Ford, a...

—Pero, vamos a ver, ¿la lista quién la hace? ¿Yo o vosotras? ¿Y por qué tengo que meter a viejos?

Siguieron enzarzadas en los nombres de sus famosos y se fueron olvidando más y más de mi drama, así que, conseguido el efecto tranquilizante, decidí irme a dormir. Lástima que una vez entre las mantas no lograra conciliar el sueño.

Di otra vuelta en la cama. Miré la hora en el móvil. Las cuatro y dieciséis. Volví a recolocarme. Yo no solía tener problemas para dormir. Caía siempre como un tronco. Era taparme con una manta y caer inconsciente. Eso me había salvado la vida en la carrera, donde tenías que emplear tu tiempo de una manera eficiente, sobre todo si querías sacarla en cinco años. Solo necesitaba seis horas de sueño porque realmente las dormía desde el primer minuto hasta el final. Sin pérdida de tiempo. Incluso cuando estaba demasiado estresada por culpa de la tortura de Estructuras II, la asignatura infierno de la carrera, conseguía dormir. Por eso ahora me frustraba que Víctor consiguiera fastidiarme también eso. No pensaba tolerarlo. Duérmete, Bea, venga, tú puedes. Pero con ese colchón era imposible. Y ahora lo notaba un tanto ladeado, como inclinado hacia la derecha. A lo mejor eran imaginaciones, pero ese colchón no estaba del todo nivelado. Me levanté de la cama, cogí el móvil y usé la luz de la pantalla a modo de linterna. Dirigí la luz debajo del somier, para ver si había algo que estuviera impidiendo que el colchón estuviera recto. Y sí, allí había unas cuantas cajas de cartón. Las saqué con cierto esfuerzo. Y enseguida las reconocí. Estaban llenas de los apuntes de la carrera. Los que había ido salvando al cabo de los años, los que creí que en algún momento podría necesitar. Y también había uno o dos trabajos de los que me sentía bastante orgullosa. Solo habían pasado siete años desde que había acabado arquitectura, pero tenía la impresión de haber vivido una vida entera siendo arquitecta, y me sentía igual de frustrada y acabada como se debería sentir alguien que ya ha vivido más fracasos que éxitos en su vida laboral. Seis años trabajando a destajo en dos estudios diferentes habían conseguido erosionar todas mis ansias de triunfo, todas mis ganas de seguir proyectando edificios. ¿Y si me había quedado sin marido, sin trabajo y sin vocación en la misma semana? ¿Qué iba a ser de mí? ¿A qué me iba a dedicar? ¿Cuál iba a ser mi futuro?

Salí de la habitación para ir a por un vaso de agua. Nunca había sido yo de levantarme por la noche a beber, pero tenía la boca pastosa, ¿fruto tal vez de las preocupaciones? Al pasar por la sala me encontré con la tele encendida. Me extrañó, hasta que vi a mi madre dormida en el sofá y con el mando a distancia en la mano. Me acerqué a ella para quitarle el mando. Y al aproximarme la escuché hablar en sueños.

—No te mueras, no te mueras.

Se revolvía inquieta, el sueño que estaba teniendo no debía de ser muy placentero. Decidí despertarla. Nunca es agradable soñar con muertos. Y mejor liberarla de esa angustia.

—Mamá, mamá...

Abrió los ojos de golpe y al verme se quedó extrañada.

—¿Bea?

—Sí, soy yo. Estabas teniendo una pesadilla. ¿Por qué no te vas a la cama?

—¿Eh?

Mi madre aún parecía atrapada en su sueño.

—Estabas soñando.

—¿Dónde estoy?

—En la sala, te has quedado dormida viendo la tele.

—Ah, sí...

—¿Quién se moría? ¿A qué paciente matabas en sueños? —pregunté divertida.

—A nadie, a nadie... —dijo algo espantada.

—Solo era un sueño, mamá, no pongas esa cara de susto.

Ella decidió convencerse de que lo que yo le decía era verdad. Y que el sueño, por muy desagradable que hubiera sido, no debía condicionar su estado de ánimo.

—Sí, solo es un sueño, solo es un sueño.

Pero aunque intentó convencerse, no lo consiguió. Seguía angustiada.

—Mamá, de repente me estás acojonando. No me digas que ahora tienes sueños premonitorios. ¿Era con alguno de nosotros?

—¿Qué? —Pensó más de la cuenta la respuesta para acabar soltando lo que soltó—: No digas tonterías...

Mi madre se incorporó en el sofá y se levantó.

—Me voy a la cama mejor... Mi espalda...

—¿Quieres contármelo?

Dio la impresión de que no entendía mi pregunta.

—El sueño digo... que si quieres contármelo.

—¿Y por qué iba a querer contártelo? No hay nada más aburrido que los sueños de los demás.

—Aburrido precisamente no parecía.

—Me voy a dormir. Buenas noches.

Y sin más, mi madre se fue de la sala. Yo me quedé un tanto preocupada. Porque aunque a mí me pasaba como a ella y cuando me despertaba de una pesadilla aún estaba bajo su influencia durante unos segundos o incluso minutos, noté en su despertar algo distinto. Como si la idea del sueño premonitorio que le había soltado casi como una posibilidad remota de repente no lo fuera tanto. A fin de cuentas, mi madre tenía ciertas capacidades extraordinarias. ¿Podrían ser las premoniciones parte de esas capacidades? Pero la persona racional que hay en mí, que no cree ni en magia, ni en Dios, ni en adivinaciones, ni en fantasmas, decidió que hasta esa posibilidad era demasiado absurda incluso para alguien como mi madre. Así que decidí olvidarlo.

Volví a meterme en la cama. Y ahora con el colchón nivelado, conseguí coger el sueño.

Los días siguientes fueron bastante anodinos. Yo conseguí bajar mi nivel de cabreo, de ansiedad y de frustración a base de relativizarlo todo, de no acercarme a la pantalla de la tele, de comer mucho, de dar paseos por la playa a pesar de la lluvia y de arramblar con cualquier botella con alcohol que encontrara por casa. Menos una de Baileys, porque al intentar vaciar su contenido en una copa salió un líquido verde y pastoso que me hizo desistir de darle un trago.

Por la consulta de mi madre pasaban decenas de personas al día, con sus respectivas ollas o *tuppers* con comida. Débora era la que organizaba todos los turnos, la que ponía una etiqueta con el nombre de cada paciente en las ollas, la que prometía que en una semana las volvería a tener en su casa. Débora, aparte de ayudar a mi madre, tenía otro trabajo que compaginaba con la consulta y que le daba algo de dinero. Hacía encargos para uno de los fotógrafos del pueblo retocando fotos con Photoshop. Eran trabajos en los que sobre todo tenía que eliminar a alguna persona de los retratos grupales. Personas que ya no eran gratas en el recuerdo, un exmarido, una excuñada, una novia que ya no lo era, un hijo repudiado. Como si un recuerdo fuera tan fácilmente manipulable, como si a base de Photoshop se pudiera reescribir la historia personal de una familia. Débora creía firmemente que eso era posible. La memoria no es más que la novelización que hacemos de nuestra vida, y a base de recrearla, recordarla y manipularla nos acabamos construyendo un pasado a la medida, decía. Así que ella sentía que sus retoques iban mucho más allá del retoque, estaba contribuyendo a crear un pasado distinto, una nueva historia más acorde con lo que el cliente deseaba. Y tenía mucha mano para ello, después de haber pasado por sus arreglillos, era casi imposible detectar que allí donde había un mueble o un árbol, un trozo de pared o de cielo, antes estaba una persona.

Yo estaba convencida de que mi hermana tenía talento para la fotografía, lo malo era que ella no se lo acababa de creer. Y aunque de vez en cuando hacía fotos, nunca se lo había planteado de una manera profesional, más allá de esos encargos de Photoshop. Yo no sé si era que le faltaba el arrojo necesario para lanzarse o aún no había encontrado ese clic, ese momento o fuente de inspiración que la animara a hacerlo y que de una vez por todas acabara por convencerla de su valía.

Débora por tanto se pasaba las horas etiquetando ollas, sonriendo, dando ánimos a los pacientes de mi madre y creando nuevos recuerdos eliminando a personas de fotografías ajenas. Y, por supuesto, oliendo y admirando los platos de comida que traían los pacientes. En eso era una artista.

—Ay, Juana, qué buena pinta tiene esta quesada. Si es

que tienes una mano, eso sí que es un don y no lo de mi madre.

—No digas sandeces, si a mí lo que me sale bien es el flan de huevo. La próxima vez que venga os lleno la nevera de flanes.

—Si no hace falta, mujer... Oye, y ese bacalao tan rico que nos trajo tu hija la otra vez, que me dijo que era cosa tuya, me tienes que dar la receta.

—¿Pero tú cocinas?

—Estoy en ello.

—Tonterías, tú bastante tienes con ayudar a tu madre, con la criatura y la tontuna esa de las fotos. El próximo día te traigo yo unas buenas raciones de bacalao. Lo trae mi Antonio fresco, fresco de la mar. *Bocatto di cardinale*.

—Fíjate que ya me estaba relamiendo yo pensando en los flanes.

—Los flanes también, mujer, si con el estropicio que estoy hecha, me tienes aquí día sí y día también.

—Juana, pero tampoco se trata de que abusemos de tu mano con la cocina.

—Cada una vale para lo que vale.

—Ea, pues no se hable más, flanes y bacalao. Ya puedes entrar, dile a mi madre que te trate con mimo.

—Qué *salá* eres, hija.

Yo, que esos días le estaba echando una mano en la consulta y con las ollas, le recriminé el morro que le acababa de echar para pedir más comida a la pobre señora.

—Qué va. Si están encantadas. Se sienten útiles. Y así vamos variando el menú, que como las dejemos a su libre albedrío hay semanas que solo comeríamos quesos, y a la siguiente solo ternera. Así que yo sugiero... y como ya voy conociendo cuál es la especialidad de cada una, pues no me corto a la hora de pedir.

Débora tenía que amamantar al bebé a cada poco. Ella no tenía ningún problema en sacar su teta delante de todos, y yo venga a insistir para que se retirara a cualquier lugar de la casa, para que nadie se pudiera sentir molesto.

—Si a alguien le jode, que no mire.

—Ya, mujer, pero estando yo aquí para echar una mano, tampoco te cuesta nada ir al salón, o a la cocina. Y puedes estar todo el tiempo que quieras. Y así le cambias también el pañal, que atufa desde aquí...

—Dar el pecho es lo más natural del mundo.

—Sí, y no lavarse el pelo en meses también, según tú.

—Sí que me lavo el pelo, lo único es que he dejado el champú.

—Qué asco, Débora, de verdad.

—Asco dan los químicos con los que están hechos. La de enfermedades que nos estamos metiendo en el cuerpo vía cuero cabelludo. Y yo no quiero transmitirle ninguna toxina a mi hijo a través de la teta.

A Débora desde pequeña le había dado por ir a la vanguardia de cualquier movimiento estúpido que empezara a estar de moda en las grandes urbes, o en la India o en Japón. Vamos, que cazaba al vuelo las tendencias, yo no sé cómo lo hacía, pero tenía un imán para ello. Ahora le había dado por la tontería esa de no lavarse el pelo con champú. El movimiento Nopú se llamaba, o algo así. Un asco. Porque con el pelo tan bonito que tenía, daba la impresión de que se hubiera hecho una peluca de pelo de camello.

—Si lo tengo estupendo, mira qué brillo.

—Está mate, Débora, y más que mate, está muerto. Ese pelo ni tiene brillo, ni vida, ni nada.

—Envidiosa, que has sido siempre una envidiosa. Y ya te gustaría tener mi pelo lacio y no esa cosa rizada que tienes por melena.

—Se me riza cuando vengo aquí, por la humedad del mar, en Madrid lo tengo lisísimo.

—Muchas cosas tienes tú en Madrid...

—¿En serio te estás cabreando conmigo por decirte que me parece una guarrada que no te laves el pelo?

—¡Es que sí me lo lavo!

Discusiones tontas como esa amenizaban las horas, y no solo las nuestras, también las de la gente que venía a la consulta de mi madre, que alguno hasta dejaba pasar su turno con tal de no perderse el devenir de nuestras peleas.

—¿Y cómo dices que se llama eso de no lavarse el pelo? —preguntó una paciente.

—No-poo. Prueba un mes a lavártelo solo con agua o usando un poco de bicarbonato, ya verás qué bien.

—Débora, por favor, no aconsejes tonterías a la gente, que como se entere mamá la monta. Que a ver si luego van a ir diciendo por ahí que en la consulta obligan a lavarse con bicarbonato.

—Pues es buenísimo para todo.

—Menos para la reproducción neuronal. Que tanto bicarbonato te está dejando sequita de neuronas.

Y así iban pasando los días. Hasta que en una de esas Débora se cansó y me preguntó si yo ya había colgado la escuadra y el cartabón para siempre. Que era una lástima que ya que me había matado estudiando arquitectura acabara de recepcionista en la consulta de mamá.

—Esto es temporal.

—Pues a mí se me está haciendo eterno.

—Gracias, salada.

—¿Por qué no te acercas donde Ingrid? A lo mejor te puede dar algún trabajillo, ¿no?

—¿Ingrid?

—Ingrid.

Aún recuerdo el momento en el que les dije a mis hermanas que quería estudiar arquitectura. Fue mencionarlo y ellas mencionarme al ogro. El ogro era Ingrid, una mujer de cuarenta y tantos, que se había instalado en el pueblo y había montado su estudio de arquitectura. Era conocida por su carácter colérico, su talento, su marcado acento checo y su fama de intransigente. Discutía con todos los clientes y martirizaba a los constructores, aparejadores y cualquiera que tuviera la desdicha de tener que tratar con ella. Se había divorciado tres veces. O eso decían. Y también que por su cama había pasado medio pueblo. Era una mantis religiosa, los seducía, se los tiraba y luego les arrancaba la cabeza. No de manera literal, claro. Pero más de uno sí que había perdido la cabeza después de haber pasado por su cama. Así que cuando les dije que quería ser arquitecta me gritaron: ¿pero quieres acabar como Ingrid? Y no, yo no es que quisiera o no quisiera acabar como ella, yo no tenía a Ingrid en la cabeza, a mí simplemente me gustaba imaginar espacios, modelarlos, dibujarlos y fantaseaba con la idea de que alguien acabaría construyéndolos. Así que me trasladé a Madrid, estudié arquitectura y me olvidé de Ingrid. Y por eso ahora la idea que sugería Débora de que la visitara se me hacía rarísima.

—¿Pero de verdad quieres que trabaje para ella?

—No sé, podrías probar.

—Pero con todas las burradas que hemos dicho de esa mujer...

—Pero eso fue hace años, éramos unas crías. Yo ahora coincido mucho con ella en la asociación de productos ecológicos y es un encanto.

—¿Ingrid?

—A ver, un encanto tampoco, pero no es un ogro. Que es educada. Seca, fría, parca en palabras, pero educada. Vete a verla.

—No sé, Débora, no va a tener trabajo para mí, y que yo tampoco sé si quiero volver tan pronto a la arquitectura. Vamos, no sé ni si quiero volver.

—¿Y qué vas a hacer si no? Mamá no necesita a dos hijas en esta consulta. Y, como comprenderás, no va a echarme a mí para ponerte a ti.

—Ya lo sé.

—Pues vete a verla.

—No me agobies.

—O si no, puedes preguntarle esta tarde. —Y señaló en el libro de citas—. Tiene hora con mamá a las cinco.

Yo no quería trabajar de arquitecta. Yo no quería. O sí. No, no quería. O no quería trabajar para Ingrid. Además, ella no iba a querer contratarme. Y que no, que yo no había ido a casa de mis padres para acabar trabajando en el estudio de Ingrid. Mi vida estaba en Madrid, esto era solo un descansito que me había tomado. O esos fueron todos los argumentos que esgrimí a la hora de la comida.

—Esos no son más que miedos. De repente te sientes insegura. Pero no pasa nada —dijo mi madre—. Yo, si quieres, a la tarde le pregunto.

—Mamá, no, ni se te ocurra.

—¿No quieres trabajar?

—Lo que no quiero es que me enchufes en ningún sitio.

—Huy, si menuda es Ingrid. Tú tranquila, que como mucho te consigo una entrevista con ella.

—No sé, mamá, yo creo que no...

—Tú misma, pero yo aún recuerdo la vez que te empeñaste en que entráramos en el chalé de Gimeno. Que querías ver cómo había distribuido el espacio y no sé qué cosas de los pilares... Que si había salido en una revista, que si era la mejor casa que se había hecho en años, que...

—Sí, vale, es una arquitecta cojonuda, ¿y qué?

—Que a lo mejor podías aprender algo —soltó mi hermana Débora con la delicadeza que la caracteriza—. Tú esta tarde le preguntas, mamá.

—¡Pero queréis dejar de enredar! Que no soy una

cría, que no necesito que nadie me vaya consiguiendo trabajo, ni pidiendo favores, ni nada... ¡Y apaga esa tele!

—Vale, vale. Nos olvidamos de ello.

Ingrid apareció a las cinco en punto. Yo no tenía pensado estar allí, pero no sé por qué, supongo que la curiosidad me pudo, o... no sé. Pero a las cuatro y media me acerqué a la consulta y me quedé allí con mi hermana. Débora la saludó con la mejor de las sonrisas, Ingrid estaba casi como la recordaba, a sus cincuenta y tantos era una mujer bastante impresionante, las arrugas le habían sentado estupendamente y el gesto adusto de antes se había suavizado. Débora le preguntó si se acordaba de mí, de Bea, su hermana arquitecta, que estaba de vacaciones, pero que trabajaba en Madrid en un estudio importantísimo.

—¿Ah, sí? Bien *porrr* ti —dijo con su marcado acento checo y sin una media sonrisa. Parecía de la Gestapo, y lo de que su gesto adusto se había suavizado, tonterías—. ¿En qué estudio?

—No estoy de vacaciones, me han echado.

—Pero por recorte de personal —se apresuró a señalar mi hermana—. Ya sabes cómo está la cosa, Ingrid, la cosa está muy malamente para todos, y sobre todo para los arquitectos.

—Sí —contestó ella de manera escueta.

—Dile, dile qué premio acabáis de ganar. Y que ganaron gracias a ti.

—No fue un premio, era un concurso. De una obra en Estocolmo. La reforma del Museo de las Ciencias.

—Bien. —Escueta, escueta, escueta, la checa.

—Pues gracias a mi hermana. Que se dejó la piel en el proyecto.

—No, Débora, si hubiera sido gracias a mí, no me habrían echado.

—*Verrrdad* —convino Ingrid.

Mi hermana ya no sabía qué hacer conmigo. Me estaba odiando y yo lo notaba.

—Pues nada, mi hermana es un cero a la izquierda, ni caso —dijo con toda la mala leche de la que fue capaz, harta de intentar echarme una mano—. Ya puedes pasar, Ingrid.

La arquitecta pasó a la consulta de mi madre. Y Débora, antes de que cerrara la puerta, ya me estaba gritando.

—¡¿Pero tú eres gilipollas?! Que una cosa es hacerse la humilde y otra muy distinta es tirar piedras sobre tu propio tejado.

—¿Cuántas veces te tengo que decir que no quiero ayuda? Y que no estoy buscando trabajo.

—Blablablabla...

—Débora, por favor, déjalo.

Ingrid salió a los quince minutos de la consulta de mi madre. Y se dirigió a mí.

—¿Tienes trabajos que puedes *enseñarrrme*?

—¿Aquí? ¿En casa de mis padres? No, ninguno.

—¿Seguro? ¿Página web, algo *online*?

—No, la verdad es que no.

—Tu madre me ha hablado de tu proyecto de fin de *carrrrera*.

Y marcó tanto las erres al decir la palabra *carrera* que me estremecí.

—Nunca son buenos, *perro*... Tráemelo mañana. A las ocho de la tarde.

—Eh...

—Pues claro que te lo lleva. A las ocho está allí como un reloj —dijo mi hermana.

Ingrid se despidió con un gesto y salió por la puerta. Yo entré en la consulta de mi madre echando espumarajos por la boca.

—¿Pero qué te había dicho? ¡Que no quiero que me

enchufes! ¡Que no quiero trabajar para esa señora! ¡Y que no quiero favores!

En ese momento oí una voz a mi espalda.

—Me olvidé el bolso.

Era Ingrid. Cogió el bolso y me miró.

—Yo no hago favores.

Y sin más salió. A mí se me quedó cara de estúpida. Miré a mi madre.

—Genial. Ya la he liado. Por tu culpa.

—¿Por mi culpa? Pero quién te manda entrar aquí hecha un basilisco. Hija, es que tienes unos prontos.

—Bueno, pues casi mejor, porque así ya no tengo que ir mañana a su estudio.

—¿Por qué no?

—Porque me acaba de oír. Porque he gritado que no quiero trabajar para ella.

—No, lo que has gritado es que no quieres que te enchufen y que no quieres favores. Que es bien distinto. Y eso demuestra que eres íntegra. Tú mañana te presentas allí y que vea lo buena que eres.

—No voy a hacerlo.

—Claro que sí.

—No.

—A mí ahora no me dejas mal. Que se va a pensar que he criado a una caprichosa.

—¿Pero en qué quedamos, soy íntegra o caprichosa?

Mi madre se quedó pensándolo y acabó por sentenciar:

—Eres mi hija, e irás.

Me pasé media tarde y media noche buscando el proyecto de fin de carrera. No sabía ni en qué archivo lo tenía del ordenador, ni dónde estaba la copia en papel. Pero después de horas de búsqueda lo encontré. Y al verlo casi me muero de la vergüenza. Aquello era un horror. En mi memoria lo recordaba como un trabajo de diez, y no había por dónde cogerlo. Qué cosa más pretenciosa, más vacía, más *amateur*. Si es que esa era la prueba de que yo no debía seguir con la arquitectura. De donde no hay no se puede sacar.

—Pues a mí me parece precioso.

—Mamá, que tú no sabes leer un plano.

—¿Cómo que no? Aquí una escalera, aquí una ventana, ¿y ese hueco qué es?

—Un hueco.

—Ah. Precioso. Un hueco precioso. Mañana se lo llevas.

—Yo no le puedo llevar esto.

—Pues ya se lo llevo yo entonces.

—¡Mamá!

—Tú verás.

No quería llevarle ese proyecto, porque de verdad que era malo. Yo había proyectado cosas mejores. Tenía que haber hecho cosas mejores. ¿No? Incluso en la carrera. ¿Y si no era así? ¿Y si eso era lo máximo a lo que podía aspirar? Pero prefería no dejarme llevar por esos pensamientos tan negativos. Así que decidí buscar otra cosa, algo que de alguna manera me representara. Ya ni siquiera para presentárselo a Ingrid, para demostrarme a mí misma que era mejor que aquello. Subí al desván, porque recordaba que allí tenía que haber más trabajos míos. En algún lugar guardaba las maquetas, esas que me habían torturado tanto durante la carrera. Con las que había perdido las huellas de mis dedos índice y pulgar, de tanto pegamento que se me cayó entre los dedos. Vacié varias cajas de ropa y de juguetes hasta que encontré lo que buscaba. Tres maquetas un tanto aplastadas y ajadas por el tiempo. Dos eran casi tan malas como el proyecto de fin de carrera. Pero la última no estaba nada mal. La última sí que podía representarme. Definía de alguna forma lo que yo siempre había buscado en la arquitectura. Es probable que no fuera consciente de ello cuando la diseñé y la construí, pero ahí estaba el origen, la razón de mis ganas de dedicarme a proyectar edificios. Era una maqueta de una casa en un árbol. Una casa de madera de roble, construida sobre un castaño. Una casa en la que refugiarse del mundo, aislada entre las hojas y las ramas del árbol. El sueño de cualquier niño y también el sueño de cualquiera con ganas de ver la vida de otra manera, de alguien que buscara fundirse con la naturaleza, escapar por unas horas de los problemas del día a día. Una casa sobre una estructura viva, cambiante, de hojas rojísimas en otoño, verdes en primavera y desnudas sus ramas en invierno. Un árbol que además daba frutos, unas enormes castañas. Era una casa de madera con un amplio mirador, con una claraboya y con los veinte metros cuadrados más aprovechados del mundo. Acogedores, y con las mejores vistas. Donde cabía una cama, una mesa y hasta una ducha. Y también una estructura baja a modo de terraza en la que poder tomar el sol en primavera y bailar bajo la lluvia del otoño.

Lo que había disfrutado diseñando esa casa. Y la de veces que fantaseé con construirla de verdad. ¿Por qué había abandonado ese sueño? ¿Y por qué el día a día en el trabajo me había ido alejando tanto, hasta olvidarlo, de esas ganas de construir cosas que me emocionaran, de poner mi granito de arena para hacer que el mundo, o quizá un pequeño lugar en el mundo, fuera un poco más bonito?

Mi hermana Débora subió al desván.

—Anda, tu casa del árbol. Mira que diste el coñazo con ella.

—¿Sí?

—Mucho.

—¿Qué te parece?

—Que menos mal que te fuiste a Madrid porque con eso no te ibas a ganar la vida.

—Tampoco me la he ganado muy bien allí. Pero es bonita, ¿no?

Mi hermana valoró la maqueta como si de una profesional o crítica de arte se tratara y después de mirarla y remirarla, sentenció:

—¿No irás a llevarle esa cosa a Ingrid? Que tú eres muy capaz.

Se la llevé. Y con ella un maravilloso discurso sobre las intenciones de esa casa, sobre la corriente arquitectónica o movimiento en el que me había inspirado y al que pertenecía, sobre la viabilidad de una construcción de ese tipo. Tal vez no deseaba que Ingrid me diera trabajo, pero quería impresionarla y sí, pretendía que me lo ofreciera, para poder decidir si cogerlo o no, para tener siquiera esa puerta abierta. Y también sabía que yo no era buena vendiendo mis proyectos, que esa era la especialidad de Víctor, pero estaba convencida de que si me esforzaba, podía hacerlo como mínimo la mitad de bien que mi ex. El estudio de arquitectura estaba en el centro del pueblo, en la plaza Mayor. Era un espacio diáfano, moderno, de carácter industrial, con las tuberías del aire acondicionado a la vista. Los enormes ventanales daban a la plaza y a la iglesia barroca, que contrastaba con las líneas puras del estudio. Uno de sus empleados me hizo esperar y yo aproveché para sacar la maqueta de la bolsa enorme donde la llevaba y ponerla sobre una mesa. Ingrid apareció a los dos minutos. Vestía de negro, con una falda de lino hasta los pies, que estilizaba aún más su delgadez. Llevaba un enorme collar hecho con piezas metálicas, que parecía muy pesado, pero que a la vez le daba un toque de elegancia a su vestido. Me saludó algo decepcionada.

—Ah, tú.

Y miró la maqueta con cierta indiferencia. No le dedicó ni dos segundos de su atención.

—¿Ese fue tu proyecto de fin de *carrrrera*?

—No.

—Ya me *parrecía*.

—Pero esto es lo que mejor me define.

—¿Una casita de juguete?

—Bueno... no sé si conoces el movimiento de la microtopía, en la que se pretende crear espacios pequeños a escala humana, tratando de no construir a lo grande y desperdiciando espacios porque sí. Con esto yo pretendía...

—La *arrquitectura* es una cosa seria —me interrumpió—. No es *parrra* niñas.

—Bueno, yo...

—¿Tienes algo más que enseñarme?

—He traído los planos de la maqueta —dije con una vocecilla que pedía disculpas desde el mismísimo diafragma. Y que se fue apagando antes de que pudiera terminar la frase.

Ingrid me ofreció su mano dando por finalizado ese simulacro de entrevista.

—Gracias por tu visita. Y dile a tu madre que tenía razón, fui al especialista, y sí, *erra* una dermatitis alérgica.

Yo le di la mano y me fui de allí a toda prisa, sin ni siquiera meter la maqueta de nuevo en la bolsa. Qué humillación. Me había despachado en dos minutos. Ese era el tiempo que había necesitado para despreciar mi trabajo.

Recorrí el camino de la plaza hasta mi casa, unos dos kilómetros, enfadada con Ingrid, enfadada con mi madre, enfadada conmigo misma por no haber sido capaz de defender mi trabajo. Y mi visión de la arquitectura. ¿Cómo había permitido que se mofara de mi maqueta? Sobre todo porque no tenía razón, sí, yo admiraba el trabajo de Ingrid, muchos de sus edificios y de sus proyectos, pero eso no significaba que no hubiera sitio para otro tipo de propuestas. ¿Por qué tenía que calificar o más bien descalificar mi trabajo como infantil? Era una casa en un árbol, ¿y qué? ¿Acaso todos tenían que ser proyectos mastodónticos, edificios de cien pisos, museos pretenciosos?, ¿adónde nos había llevado ese concepto de la arquitectura? A la bancarrota. ¿Y qué significaba aquello de que la arquitectura era una cosa seria y no un juego de niñas? ¿Por el hecho de ser mujer tenía que demostrar que mi arquitectura tenía que ser tan robusta, tan sólida, tan fálica como la de un hombre? Y mi proyecto era sólido, no era ni femenino ni infantil. Y aunque lo fuera, no había nada de malo en ello. Le iba a demostrar a Ingrid y a quien hiciera falta que yo era capaz de llevar a cabo esa casa y que me iban a dar todos los premios de arquitectura del mundo por hacerla. Bueno no, no me darían ningún premio, pero es que no los necesitaba. Simplemente le iba a demostrar que había otra manera de hacer las cosas, igual de válidas, y que la arquitectura también podía ser algo más pequeño, más humano, y que no había solo una manera correcta de hacer las cosas. Que cada arquitecto podía tener su visión, y que la de Ingrid y la de muchos otros había llenado el mundo de lugares estupendos, y de otros espantosos e inútiles.

Llegué a casa y les conté a todos lo que había decidido.

—La voy a construir. Mi casa en el árbol. Va a ser como la maqueta, pero mejorada. Voy a dibujar una casa que se van a caer todos de culo.

—¿Ingrid te ha pedido que la construyas? —preguntó mi madre.

—Ingrid me ha mandado a la mierda. Ah, y que sí, que tenía dermatitis no sé qué.

—Pues claro que la tenía, si no había más que verle la piel del brazo, no necesité ni tocarla.

—Y digo yo... —preguntó mi hermana Débora con cierto temor—. ¿Y para qué quieres construir una casa en un árbol?

—Para demostrarle a esa engreída que puedo, que sé y que... —Me callé, no sabía qué más añadir. Pero aun así lo hice—: Y porque siempre quise hacerla. Y ahora con más razón. ¿Algún problema?

—Hija, si es lo que quieres. ¿Y dónde la vas a construir? Porque no creo yo que la higuera de la huerta pueda soportar mucho peso.

—¿El abuelo no tenía un pequeño terreno en el monte, adonde nos llevaba a coger castañas? ¿Lo vendisteis?

—Habría que preguntarle a tu padre, que es el que se encarga de esas cosas, pero creo que no.

—Pues ahí la voy a construir, en uno de esos castaños. ¡Me voy a dibujar!

Mientras me iba a la habitación, escuché a mi madre y a Débora.

—¿Pero la va a construir ella sola? ¿Se va a poner a clavar maderas sin ayuda de nadie? Vale que es apañada, pero tanto...

—Y yo qué sé, hija...

Y me encerré en la habitación; en esos momentos no me preocupaba cómo llevaría a cabo la obra, lo importante eran los planos, el diseño. La viabilidad del proyecto. Ya convencería luego a quien hiciera falta para que me ayudara a construirla. Me pasé más de una semana enclaustrada, solo salía para comer, para ir al baño y para socializar lo justo cuando venía mi hermana Irene y se empeñaba en que me tomara un café con ella, que no le parecía nada bien que hubiera huido de Madrid para curar mi mal de amores y me pasara el día encerrada dibujando como cuando era estudiante. Y la verdad es que esa casa en el árbol me había traído la energía y la ilusión que había tenido en la carrera. Algo tan pequeño, tan sencillo, tan infantil, me había devuelto las ganas de dibujar. Tan concentrada estaba dibujando, investigando sobre materiales, sobre estructuras, documentándome en internet con la ayuda de León —al pobre lo puse a buscar mil páginas distintas—, que apenas pensaba en Víctor. Miento, claro que pensaba en él, y en la chica del telediario, pero no de una manera acaparadora, ya solo me ocupaba cinco o seis horas de mi día a día. Y también seguía apareciendo en mis pesadillas, claro, porque el inconsciente es muy difícil de dominar, pero ya estaba consiguiendo que pasaran más de veinte minutos entre un pensamiento y otro de Víctor tirándose a la del telediario.

No solo me visitó mi hermana Irene, Débora también se interesaba por mí, al igual que mi madre y mi cuñado Juan. Todos los días me preguntaba si me animaba a correr con él. Y de tanto insistir acabé aceptando su invitación. Es que ya no sabía cómo decirle que no. Me había quedado sin excusas.

—Voy, pero si me llevas al monte que tenía mi abuelo. ¿Sabes dónde está?

—Sí, donde los castaños. En quince minutos al trote estamos allí.

—¿Quieres que corra quince minutos seguidos?

—¿Pero tú no hacías *running* en Madrid?

—Sí, sí, pero estoy un pelín desentrenada...

Un pelín. Solo un pelín desentrenada. A los cuatro minutos siguiendo las zancadas de mi cuñado yo ya estaba a punto de echar el hígado por la boca. Y encima con ese día frío que hacía, que cada bocanada dolía, menuda primavera estábamos teniendo. Aunque no sé por qué me extrañaba del clima, hacía la temperatura típica para ese mes en Cantabria. Frío, lluvia, cielo encapotado. Eso sí, las hojas de los árboles empezaban a brotar con un verde intenso, tanto que a veces parecía que las ramas, cuando la luz del sol se colaba entre las nubes iluminándolas, ardían en llamas verdes. La vida una vez más imponiéndose cada primavera. En esas cosas pensaba para intentar no vomitar del esfuerzo. Tú concéntrate en las hojitas de los árboles, en las metáforas de la primavera, tú no pienses en lo reventada que vas...

—¿No me digas que ya estás cansada?

Vaya, no había resultado mi intento de evadirme.

—No, no, voy bien, voy bien...

Mi cuñado no paraba de hablar, como si no le costara el más mínimo esfuerzo lo que a mí me estaba matando. Él seguía preocupado por su bebé y la obsesión de mi hermana de no dejarlo ni un segundo a solas. Juan quería llevarlo al pediatra, para entre otras cosas ponerle las vacunas que Débora no quería.

—Por mucho que haya estudios que digan que lo de las vacunas es un disparate, yo creo que el disparate es no ponérselas.

—¿Y no deberías hablarlo con ella?

—Si no atiende a razones. Está tan obsesionada con que todo sea natural, con que no haya ningún alimento con toxinas, que todo sea pecho y más pecho, que yo creo que por eso se está quedando raquítico.

—A ver... Sí que está un poco pesadita con el tema, pero no sé... Sois dos. Tú también tendrás mucho que decir —dije yo sin apenas aliento—. Espera, vamos a parar un segundo, que esto de hablar y correr no lo llevo muy bien.

—¿Ya quieres parar?

—¿Quieres que hablemos de Débora o no?

—Sí, sí, paramos.

Me apoyé en un árbol y recuperé como pude la respiración. Juan ni se preocupó por mi estado. Él a lo suyo. Mucho salir en los periódicos cual bombero solidario, pero su cuñada como si se moría de un infarto.

—Tú misma dijiste que el bebé era un poco raquítico. ¿Y si con esa obsesión del pecho no lo está alimentando como debe? Que yo ya creo que debería darle potitos. ¿Y si hay alguna vacuna que sí hay que poner forzosamente?

—A ver... que mi hermana lo tiene todo muy claro. No va a poner en riesgo la salud de su hijo por muy cazurra que parezca.

—Si yo solo quiero que el pediatra me tranquilice, nada más.

—Vale.

—¿Me vas a ayudar?

—Sé que me voy a arrepentir. Lo sé. Pero me pones esa carita de pena... A ver, ¿cómo lo hacemos?

—Llévate a tu hermana de paseo o a tomar algo, dile que estás fatal, o lo que sea, y que necesitas hablar con ella a solas. Le decimos que tu madre se queda con el niño. Y yo ahí aprovecho y me lo llevo al pediatra.

—¿También vas a meter a mi madre en esto? —pregunté mientras tragaba una gran bocanada de aire y comprobaba que mi pulso empezaba a recuperar su normalidad.

—¿Tú crees que soy mal padre?

—No, Juan, claro que no.

—Yo te prometo que cojo al niño y en una hora o así estoy de vuelta. Solo te pido que la distraigas un par de horas.

—Qué difícil es negarle algo a un bombero.

Veinte minutos después y tres kilos menos, porque yo había perdido como poco tres kilos de líquido, llegamos a los castaños. Eran seis, y comprobé que tres estaban podridos, muertos. Pero los otros estaban en buen estado. Elegí el mejor. Era un árbol centenario. Con un tronco anchísimo y cinco ramas robustas que se extendían casi de manera horizontal. Era perfecto. Sí, entre esas ramas iba a quedar mi casa de maravilla. Ya me imaginaba ahí subida, tumbada en la terracita, dominando el paisaje y fundiéndome con él. Iba a ser un sueño de casa, iba a ser lo que necesitaba para curarme. Me sentí feliz por primera vez en mucho tiempo. Realmente feliz. Hasta mi cuñado lo notó porque sonrió al verme tan entusiasmada.

—Te gusta, ¿no?

—Aquí va a ser. Aquí va a quedar perfecta. Déjame que haga unas fotos y tome unas mediciones. Yo creo que si trabajo a fondo, en una semana acabo los planos. Va a ser la mejor casa del árbol de la historia de las casas de los árboles. ¿Podrás esperar una semana para llevar a tu hijo al pediatra?

—Si no hay más remedio.

—Es que se me acaba de ocurrir la manera de convencer a tu mujer. Cuando tenga los planos acabados quiero ir al aserradero, a que me den un presupuesto para la madera que necesito. Puedo decirle que venga y que no lleve al niño, que el serrín no es bueno para sus pulmones.

—Qué grande eres, cuñada.

Con las fotos del castaño y las mediciones, pude reformular todo mi diseño. Jamás reconocería, cuando me entrevistaran al respecto —sí, ya me estaba imaginando en la portada de todas las publicaciones de arquitectura—, que me había puesto a trabajar en la casa del árbol sin tener una idea exacta del árbol y de la localización donde iba a plantar la casa, pero yo era así, prefería trabajar en abstracto y ya con parte del trabajo hecho, ir al espacio en concreto y luego reformular lo que había ideado. En cinco días tuve casi todo el trabajo rematado. Ahora solo necesitaba cuadrar el presupuesto o, más bien, ajustarlo al poco dinero que tenía. Y si se me salía de madre, empezar a quitar elementos. No pensaba tirar del dinero de la cuenta conjunta que teníamos Víctor y yo. No iba a hacerlo porque yo en esta ruptura de pareja era la que llevaba la razón, la que había actuado correctamente, y no quería perder mi estatus por una cuestión monetaria. Pronto cambiaría de idea.

Mi hermano entró en la habitación. Parecía preocupado.

—Oye, sé que Débora e Irene me lo han prohibido, pero creo que deberías echarle una visual a esto.

—¿El qué?

—Tiene que ver con el ínclito —y explicó—: Víctor.

—No sé si quiero, León.

—Te lo digo para que le des carpetazo del todo a ese tío, que cierres las heridas y las cicatrices con iodo.

—Pero si he anulado la boda. ¿Qué más quieres que cicatrice?

—Ya, pero tú aún sigues ahí reconcomiéndote, ¿si no de qué esa obsesión por trabajar en esa casita como una posesa? —Cómo me conocía el cabrón, y parecía que no se enteraba de nada—. Ven. Vamos a acabar con esa ofuscación de raíz.

Me llevó a su cuarto. Me temblaban las piernas. En la pantalla de su ordenador estaba la imagen congelada de ellos dos, de Víctor y de la presentadora del telediario, vestidos de noche, en el estreno de una obra de un musical en la Gran Vía. Yo intenté mostrarme serena. Pero qué guapo estaba, el jodido. He ahí el verdadero elixir de la belleza, no hay nada como que tu novio te reemplace por una más guapa, más lista, más todo, para que a tus ojos se transforme en el hombre más guapo del mundo.

—Ah, que ya se lo lleva en plan pareja. Bueno, era algo que podía pasar. Así me demuestra que no estoy loca, que no exagero, que no me inventaba nada. Y que hice bien en romper con él.

Como me dolía ver la imagen, desvié la vista por la habitación de mi hermano. Era una cueva oscura y desordenada. La persiana de la ventana estaba cerrada y había diversos puntos de luz, unas bombillas de Navidad enredadas y encendidas sobre el cabecero de su cama a pesar de que estuviéramos en abril, un flexo con una luz mortecina y dos enormes figuras de plástico con formas de animales que también iluminaban. Ropa por todas partes y decenas de zapatillas de deporte amontonadas en una esquina. Tan redicho y tan guarro. Paradojas del ser humano.

—Joder, León, tienes esto hecho un estercolero. Qué gay más poco gay eres.

—¿Te quieres centrar, alma de cántaro? Hay algo más. ¿Le doy al vídeo?

—No sé... ¿le das?

—Sin duda.

—Joder, León, me estás acojonando.

—Tú ya has finiquitado con él, ¿verdad? Pues a la mierda.

Y le dio al *play*, y la imagen se puso en movimiento. Y una periodista preguntó a la chica del telediario por Víctor. ¿Ese acompañante era su nueva pareja? ¿O solo un amigo?

—Solo un amigo —dije yo, adelantándome a ella. Pero no, la presentadora del telediario tenía otra respuesta.

—Es mucho más que eso.

Ante esa respuesta la locutora salivó e hincó el diente.

—¿Tu novio?

—Es el hombre de mi vida.

—¿El hombre de su vida? Pero si lo acaba de conocer. A esa no le llega la sangre a la cabeza. Al final todas las guapas van a ser lerdas.

—Espera que algo así le dice la periodista.

—¿La llama lerda?

—No.

León puso la imagen en movimiento.

—¿Y no es un poco pronto para hacer semejante afirmación?

—No.

Había dicho que no. La chica del telediario había dicho que no. Sonriendo y segura. No. No era demasiado pronto. Como si fuera lo más normal del mundo besar a un desconocido en una fiesta, un desconocido a punto de casarse, y luego apoderarse de él y convertirlo en el hombre de su vida, así, en menos de un mes, y sin pestañear. Siguió hablando y argumentando su decisión.

—Yo tampoco creía que estas cosas pasaran. Pero cuando pasan, lo sabes, y lo ves tan claro que para qué voy a disimularlo. Es el hombre de mi vida.

—¡Que ya ha quedado claro, gilipollas! —grité a la pantalla.

León paró el vídeo de nuevo. Yo respiré. No iba a permitir que me afectara. Ya no formaba parte de mi vida.

—Lo que no entiendo es cómo Víctor no ha salido corriendo después de semejante declaración. ¿Sabes cuánto tardé yo en decirle que le quería? Un año. Y cuando se lo dije casi le da un cólico nefrítico.

—¿Quieres ver el resto? —preguntó León con cierto temor.

—¿Pero aún hay más?

Mi hermano puso el gesto más fúnebre que le había visto hasta la fecha.

—Ahora la presentadora le pasa la alcachofa a él.

—¿A él? ¿Y por qué le pregunta a él? Si Víctor no es famoso, si Víctor no es conocido, si Víctor es un arquitecto de mierda.

—¿Quieres verlo o no?

—¡No! No quiero.

Salí de la habitación. Entré en la mía. A los dos segundos estaba de nuevo en el cuarto de mi hermano.

—Dale al *play*.

—Así me gusta, hermana. Cogiendo el toro por los cuernos.

León pulsó la tecla espaciadora. El vídeo arrancó de nuevo. Y la periodista le preguntó a Víctor.

—¿Y qué piensa el joven arquitecto?

Y el joven arquitecto pensaba y hablaba. Y menuda desenvoltura delante de las cámaras. De planos y estructuras sabía lo justito, pero qué bien se vendía.

—Que es verdad, cuando pasa no se puede negar. Nunca había sentido nada igual. Es la mujer de mi vida. Estoy feliz.

Sentí que me quedaba sin aire. Que no había oxígeno en el mundo. Que por más que intentara que mis pulmones se llenaran, no había manera. Nunca había sentido nada igual. Nunca había sentido nada igual. Dijo. Nunca había sentido nada igual. Él decía que no había sentido nada igual. ¿Y entonces conmigo, con la mujer que se iba a casar, a la que había pedido matrimonio, con esa qué había sentido? ¿Eh, cacho cabrón? Miré a mi hermano. No me iba a desmoronar, ni a desgañitar, no. Sabía reaccionar de otra manera. Más fría.

—¿Pero con qué monstruo he estado saliendo cinco años? ¿Pero cómo puede hacerme esto? ¿Pero ya no se acuerda de que existo y que puedo estar viendo esto? ¿Pero de verdad que no le importa ni un poquito el daño que me puede hacer con esas palabras? ¿Pero cómo se puede ser tan hijo de la gran puta?

—Esto exige una *embriagación* de los sentidos. Un caerse muerto por KO. Vamos a emborracharnos.

—No.

Me encerré en el cuarto, me senté en la silla. No pienses, no pienses. Víctor ya no forma parte de tu vida. Sigue adelante. Eres fuerte. Concéntrate en tu trabajo. Miré los planos, miré la maqueta. Y todo me pareció una mierda. ¿De verdad llevaba dos semanas volcada en diseñar una casita de madera en un árbol? ¿Así era como pretendía empezar de cero? ¿Así enfocaba mi vida? Hacía menos de un mes tenía un trabajo, casi de esclavos y mal pagado, pero con cierta proyección, coño, que era arquitecta. Y me iba a casar con otro arquitecto. Que no es que yo necesite un arquitecto en mi vida, de hecho casi mejor no volver a conocer a uno, pero hasta hace un mes lo de que fuera arquitecto, aunque no de los mejores, me parecía estupendo. Y tenía planes, acordes con una mujer de mi edad. Y ahora estaba aquí en casa de mis padres, huyendo del mundo, huyendo de mi vida, lamentándome y construyendo casitas de madera. Genial. Tan genial que miré hacia la cama y me pareció que lo único sensato que podía hacer en ese momento era meterme en ella. Taparme hasta la cabeza con el edredón y dormir. Dormir y no despertar.

Lo hice. E incluso me metí un calcetín en la boca, con la intención de asfixiarme. Y así acabar con el dolor, la rabia y la sensación de fracaso. Pero supongo que nunca nadie se ha suicidado antes con un calcetín, y había una buena razón para ello. Era imposible.

Estuve tentada de llamarle por teléfono o de escribir un WhatsApp o un mensaje en Facebook. Ya tenía el móvil en la mano cuando tuve un segundo de lucidez y cambié de idea. No, a la mierda cualquier tipo de contacto con Víctor. Borré su número y también borré su cuenta en Facebook; es más, borré hasta la mía. Y no contenta con eso, llamé a todas mis amigas. Y les pedí que borraran su número, para que yo no tuviera manera de acceder a él aunque quisiera. Chavela había visto el vídeo e intuyó que estaba destrozada.

—¿Quieres que vaya? Puedo pedir un par de días por asuntos propios en el trabajo.

—¿Y dejar a tus pacientes sin su mejor sicóloga? No, gracias. Estoy bien. Con que borres su número será suficiente.

—¿Seguro? Bea, que yo sé lo duro que puede ser esto. Bueno, no lo sé, lo intuyo.

—Estoy bien, y aquí tengo a mi familia. Borra su número, ¿vale?

Luego borré el del trabajo y el de todos mis compañeros que compartía con Víctor. Era mejor borrar sus teléfonos que llamarlos para pedirles que destruyeran el de mi ex, pensarían que había perdido el juicio. Después de rastrear cualquier posible conexión con Víctor y anularla, algo que me llevó horas, respiré aliviada. Víctor estaba oficialmente fuera de mi vida, ya no había manera de contactar con él. Sabía que él podría contactar conmigo, pero era tan sencillo como cambiar de número de teléfono. Aunque si había encontrado el amor de su vida, su media naranja, dudaba mucho que quisiera ponerse en contacto conmigo. Mejor.

Por mi cuarto fueron pasando a lo largo de la tarde toda mi familia y allegados.

Primero apareció mi madre:

—¿Estás bien, corazón?

—Sí, sí, ahora mucho mejor. Me duele un poco la cabeza, pero nada serio.

—¿Tienes fiebre?

—A lo mejor... ojalá... no sé. Borra su número de teléfono, ¿vale?

—Vale.

—Pero hazlo ahora, que yo lo vea.

Mi madre fue a por su móvil, ante mi insistencia, y comprobé cómo lo borraba. Sonreí.

Luego pasó mi hermana Irene:

—Ni una lágrima, por ese capullo ni una lágrima.

—Si yo no soy de llorar.

—Pues a lo mejor llorar te iba bien.

—¿Pero no me has dicho que ni una lágrima?

—Era una forma de hablar. El caso es que ya está, ya pasó, y casi mejor así. Hay que ser práctica y extirpar de raíz la hierba mala, el hongo, la enfermedad contagiosa, la...

—Ya, ya... La he extirpado, no queda nada. Solo necesito que borres su número.

—¿Su número? Si no creo que lo tenga...

—Compruébalo y, si lo tienes, bórralo.

Mientras lo hacía y me miraba con cierta pena, yo seguía rumiando.

—Lástima no haber aprendido a hacer nudos marineros en aquel campamento al que fuimos.

—¿Para qué?

—Para ahorcarme. O para retorcerle bien los huevos con un nudo doble.

Mi hermana Débora, con su niño a cuestas, también vino a verme:

—Conozco a unos rumanos que por cuatro duros acaban con el problema.

—¿No cobrarán más por ser famosa?

—Ah, yo lo decía para que se lo cargaran a él.

—¿A él? Qué buena idea. Borra su número.

—Si nunca lo tuve.

—¿Seguro?

Me pasó el móvil para que lo comprobara. Ni un Víctor en su agenda. Mejor.

Mi cuñado Juan se presentó con el casco de bombero, no sé si porque temía mi reacción o porque venía de trabajar:

—Tú vales más que ese.

—¿Y que ella, valgo más que ella?

—Eh...

—¡Pero miénteme! Que ya sé que está muy buena. Y habla cuatro o cinco idiomas. Y se lanza a la piscina aunque no haya agua. Que ha dicho que es el hombre de su vida. Esa zorra. ¿Tienes su número de teléfono?

Hasta el novio de mi hermano, el no novio, vamos, el *fabari*, el guardia civil camello, se pasó a consolarme, con mi hermano:

—Los tíos nos cegamos mucho en los primeros días que empezamos a salir con alguien.

—Son las feromonas. En un juicio debería ser un atenuante, como el alcohol —comentó mi hermano.

—Mira que eres listo —le dijo Jacobo con admiración. Así le miraba siempre que soltaba alguna sentencia de las suyas, arrobado.

—Conmigo nunca tuvo esas feromonas.

—Pero te propuso matrimonio, ¿o qué?

—Pero ahora me siento pequeñita, insignificante, insuficiente. No valgo nada.

—Yo apenas te conozco, pero eso no es verdad. Eres guapa, inteligente y tienes una mala leche muy graciosa, ¿o qué?

—Gracias, pero tú eres gay y guardia civil, no te ofendas, pero no me fío de tu criterio.

—Soy bi.

—¿Bi qué?

—Bisexual.

—Ah, ¿o sea que te liarías conmigo?

—Tía, estoy con tu hermano.

—También es verdad. Perdona, León.

—Nada, nada, la ofuscación. No pasa nada. Y total si a este tampoco se le iba a levantar.

—¿Cómo que no? ¡Soy bi!

—Sí, bípedo, y a veces vas en bicicleta, ahí se acaba todo tu bi.

—¡Que yo me puedo liar con tías!

—Ea, ea... ya pasó.

—Cómo te odio a veces.

—Y a mí que me pone que me odies...

Más madera

Fueron dos días en el abismo. No estoy orgullosa. Nadie de la familia sabía cómo ayudarme. Hasta mi padre se intentaba conectar todos los días por Skype para darme ánimos. Pero por más que lo intentaba solo erraba el tiro. Al tercer día, sin una razón aparente, supongo que por puro agotamiento, puse fin al duelo y entré en la habitación de mi hermano.

—Vamos a emborracharnos. Se acabó la tontería.

—Genial. Llamo a Jacobo, nos liamos la manta a la cabeza, quemamos tu pena en whisky barato y adormecemos los sentidos. No hay mal que no cure el alcohol. Y si no lo cura es porque aún no se ha tomado suficiente.

—Muy bien. Que traiga drogas.

—¿Drogas? Si él ya no pasa.

—Pero algo tendrá para consumo propio, ¿no? Oye, y perdona por pedirle que se liara conmigo. Fue así, sin pensar.

—Tranquila, si lo de bi lo repite mucho para que se convierta en realidad. Pero te digo yo que ni aunque se le pusieran a tiro todas las miss universo de los últimos años...

—¿Ni aunque se le pusiera a tiro la del telediario?

—Ni con esa.

—Qué bien me cae. Y que aguante lo redicho que eres, eso, eso no tiene precio.

—Yo aguanto sus oqués. Y sus razonamientos básicos.

—Vas a comparar.

Salimos por los bares del pueblo. Mis hermanas no pudieron, al parecer Irene tenía que preparar un pleno importantísimo y no quería tampoco que la vieran por el pueblo tajada como una borracha más, y mi hermana Débora, con eso de dar el pecho pues tampoco bebía, así que salimos los tres. León, su *fabari* guardia civil y yo. Qué barato era beber en el pueblo, que con el dinero que me gastaba en Madrid para tomar dos copas aquí podía invitar a medio bar. En el Caribe, uno de los locales que estaba al lado del puerto deportivo, nos sirvieron tres *gin-tonics* bien cargaditos de alcohol y de todo tipo de condimentos, que si arándanos, que si cardamomo, que si pimienta...

—¿Os acordáis de cuando los *gin-tonics* solo llevaban ginebra y tónica? Qué tiempos. Y que haya llegado hasta aquí la moda de convertirlos en ensalada de frutas. Lástima.

Me fijé en los carteles que colgaban por todas partes en el Caribe, que era el bar donde habíamos pasado nuestra adolescencia, jugando al billar y descubriendo el alcohol en forma de Licor 43, Malibú con piña y calimocho con mora. Las paredes estaban llenas de pósteres en contra de la planta eléctrica verde. «Nuestros árboles son nuestra riqueza. No a la fábrica de biomasa», «Energía limpia sí, pero no a cualquier precio», «No queremos que nos esquilmen lo nuestro».

—Pacheco, ¿y desde cuándo te importan los bosques? Si las únicas plantas que adorabas eran las de marihuana —le dije al dueño del bar. Era unos años mayor que yo, quizá tuviera la edad de Irene, aunque por su aspecto acabado, calvicie y barriga, parecía mucho mayor, a pesar de que lo quisiera disimular con su camiseta-chiste de «La Guarra de las Galaxias». Lo mal que se conservan algunos hombres heterosexuales en los pueblos es un caso digno de estudio.

—No vamos a permitir que los del aserradero se salgan con la suya. Los bosques son de todos. Es nuestra riqueza —sentenció, todo dignidad.

—Serán riqueza si se le busca algún tipo de beneficio, digo yo. Mejor que sirvan para crear energía a que acaben siendo pasto de los pirómanos.

—¿Qué vas a decir tú, si tu hermana está detrás de todo esto? Ya te ha comido el tarro.

—Yo pienso por mí misma.

—Dile que no lo va a conseguir, que nos estamos organizando, haciendo mucho ruido. ¿Sabes que ahora escribo en el periódico?

—¿Tú?

—Soy el corresponsal de San Esteban. Y me dan toda la cancha del mundo para publicar lo que quiera. Y ya te digo que la planta de energía no se levantará aquí.

—Eso, ¿para qué vamos a dar trabajo a todos los parados de la zona? ¿Para qué vamos a ser referencia europea de energía limpia teniendo anchoas? Putas anchoas.

Mi hermano vino a por mí.

—¿Has acabado ya con el mitin?

—No me gustan las anchoas. Tan saladas, tan escurridizas, con tanta espina diminuta...

—¿Te ha puesto anchoas con la copa?

—No, no... —Me dirigí a Pacheco—: Ponnos tres de lo mismo, Guarra de las Galaxias... Chulísima tu camiseta.

A la quinta copa mezclada con un poco de marihuana cosecha particular de Jacobo, tomé una decisión que comuniqué a mi hermano, al *fabari* y a todo el bar. Me daba igual Víctor. Ya estaba olvidado.

—Voy a hacer la casa del árbol. Decidido. A mí, ese cabrón no me quita la ilusión.

—Te ha salido un pareado.

—No va a ser un pareado, va a ser una casa individual, en un árbol.

—No, que digo que rimaba.

—¿Eh?

—Va a ser mejor que dejes de beber. El licor ya ha anegado tu razón.

—Anegado la razón... lo que aprendo contigo —dijo el guardia civil sin una pizca de ironía. Ah, qué maravilla las mentes simples.

—¡Viva la Benemérita!

—¡Viva!

—¿Pero qué os ha dado? —se sorprendió mi hermano.

—Vamos a beber. Que a lo mejor la razón se me ha anegado, pero el corazón sigue latiendo. Bebemos esta y luego otra. No, o mejor, mejor, mejor, tengo una idea mejor. —Miré a una chica que jugaba al billar con dos chavales. Y ahí perdí el hilo de mi razonamiento—. ¿Esa no es la Almudena? Esa estudió conmigo... Voy a saludarla, que no digan que soy una siesa.

Ya me iba a acercar a ella cuando León me lo impidió.

—Se llama Raquel y tiene diez años menos que tú, no pudo estudiar contigo.

—Diez años menos... ¿quién lo diría? Ay... qué pocas amigas hice en el instituto. Con lo maja que yo era... ¿por qué? ¿Por qué, *fabari*, por qué? ¿A que yo era maja?

—Yo por entonces me pasaba el día colocado... no sé decirte.

—No nos vas a dar un pedo nostálgico, ¿verdad, hermana?

—No, no, pedos nostálgicos, no, ¡vade retro, Satanás! Si yo tenía otra idea. ¿Cuál era? —Y volví a acordarme—: Ah, sí. Venid conmigo.

Salí del bar manteniendo el equilibrio a duras penas. Miré hacia atrás para comprobar que me seguían. Y sí, allí estaban los dos. Más enteros que yo, todo hay que decirlo. Y más cariñosos también. Lo que ha cambiado la Guardia Civil. Sobre todo en lo de expresar los afectos. De pegar tiros en el Congreso a meterle mano a otro de su mismo sexo por las calles de un pueblo pijo y conservador del norte. Para que luego digan que en este país no ha habido evolución durante los treinta y tantos años de democracia. He ahí la prueba.

—¿Dónde hay un cajero 4B?

León y su no novio me llevaron hasta el cajero más cercano. Yo saqué dos tarjetas de mi cartera.

—Esta es de la personal. Y esta de la cuenta conjunta. Aquí tenemos el dinero de la boda y del viaje de novios.

Metí la tarjeta en el cajero.

—La contraseña es el día que nos conocimos. Seguro que él no puede retirar dinero porque no se acuerda del día. Que se joda.

Tecleé el número y luego la cantidad de dinero que quería. Mil dos cientos euros.

—¿Vas a sacar todo eso?

—Y más, la voy a vaciar. ¿Son ya las doce de la noche?

—No.

—Mejor, a las doce volvemos, que ya será otro día, y podré sacar otros mil doscientos. Y mañana, lo mismo.

—Sí que tenéis dinero en esa cuenta, ¿o qué?

—Dos mil setecientos cincuenta.

—¿Y Víctor no se cabreará?

—Que le den. Vamos a tomar la última, paga mi ex —dije, agitando el fajo de billetes de cincuenta euros. Con tan mala suerte que un golpe de viento hizo que varios salieran volando.

Corrimos tras ellos. León y Jacobo consiguieron atrapar la mayoría. Yo fui detrás de uno, intentando no tropezar con nada, ni nadie. El billete se posó en el suelo entre dos coches. Para cogerlo me apoyé en uno de los coches, pero mi mano resbaló y con ella el resto de mi cuerpo, que se precipitó al suelo. Golpetazo en el culo, que aún seguía malherido después de la caída del muro de la casa de los Andrada.

—Ay...

Estiré el brazo, y con la punta de mis dedos pude alcanzar el billete. Me levanté lo más rápido que pude, o sea a velocidad oruga, y cuando ya estaba casi del todo incorporada, le vi. Diego estaba enfrente y cerca de su coche rosa, con una bolsita de farmacia en la mano. Me miraba fijamente. De un soplido apartó los pelos que le caían del flequillo sobre sus ojos, y también ayudado por sus dedos.

—¿Qué pasa? —le pregunté. Y ante su silencio seguí hablando—: Ahora no te estaba siguiendo.

—¿El otro día sí?

—No, tampoco. Aunque estarás acostumbrado.

—¿A que me sigan?

—A que te miren.

—¿Y eso?

—Lo sabes de sobra.

—No.

—Solo alguien que sabe que es guapo se atrevería a conducir un Mercedes rosa. —Sí, señoría, eso acababa de salir de mi boca. Abajo el alcohol.

—¿Los feos no pueden conducir coches rosa? —preguntó.

—Los feos no quieren llamar la atención.

—Gracias, supongo.

—¿Por qué?

—Por la apreciación.

—¿Qué? —El alcohol me hacía intrépida, me hacía

osada y desvergonzada, pero desde luego no me hacía lúcida.

—Que me consideres guapo, digo. Que gracias.

—Estoy borracha, con cinco copas veo guapo hasta al Fary. Así que tampoco te emociones.

—¿Y cuántas llevas?

—Voy nivel Fary, ya.

Por primera vez sonrió. Aleluya.

—El pelirrojo sabe sonreír.

—Sí, no tengo ningún músculo atrofiado. Lo que pasa es que me cuesta sonreír a la gente que se intenta colar en mi casa, o que monta pollos a chavales en el tren.

—Prefieres sonreírle a las borrachas. No sé si dice mucho bueno de ti.

Volvió a sonreír. Ay, y qué sonrisa. Cabrones de sonrisa bonita alejaos de mí, sobre todo cuando voy cargada de alcohol y de rabia.

—Y te equivocas —dijo—. No llevo un coche rosa para llamar la atención.

—¿Y entonces por qué?

—Dejé a mi hija que escogiera el color. Y se empeñó en este.

—Uh... error... ¿Le concedes todos los caprichos a tu hija, o cómo?

—Desde que murió su madre me cuesta no hacerlo.

Tocada y hundida. Me quedé sin respuesta. Además de bíceps tenía corazón. Maldito.

—Buenas noches. Y cuidado con los Farys que te encuentres —dijo abriendo la puerta del coche.

—Tranquilo, voy protegida, me acompaña la Guardia Civil. ¿Quieres tomarte una copa? Tengo dinero.

—Tienes dinero, eres arquitecta... Todo un partidazo. Pero no, gracias. —Diego levantó la bolsita de la farmacia—. Mi hija espera su jarabe para la tos. Otro día.

—Qué lástima, porque después de la copa te iba a proponer un polvo de venganza.

Me miró intrigado.

—¿De venganza?

—Déjalo, era una mala idea, tú te mereces otro tipo de polvos. De los de verdad, de los que se echan porque te apetecen mucho y no para conjurar fantasmas.

Eso acababa de salir de mi boca. Ay, alcohol que me hace elocuente y lanzada, aléjate de mí.

—Si tú lo dices —se limitó a responder él.

—Lo digo, hasta otro día, Fary.

Diego hizo un gesto a modo de despedida, se metió en su Mercedes rosa. Yo corrí hacia el coche. Golpeé con mis nudillos la ventanilla. Él bajó manualmente el cristal.

—Dime.

—El dinero era para mi viaje de novios. Pero me dejó por otra.

—Ah, de ahí el polvo de venganza.

—Chico listo. Y te voy a confesar otra cosa: soy una arquitecta en paro.

—Vaya, yo que ya me estaba haciendo ilusiones. Pero supongo que nadie es perfecto.

Diego metió la llave en el contacto, yo me aparté de la ventanilla. Arrancó el coche y me dejó sin posibilidad de réplica. El coche se perdió en la oscuridad. Jacobo y mi hermano se acercaron a mí. Me dieron los billetes de cincuenta.

—Creo que están todos.

—¿Y tú qué haces ligando con el viudo de oro de Cantabria? Y parecía tonta —dijo León.

—Yo no estaba ligando.

—Cuidado con el pelirrojo —me advirtió Jacobo.

—¿Por qué?

—Porque tiene mucho peligro. Porque está acostumbrado a salirse con la suya, caiga quien caiga.

—Ni caso, Bea, que este infeliz se cree todas las tonterías que cuentan.

—Ya, pero se las cuentan a la Guardia Civil. Y eso no es moco de pavo, ¿o qué?

—Ahora no me dejes así, desembucha. ¿Qué cuentan?

—Sin pruebas no puedo hablar.

—Ahora tu *fabari* se hace el interesante, tócate las narices —dije yo fastidiada. Pero enseguida me hice la digna—. Si no pasa nada, si será un cabrón, como todos. Pelirrojo, guapo, con músculos y padrazo. Pero un cabrón. ¿A que sí?

Si es que me los sé, me los sé a todos. Lo bueno de que todo el mundo te decepcione es que al final ya no te pueden decepcionar de lo decepcionantes que son.

—Y eso, querido guardia civil, ¿sabes cómo se llama? Oxímoron —dijo León. Redicho hasta con tres *gin-tonics* en el cuerpo. Claro que lo mío era peor. Yo bebía y me lanzaba a tumba abierta, como acababa de hacer con el viudo. Ay.

—Suena a medicina. Oxímoron. Lo que sabes —dijo el guardia civil, admirando a León una vez más. Se ve que no se cansaba de admirarlo—. Nos tomamos la última, ¿o qué?

Amanecí en mi cama rodeada de billetes. La resaca hizo que tardara en entender por qué tenía todo aquel dinero allí. Al recordar lo que había hecho, sentí cierto remordimiento. Pero tampoco iba a ir al banco a ingresarlo de nuevo. Con eso seguro que tenía para la construcción de la casa. O para parte del material. Y la mitad de ese dinero era mío, ¿sí o no? A lo mejor un poco menos de la mitad, pero me creía con el derecho a usarlo, aunque solo fuera por los daños morales que me había causado Víctor. Ya le contaría luego que le había esquilmado. Si, total, seguro que él no necesitaba el dinero. Seguro que la del telediario lo pagaba todo. Miré la maqueta de mi casa en el árbol. Sería una tontería, pero era mi tontería. Y la iba a hacer realidad. No más excusas para posponer ese proyecto. Cuando estuviera construido ya decidiría o no si había merecido la pena. Ahora solo tenía que convencer a Débora para llevarla conmigo al aserradero.

Me costó lo mío. Porque lo de dejar al niño en casa con mi madre le resultaba tan doloroso como si le extirparan una muela del juicio sin anestesia. Qué tremenda. Pero después de mucho rogarle, de decirle que nadie como ella para regatear un precio, que yo apenas tenía presupuesto para mi casa del árbol y tenía que conseguir la madera muy barata, que si no lo lograba me iba a dar algo, que esa casa me estaba salvando de mi obsesión absoluta por el desgraciado de Víctor, que si ella no quería que yo mejorara, pues nada, pero que, por favor, que hiciera eso por su hermana pequeña.

Fuimos al aserradero. Estaba a las afueras y Débora me llevó en coche. Al llegar me impresionó lo que había cambiado todo el lugar, tenía razón Irene. La fábrica de biomasa era una mole tremenda, dejaba en ridículo al propio aserradero. Y la que estaban construyendo al lado era muchísimo más imponente, mastodóntica. Resultaba extraño ver en el pueblo, aunque fuese a las afueras, un edificio de semejantes dimensiones. Normal que fuera a necesitar inversores extranjeros para poner a funcionar eso. Qué ambición. Y las tres construcciones estaban rodeadas de una explanada infinita donde se amontonaban los troncos y unas montañas de madera que una descomunal trituradora escupía astillada. Me imaginaba escalando esas montañas de astillas, hundiéndome en ellas, disfrutando como una niña pequeña. Cómo me gustaba el olor a madera y a serrín, incluso el que se desprendía del vapor de la fábrica de biomasa. ¿Qué tendrá la madera que reconforta tanto? Su tacto, su olor, su textura, su calidez, su color. ¿Cómo hay gente que puede poner suelos de mármol o de piedra habiendo madera?

A lo largo de los años y sin ser del todo consciente, me había ido haciendo una experta en todos los tipos de madera. Tal vez una experta no, pero sí una buena aficionada. Era capaz de distinguir de qué tipo de árbol provienen cada una de las maderas que me iba encontrando a lo largo del día, ya fuese en revistas de arquitectura o decoración, en casas, en tiendas... Me encantaba la madera de haya americana, la de pino rojo, el roble sin tratar, la de tejo... Creía que existía una madera perfecta para cada espacio, e incluso para cada estado de ánimo. Así que visitar un aserradero para mí era una experiencia similar a lo que para otros era visitar un parque de atracciones.

La enorme explanada estaba llena de cientos de troncos apilados de todo tipo de árboles, aunque abundaba el pino y el eucalipto. Recordaba la última vez que mi padre me había traído al aserradero, quería construir una caseta en la huerta y yo le insistí en que me llevara. Yo no tendría más de nueve años y se me había quedado grabado en la memoria.

—Puta fábrica de biomasa —dijo Débora, cerrando la puerta del coche.

—¿Por qué no te gusta? Es energía limpia, ¿no?

—A base de esquilmar todos los bosques.

—Eso no es así, Débora, usan sobre todo restos de maderas, matojos y todo tipo de restos orgánicos, si lo que hacen es limpiar el bosque, no cargárselo. Le están buscando una nueva vida y una nueva utilidad a tanto monte olvidado. Y ya cuando la conviertan en una planta eléctrica, verás.

—¿Ya te ha lavado el cerebro la alcaldesa? Qué poco ha tardado. Y tú tranquila, que lo de la planta eléctrica no vamos a dejar que ocurra.

—Pues yo la veo muy avanzada... Y no sé por qué esa inquina, ni que fuera una central nuclear. ¿Prefieres el petróleo?

—También existe la energía solar y la eólica. Hasta los embalses. Que es lo que siempre hemos utilizado aquí para producir electricidad, y no nos ha ido tan mal. Y que no me vas a convencer, que ya bastante tengo con los discursitos de Irene.

—Bueno, si no te gusta la fábrica, ni la mires. Vamos al aserradero.

Entramos en la zona de atención al cliente. Y una mujer con un exceso de maquillaje y un cardado imposible, que no pegaba nada entre tanta madera, nos atendió.

—¿En qué puedo ayudaros?

—Queríamos saber precios para unos tablones de pino rojo, esto es lo que necesito. —Y saqué un papel con todas las anotaciones. Ella le echó un vistazo por encima.

—Te va a salir un armario muy grande.

—No es para un armario.

—Ah... —Acercó sus labios al intercomunicador que tenía en el mostrador—. Necesito un presupuesto. Que venga alguien. —Tapó el micrófono con las manos y nos sonrió—. Ahora vienen.

Enseguida apareció un señor con una barriga enorme. Nos saludó sin fijarse apenas en nosotras y le extendí el papel con las indicaciones. Se llevó un dedo a la cabeza para rascarse el cuero cabelludo con un ansia que me pareció hasta maleducada.

—Pues aquí hay un dinero... A ver...

Se acercó a la calculadora que estaba en el mostrador y empezó a teclear y a apuntar cifras mientras no paraba de hacerme preguntas.

—¿Toda con el mismo corte? ¿Cantos vivos? ¿De cuánto quieres el cepillado? ¿O no te importan los nudos? ¿Quieres que la tratemos de alguna manera? ¿Incluimos transporte?

Fui contestándole a cada una de las preguntas mientras notaba que a cada respuesta mi hermana se iba sintiendo más admirada.

—Sí que lo tienes claro, sí.

—¿Podemos verlas?

—¿Las maderas? ¿Ahora? —preguntó el hombre con la barriga enorme.

—Si puede ser.

—Algo debe de haber cortado de este grosor. Si no os importa mancharos.

—¿La madera mancha? —preguntó mi hermana.

—Aquí mancha todo.

—No nos importa —dije yo. Y mi hermana asintió resignada.

El hombre nos llevó dentro del aserradero. Estaba todo automatizado y, aunque había bastantes empleados, eran las máquinas las que hacían el trabajo pesado. Los troncos entraban con su corteza y salían convertidos en tablas lisas de determinado grosor. El proceso era hipnótico. Yo sonreía como una tonta, y mi hermana se iba apartando de las virutas y del serrín como si se tratara de serpientes.

—Esto tiene que ser malísimo para los pulmones.

—Trabajan con mascarilla.

—Pero nosotras no llevamos.

—Solo vamos a estar cinco minutos, Débora.

El hombre nos siguió guiando por todo el recinto. Me quedé parada ante un palé de madera de abeto. Me sorprendió que trabajaran también esa madera.

—¿Hay bosques de abeto cerca?

—Eso no es abeto, señora. Es pino.

Me acerqué para comprobarlo. Acaricié la madera. Casi pegué mi nariz a la madera para olerla. Volví a tocarla.

—Esto es abeto.

—Sabremos nosotros lo que trabajamos.

—La mujer tiene razón, Gerardo. Esto es un abeto.

—Toma ya —dijo mi hermana. Orgullosa de mí como no lo había estado en años. Ni que hubiera acertado la combinación ganadora del Euromillón.

Me di la vuelta y allí estaba el chico del Mercedes rosa, Diego Ariza. Vestido con unos pantalones pitillo de tela negra, una camisa de cuadros y una corbata naranja, que combinaba de maravilla con su pelo rojo castaño. No sé cómo lo lograba, pero volvía a parecer sacado de un anuncio. Y si en el tren me había dado la sensación de estar fuera de lugar, aquí tampoco acababa de pegar con el entorno. De repente me acordé de mi encuentro etílico de la noche anterior. Y de todo lo que había soltado por mi boca. Tierra trágame.

—Los hemos traído de Álava. Un encargo que nos han hecho —explicó Diego y me miró—. ¿Alguna querencia especial por la madera de abeto? ¿Vas a trepar por el palé también? ¿O a rebozarte por el suelo?

Sentí cómo mi cara enrojecía de la vergüenza. Mi hermana no entendía nada. Yo apenas pude balbucear.

—Hola, no pensaba encontrarte aquí.

—Mejor. —Y con una seriedad que no supe cómo tomarme continuó—: Porque ya me estaba planteando pedir una orden de alejamiento.

—¿Os conocéis? —preguntó mi hermana.

—No —dije yo a toda prisa.

Y él, más seco que una uva pasa, respondió:

—Hemos tenido un par de encuentros. ¿Qué necesitáis? —Y miró a Débora—. ¿O vienes a quemarme la fábrica?

—No, solo vengo a acompañar a mi hermana.

—Pino rojo —dije yo observando a Débora como buscando una explicación al comentario que le había hecho. Ella simplemente me ignoró.

El hombre de barriga enorme le pasó la hoja a Diego. Él la miró y luego dirigió la vista hacia mí.

—¿Esto es para un suelo? ¿O para recubrir una habitación?

—No.

—Lo decía por el grosor, me parecía excesivo.

—Es para un proyecto de mi hermana, es arquitecta —dijo Débora.

—Sí, algo había oído.

Otra vez sentí cómo me ruborizaba. Diego miró el papel. Y se dirigió al hombre.

—Coge del palé del siete. Y quítale un diez por ciento a esto. Que es bueno llevarse bien con la hermana de la alcaldesa. Y que aquí la terrorista ecológica —dijo, señalando a mi hermana— vea que no hay rencor.

Y sin más, Diego se alejó.

—¿Por qué sabe que soy hermana de Irene?

—Te ha visto conmigo, supongo que lo habrá supuesto.

Antes de que se alejara demasiado, grité:

—No necesito que me hagas ninguna rebaja. A mi hermana no le gusta el tráfico de influencias. Es de Izquierda Unida.

Diego se dio la vuelta y me miró.

—Gerardo, hazles un veinte, mejor. Que aquí donde la ves cree que soy guapo.

—Hay gustos para todo, supongo —dijo Gerardo.

Me quedé muda. Diego desapareció de nuestra vista.

—Pero será... capullo.

—¿Te parece guapo? Si es pelirrojo.

—Enajenación alcohólica transitoria. Unido a un momento de debilidad. Pero ya estoy curada.

Me dirigí al empleado.

—Usted cobre lo que tenga que cobrar.

—Bea, que te está haciendo una rebaja del veinte por ciento.

—Pero que yo no quiero que me rebaje nada. ¿Y por qué te ha llamado terrorista ecológica?

—Nada, que unos cuantos nos encadenamos a unos árboles podridos para que no acabaran hechos astilla para *pellets*.

—¿Entonces qué hacemos? —preguntó el hombre de la gran barriga—. Lo digo *pa* echar las cuentas.

—Quite, quite el veinte —dijo Débora—. Que a la alcaldesa no la van a meter en la cárcel por eso. Y este tampoco se va a arruinar. No caerá esa breva.

—¡Débora! —protesté y miré al señor—. De eso nada, usted cobre lo que hay que cobrar.

—A mí se me aclaran. Para no estar todo el día, no sé si me explico.

—Haga, haga el veinte —insistió mi hermana y me miró—. Y tú te callas. Que para eso me has traído, ¿no? Para que regateara.

Y me callé. Porque un poco de dignidad no molesta a nadie, pero en exceso es tontería. Sobre todo cuando estaba tan escasa de presupuesto. A pesar del desfalco en la cuenta común.

Al llegar a casa nos encontramos con mi cuñado Juan en la cocina con los ojos enrojecidos y a mi madre con cara de circunstancias.

—¿Qué pasa?

—El niño... —dijo Juan y se quedó callado. No le salían las palabras.

Mi hermana me agarró la mano con fuerza.

—¿Qué le ha pasado?

—Tranquila, tranquila —dijo mi madre.

El capazo con el bebé estaba encima de la mesa de la cocina. Mi hermana se abalanzó hacia él. El niño dormía plácidamente.

—No lo despiertes, que no es necesario. No está enfermo —intentó tranquilizarnos mi madre.

—¿Entonces?

—Enfermo no. Es peor —consiguió decir Juan.

—¿Cómo que peor, por favor, cariño, me quieres decir qué está pasando?

—Lo sabes de sobra. Es enano.

Eso me desconcertó.

—¿Cómo que es enano? Es un bebé, ¿qué queréis que sea, gigante? —dije yo.

—Que tiene acondroplasia, enanismo, que en su vida no llegará a medir más de metro diez, metro veinte.

—¿Pero qué tonterías dices, Juan? —pregunté.

—Tú lo sabías, por eso no te querías separar de él ni un segundo, para que no sospecháramos. Todas lo sabíais.

—¿Pero qué dices? Nosotras qué íbamos a saber —repliqué yo. Miré a mi hermana—: ¿Tú lo sabías?

Ella calló. Juan siguió enfrentándose a ella, tratando de obtener alguna respuesta, de entender todo lo que ocurría.

—¿Por qué no querías que lo bañara? —preguntó Juan—. Si hasta tu hermana dijo que tenía la cabeza muy grande y que le parecía muy raquítico, ¿o no lo dijiste?

—Que yo lo dije por decir, qué sabré yo de niños... A mí me das una calabaza con los ojos pintados y me dices que es un bebé gordito y también me lo creo. Yo qué sé. —Sí, empezaba a desvariar, pero es que me sentía culpable, no sabía por qué, pero me sentía culpable.

—Pero vamos a ver —intentó razonar mi hermana—. ¿Ese diagnóstico quién te lo ha dado? ¿Has sido tú, mamá? Mira que te he pedido que no toques al niño, que no toques a nadie de la familia, que enseguida lo desmadras todo. Que te da por sentir, te da por sentir, y siempre sientes tonterías.

—No ha sido ella, ha sido el pediatra —sentenció

Juan—. Y asegura que ya lo había diagnosticado al nacer. Y para qué ibas a decirme nada cuando volví de Turquía, ¿para qué?

—Pues no haberte ido. Que estaba a punto de dar a luz.

—Los terremotos no se programan. ¡Hacía falta allí! ¿Qué querías que les dijera a los de la Cruz Roja? No voy porque mi mujer estará de parto dentro de un mes. No tengo la culpa de que el niño se adelantara.

Mi madre y yo tratábamos de entender todo lo que estaba ocurriendo. Y sobre todo a mi hermana.

—Pero vamos a ver, Débora, ¿eso es verdad? ¿Tú ya lo sabías? —preguntó mi madre.

Mi hermana ignoró la pregunta de mi madre y se enfrentó a su marido.

—¿Y por qué llevas al niño al pediatra sin mí?

—El problema va a ser ahora que he llevado al niño al pediatra. ¿Por qué lo has mantenido en secreto? Es que no lo entiendo.

Débora me acusó.

—Tú lo sabías.

—¿Que era enano? Primera noticia, te lo juro.

—¡No! Tú sabías que lo iba a llevar al pediatra. Estabais compinchados.

—¿De verdad crees que le tenemos que dar más vueltas a eso? —preguntó Juan echándome un cable, algo que le agradecí en el alma—. Tu hijo, nuestro hijo, no va a crecer más de un metro. Va a tener la cabeza grande, las extremidades pequeñas, va a ser feo, se van a reír de él, va a... acabar trabajando en un circo, joder. Y tú lo sabes desde su nacimiento. Es que no me cabe en la cabeza. Por más vueltas que le doy...

—A ver... a ver... que seguro que el pediatra se equivoca. ¿No? ¿Cómo va a salir enano? ¿Por qué iba a salir enano? —pregunté yo.

—Eso es lo que le he dicho yo y el pediatra me ha

preguntado si había algún caso de enanismo en la familia. Que en la mayoría de los casos es genético. Y por mi lado no hay nadie, y creo que por el tuyo tampoco, ¿a que no, Ángela?

—No, yo he estado haciendo un repaso y ni por parte de papá, ni por mi parte —dijo mi madre.

—El tío Ramón es bajito —dije yo.

—El tío Ramón mide un metro setenta, Bea.

—Porque se pone alzas. En la playa es más bajito.

—Pero no es enano.

—Bueno, y digo yo... que... pues que Osquítar sea el primero de la estirpe, así ya es el primero en algo —contesté.

—¡No le llames Osquítar!

—A ver, Juan, yo creo que ahora al Osquítar no le va mal. Así os vais haciendo a la idea. —Juro que lo dije con la mejor de las intenciones, para intentar verle el lado positivo.

—Ahora tus tonterías no ayudan —dijo Juan. Y eso me dolió porque era la primera vez en mi vida que mi cuñado me decía algo semejante.

—Perdón —me disculpé yo arrepentida e intentando pasar por alto su comentario hiriente—. Pues no pasa nada. Óscar. Óscar va a ser el primer pequeñito de la familia. Supongo que hay cosas peores. Podía tener leucemia, o espina bífida... no sé... Anda que no hay cosas malas en la vida.

—Enano. Va a ser un enano. —Juan no se hacía a la idea—. Y es todo muy raro, muy raro.

—A ver... más que raro, es una faena —dije yo.

—No. Lo que es muy raro es que tu hermana no se haya atrevido a decírmelo en todos estos meses. Eso es lo raro. Eso es que está ocultando algo. Que es genético, por ejemplo.

—¿Eh? —Yo traté de seguir su razonamiento—. ¿Genético? Pero solo podría ser genético si fuera hijo de un enano... ¿Eso es lo que estás pensando? ¿Qué se lio con un enano? ¿Mi hermana? Venga, por favor...

—Entonces que me diga la verdadera razón. Porque yo me estoy volviendo loco.

Mi hermana muda. Salí al rescate.

—A ver, Juan, te lo habrá ocultado porque mi hermana no habrá sabido cómo contártelo, nunca ha sido de dar malas noticias, ¿a que no? Y no habrá encontrado el momento y se le ha ido pasando, ella es muy de dejar las cosas pasar. —La miré—. ¿A que sí?

Mi hermana seguía sin soltar palabra. De verdad, cuando tenía que hablar no abría la boca. Eso hizo saltar todas las alarmas de Juan, que ya el hombre estaba bastante por la labor, todo hay que decirlo.

—¿Es hijo mío?

Y ahí Débora por fin reaccionó. Se puso como una fiera. Y a fiera no la gano ni yo, que ya es decir. Menos mal que la tomó con su marido y no conmigo.

—¿Tú te has dado con una piedra en la cabeza o has nacido así de imbécil y no me había dado cuenta hasta ahora? O sea, que esas lágrimas de cocodrilo, esos ojos rojos, no son porque tu hijo sea enano, sino porque crees que no es tu hijo. ¿Crees que por eso no te lo he dicho? Pues es tan hijo tuyo como mío, gilipollas.

Alivio en mi madre y en mí. Para qué negarlo. Desconcierto en Juan.

—Yo no entiendo nada, entonces. ¿Por qué cojones te lo habías callado? —dijo él—. Y claro que lloro por él. Si estoy así es por él, que es mi hijo, joder... Pero no lo entiendo. No entiendo por qué no me lo dijiste. ¿Por qué?

—No sabía cómo... —respondió ella.

—Pero somos dos, soy su padre, se supone que estas cosas hay que compartirlas...

—Y lo iba a hacer...

—Pobre hijo nuestro... pobrecito.

—Pero vamos a ver... —intentaba razonar yo—. Entiendo que es un palo... que hay que hacerse a la idea, y que a ti a lo mejor te hacía ilusión que acabara de bombero como tú... y que no va a poder ser...

—Bombero torero, eso sí va a poder ser —dijo él y le empezaron a brotar las lágrimas—. Bombero torero.

Débora y yo le miramos estupefactas. Ahí ya tuvo que intervenir mi madre para poner un poco de cordura.

—De todo se sale, Juan. Anda que no veré yo casos terribles, pero terribles de verdad, en mi consulta, niños con problemas espantosos, y al final te adaptas, le buscas el lado bueno... Porque no queda otra.

—¿Pero qué lado bueno puede tener esto?

Me tuve que morder la lengua para no soltarles que se iban a gastar menos en ropa, que le iba a servir la misma muchos años y que la cama infantil no iban a tener que cambiarla, pero me callé. Porque yo, aunque no lo parezca, también sé cuándo es mejor tener la boca cerrada.

—A ese niño lo vais a querer igual o más que si creciera como todos. Y lo importante es que él lo sienta —siguió diciendo mi madre.

—Qué fácil es de decir, pero qué fácil...

—Juan, ¿recuerdas a aquella niña que salvaste de las llamas? Tenía quemaduras de tercer grado. ¿Cuántas operaciones dolorosísimas sufrió? La pesadilla que tuvo que vivir durante años, y mírala ahora. Tiene una vida, es feliz.

—Ángela, ya sé que siempre hay un caso peor, siempre. ¿Y qué, de qué me vale?

—Lo vais a hacer muy bien. Le vais a dar una vida preciosa —insistió mi madre.

—Eso es verdad —dijo Débora—. Es nuestro hijo y lo vamos a querer sea como sea.

Juan respiró. Se separó unos metros de nosotras. Estaba sopesando todo lo que habíamos dicho y acabó por decidirse.

—Tengo que salir a tomar el aire, me voy a dar una vuelta. —Miró a mi hermana—. Si quieres quédate a dormir aquí, no creo que pase por casa esta noche.

—¿Qué? —Mi hermana no entendía su actitud—. ¿Por qué?

—Porque no puedo, joder.

Y la miró de una manera que... ¿Había desconcierto en su mirada? ¿Dolor? ¿Odio? Sí, había odio en su mirada. Lo vimos todas.

Mi hermana se quedó petrificada. Juan salió de casa.

—¿Pero por qué se va? ¿Y yo qué? Que también es mi hijo, que también lo estoy sufriendo. ¿Por qué se marcha? ¿Eso es lo que va a hacer a partir de ahora? ¿Irse?

—Se tiene que adaptar, ya se le pasará, no le des más vueltas. Que tú has tenido más tiempo para hacerte a la idea.

—Sí, que tú también ya lo podías haber hecho un poquito mejor. Y decírselo hace meses.

—¿Pero esa mirada que me ha echado? ¿A qué venía?

Mi madre y yo callamos. Pero empezábamos a barruntar algo. Al menos yo.

—Por eso estabas tan protectora con el niño, porque ya lo sabías. Pero... Débora, ¿a santo de qué te lo guardabas para ti misma? Es que es incomprensible.

—No es fácil, joder. No es fácil.

Miré a mi hermana, luego a mi madre. Yo me di cuenta de repente de que entendíamos a Juan. Porque habríamos esperado otro tipo de respuesta. Algo más convincente que un «no es fácil». No encontrábamos la manera de justificar a mi hermana. Y nuestro gesto debía de hablar por nosotras.

—¿Qué? ¡Ya estoy harta de que me juzguéis! ¡Siempre igual!

Débora cogió el capazo del niño y salió de la habitación con él.

Nos quedamos en la cocina mi madre y yo. Sin saber muy bien qué pensar de todo esto.

—¿Qué está pasando, mamá?

—Que no es fácil encontrarse con algo así, supongo, y que Débora... Débora es muy suya. Ya la conoces.

—No sé, aquí hay algo... que no sé...

La casa en el árbol

Mi hermana Débora se había instalado en casa, sin decirlo, sin hacer muchos aspavientos y sin que ninguno de nosotros nos atreviéramos a preguntarle qué estaba ocurriendo. ¿Juan seguía sin hablarle y sin ir a dormir? Yo la veía más pegada al niño que nunca. Cuando le cambiaba el pañal o cuando lo bañaba no quería que ninguna estuviéramos presente. Estaba esquiva, ojerosa, taciturna. Y a mí ni me dirigía la palabra.

Pedí ayuda a Irene.

—No quiere hablar conmigo, dice que soy una traidora por haberme aliado con Juan para que secuestrara a su hijo.

—Pero qué lo iba a secuestrar, si solo lo llevó al pediatra.

—Para ella fue un secuestro.

—Sí que está mal, sí. ¿Mamá tampoco ha hablado con ella?

—Que no, que no hay manera. Le dice que está todo bien, que no pasa nada. Pero no hay más que verla. Voy a ver si entre las dos conseguimos enredarla para que me ayude con la casa del árbol. Mañana me traen las maderas.

—¿A Débora? Pero si es incapaz de colgar un cuadro. Que más que manos tiene manoplas.

—Algo podrá hacer. Y para lo difícil ya tengo a León y Jacobo. Están deseando echarme una mano. Y a Débora el aire libre le va a sentar bien. A lo mejor hasta se suelta y habla.

—Te va a mandar a la mierda. Y mamá no va a querer que la saques de la consulta.

—Si lo está deseando. Tenías que ver cómo trata a la gente estos días. Da hasta miedo.

—No teníamos bastante con lo tuyo y con mi hijo depresivo, y ahora un sobrino enano. Y con la que tengo liada en el ayuntamiento, de verdad, que a mí se me va a empezar a caer más pelo que el que se me cayó con la quimio.

—Va a ser de familia, lo del pelo. A mí también me pasa. ¿Quieres que le diga a Fin que venga a ayudarme con la casa? A lo mejor le sienta bien el trabajo al aire libre.

—Yo pensaba más bien en un sicólogo, pero se niega. Que no hay sicólogo en el mundo que le garantice que no se va a morir. Y claro, en eso no le falta razón. A veces pienso que está así por culpa de ese puto apodo, en el maldito apodo lleva el recordatorio de que la vida es finita, Fin, que se acaba. Si no le llamáramos Fin, si le llamáramos Serafín, que es como se llama, tal vez...

—¿Pero qué tonterías dices?

—No sé... No sé ni lo que digo. ¿Sabes que el otro día llegó con un ojo morado porque se empeñó en leerle a unos cuantos un párrafo superdepresivo de *La náusea*?

—¿Y por eso le pegaron?

—No, porque le llamaron maricón sensible. Y a él entonces le dio el punto de ponerse a defender a su tío gay. Que si maricón no era un insulto, que si no pasaba nada por ser homosexual...

—Mira, en eso sale a ti.

—¿En qué?

—En lo echado para delante. Le voy a decir que venga a ayudarnos. A lo mejor se entretiene y así no le da vueltas a la cabeza.

—Por probar... Pero por las mañanas tiene clase. Y por la tarde, motos, aunque me da que no está yendo. Bueno, tú pídeselo.

—¿Quieres venir tú también, que te veo un poco necesitada?

—¿A construir una casa en un árbol? ¿Con todo lo que tengo en el trabajo? La planta de energía verde me va a costar una moción de censura. Lo estoy viendo. Yo creo que la oposición está empezando a comprar a mis propios concejales.

—¿En serio?

—Pero yo la saco adelante como sea, aunque me quede sola. Estamos a esto de que una gran compañía energética se asocie con los Andrada. Y así convertir la fábrica en la planta más grande de Europa. Supondría ciento catorce puestos de trabajo nuevos para el pueblo. Pero los cazurros de la oposición no lo ven. No lo ven.

—Tranquila, que te va a dar algo, ya verás como lo consigues.

Metí en la furgoneta vieja de mi madre todas las herramientas que había en el garaje y varias que había ido comprando y que iba a necesitar para la construcción de la casa del árbol. Una radial, compresor, caja de herramientas, motosierra, martillo eléctrico, distintas colas para madera, caballetes, dos escaleras y varias estructuras para montar un pequeño andamio... Era una suerte que mis padres fueran aficionados a la restauración de muebles y que desde pequeña me hubieran inculcado conocimientos sobre bricolaje. Con la furgoneta cargada hasta arriba, con los planos impresos en papel, también con el proyecto en 3D que llevaba en el portátil, y todo tipo de apuntes y anotaciones que había ido recopilando de internet de proyectos parecidos que se habían realizado por todo el mundo, me creía preparada para enfrentarme al desafío de la construcción de mi casa del árbol. Era una mujer preparada e imbatible. Una arquitecta que con sus propias manos iba a llevar a la práctica, a la realidad y a lo concreto su idea. Estaba entusiasmada. Y al saber que contaría con la ayuda de casi toda mi familia, me sentía como en la película de *Único testigo*, cuando el personaje de Harrison Ford ayudaba a una comunidad amish a construir un granero. Iba a ser un proyecto que nos iba a unir como familia, que iba a curar todas nuestras heridas. Serían días de mucho trabajo, pero también de satisfacción, conviviendo con la naturaleza, unidos en un objetivo común. Así de eufórica me sentía. A tope de endorfinas, como cuando acabas de hacer ejercicio y tienes los niveles de serotonina por las nubes y te sientes capaz de cualquier cosa.

Al día siguiente a las once de la mañana el camión del aserradero llegó con las maderas hasta la pista forestal más próxima al castaño donde construiríamos la casa. Ese fue el primer contratiempo, porque había que cargar con la madera y llevarla a cuestas unos trescientos metros. Y el transportista no estaba dispuesto. Menos mal que Jacobo había sido previsor y había convencido a tres de sus compañeros guardia civiles para que vinieran a echarnos una mano ese primer día. Así que entre León, Jacobo, el empleado del aserradero que acompañaba al transportista y que se apiadó de nosotros, más los tres guardia civiles conseguimos transportar los listones de madera de pino hasta el castaño. Fue bastante agotador, y sin un zumito de limón recién exprimido y servido por unas mujeres amish para echarse al gaznate. Pero al final de la mañana ya teníamos toda la madera apilada al lado del árbol.

Aún no habíamos empezado y yo ya estaba agotada.

Fin se presentó después de comer. Mi hermana Débora seguía sin dar señales de vida. Y eso que le había arrancado la promesa de que en algún momento se pasaría. Quien sí se presentó fue Juan, mi cuñado. Quería echar una mano. Y yo, por supuesto, acepté encantada. Ahora solo temía que se presentara mi hermana y el encuentro entre ambos lo enrareciera todo. Pero con un poco de suerte mi hermana ya no aparecería por allí. Improvisé una mesa con varios tablones y puse encima los planos para informar a todos de cómo debíamos proceder. Después de mis explicaciones entusiastas y pormenorizadas vi caras de desconcierto a mi alrededor.

—Jo, tía, esto va a ser más difícil que montar un mueble de Ikea.

—Vamos a construir una casa, claro que es difícil. Y cuando la necesitemos, tendremos ayuda profesional. Pero por ahora podemos arrancar nosotros.

—Si tú lo dices.

—Va a ser apasionante. Ya veréis.

—Y tenemos a un bombero y a un guardia civil, las fuerzas vivas, con nosotros. No necesitamos más.

León cogió un portabrocas al revés y lo miró con extrañeza.

—¿Este utensilio tan curioso qué es?

—Tú por ahora no cojas nada.

Como no podía ser de otra manera, mi hermana se presentó cuando ya prefería que no hiciera acto de presencia. Y el encuentro con mi cuñado lo enrareció todo.

—Ah, estás aquí. Por casa no apareces, pero para ayudar a mi hermana con su casita, sí. Muy amiguitos os habéis hecho. Ahí, a mis espaldas.

—No creo que sea el sitio para tener una conversación, Débora.

—¿Y dónde quieres hablar? Si llevas días huyendo de mí. ¿Va a ser así a partir de ahora? ¿Cuando haya un problema te vas?

Yo me acerqué a ellos, porque nos estábamos enterando todos de la conversación. León, Jacobo, mi sobrino y yo. Los guardia civiles ya se habían ido.

—Podemos seguir nosotros, si queréis. Digo que os vayáis a hablar a cualquier lado.

—No, yo estoy muy a gusto aquí —dijo Juan.

—Y yo encantada de echarte una mano —replicó Débora.

—Muy bien. Pues... ¿Qué tal si te vas a ayudar a Fin?

—Lejos de mi marido, ¿no? No pasa nada, puedo estar aquí, sabremos comportarnos.

Miré a Juan y asintió. Así que sin tenerlo del todo claro me alejé de ellos. Diez minutos después estaban gritando los dos encima de dos ramas del castaño.

—Dime la verdad, Débora.

—¿Pero quién eres tú para exigirme nada? ¿Qué verdad quieres que te diga? ¿Qué quieres escuchar, joder?

—Te conozco, Deb, te conozco, y tú me estás ocultando algo. Di la verdad y a lo mejor podemos superarlo.

—¿Qué quieres que te diga, que me quedé embarazada de otro? ¿Que tu mujer se acostó con un enano? ¿Tú crees que yo me tiraría a un enano?

—Yo espero que no te tires a nadie, enano o no. Básicamente porque estás casada conmigo. Y te quiero como nunca he querido a nadie. Y no me imagino con otra que no seas tú. Y quiero creer que a ti te pasa lo mismo. Porque no lo soportaría. O sí, pero dime la verdad, por favor.

Envidié esa declaración del bombero, allí, encima del castaño. Cómo la envidié. Débora, no obstante, rompió a llorar. Supongo que por la tensión acumulada, porque no podía soportar la situación o por las palabras que le acababa de decir, esa declaración de amor que yo nunca escucharía de Víctor, pero que sin embargo le diría a la otra.

—¿Qué pasa, Deb? Me lo puedes contar, soy yo.

—¿Y cómo te lo cuento? ¿Cómo te cuento que el día de mi despedida de soltera mi hermana se trajo no sé cuántas pastillas de éxtasis de Madrid y...?

—¿Y?

Eso pensé yo, ¿y? ¿Y por qué estaba yo de repente metida en ese fregado?

—Que fue todo muy loco, muy divertido, pero... luego tengo borrada media noche del pedo que llevaba. Te juro que es verdad... te juro que por mucha memoria que haga... y...

—¿Y?

Mi hermana no quería seguir hablando, pero por otro lado necesitaba contarlo, sacárselo de encima. Aunque doliera, aunque fuera vergonzoso, aunque se estuviera sintiendo la peor persona del mundo.

—Mis amigas... mis amigas contrataron a un *stripper* enano... para hacer la tontería.

—¿Un *stripper* enano? —gritó Juan—. ¿Te tiraste al *stripper* enano?

León, Fin y Jacobo dejaron de clavar clavos. Y se quedaron mudos e inmóviles de la impresión.

—¡No...! ¡No sé...! ¡¡No me acuerdo!!

—Te tiraste a un *stripper* enano. No me lo creo. Tú, tan preocupada por no meterte toxinas en el cuerpo y bien que no te importó meterte la polla de un enano.

Golpe bajo, casi enano. Pero cualquiera culpaba al bombero. Mi hermana, la pobre, no sabía ni qué decir.

—No era yo, fue el éxtasis, estaba tan desatada, tan fuera de mí que... me hubiera tirado al primero que me hubiese dicho hola.

—Así no lo arreglas, Débora. Así no lo arreglas, joder.

Juan bajó del árbol. Ni miró a Débora. El dolor se reflejaba en su cara.

—Nuestro hijo, mi hijo, es el hijo... de un *stripper* enano. Y te lo habías callado hasta ahora. ¿Qué pensabas, que nunca me iba a enterar?

Juan se marchó de allí sin despedirse de ninguno de nosotros. Después de semejante noticia no sabíamos si seguir trabajando, si dar por terminada la jornada. Yo miré a mi hermana. Y solo vi odio en su mirada.

—¿Ya estás contenta? —me preguntó, o más bien me escupió.

—¿Yo? ¿Por qué?

—Porque todo esto es culpa tuya. Si no hubieras venido aquí a revolucionarlo todo. Si no te hubieras metido en lo que no te importa. ¿Te tenías que aliar con Juan? ¿Tenías que opinar sobre mi hijo, que si tenía la cabeza grande, que si era raquítico?

—Pero Débora... Si antes o después se iba a saber... ¿De verdad no se lo pensabas contar nunca?

—Estaba buscando el momento, supongo. Y... ¡si no hubieras traído esas putas pastillas a mi despedida de soltera! Si no hubieras venido a joderme el resto de mi vida, si no...

Débora no pudo seguir hablando porque las lágrimas empezaron a brotarle como en un dibujo manga. A borbotones, de manera exagerada.

—¿Y ahora qué voy a hacer? ¿Qué voy a hacer?

Débora seguía subida al castaño. Llorando. Nos acercamos todos hasta el tronco. León, Jacobo, Fin y yo.

—Mujer, ánimo. Baja de ahí. Que te demos un abrazo, ¿o qué? —dijo Jacobo.

—No.

—Venga, baja, que aún vas a perder el equilibrio —dijo Fin.

—No quiero bajar. No quiero hacer nada. No quiero vivir.

Jacobo miró a León, me miró a mí y por último a Fin.

—Sí que os tomáis a la tremenda las cosas en tu familia.

—A ver... se ha tirado a un enano *stripper*... —dijo León, intentando comprenderla, más que juzgarla.

—Eso, ¡lapidadme! ¡Me he tirado a un enano! ¡No merezco vivir, ¿verdad?!

—Que no es eso, Débora, si yo lo decía porque es normal que estés así, que es muy fuerte.

—¡Estaba drogada, ¿vale?!

—Que no te estamos juzgando, corazón —le dije yo.

—Pues deberíais, juzgadme y condenadme. En Irán ya me estarían ajusticiando.

—Toma, y a nosotros por maricones —dijo León—. Pero no estamos en Irán.

—Estamos en Cantabria, para el caso —se lamentó Débora—. Ya veréis cuando se entere todo el mundo. Voy a ser un puto chiste. La que se tiró al *stripper*. ¡¿Por qué contratasteis a un *stripper* enano?! ¡¡¿Por qué?!!

—Yo en eso sí que no tuve nada que ver —dije excusándome—. A mí siempre me pareció de muy mal gusto.

—¿Era guapo al menos? —preguntó mi hermana—. Porque yo ni me acuerdo.

—No sé... debía de tener los ojos verdes. Tu hijo los tiene.

Débora volvió a llorar, sin consuelo.

—Ea, baja de ahí.

—No.

—Venga, tonta. Si no, subimos nosotros.

—No.

Me encaramé al árbol, y después lo hizo Jacobo, luego León y por último Fin. Allí estábamos, los cinco sentados en distintas ramas. Un guardia civil gay con su no novio, una arquitecta abandonada por su marido liado con una famosa, un sobrino campeón de motocross con depresión existencial y mi hermana infiel con un hijo enano. Reconozco que al ponerles, y ponerme, estas etiquetas parecíamos sacados del circo de los horrores, pero es algo que siempre acabo haciendo cuando estoy en un momento delicado o cuando conozco a alguien, enseguida lo catalogo, lo etiqueto con el rasgo que más sobresale, ya sea físico, de carácter o de profesión. No sé por qué, pero el hecho de reducir a la gente a un solo rasgo hace que el mundo sea, ya no más comprensible, pero sí más abarcable y quizá más ridículo. Y creo que reducir al ridículo las cosas puede ayudar a no ahogarse en la tragedia. Creo que fue Kafka el que dijo que en un mundo sin Dios, el sentido del humor es casi una obligación moral. Y yo no sé si hay Dios o no, solo puedo garantizar la existencia de presentadoras de telediarios y de enanos *stripper*, pero desde luego para sobrellevar situaciones como la de mi hermana hacía falta una buena dosis de perspectiva, de ridículo y de humor. Por supuesto, no compartí estos argumentos con ella. Ya que en el momento en el que estaba le iban a parecer completamente pueriles. Y con razón. Débora no dejaba de llorar.

—¿Y ahora qué voy a hacer? ¿Ahora qué voy a hacer? Ese niño no va a crecer, y no va a tener un padre, y va a ser un desgraciado toda su vida, por mi culpa. Por mi puta culpa. ¿Cómo le voy a contar el día de mañana que se ha quedado enanito porque su madre era una yonqui que se lio con un enano en tanga que no conocía de nada?

—A ver, una yonqui tampoco, que se te fue un poquitín la mano con el alcohol, el éxtasis y el M, pues sí, pero a saber qué haría Juan en su despedida.

—Eso, a lo mejor se lio con una prostituta —dijo

León—. Eso es muy de hetero en su noche de despedida de soltero, acabar en un puticlub de carretera follándose a una rumana.

—Así ya estáis empatados —concluyó Fin.

—¿Empatados? ¿Dejó embarazada a la prostituta? ¿Hizo pasar a ese hijo de la prostituta por hijo mío? ¿Eh?

—No... no creo —dijo Fin de manera apocada.

—No la tomes con tu sobrino, mujer —dije yo.

—Y que no se lio con nadie. Que la que se lio con un enano teniendo en casa un marido cachas, guapo y bombero fui yo. ¿Cómo se lo voy a contar a mi hijo?

—Tú ahora no pienses en eso —respondí—. Si a los hijos tampoco hay que contarles todo, si antes los padres no contaban casi nada a sus hijos y a la humanidad le iba mejor en general. Que a mí esa tendencia de que los padres aireen su vida sexual siempre me ha parecido muy innecesaria y pelín traumática.

—Lo he desgraciado para el resto de su vida.

—No —dijo mi hermano—. No te adelantes a lo que aún no ha pasado ni va a pasar.

—¿Cómo que no? Por un puto error he fastidiado la vida de mi hijo. Para siempre. Y Juan no me va a perdonar. Y ese niño va a crecer sin padre, y con una madre horrible. Que solo va a pensar en suicidarse. Ay, qué vida más mala va a tener.

—Juan te adora —dije yo—. Claro que te perdonará.

—¿Has perdonado tú a Víctor que le diera un beso a la famosa?

—Eso es distinto —me revolví. Pues claro que era distinto, no iba a ser distinto, era muy, muy distinto. Distintísimo era.

—¿Por qué? De hecho, es mucho menos grave que lo mío. Y mira, has anulado la boda, le has mandado a la mierda...

Me acababa de dejar sin argumentos. Solo se me ocurrió lo obvio.

—Pero yo no soy Juan. Él es bombero, solidario, buena persona, no tiene mi mala leche...

—Es un buen tío, sí —dijo Jacobo—. Teníais que verlo ahí, negándose a echar por la fuerza a una señora mayor de su casa. El follón que montó. Que lo tuvimos que detener y todo. Que se nos partió el alma.

—Pero esto no me lo va a perdonar.

—Tú eso no lo sabes —insistí.

—Sí que lo sé, porque yo tampoco me voy a perdonar. Jamás.

—Y si al final todos nos morimos —dijo Fin, intentando usar su pesimismo existencial para una buena causa—. Si la vida tampoco tiene sentido.

—Y mucho menos si eres enano —sentenció Débora.

Y de nuevo los lloros. No había consuelo posible. Y allí estábamos los cuatro, colgados del castaño, en medio del bosque, en plena naturaleza. El lugar destinado para mi casita del árbol, para evadirse, se estaba estrenando con lágrimas.

Qué rara puede ser la vida a veces.

—Yo me mato, yo acabo con todo y me mato —dijo Débora.

—No te pongas melodramática, que no te pega —la interrumpió mi hermano.

—Acabo con todo, te juro que lo hago. Si es que no veo otra solución, no la veo.

Sentí un escalofrío. ¿Sería capaz de algo así? ¿Por eso mi madre había soñado lo que había soñado? Ese «no te mueras» se lo estaba diciendo a su hija Débora.

—Eso ni en broma lo digas, Débora. ¿Quieres que tu hijo además de enano sea huérfano?

Ese argumento pareció convencer a mi hermana.

—No, pobrecito, él no tiene la culpa de nada.

—Pues eso. Que sea la primera y la última vez que lo piensas.

Mi hermana se quedó callada.

—Prométemelo, Deb.

—Que sí, que sí, que no me mato.

La maqueta

Esa noche tuve un sueño rarísimo. Yo corría por un pasillo enorme de un hospital. Buscaba a alguien que no encontraba porque el edificio estaba completamente vacío. No había nadie en ninguna de las habitaciones. Y cada vez corría más y más. Y nada. Ni un alma. La sensación era angustiosa. Salí a una terraza sin barandilla. Estaba suspendida sobre un jardín geométrico, como el decorado de una película de Tati. Y entre unas margaritas estaba sentado Víctor. Sonreía. Iba vestido de esmoquin, llevaba un reloj dorado. La presentadora del telediario apareció de la nada, creo que venía en una góndola, sí, como si hubiera un canal veneciano al fondo. Y él se subía con ella a la góndola y se besaban. Eran felices, ricos y tenían éxito. Yo miré mi ropa, estaba andrajosa. Mi pelo hecho un asco... Ella me señaló y se rio de mí, mientras Víctor remaba y cada vez se alejaban más. El balcón empezó a agrietarse y yo tuve que correr para no caer al vacío, y ahí llegué a una conclusión, que cuanto mejor le iba a Víctor, peor me iba a mí. Como si él se hubiera apoderado de toda la buena suerte. Me desperté al momento. Y durante unos segundos me convencí de que esa conclusión tenía toda la lógica del mundo. Me había robado mi buena suerte.

Cada vez que él diera un paseo en góndola, cada vez que tuviera algún éxito en la vida, el suelo que yo pisaba se iría agrietando más y más. Sabía que esos minutos en los que aún no has conseguido desembarazarte del todo del sueño la lógica onírica se impone sobre la real y sabía que cuando estuviera completamente consciente semejante conclusión me parecería una tontería. Pero ese sentimiento tardó en abandonarme, porque aunque era absurdo creer en la buena y en la mala suerte, y sobre todo en que alguien pudiera robártela, era pensar en lo que había ocurrido las últimas semanas y todo cuadraba. Se liaba con la presentadora: me echaban del trabajo; encontraba el amor con la presentadora: mi hermana tenía un hijo con un enano. ¿Qué más me podía pasar? ¿Qué ocurriría si él, por ejemplo, decidiera casarse con la presentadora? ¿Qué desgracia me reservaría el destino?

El agua templada de la ducha me ayudó a recuperar la cordura y a olvidarme de esa idea tonta. La suerte no tiene nada que ver con nada. Por algo se llama suerte, la suerte es prima hermana del azar. Nadie se apodera de tu suerte, así como nadie puede echarte un mal de ojo. Esas cosas no pasan. Aunque puede que mi hermana Débora no pensara lo mismo. Después de su confesión en el castaño, y después de que todos intentáramos consolarla, volvimos a casa. Y allí, aunque no quería hacerlo, y aunque se moría de vergüenza, se lo contó a mi madre. Lo hizo de manera dramática, culpándose de todo, derrumbándose de una manera bastante patética, tal vez como estrategia para que mi madre se apiadara y la consolara. Pero mi madre, aunque ya venía barruntando una tragedia, no esperaba algo tan... demoledor. Y reaccionó raro, encerrándose en el baño. Después de media hora larga nos empezamos a preocupar.

—¿Y si le ha dado un infarto de la impresión? ¿O un ataque epiléptico? —preguntó Débora.

—Mamá no es epiléptica.

—Pero con una noticia así es como para volverse epiléptica. Que se acaba de enterar de que su hija folló con un *stripper* enano.

—Mamá es de otra pasta, tranquila. Empatiza con todas las enfermedades y con todas las circunstancias. Esa suerte hemos tenido.

—Pues bien que se ha escapado corriendo.

—Cada una tiene su proceso. Vamos a dejarle su tiempo para asimilarlo.

Pero Débora no estaba por la labor y fue hasta el baño. Llamó a la puerta.

—Mamá, ¿estás bien?

—Sí, sí, ahora salgo.

—Mamá, lo siento. Lo siento mucho. Si no me vuelves a hablar en la vida, no pasa nada, lo entenderé.

—Déjame un ratito, anda.

—Mamá...

—¡Que me dejes! —chilló.

Yo no tuve más remedio que intervenir. Y llevarme a Débora del baño. Una hora después mi madre seguía sin dar señales de vida. Hasta yo me empezaba a impacientar, y mi hermana ya estaba casi en el delirio.

—¿Y si no sale nunca más del baño?

—¿Pero qué dices?

—Se han dado casos así, gente que no ha querido salir de la cama en años, o de su habitación, ¿y si mamá ahora no quiere salir del baño por mi culpa? No solo he desgraciado la vida de mi hijo, también la de mamá. Ay, Dios... Con lo que a ella le gustaba salir a la calle, pasear por la playa, quedar con sus amigas, trabajar en la consulta, ay... ahora que iba a aprender a bucear, con la ilusión que le hacía... —Las lágrimas asomaron a su rostro, al igual que los hipidos.

—Ya está bien de lloros, Débora. En esta casa ya no se

llora más. Mamá saldrá cuando sea, o cuando tenga hambre, tú no te preocupes.

—Pero si nos pide comida, habrá que traérsela.

—De eso nada. Que salga.

—¿Y si quiere su orujito de hierbas tampoco se lo llevamos?

Ante la deriva sicológica que estaba alcanzando mi hermana decidí acercarme hasta el baño y golpear con los nudillos la puerta.

—Mamá... Débora se está volviendo un poco majara. No hace falta que salgas, pero dile que vas a salir. Que no te vas a quedar a vivir ahí dentro.

Mi madre no contestó. Yo noté cómo se me erizaba la piel del susto.

—Mamá... mamá...

Mi hermana se acercó corriendo.

—¿Qué le pasa a mamá? ¿No contesta? —Empezó a llamar histérica—: ¡Mamá! ¡Mamá!

La puerta del baño se abrió. Y mi madre forzó una sonrisa.

—No la dejáis a una ni cagar a gusto.

Mi hermana se echó a sus brazos.

—Ay, mamá, qué bien que has salido. Qué bien, qué bien... Mira, yo he pensado que tampoco es tan grave, que al menos tiene los ojos verdes. ¿Eh? Quién te lo iba a decir, un nieto con los ojos verdes...

Mi madre acarició a Débora.

—Ea, ea... claro, todo está bien, no va a pasar nada...

—Ay, mamá...

Débora lloraba.

—Pero hija, con todos los hombres que hay en el mundo, que le fueras a poner los cuernos a tu marido justo con ese... Porque lo de poner los cuernos es algo que pasa mucho, pero, mujer, nunca con alguien que pueda dejar ese rastro.

Débora no pudo contener el llanto convulso, y tan convulso que parecía que era a ella a quien le estaba dando un ataque epiléptico, mientras seguía abrazada a mi madre. Con los movimientos hasta mi madre se movía, creando un efecto extraño. Mi madre se arrepintió enseguida de sus palabras.

—No digo nada más, tranquila, tranquila. Y deja de llorar, que aún nos vamos a caer al suelo.

Conseguimos tranquilizar a mi hermana y la metimos en la cama. Seguía llorando.

—¿Quieres un Cola-Cao?

—No, no... Si estoy bien, estoy bien...

—¿Y un chupito de hierbas? El alcohol a veces ayuda. ¿Quieres?

Débora volvió a negar.

—Pues yo me voy a tomar uno.

—Yo te acompaño, mamá.

Nos bebimos media botella. Aunque apenas dijimos gran cosa. Pero sí me sirvió para comprobar que mi madre, después de su momento de aislamiento en el baño, había aceptado todo el asunto y se mostraba fuerte, como si lo ocurrido pasara todos los días y en todas las familias.

—Saldremos de esta, y tu hermana también. Ya verás. ¿Quieres otro?

—No, mamá, me voy a la cama. Que la cabeza me baila.

—Pues yo me voy a servir el último y ya luego me voy a dormir.

—Buenas noches.

No me extrañaba que tuviera pesadillas, el alcohol, aunque podía ayudar a conciliar el sueño, luego no solo te revolvía el estómago, también las ideas. Me alegré de que la ducha hubiese borrado cualquier resto de resaca. Salí de la habitación animosa y me dirigí a la cocina. Allí estaba mi madre con Débora e Irene. ¿Pero mis hermanas no tenían casa propia?

—Parecéis sacadas de *La casa de Bernarda Alba*. Menudas caras —dije yo.

Débora no debía de haber dormido nada, porque las ojeras le llegaban a los labios. Estaba demacrada, con los ojos enrojecidos y el gesto marcado por la pena.

—Tu hermana Débora ha llamado a Irene para que le lleve el divorcio —dijo mi madre.

Yo enmudecí. Sí que era grave la cosa, sí. Yo me di cuenta de que Irene se estaba controlando para no estallar.

—¿Pero te quieres divorciar? —conseguí preguntar.

—No. Pero no me coge el teléfono, no quiere hablar conmigo, no aparece por casa. Le he escrito hasta un mail. Y nada.

—Dale un poco de tiempo.

—Sé que él me va a pedir que nos divorciemos. Lo sé. Y quiero estar preparada. Por si se quiere quedar con todo. Vamos, con lo poco que tenemos, un piso con hipoteca, cuatro muebles y el coche. Aunque estoy por no luchar y regalárselo todo.

—¿Pero por qué iba a hacer eso Juan? Si no le pega nada.

—¿Tú por qué crees?

Sí, motivos tenía, para qué andarnos con tonterías. Miré a Irene.

—¿Y tú qué le has dicho?

—Lo mismo, que aún es pronto para pensar en algo tan drástico. Y llegados a ese punto, que se busque a un abogado mejor, que yo hace mucho que no ejerzo. Y que el caso se las trae. No creo que haya mucha jurisprudencia al respecto.

—Claro, porque soy la primera que habrá hecho algo tan estúpido en la historia de la humanidad... Ay, Dios...

—Bueno, ahora lo importante es pensar en positivo. Y que Juan no te va a dejar —aseguré—. Vais a solucionarlo.

—Eso le hemos dicho nosotras —observó mi madre.

—Pero lo habéis dicho con la boca pequeña. Sin creéroslo. Y tú —dijo, mirando a Irene— te estás mordiendo la lengua para no decir lo que piensas.

—¿Yo? Para nada. —Qué mal mentirosa era, se le notaba a la legua.

—Dilo de una vez.

—Que no, Débora, que no pienso nada.

—No hace falta que me trates como una niña enferma. Escúpelo.

—Que no, que solo pienso que ya podías haber utilizado un condón, o al día siguiente de haberte dado la juerga ir a por la píldora del día después. Digo, que tampoco era tan difícil. ¡O pensar en tu hermana! Ya verás cuando esto llegue al ayuntamiento, si es que era lo que me faltaba.

—No mezcles churras con merinas, Irene —le dije yo—, que esto no es la política norteamericana. Que aquí dan igual estas cosas.

—¿Que la hermana de la alcaldesa se folle a un enano? ¿Crees que da igual? La que me montaron por un bolsito de Loewe, ya verás esto. Joder, Débora, toda tu puñetera vida dando la nota. Es que no hacemos carrera contigo. Y mira que pensé que ya estábamos curadas de espanto, pero no, siempre te superas.

—¿Ves como tenías algo que decir?

—Y mucho me estoy callando. Mucho.

—Pues no te lo calles.

—Venga, si ahora las recriminaciones no sirven de nada —dije yo, intentando calmar las aguas. Cuando Irene se ponía en plan madre superiora, era mejor intentar apaciguarla para que la cosa no acabara en drama.

—No, no, que hable, que hable. Si yo sé que me lo merezco todo.

—Lo que no me cabe en la cabeza es... —Irene quería calmarse, pero no podía evitarlo—, vamos, que me cuesta entender que te tiraras a un enano, pero vale, lo haces, y luego, ¿qué? ¿Cuando te quedas embarazada no echas cuentas?

—Que no me acordaba de nada, que lo tenía todo muy borroso.

—Y que eres una inconsciente, Débora. Que siempre crees que las cosas se van a arreglar solas, y ante una cagada así hay que actuar a tiempo. Que hay métodos, coño. Que no eres una paleta sin recursos que no sabe lo que es un embarazo y cómo evitarlo, coño. Condón, píldora del día después, hasta un aborto te podías haber hecho.

—¡Yo no creo en el aborto!

—No es cuestión de creer o no creer. Es cuestión de actuar. A tiempo. Y con dos deditos de frente.

—¡Que de verdad, que nunca se me pasó por la cabeza que el niño fuera del enano! ¡De verdad que no!

Débora sonaba sincera. Y aunque no lo fuera, y aunque supiera lo que había ocurrido, qué más daba ahora. No existían las máquinas del tiempo para volver al día del crimen y *desfacer* el entuerto. El error ya estaba cometido, y torturarse mucho o poco de nada servía ya. Irene también era consciente de ello, y una vez desahogada prefirió no insistir.

—Y ya verás cuando se entere papá —remató Irene.

—Ay, qué vergüenza... —se lamentó Débora—. ¿O ya se lo has contado, mamá?

—No, no... Eso ya cuando esté aquí.

—Y tú, Irene, ni una palabra, que te estás muriendo de las ganas. Como siempre con papá.

—¿Yo?

—Si da igual, si cuando vea al niño... —dije yo—. Que con esos ojos verdes y con ese cabezón no va a hacer falta decir mucho más. —Cuando estoy nerviosa o apenada no sé muy bien cómo callar lo que pienso.

Débora se echó a llorar. Aunque ya no le quedaban lágrimas.

—Lo voy a matar del disgusto. Y pobre Juan, y pobre niño, y pobre yo...

Contárselo a nuestro padre iba a ser un trago. Eso era así. Pero ya cruzaríamos ese puente cuando llegáramos a él.

—Necesito un vaso de agua, mamá, por favor —pidió entre hipidos—, que estoy deshidratada, y yo creo que ni leche me va a salir de las tetas.

—¿Pero vas a seguir dándole pecho?

—¿Quieres que lo mate de hambre? ¿Qué culpa tiene él?

—No, yo lo digo porque como tampoco va a crecer mucho, con leche de bote va bien, ¿no? —Débora volvió a llorar. Irene y mi madre me recriminaron con la mirada. Qué arte tenían para ese tipo de recriminación, años de entrenamiento. Así que intenté salir del paso como pude—: Venga, vamos a no darle más vueltas. A trabajar. Tenemos una casa que construir. Y una consulta que sacar adelante.

Pero Débora no estaba muy por la labor de abandonar tan rápidamente el bucle de tortura en el que llevaba sumida desde hacía días.

—Seguro que ahora mismo ya sabe todo el mundo lo que ha pasado. Juan se lo habrá contado a sus compañeros y ellos a sus mujeres, y ellas a las vecinas y... Yo hoy no puedo salir a la consulta a trabajar. No puedo.

—¿Y qué vas a hacer? ¿Esconderte?

—Sí. Para que en el ayuntamiento no se enteren —contestó Débora con mala baba, mirando a Irene.

—No me calientes, hermana, no me calientes.

—Tú con la cabeza muy alta —dijo mi madre—, que todas hemos cometido errores. Yo la primera. Y al final se sale, o se aceptan, y vives con ellos. Y a veces hasta es para mejor. Si yo te contara.

—No iba a ser peor que tirarte a un *stripper* enano.

—Peor —aseguró mi madre.

Yo lo dudaba mucho. Y también vi la duda reflejada en los rostros de mis hermanas. Era muy difícil superar la cagada de Débora, para qué nos vamos a engañar.

—Mucho peor.

—Ya, y lo has tenido guardadito todos estos años. Que no cuela, mamá.

—¿Sabéis por qué no conocéis a nadie de la familia de vuestro padre?

—Porque sus padres murieron cuando él era muy joven y era hijo único, ¿no?

—No.

—¿Cómo que no? Si es lo que siempre nos contasteis.

—A veces es más fácil vivir con una mentira.

—A ver qué te vas a inventar solo para hacerme sentir mejor —dijo Débora.

—Ojalá fuera una invención. Ni es hijo único ni sus padres están muertos.

—¿Qué?

Las tres hermanas no sabíamos qué pensar ante semejante confesión. ¿De verdad habíamos sido criadas en semejante mentira? ¿Pero estábamos viviendo un culebrón de la tele y éramos ajenas a ello?

—Vuestro padre tuvo que romper con toda su familia por mi culpa. Bueno, fue culpa de los dos, pero digamos que yo fui más culpable que él. —Mi madre nos miró antes de seguir. Se dirigió al armario y sacó una botella de orujo de hierbas—. Voy a necesitar un chupito.

—Mamá, nos estás asustando.

—Mucho.

—Más que mucho.

—Si visto desde la distancia tampoco es para tanto, tranquilas. —Le dio un buen lingotazo al orujo de hierbas. Y se sirvió otro—. Yo me iba a casar con el hermano de vuestro padre. Que era de mi edad, unos veinticuatro, y no como vuestro padre, que en aquel momento tenía diecisiete.

—Te lo estás inventando —dije yo. Eso no podía ser verdad. Aunque sí se llevaban esa diferencia de edad, ahora que echaba cuentas.

—A ver qué vas a contar de papá, ¿eh? —soltó Irene. La pobre no quería que bajaran a su santo y adorado padre del pedestal.

—Su hermano Tomás, con el que me iba a casar, nos pilló una semana antes de la boda, ¿cómo decirlo?... En plena faena.

—¿Follando?

—Sí. Ese es el gerundio. Follando.

—¿Follando?

—La mar de a gusto.

—¡Mamá! —Irene no quería escuchar más. Se revolvía incómoda.

—Hija, es la verdad, tu padre y yo desde el principio nos dimos mucha maña. Esa suerte y esa desgracia que tuvimos.

—Yo no sé si quiero escuchar más —dijo Irene.

—Ah, pues yo sí, yo sí quiero —la animé a continuar—. Sigue, mamá.

Pero Débora se adelantó.

—¿Y era la primera vez que papá y tú...? —preguntó Débora.

Mi madre le volvió a dar al orujo de hierbas. Necesitaba la fuerza del alcohol para seguir.

—No, llevábamos un par de meses viéndonos a escondidas.

—¿Qué me estás contando?

Estábamos las tres hermanas sin perder ripio. Vamos, atentas como un bebé pegado a un iPad viendo los *Teletubbies*.

—Sí, el deseo siempre había estado ahí, pero él era muy joven, y yo cuando lo conocí ya llevaba tiempo con su hermano, no pensaba romper con él. Y yo creí que lo podría controlar, que se me pasaría, pero en vez de eso yo notaba que no me lo podía quitar de la cabeza y enseguida me di cuenta de que a él le pasaba lo mismo.

—Joder, mamá...

—Así que un día en que Tomás se emborrachó mucho en las fiestas del pueblo, yo lo acompañé hasta su casa y con la ayuda de papá lo dejamos en la cama. Y ahí, sin poder contenernos, con Tomás roncando, nos miramos, nos tocamos y no sé muy bien cómo mis labios rozaron los suyos...

—Toma ya.

—¿Con tu novio allí?

—Sí, y a partir de ese día buscábamos cualquier momento para estar juntos... Yo me quería morir de la culpabilidad que sentía, pero no quería parar. Lo que estaba sintiendo era tan real, tan profundo y tan poderoso que me gobernaba. Yo no era yo.

—Ay, mamá, qué bonito...

—¿Bonito? —protestó Irene—. ¿Bonito?

—Las de izquierda radical al final sois las más pacatas —dijo Débora.

—Izquierda radical dice la otra. ¡Si tengo un Loewe!

—No fue bonito, no, porque cuando nos pilló, ay... cuando nos pilló fue horrible. Horrible. El follón que montó. ¿Y cómo culparlo? Pobre, estaba dolidísimo. Anuló la boda, me repudió y a su hermano también. Y claro, en la familia todos se pusieron de su parte. Y a nosotros no nos quedó otra que marcharnos.

—Menudo historión, mamá.

—Si por algo lo teníais bien calladito. Y así debería haberse quedado. —Irene en estado puro.

—Pero no es peor que lo mío con el *stripper*, porque lo vuestro es bonito y acabó en boda —concluyó Débora.

—Hay que vivirlo, Débora. No había día que no me remordiera la conciencia, el peso de la culpa no me dejaba ni respirar. Y menos mal que tu padre no se separó de mí ni a sol ni a sombra, porque si no yo... yo creo que hubiera hecho alguna tontería. Porque creía que iba a ser incapaz de vivir después de hacer algo así. Que no lo iba a poder superar.

—Pero no le pusiste los cuernos a papá con un enano —insistió mi hermana.

—No, Débora, pero se los puse al que iba a ser mi marido con su hermano pequeño.

—Y tan pequeño, diecisiete. Si era un crío.

—Ya entiendo ahora por qué no te gusta Sean Connery y prefieres a Beckham —dije yo—. Qué pederasta, mamá.

Y a Irene le entró la risa, supongo que por los nervios. Y para aliviar algo de la tensión. Débora, por primera vez en varios días, sonrió.

—De todo se sale, Débora. De todo.

—Pero mi error lo va a pagar mi hijo, que el pobre no tiene la culpa de nada.

—Pues ya sabes lo que te toca, hacer que su vida no sea un error.

—¿Y eso cómo lo hago, mamá?

—Por lo pronto con la cabeza bien alta y saliendo a trabajar.

—Eso, Débora, para arriba —añadió mi hermana Irene.

—Después de todo lo que has soltado, ahora me das ánimos, si es que eres de lo que no hay, Irene.

—Mujer, el pronto del momento... Pero ahora ya está. A querer a mi sobrino como el que más y tú a educarlo lo mejor que sepas. Lo vamos a adorar. Eso ni lo dudes.

—Gracias... —le dijo mi hermana de manera sincera y al borde del llanto.

—Y ni una lágrima más. Que esto parece *La casa de la pradera*, con tanto lloro. A salir ahí fuera.

Mi hermana le echó valor y se presentó en la consulta. Con el niño en el cochecito tapado hasta las cejas. Me pidió que me quedara con ella al menos las dos primeras horas, que necesitaba mi apoyo. Yo me moría de ganas de volver a mi casa del árbol, así que intenté convencerla de que era lo suficientemente fuerte como para enfrentarse a ello sin la ayuda de nadie. Pero de repente vi en el libro de citas el nombre de Diego Ariza, y eso me animó a cambiar de idea y quedarme. Sí, sé que debería haberlo hecho simplemente porque mi hermana me lo pedía, pero reconozco que la posibilidad de un nuevo encuentro con Diego me había impulsado a ser generosa y buena hermana. ¿Por qué habría pedido cita? ¿Estaba enfermo? ¿O por fin habría hecho caso a mi hermana Irene y quería que mi madre viera a su hija? O tal vez... tal vez quisiera provocar un encuentro conmigo. Hasta ahora había sido yo la que de una manera u otra había tropezado con él, puede que ahora quisiera él tropezar conmigo. ¿Qué me estaba pasando? ¿De verdad estaba pensando en Diego en esos términos? ¿En el viudo de oro de Cantabria? Decidí olvidarme del tema, pero me quedé allí, con mi hermana. Fueron dos horas tensas, en las que yo miraba la puerta esperando la entrada de Diego y en las que Débora intentaba interpretar cada gesto, cada palabra de todos lo que pasaban por la consulta. Un hola dicho entre susurros, alguien que movía un dedo y mi hermana creía que la apuntaban a ella o al niño... La vi tan atacada que se me ocurrió una cosa.

—Débora..., ¿tienes la cámara de fotos aquí?

—Sí, ¿por?

—Necesito unas fotos buenas de la maqueta del árbol. Desde todos los ángulos y en alta definición. Las que hice yo con mi móvil son una mierda. Y quiero poder imprimirlas y que nos sirvan de guía, como los planos.

—Vale, esta tarde o mañana me pongo.

—No, ahora. Es que las necesito para esta tarde ya. —Era mentira, pero quería que se entretuviera con algo. Conocía lo obsesiva que se volvía cuando trabajaba en sus retoques fotográficos o tomando fotos. Lo de lo obsesivo era algo que venía de familia.

—¿Ahora? ¿Y la consulta?

—Las podemos hacer ahí, con la luz de la ventana. ¿No es buena luz?

—Eh... sí...

No le dejé tiempo para que argumentara algo en contra y salí a por la maqueta. Volví con ella y le pedí a mi hermana que trasladara la mesa hasta la ventana, para poder apoyarla. Enseguida la maqueta levantó la admiración de los presentes. No hay nada como los tiempos muertos de espera en una consulta para que cualquier cosa que rompa la monotonía se celebre con alborozo. Mi hermana sacó su cámara y, aunque al principio no conseguía centrarse, poco a poco se fue animando. Me iba enseñando por la pantalla digital de la cámara el resultado de cada disparo y yo lo aplaudía. Bien, Débora, y ahora más cenital, y ahora acércate a ese detalle, ¿se puede? Claro, pongo un macro. Y ahora qué tal si abro la puerta y tratas de sacar el interior. ¿Cómo hacemos para iluminarlo? Trae un espejo y lo utilizamos para dirigir la luz de rebote. Y si ahora...

Tan concentradas estábamos que no nos dimos cuenta de que habían entrado dos personas nuevas en la consulta.

—Así que para eso eran las maderas.

La voz me resultó familiar. Y sentí como un escalofrío recorriendo mi columna y toda la espalda. Me di la vuelta, y ahí estaba, Diego Ariza. Yo hice esfuerzos para que no se notara que me alegraba de verlo.

—Una casa en un árbol. Mira, cariño, ¿te gusta? —le preguntó a la niña que iba con él. La niña del tren, su hija.

La niña abrió la boca y asintió. Estaba fascinada, como si hubiera descubierto el mejor juguete de la historia, como si estuviera en pleno Disney World. La niña no hablaría, pero desde luego era muy expresiva, quizá por eso no hablaba, porque realmente se comunicaba sin necesidad de palabras. La pequeña dio la vuelta alrededor de la mesa sin perder detalle de la maqueta. No sé el rato que estuvo observándola. Luego miró hacia el jardín de nuestra casa que se veía desde la ventana. Y la niña señaló la higuera.

Diego sonrió.

—Sí, es para hacerla en un árbol. Esta señora está haciendo una.

La niña abrió aún más los ojos y me miró arrobada, de repente me había convertido en una heroína para ella. En la mujer que iba a hacer realidad el sueño de cualquier niña. Intentó digerir toda esa información. Me señaló y luego señaló la maqueta y por último el árbol.

—Sí, dije yo. Pero no en ese árbol, en otro más bonito y más grande. Un árbol que da castañas. ¿Te gustan las castañas?

La niña miró al padre para que le ayudara con la respuesta. ¿Le gustaban las castañas? Diego contestó por ella.

—No es muy fan de la fruta. —Se dirigió a ella—: Aunque asadas sí te gustan.

La pequeña sacó un cuaderno de la mochila y lo abrió por una página. Había un dibujo de una casa y de varios árboles. A mí me resultó familiar lo que había garabateado, como si conociera la casa. Le señaló un árbol a su padre.

—¿Qué quieres, cariño?

La niña señaló la maqueta y luego su dibujo de uno de los árboles.

—Ah, ¿quieres una casa en uno de nuestros árboles?

La niña sonrió emocionada y asintió frenéticamente.

—Pero eso sería un pedazo de regalo. Algo así hay que ganárselo.

La niña lo miró sin entender muy bien qué quería decir su padre. Él intentó explicárselo.

—¿Qué harías tú por mí y por los abuelos si yo te regalara una casa así?

La niña no tenía una respuesta. Yo no sabía si era porque no se le ocurría nada o porque no entendía la pregunta o directamente porque como no hablaba no se podía expresar. Ella volvió a mirar la maqueta. Creo que yo nunca había tenido un público tan entregado a mi trabajo.

—Bueno, ya se nos ocurrirá algo —dijo el pelirrojo—. Pregúntale a esta señora si quiere hacerte una. Aunque habrá que convencer a los abuelos antes.

La niña me miró y volvió a señalar su árbol. Intenté hacerme entender. Aunque no estaba segura de conseguirlo.

—Yo estoy haciendo la mía ahora, cuando la acabe, si quieres y si a tus abuelos les parece bien, la hacemos.

A la niña se le ensombreció el gesto. Empezó a negar. Y acabó pataleando.

—¿Qué pasa? —pregunté.

—Nada —dijo él—. Está acostumbrada a salirse siempre con la suya. —Se dirigió a la hija—: Diana, la señora no te está diciendo que no, te está diciendo que más adelante.

Y la niña venga a negar y a patalear.

—Que la señora la va a hacer.

A mí también me estaban entrando ganas de ponerme a patalear de tanto oírlo llamándome señora. Que tenía su edad, por favor. Y que no me dejaba una pasta en cremas, en gimnasios y en la ropa juvenil que llevaba para que este ahora me llamara una y mil veces señora.

La niña no atendía a razones. Se puso a gritar. Hablar no hablaría, pero menudos chillidos. Así que Diego decidió llevársela de allí.

—Venga, vamos para fuera. —Me miró—. La verdad es que hacía mucho que no la veía tan ilusionada con algo. ¿No podrías considerar la idea de aparcar tu casa del árbol y hacer antes una para nosotros?

—No.

—Claro que lo puede considerar —dijo Débora.

Esa intromisión de mi hermana me cabreó muchísimo. ¿Quién era ella para decidir nada por mí? Así que volví a repetir el no con rotundidad y a todo volumen, para que quedara clara mi postura y para que se escuchara por encima de los alaridos de la niña. Lo dije sin apenas pensarlo, pero porque no tenía que pensarlo. El proyecto de mi casa era lo que quería hacer, lo había empezado e iba a acabarlo. Entre otras cosas porque era mío y porque no soportaba la idea de dejar algo a medias. Todo lo que empezaba lo acababa. Y ya estaba harta de que la gente me dijera lo que tenía que hacer. No me había quedado más remedio que aceptarlo de mis jefes o de los clientes, pero no tenía por qué acatar los caprichos de una niña consentida y de un padre desbordado.

—¿De verdad? —preguntó Diego esperanzado—. Puedo ser muy generoso pagando.

Débora me miró como animándome a que lo considerara. Pero yo no estaba por la labor.

—Cuando acabe, si quieres, os construyo la que queráis. Mejor que esta, incluso. Pero ahora estoy centrada en la mía.

—¿Ni por la niña? Has visto lo mucho que le ha gustado. Y mírala cómo está.

La cría seguía erre que erre, dando la nota, moviéndose y protestando, sin dejar de gritar.

—Si quieres la puedes llevar cuando la casa esté acabada a que juegue allí y mientras construyo la suya. Pero no voy a cambiar de idea. Lo siento.

Tal vez estuve un poco seca de más con mi «lo siento», o puede que no le gustara nada que no me plegara a sus órdenes, porque me contestó de manera muy brusca.

—Tú misma. Pensé que una arquitecta en paro agradecería un encargo.

Qué cabrón y qué golpe bajo. Pero yo sabía jugar a ese juego.

—Y lo agradezco. Pero tengo mis plazos. Y ni tú ni tu hija me van a hacer cambiarlos. No sé si me he expresado con claridad.

—Y tanto. Entendido. Vámonos, corazón.

Y sin despedirse, cogió a la niña en brazos y salió de la consulta.

—¿Tenías que ser tan borde? —preguntó mi hermana, tan pronto como salieron por la puerta.

—¿Yo? Pero si ha sido él.

—Ya, pero te has regodeado diciéndole que no y te has puesto demasiado estupenda.

—¿Eso es lo que ha parecido? Si le dije que cuando acabara la mía, me ponía a hacerla.

—¿Y por qué ese empeño en hacer la tuya? Lo que te ofrecía era un encargo real, pagado. Un encargo de arquitecto.

—Y yo le dije que sí, pero luego. No creo que sea tan difícil de entender.

—A Diego Ariza nadie le dice que no.

—¿Por qué?

—Porque siempre se sale con la suya. Es algo que ya hemos aprendido aquí.

—Ah, ¿y qué se suponía que tenía que hacer? Plegarme a sus deseos y a los caprichos de su hija.

—No tienes por qué verlo así. Era un encargo, estaba alabando tu trabajo.

—¿Pero a ti este no te caía como el culo? ¿Y no te enfrentaste a él y te encadenaste a un árbol? ¿O lo de tu hijo te está ablandando?

—Y eso qué tendrá que ver, te estaba ofreciendo un proyecto. Y te lo iba a pagar bien. Lo dijo.

—Pues estupendo. Cuando acabe mi casita, voy a hablar con él y todos contentos.

—Él se ha ido muy poco contento. Y que es una tontería enfrentarte a él, por nada.

—Tú tranquila, que no le tengo ningún miedo al viudo de oro.

Pronto me arrepentiría de mis palabras. Estuvimos trabajando dos días en la casa del árbol. Juan no pasó a ayudarnos, supongo que no se quería encontrar con Débora, no se sentiría preparado. Claro que Débora, temiendo lo mismo, tampoco apareció. Así que sin la ayuda de mi cuñado, íbamos más lentos. Jacobo además tampoco podía robarle demasiadas horas a su curro de guardia civil y Fin iba a clase por las mañanas. Por tanto, durante muchas horas estábamos trabajando León y yo sin ayuda de nadie, e íbamos bastante lentos. Demasiado trabajo para que lo pudieran abarcar solo dos personas. Al tercer día cayó un buen chaparrón primaveral y corrimos a tapar las maderas con lonas y plásticos. Solo teníamos levantada parte de la base. A ese ritmo aún habría trabajo para ocho o nueve semanas, y eso siendo muy optimistas.

El chaparrón primaveral duró más de la cuenta y estuvo tres días largos diluviando. Aunque paraba a ratos, pero no lo suficiente como para retomar el trabajo. Yo vivía pendiente de la previsión atmosférica para poder volver a mi casa del árbol. Y por fin anunciaron sol para el día siguiente. Lo organizamos todo. Jacobo no tenía turno en su trabajo y Fin se pasaría por la tarde. Yo me levanté temprano y muy animada, me metí en la ducha y entoné, con ese oído desafinado que la genética me ha dado, alguna canción de Shakira de su primera época. Mi entonación era catastrófica, pero me daba igual, lo importante era sentir el agua templada cayendo por mi cuerpo mientras me desgañitaba y cambiaba sin pretenderlo el sentido de las letras. Ahí me acordé de lo furioso que ponía a Víctor que yo siempre me estuviera inventando las letras de las canciones. Le sacaba de quicio, y es verdad que yo a veces también lo hacía para provocarlo. ¿La presentadora del telediario sería de las que cambian las letras de las canciones o ella se las sabría todas sin necesidad de teleprompter? Intenté no dejarme llevar por esos pensamientos y me enjaboné con fuerza. A la mierda Víctor. Ahora podía cantar las canciones como me diera la gana. «Ciega, sorda, cornuda, así es como me he sentido... y así yo te maldigo...» Salí de la ducha y cuando me estaba secando con una enorme toalla de flores verdes, de una fealdad extrema, entró mi hermano como un cohete. Yo me tapé como pude.

—León, ¿no puedes llamar a la puerta?

—Tienes que venir. Ya.

—¿Adónde?

—Están derribando nuestros castaños.

—¡¿Qué?! ¡¿Quién?! ¡¿Por qué?!

Me vestí a la velocidad del rayo, subí a la camioneta y le grité a Débora para que se diera prisa. Quería que viniera ella también, cuantos más estuvieran conmigo mejor. León ya estaba dentro del vehículo.

—¿Has llamado a Jacobo?

—Sí, fue él quien me avisó. Ya está allí.

Tan pronto como mi hermana Débora puso un pie en el vehículo, yo arranqué.

—¿Pero qué está pasando?

—Que alguien está tirando los castaños. Nuestros castaños.

—Mira que te dije que no te metieras con Diego.

—¿Tú crees que es él?

—¿Quién si no? Si se está cargando medio monte para alimentar la puta fábrica de la biomasa.

—No puede ser, no puede ser... Pero si esos castaños son nuestros. ¡Nuestros!

Puse la camioneta a ciento veinte, me salté dos semáforos en rojo y me metí en las pistas forestales sin apenas bajar la velocidad. El coche iba dando botes, yo casi no podía mantener recto el volante.

—Nos vas a matar, Bea, por Dios, frena un poco.

—¡Mi casa del árbol! ¡Como toquen la casa del árbol los mato! ¡A ellos sí que los mato!

Los castaños

La pista forestal que llevaba al bosque de los castaños, a mi casa del árbol, estaba cortada por culpa de varios camiones que interrumpían el paso. Así que frené en seco y decidimos ir andando los cuatrocientos o quinientos metros que quedaban.

—¿Para qué hay tantos camiones?

—Para cargar la madera, supongo.

—¿Pero van a arrasar con todo el monte?

Corrí como nunca había corrido antes, ni en clase de gimnasia, ni cuando aquella chica en el metro me había robado la cartera y la perseguí por todo el andén. Corrí como si tuviera unos pulmones de corredor de fondo. Y no los tenía, porque antes de llegar a los árboles yo ya no podía ni respirar. De lejos vi cómo dos excavadoras estaban arrancando de cuajo los castaños podridos y que otros operarios con grandes motosierras estaban talando los castaños vivos, incluido el de la casa. Mi casa.

—¡Mi casa! ¡Mi casa del árbol! —No tenía fuerzas para gritar, ni para seguir corriendo—. ¡Parad! ¡Hijos de puta! ¡Estáis en una propiedad privada!

Miré hacia atrás, para ver si me seguían mis hermanos.

Y sí, estaban allí, pero iban corriendo como tortugas, o sea, a paso de paseo.

—¡Mi casa! ¡Corred, corred!

Sacando fuerzas de donde no tenía, volví a ponerme en movimiento. Y a duras penas llegué hasta mi árbol.

—¡Pare! ¡Pare! —le dije al señor de la motosierra—. ¡No puede hacer eso!

El hombre llevaba cascos para soportar mejor el ruido atronador de la motosierra y por eso no me escuchaba. Me puse delante de él, jugándome la vida y haciéndole señas de que interrumpiera lo que estaba haciendo. El hombre por fin se dio cuenta de mi presencia y paró de serrar. Se quitó los cascos.

—Quítese de ahí, que se va a hacer daño.

—No puede serrar ese árbol. Es propiedad privada. No puede hacerlo. ¡Es mi castaño! ¿No ve las maderas? Estoy construyendo una casa. No puede serrar.

—Oiga, estos árboles son propiedad del aserradero.

—Imposible, son míos, de mi familia, tiene que haber un error. Dígale a los demás que paren.

Por fin aparecieron Débora y León.

—Decidles que estos castaños son nuestros, ¿dónde está Jacobo? —Miré al operario—. ¿Dónde está el guardia civil? La Guardia Civil está con nosotros. Con la ley. ¡Con la propiedad privada! —Qué de derechas me estaba quedando mi discurso—. ¡Es mi castaño!

—Cálmese, mujer.

—Yo me calmo, pero dígale a todos que paren. Que paren. Y si no lo hacen, me encadeno. Y mi hermana también, y mi hermano, y el guardia civil que habrán secuestrado y que hace un rato estaba aquí.

—Señorita, que aquí nadie ha secuestrado a nadie.

—Dígales que paren. ¡Dígaselo! —Si yo era capaz de montar un pollo por un roscón de reyes duro, por un teléfono móvil robado, ¿qué no iba a hacer por mi castaño? Lo que fuera. Lo que fuera.

El operario cogió el *walkie* y dio la orden de que todos se tomaran cinco minutos de descanso mientras se arreglaba un asunto. Le hicieron caso y tanto las excavadoras como los otros hombres con las motosierras frenaron su actividad.

—Decidle a este señor que son nuestros castaños —le pedí a mi hermano.

—Lo son, son de nuestra familia.

El hombre sacó un mapa del bosque y señaló donde estábamos.

—¿Estamos aquí, verdad? A doscientos metros al norte de la pista forestal siete.

—Sí, así es.

—Pues toda la madera de estas hectáreas a la redonda pertenece al aserradero. Una irá destinada a la fábrica de biomasa y la madera que sirva para sacar tablones.

—Eso es imposible.

—Está comprada a sus propietarios, señorita.

—Quiero ver los contratos.

—En el aserradero estarán.

—¿Cuándo le dieron la orden de venir? Esto es cosa de Diego Ariza.

—Es el jefe, claro que es cosa suya, ¿de quién va a ser?

—¡Lo asesino, lo asesino! Tengo que hablar con él. ¿Dónde está?

—Supongo que en la fábrica o en el aserradero.

Miré a mis hermanos.

—No dejéis que toquen nada. Subíos a los árboles si hace falta. Y tú averigua dónde se ha metido tu novio el guardia civil. Que llame a todos sus compañeros. Yo voy a hablar con el hijo puta ese para arreglar esto de una vez.

—Señorita, nosotros tenemos que seguir trabajando.

—¡Aquí nadie va a trabajar, porque le aseguro que

como uno de ustedes toque una rama acaban todos en el calabozo!

—A ver si va a acabar usted por obstruir nuestro trabajo...

—¡Está en una propiedad privada, en la mía, sin mi permiso!

—La madera es nuestra y con la compra también compramos el derecho a extraerla.

—¡No! Míreme bien, toque una rama y acabará saliendo en los periódicos. —Yo me dirigí a Débora—: Tú localiza a todos los de la asociación esa tuya que se encadena a los árboles y que están en contra de la fábrica. Que vengan, que traigan a la prensa, vamos a armar todo el follón que podamos.

Pero Débora dudó.

—Es que ahora mismo no me apetece mucho que me vean, y menos que venga la prensa.

—Débora, esto es importante.

—Y lo mío.

—Bueno, vale, pero consigue que no toquen ni una rama. Protegedlos con vuestra vida, si es necesario. Súbete al árbol, León. Y tú, Débora, al otro.

Mis hermanos me obedecieron, yo creo que más que por convicción porque me veían enloquecida. Los dejé allí encaramándose al árbol y me retiré. No sin antes volver a advertirle al señor que me había quedado con su cara, con su nombre, aunque no me lo hubiera dicho, y que lo perseguiría hasta el infierno si volvía a encender esa motosierra. ¡Hasta el infierno, hijo de la gran...!

Volví a la furgoneta. Me subí, arranqué y puse rumbo al aserradero. Se iba a enterar ese niñato de mierda, ese viudito de oro, ese culo veo, culo quiero y si no lo tengo, arraso con todo sin importarme una mierda los sueños de otros, los objetivos de otros, la propiedad privada de otros. Me iba a oír, vamos si me iba a oír. ¿Cómo se podía ser tan ruin, tan caprichoso, tan mezquino, para no aceptar un no como respuesta? Si ni siquiera le había dado un no, si solo le había dicho que esperara, que al acabar mi casa le haría la suya. Pero no, como no había obtenido la respuesta que buscaba, mi rendimiento incondicional, había decidido arrasar con todo. Pues las cosas no se hacían así. Con buena había dado. Se iba a arrepentir muy mucho de haberse cruzado conmigo. Vamos que si se iba a arrepentir. Se iba a arrepentir hasta de haber nacido.

Durante el camino me fui alimentando de todo tipo de pensamientos negativos. Iba cargando mi batería del odio, de la ira, porque necesitaba toda esa energía nociva para entrar como un miura, para entrar a matar. Al llegar al aserradero aparqué de mala manera la furgoneta, sin pensar si estaba ocupando más de una plaza del parking al aire libre. Me daba igual.

Entré en el aserradero, donde seguía la chica demasiado maquillada en recepción.

—¿Dónde está Diego Ariza?

—En su despacho, creo. ¿Tiene una cita?

—No necesito una cita. ¿Dónde es el despacho?

—¿Qué desea?

—Cortarle los huevos, pero no se preocupe, que antes le dejaré que se explique. ¿Me dice dónde está el despacho? Y me lo dice ya, por favor.

—Mire, cálmese, porque si no le voy a tener que pedir que se vaya.

—Pídamelo, pídamelo.

—Señorita...

—Que me lo pida. Venga, si es lo que quiere hacer, hágalo. Pídame que me vaya.

Ante el silencio de la mujer excesivamente maquillada insistí.

—Que me lo pida.

—Señorita, váyase de aquí por favor.

—Muy bien, ya me lo ha pedido. ¿Contenta? Ahora dígame dónde está el despacho de ese cabrón.

La recepcionista cogió el teléfono con miedo, como si alguien le estuviera apuntando con una pistola, como lo cogería una empleada de banco intentando disimular su acción ante los ojos de un atracador.

—Señor Ariza... hay una señorita aquí que...

Le arranqué el teléfono de la mano. Así de furiosa estaba.

—Soy Beatriz, a la que le acabas de joder la vida. Baja.

Y colgué.

La pobre mujer excesivamente maquillada me miraba con miedo, con mucho miedo.

—Tranquila, si tú no tienes la culpa de trabajar para ese desgraciado. Ese caprichoso, ese niñito de papá. O yernito de su suegro, o como coño quieras llamarle. ¿Tú cómo le llamas? Pero cuando estás cabreada con él, ¿cómo le llamas?

—¿Diego?

—¿Diego? ¿Ni pelirrojo de mierda, ni guapo de tres al cuarto, ni hijo de puta que se quedó con la empresa de su suegro? ¿Nada de eso?

La secretaria dejó de mirarme y desvió su mirada unos metros más allá de donde estaba.

—Ya la has oído, me llama Diego. Porque así me llamo. ¿Qué ocurre? Estaba en medio de una reunión importante.

Me di la vuelta. Allí estaba él, como si no hubiera pasado nada, aparentando una normalidad que a mí lo único que hacía era enervarme más.

—¿Qué ocurre? ¿Eres tan cínico de preguntar qué ocurre? Mandas destruir mi casa del árbol porque no quise hacer la de tu hija primero y ahora preguntas qué ocurre. ¿Qué pensabas que iba a hacer yo? ¿Eh? ¿Dejarlo pasar?

—Perdona, pero no tengo ni idea de qué estás hablando.

—Tus operarios, siguiendo tus órdenes, están ahora mismo arramblando con mi casa, con mis árboles, con mis castaños.

Diego miró a la recepcionista.

—¿Hoy tenían extracción?

—¡No disimules!

—¡Que no disimulo, tía! Que la parte de la tala la lleva mi suegro. Yo me dedico a comprar la madera y luego él se organiza con los empleados.

Miré a la recepcionista maquillada en exceso. Ella movió la cabeza de arriba abajo, dando a entender que Diego decía la verdad.

—¿Me vas a decir que es casualidad que me niegue a hacer la casa para tu hija y que cinco días después tires mi casa del bosque?

—¿Pero ya la habías construido?

—¡Estaba en ello! ¡Y no lo has podido soportar y has ido a por la mía! ¡Eran mis árboles! ¡Mi propiedad privada! —Le había cogido gusto a lo de la propiedad privada—. ¡Te va a caer una denuncia que voy a hacer que te cierren todo este imperio maderero, lo juro!

Diego, sin hacer ningún caso a mis amenazas, se volvió a dirigir a la recepcionista.

—¿Quién está al mando hoy de la extracción? ¿Lo sabes?

—Manolo, creo.

—Ponme con él.

La chica buscó su teléfono en la agenda y marcó el número. Mientras lo hacía, ninguno de los dos dijo ni una palabra. La recepcionista habló por el teléfono.

—¿Manolo? Soy Marisa, te paso al jefe. No, con Diego.

Le pasó el auricular.

—¿Manolo? Dime qué está pasando. ¿Dónde estáis sacando los árboles?

Diego escuchó la respuesta.

—Espera, que lo busco. —Diego se dirigió a la empleada—. Sácame los planos del monte de la Estrella. Y los contratos también.

Ella se levantó de su silla y se metió en una sala con amplias cristaleras. La vimos abrir y cerrar archivos.

—Me vas a deber una disculpa —dijo él, sin apenas mover un músculo.

—Lo dudo mucho.

—Yo que tú ahorraría palabras, y toda esa mala leche, que tiene que ser malísima para la salud.

—Lo que sería malo es que me la guardara dentro.

—Ya. ¿Así que crees que me he querido vengar de ti? ¿Que soy un niño caprichoso que no entiende un no como respuesta? ¿Y que si no se sale con la suya arrambla con todo?

—Tú lo has dicho.

—¿Y todo esto lo has decidido tú solita o te has dejado guiar por la opinión de alguien?

—A los hechos me remito. No necesito que nadie me dirija.

—Menos mal que la alcaldesa no es como vosotras. Pobre pueblo si estuvierais las otras hermanas al mando.

En ese momento volvió la recepcionista con un tubo de cartón y varias carpetas con contratos. Diego cogió el tubo y de él sacó un plano enorme.

—¿Sabes mirar un mapa?

—Soy arquitecta.

—Ah, es verdad. ¿Cómo olvidarlo? Doña arquitecta en paro.

Extendió el mapa sobre la mesa. Buscó una zona en concreto y la señaló.

—Mira, la pista forestal siete, y aquí, ¿reconoces esta zona?

—Los castaños de mi familia, sí.

Diego abrió una de las carpetas. Y sacó varios contratos.

—¿Tu padre se llama por casualidad Jonás Vélez do Campo?

Ahí me empezó a temblar la voz.

—Sí.

—Mira.

Me pasó el contrato. En él se venía a decir que mi padre había vendido los árboles al aserradero. Los que sirvieran para madera se utilizarían y se pagarían a tal precio, los demás se emplearían para la fábrica de biomasa.

—Firmado hace siete meses. ¿Ibas a hacer tu casita hace siete meses?

—No.

—¿Sabes a qué me recuerda esto?

—No.

—A una chica que vi en el tren acusando a un pobre chaval de robarle su móvil. Se puso hecha una fiera. Y al final el chaval no le había robado el móvil.

Maldito. Pero yo no estaba dispuesta a dar mi brazo a torcer de buenas a primeras. Porque yo tenía que tener razón y él no. No podía ser que yo lo hubiera malinterpretado todo. No y no. Así que seguí en mis trece.

—No me puedo creer que tú no supieras que hoy, precisamente hoy iban a talar los árboles. O que tú no lo encargaras. Es demasiada casualidad.

—Ya te digo que esto lo lleva mi suegro. Yo hago las negociaciones de compra. De la extracción, el cuándo y el cómo, se encarga él.

Me quedé callada. Sonaba convincente. ¿De verdad lo había malinterpretado todo? ¿De verdad había metido la pata hasta el fondo una vez más?

—¿Te vas a disculpar?

—¿Yo?

—Sí, tú. Por entrar aquí como un elefante en una cacharrería, por asustar a la pobre Marisa, por lanzar acusaciones a lo loco...

Yo no quería dar mi brazo a torcer.

—¿Qué va a pasar con mi casa del árbol?

—Pues que está sobre un árbol que es mío. Lo dice este contrato.

—¿Y qué vamos a hacer?

—No sé. ¿Se te ocurre algo?

Intenté pensar una solución a toda velocidad. Algo ingenioso, algo innovador, algo brillante.

—Podré comprártelos de nuevo, ¿o no?

—No sé por qué debería hacerlo. —Miró a la recepcionista—. Marisa, ¿tú qué dices? ¿Le hacemos el favor y dejamos que nos los compre?

La recepcionista prefirió no meterse y simplemente se encogió de hombros de manera dubitativa y temerosa.

—¿Ves? La tienes tan asustada que no quiere ni pronunciarse. Déjame que me lo piense.

Ahí cambié de estrategia. De nada servía seguir con mis bravuconadas y con mi mala leche.

—No, por favor —supliqué—. Si te lo piensas, vamos a llegar tarde y puede que los árboles ya estén cortados. Por favor.

Y pareció dar resultado porque Diego miró el contrato como sopesando la posibilidad.

—¿Tienes este dinero? —Señaló la cantidad en el contrato. Yo tragué saliva al ver la cifra—. Mas un veinte por ciento.

—¿Y ese veinte por ciento de más?

—Voy a perder mucho más que el veinte por ciento al quedarme sin negocio. ¿Lo tienes?

—Tendría que preguntarle a mi familia.

—Pues cuando tengas una respuesta hablamos.

—¿Eso es que me lo vendes?

—Eso es que hablamos. Pero se lo vas a tener que explicar a tu hermana la alcaldesa. Ella fue fundamental en convencer a todos los vecinos de la agrupación de las parcelas de esos montes. A ver cómo le cuentas que contigo voy a hacer una excepción.

—¿Mi hermana estaba al tanto?

—Debería estarlo.

—Pues de mi hermana ya me encargo yo.

En ese momento sonó mi móvil, era Débora. Lo cogí.

—Ven, Bea, la Guardia Civil nos está echando. Nos han bajado de los árboles, nos han detenido, y están volviendo a talar. León se está peleando con Jacobo, que le está poniendo las esposas. Escucha.

De fondo se escuchaba a mi hermano.

—Hijo de puta, ¿de verdad me vas a detener, a mí? ¿A tu *fuck buddy*? ¡Eres un cerdo! ¡Olvídate de mí! ¡Como me pongas esas esposas, te va a comer la polla tu abuelo! ¡Y los veinte centímetros de mi rabo no los vuelves a catar en tu vida!

—¿Te quieres callar, puto loco? —gritó Jacobo. Estaba enfadado, mucho.

—¿Lo oyes? —dijo mi hermana—. Esto se ha ido de madre. Nos quedamos sin bosque, sin casa, sin nada, haz algo.

Yo colgué el teléfono, furiosa, y me encaré con Diego. A la mierda el cambio de estrategia. Mi cabreo se acababa de multiplicar.

—Cabrón, estabas ganando tiempo. ¡Están talando de nuevo!

—¿Yo, ganando tiempo? ¿Pero qué dices? Que no.

—¿Cómo que no? ¡Si están talando!

—Espera.

Diego cogió su móvil y marcó un número memorizado en la agenda.

—Jaime, soy Diego. Oye, dile a los de la extracción que paren. Que vamos a negociar... ¡Porque te lo estoy pidiendo, coño! —Enseguida cambió de tono—. Que no, que no... que estoy algo tenso, perdona... De verdad, hazme ese favor. —Diego estaba aguantando un buen chaparrón—. Sí... ya sé que quedamos en que esto lo llevabas tú, pero... Llámalos, por favor.

Diego colgó.

—¿Estarás contenta? Me acabo de enfrentar a mi suegro por tu culpa. Por si la cosa no estaba tensa entre ambos... joder.

—¿Va a llamar?

—Sí.

—No sé si creerte.

—A mí ya me da un poco igual lo que creas.

Y sin más, Diego se dio la vuelta y se metió en su despacho. Salí de allí con una sensación extraña. Ya no sabía a quién creer. No sabía si fiarme de Diego o no. ¿Tendría razón cuando decía que la loca era yo y que me había comportado como en el tren? ¿O realmente era un tío que además de salirse con la suya te hacía creer que estabas equivocada desde el principio? Últimamente ya no sabía de quién fiarme. Bueno, siempre he sido de natural desconfiado, esa es la verdad, pero empezaba a sospechar que todo lo ocurrido con Víctor me había convertido en la gran escéptica. ¿Ya no me podría volver a fiar de nadie en toda mi vida? ¿Me convertiría en un ser amargado que siempre iba a pensar mal de todos? Me deprimió mucho pensar que me esperaba ese futuro tan negro. Pero preferí desechar esos pensamientos, estaba demasiado preocupada y alterada por culpa de lo que estaba pasando, mejor centrarme en lo concreto, en el aquí y el ahora. Ya habría tiempo de reconcomerme pensando en lo que me estaba convirtiendo. Subí a la furgoneta con una sensación de derrota. Temiendo que cuando llegara al bosque los castaños ya no fueran a estar ahí.

Y no me equivoqué. Al llegar los castaños estaban tumbados. Incluido el castaño en el que estaba construyendo mi casa. El sentimiento de desolación fue total. No habíamos trabajado más que unos días en la casa, y apenas estaba construida, pero la sensación de fracaso fue la misma que si hubieran demolido la construcción acabada. Como cuando te ilusionas con un chico y ya te imaginas un futuro con él y de repente por alguna razón se evapora. Es absurdo llorar una pérdida que ni siquiera fue tal, pero es inevitable. Con la casa del árbol me estaba pasando lo mismo. Porque habían tirado abajo un proyecto en el que creía, en el que había depositado toda mi ilusión, que tanto bien me había hecho esas semanas postanulación de boda. Y que alguien hubiera podido arrebatarme lo único que me quedaba no me hacía presagiar nada bueno. Todo era una mierda. Mi hermana y mi hermano estaban en el furgón de la Guardia Civil, esposados. Gritaban, pataleaban, como si fueran los típicos alborotadores agresivos y delincuentes que revientan las manifestaciones pacíficas. Estaban fuera de sí. León no dejaba de insultar a la Guardia Civil, a los operarios, a todos, y sobre todo a su no novio. Jacobo estaba apartado, entre compungido, avergonzado, y a la vez rabioso, una mezcla extraña, no quería ni escuchar sus gritos de protesta.

—¡Trabajáis para las multinacionales! ¡Estáis vendidos al capital!

—¡Puta Guardia Civil! ¡Represores! ¡Vendidos! ¡Y tú, tú, ya sabía que eras un simple, y un limitadito, pero no pensé que fueras un cerdo! ¡No me esperaba esto de ti!

Me acerqué a Jacobo y este me miró como pidiéndome disculpas.

—No pude hacer nada. León se echó encima de uno de mis compañeros. La de burradas que le dijo, la mitad supercultas, y en otros idiomas, y menos mal, porque así no nos enteramos demasiado. Sobre todo mis compañeros. Pero lo tuve que esposar... Con lo poco que le gustan que le esposen... Pero mira, que se fastidie, porque hay que ser muy desgraciado para intentarme sacar del armario delante de todos. No sé si lo voy a perdonar, ¿sabes? Te juro que no lo sé.

—A ver... se ha ido todo un poco de madre... tampoco le des mucha importancia...

—Y tanto. Se han pasado de la raya, de verdad.

Le creía. Creía sin lugar a dudas que mis hermanos se habían comportado como energúmenos, siguiendo mis consejos, bien es verdad, con tal de conseguir salvar los árboles.

—No te preocupes, Jacobo. Lo voy a arreglar ahora mismo.

—No va a ser fácil, porque él no me va a perdonar, pero yo tampoco, ¿o qué? ¿O tengo que tragar con todo? Míralo cómo me grita.

—Que sí, ya verás como se le pasa. Yo me encargo. Y tú tampoco les des demasiada importancia a los arrebatos de mi hermano. En mi familia somos todos un poco así, viene de serie. Pero se nos acaba cogiendo cariño. Creo.

Me acerqué al furgón donde seguían pataleando mis hermanos.

—No hemos podido hacer nada, Bea. Son unos abusones, unos represores, no hay derecho. Pero vamos a ir a los juzgados, a la prensa, a donde sea —gritó León—. Yo he hecho fotos con el móvil, hasta con las esposas puestas he logrado hacer algunas, tanto manejo del *selfie* tenía que servir de algo.

—A ver, a la prensa tampoco hace falta meterla —dijo mi hermana.

—No vamos a ir a ningún sitio —sentencié yo—.

Tenemos que olvidarnos de esto. Los árboles eran de ellos.

—¿Qué?

—Que sí, que se los habían comprado a papá.

—¿En serio? ¿Pero tú no lo sabías? ¿Pero cuándo los vendió? ¿Por qué? ¿En serio?

—Sí.

Pararon de patalear, se miraron entre ellos con desconcierto y luego me miraron a mí.

—¿O sea que hemos hecho el canelo?

—¿Estamos detenidos justamente? —preguntó León.

—Si tú te has tirado encima de un guardia civil, como dice Jacobo, me temo que sí.

—¿Me he peleado con Jacobo por nada? Bueno, por nada, no, por ti. ¿En serio?

—A ver...

—Tía, ¿tú sabes la que hemos montado? Aunque, bueno, así ya he visto la pasta de que está hecho. Y no me gusta nada.

—Tú tampoco te has quedado corto, ¿no? —le dije a mi hermano—. Que le has metido en un compromiso delante de sus compañeros, ahí sacándolo a patadas del armario.

—¿Yo? Si estaba *armarizado*, no es mi problema.

—Voy a hablar con él, a ver si os puede soltar...

Me acerqué a Jacobo avergonzada.

—Jacobo, ¿habría alguna posibilidad de que los soltaras?

Jacobo se lo pensó. Seguía dolido, pero también me di cuenta de que quería acabar con esto cuanto antes.

—Si los del aserradero no quieren presentar cargos, yo puedo convencer a los míos para que se olvide el asunto. Habla tú con los del aserradero, a ver...

Como el que va hacia el patíbulo me acerqué al operario que había talado mi castaño.

—Hola.

—Tú otra vez. ¿Qué? ¿Ya te convenciste de que la madera era de nuestra propiedad?

—Sí. Y quería pedirle que no presentara cargos contra mis hermanos...

El operario sopesó qué decisión tomar. Yo puse mi mejor cara de cachorrillo apaleado. A veces funciona.

—¿Me prometes que no vais a dar más la lata y que nos vais a dejar seguir trabajando? ¿O vais a seguir montando barullo? Que la rubia es experta en tocarnos las pelotas.

—Tiene mi palabra. Y a la rubia la controlo yo personalmente. Si ya tiene bastante con lo que tiene, si yo le contara...

El operario gruñó sonoramente, carraspeó, se rascó la cabeza por dentro del casco y acabó por dar su brazo a torcer, asintiendo.

—Pues entonces nos olvidamos de todo esto. Pero porque me da mucha pereza ahora ponerme a rellenar papeles de una denuncia.

—¿En serio? ¡Muchas gracias! ¡Muchas gracias!

Y le abracé. Olía a sudor, y a tabaco, pero no me importó. El hombre se desembarazó de mí tan rápido como le fue posible.

—Hala, hala, menos contacto... Que solo me faltaba que se me pringara tu colonia y tener problemas con mi mujer.

Yo me aparté de él, pero no pude evitar darle un beso en la mejilla. Y le dediqué la mejor de mis sonrisas.

—Ah, y esa madera que está ahí apilada, esa no la toquen, que la he pagado yo. Esa sí que es mía. No sé para qué me va a servir ahora, pero es mía.

—Muy bien, ahí se queda, no se preocupe.

Fui hasta Jacobo para darle la buena nueva.

—No presentan cargos. Los puedes soltar.

—Menos mal. Déjame que hable con mi compañero, a ver qué dice.

Jacobo se acercó hasta el guardia civil que estaba dentro del Patrol y se puso a negociar con él. Yo esperé impaciente a cierta distancia el veredicto, y a los tres minutos Jacobo me miró y asintió con la cabeza. Tuve que contenerme para no saltar a sus brazos y a los de su compañero. Tampoco iba a seguir repartiendo abrazos a lo loco. Jacobo se dirigió al coche donde estaban mis hermanos detenidos. Yo fui tras él. El guardia civil abrió la puerta.

—Vuestra hermana ha conseguido que os liberen.

—¡Eso es porque no teníais cargos contra nosotros! —gritó mi hermana.

—Déjalo estar, Débora —le supliqué—. Que podríais pasar la noche en el calabozo perfectamente.

Débora refunfuñó, pero no dijo más. Jacobo le quitó primero a ella las esposas y luego se acercó a León.

—¿Te molestan mucho?

—A mí no me hables, esbirro del capital —le dijo León.

—Cállate la boca, ¿quieres? —le espetó—. Que ya bastante la has liado. ¿Tú te crees que me puedes hacer esto delante de ellos?

—¿Qué he hecho?

—¿Qué has hecho? Ponerte a berrear que no me vas a dejar que te vuelva a comer tus veinte centímetros de polla. Eso has hecho.

—¿Y? ¿Te acojona que tus compañeros se enteren de que te lo pasas pipa con mis veinte centímetros?

—Pero a ver... ¿lo de los veinte centímetros es verdad? ¿O una exageración idealizada vuestra? —preguntó Débora.

—¿De verdad, Débora? ¿De verdad quieres saber cuánto le mide a tu hermano? —preguntó León.

—Curiosidad anatómica —se justificó ella.

—Tío, es muy fácil salir del armario en un entorno como el de tu familia, ¿vale? Pero esto es la puta Guardia Civil de un pueblo, y te aseguro que no es como la de las novelas del Lorenzo Silva ese que me hiciste leer. Que ya no llevaremos tricornio, pero es como si lo lleváramos.

—No le eches a la culpa a la Guardia Civil de tu cobardía —replicó mi hermano.

—Qué coño sabrás tú —dijo Jacobo muy dolido.

—Yo creo que podéis hablar en otro momento, ¿no? —intervine—. Más calmados...

—No sé si querré hablar —dijo León.

—Ni yo. Puto niñato.

—¿Yo? Tú, que me has tratado como a un perro, esposándome. Te faltó ponerme un bozal para que no gritara. Si hubiera sido una tía, ni me habrías tocado.

—Pero si he esposado también a tu hermana.

—A Débora la hubiera esposado hasta yo. Que no paraba quieta...

—¡Te tiraste encima de mi compañero, para bloquearlo! ¿Qué querías que hiciera?

—Que no, tío, que no me la das.

—¡León! Relaja un poco —insistí.

Jacobo, sin decir ni una palabra más, le quitó las esposas. León bajó del coche.

—Vámonos. Aquí ya no pintamos nada.

—Las cosas que tengo en tu casa ya iré a por ellas —le dijo Jacobo a León.

—Vale, pero avisa, para no estar y no tener que verte. —Mi hermano le dio la espalda—. Vámonos.

Jacobo se quedó hecho polvo ante las duras palabras de León. Yo intenté animarle con una palmada en el hombro.

Los tres hermanos nos fuimos de allí, de esa zona de guerra, donde habíamos perdido la batalla. Yo volví a mirar a Jacobo como dándole las gracias e intentando que no se tomara a mal las palabras de León.

—Lo arreglaréis, ya verás.

—¡Vamos! —ordenó León.

—¿Y nuestra madera? —preguntó Débora, señalando los tablones de pino.

—Mañana venimos a por ella, me han prometido que no la tocarán.

—¿Y les crees?

Al llegar a casa pusimos a mi madre al corriente de todo.

—¿Por qué no me dijiste que papá había vendido los castaños? Hemos hecho el mayor de los ridículos.

—¿Los ha vendido?

—Hace siete meses.

—No tenía ni idea, corazón.

—¿Pero no eran del abuelo? De tu padre.

—Sí, cariño, pero ya te digo que siempre le he dejado que llevara él esas cosas.

—¿Y tú no tuviste que firmar nada ni...?

—Si lo hice, ni me acuerdo. Ya lo siento. Y tú también pudiste preguntarle algo cada vez que hablabas con él por Skype.

—Ya... no sé... di por hecho...

—Y tenías que ver la bronca que han tenido León y Jacobo —dijo Débora.

—Que se vaya a la mierda —contestó mi hermano.

Mi madre lo miró con preocupación.

—Pues gracias a Jacobo os han soltado, así que relaja —le dije yo.

—¿Pero os habían detenido?

—Con esposas y todo.

—¿Y qué va a pasar ahora con tu casa del árbol?

—Nada, que se va a quedar en la maqueta. Cuando las cosas están de no... No es mi año. Me voy a dar una ducha.

Antes de meterme en el baño oí como mi madre se dirigía a mi hermana.

—Ha estado aquí Juan.

—¿En serio? ¿Qué quería?

—Verte, y ver al niño...

—¿Y se lo has permitido?

—Claro, es su hijo. Bueno...

—¿Y te ha dicho algo?

—Que le llamaras.

—¿Y ha visto al niño?

—Sí, lo estuvo acunando.

—¿De verdad? —preguntó esperanzada—. ¿Lo acunó?

Como mi madre vio demasiada ilusión y esperanza en la pregunta de Débora, quiso devolverla a la realidad.

—Y luego se puso a llorar. Y lo volvió a dejar en la cuna.

—¿Qué va a pasar, mamá?

Yo fui al ayuntamiento. Quería ver a mi hermana, la alcaldesa. Me reconcomían las palabras de Diego, ¿cómo iba a ser que mi hermana estuviera al tanto de que mi padre había vendido los castaños, que hasta lo hubiera propiciado ella y que no me hubiera dicho ni una palabra cuando sabía mis planes de construir la casa del árbol? El ayuntamiento estaba en la plaza Mayor, el orgullo de todo el pueblo, el punto más turístico, todas las casas que rodeaban a la plaza eran de piedra y con grandes galerías blancas que miraban hacia la iglesia gótica de dos campanarios. En los bajos de los edificios se situaban varios bares que desde la ley antitabaco habían puesto terrazas cubiertas con grandes estufas para que los fumadores pudieran dar rienda suelta a sus humos. Entré en el ayuntamiento y pregunté al primer empleado que vi por mi hermana.

—¿De parte de quién?

—De su hermana Bea. ¿Es por ahí?

—Está reunida ahora mismo.

—Me da igual.

Entré en su despacho sin llamar. Mi hermana estaba con dos señores de unos sesenta años, mirando un mapa.

—¿Pero no veis que salimos todos ganando? Los del aserradero os están pagando muy bien la madera, hasta os ofrecen comprar la parcela. Están buscando terrenos para sus cultivos forestales de cosecha corta.

—Yo no lo acabo de ver, Irene.

—Porque no te esfuerzas, Arturo, coño. Míralo bien. Y sabéis que esto se puede hacer de otra manera, expropiando y convirtiéndolo en monte público. Y ahí os aseguro que el ayuntamiento no os iba a pagar como los Andrada.

—¿Eso es una amenaza?

—No, solo quiero que veáis lo que nos estamos jugando aquí, que es mucho.

—¡Irene!

Mi hermana se giró y al verme no pudo evitar un gesto de sorpresa.

—Bea, ¿qué haces aquí? ¿Cómo te han dejado pasar? ¿No te han dicho que estaba reunida?

—¿Podemos hablar un segundo?

—¿Es urgente? ¿Qué ha pasado?

Yo miré a los dos señores, como dando a entender que no iba a hablar delante de ellos. Irene se dirigió a ellos.

—¿Por qué no os tomáis un café, paga el ayuntamiento, y luego seguimos hablando? Decidle a Raúl que lo ponga en mi cuenta. Y aprovechad para hablarlo, ya veréis como llegáis a la misma conclusión que yo. Que es bueno para todos. Venga, ahora voy a por vosotros.

Los señores asintieron y salieron del despacho.

—Bea, ¿qué ha pasado?

—¿Tú sabías que papá había vendido los castaños al aserradero? ¡Los castaños donde yo estaba haciendo mi casa!

—¿Eran esos?

—¿Cómo que si eran esos? ¿Pero cuántos castaños tiene papá?

—Los del monte de la Estrella y los del Prado Largo.

—¿Y cuáles vendió?

—Pues hicimos la reagrupación en el monte de la Estrella.

—¿Y no me lo pudiste haber dicho?

—Ni caí, Bea, di por hecho que estabas haciéndola en el Prado Largo.

—Joder, joder, joder... ¿Tú sabes el lío que hemos montado? Con la Guardia Civil y todo. Y a mí poco me ha faltado para quemarles el aserradero...

Irene me miró con preocupación. Con mucha preocupación.

—Qué me estás contando, no me asustes, Bea. ¿Qué ha pasado?

Le relaté con todo lujo de detalles lo que había ocurrido. El gesto de Irene fue pasando de la sorpresa a la desolación.

—Bea... ¿Pero cómo me montáis este pifostio? ¿Tú sabes lo que puede pasar si esto trasciende? Que he basado toda mi acción de gobierno en la planta eléctrica. Llevo dos años reagrupando los montes, convenciendo a unos y a otros de las bondades de la energía verde, para que en mi propia familia quieran sabotearme. ¿Tú sabes qué imagen da eso de mí? Que como esto se sepa, se me desmonta todo el proyecto. Que tengo a los de la oposición deseando pillarme en un renuncio. Por no hablar del cabrón de mi ex, que está a la que salta. Joder, joder... Tenías que ser tú, tenías que venir tú desde tu Madrid de las narices, a fastidiarme la vida.

—¡Y yo qué sabía! ¡Estás siendo muy injusta!

—¿Y tú qué sabías? Si el primer día te conté todos los planes para la fábrica de la biomasa.

—¿Y tú crees que yo estaba como para escucharte? ¿Con todo mi barullo sentimental que traía encima? Bastante si pillé la mitad...

—Es que en la vida hay más cosas aparte de ti, hermana. El universo no se acaba en tu ombligo.

—¿Y tú por qué no me dijiste nada cuando te comenté que iba a hacer la casa del árbol?

—Porque no caí, porque estoy saturadísima de trabajo, porque creí que sabías que la madera de ese monte ya no era nuestra.

—Pues no lo sabía. No lo sabía. ¿Vale?

—Habla con Débora y León, que no suelten ni una palabra. Yo voy a hablar con los de la Guardia Civil, y con Diego, para que esto no trascienda. Esto no ha ocurrido, ¿de acuerdo? ¿Tú sabes lo que han invertido los Andrada para que esto salga adelante? Y porque yo ayudé a convencer a Diego de que no se quedara solo en la fábrica, que fuéramos a por todas, a por la planta eléctrica. Se lo debo, a ellos y al pueblo. Son ciento y pico trabajos. No la podemos fastidiar, y menos por una casita en un árbol. ¿Me entiendes?

—Tranquila, que no vamos a decir ni una palabra.

—No me fío de Débora, Bea. Y es mejor que hables tú con ella, porque como sienta que yo estoy detrás, es capaz de liarla más.

—Nuestra hermana bastante tiene con lo que tiene.

—Ya, pero yo he estado muy dura con ella. Y es capaz de querer darle la vuelta... y...

—Que ya hablo yo con ella. Tranquila, que por mi culpa no va a peligrar ni tu alcaldía ni no sé cuántos puestos de trabajo. Ni el imperio de los Andrada, como si a mí me importara.

—Gracias.

—Y la próxima vez a ver si tenemos un poquito más de comunicación. Para evitarnos estos malos tragos.

En ese momento entró en el despacho Román, el ex de Irene. Con ese aire de intelectual trasnochado, pelo largo canoso, gafitas redondas y, para más inri, con acento argentino. El mismo acento que había enamorado a mi hermana y que ahora odiaba. En casa aún nos acordábamos de cuando empezaron a salir y a Irene se le pegó el acento y varias expresiones argentinas. Y durante los años que estuvieron casados mi hermana hablaba más porteña que él. Un bochorno. Con el divorcio se le pasó, y eso que salimos ganando. A pesar de la separación, Irene tenía que verlo casi a diario en el ayuntamiento. Román ejercía un tipo de oposición que ella siempre sospechaba que iba más allá de lo profesional. Como una venganza por un divorcio duro. Yo creía que exageraba, porque al hombre tampoco se le veía mala gente.

—Bea, qué buena onda verte. ¿Cómo estás, linda?

—Bien, bien...

—Y la sosa de tu hermana no me dijo que viniste...

—Hace mucho que no te cuento nada de mis hermanas —dijo ella, incómoda.

—Cómo sos de desaborida. ¿Todo bien, entonces?

—Sí.

Se produjo un silencio incómodo. Irene y yo nos miramos.

—¿Y qué pasó? ¿Por qué ese silencio?

—Nada, nada...

—¿Qué quieres, Román?

—Y viste, tenemos que llegar a una solución con el tema del agua...

—Ya está aprobado en pleno.

—Y tantas cosas se aprueban en pleno y luego se las lleva el viento. —Me miró—. Tu hermana solo tiene en la cabeza la maldita planta eléctrica, se le olvida que en este ayuntamiento hay también otros problemas. Ya sabés cómo es de obcecada.

—No metas a mi hermana en esto, ¿quieres? —protestó Irene.

—Y... solo comentaba.

—Yo... mejor me voy —dije—. Me alegro de verte, Román.

—Y yo, estás cada día más linda, te lo juro.

Esa noche hablé con mi hermana Débora para que todos nos olvidáramos de lo que había ocurrido. La culpa había sido mía y solo mía por no saber que los castaños ya no eran nuestros. Y que no merecía la pena buscar culpables más allá, ni plantar una batalla en una guerra que ya habíamos perdido.

—Has hablado con Irene, claro. Ya te ha convencido de que su visión es la única que vale. Y que todos los demás somos unos paletos reaccionarios y unos carcas ecologistas.

—Que no, Débora, que no tiene nada que ver. He metido yo la pata. Dejémoslo así. Y que, además, a ti tampoco te interesa ponerte ahora en el ojo del huracán.

—Eso es verdad.

—Pues vamos a dejarlo estar. ¿De acuerdo?

—Ya me jode, ya. Pero venga, por mí está todo olvidado.

—Gracias.

Al día siguiente lie a mi hermano y a Fin para que me ayudaran a cargar las maderas en la camioneta. Quería llevarlas al aserradero. Para que me las compraran de nuevo. Era lo único que se me ocurría. Era mi manera de... no sé, de que no se saliera del todo con la suya, por más razón que tuviera. León solo aceptó venir después de que le jurara que no había avisado a Jacobo. No se quería encontrar con él. Yo le aseguré que no lo había llamado. Y era la verdad.

—Me da mucha rabia que os hayáis peleado por mi culpa. Si yo no me hubiera empeñado en la casa del árbol, ahora seguiríais como siempre.

—No pasa nada, está bien descubrir cómo es realmente la persona con la que medio estás.

—León, pero él hizo lo que tenía que hacer, no le quedó más remedio. Y tú te pasaste siete pueblos.

—Pero eso no quita para que él sea un cobarde. A estas alturas del partido no puede avergonzarse de que le gusten los tíos.

—Tienes que respetar los tiempos de la gente, y en algo tenía razón, no todos tienen un entorno favorable como el tuyo para comportarse realmente como son.

—Por favor... No te pongas de su parte.

—¿Y tú desde cuándo eres tan proderechos LGTB, si hasta hace unas semanas ni sabíamos que te gustaban los chicos?

—¿Preguntasteis? —La verdad es que no, no le habíamos preguntado—. Pues eso.

En ese momento escuchamos el ruido de un motor acercándose. Era Fin, que venía en su moto de cross por las pistas forestales. Mi sobrino era un prodigio sobre ese aparato de dos ruedas. Alcanzaba tal velocidad y tal precisión que conseguía volar cada vez que saltaba un montículo. Era un espectáculo verlo. Llegó hasta donde estábamos y paró en seco. Se quitó el casco y nos miró como si las cabriolas aéreas que acababa de hacer fueran la cosa más sencilla del mundo.

—Perdón, no he podido llegar antes.

—Fin, ¿es verdad que estás pensando en dejar la competición? Porque yo te veo ahí encima y se me cae la baba. Que has nacido para esto.

—No sé, tía, no sé... empieza a... aburrirme.

—¿En serio? Porque ahí arriba parecías de todo menos aburrido.

—No quiero hablar de eso, ya bastante coñazo me da mi madre. Y el entrenador. Y con todo el cambio de categoría... Es todo menos divertido.

—¿Qué cambio de categoría?

—Que quieren que corra en una cilindrada más alta, y con los adultos. Y no me gustan.

—Supongo que será adaptarse, como todo, ¿no?

—Paso. Cambiemos de tema. —Se bajó de la moto y se quitó los guantes—. ¿Qué hago?

—Fin, ya que estás aquí, a ver si hacemos entrar en razón a León. ¿A que Jacobo es un buen tío?

Fin se pensó la respuesta.

—A mí me cae bien. No va a ganar un premio Nobel, pero es majo, entusiasta, feliz, como un cachorrillo.

—¿Por qué dices que no va a ganar un premio Nobel? —preguntó León.

—A ver... que a lo mejor sí... el de la Paz..., ¿no? —dijo mi pobre sobrino, intentando salir del aprieto.

—¿Un guardia civil el de la Paz? —preguntó León—. Que le estás llamando tonto, vamos.

—Que no está diciendo eso —intervine yo, echándole un cable—. Pero es bonito que lo defiendas, eso es que aún sientes algo.

—Que no os metáis. Ya veré yo lo que hago. Si además es probable que él tampoco quiera perdonarme.

Llegamos a la zona de los castaños. Fue desolador ver el monte pelado y que ya no quedara ni un solo árbol en nuestra parcela. Intenté pensar en otra cosa. Dirigir mi atención hacia otro lado, pero no lo conseguía. ¿Por qué mi padre había tenido que vender los castaños? ¿En qué estaba pensando? Había intentado hablar la noche anterior con él a través de Skype, pero no lo había conseguido. Ya faltaban pocos días para que volviera y tendría una charla seria con él, aunque de poco iba a servir ya. Pero me parecía fatal que hubiera tomado la decisión de acabar con los castaños cuando pertenecían a toda la familia. Era algo que tendríamos que haber decidido entre todos. Empezamos a cargar la madera en la furgoneta. Había mucho trabajo por delante.

—¿Tú crees que te comprará de nuevo la madera? —preguntó León.

—¿Quién? ¿El del aserradero? Más le vale. A mí ahora ya no me sirve para nada y, si no hubiera arrasado con los árboles, yo no tendría que devolverla.

—¿Y después de la que liamos vas a tener el cuajo de ir?

Era una buena pregunta. Porque lo natural, después del ridículo y el bochorno espantoso del día anterior, sería rehuirle o, como mínimo, no propiciar ningún encuentro, pero algo dentro de mí, quizá el hecho de no querer darle la razón y que yo cuando me obceco me obceco, me decía que Diego no había jugado del todo limpio. Y que por mucho que lo negara no me acababa de creer que su gente viniera a talar los castaños justo después de mi negativa a construir su casa del árbol. Tenía que estar relacionado. Era demasiada casualidad. O quizá yo quería empeñarme en ello para salvar la poca dignidad que me quedaba, si es que me quedaba alguna.

—Tú lo que pasa es que quieres volver a verlo y no se te ocurre mejor excusa —me dijo León.

—¿Al del aserradero? ¿Pero tú te chutas o algo? ¿Cómo voy a querer volver a ver a ese impresentable? ¿A ese arrogante, a ese pijo de mierda, a ese buscavidas, a ese...?

—Está muy bueno, no te culpo. Y viene con todos los

complementos, viudo, forrado, niña muda, Mercedes *vintage*, suegros espantosos... Vamos, ni Jean Austen lo hubiera mejorado. Aunque ella no lo hubiera puesto tan follable, para qué nos vamos a engañar.

—No hables así delante de tu sobrino.

—¿Así cómo? Si está follable, está follable. Y mira que ya es difícil que alguien pelirrojo esté bueno, pero este lo está y mucho. Que me dio una pena cuando se murió Diana, no porque la conociera, sino que pensé qué lástima tener ese maromo y no poder trincárselo nunca más. ¿Tendrá los pelos de la polla también pelirrojos? Si lo averiguas, dímelo.

—Pero... pero... tú... deliras... Te recuerdo que ese tío ha sido el que ha arrasado con todo esto.

—Ya, pero eso no invalida que esté bueno, que lo está. ¿A que sí, Fin?

—Si tú lo dices —contestó nuestro sobrino con cierta incomodidad. Al fin y al cabo, era un adolescente campeón de motocross. Y por muy existencial que estuviera últimamente, no tenía que ser muy agradable estar hablando de esos temas con su tía treintañera y su tío recién salido del armario.

—Lo está, como para empotrarlo, o para que en su defecto empotre a tu tía.

—¿Tenemos quince años o qué? —protesté incómoda.

—Yo sí —sonrió Fin.

—Ya, pero yo no, y León tampoco.

—¿Qué tendrá que ver la edad? Si te pone burraca, te pone burraca. Ahora que ya te podías haber fijado un objetivo más alcanzable y menos problemático.

Ese comentario me molestó.

—¿Qué pasa? ¿Soy demasiado poca cosa para el pelirrojo?

—No, pero desde que se murió su mujer yo no lo he visto con ninguna. Aunque, bueno, por ahí hay rumores...

—¿De qué?

Y fue mi sobrino el que habló.

—Dicen que lo han visto muchas veces en Santander, en buenos restaurantes con distintas mujeres.

—Eso no es un delito, ¿no? —dije yo.

—No, pero no me refería a eso —soltó mi hermano.

—¿A qué entonces?

—Nada, si yo no les hago caso. Que en este pueblo los rumores y el cotilleo son el deporte nacional. Eso o comer, por eso la mitad del pueblo está gordo y la otra mitad le da a la lengua. Claro que también los hay cotillas y gordos, esos ya son vomitivos.

—¿Pero qué tipo de rumores entonces? —insistí. Porque ya estaba cansada de que se insinuaran cosas pero que luego nadie soltara prenda.

—El Nobel de la Paz, el de la Benemérita, o sea Jacobo, mi *fabari*, que, como ves, tiene más nombres que un personaje de novela rusa, está empeñado, bueno, él y medio pueblo, en que Diego se cargó a su mujer.

—¿Qué?

—Sí, que la mató. Caput, que se la quitó de en medio, así a lo bestia y para siempre.

—¿Pero no murió en un accidente de coche el día que aprobó el carné?

—Mírala qué informada está. Sí, la versión oficial es esa, un accidente. La oficiosa, y la que mantiene el premio Nobel, es que fue el asesinato perfecto. Diego, al parecer, se empeñó en que se sacara el carné, que a ella le daba igual, y curiosamente cuando se lo saca y coge el coche... ¿Contra quién se empotra? Contra uno de los camiones del aserradero, el conductor es íntimo de Diego.

—¿Y?

—Que dicen por ahí que a lo mejor el impacto fue un poco provocado. Vamos, que el camión justo pasó por donde tenía que pasar en el momento exacto. Y como el coche de ella quedó siniestro total, tampoco se pudo averiguar mucho. Según Jacobo, no había líquido de frenos... Pero por no haber no había ni gasolina en el depósito. Si no quedó nada. Jacobo se empeña en que el marido manipuló los frenos.

—¡Anda ya! Y si hubiera sido así, por qué nadie lo denunció.

—Si yo tampoco lo creo. Pero es verdad que si nadie lo denunció es porque no había manera de probarlo. Pero oye, el *fabari* sigue empeñado en su teoría, y de vez en cuando intenta recabar pruebas, pero básicamente porque se aburre y porque a cabezón no le gana nadie. Todavía no ha encontrado nada. Ni encontrará.

—¿Pero por qué cree que la pudo matar? Es absurdo.

—A ver... que Diego y Diana se llevaban como el perro y el gato lo sabía todo el mundo, sus broncas eran legendarias. Yo presencié una y se me pusieron los huevos de corbata. Y mira que no soy excesivamente impresionable. Y luego está lo del fortunón que tiene esa familia... Si Diego se hubiera divorciado, ¿con qué se quedaba? Con una mano delante y otra detrás. Pero, de repente, con Diana en el ataúd, ¿quiénes son los que disfrutarán de una herencia millonaria?

—Él y su hija... —concluyó Fin—. ¿Tú crees que sería capaz?

—Se cargó nuestros castaños sin dudar —dije yo.

—Sus castaños, hermana. Sus castaños. Y vas a comparar un árbol con una esposa cañón, histérica, pija y caprichosa como ella sola, pero cañón. Y que por mucha herencia... aguantar a esa suegra parapléjica y al *control freak* de su suegro... Vamos, que antes entiendo lo del otro con la duquesa de Alba. Y que Diego viviendo en la casa de los suegros, y con una niña pequeña, a ver cómo coño echa una canita al aire... cualquiera mete una tía ahí en ese casoplón, con la parapléjica de la suegra vigilando y con todas las fotos que tiene que haber de la muerta. *Rebeca* se queda en una película de Disney a su lado, te lo digo yo.

—Pero hay coches, y hoteles, y monte... digo... —observó Fin.

—Mira nuestro sobrino, si parecía tonto...

—Y total, que me cuentas todo esto no sé si para que me dé más morbo o para que me acojone y me aleje.

—Te lo cuento porque me preguntaste. Y porque te gusta.

—Ojalá fuera tan fácil olvidar a Víctor.

—Te diría que una mancha de mora con otra verde se quita. Pero es mentira, ¿has probado a intentar quitar una mancha de mora con otra? Queda una guarrada. Pero tía, que sigas colgada de Víctor no invalida que tengas ojos.

—Que no, que me da igual, que no me interesa. No será un asesino, pero sí sé lo que es. Un arrogante, un prepotente y un listo. De eso ya he tenido bastante en mi vida. Y que yo ahora lo último que quiero es liarme con nadie. Bastante tengo con lo que tengo. Así que vamos a dejar el temita. Ahora nos llevamos la madera al aserradero, que me la compre, y si no lo vuelvo a ver nunca más, mejor.

Mi hermano miró a su sobrino y le echó una mano por encima del hombro en plan camarada.

—¿Tú la crees, Fin?

—Yo prefiero no opinar.

—Tu sobrino te teme. Bruja.

—No, prefiere no opinar porque está en una etapa nihilista.

—¿Y los nihilistas no opinan?

—Ay, déjame en paz, León.

Seguimos cargando la poca madera que quedaba por transportar a la camioneta. Con la charla el trabajo pesado se nos había hecho mucho más soportable. Aunque los tres estábamos sudando como si estuviéramos dentro de una sauna a máxima temperatura.

—¿Tú ya te has estrenado, Fin? —preguntó mi hermano a su sobrino sin venir a cuento.

—¿Pero cómo le preguntas eso a tu sobrino? ¿Estás mal de la cabeza?

—No, si yo lo digo porque lo suyo existencial se le quitaba follando.

—Otro como la abuela —protestó Fin.

—Pero que tiene quince años...

—¿Y qué? ¿Cuántos años tenía Romeo? ¿Y la de la canción del Dúo Dinámico? Quince. Y que no lo digo en plan frívolo. ¿Qué mejor manera de ahuyentar a la muerte que afirmando la vida? Y para eso no hay nada como un polvo. Cada encuentro sexual es un pulso que se gana a la muerte. Eso no sé quién lo dijo, pero alguien que pensaba mucho, seguro. Aunque yo no estoy del todo de acuerdo, porque hay polvos tan mediocres que lo único que te producen son bostezos y ganas de salir corriendo. Pero los buenos, los buenos, ah, los buenos te hacen eterno, Fin.

Yo miraba a mi hermano sin reconocerlo. ¿Cuándo se había vuelto tan locuaz? Siempre hablaba bastante, y solía abrumarnos con datos enciclopédicos de todo tipo y la mar de eclécticos; de hecho, a veces podría ser un poco pedante si no fuera por la gracia que tenía contándolo, pero lo de hoy era un exceso. ¿A qué se debía? ¿Al aire libre, al contacto con la naturaleza o a que estaba fuera de su hábitat natural, la habitación pestilente?

—¿Y con Jacobo tienes de esos polvos? —preguntó Fin.

—Sí, no ganará el premio Nobel de la Paz, ni el de Física, ya puestos, pero cómo folla, el desgraciado. Que podría colgar el tricornio y ganarse la vida así, con el zumba zumba.

—Como tu hermana Irene se entere de las conversaciones que tienes con su hijo te corta las pelotas —dije yo.

—Solo le estoy dando un consejo a Fin. No se va a asustar. Si estos ya han nacido con el Xtube debajo del brazo. Si consumen porno desde los nueve, ¿a que sí? Pero hay que pasar a la acción, el porno mola, pero es solo un simulacro. Alivia, claro, y más en un pueblo como este donde no follas ni pagando, pero no hay color. El porno es blanco y negro y el sexo real es puro HD, qué digo HD, 4K.

—Déjalo ya, anda —le pedí.

—Cuando me conteste, ¿has mojado el churro?

—Pero que no te va a contestar. —Me dirigí a Fin—: Ni se te ocurra contestarle.

—Vale. —Yo sonreí agradecida, pero enseguida se olvidó de mí y le respondió a León—: Y no, tío, no. No he mojado el churro.

—¿Ves? Problema localizado. Pues este verano te lo pones de propósito. Sin agobios, que tampoco hace falta que te obsesiones, que eso es casi peor que seguir virgen, la de peliculitas con las que nos han torturado los americanos al respecto, pero si surge, y para eso hay que buscarlo un poquito, a por ello. ¿Sabes cuál es nuestro único mandato biológico? La reproducción. Y no lo digo yo, eso se lo leí yo a una antropóloga superfamosa.

—Pues tú lo llevas claro —le dije yo—. Porque por mucho que te tires al guardia civil de ahí no salen *guardia civilitos*.

—Con reproducción me refiero a desparramar nuestra semilla, da igual donde y si fecunda o no. Estamos biológicamente programados para ello, y por eso si no lo hacemos, nos comemos el tarro demasiado. Y llegan las neuras, las paranoias, las angustias, la depre...

—Así que, según tú, follando se arreglan todos los males.

—Todos no, pero ayuda.

—Hala, ya puedes escribir un libro: *El sexo le da sentido a la vida*. Por León Vélez.

—Le da sentido y también te la jode, claro. Para muestra tú o nuestra hermana, que mira que preñarse de un enano... Se pone a ser infiel y escoge a un diminuto, debió de pensar que así la infidelidad era menor —remató León y se rio de su propio juego de palabras.

—León, no te rías de Débora, que bastante tiene con lo que tiene.

—Yo no creo que lo mío se arregle follando —dijo Fin—. El sexo no le da sentido a la vida, porque nada le da sentido. ¿Y sabes por qué? Porque nos morimos.

Ya salía el sobrino con el tema de la muerte... A ver si el sueño premonitorio de mi madre tenía que ver con Fin y su angustia. Ay, tenía que olvidarme de una vez del sueño de mi madre. No sé por qué le estaba dando esa importancia.

—Y según tú a la vida solo le daría sentido la eternidad —concluyó mi hermano.

—No sé... —dijo Fin, algo desconcertado.

—Tu problema, amigo, esa hipersensibilidad, ese terror a la muerte, es tan antiguo como la humanidad, y hay tres maneras de afrontarlo: filosóficamente, científicamente o religiosamente. Eso es así. Puede que te decantes por uno de esos tres caminos. Yo con que no acabes de cura me conformo.

—No me veo.

—Mejor. Y también puedes solucionarlo... ¿cómo? Sí, echando un polvo. Que es más divertido y te deja más satisfecho.

—Y dale.

—Si la vida no tiene sentido, seamos al menos epicúreos, hedonistas. Sin fastidiar a nadie por el camino, claro. —León se dirigió a mí—: ¿Te gusta mejor así? ¿Dicho finamente?

Yo preferí ni contestarle y miré a mi sobrino. Ya habíamos cargado toda la madera en la camioneta.

—Y de todo esto ni una palabra a tu madre, que nos cruje. Y si se te escapa, la culpa es de León. ¿Quién me acompaña al aserradero?

—Ese marronazo, querida hermana, te lo comes tú sola. Yo ahora mismo llevo a Fin a tomar una cerveza, que bien nos la hemos ganado.

—No bebo alcohol —dijo Fin.

—No bebes, no follas, ¿cómo no vas a estar todo el día pensando en la muerte, alma de cántaro?

Como no hubo manera de convencerlos de que me acompañaran al aserradero, me tocó ir a mí sola. Aparqué en el mismo lugar en el que lo había hecho las otras veces; empezaba a ser aquello ya mi segunda casa, y me dirigí a recepción. La mujer excesivamente maquillada palideció —bueno, o más bien mudó el gesto, porque con tanto maquillaje ni muerta hubiera perdido el buen color— tan pronto como me vio entrar.

—¿Qué quiere?

—Hablar con Diego; lo llamas, Marisa. —Me acordaba de su nombre, pero de poco sirvió mi deferencia—. Por favor.

—No está. Tenía una reunión en Santander.

—¿Es lo que te ha pedido que me dijeras si aparecía?

—No, de verdad que no está, puede mirar en su despacho o en todo el aserradero, o en la fábrica. No está.

—Vale, vale, te creo.

Qué fastidio. La verdad es que ya que me había decidido a venir, me daba mucha rabia no verlo.

—¿Le puedo dejar una nota?

La recepcionista me pasó un bolígrafo y un papel. Y yo pensé un momento qué tono adoptar para escribir lo que quería decirle. Me salió sin pensarlo mucho.

«Diego, te dejo las maderas de pino en el parking. A

mí ya no me sirven de nada. Espero que me hagas un buen precio por ellas. Firmado: La loca del tren.»

Apunté mi número de móvil en la nota y le devolví el bolígrafo y el papel a la recepcionista maquillada.

—Gracias. ¿Puedes avisar a algún empleado para que me ayude a descargar la camioneta?

La recepcionista se me quedó mirando sin entender lo que le decía.

—¿Avisas a alguien o me ayudas tú? Pero entre las dos vamos a tardar un rato. Y seguro que se te ocurren mejores maneras de pasar tu tarde.

—Sí, espera que aviso.

Llegué a casa satisfecha de mí misma.

Días raros

En casa se vivía un ambiente como de funeral. Muy parecido a esos días en los que se moría uno de los perros adoptados, esos a los que nunca les queríamos coger cariño pero siempre se lo acabábamos cogiendo. Y no es que Gollum, el perro de tres patas, estuviera moribundo, no, la pena negra era cosa de mi hermana Débora, que se paseaba como un fantasma por la casa. Y a eso había que añadir mi estado un tanto ansioso, esperaba algún mensaje, alguna señal, alguna llamada de Diego, para que me dijera si me compraba la madera o no, y si era que no, que me avisara, para poder ir a recogerla. León se reía de mí.

—Estás como una adolescente, colgada al móvil, debería darte vergüenza. Para no gustarte, eres transparente, Bea.

—Que no, que lo que me jode es que no me conteste. Que hay que ser muy cerdo.

—Sí, sí.

—¿Y tú has hablado con el guardia civil o seguís en las mismas? Porque aquí todos tenemos lo nuestro.

—Aún no ha venido a por sus cosas. O sea, una camiseta, que tampoco tenía mucho más.

Así estábamos en casa. Mi madre prefería ignorarnos.

Aunque lo de mi hermana sí que la tenía preocupada. Y la imagen que estaba dando en la consulta era penosa. Que cada vez que le decía a un paciente que podía pasar, el pobre paciente al ver la cara de funeral de mi hermana, se pensaba que mi madre le iba a dar un veredicto fatal.

Y por más que toda la familia intentáramos quitarle importancia a lo del niño y estar de su lado, no había manera de consolarla. Yo a veces hasta pensaba que lo de su embarazo enanístico no era más que su manera de competir conmigo. Que mi prometido se liaba con una famosa, pues ella se follaba a un *stripper* enano. Desde pequeñitas competíamos y Débora siempre tenía que ganar. Y ya sé que era una burrada pensar algo así y que lo suyo no había tenido nada que ver con lo mío, pero es que por momentos me sacaba de quicio. Y mira que la pobre tenía todo el derecho a procesar su situación de la forma que le diera la gana. Que bastante mal trago estaba pasando, y precisamente yo tampoco había actuado de una manera muy cabal con todo lo de Víctor. Pero me sacaba de quicio su deambular. Eso es así.

—¿No vas a hablar con Juan?

—No lo sé... no sé qué decirle.

—¿Tú le quieres?

—Y eso qué tendrá que ver.

—Mucho, Débora, mucho. Deja de lamentarte y actúa.

—Qué fácil es de decir. ¿Actuaste tú o viniste corriendo a refugiarte a casa de mamá y papá?

Malvada. Cogí el móvil y marqué el número de mi cuñado.

—Juan, soy Bea.

—¿Pero qué haces, loca? —gritó mi hermana.

—Débora quiere hablarte. Sí, te la paso.

Débora hizo aspavientos con la mano, negando, no quería cogerlo. Pero me dio igual, estaba furiosa con ella y quería acabar con todo esto de una vez. Le puse el móvil en la oreja. Y aunque me miró con odio, no le quedó más remedio que hablar.

—Juan... sí... sí... oye... vale... nos vemos... Sí, me paso.

Después de colgar y de mandarme varias veces a la mierda, acabó por pedirme ropa. No quería ir a ver a su marido con las pintas que llevaba. Así que entre las dos elegimos lo que consideramos mejor. Yo hasta le propuse teñirle el pelo para darle un aspecto más... ¿saludable? Pero ella no quiso ni oír hablar del tema, nada de productos químicos. Ella solo se teñía con no sé qué cosa natural, y allí no había. Cuando por fin dimos con el atuendo adecuado, unos vaqueros pitillo de un tono azul deslavado con agujeros en las rodillas y un jersey violeta con algo de escote, Débora me pidió que me quedara con el niño. Prefería tener ese encuentro a solas con Juan. Débora, una vez que todos ya estábamos al corriente de lo que ocurría, no tenía tantos problemas en separarse de su hijo.

No vino a dormir, solo me dejó un mensaje en el móvil a las doce de la noche. «Esto va para largo. Mañana te cuento.» Y al día siguiente a las once de la mañana apareció radiante. A pesar de que no había dormido en toda la noche, la cosa había ido bien.

—Hacía tiempo que no hablábamos tanto y de tantas cosas.

—¿Os pasasteis la noche hablando?

Débora sonrió.

—Sí, aunque también nos dio tiempo a echar dos polvos.

—¿O sea... que bien?

—Lo quiere intentar. Me perdona. Ha sido duro, ha habido momentos que creía que no iba a poder ser..., pero sí, ya está, ya pasó.

—Tu marido es la caña.

—Lo sé. Ay, aún no me lo creo. Va a salir bien, Bea. Va a salir bien. Dice que lo va a querer como si fuera hijo suyo.

—Porque lo es. No biológico, claro, pero lo lleva queriendo desde el primer día, y eso es difícil de cambiar.

Débora estaba feliz, o al menos aliviada. Después de tantos días en penumbras por fin vislumbraba la luz. Me alegré por ella. Y de reojo miré mi móvil esperando alguna llamada de Diego. Pero nada, no iba a brillar el sol para todas. Débora esa tarde en la consulta parecía una azafata de algún concurso de los ochenta de la tele. Todo sonrisas. Hasta le quitó importancia al diagnóstico demoledor que mi madre le había dado a una pobre anciana. Porque una de las grandes labores de mi madre aparte de diagnosticar certeramente los síntomas de cualquier enfermedad es ayudar a la gente a prepararse para lo inevitable en caso de que lo sea. Un duro trabajo que a veces la sumía en una melancolía que le costaba sacudirse, pero no por ello deja de hacerlo. Así es mi madre.

—De todo se sale, mujer —le dijo mi hermana a la señora con una despreocupación un tanto insultante.

—Si me quedan meses, si ya me lo había dicho mi médico de cabecera, venía aquí con la esperanza de...

—Pues a disfrutarlos con alegría. Mejor meses que días, ¿o no?

Al despachar al último paciente mi hermana cogió al niño, la poca ropa que había traído para esos días y se despidió de nosotras feliz. Nosotras le dijimos adiós a la puerta de la casa, como si nos estuviéramos despidiendo con orgullo de un hijo que empieza una carrera dificilísima en la mejor universidad de Estados Unidos.

Los siguientes días fueron de una calma relativa a nivel emocional, aunque frenética en cuanto a limpieza de la casa se refiere. Mi padre estaba a punto de llegar, y como siempre mi madre lideró la campaña para que la casa estuviera lista para su llegada. Hasta hicimos una pancarta. Porque esta vez su vuelta era distinta, su vuelta era para siempre. Y ese para siempre tenía a mi madre alterada de los nervios. Llevaba tiempo ansiándolo pero también temiéndolo. ¿Iban a saber adaptarse a una vida sin interrupción, a una vida más allá de los cuatro meses? Todas la animábamos, todas le decíamos que por supuesto que iba a estar bien. Se querían, y eso no se iba a estropear por una convivencia continuada. Además, ya no eran unos chavales, ¿qué más daba si su vida sexual se veía afectada por la continuidad y por la rutina?

—Bienvenidos al sexo en la edad adulta —le dije yo como si fuera su sicóloga de cabecera.

—¿Y eso qué significa?

—Mamá, pues que si a los sesenta y cinco te empiezas a aburrir de papá, bienvenida al mundo. No pienses en lo que pierdes, sino en lo que has disfrutado todos estos años. Que lo normal en cualquier pareja es que al cabo de cinco o siete años aquello ya se transforme en otra cosa. Y tú has disfrutado muchos más.

—Lo normal, lo normal... Yo no quiero lo normal.

—Bueno, pues a lo mejor encontráis la manera de que a vosotros no os pase, yo qué sé.

—Y que no es solo por el sexo, Bea. Es todo. Que en esta casa siempre hemos hecho un poco lo que nos ha dado la gana. Y ahora... ahora no sé cómo va a ser.

—Pues igual, si va a ser papá el que se tenga que adaptar. No nosotros. Si es muy difícil cambiar las dinámicas establecidas durante tantos años —dijo León.

—Pero él va a querer cambiarlas, y la vamos a liar...

—Tú sabrás cómo llevarle por donde quieras. Siempre has sabido.

—Porque vuestro padre solo tenía cuatro meses para

intentar imponer su voluntad, y claro, el tiempo siempre jugaba en su contra. Ahora no.

—Todo va a estar bien, mamá. Ya verás.

Y por fin llegó mi padre. Fiesta, alegría, alboroto, besos y abrazos. Venía cargado de energía, de regalos, de buenos propósitos, y de planes para no tener ni un solo momento libre, no quería sentirse inútil, y evitar así la depresión. Mi padre era un terremoto. Decía siempre lo primero que le pasaba por la cabeza y no paraba quieto un instante. Si León era puro nervio era porque salía a mi padre. Como Irene. La idolatría que mi hermana mayor sentía por él solo era comparable a la que él sentía por Débora. Algo que mi hermana Irene intuía y le fastidiaba a más no poder. Nunca había aceptado del todo que ella se desviviese por él y que se hubiese convertido, sin que nadie se lo pidiera, en su representante en su ausencia, para que él luego prefiriera a Débora. Por supuesto que mi padre nos quería a todas, pero no podía evitar que su niña bonita fuese Débora. Tal vez porque siempre fue la rebelde, la que más problemas ha causado, la que necesitaba más de su ayuda o simplemente por una cuestión de piel.

El misterio de cómo mi padre conseguía vivir encerrado ocho meses en un barco con esa energía más propia de un terremoto de escala seis era difícil de descifrar. Supongo que se dominaba gracias a su capacidad de abstraerse y concentrarse mucho trabajando. Solo así, trabajando en el barco, o trabajando la madera, o reparando motos, lograba no subirse por las paredes. Lo malo era que su afición favorita —la de reparar y construir todo tipo de muebles, y de motos— apenas iba a poder practicarla con su mano enferma. No tenía demasiada fuerza en ella. Necesitaba rehabilitación y tomárselo con mucha calma. Algo para lo que no estaba genéticamente preparado. Por otro lado, mi padre se conocía bien y sabía que toda la fuerza y energía que tenía, todo su ánimo, se podían venir abajo cuando las cosas se torcían; pasaba de ser el terremoto de escala seis a un hombre sumido en la melancolía. Era de los que no filtraban. Arriba y abajo. Arriba y abajo. Ánimo por las nubes o por los suelos. Y eso sin necesidad de que transcurrieran días o semanas para que se produjera el cambio de un estado a otro.

—Podría aprender a cocinar. Así dejamos de depender de una vez por todas de la comida que nos traigan tus pacientes. Que no puede ser sano llevar una dieta tan azarosa. Que siempre que me quedo en casa engordo tres kilos. Y ahora no voy a volver a un barco para adelgazarlos.

—Siempre dices lo de aprender a cocinar y luego nada, Jonás. Y no quieras desde ya cambiar nuestras cosas. Que aquí siempre hemos comido así y nos ha ido muy bien.

—Pero que las cosas se hayan hecho de una manera no quiere decir que no se puedan cambiar.

Mi madre me miró como temiendo lo peor. Qué pronto empezaba a tratar de imponer sus criterios.

—Y esta vez es distinto, voy a tener tiempo de aprender, esta vez ya no regreso al mar.

—Ya... —dijo mi madre un tanto melancólica.

—No lo digas con tantas ganas, Ángela, no vaya a ser que me crea que te hace ilusión que me quede —ironizó mi padre.

—Si me hace ilusión, claro que me la hace. Pero tú cocinando, no sé, no lo veo...

—¿Y tú cómo estás, arquitecta?

Mi padre, desde que empecé la carrera, me ha llamado arquitecta. Yo creo que ya ni se acuerda de mi nombre.

—Sigo cabreada contigo por haber vendido los castaños.

Ya había discutido con mi padre vía Skype todo y más

al respecto. Pero al tenerlo ahí en carne y hueso no podía evitar ahondar en el tema.

—Estaban secos, arquitecta. Muertecitos, no servían para nada.

—Dos no. En el que estaba haciendo mi casa no. Ahora la parcela da pena verla.

—Y están los de Prado Largo, ¿esos no te sirven?

—¡Ahí no hay castaños! A lo mejor los hubo, pero ya no los hay. Allí ya solo hay zarzas.

Sí, lo había comprobado. Cuando mi hermana me habló de la otra parcela me faltó tiempo para ir a verla, y para mi desilusión comprobé que ya no quedaba nada más que malas hierbas.

—Es verdad, creo que esos se vendieron hace mucho... Ahora que lo pienso.

Pero como ya le aburría el tema, lo zanjó desviando la atención hacia otro lado. Él era así, impulsivo e impetuoso, lo que no le gustaba, lo decía, o lo descartaba sin más, sin ningún tipo de consideración.

—¿Y de lo otro? Lo del sinvergüenza de tu novio, ¿cómo va?

—No quiero saber nada de él. Como si se hubiera muerto.

—Pues mira, una boda menos. En esta vida hay muchas bodas de más. ¿Y mi nieto recién nacido?

Mi madre y yo tragamos saliva. ¿Era el momento de contárselo? Pero mi madre enseguida lo resolvió saliendo por la tangente.

—Precioso, unos ojos verdes...

—Coño, que vamos a tener un Paul Newman en la familia. Cómo me gusta que la especie mejore. Saldrá al bombero. Alto, guapo... ¿Vienen a cenar?

—A lo mejor... —dijo mi madre.

Esa noche vino a cenar mi hermana, sin Juan, pero con el niño. No traía buena cara. Pero al ver a mi padre disimuló.

—¡Débora! ¿Dónde has dejado al bombero? —Y asomándose al carrito para ver a su nieto, exclamó—: ¿Cómo está ese grandullón?

Débora nos interrogó con la mirada. Nosotras negamos, no, no le habíamos dicho nada. Eso era cosa de ella. Hasta Irene parecía dispuesta a no contar nada. Si tenía ganas, las disimulaba. Todas estábamos dispuestas a que Débora gestionara los tiempos como quisiera y la manera de abordarlo.

—¿Viene a cenar o no?

—¿Quién?

—Tu marido, no va a ser el papa.

—Ah, no, tiene guardia.

—Claro, por las noches también se queman cosas —dedujo mi padre.

—Sí...

—Tenía ganas de verlo. Y de darle un abrazo, para el único yerno que me queda...

Al escuchar aquello a mi hermana le entraron unas ganas terribles de llorar. Mi madre, Irene, León y yo lo notamos. Mi padre no. Débora salió disparada de la cocina.

—¿Qué le pasa? ¿No estará preñada otra vez? Que esta se pasó los primeros meses huyendo de todos lados para ir al baño a vomitar.

—Ojalá —dijo Irene.

—¿Cómo que ojalá?

Le di un pisotón a Irene.

—Nada, nada, que estoy deseando que aumente la familia. Si un hijo le ha sentado tan bien, con dos a lo mejor hasta vuelve a estudiar una carrera. No sé...

—Quién sabe —dije yo—. Voy a ver cómo está.

—Miré a Irene—. Y tú no dejes nada en el plato y no pierdas el tiempo dándole a la lengua.

Me levanté de la mesa y salí de la sala. Mi hermana se había encerrado en el baño. Llamé a la puerta, le dije que era yo y abrió el pestillo. Entré.

—¿Qué pasa?

—Cierra la puerta.

La obedecí. Y una vez cerrada, la miré a los ojos.

—No voy a volver —me dijo.

—¿A tu casa? ¿Qué ha pasado?

—Juan dice que no puede, que lo intenta, pero que no puede. Que es ver al niño y pensar en lo que hice. Que está demasiado furioso, que no entiende cómo he podido hacerle eso a él y al niño. Que lo he condenado a una vida de mierda.

—¿Pero no había dicho que lo iba a superar?

—Esta tarde ha sido horrible... no sabes lo que ha llegado a soltar por esa boca. Te juro que yo no sabía que podía caber tanto odio en una persona. Y menos en Juan. Ha sido horrible.

—Ay, Débora, ya lo siento.

—¿Y ahora qué voy a hacer?

—Paso a paso, supongo.

—¿Qué le voy a decir a papá?

—Y qué importa papá.

—Claro que importa. Adora a Juan, y cuando se entere de lo que he hecho... Si soy su niña bonita.

—Oye, que nos quiere a todas.

—Pero a mí más. Eso es así.

—Eso nos lo dice a todas, tonta, y solo tú te lo crees —lo dije de manera poco convincente porque sé que es verdad, pero es que me fastidia mucho que en ese tema tenga razón.

—Yo no se lo puedo contar. Y espero que Irene cierre la boca. Porque lo vamos a matar del disgusto y yo me voy a morir de la vergüenza. Ojalá pudiera borrar esa puta noche.

—Si es que las despedidas de soltera siempre han sido una mala idea, y mira que en la tuya al menos no nos tuvimos que poner pollas en la cabeza...

—Pero bien que me trajisteis a un enano.

—Que yo no fui. Que yo no quise ni pagar la parte que me tocaba. Porque encima costó una pasta.

En ese momento sonaron unos golpes en la puerta.

—¿Vais a salir o qué? —Era Irene—. Que papá ya se empieza a mosquear. Y yo ya me he comido todo el plato y una barra de pan, para no empezar a largar.

Le abrimos la puerta y la dejamos entrar.

—¡Ni se te ocurra decir una palabra! —le rogó Débora.

—Que no, tranquila. ¿Qué pasa?

—Que me divorcio, Irene. Que no hay nada que hacer. Que me odia.

—Vaya por Dios. ¿Pero seguro? Si llevabais días muy bien, ¿no? ¿Y qué le vas a decir a papá?

—¡Pero otra con papá! —Yo estaba asombrada—. ¿Va a ser ese ahora el problema?

A las dos sí se lo parecía.

—Por Dios, Irene, no le digas nada.

—Que no, pesada, pero papá no es tonto, y está claro que va a sospechar que pasa algo... Aquí las tres encerradas, tú yéndote de repente, y esas pintas de amargada que me traes...

—¿Y qué hacemos?

De pronto a Irene se le ocurrió una idea y sonrió.

—Creo que sé la manera de distraerle.

—¿Tengo los ojos muy hinchados?

—No... Bueno, un poco. Pero di que te ha dado una alergia a algo, al talco del niño, yo qué sé... —sugirió Irene.

—Vale, sí. Es buena idea.

No reconocía a mis hermanas. Qué arte para la mentira, para el disimulo, para la trampa.

—Yo flipo con vosotras —dije—. Pues papá se va a quedar ya para siempre, no pretenderéis estar siempre ocultándole cosas. Y ese niño no va a crecer, así que antes o después...

—¡Claro que va a crecer!

—Pero poquito.

—Bueno, pues ya veré. —Débora abrió la puerta—. Vamos.

Salimos las tres hermanas del baño. Y nos sentamos en la mesa para cenar.

—¿Todo bien? —preguntó nuestro padre.

—¿Te ha contado León que se ha echado novio y es guardia civil? —preguntó Irene.

León dejó caer la cuchara en el plato. Y miró a mi hermana Irene sin entender por qué le había dado por ahí. Todas nos quedamos en silencio esperando la reacción de nuestro padre, que primero miró a León, luego a Irene y por último a mi madre, que solo acertó a decir:

—Es muy buen chico.

—Pero... pero... —Mi padre estaba en shock. Su primer día de jubilado y en familia y tenía que lidiar con algo así—. Pero...

—Come, Jonás, que se va a enfriar la sopa.

León guardaba silencio. Esperando exactamente la reacción de mi padre, para decidir si se defendía, si atacaba o si directamente lo ignoraba. Todos sabíamos que la reacción de mi padre podía ser imprevisible. Con él siempre era todo una sorpresa. El hombre seguía intentando digerir la información. Y por fin habló.

—Pero... pero... ¿pero admiten maricas en la Guardia Civil? Sí que han cambiado los tiempos.

Mi hermana se quedó a dormir en casa, y estaba dispuesta a inventarse una milonga para que mi padre no sospechara nada, pero no hizo falta porque el hombre estaba tan agotado debido a la fiesta que le habían hecho sus compañeros el día anterior que se fue a la cama antes que ninguno. Débora podría reservar su mentira para la noche siguiente, aunque antes o después mi padre acabaría sacando sus propias conclusiones. Pero para entonces Débora ya esperaba haberse alquilado un piso. O mudarse a vivir con mi hermana Irene. Algo que a esta no le hacía excesivamente feliz. En su piso no había habitaciones de sobra y tendrían que compartir la cama de matrimonio.

—Y que no te siente mal, Débora, pero roncas. Y yo ya he criado a un niño, y no me apetece mucho tener que criar a otro.

—¿Me vas a dejar tirada en la calle?

—Siempre tienes esta casa. ¿Y no vas a alquilar un piso?

—Pero mientras, ¿o no querrás que me meta en el primer cuchitril que encuentre?

—Y todo por no enfrentarse a papá, yo es que lo flipo.

—Lo que yo sí flipo es que sacaras lo de Jacobo —dijo mi hermano—. Eres una traidora. Menos mal que a mí no me dio por contar lo del enano. Que no soy así de vengativo. Esa suerte tenéis.

Pero León no estaba cabreado, lo decía con la boca pequeña, porque yo estaba convencida de que en el fondo estaba aliviado de que papá hubiera reaccionado de esa manera. Más preocupado del honor de la Guardia Civil que de su hijo. Del que ya sabía que era gay, como confesó más tarde. «Si solo había que echarle un vistazo al historial de su ordenador. Y esas camisetas sin mangas, y ese pelo... Y esa manera de hablar.» León había protestado ante semejante definición, se negaba a ser ese estereotipo.

Él estaba muy alejado de ser el típico cliché gay. «Si tú te lo crees y eres feliz, no se hable más del asunto», acabó por decir mi padre. Y todos felices, sobre todo Débora, por haber sorteado tan bien su tema.

No había conseguido salir a correr por las mañanas, ni por las tardes, ni a mediodía. Correr no iba a ser lo mío, era mejor que lo aceptara. Pero sí logré disciplinarme para dar unos buenos paseos por la mañana. Cada vez me despertaba antes, porque por fin podía descansar mejor por las noches. Me gustaba pasear por la playa cuando el sol empezaba a subir, me abrigaba bien, porque a esas horas en mayo aún hacía bastante frío, me descalzaba y acercaba mis pies hasta la orilla. El agua congelada del mar me hacía sentir viva, aunque no lo suficiente como para atrever a mojarme más allá de los tobillos. Muchas veces Gollum me acompañaba. No sé muy bien por qué, pero ese perro me había cogido cariño. A mí me producía una sensación extraña verlo caminar por la arena solo con sus tres patitas, manteniendo un extraño equilibrio. Tendría que cansarse muchísimo al no poder apoyar todo su cuerpo sobre las cuatro patas, pero al perro no parecía afectarle, tenía una vitalidad asombrosa.

Una mañana de viento lo vi, saliendo del agua. A Diego. El oleaje del mar estaba muy bravo y él tuvo que hacer esfuerzos para alcanzar la orilla. Salió del mar luchando contra las olas y ganó el combate. El viudo, aparte de bíceps, tenía un cuerpo trabajado. Y desde luego necesitaba confiar mucho en su físico para meterse en ese mar embravecido. Eso o era gilipollas. Algo que a estas alturas tampoco descartaba. Se sacudió la cabeza antes de coger la toalla que había en la arena para secarse. Yo me aproximé a él. Tuve que gritar para hacerme oír por encima del viento. Gollum también se acercó a saludar, aunque tan pronto como Diego intentó acariciarlo el perro se alejó. Yo me alegré de que le dejara sin su saludo, aunque bien es verdad que el chucho hasta que no cogía confianza rehuía a todo el mundo.

—Así que no me vas a comprar la madera —dije yo.

—Buenos días. ¿También eres de baños matutinos?

—Solo en verano.

—Deberías probar. Refresca las ideas y a uno se le olvidan las obsesiones.

—Esperaba tu llamada para que me hicieras una oferta.

—No suelo hacer tratos con la gente que me insulta y me acusa de cosas que no son verdad. ¿Por qué debería comprártela?

—Porque por tu culpa ya no la necesito.

Diego continuó secándose y se puso una sudadera gris que estaba en la arena.

—Discutámoslo en otro lado, cenando si quieres. Pero no en el pueblo, te puedo llevar a Santander.

—¿Por qué iba a querer cenar contigo?

—¿No querías discutir sobre la madera? Además, creía que teníamos una copa pendiente.

—A lo mejor eso te funciona con otras, conmigo no.
—A digna no me ganaba nadie. Y después de todo lo que había ocurrido entre nosotros, se me habían pasado hacía mucho las ganas de intimar que podía haber mostrado estando borracha—. Solo quiero que me compres la madera.

—Vale, te puedo ofrecer la tercera parte.

—¿Estás de broma?

—La madera está cortada siguiendo tus medidas. Ya no va a ser muy aprovechable. Si consigo colocar la mitad será mucho.

—Ese no es mi problema.

—Prefiero discutirlo delante de un buen solomillo y de una copa de vino.

—¿Eres así con todo? Te he dicho que no.

—Te propongo un trato —dijo—. Te compro toda la madera. Pero con una condición. Quiero que la utilices para hacer una casa del árbol en mi finca. Para mi hija. Más tu sueldo de arquitecta, claro. Y de constructora, o de aparejadora, o de todo lo que vayas a hacer. Pon un precio, hazme un presupuesto. Soy generoso. Puedes aprovecharte si quieres.

—¡No!

—¿Por qué no?

—¡¿Pero no ves que estás admitiendo que yo tenía razón?! —grité.

—¿Cómo?

—¡Talaste mis castaños para que aceptara hacer tu casa del árbol! ¡Esta es la prueba! Es increíble, todo lo que dicen de ti es poco. Eres lo peor. Eres un chanchullero, un marrullero, eres... eres... yo es que alucino.

Diego me miró sin inmutarse apenas, cogió una concha de la arena y se la lanzó al perro. Gollum, entusiasmado de que ese desconocido quisiera jugar con él, la persiguió y se la trajo en un periquete. Él volvió a lanzársela, aunque esta vez la tiró hacia la orilla, con tan mala suerte que un golpe de viento la adentró en el mar. El perro sin pensárselo demasiado se metió en el agua para cogerla. Y una ola enorme lo arrastró hacia dentro. Perdimos al perro de vista.

—¡Gollum! ¡Gollum! —grité—. ¿Pero qué le has hecho a mi perro, pero cómo se te ocurre tirarle la piedra al mar? ¿Dónde está? ¡Gollum! ¡Gollum!

Me acerqué corriendo a la orilla. Diego hizo lo mismo. También empezó a llamarlo. Por fin yo conseguí verlo en medio del mar. Con una cara de pánico, apenas podía nadar con tanto oleaje.

—Allí está, allí. ¿Lo ves?

Él sin dudarlo se metió al agua y nadó hasta su lado. Pero el perro estaba tan aterrado que no se dejaba coger, a cada intento de Diego el chucho le lanzaba los colmillos. ¿A quién me recordaba?

—Oye, ¡que no hay manera de cogerlo!

—¿De verdad te da miedo el mordisco de un chihuahua?

—¿Qué? ¡No te oigo! Perrito, perrito, venga, ven aquí...

Pero Gollum no atendía a razones, cada vez estaba más histérico. Yo lo veía luchar contra la marea, ahí sí se notaba que le faltaba una pata. El maldito perro se iba a ahogar si no hacía algo. Así que sin pensármelo demasiado, o más bien, después de pensarlo un rato, decidí meterme en el agua. Como sabía que estaría helada y no me convenía mojar la ropa, me desnudé, quedándome en ropa interior. Puto perro. Hacía un frío de mil demonios. Y el agua estaba muy fría. No lo pienses, Bea, todo sea por salvar al maldito chucho.

—Ah... ah... está congelada, qué fría, mierda, cojones...

Los insultos no ayudaban a calentarme, pero me hicieron la inmersión más llevadera. Aunque iba muy lenta.

—O te das prisa o tu perro se muere.

—¡No es mi perro!

—¡Venga!

Metí hasta la cabeza y me puse a dar brazadas como una loca. Por fin llegué hasta donde estaban el perro y Diego. Y me acerqué a Gollum.

—Gollum, bonito, ven conmigo.

El perro seguía intentando darle un bocado a todo lo que se acercara a él, incluida mi mano.

—Yo lo distraigo. Mira a ver si por atrás.

Pero el perro no era tan tonto como creíamos, porque

giraba su cabeza a toda velocidad. Finalmente me armé de valor y lo agarré. Si mordía, que mordiera.

—Ay, cabrón.

Me soltó una dentellada cuando ya lo tenía agarrado e instintivamente le metí la cabeza debajo del agua.

—¿Qué haces? Que lo matas.

—Es para que me suelte.

Enseguida lo subí a la superficie. El perro aullaba, muerto del susto. Yo apenas hacía pie, y Diego, viendo que estaba sufriendo, porque no conseguía nadar, vino por detrás y me sujetó. Consiguió llevarme hasta una zona donde ya no me cubría, y ahí fue más fácil luchar contra el mar embravecido. A duras penas llegamos a la orilla. Gollum tan pronto como pisó la arena echó a correr a toda velocidad, sin mirar atrás.

—Casi nos matamos. ¿Cómo se te ocurre tirarle la piedra al agua? De verdad.

—No era una piedra, era una concha. Y de nada, por cierto.

—¿De nada?

—Sí, te acabo de salvar la vida.

—¿Tú a mí? Pero si me he tenido que meter porque eras incapaz de agarrar al chihuahua.

—No es un chihuahua.

—¡Pero es diminuto! Mira, si apenas me ha hecho sangre.

—¿Estará vacunado?

—Pues claro. Bueno, creo, no sé... Ay, Dios, como me tengan que poner la vacuna de la rabia por tu culpa.

—¿Por mi culpa? Pero si te he salvado la vida.

—Mira, tengo demasiado frío para discutir.

Ahí me di cuenta de lo desnuda que estaba, y de que mi ropa interior blanca tan mojada transparentaba todo.

—¿Qué haces mirándome?

—No te miro.

—Me estás mirando de arriba abajo. Menudo fichaje me has hecho.

—Que no, tía.

—Date la vuelta.

—¿Me lo estás diciendo en serio?

—Sí, me voy a vestir y no quiero un mirón.

—Vale, vale... ¿Te puedo pasar mi toalla?

—Qué menos. Pero no mires.

Me dio su toalla.

—Está mojadísima.

—Ya, me acabo de secar con ella, es lo que hay.

Refunfuñando me sequé como pude, más mal que bien y me puse la ropa de manera torpe y lenta, con el frío y la humedad apenas podía maniobrar.

—¿Quieres que te ayude?

—Aparta.

Por fin conseguí vestirme.

—Ya puedes mirar.

Se dio la vuelta y sonrió.

—Hala, pues ya tienes una anécdota que contar en la capital.

—¿Tú por qué sabes que vivo en Madrid?

—El acento, esos aires...

—¿Qué aires?

—De marquesa cabreada.

—¿Qué? Tú lo flipas. Toma tu toalla. Me voy. Que tengo un perro que llevar a casa.

Me di la vuelta y me alejé. Él me gritó, parecía que estaba disfrutando.

—Oye, ¿entonces no vas a aceptar mi oferta?

Me di la vuelta.

—¿Qué oferta?

—La casa en el árbol para mi hija.

—¡Antes me muero! Fíjate lo que te digo. Antes me muero. Y ya iré a por mi madera y aunque sea la quemo.

—Te estoy dando trabajo. ¿Dónde está el problema? Y ya te he visto desnuda, hay confianza.

—Pero... pero... ¿Pero no aceptas un no por respuesta, tío? ¿Pero cómo se puede ser tan arrogante? ¡Putos machos alfa, si es que sois de libro!

La familia en estado puro

Mi madre no se estaba habituando a la presencia de mi padre por casa. O no lo estaba haciendo a la velocidad de otras veces. Quizá porque como en esta ocasión no tenía fecha de partida, se le hacía cuesta arriba y de todo hacía un mundo. Todo le molestaba de él. Hasta ese empeño en ponerse a cocinar. Que dejaba la cocina hecha un estercolero y que no había ninguna necesidad si al fin y al cabo las ollas de comida nunca escaseaban.

—¿Y cuando te jubiles qué? ¿Nos van a seguir trayendo comida? ¿O vas a ponerte tú con los fogones? —preguntaba mi padre.

—Seguro que me daba más maña que tú. Que no atinas, que mira cómo lo dejas todo.

—Ángela, es por mi mano mala, que aún no acabo de controlarla. Pero dame tiempo, mujer.

—Tiempo, tiempo...

Y a ella no solo le molestaba esa nueva afición por cocinar y que mi padre se empeñara cada día en darnos a probar sus nuevas creaciones. Algunas más conseguidas que otras, algunas incluso comestibles. Tampoco soportaba los pequeños cambios, minúsculos en realidad, que trataba de imponer en casa. Como poner las toallas en un sitio distinto, en un orden más lógico, como hacían en el barco, o trasladar algunos muebles al trastero o probar nuevos cultivos en la huerta.

—Con lo bien que nos ha ido siempre con los tomates y los calabacines.

—Mamá, si la mitad de las veces acaban podridos sin que nadie los recoja.

—Abono para la tierra.

—¿Y digo yo que no puedes transigir un poco? Déjale que sienta que también es su casa.

—Y claro que es su casa, ¿no va a ser su casa?

Mi madre decidió que ya era hora de estrenar el regalo de cumpleaños, el traje de neopreno, y aprender a bucear. Así podría escapar un poco de la presencia constante de mi padre. A él no le sentó demasiado bien que no quisiera contar con él para sus escapadas de buceo.

—¿Por qué no me quieres llevar?

—¿De verdad te quieres subir otra vez en un barco? Si tienes que estar agotadito de mar.

—Mujer, si era por hacer algo juntos.

—Ya, ya habrá tiempo, tú vete mirando un viaje de esos del Imserso y un día lo hacemos.

—No se hizo el Imserso para los lobos de mar. Y que no quiero estar rodeado de viejos.

—Bueno, pues algo encontrarás, pero déjame que esto lo haga yo sola. Que contigo me voy a poner nerviosa y no voy a saber ni respirar.

La acompañamos el guardia civil y yo. A León no le hacía ninguna gracia que siguiéramos teniendo relación con su *fabari* ya que ellos aún no se habían arreglado, pero mi madre estaba convencida de que era cuestión de tiempo. Jacobo tenía una estupenda barquita de pescador y le faltó tiempo para ofrecerse a llevarnos hasta una cala tranquila y rocosa ideal para que mi madre se diera su bautismo de buceo. Estaba emocionada y muy graciosa enfundada en su neopreno, apoyada en la popa del barco y mirando hacia el agua con las gafas de bucear.

—Entonces, yo me tiro, ¿y ya?

—Sí, mamá, y te hundes un poquito y buceas, pero sin bajar mucho, que no llevas botella. Que esto es *snorkel*. Jacobo baja contigo, si quieres.

—No, hija, no. Si no hace falta. Si mientras me vigiléis desde aquí, yo ya me quedo tranquila.

—¿Seguro?

—Y tanto... Haced muchas fotos, que se las quiero enseñar luego a las del coro. Se van a morir de envidia.

Se tiró al agua de una manera torpe, intentando que su cabeza no se empapara.

—¡Mamá! No tengas miedo a mojar la cabeza...

—Si es por el tubo, hija, para que no entre agua en las gafas.

—Pero te las puedes quitar y volver a poner.

—Deja, deja, qué lío.

Mi madre se puso a nadar y cuando ella lo creyó conveniente introdujo la cabeza en el agua y comenzó a bucear. El guardia civil iba moviendo el barquito siguiéndola, para que nunca estuviera muy lejos de nosotros. Aguantó mucho más de lo que todos creímos. Tenía buenos pulmones y buen fondo.

A la media hora decidió subir al barco. Jadeaba, pero se la veía entusiasmada.

—¿Qué tal mamá? ¿Qué has visto?

—Qué de porquería había ahí abajo, la gente es muy guarra.

—Pero también habrás visto peces, corales y cosas bonitas, ¿no?

—Unas lubinas de un tamaño bien hermoso. ¿No hemos traído una caña? Porque nos solucionaban la cena.

—¿Y quién las cocina?

—Digo yo que tu padre será incapaz de arruinar unas lubinas al horno, ¿no?

—Mucho confías en él —dije yo.

—La verdad es que no. Pero supongo que sabrá poner el horno a ciento ochenta grados y controlar el tiempo.

—Eso sí.

—Hala, ya he buceado, ya lo puedo quitar de mi lista.

—¿No quieres hacerlo más?

—Es que el agua está muy fría, hija. ¿Hemos traído bocadillos y unas cervecitas?

—De tortilla y de jamón. Y unas cervezas sin alcohol —dijo el guardia civil.

—¿Sin alcohol? —protestó—. Qué manera de arruinar un día precioso.

A la vuelta del día de buceo en el puerto estaba mi padre esperándonos. Agitó la mano de manera entusiasta. A mi madre al verlo le cambió la cara.

—Vaya, tu padre.

—¡Mamá! Que vamos a empezar a preocuparnos si lo sigues tratando con ese desdén.

—¿Pero tanto le cuesta ir poco a poco?

—Se quiere integrar cuanto antes en tu vida. No sé qué tiene de malo.

—Pues que no se dé tanta prisa. Si tenemos toda la jubilación por delante.

—Tú aún no te has jubilado.

—Con más razón, entonces.

—Bueno, tú trátalo bien.

Y mi madre prometió intentarlo, pero cuando no llevábamos recorrido ni la mitad del camino a casa, ya se había desembarazado del brazo de mi padre y se había cogido del brazo de Jacobo y caminaba cuatro pasos por delante de nosotros.

—Soy un cero a la izquierda, arquitecta —me dijo mi padre.

—¿Y por qué dices esa tontería?

—¿No has visto a tu madre? Qué manera de despegarse a la mínima de cambio. Y que todo le molesta. Yo que creía que con mi arte cocinando la iba a entusiasmar y ni siquiera se digna a probar mis platos.

—Tú dale un poco de tiempo. Ya sabes cómo es.

—El caso es que no, el caso es que empiezo a sospechar que no lo sé.

—No te pongas tremendo, que llevas más de cuarenta años casado con ella.

—Pero si lo contamos en meses compartidos tampoco han sido tantos...

—Bueno, tú tómatelo con calma, ¿vale?

Mi padre asintió. Lo iba a intentar. Solo esperaba que ella también le diera un poco de cancha.

—Eso sí, en la cama nos sigue yendo de maravilla —dijo.

—¡Papá! Qué manía con contarnos vuestra vida sexual.

—Remilgada eres.

A los dos días recibí una llamada inesperada. Yo estaba intentando averiguar con mi padre los secretos para hacer una buena bechamel —seguía tomándose en serio sus clases de cocina, lástima que me hubiera elegido a mí como referencia y ayuda, que estaba casi tan pez como él—, cuando sonó mi móvil. No reconocí el número y temí que fuera Víctor. Aunque en los cinco años de relación nunca había memorizado su teléfono, creí intuir que ese no era el suyo. Así que me atreví a cogerlo.

—*¿Beatrriz?* —preguntó alguien con fuerte acento extranjero.

—Sí, soy yo.

—Al habla Ingrid.

—Ah... hola.

—Me dio el *númerro* tu *madrre*. ¿Te puedes pasar por mi estudio?

—Eh... supongo.

—Tenemos que hablar de negocios. Vente ahora.

—¿Ahora?

—¿Tienes algo *mejorr* que hacer?

—Una bechamel.

—*Ahorra*.

Y colgó. Mi padre quiso saber qué me había dejado tan descolocada.

—La arquitecta, Ingrid, después de poco menos que mandarme a la mierda, ahora quiere hablar de negocios. No entiendo nada. Voy a preguntarle a mamá.

Pero mi madre me aseguró que ella no le había vuelto a insistir, que había llamado a la consulta pidiendo mi número de móvil.

—Ya podías haberme preguntado.

—Hija, se me pasó. Y no creo que haya nada malo en dar tu móvil. ¿O es secreto de estado?

—No, no. Pero me hubiera mentalizado. ¿Voy a verla?

—Tú sabrás, hija.

—¿Qué me pongo? ¿Casual elegante, casual imposible, casual de verdad?

—Así vas bien, quítate el delantal y listo.

Por supuesto que no le hice caso y me cambié cuatro veces de ropa hasta dar con algo que me convenciera mínimamente. Durante el camino hasta el estudio fui pensando qué querría de mí. Estaba claro que le había interesado más bien cero como arquitecta, ni mi maqueta le había impresionado y mucho menos mi discurso.

Pregunté por ella al llegar y enseguida me hicieron pasar a su despacho. Me saludó con una sonrisa.

—*Grracias* por venir tan pronto.

—No me dejaste mucha opción.

—No me gusta *perrder* el tiempo. Pero gracias igualmente. ¿Quieres un café?

—No, gracias, bastante atacada estoy ya.

—¿Atacada?

—Sí. ¿O debería hacerme la interesante?

—Siéntate.

Me senté, era difícil no obedecerla. Y ella se puso a mi lado.

—Un cliente quiere contratarme para una *reforrma* y una ampliación muy ambiciosa. Algo muy *interresante* para este estudio, y también para mí. Llevaba tiempo con ganas de un proyecto así.

—Ahá.

—Pero me ha hecho una extraña petición.

—A ver...

—Además de la ampliación, quiere una casa en el árbol.

¿Una casa en el árbol? No podía ser verdad. Pero ese tío estaba de siquiátrico. Y yo creyendo que Ingrid quería contratarme debido a mi trabajo o a mi talento. Si estaba ahí era porque Diego seguía sin aceptar un no. Qué hombre, qué incansable.

—Y te ha pedido que me contrates. Al precio que sea.

—No.

—¿No? —Reconozco que sentí cierta decepción.

—Tiene una idea muy específica para su casa del *árrbol*. Desde el estudio le hemos hecho un par de *prropuestas*, y las ha desechado por completo. Y lo malo es que supedita toda la reforma a esta casa del árbol. Si no damos con la casa, nos quedamos, me quedo, sin proyecto. Y ahí me acordé de ti. De tu maqueta.

—Si ni la miraste.

Ingrid entonces me demostró por qué era tan buena

en su trabajo. Yo creía que ni le había prestado atención a mi casa y en tres segundos hizo un boceto de la maqueta. Bastante fiel a la realidad.

—¿Era algo así?

Yo no tuve más remedio que asentir.

—¿Y no le has hecho la misma a Diego?

—Yo no plagio. Nunca. Soy Ingrid Dvorak. Y tampoco iba a servir de nada. Al cliente no se le contenta con un boceto. Quiero que te encargues tú.

—Contéstame a una pregunta, y me encantaría que fueras sincera, ¿Diego no te ha pedido de verdad que me contrates?

—Yo le he hablado de ti, de tu maqueta, y de que tal vez serías la persona adecuada para construir la casa...

—¿Y qué te ha dicho?

—Que no ibas a querer. Que me olvidara.

—Tiene toda la razón.

—¿Hablamos de tus condiciones?

—Ingrid, agradezco que me hayas llamado, pero no. No estoy interesada.

—Aún no has oído mi *prropuesta*.

—No quiero trabajar para ese señor.

Ingrid extendió primero un plano y luego otro sobre la mesa enorme de su despacho.

—Esta es la casa de los Andrada en la actualidad. Y esto lo que estamos pensando hacer. Me mostró el plano y también la pantalla de su ordenador, donde abrió un programa de 3D. ¿Qué ves?

—¿Qué veo? —Casi me da un patatús de la impresión—. ¿Ese software... ese software de 3D es... el Catia?

—Catia sí. Lo *comprramos* hace poco.

—Pero... pero si no lo tiene casi ningún estudio en España. Si es carísimo.

—Me hicieron precio, pero aun así es caro, sí.

—Si es el que utiliza Frank Gehry para...

—Él me lo recomendó. Y me hizo *prrecio* de amigo.

—¿Frank Gehry?

A Ingrid le daba igual que estuviera totalmente impresionada y se empezó a impacientar.

—Mira el proyecto, por *favorrr*.

Miré los planos con atención. Y la proyección en 3D. Hice un esfuerzo para centrarme solo en lo que veía y dejar aparcado mi yo más impresionable. ¿Ingrid se trataba de tú a tú con Frank Gehry? ¡Olvídalo y focaliza! La casa era imponente. En su plano original la distribución del espacio era muy tradicional, eficaz, pero tradicional. En la propuesta de Ingrid la casa se transformaba en algo... En algo sorprendente, casi tanto como su amistad con el autor del Guggenheim. Sobre todo en la parte ampliada, eran unos trescientos metros en donde el espacio estaba trabajado de una manera arriesgada, novedosa y con un resultado espectacular.

—¿Cuántos metros está esto voladizo?

—Veinte.

—¿Y cómo piensas hacer que funcione? Para sostener esta estructura necesitarías... La verdad es que no sé ni qué necesitarías... ¿una ménsula de hormigón?

—Lo vamos a hacer con piedra.

No me lo acababa de creer. Hice unos cálculos primarios en un papel. No me salían las cuentas.

—¿Cómo? No es posible.

—Se puede.

Ingrid cogió su bolígrafo y pintarrajeó un boceto. Y ahí vi la luz. Tenía razón. Era una solución original y podría funcionar.

—Vaya... qué bueno...

—¿Qué me dices de la piscina interior? ¿Qué te parece? —Me señaló un espacio del nuevo plano. Yo lo estudié con atención. Había algo que no me acababa de convencer.

—¿Qué materiales ves aquí? —le pregunté—. ¿Esto es retráctil?

Sin apenas darme cuenta me vi sumida en un interesante debate con Ingrid. No veíamos las cosas de la misma manera, pero he de reconocer que su punto de vista era muy estimulante. Después de veinte minutos analizando, proponiendo, descartando ideas, interrumpió el debate.

—Tengo hambre. ¿Tú?

—Podría comer.

Cogió el teléfono y habló con uno de sus empleados. Fue muy precisa en el menú que pidió. Y ni siquiera consultó conmigo. Mientras esperábamos la comida, seguimos desgranando el proyecto. Y cuando por fin entró un chico con una enorme bandeja, Ingrid quitó los planos de la mesa, tirándolos al suelo, y se puso a distribuir los platos de comida. Aquello era un manjar.

—¿Siempre comes así o tratas de impresionarme?

—Si no te he impresionado ya, dudo que una comida lo haga. Hablemos de negocios. Si el cliente aprueba la casa del árbol, tenemos *prroyecto*. Y tú, por supuesto, estarías dentro. Y no solo del proyecto, te puedes quedar al menos dos años. Mañana te hago un *borrrador* de contrato.

—¿Me estás ofreciendo trabajo más allá de la casa del árbol? —pregunté sin acabar de creérmelo—. ¿Tan desesperada estás por hacer esta reforma que serías capaz de cargar conmigo dos años?

—No.

—¿Entonces?

—Acabo de *prrobarte*, y has pasado la *prrueba* con nota.

—¿Qué quieres decir?

—Que llevo más de media hora examinándote. No me hacía nada feliz que fueras el peaje para conseguir este proyecto.

—No quiero el trabajo.

—Te digo que ya no te veo como un peaje. Únete a nuestro equipo. Puedes encajar aquí. Y casi nadie encaja.

Mierda, era buena la cabrona. Era muy buena. Sabía cómo halagarme. Y tenía que reconocer que la oportunidad que me brindaba era maravillosa. Y si Ingrid me había examinado en esa media hora, a mí también me había valido para comprobar que era mejor arquitecta de lo que imaginaba, y eso que ya la tenía en alta estima. Desde luego, le daba cien vueltas a los mediocres de mis jefes. Lo único malo de toda esta propuesta era de dónde surgía. Aceptarla sería plegarme a los deseos de Diego, y eso me repateaba. Mucho.

—¿Entonces me contratarías aunque me negara a hacer la casa del árbol? —pregunté.

—¿Por qué no quieres trabajar para él? ¿Algo personal? ¿Qué ha ocurrido?

—No me gusta que la gente se salga siempre con la suya.

Ingrid se sorprendió con mi respuesta. Y endureció su gesto. Y era de esas mujeres capaces de dar miedo solo con levantar una ceja.

—Podrías ser una arquitecta decente, pero te digo una cosa: *erres* gilipollas.

Ingrid abrió la puerta de su despacho indicándome el camino.

—Tengo trabajo.

—¿Me voy?

Ni me contestó. Simplemente con un gesto me indicó que me marchara. Me dejó sin palabras. Salí de allí jodida, muy jodida. Acababa de dejar pasar una oportunidad maravillosa de trabajar con una gran arquitecta por mi puñetero orgullo. O mi puñetera dignidad.

Algo que no tardaron en recordarme en casa cuando les conté lo que había ocurrido.

—Tiene razón el ogro. Eres gilipollas.

—Tonta del culo.

—¿Pero qué hay de malo en aceptar ese trabajo? Es que no lo entendemos.

Yo intentaba explicarme. Y volvía a repetir mis razones, mis argumentos, que no quería ser manejada por nadie, que no quería doblegarme a la voluntad de ese tío, pero cada vez con menos fuerza, porque empezaba a dudar de mí misma.

—Deberías estar halagada de que un cliente tenga ese empeño en trabajar contigo, no sé dónde está el problema —dijo Irene—. Coño, que no te está proponiendo que te tragues bolas de cocaína para hacer de mula.

—Bueno, no la atosiguéis más —sentenció mi padre—. Si no lo ve, no lo ve.

—Gracias, papá.

—Pero desde mañana empiezas a pagar un alquiler —continuó diciendo.

—¿Perdona?

—Arquitecta, aquí puedes estar todo el tiempo que quieras, mientras no encuentres trabajo, pero, claro, si los vas rechazando, esto tampoco es un hospicio.

—Estás de broma.

—No.

—Mamá, dile algo. Que se ha vuelto majara.

—Jonás... tienes toda la razón. —¿Cómo? ¿Qué acababa de decir mi madre? Vale que yo quería que le diera cancha a papá, pero justo en esto no era necesario, bien podía empezar por otra cosa—. Esto no es un hospicio. Aquí todo el mundo aporta cuando puede aportar. Y tú ahora puedes.

—¿Pero y León y Débora...?

—León está estudiando la carrera y Débora no vive aquí, y además trabaja en la consulta.

—Eso de que no vive aquí...

—¡No vivo aquí!

—Bueno, vale, pero yo también puedo trabajar en la consulta.

—Tú eres arquitecta, que para eso te hemos pagado la carrera.

—Yo estoy flipando, flipando. Me estáis echando de mi propia casa. Yo es que alucino. Estáis todos conchabados. ¿Diego Ariza también os ha comprado o qué? Yo es que lo flipo. Que parece esto el pueblo de los muertos vivientes, coño, todos alienados y sometidos al puto viudo. Viva el caciquismo. Y a ti debería darte vergüenza siendo de Izquierda Unida, pero, claro, si ya decía yo, tanto bolso Loewe...

—Que te está ofreciendo trabajo, no comprar tu virginidad.

—Eso sería difícil —apuntó León.

—¡Tú te callas! —le grité—. ¿Pero se puede saber por qué me presionáis de esa manera? Que me queréis echar de casa, ¿y luego soy yo la exagerada? ¡Será que tengo a quien salir!

Me fui de la cocina hecha una furia. ¿En qué momento se había convertido mi vida en semejante disparate? Había venido a refugiarme a casa y de repente me veía convertida en una exiliada si no hacía lo que querían. Vale, tal vez tendía a la exageración y al drama. Sí. Pero un poquito de consideración por su parte. Que tenía el corazón partido, y es verdad que no lloraba por las esquinas, pero mi prometido me acababa de dejar por la miss universo de los informativos, coño. Y que otro ser arrogante había destrozado mi casa del árbol. Y que... ahora me obligaban a trabajar para él. ¿Pero es que nadie podía entender mi punto de vista? ¡Y que no me podían echar de casa!

Me fui a dar una vuelta por la playa, con la esperanza de que la brisa del mar me atemperara. Pero enseguida se puso a llover, ni el clima parecía estar de mi lado, así que tuve que buscar refugio en los árboles que estaban cerca de las viviendas en primera línea. La casa de los Andrada parecía reírse de mí. Me acerqué hasta la verja. Y calada hasta los huesos, me puse a gritar.

—La que has liado, cabrón, la que has liado.

Nadie salió al oír mis gritos. No contenta con eso agarré con mis dos manos dos hierros de la verja y me puse a zarandearla, mientras seguía gritando. A lo mejor una temporadita en un siquiátrico tampoco me iba mal. En ese momento mi cuñado Juan y su equipo de corredores pasaron a mi lado a paso ligero. Juan se quedó parado al verme actuar como una demente y se acercó a mí, con cierto temor.

—Bea, ¿qué pasa? ¿Estás bien?

—Odio a ese tipo, lo odio —grité, señalando la casa.

—¿Al señor Andrada?

—A su puto yerno.

—¿Qué ha pasado? ¿Qué te ha hecho?

—¿Que qué me ha hecho? ¿Que qué me ha hecho? ¡Perseguirme! ¡Acosarme! ¡Ofrecerme trabajo!

—Ah...

Los corredores se habían alejado de nosotros. No sé si para no perder el ritmo o por miedo a la loca. Juan los miró, sin saber muy bien qué hacer, si dejarme allí, si quedarse conmigo o seguirlos...

—Vete, vete, si estoy bien.

—¿Por qué no te vas a casa? Estás empapándote.

—¡Porque no tengo casa!

—¿Cómo que no tienes casa?

—Tú no tienes hijo, yo no tengo casa, así son las cosas.

Me arrepentí al momento de decir semejante burrada.

—Perdona, no sé ni lo que digo.

—Tranquila, no pasa nada.

—Sí, sí pasa. A veces soy muy bruta, y es muy injusto que lo pague contigo.

—¿Quieres que hablemos, que vayamos a algún lado a tomar algo?

—No, no, porque tú querrías hablar de Débora, yo querría hablar de este y al final iba a ser muy frustrante. Sigue corriendo, de verdad.

—¿Seguro? No me importa.

—Tienes suerte de haberte librado de nosotras, ¿has visto lo mal que estamos?

—No me voy muy tranquilo, Bea.

—Vete, vete. En serio. Prometo comportarme.

Juan me tocó la espalda para despedirse y echó a correr bajo la lluvia. Por un momento me dieron ganas de seguirle y unirme al grupo y que la lluvia se mezclara con mi sudor y con mis lágrimas, y que me limpiara por fuera y por dentro. En las pelis esas cosas ocurren, ¿no? O cuando menos que el esfuerzo por poner mi corazón a doscientas pulsaciones no me dejara sentir, ni pensar. Pero enseguida me di cuenta de que no aguantaría corriendo ni diez minutos, y que de nada iba a servir, y que a mi estado frágil no podía añadir la humillación de ver cómo me dejaban atrás.

Calada hasta el alma regresé a casa. Me fui directamente a la habitación, no me quería encontrar con nadie. Me quité la ropa mojada y cogí la toalla más grande que encontré en el armario para secarme. Era espantosa. Una de esas toallas que no sé si seguirán fabricando, pero que están tan ligadas a la generación de mis padres y de mis abuelos. Al menos nosotros, debido a la supremacía de Ikea, dejaríamos de herencia a nuestros hijos toallas de colores lisos y sin ningún estampado. Gracias, Suecia, por hacer nuestra vida más bonita y menos estampada. Me acosté y apenas pude dormir.

La casa de los Andrada

Pasé dos noches con pesadillas horribles. De estas recurrentes donde te quedas atascada en una acción y la repites y la repites hasta la saciedad. En una de ellas estaba en una casa enorme en el Upper East Side de Nueva York, haciendo fotos a todo el piso, a la colección de arte abstracto que tenían los dueños, y también a su familia. No sé por qué. Y el patriarca, un señor canoso de unos cincuenta años y con aspecto de ser miembro de los Kennedy, no estaba conforme con las fotos que hacía ni con los cuadros que había colgado, porque yo ya no era solo la fotógrafa, también era la decoradora y pasaba horas cambiando los cuadros de sitio, y luego haciéndole fotos a la familia delante de esos cuadros y ninguna estaba bien, todas eran horribles, y la familia cada vez se iba impacientando más, y yo cada vez me sentía peor fotógrafa, peor persona... ¿Qué hacía allí? ¿Qué hacía en Nueva York? ¿Por qué no me dejaban marcharme? A esas pesadillas siguieron otras igual de tortuosas y absurdas. Yo, que soy de buen dormir, empecé a temer las noches. A mi hermana Débora le pasaba tres cuartos de lo mismo y más de una madrugada coincidíamos en la cocina para hacernos una tila o revolver entre el botiquín buscando alguna Dormidina o algún relajante muscular que nos dejara groguis.

—¿Y papá aún no se ha enterado de por qué duermes aquí?

—No pregunta. Sabe que pasa algo, que tengo algún problema con Juan, pero no pregunta.

—Lo vi el otro día, a tu marido, corriendo con su grupo.

—¿Cómo estaba?

—Mojado. Llovía.

—¿Te preguntó por mí?

—No le di la oportunidad de hacerlo.

—Irene me está buscando un buen abogado para que lleve el divorcio.

—Qué pena me da todo, Débora.

—Es lo que hay. Toca apechugar.

—Menudas dos. Estamos buenas.

—No compares. Lo tuyo es una gilipollez al lado de lo mío.

Me callé, no quería discutir, ni entrar en una competición a ver quién sufría la desgracia mayor. Sobre todo porque iba a ganar ella, claro. Pero eso no significaba que no me torturara lo mío. Mi silencio no le bastó porque necesitó explicarse.

—Tú te has quedado sin boda, vale. Pero yo voy a tener que emigrar. Voy a tener que empezar otra vida en otra parte con mi hijo, y voy a tener que inventarme una historia que poder contarle cuando crezca. No sé si optar por la de que un enano cabrón me drogó y me violó, o de que fue fruto del amor por una relación imposible con un gurú espiritual pequeñito.

—Es un niño, si fuera niña a lo mejor el día de mañana querría detalles, pero siendo chico con que le compres un abono para su equipo de fútbol...

—No frivolices con mi tragedia.

—Si eres tú la primera en inventarte tonterías. Que si un gurú, que si un violador...

—No le voy a contar que es hijo de un *stripper* enano.

—A lo mejor es más cosas en la vida que *stripper*, ¿no?

—No me voy a poner a averiguarlo, como comprenderás.

Mi madre entró en ese momento en la cocina.

—¿Por qué no? Tiene derecho a conocer a su padre. ¿Qué vas a hacer cuando te pregunte por él? —quiso saber mi madre.

—Mamá, ¿qué haces despierta?

—Tu padre, que cuando vuelve no me hago a la cama. Esa manía que tiene de dormir en plan cuchara.

—Demasiados detalles —dijo Débora.

—¿Te molesta que tu padre me abrace?

—No, no, pero tampoco necesito visualizarlo.

—Me preocupa su mano, la tiene demasiado paralizada. Ahí hay algo que no me gusta. Y no quiere hacerse más pruebas.

Aunque me inquieté por la salud de mi padre, me alegró sentir que mi madre se preocupaba de esa manera. Eso solo podía significar que a pesar de los desencuentros, a pesar de los ajustes que aún tenían que hacer para una feliz convivencia, aún le quería. La cosa no estaba perdida.

—Mamá, ¿qué te tenemos dicho? Nada de tocar a ninguno de nosotros. Que siempre te pones tremenda y te inventas enfermedades terminales.

—Ya, ya... como el tumor de Irene.

—Para una vez que aciertas.

—No solo he acertado una vez... Y no sé, hay algo que no... que... me tiene preocupada.

Y ante su insistencia me dio por pensar en el sueño premonitorio de mi madre. ¿Pero qué coño me pasaba? ¿Por qué no podía olvidar esa tontería? ¿Por qué seguía llamando sueño premonitorio a una pesadilla que había tenido mi madre y que yo había tenido la mala suerte de descubrir? Y en vez de olvidarme del asunto, acabé haciéndole la pregunta.

—Mamá, ¿es por el sueño que tuviste?

—¿Qué sueño?

—Ese en el que moría alguien. ¿Era papá el que moría?

—¿Sueñas que papá se muere? —preguntó Débora horrorizada.

—¡Qué va! No sé ni de qué habla tu hermana.

—El día que te quedaste dormida en el sofá y yo te desperté. Hablabas con alguien y le pedías que no se muriera.

—Qué *creapy* —dijo Débora.

—Y porque tú no estabas allí, pero tenías que ver su cara de espanto cuando despertó. ¿Con quién soñabas?

—Hija, de una pesadilla uno despierta mal. Pero ya ni me acuerdo de qué iba.

Yo no sabía si creerla o no. Había algo en todo eso, no sé...

—No sé a santo de qué te acuerdas ahora —dijo mi madre.

—Te he visto tan preocupada por papá...

—Pero de su mano, no de que se vaya a morir, por favor.

Mi madre sacó el orujo de hierbas y se puso un chupito.

—¿A estas horas te vas a meter un lingotazo, mamá?

—Mejor a las dos de la madrugada que a las once de la mañana, digo yo. Y con dos de estos caigo muerta. —Se lo bebió de un trago y se puso otro. Volvió al tema que le preocupaba—. Débora, ¿y no crees que no solo tu hijo tiene derecho a saber quién es su padre?

—¿Qué quieres decir?

—Que ese padre también tiene derecho a saber que tiene un hijo.

—¡¿Pero estás mal de la cabeza?!

—¿Por qué?

—Porque no, porque... Porque no voy a hacer cargar a nadie con un hijo por culpa de un polvo mal echado, del que seguramente ni se acuerda.

—Perdona, pero hay cosas que no se olvidan tan fácilmente. El enano no se habrá visto en otra en su vida —dije yo—. ¿O te crees que se va tirando a todas las novias de sus despedidas de soltera?

—¡Bea! ¡Qué asco!

—Bien que no te lo dio en su momento. A lo mejor a mamá no le falta razón, ese chico debería saber que es padre. No creo que se le presenten muchas oportunidades al hombre.

—Os habéis vuelto locas.

—Pues no pienses en él. Piensa en tu hijo.

—¿Pero qué pasa? ¿Creéis que un hijo no puede crecer sin una figura paterna? Será que no ha habido mujeres en el mundo que han sacado adelante a sus hijos solas.

—Que no es eso.

—Que no —insistió Débora—, que no necesita un padre, y menos a un...

—Enano, dilo. Aunque tu hijo también lo es, así que ya podrías empezar a cambiar el chip y empezar a verlos con cariño. Y como las personas que son —dije yo.

—Iba a decir a un desconocido, lista. No se trata de que sea... —buscó la palabra adecuada— bajito o no sea bajito.

—¿Ah, no? ¿Seguro?

—Cometí un error. Pero lo mejor es pasar página, olvidarlo y no andar removiéndolo.

Mi madre le sirvió un chupito a Débora.

—Bebe.

—Mamá, le estoy dando pecho al niño.

—Yo me bebí unos cuantos mientras os amamantaba.

—A lo mejor eso explica lo taradas que hemos salido —dijo ella.

—Ya me lo bebo yo —contestó mi madre, y dicho y hecho, de un trago se lo acabó y no disimuló su satisfacción—. Ah, cómo pica en la garganta, qué calentito, qué gusto. Débora, tu hijo no va a crecer mucho. Y va a estar rodeado de personas más altas que él, a lo mejor le vendría de maravilla el referente de alguien de su estatura. Alguien que no le hiciera sentirse tan solo.

—En eso mamá tiene razón —convine.

—¿Pero estáis mal de la cabeza? Que ese... chico... no va a formar parte de la vida de mi hijo, ni de la mía. Olvidaos. Era lo que me faltaba. Menudo referente para mi niño, un *stripper*.

—Oye, son muy necesarios en la sociedad, cumplen un papel.

—Sí, el de jodernos la vida.

Débora salió de la cocina. Mi madre se bebió el segundo chupito.

—¿Cómo hacemos para buscar al *stripper* ese? ¿Os dio alguna tarjeta?

—Mamá... ¿lo dices en serio?

—Si Mahoma no va a la montaña...

—Capaz eres...

—Como si no me conocieras.

—A ver, mamá, yo creo que eso es cosa de Débora, no deberíamos meternos.

—¿Sabes qué derecho nos ganamos las madres desde el momento en que lo somos? El de meternos en la vida de nuestros hijos.

—Y así de llenas están las consultas de los sicólogos.

—¿Y tú qué? ¿Ya has hablado con Ingrid para que te contrate o también tengo que darte un empujón?

Temiendo el empujón de mi madre, y harta de tener pesadillas, decidí rendirme a la evidencia. En la vida a veces se gana y a veces se pierde. Resistirse a la derrota puede ser más doloroso que la derrota en sí misma. Me presenté en el estudio de Ingrid. Ella estuvo fría, como si hubiera agotado toda su amabilidad en nuestro encuentro anterior. Sobre todo cuando le dije que había una oportunidad de que aceptara su oferta, pero que para eso tendríamos que ver al cliente primero y hablar con él.

Diego nos estaba esperando a las puertas de la casa. Al verme al lado de Ingrid se sorprendió. Si se alegraba o no fue algo que no pude intuir, ya que su rostro hierático era un enigma.

—¿Qué haces aquí?

—¿Dónde quieres hacer la casa del árbol? —pregunté. Ya que él se salía con la suya, yo iba a mostrarme fría y profesional. Ni una pregunta más de la necesaria. Ni una sonrisa, ni un gesto de amabilidad. Compraba mi trabajo, pero nada más.

Diego nos llevó por el imponente jardín arbolado. Eran cientos de hectáreas y había todo tipo de árboles, abetos, pinos, nogales, almendros, castaños, robles... los había gigantes y más pequeños. El jardín era un sueño, frondoso, húmedo, con rincones maravillosos, con fuentes y bancos de madera, parecía sacado de una película de hadas, yo durante años había fantaseado con pasear por allí y perderme entre tanta vegetación, aunque nunca me había imaginado hacerlo bajo estas circunstancias. No quería estar allí, se me notaba y tampoco pensaba disimularlo. Diego nos llevó hasta un roble centenario.

—A mi hija le gusta este. Y yo creo que también podría servir. ¿Cómo lo ves?

—¿Puedo sacarle un par de fotos?

—Todas las que quieras.

—Tendría que venir luego a hacer una medición precisa. O mejor... —Se me iluminó la mirada, y me dirigí a Ingrid, ilusionada como una niña pequeña—. ¿Podríamos usar aquí el Catia?

—Sin *prrroblema*...

—¿Qué es el Catia? —preguntó Diego.

—Un programa de software potentísimo. Lo usan en el estudio de Frank Gehry para escanear sus maquetas y convertirlas en 3D. Si escaneamos el árbol tendríamos su reproducción a escala exacta en 3D y sería comodísimo para trabajar. Y muy inspirador.

—Fijamos cita con Diego y venimos con la cámara.

—¡Genial!

Casi me sale un grito emocionado. Traté de calmarme para que Diego no se diera cuenta de la ilusión que me hacía la posibilidad de trabajar con esa herramienta tan potente.

—Aun así, voy a sacar unas cuantas fotos —dije con mi tono más profesional.

Saqué el móvil del bolsillo e hice unos disparos. Después cogí el bloc que llevaba e hice un boceto del árbol. Me dirigí a Diego.

—¿Cuánto te quieres gastar?

—Eso no es problema. Preséntame algo que me guste, solo te pido eso. Bueno, a mi hija también le tendrá que gustar.

—¿Te parece bien que parta de algo parecido a lo que viste en mi maqueta? A tu hija le gustó.

—De acuerdo. Pero sé más ambiciosa.

—¿De tamaño, de concepto?

—En general. Ya que nos ponemos, vamos a hacerlo bien, ¿no te parece?

—El cliente siempre tiene la razón.

—Quiero utilizar esta casa como un estímulo. La terapeuta que vimos en Madrid me dijo que la niña arrancaría a hablar cuando realmente lo necesitara o cuando se viera obligada a ello.

Yo no entendí muy bien por qué me estaba contando eso.

—Quiero que la casa la vuelva tan loca que desee con todas sus fuerzas subir a ella, jugar en ella, hasta vivir en ella. Y no se lo voy a permitir hasta que me lo pida con palabras.

Me quedé muy impresionada. ¿De verdad iba a hacer algo así con su hija? No sabía si la idea me parecía brillante o maquiavélica. ¿Sería capaz de torturarla sin dejarla entrar en la casa si no arrancaba a hablar? Y aunque no me decidía sobre si estaba de acuerdo o no con esa idea suya tan drástica, desde luego entendí de pronto el empeño que había puesto Diego en que se construyera esa casa. No era para darle un capricho a su hija, era para algo mucho más importante. Para que se lanzara a hablar. Eso me hizo cambiar bastante el concepto que tenía de él. Era algo más que un pijo concediéndole una pijada a su niña. Era un hombre ambicioso, no solo en los negocios, también en la educación de su hija.

—¿Alguna pregunta o algo que necesites?

Ahí decidí estar a la altura de su ambición. Y que viera que cuando yo me metía en un nuevo proyecto era igual de ambiciosa y exigente que él.

—Sí, me gustaría saber cuáles son los gustos de tu hija. Qué dibujos animados ve, qué películas le gustan, cuáles son sus juguetes favoritos, a qué tipo de columpios suele subirse en el parque, qué ropa le gusta, con qué personajes se siente más identificada...

—¿Necesitas todo eso?

—Quiero que su casa en el árbol sea su lugar preferido en la tierra. Así que sí, necesito todo eso. ¿Sabes contestarlo o no tienes ni idea de cómo es tu hija?

—Sus dibujos preferidos: Bob Esponja y Peppa Pig, en el parque se sube sobre todo a los columpios donde haya que escalar, aunque también le gusta balancearse, *Frozen* es su película favorita, nos la hemos visto setenta y siete veces, hoy toca la setenta y ocho, y también *Cómo entrenar a tu dragón*, la uno y la dos, aunque es más de la uno, la vuelve loca un mecano de piezas enormes que le regaló su abuelo y un peluche de un pulpo que le trajeron del zoo de Madrid, le gustan los pantalones de pitillo y las faldas con mucho vuelo, de colores pastel y apagados, y el rosa, claro, y en el iPad está enganchada a todos los juegos de emparejar cartas. A eso y a los dinosaurios del tren. Ah, y a Justin.

—¿Bieber?

—No, el de la espada del valor. Tiene cuatro años. ¿Necesitas saber algo más?

Sí que conocía a su hija, sí.

—Con eso me hago una idea.

—¿Seguro? Porque cualquier otra cosa que necesites... —dijo con una sonrisilla de suficiencia.

Capullo. Si creía que así yo ya estaba mojando las bragas, iba listo. Con otras le funcionaría el rollito de padre que adora a su hija, conmigo no. Bueno, sí, con su intención terapéutica de la casa casi me había metido en el bolsillo, pero no. Con su arrogancia y suficiencia ya había vuelto a sacarme de mis casillas. Así que decidí bajarle un poquito los humos. Pasé la página del bloc en la que había hecho el boceto del árbol y en la siguiente página en blanco escribí algo. Arranqué la página, la doblé y se la ofrecí a Diego. Este la abrió, leyó y no entendió nada.

—¿Qué es esto?

—Es mi única condición. Si aceptas estoy dentro. —Chupa del frasco, carrasco.

Diego parecía desconcertado.

—¿En serio?

—Sí. ¿Descolocado?

—Pero qué confundida estás. ¿Después de todo lo que te he dicho de mi hija crees que te contrato por otro motivo? ¿De verdad?

Muerta de vergüenza le quité la hoja de su mano, la estrujé y me la metí en el bolsillo.

—¿Qué ocurre? —preguntó Ingrid, que no entendía que estaba pasando.

—Nada —dije. Miré a Diego y me repuse como pude—. En unos diez o doce días tienes los planos. Si no necesitas nada más, ya sabemos dónde está la salida.

Ingrid y yo salimos de la casa. La arquitecta checa me miraba con cierta intriga.

—¿Qué le habías escrito en esa nota?

—Una tontería.

—Si te voy a contratar, quiero saber con qué me voy a encontrar. Entre los dos pasa algo raro. Déjame ver la nota.

—No. Es algo privado.

—Es la condición que le pusiste para que aceptaras, no creo que sea *prrrivado*. Me juego mucho, Bea.

—Ingrid, no insistas. Con una que haya hecho el ridículo hoy es suficiente. No lo hagas tú también.

Nos dirigimos a su coche y cuando estábamos entrando noté que ella metía rápidamente su mano en mi bolsillo y sacaba el papel.

—¡Pero...! ¡Dámelo ahora mismo! ¡Es privado!

Ingrid se metió en el vehículo, cerró las puertas con el seguro y se puso a leer la nota. Vi su cara de desconcierto. Me miró. Abrió la ventanilla para hablar conmigo.

—¿Esta era tu condición?

—Te dije que no era de tu incumbencia.

Leyó la nota en voz alta:

—«Olvídate de cenar conmigo en Santander.»

Yo me puse colorada como un tomate.

—Me voy andando a casa. Que quiero ponerme a trabajar cuanto antes —respondí.

—Prefiero que trabajes en el estudio, si no te importa.

—Vale, mañana empiezo. ¿Te parece bien? ¿Me devuelves la nota, por favor?

—Claro. Pero una cosa, las bragas siempre puestas.

—¿Qué?

—Líos *amorrosos* con los clientes no. Me juego mucho.

—¿Y me dices tú lo de los líos amorosos, precisamente tú?

—¿Qué *quierres* decir?

—Ingrid, que todo el pueblo sabe de tus... tus... escarceos. Que como sea verdad solo la tercera parte de lo que cuentan te has debido de tirar a todos los hombres solteros, casados y divorciados de media Cantabria.

Ingrid se lo pensó antes de darme una respuesta. Su mirada era inescrutable, no tenía ni idea de lo que estaría pasando por su cabeza.

—Pero yo soy de... hielo. Tú, una inestable.

—¿Y tú qué sabrás?

—Yo sé. *Brragas* puestas.

Una vez superada la humillación con Ingrid me puse a dibujar. Y no paré, tanto en casa como en el estudio de arquitectura, donde estaba feliz trabajando con el Catia, qué maravilla, y además tenía que reconocer que era muy agradable volver a trabajar rodeada de arquitectos, como en casa. Me empapé de todos los gustos de la hija, me vi las películas, los dibujos animados, me recorrí todos los parques infantiles para hacerme una idea de los columpios, me volví a ver las películas, yo no había visto *Cómo entrenar a tu dragón*, y me quedé maravillada. La niña tenía buen gusto, sin duda. *Frozen* la entendí un poco menos. Aunque al tercer visionado empecé a pillarle la gracia al *Let it go*. Tomaba notas, incorporaba ideas a la casa, cambiaba las dimensiones, descartaba cosas que ya había dado por buenas... Quizá quería impresionar a Ingrid o a Diego, no sé, pero las ideas bullían en mi cabeza, y necesitaba sacarlas. Y sobre todo necesitaba hacer la mejor casa del árbol que se hubiera hecho jamás. Para mí no hay mayor estímulo que el intentar agradar a un cliente o a un jefe exigente. Sin poder remediarlo mi inconsciente se pone a barruntar. Él solo conecta ideas, descarta otras, me lleva por sitios que no espero y me sorprende en momentos inesperados, en la ducha, viendo la tele, comiendo... Así que por si la inspiración llegaba en cualquiera de esos momentos, yo no me separaba de mi bloc. Hasta comía con él. Mi padre lo miraba con cierta intriga.

—Qué pasión te ha dado, hija. Y mira que no querías hacerlo.

—Solo son pruebas, aún no he encontrado lo que busco.

—Muy bonitas. Pero apártalo un poco, que te lo voy a pringar de sopa. Que con mi mano mala no acabo de tener el pulso del todo fino. ¿Tú quieres, Débora?

—No tengo mucha hambre.

—Te estás quedando en los huesos, corazón —dijo mi madre.

—A ver si te arreglas ya de una vez con el bombero...

Débora miró a mi madre temiendo que ya se hubiera ido de la lengua, pero esta negó. No, no le había dicho nada a mi padre. Pero mi padre había sumado dos y dos, aunque no sospechaba el resultado de la suma.

—¿Tú quieres, León?

—A mí la sopa de marisco como que no...

—¿No te gusta? Si no la he hecho yo, que la ha traído uno de los pacientes. ¿O te ha dejado sin hambre el guardia civil? Estamos buenos. Lo llego a saber y no pido la jubilación anticipada, menudos ánimos en esta casa.

—Se ha hecho un Grinder —dijo León.

—¿Que se ha hecho qué?

—El guardia civil, que se ha descargado una aplicación para ligar, y ha puesto una foto que... que... Qué cabrón.

—Pues para estar *armarizado* se ha dado prisa en proclamarlo a los cuatro vientos, ¿no? —dije yo—. Ahí, mostrándose en las redes.

—Es una foto solo de torso, sin cara, pero reconozco el *piercing*.

—¿Les dejan llevar *piercing* en la Guardia Civil? —preguntó mi padre—. Sí que ha cambiado la Benemérita, sí.

—Pues mándale un mensaje por ahí —le dije a León.

—Que le den.

—El orgullo va a acabar con los miembros de esta familia —sentenció mi padre.

—¿Qué pasa, que tú también quieres que esté con el guardia civil? —preguntó León.

—No, si a mí ni me va ni me viene, yo es por ver a alguien alegre en esta casa.

En ese momento llamaron a la puerta principal. Mi padre, que era el más próximo a la entrada, se levantó a abrir. Gollum lo acompañó dando ladridos y moviendo el rabo de manera frenética. El perro de tres patas parecía el único feliz en esa casa. Mi padre volvió un tanto desconcertado.

—Hay un... enano en la puerta, con un ramo de flores; pregunta por ti, Débora.

A mi hermana le mudó el rostro. Se puso pálida, violeta, roja... vamos, pasó por toda la gama de colores humanamente posibles en menos de dos segundos.

—¿Qué? ¿Por mí? ¿Por mí? Imposible. Se habrá equivocado.

Débora me echó una mirada asesina, pero yo negué, a mí que me registren le quise decir con un gesto. Entonces dirigió su vista a mi madre. Y ella hizo el avión y rápidamente se levantó para asomarse y ver al enano en la puerta. León y yo la imitamos. Débora quería crujirnos. Mi padre no entendía nada, ni a qué venía tanta miradita ni tanto movimiento. El enano estaba allí. Con su metro diez, vestido con vaqueros y una americana, que digo yo se compraría en la sección niños de Zara. Me recriminé a mí misma por semejante pensamiento. El caso es que vestido y sin tanga cambiaba mucho, y para mejor. Claro que casi todos los hombres, enanos o no, cambian para mejor sin tanga. De haberme cruzado en la calle con él, no le hubiera reconocido. El enano llevaba un enorme ramo de flores de rosas amarillas. O a lo mejor no era tan enorme, pero por comparación lo parecía. Gollum lo olisqueaba, ladraba e intentaba alcanzar las rosas. El pobre enano subía mucho su brazo para que el perro no mordiera las flores, suerte que le faltaba una pata y apenas podía saltar. Pero al hombre se le veía sufrir.

—Las rosas son bonitas, es un detalle —dijo León.

—¿No vas a ir, Débora? —pregunté yo.

—¿Y para qué voy a ir? Se ha confundido.

—Gollum se lo va a acabar comiendo. Lo está pasando mal, el pobre.

—No creo que haya muchas Déboras por el barrio —observó mi padre.

—Será un paciente, y no es hora de visita —dijo mi hermana.

—Vete, mujer, o si quieres lo hago pasar —amenazó mi madre.

—¡Voy! ¡Voy! —Se levantó y al pasar al lado de mi madre la cogió por el brazo y le susurró—: Y tú y yo ya hablaremos. Porque esto ha sido cosa tuya, si lleva tu firma.

Salió de la casa y cerró la puerta. Privándonos del momentazo. Pero yo tenía demasiada curiosidad, así que subí a la planta de arriba y me asomé a la ventana. Tuve suerte. No se habían alejado demasiado.

—No sé qué te habrá dicho mi madre, pero claramente es una confusión.

—Si es mi hijo, yo estoy dispuesto a asumir mi parte.

—¿Pero qué va a ser tu hijo? No digas tonterías. Si ni sé cómo te llamas.

—Teodoro García.

—¿En serio? ¿Ves? Ni me sonaba.

—¿Ricky Troyan te suena más?

—¿Ricky Troyan?

—Es mi nombre artístico. ¿Te suena, a que sí? Lo repetiste muchas veces, mientras... ya sabes... Troyan... Troyan... Me decías que te ponía muy cachonda.

—Calla, calla, qué asco.

—Tampoco te creas que follar contigo fue muy placentero. Apestabas a vómito.

—¿Y entonces por qué lo hiciste? ¿Por pena?

—Por trescientos euros.

—¿Cómo?

—Me pagaste trescientos euros.

—¡Eso es mentira!

—Trescientos veinte exactamente. Era todo lo que llevabas.

—¿Eres... prostituto? ¿Un enano prostituto?

—Los hay. La gente tiene gustos muy raros, aunque no te lo creas. Pero tranquila, yo no lo soy.

—¿Cómo que no? Si me cobraste trescientos euros.

—Porque te pusiste muy pesada. Mucho. Y el dinero me venía bien. Que tenía que comprarme unos libros...

Mi hermana era incapaz de procesar esa información.

—¿Me follaste por dinero? ¿A mí? Tú. A mí. Por dinero. Si es que no puede ser, no puede ser.

—¿Decepcionada?

—¿Tú sabes lo bueno que está mi marido? Es bombero. Alto y fuerte. Guapísimo.

—¿Y?

—Que yo no tengo por qué pagar trescientos euros para follarme a... a...

—A un enano, dilo. Pero el caso es que me los pagaste. Y ahora tienes un hijo con mis genes.

—Debería denunciarte, por... por... por no usar condón, por... ejercer la prostitución, por... por... joderme la vida. ¿Cómo tienes el cuajo de presentarte aquí?

—¿Cómo se llama?

—¿Quién?

—Mi hijo. ¿Cómo se llama?

—No es tu hijo. No es tu hijo. Olvídate. Es mejor que te vayas. No vuelvas por aquí.

—Puedo pedir una prueba de paternidad.

—No delires.

—No solo las mujeres tenéis derecho a pedirlas.

—Mira... Teodoro, o Ricky, o como quieras llamarte, mi hijo es mío, de nadie más. No sé lo que pretendes viniendo aquí, pero te aseguro que no vas a sacar nada.

—Yo no quiero sacar nada. Es lo contrario, vengo a hacerme responsable.

—No hace falta. Gracias. Adiós.

Débora se dio la vuelta para meterse en la casa, pero se dio cuenta de que la puerta estaba cerrada y no tenía llaves. Tuvo que llamar al timbre.

—¿Lo puedo ver al menos?

—¡No!

—Las rosas son para ti.

—No las quiero.

—Me han costado una pasta.

—Echa un polvo de trescientos euros y arreglado.

Débora volvió a llamar al timbre de manera insistente.

—No me voy a rendir —dijo el enano.

—¡Pues pediré una orden de alejamiento! ¡Largo! ¡Desaparece!

Mi padre por fin abrió la puerta.

—Lo que has tardado en abrir —protestó mi hermana.

—¿Qué pasa? ¿Qué quería?

—¡Nada! Ya se va. —Lo miró por última vez—. Vete, ¡vete!

Débora se metió dentro de la casa, obligando a mi padre a entrar, y cerró la puerta. Teodoro se quedó allí plantado sin saber qué hacer. Se dio cuenta de mi presencia y miró hacia la ventana.

—¡Tengo derecho a conocerlo! ¡Tengo derecho! ¿Quieres el ramo? Es por no tirarlo.

Yo, sin saber muy bien qué decir, me metí dentro de la habitación. Me volví a asomar al rato para ver si ya se había ido y sí. Había dejado el ramo en el suelo. Bajé las escaleras.

—¿Pero me vais a decir quién es ese enano? —seguía preguntando mi padre.

—Nadie, papá, un pesado de la asociación de productos ecológicos. No le hemos querido comprar sus tomates y ahora la paga conmigo. Como fui yo quien le dije que no los quería porque nadie se atrevía a decírselo...

—¿No están buenos?

—¿Los tomates? Malísimos, con bicho.

—Es lo que tiene lo orgánico, que al no ponerle pesticida a las cosechas acaban siendo pasto de las plagas —razonó mi padre—. Pero ese no vende tomates.

—¿Cómo que no?

—Te trajo rosas. Y no tiene manos de agricultor.

—Pero si no se las has podido ver de lo pequeñitas que las tiene.

—¿Alguien me quiere contar lo que está pasando?

—¿Te has fijado en sus manos y no en sus ojos? —le pregunté.

—¡Te quieres callar! —gritó mi hermana.
—¿Qué les pasa a sus ojos? —preguntó mi padre.
—Son verdes —dije yo.
—¿Y?
—Como los de tu nieto.
Mi padre enmudeció.

El proyecto

Desdoblé los planos y pulsé *enter* en el ordenador portátil para que tanto Ingrid como Diego vieran el diseño final en 3D. Ingrid ya le había dado el visto bueno a los planos, después de sugerirme dos cambios que mejoraron bastante mi idea. Estaba deseando saber la opinión de Diego, porque quería impresionarlo. Sobre todo para que olvidara el ridículo que había hecho yo con la notita. Que viera que a pesar de mi desatino yo era toda una profesional. Víctor seguía estando muy presente, pero no de la forma abrumadora y dolorosa de las últimas semanas. A ver si al final iba a ser verdad lo de la mancha de mora... Le expliqué con detalle y pasión todo lo que había diseñado.

—He pensado en una casa que fuera el lugar soñado de una niña de cuatro años y que poco a poco se acabara convirtiendo en el refugio perfecto para una adolescente. De ahí que la casa tenga varios niveles. Está el primer nivel, que es una casa de juegos, con cuerdas y redes para trepar, con una pequeña cama elástica, casi a la altura del suelo, en la base del tronco, con unas escaleras de cuerda y un columpio, y en un segundo nivel, hay una cama donde puede echarse unas estupendas siestas mirando todo el jardín, esta ventana, si se abre del todo, convierte la habitación en una terraza, y luego en un tercer nivel está la casa de la adolescente, donde puede tener toda la privacidad y traer a una o dos amigas. El espacio, como ves, es muy amplio. Y me gusta la idea de que tu hija pueda crecer aspirando a llegar a este lugar de la casa que por ahora estará vedado para ella. Este espacio mientras lo puedes utilizar tú si quisieras. Toda la superficie estará acolchada con el suelo goma de los parques infantiles, al igual que parte de la base del árbol, para que no haya peligro en caso de caída. Lo he pensado de tal manera que la niña podría ir incluso a jugar sola a su casa sin que corriera ningún riesgo.

—¿Qué es esto?

—Unas alas negras de dragón, como a tu hija le gusta tanto la peli de *Cómo entrenar a tu dragón*, de hecho me he inspirado un poco en las casas vikingas para todo el diseño de la casa. Aunque un estilo vikingo muy estilizado. Al fin y al cabo, los vikingos de ahora son los dueños de Ikea, ¿no? Para las alas podemos utilizar neumáticos reciclados, conozco a un artista en Madrid que haría un trabajo precioso. Se mueven con el viento, o también las puede mover ella desde aquí.

Seguí explicándole con todo lujo de detalles las dimensiones y medidas de cada espacio, mis intenciones, lo que pretendía con esto o con aquello. Lo expliqué con demasiado detalle.

—Sé mirar un plano. No necesito los comentarios en *off* del director.

—Perdón. Que me emociono al hablar de mi trabajo. Y soy incapaz de...

—¿Me dejas concentrarme?

—Sí, sí.

Qué borde era el cabrón. Y yo pensando en él, si es que... me lo tenía merecido, por absurda.

—Vale —dijo después de siete minutos, que yo cronometré ansiosa.

—¿Vale?

—Presupuestadlo. Y si es razonable, nos ponemos a ello.

—¿Solo vas a decir vale? —Después de todo el trabajo que yo había hecho, después de presentarle el proyecto de mi vida, ¿el muy desgraciado me iba a despachar con un vale?

—En el coche tengo algún caramelo para mi hija, si quieres te subo alguno.

Capullo.

—No hagas perder el tiempo a Diego —dijo Ingrid—. Empezamos ya con el presupuesto.

—La madera corre de mi cuenta, claro. Así que no hace falta que la presupuestéis.

Diego se despidió con un apretón de manos y se fue.

Ingrid, su equipo y yo empezamos a trabajar en el presupuesto. La verdad es que el diseño se me había ido un poco de las manos y en la primera aproximación nos salió una cantidad elevadísima.

—Aunque nade en millones, algo que tampoco sabemos, no creo que quiera desembolsar esa cantidad en una casita para su hija.

—Si le regala eso a los cuatro años, no quiero ni saber qué le regalará en su boda.

—Tenemos que bajarlo —dijo Ingrid—. Bea, empieza a quitar cosas.

—Pero... —Yo no quería renunciar a nada—. ¿Y por qué no se lo presentamos así? Le decimos la verdad, que se nos ha ido de las manos, y que decida él hasta dónde quiere gastar.

—No. Bájalo en una tercera parte como mínimo.

—¿Tanto?

—Y para hoy. Quiero que mañana tenga sobre su mesa el presupuesto.

Aunque quise seguir protestando, Ingrid no me dio la oportunidad. Con gran dolor de mi corazón empecé a hacer recortes. A media tarde, cansada de recortar sin recortar, porque no me atrevía a reducir costes de manera drástica, decidí acercarme al aserradero, sin decírselo a Ingrid y con el presupuesto original. La recepcionista maquillada al verme entrar se santiguó.

—Tú.

—¿Qué tal? Oye, creo que aún no nos hemos presentado, y puede que me veas bastante por aquí.

—¿Ah sí? ¿Por qué? —preguntó alarmada y con bastante susto en el cuerpo.

—Porque trabajo para Ingrid, la arquitecta, y tu jefe nos ha contratado.

—¿En serio? —La pobre no podía entenderlo, no le cabía en la cabeza.

—Yo soy Bea.

—Mira, como la serie de Telecinco, esa de una que era muy fea pero que en realidad era porque llevaba gafas y aparatos en los dientes e iba muy mal maquillada, y que se enamoraba del jefe... y que luego al final se quitaba las gafas y los aparatos y se ponía un vestido y...

—Sí, sé cuál dices —la corté antes de que me contara los mil capítulos—. ¿Tú te llamas? —Le extendí la mano. Y ella la aceptó con miedo.

—Yo, Marisa. Cuando estoy nerviosa hablo mucho.

—Encantada, Marisa. ¿Está Diego?

Marisa asintió y lo llamó por teléfono.

—Está aquí la señorita Bea, del estudio de arquitectura, no sé si la recuerda... Vale, vale. —Colgó el teléfono—. Puede pasar.

—Tutéame.

—Yo, si no le importa... con el usted me siento más protegida.

—Marisa, que no me he comido a nadie.

Ella se esforzó en sonreír, pero le quedó raro. Se ve que no me acababa de creer.

Entré en el despacho de Diego. Era bastante funcional, muy poco imponente, parecía más el cubículo de un administrador que del dueño del imperio, o que del yerno del dueño del imperio. Se ve que aún tenía que escalar muchos puestos para llegar a ganarse un despacho en condiciones. Eso, o que no le importaba lo más mínimo la apariencia. Claro que también podía estar todo estudiadísimo y eso era lo que quería transmitir. «Soy tan enrollado que no necesito lujos, soy uno más, soy el Amancio Ortega de la madera, pero en guapo y pelirrojo.»

—¿Me quieres remodelar el despacho?

—¿Perdona?

—Digo que le has dado un buen repaso.

—Ah, no, no, deformación profesional, ya sabes.

Diego estaba delante de unos planos. Yo por deformación profesional fijé mi vista en ellos.

—Es la central termoelécrica. No sé si la alcaldesa te ha hablado de ella.

—Sí, claro, no habla de otra cosa. Aunque yo no acabo de entender muy bien cómo la madera acaba produciendo electricidad.

—Mira, traemos la biomasa hasta aquí —dijo señalando un punto—, lo que tú llamas madera, vamos, y aquí la quemamos. Esa combustión calienta unos depósitos de agua hasta transformarlos en vapor. La fuerza del vapor hace girar las palas de esta turbina y esa energía mecánica va directamente a un generador que la convierte en energía eléctrica a una tensión de 6,3 kilovatios. Para mejorar toda la eficiencia de este proceso la turbina está equipada con tres extracciones de vapor que calientan el condensado. Es una maravilla de la ingeniería. Pero mejor no te aburro con esos datos.

—No me aburres.

—El caso es que al final del proceso el diez por ciento de la energía eléctrica generada se utiliza para abastecer los consumos eléctricos de la planta y el resto se lleva a un transformador de alta tensión y de ahí va a la red eléctrica a través de una subestación situada junto a la planta.

—Ah... vaya.

—¿Lo has entendido más o menos o me he puesto muy técnico?

—No, no, lo has explicado muy bien. Vamos, que te lo tienes bien aprendido.

—Y tanto. Hay mucha gente a la que convencer. He tenido ya tantas reuniones con el gobierno de Cantabria, con el ayuntamiento y con los vecinos que el discurso me sale solo. Ahora el reto, aparte de las subvenciones autonómicas, estatales y europeas, es conseguir un gran inversor. Que una gran compañía energética decida invertir en el proyecto. La teníamos ya en el bolsillo, pero ahora hay un problema.

—¿Cuál?

—Siguen interesados en la nuestra, pero le han echado la vista a otra en Cataluña. Y solo invertirán en una. Tengo que conseguir como sea que elijan esta. Y para eso tengo que tomar una decisión muy arriesgada.

—¿Cuál?

—Necesito invertir más dinero. Mucho más, adelantar tanto el proyecto y hacerlo tan atractivo que no puedan decir que no. Y ese dinero lo tengo que sacar de donde sea, puede que me toque hipotecarlo todo.

Diego entonces me miró, dándose cuenta tal vez de que me estaba contando demasiado.

—Pero tú no venías a que te soltara este rollo, ¿verdad?

—Te traía el presupuesto.

—¿Ya?

—Te lo traigo de tapadillo. Vamos, que Ingrid no sabe que estoy aquí.

—¿Estás puenteando a la jefa?

—Es una manera de verlo. Es que tengo un problema.

—¿Cuál?

—Se me ha ido de madre. Creo que es la primera vez en mi carrera que proyecto exactamente lo que quería, sin pensar en ningún tipo de restricciones.

—¿Y?

—Y se me ha ido. Con eso de que me dijiste que fuera ambiciosa, que no me cortara, que... A ti el proyecto te ha gustado, ¿no?

—Si os dije que lo presupuestarais es que sí. ¿Vienes aquí buscando un halago o cómo?

—No, no. Es que Ingrid me ha pedido que baje bastante el presupuesto, que no te podíamos presentar esto. Y yo lo he intentado, de verdad que sí. Pero no sé por dónde quitar.

—¿Y eso no forma parte de tu trabajo? ¿Ajustar presupuestos a la realidad del cliente?

—Por supuesto. Pero eso es lo que quiero averiguar, cuál es tu realidad. Porque no tengo ni idea. No sé si crees que esta casa vale diez mil o cien mil. No sé si tu suegro te permitirá gastarte tanto dinero, si...

—¿Mi suegro? ¿Qué tiene que ver mi suegro en todo esto?

—Eh...

—Dime.

—Digo, que... el negocio es suyo, ¿no? Que tú tendrás un buen sueldo, no digo que no, pero...

—¿Estás aquí porque quieres hablar de la casa o quieres saber cuánto dinero manejo?

—No, no, para hablar de la casa, de la casa, claro, de la casa, si a mí lo que tú tengas o dejes de tener... vamos, que es asunto tuyo, si yo...

—Dame la cifra.

Escribí la cantidad en un papel, le di la vuelta al papel y se lo pasé. Antes de cogerlo, sonrió.

—Imagino que aquí estará escrita la cantidad y no algún mensaje de estos tuyos...

—Eso está olvidado.

—Por tu parte, por la mía no. —Sonrió con malicia. Diego le dio la vuelta al papel y miró la cantidad.

—Coño. Ya sé por qué Ingrid te pidió bajarlo. Y en esto no está incluida la madera, ¿verdad? Que es el material más usado en la casa, ¿no?

—Hay aluminio, hierro, cobre, el cristal tintado y las vidrieras hechas a mano, dos bases de aleación, y luego está la grifería y los sanitarios, el suelo de goma, que el metro cuadrado es carísimo, el suelo hidráulico, el alicatado de una de las paredes, y suspender la terraza tampoco es barato, sobre todo de la manera que la he planteado, la ducha exterior tiene un sistema ecológico que...

—Vale, vale... he pillado que hay más cosas que la madera.

—¿Te puedes gastar eso?

—Tú no negociabas mucho con los clientes, ¿verdad?

—¿Por qué?

—Porque nunca le puedes preguntar a un posible cliente si se puede gastar o no tal cantidad. Es ofensivo.

—¿Te he ofendido? Perdona.

—No, no me has ofendido. Pero no es la clase de pregunta que debas hacerme, porque suena otra vez a que quieres saber el estado de mi cuenta corriente. Algo que no voy a compartir contigo.

—Ni yo lo pretendo. Si yo solo quiero lo mejor para tu hija.

—Por ahí tampoco.

—¿Cómo?

—Que a mi hija ni la conoces, que quieras lo mejor para ella no es algo que suene creíble.

—Bueno... pues... no sé...

—Di que te encantaría ver construida la casa tal como la diseñaste.

—Sí, porque va a quedar fantástica. A ella la va a volver loca y a ti también.

—Ingrid tiene razón. Esto es un disparate. Tienes que rebajarlo a la mitad.

—¿A la mitad?

—¿Cuánto te pidió Ingrid que lo rebajaras?

—Un tercio.

—Lo hubiera aceptado. Pero ahora lo quiero a la mitad.

—¿En serio?

No contento con eso se puso a enumerar todo lo que no quería perder del diseño. Y prácticamente no quería renunciar a nada.

—¿Pero cómo voy a conseguir rebajártelo a la mitad si lo quieres todo?

—Seguro que puedes.

—Va ser imposible.

—Podrás. O si quieres llamo a Ingrid y le digo que estás aquí y que no hemos llegado a un acuerdo.

—Tú eres consciente de que yo no quería hacer esta casa, ¿verdad? Digo, que yo me voy de aquí encantada sabiendo que ya no hay encargo.

—No solo negocias mal, encima no sabes jugar al póquer.

—¿Cómo?

—Que no sabes ir de farol.

—No es un farol. Yo no quiero hacer la casa del árbol.

—No, eso no es así. Tú no querías, en pasado, hacer la casa en el árbol. Ahora que la has diseñado, te mueres por hacerla.

Me revolví.

—¡Eso no es verdad!

—¿No la quieres hacer?

Claro que quería, me moría por hacerla, tenía toda la razón. Mierda, tenía que aprender a jugar al póquer. ¿León sabría jugar? ¿Me podría enseñar? O tal vez Irene, mi hermana, como alcaldesa, seguro que era buena negociando.

—¿No la quieres hacer?

—Quiero empezar mañana —confesé rindiéndome.

Diego sonrió.

—A la mitad no creo que pueda reducírtelo, de verdad. Porque eso supondría perder a todos los niveles: estético, de espacio, funcional y, sobre todo, de seguridad. ¿Y no querrás que tu niña salga herida?

Diego volvió a sonreír.

—Bueno, no sabes jugar al póquer, pero aprendes rápido a negociar.

—¿Por qué? —pregunté sin ser muy consciente de lo que había hecho.

—Redúcelo un tercio sin renunciar a ninguna medida de seguridad. Y empezamos cuando lo tengas.

—¿En serio?

—En serio.

—Oye, ¿te puedo pedir una cosa?

—Tranquila, no le voy a contar a Ingrid que has estado aquí jugando regular al póquer. Y ahora, si hemos terminado, tengo mucho que hacer.

Asentí y salí del despacho. Con una sonrisa tonta en la cara, que la recepcionista pudo ver.

—¿Cómo es de jefe, Marisa?

—Un capullo, pero se le coge cariño.

—Es lo que me temía. ¿Estaba muy enamorado de su mujer?

—Marisa, a eso mejor no le contestes —dijo Diego a mi espalda.

Yo me quise morir allí mismo. No quería darme la vuelta para encontrarme con su cara, pero no hacerlo mostraba una cobardía por mi parte que ahora mismo no me quería permitir. Así que me giré, aceptando el chaparrón que me esperaba.

—Así que quieres saber el dinero que tengo y si quería o no a mi mujer. Menos mal que no quieres cenar conmigo, porque si no pensaría que intentas cazarme.

—¿Yo? ¿A ti? Para nada. No soy nada de cazar, no necesito cazar, no soy ese tipo de persona... Me valgo y me sobro yo sola. Te lo aseguro. Era... simple curiosidad profesional, siempre es bueno saber todo lo que puedas de tus clientes...

—Si tú lo dices. Y sí, quería mucho a mi mujer. Sobre todo ahora que ya no está.

—Ya lo siento.

—¿El qué exactamente? ¿La pérdida de mi mujer, que te haya pillado o que no haya manera de competir contra Diana?

Puto arrogante, ¿pero qué se había creído? Miré a Marisa.

—Ya entiendo por qué dices que es un capullo.

—Eh... yo no... —Marisa estaba azorada.

—Aunque hay que tener muchas tragaderas para cogerle cariño —continué—. Eso solo habla bien de ti, Marisa. —Miré a Diego, sobreponiéndome de todo lo ocurrido—. Adiós, buenas tardes.

—Espero el presupuesto.

Yo salí de allí toda digna y escuché, o creí escuchar, a Diego decirle a la recepcionista:

—Va a ser un dolor de huevos.

Diego aprobó el presupuesto reducido sin poner ni un pero. Ingrid estaba encantada. Porque ella dudaba mucho de que Diego aceptara tal cantidad, por mucho que yo hubiera reducido un tercio.

—He hecho obras más baratas y ninguna era una casita de muñecas.

—Esto es todo menos una casa de muñecas, Ingrid.

—¿Necesitas un aparejador para que lleve la obra? —me preguntó.

—Me gustaría encargarme personalmente de toda la supervisión, hasta lo más técnico —respondí.

—Mejor —dijo ella satisfecha—. Seguro que Diego quiere verte a diario en su finca.

—No estaría yo tan segura.

—Pero eso es porque *erres* gilipollas.

—Ingrid, agradecería mucho que dejaras de insultarme.

—Cuando ya no seas gilipollas, yo no te *llamarré* gilipollas.

—Algo es algo, supongo. ¿Tú crees que Diego me quiere ver a diario?

—Gilipollas.

—Y dale.

—La pregunta no es si Diego te quiere ver a diario, la pregunta es: ¿tú quieres verlo a diario?

—¡No! Lo hago por la obra.

—Gilipollas y mentirosa. Recuerda: *brragas* en sú sitio.

A pesar de los reiterados insultos llegué a casa eufórica. Diego había aceptado el presupuesto, y en nada empezaría con la obra. No pude disimular mi alegría al llegar a casa. Mi padre, al verme tan feliz, se sintió orgulloso de mí.

—Es que esa casa es cojonuda. Estoy deseando verla, arquitecta.

—Hubiéramos tenido una igual si no hubieras vendido los árboles.

—Igual no iba a ser. Admítelo. La nuestra era más modesta —dijo León.

—Bueno, pero igual de bonita... y por culpa de papá...

—Hija, vive en el presente, en el presente, no te encalles como un barco en rocas que ya no existen.

—Qué desafortunado eres con tus metáforas marineras, papá. Rocas que no existen.

—El pasado es eso. Encallarse en él es de marineros estúpidos. Tú piensa en el presente, en el futuro. En esa casa maravillosa.

—Eso, y deja de pensar en Víctor y céntrate en el viudo —dijo León.

—¿Te gusta el viudo? —preguntó mi padre.

—¡Qué me va a gustar, qué me va a gustar! Si yo ahí sigo encallada en el otro, por desgracia. Y Diego también sigue encallado, pero en la muerta. Así que no hay nada que hacer. Y mucho mejor.

—¿De qué habla? —le preguntó mi padre a León.

—Diego es el viudo, y la muerta... pues la muerta, o sea, su mujer, Diana.

—Pobre chica. Y dejar huérfana a esa criatura.

—Pero va a ser la más envidiada de la clase cuando acabe su casa. Que hasta yo voy a querer mudarme.

Débora se acercó a la cocina y al ver a mi padre quiso dar marcha atrás, pero ya era tarde.

—Hola, hija —dijo él.

—Papá...

La cosa entre ellos estaba tensa. Mi madre había tenido que acudir al rescate cuando él llegó a la conclusión de que los ojos verdes del enano eran los mismos ojos verdes que los de su nieto. O sea, no los mismos, pero sí del mismo color. Vamos, que el ADN del enano había tenido mucho que ver en la pigmentación. Yo nunca había visto a mi padre hiperventilar, llevarse la mano al corazón y gritar al mismo tiempo. Un espectáculo. Mi madre, como digo, tuvo que utilizar toda su capacidad empática y de negociación para que a mi padre no lo tuviera que venir a buscar una ambulancia. Aunque ya había pulsado el 112 y solo me faltaba darle al botón verde para avisarla. Mi madre me hizo colgar. Estaba convencida de que mi padre se recuperaría. Eso sí, ella tuvo que sacar a relucir su pasado infiel y la traición que ambos habían cometido con el hermano mayor, para que papá atendiera a razones.

—Jonás, recuerda que tú y yo también cometimos disparates.

—No sé de lo qué estás hablando.

—¿Con quién me iba a casar cuando tú y yo nos liamos?

—¿Pero cómo cuentas esto delante de las niñas y el niño?

—Porque ya lo saben.

—Si dijimos que jamás... que... que...

—El pasado pasado está, papá, ¿no era así? —le recordé—. ¿Que es absurdo encallar en las rocas del pasado?

—Calla, insensata.

—Tranquilízate, Jonás. Es mejor que lo sepan. Porque todos hemos cometido errores, y se sale de ellos.

—Follarse a un enano no es un error, ¡es un... disparate!

—¡Papá... estaba borracha y drogada! ¡Las drogas las trajo Bea!

—¡¿Drogas?! —Me miró—. ¿Tú le diste drogas?

—Recreativas, era una despedida de soltera...

—¿Drogas? ¿Vosotras? Me queréis rematar. Eso queréis. Paso con que mi hijo es maricón, con que esta desgraciada haya lanzado a su marido en brazos de una modelo...

—No es modelo, es presentadora del telediario.

—Pero tú, tú, casada con un bombero que es un santo en la tierra, tú, tú, ¡te tenías que follar drogada a un enano!

—Le trajo flores —dijo mi madre—. Yo creo que es buen chico.

—¡Yo me vuelvo a la mar!

—Y quiere reconocer al niño.

—¿Que quiere reconocer qué? ¿Eso de quién ha sido idea? De aquí mi esposa, seguro.

—A ver, ¿qué hay de malo en que ese niño tenga padre...?

—Que ya tenía un padre, ¡y perfecto! Hasta que a tu hija le dio por... por...

—¡A ti lo que te fastidia es que tu hijita sea una mujer con necesidades sexuales! —dijo Débora.

—¡A mí lo que me fastidia es que las satisfagas con un enano! ¡Teniendo un bombero en casa! ¡Desgraciada!

—¡Es tu nieto! ¿Qué vas a hacer? ¿Repudiarlo?

—Estoy hablando de ti, no de mi nieto.

—Vamos a calmarnos un poco... Jonás. Que con tu tensión elevada esto no te conviene nada.

—¡Que lo hubiera pensado antes! ¡Y que me suba la tensión no es el peor de nuestros problemas! ¡Pobre crío! ¡Que no va a medir más de un palmo!

—Ya hemos pasado por ahí, papá —dije yo. Y es que era verdad, ya lo teníamos asumido, tampoco era cuestión de volver una y otra vez.

—Y de pobre nada, sigue siendo nuestro nieto, y le vamos a dar una vida feliz.

—En el circo. Solo va a ser feliz en el circo.

—Tú eras feliz en el mar, que casi es más raro —soltó mi madre.

—¡Y ahí tendría que haberme quedado!

—Sois igualitos papá y tú —le dije a Débora—. Os tomáis las cosas de la misma manera tremenda.

—¿Yo igual a esa? En la vida me he tirado a una enana.

—Bueno, mejor no hablemos de todo lo que habrás hecho por ahí... que aún recuerdo aquella clamidia...

—¡Ángela! —gritó.

—¿Qué? Solo estoy poniendo las cosas en perspectiva... Que vas a venir tú aquí ahora de adalid de una moral rancia y patriarcal... Lo que nos faltaba.

—¿Cómo? —Mi padre estaba desconcertado.

—Jonás, una cosa es aguantar tus tonterías cuatro meses al año. Llegas, haces tus destrozos pero luego tenemos ocho meses para recomponernos. Lo que pasa es que ahora te quedas para siempre, así que es mejor que empieces a entender cómo va esto.

—¿Y cómo va, según tú?

—Nunca hemos sido una familia convencional, y no vamos a empezar ahora, por más gritos que des.

—Yo... yo... me voy al bar.

—¿Al mar?

—Al bar, al bar... a emborracharme...

—Cuidado, no te cruces con una enana... —Lo dije sin pensar, lo juro.

—Eso, pitorreo encima. Nos arrasa un tsunami y aquí la arquitecta se pone graciosa.

—Vete, vete... y no vuelvas hasta que estés calmado, mejor —le dijo mi madre, abriéndole la puerta de casa.

Mi padre salió sin mirar atrás. Mi madre se acercó a Débora para consolarla.

—Bueno, no ha ido tan mal, ¿no?

—¿Que no ha ido tan mal? ¿Pero tú has visto cómo se ha puesto?

—Esa tormenta no arrasa graneros. Mañana estará haciéndole carantoñas a su nieto. ¿Y el *stripper* qué? Parecía buena persona, ¿a que sí?

La borrachera

A las tres de la madrugada llamaron insistentemente a la puerta de la entrada de casa. Como nadie se levantaba, me tocó ir a mí. Aunque los timbrazos y los ladridos histéricos de Gollum, nada acostumbrado a que molestaran a esas horas con timbres, acabaron por despertar a todos y fueron llegando a la planta baja cuando yo ya estaba abriendo la puerta. Bueno se iba a poner mi padre con la mala leche que se gastaba cuando le interrumpían el sueño. Al abrir vi que el que llamaba era Jacobo con su uniforme de guardia civil.

—Jacobo, pero ¿y estas horas...?

—Perdón que te haya despertado...

—¿Quieres hablar con León?

—No, no es eso. Os traía a...

Jacobo señaló a un hombre sentado en el suelo y apoyado en la pared. Era mi padre.

—¡Papá!

Entre el guardia civil y yo lo levantamos. Gollum le daba lametones en la cara. Que mi padre apartaba con un ininteligible:

—Aparta, bicho.

—¿Qué ha pasado?

Aunque su aliento a alcohol delataba lo que había ocurrido.

—Se ha peleado en el bar con unos enanos.

—¿Con unos enanos? ¿Así en plural?

—Sí, han venido a una convención.

—¿De enanos?

—No, de ornitólogos, pero dos son muy bajitos.

—¿En serio? ¿De ornitólogos? ¿Esos no son los que estudian pájaros? Pues anda que no le quedan lejos los pájaros a un bajito.

—Hay prismáticos.

Jacobo y yo metimos a duras penas a mi padre en casa y lo dejamos caer en el sofá. Se quedó con la cabeza medio atrapada entre su brazo y el brazo del sofá, en una postura muy Stephen Hawking, y no había manera de colocársela bien. Así que desistí. León, mi hermana Débora y mi madre salieron a nuestro rescate. Gollum se subió al sofá con mucho arte a pesar de sus tres patas y siguió dándole lametones. Mi madre le quitó al perro de encima, aunque este se empeñaba en subir.

—¡Jonás, Jonás! ¿Estás bien? —preguntó mi madre.

—Putos enanos... —balbuceó mi padre.

—¿Ves, Débora? Los enanos se pueden dedicar a muchas cosas, los hay hasta ornitólogos —dije y me dirigí a Jacobo—: ¿Alguno se llamaba Ricky o Teodoro?

—No les pregunté sus nombres. Bastante tuve con separarlos.

—Putos enanos...

—Ea, ea, ya está... Te voy a hacer un cafecito —dijo mi madre—. Mira que pillarte semejante curda... Vergüenza debería darte.

—Bajitos pero peleooooones... —siguió diciendo mi padre, arrastrando las palabras.

—En eso tiene toda la razón —admitió el guardia civil—. Le estaban dando duro a tu padre.

—¿Pero cómo empezó la pelea?

—Eso ya no sé decirte, mi compañero y yo llegamos porque nos avisaron los dueños del bar. Los enanos querían denunciarlo y que pasara la noche en el calabozo, pero los convencí para que se olvidaran. Tuve que contarles parte del drama, eso sí.

—¿Qué parte del drama? —gritó Débora—. ¿No les habrás contado que yo...?

—Es que era eso o el calabozo —se justificó Jacobo—. Pero tranquila, que he sido discreto, nadie del bar se enteró. Eso sí, los bajitos no entendían que fuera para tanto.

—Claro, porque ellos son de la misma estatura, y entre ellos se protegen —dijo mi hermana.

—¿Qué pasa? ¿Qué ahora eres una experta en el tema? —pregunté yo.

—Ay, que me da algo —se lamentó Débora—. Que a estas horas ya lo debe de saber medio pueblo...

—Que no, que los ornitólogos no son de aquí.

—¡¿Y tú para qué dices nada?! —dijo León, encarándose a él—. Siempre metido en todos los fregados.

—Soy guardia civil.

—Esto lo has hecho para impresionarme, para que te perdone.

—Pero si es a ti a quien tengo que perdonar.

—A mí, ¿por qué?

—Por lo cazurro que te pusiste, por irte de la boca, por...

—No discutáissss... —dijo mi padre con una voz de ultratumba—. León, este chico me parece muy bien para ti.

—Te recuerdo que esta noche me llamaste maricón.

—¿Y? ¿No eres maricón?

—Se dice gay, papá, homosexual también vale. Maricón es un insulto.

—Perdone usted, señor gay, este guardia civil me gusta para ti. Te quiere.

—¿Pero qué le has contado? —gritó León, encarándose a Jacobo.

—Yo, nada, nada, solo le pregunté cómo estabas. Y ahí él habrá sacado sus propias conclusiones.

—Conclussssiones... verddddaderas... —farfulló mi padre—. Que se besen, que se besen...

—Papá, estás fatal —dije yo—. ¡Mamá! ¿Viene ese café o qué? Débora, ayúdame a colocarlo mejor en el sofá, que aún se va a ahogar.

Débora quiso echarme una mano, pero al ir a tocarle mi padre se rebeló.

—No me toooques, forrrrnicadora de enanos...

—Ah, muy bien, te parece estupendo que tu hijo sea maricón, pero lo mío es horrible.

—¿Y qué tendrá que ver? —preguntó León.

—Pues tiene, tiene, que aquí hay una vara de medir muy diferente para cada uno. Tú, como eres chico, te puedes tirar a un guardia civil, pero yo, como chica, ni me puedo acercar a un enano.

—¡Estabas a punto de casarte! —protestó León.

—Ahora un gay promiscuo me va a dar lecciones de moral, tócate las narices.

—¿Promiscuo? —preguntó Jacobo—. Si me dijiste que no eras promiscuo.

—¡Qué va! Si no lo soy, esta, que inventa... —Aunque León enseguida rectificó—: ¿Y a ti qué más te da si soy promiscuo o no? Si ya no estamos juntos.

—Hacéis muy buena parrrrrreja —insistió mi padre.

Por fin llegó mi madre con el café.

—Enchúfaselo en vena aunque sea, porque está haciendo el ridículo de mala manera —dijo León.

—Pero si te estoy dando mi bendición —replicó mi padre—. Puto Jägermeister.

—¿En qué idioma hablas, Jonás? —se preocupó mi madre.

—Nada, que le ha dado bien al Jägermeister, una bebida de cazadores alemanes que tumba a cualquiera.

—¿Y por qué ha bebido una cosa de cazadores alemanes?

—Porque está muy de moda, mamá, lo beben todos ahora. Es como tu orujo de hierbas versión *heavy*.

—¿Mas *jevi* que mi orujo de hierbas? Ahora lo entiendo todo. Voy a hacer más café. Haced que se tome este. —Mi madre de manera cariñosa miró al guardia civil—. Jacobo, querido, ¿tú quieres un cafecito o un chupito o algo? Que no te he ofrecido nada.

—Gracias, Ángela, pero estoy de servicio.

—Pero ¿y quién se va a enterar?

—¿Queréis dejar de tratar tan bien a Jacobo? Que estoy peleado con él —insistió León.

—Pues ya estás tardando en arreglarte. Que en esta familia alguna pareja tendrá que funcionar, digo yo. Que parecemos malditos, caramba.

—La nuestraaaaa funciona, Ángela, ¿o no? Porque si no funciona, yo me vuelvo a la mar —advirtió mi padre.

—Claro que funciona. Rara, pero funciona. Y deja de amenazar con irte a la mar, que nos tienes aburridos. —Mi madre miró a Jacobo y a León—. ¿Por qué no os vais al jardín o a tu habitación a hablar?

—Pero qué pesaditos estáis... —dijo León.

—Hombre, ya que estoy aquí, no me parece tan mala idea, ¿o qué? Yo echarte te echo de menos. Mucho.

—Y él también, solo que le cuesta dar su brazo a torcer, pero es de familia, no le culpes —dije yo.

—Yo agradecería que no os metierais —pidió León.

—Bien que te metiste tú con lo de la casa del árbol, así que ahora a apechugar. Ea, aire. Idos.

—Vamos, ¿o qué?

León a regañadientes se llevó a Jacobo al jardín.

—Mejor a tu habitación, ¿no?

—No, que te embalas y estás de servicio. Y no querrás mancillar tu uniforme sacrosanto.

—Ay, cómo te pones.

Salieron al jardín.

—Hacen muy buena pareja... —repitió mi padre, cabeceando.

—Que sí, papá, que sí.

—Yo casi me voy a dormir —dijo Débora—. Que aquí se ve que molesto.

Y sin más, se marchó.

—¿Se ha enfadado? —preguntó mi padre.

—A ver... muy comprensivo no has estado.

—Pero si he defendido su honor delante de los enanos...

—Pero si esos ni conocían a Débora.

—Por si acaso. Porque yo creo que...

Mi padre dejó de hablar. Se quedó dormido de golpe y enseguida empezó a roncar. Mi madre apareció con más café.

—¿Está roncando? Ay, a ver si he hecho descafeinado, que siempre me lío con esas cápsulas de la Nespresso. ¿El rojo es extrafuerte?

—Es más bien extradescafeinado, mamá.

—Tate, eso va a ser. —Miró con cierto arrobo a mi padre—. El caso es que cuando está dormido está bien guapo. ¿Y Jacobo y León? —preguntó con cierta ilusión en la mirada.

—En el jardín.

Señalé hacia el jardín y allí estaban los dos, dándose un morreo de los largos.

—Ay, qué bien —dijo mi madre—. Y qué suerte que ha pillado dormido a tu padre.

—Pero si les ha dado su bendición.

—Sí, sí, pero las emociones mejor de una en una, que su tensión no está para tanto sobresalto.

Y lo de la tensión de mi padre era verdad, y no una exageración empática de mi madre. Los días siguientes se los pasó de la cama al sofá y del sofá a la cama. Débora feliz cuando no tenía que cruzárselo porque estaba en la habitación, pero un poco más incómoda cuando se lo encontraba en la sala. Mi madre muerta de preocupación.

—Este hombre no está bien.

Y mi padre quitándole importancia a su tensión alterada.

—Si en unos días se me ajusta. Si alguna vez en el barco también me ha pasado y es cuestión de relajarse.

—Tendrías que ir al médico, Jonás.

—Si lo estás haciendo para mortificarme, lo estás consiguiendo, papá —observó Débora.

—Que no, hija, si ya me voy haciendo a la idea...

—Yo no sé qué te cuesta ir al médico y que así nos quedemos todos tranquilos. Porque yo te toco, te toco y me preocupo.

—Pues no toques tanto y dedícate a tus pacientes, que con ellos tienes más tino.

—Vale, yo no te toco más, pero tú me prometes ir al médico.

—Tampoco te estoy diciendo que no me toques más, que no me toques para intentar adivinar los síntomas, para lo otro me puedes tocar todo lo que quieras.

—Cuando vayas al médico, que con esa tensión no estás para hacer alardes. Yo para mí que te has hecho diabético, fíjate lo que te digo. ¿Tienes sed? ¿Estás más cansado de lo habitual?

—Vale, pido cita ahora mismo. Ya está. Con tal de no escucharte...

En el estudio de arquitectura todo empezaba a bullir. Ingrid había organizado una reunión con los distintos oficios que serían necesarios para construir la casa. Su estudio solía trabajar siempre con el mismo constructor, muchas veces era él quien contrataba al estudio y otras veces era al revés. Lo llamó y lo puso al día de las necesidades y de la peculiaridad del proyecto. Entre los dos decidieron el personal preciso para llevarlo a cabo. El mejor carpintero, con su propio equipo, recomendado por Diego, un fontanero, un ebanista, un forjador, un albañil y un encargado de obra que trabajaría en estrecha colaboración conmigo. Yo asumía la labor de aparejador para esta obra. Yo no creía necesitar a tanta gente, pero Ingrid decidió que teníamos que demostrar la mayor eficiencia, y que nada podía fallar. Además, no se trataba de demorarse demasiado en la construcción de la casa. Cuanto antes la pudiéramos tener lista, mejor, para poder pasar a la verdadera obra, la reforma y ampliación.

Diego se pasó a las dos horas para supervisar que todo estuviera arrancando bien. También se trajo varias muestras de madera, de olmo, de pino, de haya, de castaño, de roble, para que decidiéramos cuál sería la más adecuada para la casa y cuál aislaría y protegería más de las lluvias y el frío del invierno. Yo había previsto un buen aislamiento, así que creía que cualquiera de esas maderas podría servir para la construcción, pero aun así se estableció un intenso debate del que salió ganadora la madera de roble. Habría que darle algún tratamiento para protegerlo de las inclemencias del tiempo, pero podría funcionar. Y tenía su lógica, la casa se apoyaría sobre un roble centenario. Yo había previsto unas placas solares para que sirvieran de energía para calentar el agua de los dos radiadores, y también estuvimos decidiendo su ubicación para no entorpecer la estética del jardín. Fue una reunión larga, intensa. Yo me sentía feliz formando parte del proyecto, y opinando, decidiendo con cada uno de los que trabajarían en la casa qué era lo mejor y más adecuado para levantarla. Qué bien me sentaba trabajar en equipo, aunque no fuera precisamente la mujer con el dulce carácter que todos quieren tener trabajando a su lado.

Diego también estaba feliz por la marcha de la reunión y al acabar quiso invitarnos a todos a una cerveza. Yo no necesitaba intimar con él más allá de lo profesional, había dejado muy clara mi postura, pero cuando me iba a negar, Ingrid, adelantándose a mi respuesta, me lo impidió. Claro que iríamos todos a tomar una cerveza. Ingrid invitó también al becario del estudio, un chaval que no tendría más de veinticuatro años y que pronto descubriría que se estaba beneficiando la checa, a sus cincuenta y tantos... Madonna debía de ser su modelo a seguir. Pobre crío, marcado para el resto de su vida por la personalidad avasalladora de la arquitecta. Porque enseguida me di cuenta de que el becario estaba coladito por ella. Diego también se percató y cuando posó la segunda ronda de cervezas en la mesa y me dio la mía a mí, se hizo eco de la parejita.

—Que fenómeno tu jefa.

—Es muy buena en su trabajo, sí.

—No, me refiero al crío que se está trajinando.

—Son solo compañeros.

Y tan pronto como lo dije, Ingrid y el becario se levantaron y se perdieron en el baño.

—Te apuesto lo que quieras a que Ingrid sale con el pintalabios corrido, y el chaval subiéndose la cremallera.

—No delires, si podría ser su madre.

—Esperemos que no lo sea —dijo Diego sonriendo.

Levantó su cerveza para hacer un brindis.

—Por la mejor casa del árbol de Cantabria. Qué digo de Cantabria, de toda Europa. Gracias a la arquitecta por poner en ella todo su talento.

Todos brindaron a mi salud, y a mí el gesto de Diego me dejó bastante abrumada. ¿Pero este hombre de qué iba? Lo mismo me humillaba, lo mismo me ignoraba, como que de repente me halagaba.

—Mi hija desde que vio el 3D ya tiene una mejor amiga. Está deseando conocerte.

—Ah... ¿y sabe que soy la del tren, a la que dibujó cuernos y rabo?

—Lo sabe, y eso aún la tiene más fascinada. Y no es para menos.

—Ah...

¿Sería la cerveza? ¿La cerveza le convertía en un chico agradable? ¿Tendría que emborracharlo a diario?

—Te sienta muy bien el alcohol, ¿no?

—No, lo que me sienta bien es empezar un proyecto que me gusta. ¿Tú no estás contenta?

—Bueno...

—Lo voy a tomar como un sí. ¡La siguiente ronda la paga la arquitecta!

Aplausos y vítores. A mí me pareció que le echaba un poco de morro, pero enseguida me di cuenta de por qué lo había dicho. Ingrid salía del baño con el pintalabios corrido... Así que pagué la siguiente ronda aceptando mi derrota. Y después de esa vino otra y otra. Las cervezas se alargaron hasta las once de la noche. Ahí ya empezó a retirarse todo el mundo, básicamente porque había mucho que hacer en los días siguientes y nadie quería aparecer con resaca.

Ingrid fue de las primeras en marcharse, al igual que el becario, y a ellos le fueron siguiendo todos. Diego se ofreció a llevarme en coche a casa.

—¿Tú estás como para conducir?

—Conozco bien el pueblo, podría llevarte con los ojos cerrados. Y a estas horas no hay tráfico.

A mí me apetecía montarme en el Mercedes rosa, para qué lo iba a negar. Pero aun así lo negué.

—No, no es buena idea, voy andando. Pero gracias.

Salí del bar y me puse a caminar, en veinte minutos a buen paso estaría en casa, y me vendría bien para despejar la cabeza. No hacía mala noche, y aunque la temperatura tampoco era especialmente primaveral, con el abrigo que llevaba me bastaba. Con lo que no contaba era con que se pusiera a llover. Qué rápido me había acostumbrado al clima seco de Madrid, estas lluvias del norte, ahora siempre me sorprendían. Intenté refugiarme entre las casas, pero con muy poca fortuna. Oí el sonido de un claxon, me di la vuelta y a escasos centímetros estaba el Mercedes rosa.

—Sube, que te vas a empapar.

—Da igual.

Y seguí caminando. Diego aminoró la marcha para ponerse con el coche a mi lado.

—Sube, tozuda.

—Te estoy diciendo que da igual, me encanta la lluvia. En Madrid no tenemos mucha ocasión de disfrutarla.

—La lluvia de Madrid es un asco. Y la de aquí un aburrimiento. Venga, te llevo.

—Que no hace falta.

—No llevas ni paraguas, arquitecta. Yo voy a seguirte, y la gente nos va a ver y va a empezar a hablar, ¿eso es lo que quieres?

—Eres pesadito tú, ¿eh?

—No lo sabes bien. Venga.

Yo dudé un momento, pero acabé por claudicar, básicamente porque me estaba calando. Y es verdad que tampoco quería que empezaran a hablar. Asentí con la cabeza.

—Subo.

Diego abrió la puerta del copiloto, quitó un par de juguetes que había en el asiento, un dinosaurio y una princesa, y los echó en el asiento de atrás.

—Adelante. Aquí no tengo una toalla para dejarte.

—Estoy bien, ¿sabes dónde está la casa de mis padres? —dije mientras me fijaba en los asientos de cuero marrón. Desprendían un olor característico, una mezcla de la piel y tal vez del perfume infantil de la niña. Y cómo no, mi pelo mojado, olor desagradable donde los haya.

—Claro, he estado en la consulta.

Cogí otro juguete del suelo, una muñeca sin pelo. Nos quedamos un momento en silencio.

—No te lo he preguntado, ¿cómo se llama tu hija?

—Diana.

—Ah...

—Sí, como su madre, cosas de la abuela. A veces se hace duro llamarla por el mismo nombre que mi mujer, así que me invento otros: princesa, morena, renacuajo...

—¿Y ella cuál prefiere?

—Yo creo que Diana, pero hasta que no me lo diga, no pienso cambiar.

Entonces me acordé de que la niña no hablaba.

—¿Crees que la casa servirá para que hable?

—No creo que la casa obre la magia por sí sola, no soy tan cretino, pero ¿quién sabe? Puede ayudar.

—Tienes que volver a la consulta de mi madre. A ver... yo no es que crea en milagros, y menos viniendo de mi madre, pero muchas veces ha acertado con el diagnóstico.

—Sí, la alcaldesa siempre se pone muy pesada al respecto. A lo mejor algún día vuelvo, intentaré que no haya gente desagradable en la recepción.

—¿Eso va por mí o por mi hermana?

—El premio es compartido —dijo con la más malvada de sus sonrisas.

A Diego se le caló un momento el coche y yo le miré con cierta preocupación.

—¿Vas bien?

—Sí, sí, no es culpa de las cervezas, es este trasto, que a veces me la juega, es lo que tienen los coches viejos.

Cogió un desvío que no esperaba y le miré interrogante.

—Tranquila, que no me estoy desviando para llevarte a Santander. Es que la otra calle está cortada.

—No seas capullo, que ibas muy bien.

Diego sonrió ufano y orgulloso de sí mismo. Yo traté de cambiar la conversación.

—Así que a tu hija le gustó su casa vikinga.

—Ahí, ahí, desviando con agilidad el tema de Santander.

—Capullo.

—Le he dicho que busque un nombre para la casa. Yo ya estoy mirando alguno sueco o noruego que suenen a vikingo y se puedan pronunciar. Se aceptan sugerencias, de todas formas.

—Soy malísima bautizando cosas. Seguro que ella encuentra uno estupendo. ¿Sabe escribir ya?

—Tiene cuatro años... No corras tanto.

—Mejor, odio a las niñas precoces. ¿Por qué se empeñan ahora en que aprendan inglés antes de los cinco? ¿Tan pronto quieren que emigren? Demuestra muy poca confianza en nosotros como país. La cosa está mal, pero algún día saldremos de esta. Mira tú, si no, que has prosperado. A braguetazo limpio, pero has prosperado.

Pensé que iba a reaccionar a mi pulla con otra mayor, pero se quedó callado, como reflexionando, y me despistó con su respuesta.

—Y para lo que ha servido. Para sentirme atrapado, para acabar viviendo con mis suegros en una casa que si antes ya era grande y fea, ahora sin Diana es... No sé ni cómo definirla.

—De ahí la reforma que quieres hacer. ¿Y tus suegros están de acuerdo?

—Mis suegros están dispuestos a todo con tal de que no me vaya y aleje a su nieta de su lado. Es lo único que les queda de Diana, y no quieren perderla. Por supuesto, yo no pensaba irme con reforma o sin ella. Nunca pensé en alejar a la niña de ellos. Además, ella los adora. Le encanta subirse a la silla de ruedas de la abuela y ponerla a toda velocidad, o sea, a unos tres kilómetros hora.

Sonreí con cierta lástima y él se dio cuenta.

—Mis suegros son buena gente, chapados a la antigua, acostumbrados a mandar, pero buena gente. A mí me aceptaron bien...

Lo miré sin acabar de creérmelo. Él sonrió.

—Bueno, no, pero se fueron haciendo a la idea. Mi intención nunca fue vivir con ellos, claro, pero después de lo de Diana, se me partía el corazón al verlos y... a lo tonto acabamos instalándonos.

Me imaginé el panorama, cómo tenía que ser vivir atrapado en una vida, con una gente que era tu familia política, pero a la que solo te unía una hija y el recuerdo de tu esposa.

—La alegría de la huerta tiene que ser aquello.

—Te acostumbras, como a casi todo. Y tener a un niño en casa, aunque no hable, siempre da alegría. Mucha, ni te la imaginas. Las cosas se pueden vivir como un drama, o puedes intentar verles el lado positivo.

Mi hermana Débora y yo deberíamos aprender bastante al respecto. O al menos yo, porque mi hermana bastante difícil lo tenía para verles el lado positivo. Pero bueno, si Diego, después de todo lo ocurrido, podía, desde luego yo tenía que sobreponerme de una vez a la tontería de que mi futuro marido se hubiera liado con otra, famosa o no.

—Y a pesar de todos los quebraderos de cabeza y de todo lo que me estoy jugando, el proyecto de la planta eléctrica es apasionante. Como ves, siempre vas encontrando cosas a las que agarrarte. Ahora, por ejemplo, estoy construyendo una casita en el árbol con una arquitecta con muy mala leche, pero que me da vidilla.

—¿Ah sí? ¿Te da vidilla?

Diego paró en un semáforo en rojo, los limpiaparabrisas funcionando hacían un ruido rítmico mientras arrastraban el agua de la lluvia. El pelirrojo me miró. Nos quedamos unos segundos en silencio.

—Tampoco te pongas medallas, que con el panorama que te he contado, todo lo que salga de los problemas de financiación de la fábrica me sirve.

—No me emociono, ¿tú me ves emocionada?

Diego sonrió, arrancó de nuevo y antes de llegar a una bifurcación aminoró la marcha.

—¿Qué camino cojo? ¿Santander o tu casa?

—Cansino eres. Mi casa.

—Sí, no se nos ha perdido nada en Santander.

Nos quedamos en silencio mientras Diego conducía. Y antes de darme cuenta ya estaba parando el motor delante de la entrada de la casa de mis padres.

—Ya hemos llegado —dijo.

—Eso parece.

Nos volvimos a mirar. Cuatro segundos de silencio. Los cronometré mentalmente.

—¿Bajas o...?

—Claro, claro.

Fui a abrir el seguro pero no conseguí hacerlo.

—Espera, que está a prueba de niños.

Diego pasó su brazo por delante de mi cuerpo, casi rozándome el pecho, y yo sentí cómo se me erizaba la piel. Es lo que tiene llevar más de dos meses sin echar un polvo, que con cualquier cosita tu cuerpo reacciona. Desbloqueó el seguro.

—Ya está. Te puedes ir. Sécate al llegar, que estas cosas acaban en pulmonía.

Yo no dije ni una palabra, temía que se me notara el sofoco si hablaba. Así que sonreí, moví la cabeza a modo de despedida y salí del coche.

—Un placer, arquitecta.

Entré en casa sin apenas respirar, sintiéndome como una quinceañera de película americana en la que el chico le acompaña con su Cadillac rosa a casa. ¿Qué coño me estaba pasando?

—¿Ese coche del que has bajado... era de...?

—Sí, no creo que haya muchos Mercedes rosa por la zona.

—Ni por la zona ni por Europa. Vaya, vaya... —dijo León.

—Nos invitó a unas cañas y cuando salimos llovía, no saques ningún tipo de conclusión.

—No era un vaya, vaya conclusivo, era un vaya, vaya admirativo. ¿Qué verán en ti con lo gruñona que eres?

—Solo me ha contratado para trabajar.

—Vale, vale. No digo nada más. ¿Ha intentado meterte mano?

—¡León!

Mi madre salió de su habitación.

—No gritéis, que vuestro padre está descansando.

—¿Cómo está?

—Bien, mejor.

—Pero tú no te lo acabas de creer —dije yo.

—Si los análisis dicen que todo está bien y el médico también lo piensa, será verdad.

—Pues hala, deja de preocuparte.

Mi madre en ese momento me abrazó, más rato de lo normal. Bueno, ya el hecho de que me abrazara así, sin venir a cuento, era bastante extraño. No somos de abrazarnos mucho, hay familias que sí, que por cualquier tontería ya están dándose abrazos, pero nosotros no, vamos, cuando llegamos o cuando nos vamos, un abracito así, pero sin una intensidad que vaya más allá de un apretón y que no dura más de dos segundos.

—Mamá, ¿qué haces?

—Tú ya estás algo mejor, ¿a que sí?

—¿Y eso a qué viene?

—No sé, que últimamente empiezo a dudar de mi capacidad. A veces creo que ya tiro más de lo que la experiencia me dice que de lo que siento. Ven aquí, León.

—¿Me vas a abrazar también?

—Sí. Ven.

—Ay, mamá, es que...

—Que vengas.

León a regañadientes se dejó abrazar. Mi madre estuvo un rato pegada a él, pasándole la mano por la espalda, arriba y abajo.

—A ti lo que te pasa es que estás falta de cariño y estás utilizando esto como excusa.

—¡Calla! ¿Cómo voy a estar falta de cariño con tu padre aquí, que encima es una lapa?

Mi madre siguió tocándole un rato, y cuando se separó lo primero que hizo fue abrirle la boca a León, como si estuviera comprobando la salud de un caballo.

—¿Qué haces?

—¿Te están molestando las encías?

—Algo...

—Pues al dentista, que eso es que te lavas fatal los dientes. Y como acabe en gingivitis ya verás qué gracia.

—¿Has sentido que me dolían las encías?

—Sí —dijo con orgullo mi madre. Con orgullo y mucho alivio—. Mi capacidad sigue ahí, menos mal. Más apagadita, pero sigue ahí. ¿Será cosa de la edad? La gente se suele quedar medio sorda con los años, a lo mejor a mí me pasa lo mismo pero con lo mío.

—¿Y a los pacientes los abrazas tanto?

—No, aunque a veces tengo que estar en contacto con ellos mucho más de lo que estaba antes, eso sí es verdad. Y con algunos es un trago, no creas.

—¿Se te ponen cachondotes? —preguntó León.

—¡No digas sandeces!

—¿Y entonces por qué es un mal trago?

—Porque hay gente que se ducha poco, León.

—Qué asco... Aunque, fíjate, el otro día uno por el Grinder lo único que quería de mí es que oliera mal. Estaba obsesionado con que le dijera lo mal que me olían los sobacos, y que si mis zapatillas apestaban. Estudia una carrera, mantente en forma, sé simpático y culto, para que luego solo aprecien de ti tus olores corporales.

—¿Y tú qué le dijiste?

—Pues que apestaba, si al hombre le hacía ilusión, tampoco me costaba nada.

—Pero ¿y si quedas con él? ¿Vas a tener que apestar?

—Lo pensé, pero no, me iba a dar mucho asco. Y que ya no lo necesito, que estoy bien con el guardia civil —dijo con una sonrisa que le iluminó la cara.

—¿En esta casa no se puede dormir? —protestó mi padre, saliendo de la habitación. Miró a León—. Y que no me entere yo de que no te duchas.

Sed de náufrago

Los siguientes días fueron frenéticos. Madrugaba para ir temprano a casa de los Andrada y empezar a dirigir a todo el equipo. Era la primera vez que me veía haciendo ese tipo de trabajo, lo mío siempre había sido dibujar y proyectar, no liderar a un grupo de albañiles, capataces, fontaneros... Y descubrí que no se me daba del todo mal, y no sé si porque Ingrid los tenía a todos amaestrados o amenazados, pero me hacían muchísimo caso. Ella había delegado en mí toda la responsabilidad, algo que agradecí, pero que también me tenía preocupada. ¿Y si al final yo no estaba a la altura? Pero así era Ingrid, o es lo que me dijeron, exigía muchísimo, pero también daba carta blanca. Eso sí, si luego las cosas no estaban perfectas, mejor que huyeras a otro país. Sus broncas eran más devastadoras que las plagas bíblicas que enviaba el Dios vengativo del Antiguo Testamento. Yo había presenciado una en el estudio de arquitectura, y aunque la cosa no iba conmigo y yo estaba a unos cuantos metros de distancia, noté cómo se me alisaban los pelos del susto y cómo el agua de mi vaso se congelaba. Ingrid daba mucho miedo. Y esa bronca se la estaba echando al becario, al que se beneficiaba por las noches. Si gritaba así a sus amantes, qué no haría con los demás empleados.

Diego apenas pasaba por la construcción, a lo mejor al final del día, o en medio de la jornada, para supervisarlo todo. Y era tan profesional, tan eficaz que apenas cruzábamos más palabras que las necesarias para la correcta marcha de la casa del árbol. Desde el primer día instaló en el jardín un sanitario provisional, para que no tuviéramos que entrar a la casa y de esa manera no molestáramos a su suegra. Yo me moría de ganas de conocer la casa por dentro, una curiosidad morbosa por saber si las paredes estarían llenas de retratos de la muerta, y por saber el tipo de decoración y ambiente que se respiraba allí. ¿Sería tan opresivo como imaginaba mi hermano León, como en la película *Rebeca*? ¿O ya se habría normalizado la ausencia de Diana y el ambiente trágico ya estaría disipado? Y aunque intenté un par de veces entrar con cualquier excusa, ni la señora que cuidaba a la suegra, ni otro empleado me lo permitieron.

La señora de Andrada nos vigilaba a veces desde la terraza en su silla de ruedas. Yo todos los días que la veía la saludaba con la mano, pero ella nunca me devolvía el saludo, no sé si porque le costaba demasiado levantar uno de sus brazos, porque no me veía o simplemente porque no le daba la gana. En ocasiones hacía su rehabilitación en la terraza, un par de terapeutas la masajeaban, la obligaban a jugar con una pelota y a dar unos cuantos pasos con un andador. La anciana tenía una gran fuerza de voluntad, se la veía con coraje, y a mí me tenía fascinada que no tuviera ningún problema en hacer esos ejercicios al aire libre, sabiendo que nosotros podíamos verla. Tal vez era su manera de decirle al mundo: sí, mi hija ha muerto, me dio un derrame, pero aquí sigo, luchando.

Diana, la hija de Diego, tenía prohibido acercarse hasta la construcción. Su padre prefería que viera la casa cuando ya estuviera terminada, y creía que no era el mejor entorno para que estuviera la niña, demasiado peligroso con tanta gente trabajando por allí. Pero la pequeña salía muchas veces con la abuela a la terraza. Se sentaba en su regazo y nos contemplaba con unos prismáticos. Ella sí me respondía al saludo. Yo veía además que era muy cariñosa con la abuela, y esta con su nieta. Iba a ser cierto que se adoraban.

En diez días tuvimos la estructura levantada. Yo no podía estar más orgullosa. Cada dos días llevaba a mi hermana Débora para que hiciera un seguimiento fotográfico de los avances.

—Como un día se entere el viudo de que yo estoy por aquí, le va a dar un parraque.

—¿Por qué?

—Porque le caigo como el culo, Bea, porque he intentado boicotear todo lo que ha hecho con la fábrica.

—Aquí estás en calidad de fotógrafa, no de terrorista ecológica.

—Menuda choza, ¿eh?

—Está quedando bonita, ¿a que sí?

—Me refiero a la casa principal. Estos han tenido que robar dinero a espuertas. Nadie gana tanto dinero de manera honrada.

—No digas burradas, que llevan casi un siglo en el negocio de la madera.

—¿La has visto por dentro?

—No.

—Qué poca curiosidad, chica.

—No es eso, no nos lo permiten.

—¿Qué me dices? Cómo tiene que ser esa suegra. ¿Y el suegro, no viene mucho por aquí a dar el coñazo?

—La verdad es que no se ha pasado nunca.

—A mí que dejen al yerno hacer y deshacer con el dinero familiar me tiene fascinada.

—Tú limítate a hacer fotos.

—Vale, vale... ¿Te gusta esta? —me preguntó, enseñándome la pantalla digital de su cámara.

—Eres una artista, Débora.

—Una artista muerta de hambre. Porque con lo que me pagas no me va a dar para mudarme.

—¿Pero aún sigues pensando en alquilar algo? Si ahora que papá ya está al tanto de todo no hace falta que te vayas, ¿no?

—¿Pero tú has visto cómo me sigue mirando?

—Si ya lo ha asumido.

—Otra como mamá. Le va a costar, Bea, le va a costar mucho.

—Bueno, pues cuanto más cerca te tenga, antes lo superará. Y que no quiero que te vayas, que parece que estás huyendo y no tienes que huir de nada.

—Mira quién fue a hablar.

—¿Sabes algo de Juan?

—Creo que ya ha contratado abogado para el divorcio.

—¿Y no lo podéis hacer sin abogados? Si tampoco tenéis tantas cosas por las que pelearos.

—Ya, pero es que como yo le dije que ya había contratado a uno...

En ese momento apareció Diego. Iba trajeado. Yo nunca le había visto en traje, y no le quedaba mal. Ya solo estábamos mi hermana y yo, todos los obreros habían acabado la jornada hacía rato. Mi hermana prefería esa luz del atardecer para hacer las fotos, y acertaba porque el resultado era increíble. Débora se sintió un tanto incómoda al verlo.

—Yo ya me iba...

—¿Me dejas ver? —le preguntó Diego, señalando su cámara.

Ella se la pasó. Y le indicó la ruedecilla que tenía que mover para pasar de una foto a otra.

—Tengo una igual, sé manejarla. ¿Se pueden ver todas o me encontraré con alguna privada?

—No, como mucho alguna de mi hijo, pero nada más.

Diego fue pasando las fotos. Miraba una y luego miraba hacia la casa, observando los ángulos e intentando ponerse desde el punto de vista en el que se había sacado la foto. Así estuvo un rato largo. Mi hermana me habló al oído.

—¿Qué hace? ¿Siempre es así de meticuloso?

No tuve tiempo de contestarle, porque Diego le devolvió la cámara.

—Puedes seguir viniendo.

—Eh... gracias... supongo.

—Pásamelas cuando las tengas. Pon un precio razonable.

—Las hacía para mi hermana.

—Pero no creo que ella te pague, y yo sí. Ah, y muy guapo tu hijo, unos ojos verdes preciosos.

Mi hermana me interrogó con la mirada. Yo negué. No, no le había dicho nada.

—¿Qué pasa? —preguntó Diego.

—Nada, yo me voy ya. ¿Te vienes?

—Quería consultar con Diego un par de cosas, pero no tardo, espérame y nos vamos juntas.

—No, no. Me voy, que a Óscar le toca la toma.

—No te olvides de las fotos —dijo Diego.

—Me lo pienso.

Débora se despidió de nosotros con un gesto. Diego la observó divertido mientras se alejaba.

—¿Quién lleva peor lo de trabajar para mí, tú o ella?

—Débora no cree que trabaje para ti, ya la has oído.

—¿Cómo va todo?

—Hemos ganado un par de días sobre lo que yo tenía previsto, así que bien. Tenemos que tomar un par de decisiones. Bueno, las tienes que tomar tú. Pero vamos, nada grave.

Yo estaba contenta, casi eufórica, y ni podía ni quería disimularlo.

—¿Te importa si me pongo más cómodo? Estos zapatos nuevos se me están clavando en el tobillo.

—Nunca te había visto de traje.

—Para hablar con los bancos es mejor. Te ven más serio. Y hoy me jugaba mucho. Tenía que pedirles un crédito millonario.

—¿Y ha habido suerte?

—Bueno, más que suerte he tenido que poner todo el negocio como aval. Ya sabes que los bancos no son de asumir muchos riesgos. Si la planta eléctrica no sale, lo pierdo todo, ¿cómo te quedas?

—¿En serio? —¿De verdad lo estaba diciendo en serio? ¿Se lo estaba jugando todo y su actitud era como la de quien hacía una jugada arriesgada al Monopoly? ¿Como si realmente fuera un juego y no estuviera hablando de la vida real? ¿De verdad estaba arriesgando la empresa y todo el capital?

—Sí, da vértigo. Pero esa sensación de estar en el abismo me hace sentir vivo.

—¿Pero y esa decisión no la tendrías que tomar con tu suegro?

—No. —Y fue la única explicación que dio. Un escueto no—. Me cambio y vengo y de paso le doy la ración semanal de cotilleos a mi suegra —me dijo, señalando unas cuantas revistas del corazón.

Vi de refilón que en una de las portadas estaba la chica del telediario con Víctor.

—¿Me permites?

—¿No me digas que las arquitectas también sois adictas?

—No es eso...

Cogí la revista y al leer la portada tuve que tragar saliva. Busqué en las páginas interiores hasta dar con la noticia. Leí a toda velocidad.

—¿Qué pasa?

—Mi ex, que se va de su estudio, que monta uno propio. Se ve que la presentadora le ha conseguido un par de proyectos...

—¿Ese es tu ex? ¿Y está con esta?

—Sí, sí, está con esa. Imagínate cómo es que te dejen por un pibón así. Que me miro en el espejo y... me hundo de la pena que me doy. Toma la revista.

Diego se quedó un tanto impresionado de mi cambio de actitud, de la euforia a la nube negra.

—¿Estás bien?

—Qué remedio.

—¿Te puedo dejar sola un momento? No tardo nada.

—Vete, vete, no pienso colgarme de ningún árbol, tranquilo.

Diego apareció a los diez minutos, vestido en vaqueros y sudadera verde y con dos cervezas en la mano.

—Creo que la necesitas.

—Gracias.

Diego observó cómo me bebía media cerveza de un trago. Se subió a la casa del árbol.

—Me gustan las escaleras. ¿Patinarán con la lluvia?

—No. He pensado recubrir una parte central con una zona rugosa, tal vez piedra sin pulir. O una aleación de aluminio y metal, aunque puede arder en verano, es una de las cosas que hay que decidir.

La casa del árbol tenía ya varias paredes levantadas. Diego inspeccionó el espacio, tocó las paredes, y finalmente se sentó dejando las piernas colgar y con su espalda apoyada al tronco del roble que atravesaba el suelo de madera de la casa.

—Me gusta la vista. Se domina la playa y puedes ver todos los árboles del jardín. Ven a disfrutar de tu obra.

Yo no estaba de humor para subir, ni para sentarme ni para relajarme, pero la otra opción, la de quedarme abajo con la nube negra, era peor. Así que me senté a su lado y le di otro trago a la cerveza.

Diego empezó a bombardearme a preguntas técnicas, sobre materiales, sobre la estructura, sobre las soluciones que tenía pensadas para las ventanas, y cómo iba a instalar la calefacción. Yo me di cuenta de que la mitad de las respuestas ya las conocía, pero me estaba sentando tan bien poder centrarme en el trabajo, y así olvidar a Víctor y su presentadora, que me dejé llevar, agradeciendo su esfuerzo por distraerme.

—Y otra de las decisiones que hay que tomar es con la ventana que va ahí, no sé si hacerla batiente o de corredera. Yo la prefiero batiente, pero no sé si tu hija tendrá fuerza para abrirla, aunque podríamos conseguir que con un sistema de poleas fuera más sencillo. Y estoy pensando en añadir una claraboya en el techo. En invierno convertiría esto en un pequeño invernadero, ideal para calentarlo, claro que en verano...

—Una sauna.

Nos quedamos en silencio bebiendo nuestras cervezas.

—Gracias —le dije.

—¿Por qué?

—Durante quince minutos me he olvidado de la carrera fulgurante de mi novio. Mientras yo estoy aquí...

—... haciendo la casa del árbol más espectacular de la historia.

Sonreí.

—Dudo que pudiera impresionarlo con esto —contesté.

—¿Haces esto para impresionarlo?

—Siempre he trabajado queriéndome superar a mí misma, e impresionarlo a él, sí. Era esa clase de relación. Qué sano todo, ¿verdad? —dije con cierta ironía.

—Pues entonces alégrate de que esté con la presentadora esa.

—Sí, seguro que ahora es él quien quiere impresionarla a ella.

—Si te vale de algo, a mí me has impresionado.

Me giré para mirarlo de frente.

—¿Vas a utilizar mi momento de debilidad para echarme los trastos?

—Muchas se sentirían halagadas, no acabo de entender por qué tú no.

—¿No sabes tener una conversación con una mujer sin que haya un intento de seducción en cada frase?

—Relájate, arquitecta, que estamos tomando una cerveza. Y tu cliente te está diciendo que has hecho un buen trabajo. No le des más vueltas. Y piensa que yo también necesitaba distraerme, que acabo de firmar con sangre un crédito que me puede dejar en la ruina.

—Perdona, no sé qué coño me pasa. Soy gilipollas.

—Vaya, si sabes disculparte... Sí que debes de estar tocada.

Pronuncié un jaja, sin reírme, y me acabé la cerveza.

—Y si te digo la verdad, no sé por qué me sale lo de hacerme la estrecha. Generalmente no voy de modosita.

—Pues estamos empatados. Yo normalmente no voy de seductor.

—No sé si creerte.

—Yo te he creído.

Silencio. ¿Incómodo? ¿O se estaba convirtiendo en un silencio preludio de una tensión sexual cada vez menos soterrada? Levanté la cerveza vacía.

—¿Traes dos más o me voy?

—Otras dos no nos matarán.

Bajó de un salto y creí oí su crujir de rodillas. Se quejó.

—¿Estás bien?

Se alejó cojeando de manera exagerada.

—Estoy como nuevo. Estoy hecho un chaval. No te preocupes —bromeó.

Dirigí la mirada hacia el interior de la casa del árbol. Víctor volvió a aparecer. Qué asco. Acaricié las maderas y acabé por tumbar mi espalda en el suelo, mirando hacia el cielo aún sin cubrir. Veía las hojas de los castaños y un cielo azul medio cubierto por grandes nubes blancas. Víctor feliz en su estudio nuevo con la presentadora de socia capitalista. ¿Serían cirros, cúmulos o estratos? Víctor follando encima de su mesa de despacho nueva con la presentadora que lleva un conjunto braga sujetador que le queda como a una actriz porno. Nubes, nubes, tú mira las nubes. Me pasaba con las nubes lo que de adolescente me pasaba con las columnas griegas, las dóricas, las jónicas y las corintias, siempre las confundía. Y que a pesar de eso me atreviera a estudiar arquitectura no sé si era una prueba de que era osada o tonta del culo. Ahora sí sabía distinguir las columnas, las nubes no. Víctor y la presentadora...

—¿Qué ves? —preguntó Diego mientras subía por las escaleras con cuatro cervezas en una bolsa transparente.

—Estaba intentando ponerle nombre a estas nubes.

—¿Nombre? ¿Le pones nombre a las nubes?

—No, no, me refiero a que no sé qué nubes son.

—Blancas, transparentes y con filamentos que forman otras nubes casi en paralelo. Yo diría que son cirros.

—¿En serio?

—Antes hacía montañismo. Y las nubes siempre te indican el tiempo que va a hacer. No solo si va a llover o no.

—¿Y qué tiempo indican estas?

—En veinticuatro horas cambio brusco, con descenso de temperatura.

—Tenemos tiempo entonces.

—¿Para qué?

—Para tomarnos esas cervezas sin necesidad de una manta.

Metí la mano en la bolsa y cogí una cerveza y le pasé otra a él.

—Ah, se me olvidaba, la chica de recepción, Marisa, te manda recuerdos.

—¿En serio?
—Todos los días por la mañana, cuando me ve entrar sano y salvo, respira aliviada.
—Ya será menos.
—Aún no entiende cómo tuve el cuajo de contratarte. Teme que un día se te vaya del todo la pinza estando cerca de mi hija.
—Dile que no sufra. ¿Y en la empresa no tenéis ninguna política antiexceso de maquillaje?
Tuvo que contener la risa. Lo noté.
—Al principio a mí también me costaba mirarla de frente, no te creas. Un día hasta le pregunté a qué hora tenía que levantarse para venir tan arreglada.
—¿Qué te contestó?
—Que se maquillaba de camino al trabajo, en el espejo del coche.
—Eso lo explica todo.
A Diego, ahora sí, se le escapó una carcajada.
—Ahí donde la ves es una empleada estupenda. Y le tengo mucho cariño, ella es la que me tiene al día de todos los cotilleos que cuentan sobre mí. Primero se negaba a contármelos, pero cuando vio que no me afectaban, empezó a explayarse con todo lujo de detalles.
—¿Y qué dicen de ti?
—Seguro que ya los has escuchado. Por ejemplo, que me llevo a mis ligues a Santander, para que nadie pueda verme aquí con ninguna y así seguir con mi papel de viudo afligido —dijo con toda la intención y esperó a ver cómo reaccionaba.
—Algo he oído, sí. ¿Y te los llevas? —Diego se limitó a sonreír—. Porque te han visto.
—¿En Santander cenando? Es probable. Mi familia vive allí, y mis dos hermanas. Y tengo amigos y amigas...
—A ver... que estás en tu derecho de liarte con quien te dé la gana.

—Lo sé. ¿Quieres que te cuente los ligues que he tenido en estos dos años y medio sin Diana?

—No, eso es asunto tuyo. ¿Y qué más dicen?

—Que compré a la alcaldesa para que me subvencionara la fábrica de biomasa. Y que ahora he pactado con ella no sé qué tipo de prebendas si sale lo de la planta eléctrica. Y también que estoy buscando una residencia de ancianos para mis suegros y que me he quedado con su negocio. Ah, y que convencí a mi mujer para que se sacara el carné de conducir y provocar así que se matara. Esa es la que más me gusta.

—¿Por qué?

—Que me crean capaz de algo tan retorcido es... casi un halago.

—Hombre, te están llamando asesino.

—Sí, pero no uno cualquiera, uno inteligente.

—¿Y por qué crees que se inventan todas esas cosas?

—Porque nunca fuimos una pareja feliz. Nuestras broncas eran de dominio público. Fantaseo con volver al pasado, con empezar de nuevo con ella y hacerlo todo de otra manera. La verdad es que no supe quererla. Y tampoco me lo puso fácil. Diana era... volcánica... fascinante a ratos, caprichosa, divertida, también esquiva, le costaba abrirse, pero cuando se entregaba lo hacía hasta el final, y eso daba miedo... Con ella todo era una montaña rusa... Se quería demasiado, se odiaba demasiado... Y te arrastraba. A veces también pienso que si pudiera volver atrás, puede que evitara ese momento en el que la conocí, para ahorrarme todo lo que vino después. Pero entonces no existiría mi hija, ni todo lo que he logrado aquí. Y también hubo buenos momentos, claro.

—Sí, al final, los momentos buenos lo terminan ocupando todo. Y los que no son tan buenos los acabas exagerando, dulcificando, convirtiéndolos en momentos únicos y extraordinarios. Si yo te contara. Las veces que

Víctor y yo salíamos a beber y a bailar, lo mal que bailaba y la gracia que me hacía, todas las pelis que vimos juntos, el concierto de Robbie Williams al que me llevó o al de Maroon 5.

—Maroon 5, ¿en serio?

—Sí, me gustan, ¿qué pasa? En ese concierto me coló hasta el *backstage* y me retó a que le robara la ropa interior al cantante...

—¿Y no me digas que lo conseguiste y tienes en casa enmarcados sus calzoncillos?

—No. Y también estaban las paellas que hacía los sábados, tan saladas, que nos obligaban a bebernos tres botellas de Barbadillo, o los domingos que pasábamos tirados en la cama, y me leía el primer poema ridículo que encontrara en internet con una declamación de actor de doblaje de peli de Walt Disney de los años sesenta.

Me di cuenta de todo lo que había soltado casi como una retahíla de lo presente que lo tenía, y entonces me callé de golpe, un tanto avergonzada.

—Perdona, estoy comparando tu dolor con el mío y no son comparables.

—¿Por qué no? Al final el dolor es dolor. Y tú aún estás en esa primera fase, la que más duele, luego te vas habituando.

—Ya, pero Víctor no está muerto... No he debido dejarme llevar. ¿Sabes en lo que siempre es igual el dolor? En lo egoísta que es, que no te deja ver más allá. Tú contándome un dramón y yo aquí doliéndome por mi uña podrida.

—¿Y qué uña te duele exactamente? —bromeó Diego.

Yo seguí la broma.

—Esta del pie, gangrenada está, de una excursión que hice al lado frío del corazón, y se congeló.

—Uh, la congelación es malísima. A ver.

Y sin que pudiera protestar me cogió el pie, lo descalzó y me quitó el calcetín con una velocidad bastante prodigiosa.

—Años de calzar y descalzar a mi hija —explicó—. Así que esta uña está gangrenada... ¿un masaje?

—Prueba...

Empezó a masajearme el pie y yo comencé a sentir tal cosquilleo de placer que supe qué iba a pasar, o al menos que estaba dispuesta y deseando que pasara. Qué manos tenía, qué manos... Para olvidar a Víctor, y para olvidar cualquier reticencia que tuviera sobre él. Si seguía acariciándome, iba a tener un orgasmo sin necesidad de que pasara del tobillo, qué mala es la abstinencia sexual forzosa. Pero qué mala. Ay, que siga, que siga acariciándome y que suba hasta donde quiera y que...

—¡Paaá!

Al oír la voz de la niña retraje la pierna y el pie y me escabullí al fondo de la casa. Es probable que la niña no me hubiera visto, porque yo ni la había visto a ella. Una de las paredes me ocultaba. ¿Pero qué hacía allí y lo más importante, cómo es que le había llamado papá, o algo similar, si en principio no hablaba? Aunque tal vez sí balbuceara alguna palabra, claro.

—Corazón, ¿qué haces aquí? —preguntó él, intentando disimular su azoramiento.

—Se empeñó en venir —dijo el abuelo—. Bueno, yo no sabía dónde quería ir, pero ella me trajo hasta aquí de la mano. ¿La puedo subir?

—No, no. Que puede haber algún clavo o alguna astilla. Bajo yo.

—¿Estás solo?

—Sí, claro.

—¿Te has bebido cinco cervezas?

—Una, las otras... han debido de ser los obreros...

Se levantó y se dispuso a bajar, antes me miró de refilón, yo le hice un gesto de que se fuera, de que todo estaba bien, mientras me ponía el calcetín como podía. La zapatilla se había caído al césped, así que tendría que ponérmela una vez hubiera bajado. Cuando los vi alejarse, bajé las escaleras. Busqué la zapatilla por todos lados pero no la encontré, por más que miraba, nada. Así que no me quedó más remedio que irme a casa con un pie descalzo.

Salí de la casa intentando que nadie me viera. Y tan preocupada estaba mirando atrás, que casi me di de bruces con la señora de Andrada. Estaba al lado de un árbol, en su silla de ruedas.

—Buenas tardes —balbuceé. Ella solo hizo una mueca con los labios que no supe cómo interpretar—. Yo ya me iba. Soy la arquitecta que...

—Mmm...

No sabía qué me estaba queriendo decir.

—¿Quiere que la lleve hasta la casa?

—Nnnnnn —dijo, negando con la cabeza.

Me di cuenta de que en su regazo estaba mi zapatilla.

—Esa zapatilla...

Fui a cogerla pero la señora con su mano buena, la que movía, me dio un cachete en la mía. Yo retiré mi mano dolorida. Estaba anonadada, menuda leche me había metido la cuasi paralítica.

—Pero...

—Bea, ¿aún estás por aquí? —preguntó Diego, saliendo de la nada—. ¿Todo bien?

—Sí, sí, acabo de conocer a tu suegra... Que ha encontrado mi zapatilla, pero no se acaba de creer que es mía.

Y de pronto vi que con su mejor sonrisa la señora me ofrecía la zapatilla. Yo la cogí sin saber muy bien cómo tomármelo. ¿En serio mostraba esa doble cara? ¿Conmigo un bicho y delante de Diego un amor? ¿Por qué? ¿Nos habría visto intimando en la casa del árbol y por eso se comportaba así? ¿Tendría miedo de que lo alejara de ella?

—Gracias —dije yo—. Ya me voy. Encantada.

Ni me calcé y me alejé cojeando. Al poner un pie en la acera de la calle, respiré y me apoyé en el muro para ponerme el calzado. Eché a andar mientras le daba vueltas a todo lo que había pasado hasta que el claxon de un coche me sacó de mis pensamientos. Era Diego.

—Sube, que te llevo.

—Pero...

—Sube.

—¿Y tu hija? ¿No quería verte?

—Le he pedido al abuelo que la acueste. De vez en cuando deja que le lea un cuento. Así puedo descansar alguna noche de princesas y dragones. Sube.

Obedecí y entré en el coche. Él metió segunda y se alejó de la casa. Solo cuando llevábamos unos doscientos metros de carretera me preguntó.

—¿Ha pasado algo con mi suegra?

—Yo creo que nos ha visto.

—¿Nos ha visto haciendo qué?

—Pues... no sé... hablando.

Giró a la derecha y metió el coche en el arcén. Apagando el motor.

—Bueno, mientras no haya visto esto no hay por qué preocuparse.

Y sin más me besó. Un beso largo y cálido. Un beso que calmaba mi sed de náufrago. Un beso que anulaba por derecho propio todos los besos de los dos últimos años. Los despojaba de sentido y de propósito. Se me había olvidado que el simple contacto con otros labios pudiera hacerte sentir así. Viva.

Me perdí en ese beso.

Cuando separó los labios yo no sabía ni quién era, ni dónde estaba, como cuando despiertas de una siesta y necesitas diez segundos para reubicarte.

—¿Estás bien? —me preguntó.

—Sí, sí. Creo.

—¿Sigo?

—Sí, sí. Creo.

Volvió a besarme. Y me di cuenta de que esos besos calmaban mi sed y a la vez la avivaban. Estaba perdida.

—¿Nos vamos de aquí?

—¿Adónde? —preguntó.

—A Santander.

El enano

Mi padre y mi sobrino Fin estaban en el garaje intentando cambiar el motor a la antigua moto de mi padre por uno que le había conseguido su nieto. A mí me encantaba verlos trabajar. Se entendían sin apenas palabras. Aunque había pedido a mi padre que intentara hablar con Fin, que averiguara a qué venía todo su devaneo existencial. Yo empezaba a barruntar que lo que le pasaba a Fin tenía que estar relacionado con las motos. Tenía la teoría de que si ahora empezaban a gustarle menos era porque le obligaban a subir de categoría y ahí le iba a costar ganar las carreras como antes. Y ese miedo a no ser un ganador le había llevado a esa angustia existencial. Vale, yo no era sicóloga, ni siquiatra, ni tenía grandes conocimientos sobre el alma humana, ni de filosofía, pero estaba convencida de que detrás de su angustia tenía que haber algo concreto. Si no era el miedo ante la enfermedad ya superada de su madre, podría ser algo que estuviera vinculado a las carreras. Porque la teoría de León de que su angustia se arreglaba echando un polvo, no la acababa de ver. Sobre todo porque la falta de sexo es lo normal en la adolescencia y no por eso todos se convertían en zombis existenciales. Aunque en algo tenía que darle la razón a mi hermano, porque yo en esos momentos era el vivo ejemplo de que su teoría no iba desencaminada. Lo bien que me había sentado esa noche de sexo. Iba flotando por la casa. Tenía que esforzarme para pisar con fuerza el suelo para que nadie se diera cuenta de lo que me pasaba. Y lo último que quería es que alguien de mi familia sospechara.

Miré a mi padre animándole a que hablara con mi sobrino. Asintió.

—Así que cambias de categoría, ¿eh? Ahora con los adultos. ¿Estarás contento?

—Psé... La moto pesa mucho.

—Bueno, pero es cuestión de entrenar y echar músculo. A ver ese brazo. —Le tocó el bíceps—. Hay que ganar un poco de masa ahí. Cuando quieras te pongo una tabla de entrenamiento y en dos meses estás hecho un toro.

—No, si ya estoy entrenando...

—Tú fíate de mí. A ver cómo crees que mantengo esta tabla en el estómago y estos brazos —dijo mi padre, tocándose la zona abdominal y sus bíceps, que la verdad sea dicha para su edad no estaban nada mal—. Ni Popeye.

—¿Popeye?

—El de las espinacas... uno calvo, con pipa. ¿No sabes quién es Popeye?

Mi padre me miró sin dar crédito y yo le quise indicar que no se liara y que fuera al grano. Claro que todo eso no es fácil de decir con un gesto, y no acabó de pillarme. Así que salí al rescate.

—¿Y son muy diferentes los entrenamientos con el equipo adulto?

—Bueno... no, parecidos... Aunque no sé muy bien de qué hablar con ellos... Son mayores.

—¿Y eso? Si con nosotros hablas sin problemas.

—Porque sois familia. Y casi todo mujeres.

—Eso también es verdad...

Mi padre volvió a coger el hilo.

—Ya sabes cómo van a ser las primeras carreras al principio, ¿no? Que no ganarás ni una, que será casi como volver a empezar. Y eso jode.

—Supongo.

—¿Tú conoces la teoría de la zona de confort? —pregunté yo.

—¿Eso qué es? —preguntó mi padre.

—Que uno siempre está muy cómodo haciendo lo que sabe hacer, pero para avanzar uno tiene que arriesgarse, salir de su zona cómoda, de confort, y atreverse con nuevas cosas. Por supuesto da miedo y es probable que haciendo lo nuevo te sientas torpe, o desentrenado, o que estás meando fuera de tiesto, pero es la única manera de progresar.

—Me gusta esa idea —dijo mi padre—. Eso es lo que tienes que hacer tú, Fin. Coger el toro por los cuernos, atreverte sin miedo en esa nueva categoría y, si al principio no puedes con el peso de la moto, si pierdes todas las carreras, no pasa nada. Es porque estás fuera de la zona esa, de confort, pero al final merecerá la pena.

—No, si estoy dándole duro, de verdad... En tres semanas tenemos una competición en el circuito de Hinojedo.

—Si eso está aquí al lado.

—Claro, es donde solemos entrenar muchas veces...

—Pues vamos a verte —dije yo—, ¿verdad, papá?

—Por supuesto. Vamos todos.

A Fin la idea no pareció entusiasmarle.

—Pero... es que no va a ser como antes... no sé si voy a quedar en muy buen lugar...

—¿Qué te acabamos de decir? Si es lo normal que pierdas. ¿A que sí, papá? Y casi mejor que pierdas delante de todos nosotros, para que veas que no pasa nada, ¿no?

—Claro, y que perder compitiendo con gente que te dobla la edad no es perder...

—Sí, no sé... —dijo mi sobrino. Y ahí se dio cuenta de

algo—. Oye, ¿lo del cambio de motor de la moto era una excusa para darme esta charla?

—Eh, no, no... para nada... —dijo mi padre.

—Qué va —mentí—. La charla... ha surgido...

—Ya... —dijo Fin, sin tenerlas todas consigo.

—Bueno, yo casi os dejo trabajar... Que a mí esto de los motores...

Y salí del garaje. En la puerta principal vi un paquete en el suelo. Me extrañó que alguien lo hubiera dejado allí. Miré a quién iba dirigido. Era para mi hermana Débora. Lo cogí y entré en casa.

—Alguien ha dejado este paquete en la puerta. Es para ti, Débora.

Débora estaba dando de mamar al niño.

—Déjalo ahí, ahora lo cojo.

—¿Quieres que lo abra?

—No, ahora lo abro.

—Es blando.

Yo sentía cierta curiosidad, es algo que no puedo evitar, es ver un paquete y querer que se abra. Así que esperé pacientemente a que Débora acabara con la teta y dejara a Óscar en la cuna. Tan pronto como lo hizo, yo le pasé el paquete.

—Que ya lo abro, ansiosa.

Mi hermana rompió el papel y yo vi que lo que había dentro era una prenda de ropa. Una camiseta tal vez. Débora sacó una nota y la leyó. Abrió mucho los ojos. Y me miró con asombro.

Mi madre salió en ese momento de su cuarto y al vernos tan petrificadas se quedó mirándonos.

—¿Qué pasa?

—Le han mandado un paquete misterioso a Débora. ¿Qué es? ¿Qué pone?

En vez de contestarme sacó una camiseta del paquete y comprobó con horror lo que había escrito en ella.

—¿Pero cómo puede ser tan hijo de puta? ¡León! —gritó Débora para que mi hermano la escuchara desde su habitación—. Llama a Jacobo, a ver si esto se puede denunciar o lo pueden detener.

León salió de su cuarto.

—¿Qué pasa?

—Un paquete misterioso. A ver si nos dice de una vez qué es.

Débora por fin leyó la nota:

—«Quiero verte esta noche a las diez en el bar Caribe. Si a las diez y media no has aparecido, me quitaré la camisa y debajo llevaré una camiseta como esa».

—¿Quién te lo manda y qué le pasa a la camiseta?

Débora nos la enseñó. En ella se podía leer: «El hijo de Débora Vélez es hijo mío».

—No fastidies... ¿el enano? —dije yo—. No será capaz... Pero está muy desesperado, ¿no?

—Si tu hermana contestara a sus llamadas... —aventuró mi madre.

—¿Te ha llamado? —pregunté—. ¿Tenía tu número?

Mi hermana miró a mi madre de manera acusadora.

—Alguien se lo debió de dar.

—A ver, hija, es que se presentó en casa dos veces y ya no sabía qué decirle. Es bien majo.

—¿Estuvisteis hablando? —pregunté.

—Lo invité a un té verde, no le gusta el café. Y es como tú, le encantan las cosas orgánicas y ecológicas...

—Y tiene un puntito terrorista con lo de la camiseta, en eso también os parecéis —puntualizó mi hermano.

—Tú llama a tu guardia civil y que esta noche lo detenga.

—¿Por llevar una camiseta?

—¡Por difamación!

—No está difamando, es su hijo.

—¿Pero estáis todos contra mí? ¿Pero de verdad queréis que ceda a su chantaje?

—Tampoco te va a hacer ningún mal hablar con él. ¿A ver cuántos tíos de una noche se querrían hacer cargo de un hijo que no conocen?

—Está bien, voy, y así acabamos con esto de una vez por todas. —Me miró—. Pero tú vienes conmigo.

—¿Yo?

—No quiero estar a solas con él.

La acompañé al bar. Por el camino, Débora estaba nerviosa y parlanchina.

—Esto es un disparate, Bea. Yo no quiero que ese señor esté en la vida de mi hijo, yo no quiero tener nada con él. Óscar ya tiene un padre. Solo tengo que conseguir convencer a Juan de que lo vuelva a querer, de que podemos volver a estar juntos, de que nada ha cambiado. Porque una borrachera no lo puede cambiar todo, ¿a que no?

—Débora, a lo mejor vuelves con Juan, no te voy a decir que no, porque puede pasar. Pero... por mucho que te empeñes en creer que las cosas no han cambiado, lo han hecho. Han cambiado para ti, para tu hijo... para Juan. Han cambiado para todos.

—No quiero que cambien. ¿Qué puedo hacer para que vuelva a estar todo bien, como antes?

—Las cosas pueden volver a estar bien y lo estarán. Seguro. Pero no creo que sean como antes. ¿Sabes todas las noches que he deseado no haber lanzado a Víctor a los brazos de la presentadora del telediario? ¿La de veces que he imaginado que si no me hubiera emborrachado esa noche, o si luego no hubiera sido tan cazurra, si...? ¿Y qué? ¿De qué sirve desearlo? Las cosas pasaron, y ya está. Hay que vivir con ello. Como mamá cuando se lio con papá. Eso cambió todos sus planes, pero nacimos nosotras. Ni tan mal, ¿no?

—Te veo muy zen. A ti te ha pasado algo.

—¿A mí? No, nada.

—Te brilla el pelo.

—¿Eh? Será porque le he puesto bicarbonato, como decías.

—Tú has echado un polvo.

—Sí, claro, con la alcachofa de la ducha.

—A mí no me engañas. A ti esa clarividencia no te la da cualquier cosa.

—¿Pero qué clarividencia? No digas tonterías.

Yo iba a negarlo hasta la tumba. Porque eso es en lo que habíamos quedado Diego y yo. Que lo que había pasado en aquella habitación de hotel se quedaría para nosotros solos. Que no se lo contaríamos a nadie. Él por razones obvias. No quería que sus suegros se enteraran de la aventura. Al parecer aún era demasiado pronto, Diana llevaba muerta apenas dos años y se ve que dos años son pocos para según qué cosas. Y además no sería agradable para los suegros descubrir que la arquitecta que vivía prácticamente en su jardín era la amante de su yerno. Y yo..., yo tampoco quería que nadie se enterara. Le había prometido a Ingrid que no me bajaría las bragas. Y vaya si me las había bajado. Las había perdido, de hecho. Y por supuesto no quería que en casa me descubrieran. Después de todo lo que había soltado por mi boca en contra de Diego, si se enteraban de que había acabado en la cama con él, se estarían riendo de mí años. Y no podría culparles. Así que mejor que se quedara para nosotros. Sobre todo porque decidimos que lo que había ocurrido en el hotel no iba a volver a pasar. ¿Que había estado bien? Había sido increíble. Yo, que era de naturaleza torpe cuando me relacionaba sexualmente con alguien la primera vez, con Diego sentí como si nuestros cuerpos ya se conocieran. Nuestros ritmos iban parejos, y también nuestro deseo. Pero al mismo tiempo todo era nuevo. Porque lo era, porque el sabor de su piel era una novedad, al igual que la intensidad de sus abrazos y el ritmo de sus embestidas. Todo nuevo y todo familiar. Una extraña mezcla. Excitante. Como la primera vez que visitas Nueva York, la has visto tantas veces en las películas, que todo resulta familiar, pero también la experiencia es brutal y novedosa.

Diego esa noche fue mejor que Nueva York.

Pero a pesar de la adrenalina, a pesar de los tres polvos, a pesar de las risas, a pesar de la alegría por el deseo satisfecho, decidimos que una noche era suficiente.

—Lo que pasa en Santander, se queda en Santander —le dije, mientras salía del lujoso baño de esa impresionante *suite* y solo con mis bragas puestas. Que fuera capaz de mostrarme prácticamente desnuda después del sexo era toda una proeza, pero con él me sentía cómoda.

—¿Eso qué quiere decir?

—Que no se va a enterar nadie y que lo que hemos hecho se queda aquí.

—¿No lo vamos a repetir? —preguntó.

—¿Otro día? No.

—Me refiero a ahora. Repitámoslo ahora.

—¿Tú puedes?

—No sé... ¿qué piensas? —me preguntó, quitando las sábanas que le tapaban de cintura para abajo.

Sonreí. Que ese cuerpo tan desnudo, tan fibroso, y que su sexo que de nuevo despertaba fuera esa noche para mí y solo para mí entraba en la categoría de milagro. Y hay que ser muy tonta para no disfrutar de los milagros.

—Deberían declararte monumento autonómico. Y que estuvieras en el *top five* de las cosas que una debería visitar en Cantabria.

—¿Ah sí?

—Sí, que llenaran vallas enormes con tu foto, así, como estás ahora.

—¿Con algún eslogan?

—Cantabria te espera con las piernas abiertas.

Se rio.

—Superelegante.

—Lo puedo mejorar. A ver... Cantabria te espera, para que la montes.

—Mucho más elegante, ¿dónde va a parar? —dijo entre carcajadas.

—Vale, vale... ya lo tengo. Pon un pelirrojo en tus vacaciones cántabras.

—Menos mal que no te ganas la vida haciendo anuncios.

—¿Tan mal lo hago? ¿No te gusta?

—Te prefiero a ti.

Me cogió del brazo, tirando de mí y yo me dejé caer sobre su cuerpo. Y después de los besos y los abrazos, después de recorrer cada centímetro de su piel con mi lengua y de que él recorriera la mía con la suya, y después de que ya no aguantara más el deseo, comencé a sentir sus embestidas. Y mientras me llevaba al éxtasis, ay, santa Teresa, cómo te entiendo, rocé por un instante la eternidad... hasta que una voz familiar me devolvió a la tierra.

—¿Qué es eso? —pregunté alterada—. Esa voz...

Diego miró hacia el televisor que se acababa de encender y sacó un mando a distancia de debajo de su espalda.

—Creo que lo hemos encendido sin querer.

—Es ella.

—¿Qué?

—La presentadora del telediario. Joder... ¿Pero qué hace a estas horas...? Si a estas horas no hay telediario. Y no está en la 1. Eso es la 3.

—¿La que está liada con tu ex?

Miré a la pantalla. Estaban anunciando su fichaje para la cadena privada. Dejaba la pública y se iba a la privada para encargarse de un programa de investigación de esos incisivos que ahora están tanto de moda.

—¿En serio? Ya es mala suerte, hasta aquí tiene que colarse —dije sin disimular mi fastidio.

—Sí... Aunque bien mirado...

—Trae el mando. No quiero verla.

Intenté que me lo diera, pero lo apartó de mi alcance.

—Tráelo. O apágala.

—No.

—Diego...

—Vamos a saludarla. —Se dirigió a la pantalla—. Hola, presentadora. Aquí estoy con la ex de tu chico, pasando un buen rato. —Señaló su propio cuerpo desnudo—. ¿Crees que ha salido perdiendo con el cambio? ¿Quién está mejor, él o yo?

—Cállate, anda —le dije, sin saber muy bien cómo tomármelo. No le imaginaba yo tan payaso—. A ver si se me va a caer la imagen que tenía de ti.

—¿Y qué imagen tenías?

—Alguien borde, seco, introvertido, con secretos...

—Que es como se supone que tienen que ser los viudos, ¿no?

—No, lo digo por lo que he visto, por lo que me han contado...

—Ya siento decepcionarte... Pero es muy agotador estar enfadado y triste las veinticuatro horas. Y, si me permites, estaba teniendo una charla con nuestra amiga.

Él volvió hablar a la pantalla.

—Yo soy Diego, encantado. Viudo, con *six pack*, pelirrojo, forrado o al menos hasta ahora, puede que lo pierda todo, pero, vamos, sigo siendo un partidazo. Menos introvertido y misterioso de lo que Bea pensaba, pero nadie es perfecto.

—Lo de misterioso te lo acabas de inventar.

—Calla, no me interrumpas. —Miró de nuevo a la pantalla—. Nos lo estamos pasando de miedo.

—No te quieres tú ni nada.

Diego ignoró mi comentario y siguió con su monólogo a la presentadora.

—Y, ¿sabes qué? Hay que estar muy loco o muy equivocado para que alguien te prefiera a ti, presentadora, teniéndola a ella.

Para que ni sus halagos ni esa pose de encantador de serpientes me afectaran demasiado, me puse mi coraza.

—Diego, no soy una gatita herida que necesite tus mimos y tus cuidados.

—¿Ni desnuda y recién follada te vas a relajar, arquitecta? Si yo digo que estás buena, es porque lo estás. Si yo digo que eres mejor que esa, es porque lo eres. ¿No ves que no te estoy halagando? Estoy presumiendo. A los tíos se nos da de miedo.

No pude evitar sonreír. Así que acepté el juego y me dejé llevar. Porque era verdad que estaba desnuda, era verdad que me lo había pasado en grande y era verdad que me había follado como nadie en años. Si eso no era suficiente para relajarme y disfrutar era que mi enfermedad no tenía cura.

—¿Así que estoy más buena que ella? —pregunté. Asintió y me besó. Y yo, que no tengo remedio y a lo mejor mi enfermedad es incurable, volví a protestar—: Pero, claro, qué vas a decir, si estás conmigo, y ella no te escucha.

—Pesadita eres, arquitecta. ¿Y tú qué? ¿No le quieres decir nada? ¿No quieres presumir de pelirrojo?

—No.

Diego siguió haciendo el payaso. Se levantó casi de un salto en la cama y con los pies sobre el colchón, se paseó mostrando su desnudez al televisor.

—¿Quién está disfrutando este cuerpo? ¿Quién? —Me miró—. No oigo nada. —Y repitió—: ¿Quién está disfrutando de este cuerpo y de esta cara y de este rabo?

Qué arrogante y qué chulito podía llegar a ser. Y cómo me estaba poniendo de cachonda, sí, a pesar de los tres polvos, ya volvía a tener ganas.

—¿Quién? No oigo, nada, arquitecta.

—¡Yo!

—¿Y quién no tiene la suerte de estar aquí?

—¡Ella, ella!

—¿Pues sabes qué? Que le den.

Y por fin Diego apuntó el mando a distancia hacia la tele como si fuera un revólver y de un tiro apagó la tele. Hasta sopló el humo imaginario que salía del cañón. La pantalla se quedó en negro.

Si hasta ese momento había sentido deseo por él, ahora lo adoraba. Juro que lo que sentí en ese instante fue amor. Amor verdadero. El *true love* de las canciones, el *true love* de las películas. Porque Diego había conseguido apagar a la del telediario. Apagarla a todos los niveles.

—Ven aquí, *cowboy*.

—No, ven tú aquí.

Me ofreció la mano para que me incorporara y me levanté sobre la cama. Ahí estábamos los dos desnudos, de pie sobre un colchón, en una *suite* del hotel más lujoso de Santander. Pero no había lujo mayor que él. Hasta en una pocilga me hubiera sentido dichosa. Me abrazó. Y yo me dejé abrazar. Qué bien se estaba entre sus brazos.

En ese momento empecé a lamentar que aquello se quedara en la aventura de una noche. Él notó la nube negra que se había posado encima de mi cabeza.

—¿Qué piensas, arquitecta?

—Que menos mal que no tengo una naturaleza adictiva. Porque tú debes enganchar más que la coca.

—¿Yo? Qué va. No dejo huella.

Tenía mis dudas. Tenía más que dudas de que no dejara huella.

—¿Echamos otro? —preguntó mientras de un soplido se quitaba el pelo de los ojos. Me quedé observando esos pelos rojos en movimiento. Los imaginé a cámara lenta. Y acerqué mi boca hasta ellos.

—¿Qué clase de perversión es esa, arquitecta?

—Cada vez que te veo hacer ese gesto me entran ganas de... de...

—¿De qué?

—De atarte a una cama y hacerte todas las burradas que se me pasen por la cabeza.

—Pues a ver qué encontramos por aquí para que puedas atarme...

Mi hermana y yo estábamos llegando al Caribe, el bar en donde había quedado con el enano.

—A lo mejor se ha arrepentido y no ha venido.

—O a lo mejor ya lleva puesta la camiseta, que llegamos tarde.

—No fastidies, pues date prisa. Vamos.

Entramos corriendo al bar. En la barra, subido a un taburete, estaba Ricky Teodoro Troyan bebiendo una cerveza.

—¿Les subirá antes el alcohol? —reflexioné en voz alta.

—¿Te quieres callar?

—Ahora le pregunto.

—Ni se te ocurra.

Nos vio y nos saludó. Pareció algo contrariado al ver que mi hermana venía con acompañante. Yo me acerqué, encantadora y sonriente, a darle dos besos, para compensar.

—Soy Bea, su hermana, y la tía de Óscar.

—¿Quién es Óscar?

—Tu... o sea... su hijo.

—Óscar. Me gusta. ¿Qué tomáis?

—Lo mismo que tú, cerveza.

—Yo sin —dijo mi hermana.

Teodoro pidió las cervezas, con cierta familiaridad, como si conociera a la camarera de antes. ¿Habría bailado desnudo para ella en alguna despedida de soltera? La chica sirvió las cervezas. Yo brindé a su salud. Mi hermana no me imitó.

—Oye, ¿es verdad que llevas puesta la camiseta debajo de eso? —le pregunté.

Teodoro se desabrochó un par de botones de la camisa y vi parte de la camiseta.

—Qué campeón —dije admirada.

—A mí no me hace ni puñetera gracia —protestó mi hermana.

—Óscar García. No suena mal.

—Mi hijo se apellida Ferreiro. Como su padre.

—¿Te has arreglado con él?

—A ti eso no te importa.

—No —dije yo.

—Tú aquí estás de carabina, no para opinar.

—Perdón, yo bebo y callo.

—¿Va a reconocerlo como suyo? —insistió Teodoro.

—No hace falta porque lleva su apellido. Y está en el libro de familia. Es suyo.

—Ya, pero cuando os divorciéis... —intenté decir yo.

—¿En qué habíamos quedado? Tú muda.

—Vale, vale.

Y como yo me callé, se produjo un silencio que solo era roto por el ruido de las cervezas al posarlas en la barra.

—¿Quieres que te cuente algo de mí? —preguntó Teo.

—Tú mismo.

—Soy enfermero titulado y ahora estoy acabando la carrera de sicología. De hecho, estoy haciendo prácticas en un gabinete sicológico.

—¿Sicólogo? ¿Tú?

—¿Sí, qué pasa? Los pacientes me tienen cariño. Creo que no lo hago mal.

—¿Y vas a dejar el *striptease* entonces?

—Cuando pueda vivir de la sicología, sí. De enfermero, al verme tan pequeñito, no me suelen querer en ningún lado. Espero que con la sicología sea distinto. Aunque es verdad que tampoco es una profesión en la que te haces rico de un día para otro. Así que mientras tanto, tendré que seguir con las despedidas de soltera. ¿O no quieres que el padre de tu hijo se gane la vida?

—Deja de decir que eres el padre de mi hijo.

—Como quieras. Yo sé que lo soy y tú también lo sabes.

—¿Y te lías con muchas novias en las despedidas de soltera?

—No, tú eras la cuarta.

—¿Te has tirado a cuatro?

—He hecho muchas despedidas. Tú no sabes lo loca que se vuelve la gente.

—Lo sabe, lo sabe —dije yo. Y como mi hermana volvió a asesinarme con la mirada, yo hice un gesto de cerrarme la boca con cremallera.

—¿Cuatro?

—Pero solo tú me pagaste.

—¡Te quieres callar!

—Si tu hermana ya lo sabe, nos escuchó desde la ventana.

Débora quiso saber si era cierto. Yo tuve que admitirlo.

—Si te va a hacer sentir mejor, te puedo devolver el dinero. A plazos, eso sí, que trescientos euros de golpe me rompen el mes.

—¿Y así es como quieres hacerte cargo de tu hijo, si ni siquiera tienes trescientos míseros euros?

—Puedo trabajar más, coger más despedidas. Y tan pronto como acabe la carrera me puedo poner a trabajar en lo que sea. A ese niño no le va a faltar de nada. Te lo aseguro.

—A ver... a ver... que yo no quiero que te hagas responsable de mi hijo. Ya tiene una madre y una familia.

—Soy buen tío.

—Si no digo que no, y entiendo que al ver esta oportunidad de ejercer como padre te agarres a ella como una lapa, pero seguro que con el tiempo conoces a una chica de... tu misma... tus mismos intereses y podéis formar una familia...

—¿Crees que yo no puedo tener hijos? ¿O que no puedo enamorar a una chica? —Me miró—. ¿Pero tu hermana de qué va?

—Está un poco sobrepasada... —dije, intentando justificarla.

—A ver... a ver... que no quiero decir eso, no te ofendas... Si yo entiendo que has visto la oportunidad... y que a lo mejor pensaste, pues si esta se acostó conmigo una vez, a lo mejor puedo conquistarla haciéndome el majo y el responsable...

—¿Qué? ¿Tú crees que estoy aquí porque quiero ligar contigo? Te recuerdo que fuiste tú quien me rogó que te la metiera. Si me pagaste, joder.

—Baja la voz, por favor.

—Estoy aquí porque tengo un hijo. Nada más. No volvería a acostarme contigo ni por todo el oro del mundo.

—Eso no te lo crees ni tú. Si lo has hecho por trescientos euros. —Se dirigió a mí—: ¿A que no, Bea, a que me follaría incluso por menos?

—Yo... muda.

—No te habrás visto en otra así en tu vida —le dijo Débora.

—¿Pero por qué iba a querer tener una relación con una tía que a una semana de su boda se tira a un *stripper*?

Ahí le tuve que dar la razón al enano. Era un buen punto de vista. Y casi se me escapa la risa.

—Vamos a terminar esta conversación, que se está poniendo un poco fea —dijo mi hermana.

—No estás acostumbrada a que te rechace un enano, ¿no? ¿Cómo te sientes?

Mi hermana lo miró con mucho desprecio.

—¿Y entonces para qué me trajiste flores?

—Un detalle para la madre de mi hijo. Y no eran rosas rojas, precisamente. ¿Te habías hecho ilusiones?

—Tan pequeño y tan... arrogante. Nos vamos.

—¿Ya? —pregunté.

—Pues claro, aquí ya está todo hablado.

Débora salió del bar. Y yo me quedé sin saber muy bien qué decir. Y fue él quien habló.

—Qué mal me cae la madre de mi hijo.

—Dale un poco de tiempo, todo esto le está viniendo un poco grande...

—Ya...

—Y además, no creo que picándola consigas su simpatía y que te deje ver al niño...

—Es que me ha sacado de mis casillas.

—Es de familia... Somos muy buenas en eso. Tú ten paciencia, ¿vale?

—¿Cuento con tu apoyo?

—Sí, supongo, no sé...

—¿Cómo hago para volver a verla?

—Pues...

Y en ese momento vi un cartel en el bar que me sirvió para darle una respuesta.

—Vamos a ir aquí. Al campeonato de motocross en Hinojedo, mi sobrino Fin compite.

—¿Fin?

—Serafín, pero le llamamos Fin.

—¿Fin Carrizo?

—¿Lo conoces?

—Campeón de España el año pasado en la categoría junior. ¿Es vuestro sobrino?

—¿Sabes de motocross? —pregunté muy sorprendida. El enano era una caja de sorpresas. *Stripper*, enfermero, sicólogo y ahora aficionado al motocross.

—¿Por qué te extraña tanto?

—No... no... por nada.

—Allí estaré. Gracias.

Durante tres semanas estuve trabajando a destajo en la casa del árbol. Y durante ese tiempo Diego y yo, aunque habíamos pactado que no volveríamos a liarnos, buscábamos cualquier excusa para vernos, que si yo necesitaba consultarle alguna decisión, que si él quería ver cómo iba la obra. Estábamos manteniendo nuestra palabra, pero la tensión sexual entre nosotros era más evidente de lo que creíamos. Tanto que una tarde Ingrid me cogió por banda y me interrogó.

—¿Ya te has bajado las *brragas*?

—¿Pero qué dices, Ingrid? Claro que no. ¿A qué viene eso?

—Los obreros comentan...

—Pero serán cotillas... ¿Qué comentan?

—Tú feliz.

—¿Feliz?

—Sí. Y guapa.

Tenía toda la razón. Esas tres semanas había ido a trabajar sintiéndome otra. Viva, liberada, feliz. Aguardando con ansia y deseo el encuentro de Diego. Y el hecho de que hubiéramos pactado que no nos liaríamos más lo hacía todo mucho más excitante. Durante esas tres semanas pude conocerlo mejor, la relación que mantenía con su suegra, cómo se preocupaba por ella, y cómo la suegra cada vez que me veía en la distancia yo notaba que me despreciaba. A lo mejor me lo estaba inventando, que yo también soy dada a ello, pero no, yo creo que me odiaba. Si hasta una vez la vi escupir cuando pasaba. Claro que podría ser que la mujer tuviera una flema en la garganta que le molestaba. Pero aparte de esos escasos encuentros con la suegra, yo estaba en la gloria. Disfruté al ver cómo Diego enseñaba a montar en bicicleta a su hija. Que daba ganas de hacer un documental con los progresos que iba haciendo día a día la niña gracias al tesón y la paciencia del padre. Y algunos días al caer la tarde, y cuando ya se habían ido los obreros, Diego le daba un tour guiado a la pequeña contándole cómo iba avanzando la casa. Yo a veces también me unía a las explicaciones, y aunque al principio ella me observaba con cierto recelo, me di cuenta de que poco a poco me iba ganando su confianza. Tampoco era difícil, porque Diego estaba de mi parte, y no le suponía el más mínimo esfuerzo alabar mi trabajo. Notaba que a cada elogio suyo yo crecía a ojos de la cría. Un día me mostró sus progresos en la bicicleta, algo que hasta ese momento solo tenía reservado para su padre. Ni siquiera su abuelo o su abuela habían sido testigos hasta ese momento de sus primeros paseos balbuceantes. Y cuando Diego no estaba con la niña también me gustaba cuando se acercaba hasta la casa y la manera en que trataba a los obreros, era exigente pero sensato. Y también me daba cuenta de sus cambios de carácter, cómo se cerraba en banda cuando las cosas no salían como esperaba, o cómo había momentos en que estaba de los nervios porque la gran compañía energética no acababa de decidirse.

Y encima en el ayuntamiento los de la oposición, aliados con los de la asociación antiplanta eléctrica del pueblo, estaban organizando una manifestación para oponerse a su construcción. Liderados, entre otros, por mi excuñado Román, que ejercía una presión enorme y estaba cada vez más combativo. Y Diego, aunque quería disimular su preocupación, no lo conseguía. Eso sí, estaba convencido de que la manifestación antiplanta eléctrica se quedaría en nada, porque aparte de los cuatro activistas dispuestos hasta a encadenarse a los árboles, la gente tampoco se iba a movilizar a lo loco. O eso quería creer, porque lo que menos necesitaba ahora mismo era una publicidad negativa que hiciera dudar a los de la gran compañía eléctrica.

Cuando yo lograba que compartiera alguno de sus problemas conmigo, me sentía útil, necesaria, cómplice, feliz. Y muy, muy cachonda, sí, sentirme cachonda en esos momentos no me hacía sentir muy orgullosa. Pero no podía evitarlo. Me excitaba tanto que hasta llegaba a olvidarme de Víctor y de su presentadora. O casi.

Ingrid seguía mirándome sin creerme y aguardando una respuesta.

—Estoy feliz porque la casa va bien, porque ya está cogiendo forma...

—Tú *crrrees* que yo soy imbécil. Y no lo soy.

—Ingrid, tú no te preocupes. Todo va bien. Entre Diego y yo no hay nada.

Y esa misma tarde, a la caída del sol, Diego apareció con cuatro cervezas. Y una tarta de tiramisú enorme, en algún momento le debí de decir que era mi postre favorito por encima de cualquiera. Y la verdad es que me llegó al corazón que se hubiera acordado.

—¿Y esa tarta? —pregunté, sin poder disimular mi sorpresa.

—Me han dado un chivatazo. Estamos a un paso de que Emerge nos elija a nosotros. Ya puedo respirar tranquilo. Eso supone que voy a poder pagar el crédito. Y arrancar con la planta. Y en gran parte se lo debo a tu hermana. A su visión, a su empeño, a la presentación que hizo en la compañía eléctrica, a los apoyos que trajo. La tía pelea como una jabata, nos iría mejor en este país con más políticos como ella.

—¿Entonces por qué no lo celebras con Irene?

—Porque prefiero celebrarlo contigo. Y quiero estar un poco borracho para poder mandar a la mierda nuestro pacto.

—¿Qué pacto?

—El de no liarnos.

Sentí un cosquilleo recorriendo mi cuerpo. Todo él chillaba felicidad ante la perspectiva de un nuevo contacto. Pero me contuve. Porque sabía hacerlo, porque debía hacerlo.

—Diego... No deberíamos volver a Santander.

—Estoy de acuerdo.

Y sin más, me besó. Allí, encaramado a la casa del árbol. Y yo me dejé llevar hasta que me di cuenta de lo que estábamos haciendo.

—¿Aquí? ¿Y si aparece tu hija o tus suegros?

—No están en casa.

—¿Y cuándo van a volver?

—Mi hija duerme con sus tías y mi suegro se ha llevado a mi suegra a unos baños termales. Hasta pasado mañana no vuelven.

—Lo tenías todo pensado...

—Qué va. Solo ha surgido. Pero si quieres no bebo más cerveza, y me voy...

Lo callé con un beso.

Y acabamos inaugurando, o más bien profanando, la casa del árbol. Aún faltaba mucho para que estuviera acabada, pero ya tenía cuatro de sus paredes levantadas. Estábamos a cubierto de miradas indiscretas. Bebimos y follamos. Con tanto deseo y urgencia y tal fue nuestro ímpetu al desnudarnos que acabamos encima de los restos de tarta, manchando toda nuestra ropa. Y por si no bastaba con la guarrada, una cerveza entera se derramó sobre mis pantalones. Nos reímos de nuestra torpeza, pero tampoco le dimos importancia.

Después de desfogarnos, y de qué manera, ay, yo acabé quedándome dormida entre sus brazos. Me desperté al cabo del tiempo, no sabría decir cuánto había transcurrido, pero era de noche. Estaba sola, y cubierta con un edredón que debía de haber traído Diego mientras dormía. También había una lámpara de queroseno encendida. Aunque la luna llena iluminaba la noche. Llamé a Diego a voz en grito, pero no me contestó. Fui a coger mi ropa para vestirme, pero no la vi en ningún lado. Ni la mía ni la de él. ¿La habría cogido para lavarla? ¿Pero cómo se le ocurría? Me sentí un tanto incómoda allí desnuda, pero acabé por relajarme. Estábamos solos, nadie me iba a encontrar allí, y no era una adolescente que se había colado en la casa de los padres del novio. Éramos adultos y estábamos en nuestro derecho de disfrutar de nosotros. Así que conseguí relajarme y aparté el edredón de mi cuerpo, que la luz de la luna bañara toda mi desnudez, que me hiciera aullar como a una mujer loba.

—¡Au...! ¡Au...!

Me reí de mi tontería. Qué malo es pasárselo tan bien con el sexo. Pensé en bajar desnuda y esperarlo entre los árboles así, pero en un rapto de sensatez, y porque me estaba entrando frío, decidí quedarme donde estaba y volví a taparme con el edredón.

Y de repente oí cómo se abría la verja automática de la entrada. Y un coche, que no era rosa, entró en la finca. Me alarmé. ¿Quién estaba llegando a estas horas? ¿Serían los suegros que habían adelantado el regreso de su estancia en el balneario? No podía ser verdad, joder, no, por favor, que estoy desnuda en la casa del árbol, que no tengo la ropa aquí. No, no, no. No puede estar pasando. Que no sean los suegros, que no sean los suegros... No quería ni mirar hacia el coche. Cerré los ojos. Me tapé con el edredón. De nuevo se apoderaba de mí el avestrucismo. Oí una puerta del coche cerrándose, me atreví a sacar la cabeza del edredón y mirar. Era el suegro. ¡Era el suegro! ¡Era el puñetero suegro!

Vi cómo sacaba una silla de ruedas plegada y una vez abierta ayudaba a su esposa a salir del coche y ponerla en la silla. Mierda, mierda, mierda. ¿Pero qué hacen aquí? ¿Pero por qué no están dándose los malditos baños termales? Pero... Que estas no son horas para que un señor mayor vaya conduciendo con la noche cerrada, bueno, cerrada no, que la luna lo ilumina todo, encima. Pero que no son horas, hombre. ¿Qué hago? ¿Qué hago? Tranquila, se meterán en casa, ni se darán cuenta de que tú estás en la casa del árbol, ¿por qué iban a creer que a estas horas tú estás en el árbol? Y aunque la luna ilumine la noche tampoco es el foco de Batman, vamos, que desde esa distancia imposible que te descubran. Así que tranquilízate, tú espera a que se metan en casa, a que llegue Diego con tu ropa, y listo. Te vas y aquí no ha pasado nada. Aquí paz y después gloria. Vi cómo los suegros se dirigían a la casa. Respiré aliviada. Y antes de que entraran vi cómo la señora señalaba hacia mí, hacia la casa del árbol. ¿Eh? ¿Por qué? ¿Qué está pasando? ¿Por qué? Y en ese momento caí, me di cuenta de que la casita estaba iluminada por la lámpara de queroseno. Así que yo debía de ser un punto de luz la mar de cantoso. Mierda, mierda, mierda. Tengo que apagar la puta lámpara. ¿Para qué coño me ha puesto este una lámpara si estaba durmiendo, joder? Corrí a apagarla. Pero con los nervios tardé más de la cuenta porque en la vida había tenido yo una lámpara de esas, nunca me había dado por hacer acampadas, si no tenía amigas, joder, ¿con quién coño iba a hacer camping? ¿Con mis hermanas que odiaban más el campo que yo?

¿Dónde está el enchufe, digo el botón de apagado, digo...? Piensa, piensa, si esto va con queroseno, tendrá alguna llave o algo para cortar el acceso al combustible, ¿no? Sí, sí, ahí está. Dale, venga, dale. Coño, quema, joder, me cago en la... Ese lenguaje, Bea. A la mierda el lenguaje, a la mierda, yo lo que quiero es apagar la puta lámpara. ¿Y si la tiro al suelo? Eso y que acabe prendiendo la madera y ya de paso provocas un incendio que arrase todos los árboles del jardín. Céntrate, Bea, céntrate. Que en tu vida has hecho cosas más difíciles que apagar una puñetera lámpara. Por fin conseguí cortar el paso del queroseno y la lámpara se acabó. Suspiro de alivio. Gotas de sudor corriendo por mi frente. Mi cuerpo con pequeñas convulsiones de desahogo. La casa ya no estaba iluminada, ya estaba casi a oscuras si no fuera por la maldita luna. Puto clima del norte, te pasas medio año con el cielo encapotado de nubes y cuando necesitas que cubran la luna, no hay ni una ayudándote. Una voz me sacó de mis pensamientos y casi me mata del susto.

—Diego, ¿eres tú?

El suegro. Maldita sea. Si que se había dado prisa en llegar. ¿Qué era, Superman? Claro que yo había tardado lo mío en apagar la maldita lámpara. Me quedé paralizada. Qué raro en mí. Aunque en este caso tal vez la parálisis fuera lo mejor, porque el viejo tampoco se iba a poner a subir las escaleras, ¿no? Digo, que una cosa es venir conduciendo imprudentemente de noche y otra ponerse a escalar árboles. Tan mal de la cabeza no iba a estar. Me tranquilicé. Él no iba a subir, y yo no me iba a mover ni un poquito y así él se daría la vuelta y fin de la pesadilla. Por si acaso decidí buscar mi móvil, sin apenas moverme, ni hacer ruido. Moví lentamente mi mano, palpando toda la superficie que abarcaba mi brazo. Tenía que estar por ahí,

¿no? Digo, que Diego no se lo habría llevado con mi ropa, ¿verdad? Tenía que haber tenido la sensatez de dejarme con el móvil. Si ya no somos nada sin móvil, sobre todo yo, hasta él tenía que darse cuenta de mi adicción. Una cosa era dejarme sola y desnuda y otra muy distinta era dejarme sin móvil.

Mi plan era mandarle un mensaje y que viniera rápido hasta aquí y así se llevara al suegro a la casa. Pero por más que palpaba sin apenas moverme y por más que abría las pupilas en un esfuerzo sobrehumano no veía ni rastro del teléfono. Bueno, pues nada, tú ahora te quedas quietecita, te cantas para ti misma y sin mover los labios cualquier canción que te tranquilice y esperas sin moverte a que el bueno del señor se vaya para su casa. Si no va a subir, no va a subir.

Escuché unos pasos en la madera. Era el suegro subiendo. ¡Joder! ¿En serio? ¿En serio? Pero vamos a ver, que te vas a matar, que no vas a ver un peldaño y te vas a escoñar, aunque bien mirado, esa tampoco era una mala opción. Mejor que se matara a que me encontrara allí desnuda y solo cubierta con un edredón, ¿no? Pero ¿y si no se escoñaba? ¿Y si llegaba hasta arriba? Además, con la suerte que tú tienes, Bea, este llega sin lugar a dudas, que está hecho un chaval. ¿Qué excusa voy a poner? ¿Que quería probar la comodidad de la casa, su aislamiento nocturno? ¿Pero por qué estaba desnuda?

Los pasos cada vez se acercaban más. Vale que los peldaños eran bastantes, pero tampoco se tardaba tanto en recorrerlos. ¿Qué vas a hacer, Bea? ¿Taparte con el edredón? Era una posibilidad... ¡Una posibilidad absurda! Piensa, piensa... Decidí que lo más sensato, dentro de la insensatez de la situación, era intentar que no me encontrara allí. Habíamos colocado una rampa al otro lado de la casa para subir y bajar materiales. Podía deslizarme por ella y ocultarme detrás de uno de los grandes robles o castaños. Ay, Dios... solo de pensarlo me entraban escalofríos. Pero sí, era lo mejor. Y cuando el suegro se fuera, aguardar a que viniera Diego con la ropa, vestirme, huir a casa, dormir y hacer como si todo esto no hubiera sido más que un mal sueño. Porque como mal sueño era perfecto. No le faltaba de nada. Sí, eso era lo que iba a hacer. Así que sin pensarlo más, porque si lo pensaba más puede que me diera cuenta de lo endeble que era mi plan, fui hasta la rampa. Comprobé que no había ningún objeto sobre ella y envolviéndome bien en el edredón, me dispuse a bajar casi deslizándome. Los primeros metros bajé de maravilla, ya estaba cerca del suelo, ya estaba a punto de conseguirlo. Hasta que... el edredón se enganchó en uno de los clavos salientes que había en la rampa. Y me quedé atrapada a un metro de llegar al suelo. ¿De verdad? ¿De verdad? El suegro ya debía de estar a punto de llegar al final de las escaleras. Yo tenía que desaparecer lo antes posible de allí. Tiré con fuerza del edredón, pero solo conseguí que se enganchara más. Vi asomar la cabeza del suegro. Estaba perdida. Así que no me quedó más remedio que dejar el edredón allí y bajar el resto de la rampa desnuda. Mierda. Y encima esa luna iluminándolo todo, parecía un maldito Gusiluz, mi piel blanca parecía incandescente, era como una puta luciérnaga. Corrí en toda mi desnudez y me escabullí detrás de un castaño. Estaba corriendo desnuda en mitad de una noche con luna llena por el enorme jardín arbolado de los Andrada. Yo, Bea Vélez, corriendo a mis treinta y un años en bolas por el jardín de la familia más adinerada de toda Cantabria. Me lo dicen a los quince años y me descojono. ¿Cómo había llegado a esto, por Dios? ¿Cómo había pasado? Si yo hace un mes y medio estaba tan feliz con mi vida hecha en Madrid, a punto de casarme... Y ahora corriendo en bolas escapándome del suegro de mi amante viudo. ¿De verdad? ¿De verdad?

—¡Diego! ¡Diego! —gritó el suegro.

Yo, desde detrás de un castaño, y asomando solo una parte de mi cabecita, vi cómo el suegro miraba a su alrededor. Descubrió el edredón en la rampa, pero no le prestó mayor atención. Menos mal, menos mal. Así siempre podría volver a recuperarlo cuando el hombre se fuera. Yo estaba temblando. Allí tan desnuda, tan poco mujer lobo bajo la luna, por mucho que antes hubiera aullado de placer... Los segundos pasaban lentísimos, el señor no se iba de la casa del árbol y Diego seguía sin dar señales de vida. Mierda.

Vi cómo el hombre encendía la lámpara de queroseno y bajaba con ella las escaleras. Que se fuera, que se fuera de una vez a su casa, que iba a coger una pulmonía a esas horas al fresco. Igual que yo, que hasta me empezaban a entrar ganas de estornudar de la tiritona que tenía. Pero el viejo, en vez de coger el camino a su casa, se puso a deambular en mi dirección. Como se le ocurriera meterse entre los castaños, estaba perdida. Tenía que hacer algo, no podía quedarme ahí, por si las moscas. Hasta ahora todo me había salido mal, no podía cometer la insensatez de quedarme en el mismo sitio. Sin pensarlo más, me cambié rápidamente de árbol. Mi intención de todas maneras no era alejarme mucho del edredón, cuanto antes pudiera recuperarlo, mejor. No me había visto, ¡bien! Eso me dio fuerzas para volver a dar otra carrerita al siguiente árbol. Y de ese a otro, de ese fui a otro, y de ese a otro. Miré hacia donde estaba el anciano y por fin vi que se daba la vuelta y cogía camino a casa. Respiré. Mis músculos agarrotados se relajaron. Estaba a salvo. Por qué poco. Esperé cuatro minutos a que el hombre desapareciera dentro de su casa y decidí volver a por el edredón.

Al dar la vuelta una luz de linterna me cegó apuntándome a la cara. Casi me da un infarto. Pegué semejante salto que al volver a chocar mis pies contra el suelo sentí un dolor agudo en las plantas. Oí un grito. No sé si era yo quien había gritado o ella. Ella, sí. Era ella, la suegra, apuntándome con la linterna desde su silla de ruedas. Me miraba como quien ve a un fantasma. Yo no sabía qué coño hacer. Solo se me ocurrió cubrir con mis manos mi desnudez y quedarme paralizada del todo, como si la suegra fuera un animal ciego que solo detectara el movimiento de su presa.

El haz de la linterna seguía apuntándome a la cara. La señora no decía nada, yo tampoco. ¿Cuántos segundos duró aquello? La situación era completamente insostenible, así que se me ocurrió decir algo.

—Buenas noches...

Sí, fue lo único que se me ocurrió. Mi madre siempre dice que con la educación se va a todos lados. Con eso y con el inglés, pero la posibilidad de decirle *Good night*, no sé por qué, me pareció fuera de lugar.

Ella siguió en silencio, hasta que por fin movió parte de su labio paralizado y emitió unos sonidos, que enseguida interpreté y me helaron la sangre.

—¡Diana! —dijo ella con una vocecilla imperceptible.

Acababa de decir el nombre de su hija. Me estaba confundiendo con su hija muerta. Ay, Dios, que esto era una puta película de terror. Que la anciana paralítica se creía que yo era la reencarnación de su hija. Que yo era su puto fantasma. ¿Y cómo se suponía que tenía que reaccionar yo ante eso?

—Eh...

—Diannnna...

Y ahí se me ocurrió. Sí, confieso que la idea era un disparate, pero a lo mejor era la única manera de salir bien parada de todo este sinsentido.

—Vete a dormir, mamá, que es tarde. —Sí, me estaba haciendo pasar por su hija. Total... ya la situación no podía empeorar...

—Diannna, ¿dddevedddadedds tú?

—Lo estás soñando, mamá... —Qué ingenio el mío en los momentos críticos—. No pasa nada... Vete a dormir.

Noté como el haz de la linterna se apartaba de mi cara y recorría todo mi cuerpo. Para luego volver a mi cara. La anciana mudó el gesto. Pude darme cuenta a pesar de su media parálisis y de la luna llena. Y con una mirada de odio y una voz de ultratumba contestó:

—Tú no edddes mi hija, ¡putttta!

Mi cuerpo sufrió una sacudida de pánico. Y cuando ya creía que la cosa no podía empeorar, sentí un golpe fuerte en la frente. La señora me acababa de arrojar con todas sus fuerzas la linterna de metal y con aristas a la cabeza. Casi me tumba del golpe y del susto. No me lo esperaba. Con qué fuerza me había noqueado. Qué bien le habían sentado los baños termales a la señora, qué vigor. Tuve que apoyar una mano en el tronco de un árbol para no caer. Debido al fuerte impacto y a la impresión.

—Pero... señora...

La suegra, sin más, se dio la vuelta y se alejó con su silla eléctrica.

—Puttta...

Me llevé la mano a la frente. Noté algo húmedo. No, no, no, sangre, no, por Dios que no sea sangre. Sangre no. Acerqué lentamente y con mucho miedo mis dedos húmedos a mis ojos y mi peor terror se hizo realidad. Era sangre. Sangre.

Sangre.

Sangre.

Sangre.

¿Y si era yo la que me iba a morir y de un linternazo? ¿Y si era yo con la que mi madre hablaba en sueños y le pedía que no me muriera? De la impresión me desmayé.

—Bea, Bea, ¡Bea!

Alguien me estaba dando cachetes. Abrí con mucho esfuerzo los ojos. Mis párpados me pesaban como si estuvieran recubiertos de plomo. Me costó enfocar, lo veía todo borroso. Cuando por fin logré fijar mi vista, vi a Diego, que me sonreía.

—Menos mal.

Yo le sonreí, pero entonces vi que a su lado estaba el suegro. Y un poco más allá, ¡su suegra! Acusé su presencia. Mi sonrisa se esfumó. Pero entonces vi que la suegra me sonreía de manera beatífica. ¿Era producto de una alucinación? Miré a Diego, luego la volví a mirar a ella, seguía sonriéndome. ¿De verdad? ¿Después de casi dejarme en el sitio me sonreía? La madre que la parió. Pero esa mujer era... era... un bicho. Qué digo un bicho, esa suegra era un puñetero monstruo.

—¿Estás bien? —preguntó Diego—. Qué susto nos has dado.

No sabía ni qué decir. Comprobé que estaba tapada por el edredón. Al menos el suegro no me había visto desnuda. Algo era algo.

—Sí, sí —conseguí contestar.

—¿Qué te ha pasado?

Miré hacia la señora, que seguía con la misma sonrisa beatífica.

—No sé... —dije—. Me debí de caer... y darme un golpe... o chocar contra un árbol.

—Pobbbbecita —balbuceó la suegra.

¿En serio? ¿Pobbbbecita? ¿De verdad? ¿Pero esa señora de qué manicomio se había escapado? ¿Cómo podía hacer ahora semejante papelón? Y si contaba la verdad, ¿eh? ¿Y si le contaba a todos que había intentado matarme de un linternazo? Aunque era probable que no me creyeran y bien mirado yo me había hecho pasar por su hija. Tal vez me hubiera ganado a pulso su agresión.

En un concurso de locas no sé quién ganaría de las dos.

—¿Quieres que te acerque a tu casa? —me preguntó Diego.

—Vale —dije aliviada.

Yo con tal de salir de ahí lo que fuera.

—¿Pero qué hacías aquí? Con un edredón... Que casi matas a mi esposa de un susto... —dijo el suegro.

—Eh... —Casi me mata ella a mí, pensé.

Miré a Diego suplicando ayuda, a ver si a él se le ocurría la manera de salir de esta.

—Ya sabes cómo son los arquitectos —dijo. Pues no, tampoco se le había ocurrido gran cosa. No le culpo, no era fácil.

—No, ¿cómo son los arquitectos? —preguntó el suegro—. ¿Se desnudan en sus obras?

—Es que me quedé a comprobar unas cosas... —se me ocurrió decir—, y hacía tan buena noche...

—Que te desnudaste.

—Pues sí.

—Mira, mejor os dejamos solos... —dijo el suegro, intentando disimular su enfado—, que preferimos no saber más.

Se apoyó en la silla de ruedas de su esposa y la empujó. Yo vi con alivio cómo se alejaban. La parejita anciana feliz. Maldita la hora en que habían decidido acortar su estancia. Miré a Diego.

—Lo siento... Lo siento mucho —le dije—. Pero es que me desperté sin ropa y... tu suegro se acercó a la casa, me entró el pánico y me escapé... y el edredón se quedó enganchado y luego tu suegra...

—¿Mi suegra también te vio desnuda?

—Sí.

—Joder...

—¿Y tú para qué me dejas sin ropa? Si es que... no toda la culpa la tengo yo.

—Estaba mojada y pringosa de tarta, la llevé a lavar y

a meter en la secadora... Quería tener un detalle. Es que estabas ahí tan dormida que pensé: cuando despierte va a tener la ropa limpia y seca.

—Joder... Joder... Menudo papelón que he hecho...

—¿Qué te dijo mi suegra al verte?

Era el momento de decirle la verdad. De contar todo lo que había pasado, de admitir que me había hecho pasar por su esposa muerta, pero...

—Eh... nada... nada... yo... eché a correr... —dije improvisando.

—¿Y ahí te diste el golpe?

—Contra un árbol, sí...

Diego me observó y yo me di cuenta de que no sabía si creerme.

—Si buscas aún debe de haber una mancha de sangre... Pero no me hagas hablar de la sangre que me mareo otra vez. Dime que ya no sangra, dímelo.

—Tranquila, que tampoco ha sido para tanto. Toma tu ropa, vístete y te llevo a casa.

Y mientras me vestía se me ocurrió hacer la pregunta que llevaba rato barruntando.

—Oye, ¿tu suegra está bien?

—¿Cómo que si está bien? A ver, el ictus la dejó un poquillo tocada, le cuesta hablar...

—No, digo bien de... cabeza, de salud mental.

—Como una rosa.

—¿Seguro?

—¿Por qué lo preguntas?

—Por nada, por nada...

Una vez con la ropa puesta nos dirigimos al Mercedes. En silencio. Toda la magia que habíamos sentido en la casita del árbol se había evaporado. No era para menos, claro. Nos metimos en el coche y Diego arrancó. Yo tenía la necesidad de romper ese silencio incómodo que me estaba ahogando.

—Ya siento que nos hayan descubierto... Y que se hayan enterado de que tú y yo...

—Bueno, qué le vamos a hacer.

—Porque lo de que estaba desnuda viendo mi obra como que no ha colado, ¿no?

—No creo.

—Lo siento.

—No es culpa tuya. Soy yo el que siente que hayas tenido que pasar por eso. —Sonrió un tanto horrorizado—. Qué disparate.

—Pues sí, la verdad. ¿Por qué dejaste que me quedara dormida y por qué cogiste mi ropa? Joder...

—Lo siento.

—Y yo. ¿Cómo se van a tomar que te hayas liado con otra y en su propia casa?

—Bueno, alguna vez tenía que pasar.

—Ya, pero en su propia casa...

—Deja de decir lo de en su propia casa. Por favor.

—Es que me pongo en su lugar... y... Es que es su casa.

—¡No lo es! ¡Es la mía!

—¿Cómo? ¿Cómo que es tu casa?

—La casa, el aserradero, la fábrica, todo es mío. ¿No creerías que me estaba jugando un patrimonio que no era mío?

—Pero si el aserradero y esta casa ha sido de toda la vida de los Andrada. Si tú llegaste luego, y si es tuyo es porque te casaste con su hija...

—Cuando me casé con Diana, estaban arruinados, a punto de perderlo todo. El aserradero y la casa, todo. Yo me hice cargo de las deudas.

—¿Tenías ese dinero? ¿O sea que no diste un braguetazo como piensa todo el pueblo?

—Y tú, tú también lo pensabas.

—Era lo lógico, te habías casado con la rica heredera. ¿Y por qué has dejado creer a todo el mundo lo contrario?

—Qué más me da la gente.

—¿Y cómo es que tenías tanto dinero? ¿De tu familia?

—No. Lo gané.

—¿Cómo? Si eres muy joven. ¿Chanchullos inmobiliarios? ¿Narcotráfico?

—¿Crees que solo se puede ganar dinero ilegalmente?

—No sé, pero como te lo tenías tan callado...

—No he hecho nada ilegal en mi vida.

Aunque insistí no quiso decir cómo lo había ganado. Y como vi que no iba a soltar prenda, decidí pensar en otra cosa. En lo que acababa de pasar en la casa, por ejemplo.

—Ya verás como se entere Ingrid, qué papelón...

—¿Por qué se iba a enterar?

—Yo qué sé, por si tu suegro o tu suegra le van con el cuento.

—No se van a meter ahí, tranquila.

—No teníamos que habernos liado.

—Ya está, olvídalo. No pasa nada.

—¿Seguro?

Me dejó a la puerta de casa. Y ni se despidió con un beso. Por mucho que dijera que no pasaba nada, sus gestos decían lo contrario. Esperaba que ese incidente absurdo no acabara con nuestra historia antes de que esta empezara. Ay, Dios, que ya estaba pensando en un futuro compartido. ¿De verdad? Olvídalo, Bea, mientras exista esa suegra tú ahí no pintas nada. Y por la fuerza que ha demostrado lanzándote la linterna, esa mujer tiene cuerda y mala leche para rato.

Olvídalo. Fue bonito mientras duró. Quédate con eso.

En la cama no paraba de darle vueltas a todo lo que había pasado. A pesar de que me había tomado una tila con tres bolsitas para dormir, mi mente no descansaba. Machacona ella, pesada, insistente. Así que sabiendo que no iba a conseguir conciliar el sueño, me levanté. Siempre podía quedarme adormilada en el sofá con la tele. En la cocina había luz y me acerqué. Estaba mi madre, escribiendo en un cuaderno, al verme lo cerró. Tenía la tapa de color rojo. Y un dibujo de Hello Kitty. A saber de dónde lo había sacado.

—¿Qué escribes?

—Nada.

—¿No te irás a hacer escritora a estas alturas de la película?

—¿Escritora yo? Qué va.

—¿Es un diario?

—No.

—¿Qué es?

—¿Tu madre no puede tener un poquito de intimidad en su propia casa?

—Supongo.

—Gracias.

—¿No me lo vas a contar?

—Son cosas de los pacientes. Me gusta anotar algunos casos.

—¿Desde cuándo?

—Estás muy preguntona.

—Y tú muy evasiva.

—Los anoto desde que siento que ya no estoy tan fina con mi empatía. Así puedo recurrir a los datos cuando lo necesito.

—A mí me da que escribes otra cosa.

—¿El qué, Bea, a ver?

—No sé... Pero no te acabo de creer.

—Haz lo que quieras. ¿Qué haces despierta?

—He tenido una noche muy rara. No paro de dar vueltas en la cama. ¿Nos tomamos un chupito de orujo?

—Hija, me da que te estoy aficionando demasiado.

—Uno solo.

—Venga.

Eché una mirada a su cuaderno rojo mientras mi madre servía dos chupitos.

—A lo mejor un día te dejo leerlo.

—¿De verdad? ¿No será nada sexual de papá y tú?

—Tienes cada ocurrencia, Bea.

—¿No me voy a asustar entonces?

Pensó la respuesta con detenimiento. Algo que no me hizo mucha gracia, la verdad.

—Espero que no —contestó y se bebió de un trago el chupito—. Ay, me da la vida. Si no fuera por estos ratitos, ¿eh?

La competición de motocross

Habíamos llegado temprano al circuito de motocross. Mi padre quería estar desde primera hora apoyando a su nieto. E Irene, que siempre era la primera en llegar, nos había pedido que la supliéramos, porque tenía una reunión importante con Diego y los de Emerge, y era probable que no acabara a tiempo para la carrera. Ese fin de semana había llovido mucho y mi padre temía que el circuito estuviera demasiado embarrado, así que lo primero que quería hacer al llegar era acercarse hasta la zona donde estaban los equipos, para ver cómo pintaba la cosa. Yo quise ir con él. Débora, con su bebé, y mi madre decidieron quedarse en la carpa donde habían instalado un bar. Mi madre se había levantado mohína, de mal humor, algo raro en ella, que siempre se despertaba contenta y vital. Pero tal vez tuviera que ver con el hecho de que su nieto competía. Ella se comportaba un poco como esa mujer de torero el día de una corrida, con el corazón en un puño. Y si no se encomendaba a los santos era porque no creía en ellos. Todos le quitamos importancia a su preocupación. Fin era de esos campeones que casi nunca tenía un accidente. Su control de la moto era absoluto. Mi padre fue el que más hizo para que mi madre dejara de tener ese mal presentimiento. Estaba claro que entre ellos dos la cosa ya empezaba a marchar bien. Es lo bueno, supongo, de cuando una pareja se quiere. Que con un poco de empeño las cosas salen adelante. Y era un alivio ver a mi padre y a mi madre de nuevo unidos.

Fin se estaba empezando a poner las protecciones cuando le vimos. Nos saludó con un gesto de preocupación.

—¿Qué tal, Fin? ¿Animado? —pregunté.

—Ha llovido mucho.

—¿Está muy mal la pista? ¿Habéis dado alguna vuelta para verla?

—Sí, al llegar... Se puede correr, pero con esta moto, no sé yo... No la controlo tanto.

—¿Quieres rajarte? —pregunté—. Si quieres, no pasa nada...

—No sé... Con la moto de 85 estaría chupado, pero con esta cilindrada... no sé...

Decidí darle un empujón.

—Recuerda que hay que salir de la zona de confort. Y que es mejor que quedes último a que no corras. Aunque ahora te fastidie perder, siempre es preferible a verlo desde los boxes.

—Ya... supongo...

—¿Tú qué dices, papá?

—Yo esperaba que el terreno estuviera peor, pero no lo he visto del todo mal.

—Eso mismo dice el entrenador.

—Pues a por ellos —le alenté.

—Me tengo que ir para allá —dijo Fin.

Yo le di un abrazo para animarle y mi padre le dio una palmada cariñosa en la espalda. Nos alejamos de allí.

—Está acojonado. ¿Hacemos bien en animarle? —pregunté.

—Claro, este circuito no es peligroso. Y Fin tiene cabeza. Aunque no me gusta que corra con miedo.

—Bueno, una vez en la moto se le pasará, espero.

Fuimos hasta la carpa donde estaban mi madre y mi hermana. Débora me recibió con una bronca.

—¿Estarás contenta? Joder, Bea, esto se avisa, menuda encerrona.

—¿Qué pasa?

—¿Qué pasa? ¿Qué pasa? Mira lo que pasa. —Señaló con su mano hacia una de las lomas donde se empezaba a situar el público para ver la carrera.

—¿Y?

—Que está ahí, ¡el enano!

—¿Qué me dices? —exclamó mi padre.

—¿Le dijiste tú que viniera? —preguntó mi hermana.

—Se ve que es aficionado a las motos —me excusé.

—Como Juan. —Débora señaló ahora hacia un lado de la carpa.

Mi cuñado, o casi excuñado, estaba allí con varios compañeros de su trabajo, tomándose un café. Al verme me saludó.

—Maravilloso todo —ironizó Débora con un cabreo más que comprensible—. Te mato, Bea. Te mato.

—¿Os ha saludado?

—Sí, ha venido hasta aquí muy amable —dijo mi madre.

—Vamos hasta allí, ¿no? —pidió mi padre—. Que yo desde que he venido aún no lo he visto. Y aún es mi yerno, ¿verdad?

—Joder... joder... —se lamentaba Débora—. Yo me quiero ir de aquí.

—De eso nada. Cuando acabe la carrera nos vamos. Que Fin tiene que ver que estamos aquí apoyándole —dijo mi padre—. Voy a saludar.

—Voy contigo —dije.

Nos acercamos hasta donde estaba Juan. Él me besó y dio un fuerte apretón a mi padre, que tuvo que hacer esfuerzos para mantener la compostura, de tan compungido que se le veía.

—¿Qué tal, hijo? —balbuceó incómodo y pesaroso, como si le estuviera dando el pésame.

—Aquí... —respondió Juan, sin saber cómo encarar ese encuentro y viendo a mi padre sufrir.

—Ya, ya... qué me vas a contar... qué me vas a contar... La cabeza loca de mi hija... Si es que... si es que... yo no sé ni qué decirte...

—Bueno, papá, eso es cosa de ellos —intervine.

—Sí, sí, lo sé, lo sé... Pero es que me entran unas ganas de... de... de... de no sé qué.

—Jonás, no te preocupes, yo ya me he hecho a la idea... —dijo Juan e intentó cambiar de tema—. ¿Qué tal esa jubilación?

—Pues ahí vamos... La había cogido con ganas, ¿eh? Pero con tanto disgusto no te creas que la estoy disfrutando... Y la tensión, ni te cuento cómo tengo la tensión...

Noté cómo mi padre estaba haciendo esfuerzos para no venirse abajo y romper a llorar. Eso era lo malo de una personalidad como la suya, sin filtros. De cero a cien, de la alegría a la pena, en menos de dos segundos. De repente parecía veinte años mayor.

—Papá... por favor...

—Que sí, que sí. Que estoy bien. Si ya sé que es cosa de ellos y que son cosas que pasan, si yo todo eso lo sé. Y no me voy a meter ahí. Pero... ¿entre mi hija y tú...? Yo qué sé... Si es que eres de la familia, si en casa te adoramos. Que yo no había querido nunca tanto a un yerno como a ti. Porque el de esta —me señaló—, el de esta era un señorito estirado de la capital...

—¡Papá!

—Y el otro, ¿qué te voy a contar del otro? Intelectual, argentino y del PP. Que cuando se divorciaron casi hago una fiesta. Pero lo vuestro sí que no, si es que...

La situación no podía ser más incómoda y violenta, sobre todo por la manera en que la estaba encarando mi padre.

—A ver, qué te voy a decir, pero estaba tan bien contigo... La cuidabas tanto, si es que era otra, coño.

—Papá... que no es el momento.

—Ya, ya... Ya sé que no es el momento... Pero ella está muy arrepentida, Juan. Y te echa mucho de menos. Y seguro que tú también. Y que todos cometemos errores, vale que no suelen ser tan tremendos como ese, porque cuando mi hija se pone tremenda no hay quien la gane... pero...

Juan no sabía ni qué decir, buscó mi ayuda con la mirada.

—Papá, venga, vámonos. Si eso, otro día quedáis.

—Vale, sí, sí... Yo encantado de quedar contigo, Juan, aunque la cosa al final no salga bien, tú vas a seguir siendo parte de la familia.

—Gracias, Jonás...

—Venga, vamos, papá.

Tuve que tirar de su brazo para llevármelo de allí.

—Qué lástima, qué lástima.

—Hala, ya está, papá, tengamos la fiesta en paz. Ahora a apoyar a Fin y listo.

—Ya, ya...

Llegamos junto a mi madre y Débora.

—¿Qué os ha dicho? —preguntó ansiosa Débora—. Porque anda que no habéis estado rato.

—Poca cosa, si sobre todo habló papá.

—¿Y tú qué le has dicho, papá?

—Qué majo es ese chico, pero qué majo.

—Joder... joder... —Era lo único que atinaba a decir mi hermana.

—Venga, vamos a ver la carrera.

—Pero allí no, que está el enano.

—Pues ese es el mejor sitio —insistió mi madre.

—¡Me da igual!

—Vale, vale, vamos donde quieras, qué carácter. Mira, tu hermano y el guardia civil por ahí vienen.

—Ya estamos todos, qué bien —se lamentó mi hermana.

Nos situamos en la otra punta del circuito, escapando del enano. El ambiente era muy festivo. Estaba medio pueblo allí, y casi todos para apoyar a Fin, era una verdadera celebridad en el pueblo. Pasa siempre con algún deportista que llega a campeón de algo. Ya puede haber cuatro premios Nobel de Física en un sitio, que donde esté un chaval metiendo goles o haciendo piruetas en una moto, se convierte *ipso facto* en el héroe de todos. Aglutinando voluntades, levantando pasiones y haciendo que todos sientan cada victoria individual como una victoria colectiva. León y Jacobo llevaban unas camisetas con el nombre de mi sobrino y unas bufandas con los colores de su escudería. Venían con ganas de animar, yo creo que se habían tomado un par de vermús o de cervezas por el camino. Les pareció divertido que confluyeran el enano y Juan en el mismo sitio.

—Ni puñetera gracia, ni puñetera gracia —decía Débora—. Yo no sé ni qué pinto aquí, y con este ruido de las motos, y este polvo... Ideal para Óscar...

—Cuidado, que viene.

Teodoro, el enano, se acercaba a buen paso.

—No quiero que vea a mi hijo.

—Pues no se lo enseñes —dije yo—. Pero tampoco lo va a raptar, no creo que haga falta que te pongas tan tremenda.

—¿Dónde está Juan? —preguntó mi hermana.

—Creo que en la otra loma, tranquila.

Teodoro llegó a nuestro lado.

—Buenos días.

—¿Qué tal, Teo? —lo saludé.

—Aquí, con ganas de que empiece la carrera. ¿Has traído al niño? ¿Puedo verlo?

—Es que no quiero que trague polvo —se excusó mi hermana, poniéndose delante del cochecito.

—Si no hace falta que lo saques del carro.

Mi hermana no quería que Teo se acercara, pero sabía que montar un numerito ahí no era lo más adecuado. Así que a regañadientes se apartó, dejándole el camino libre. El enano se asomó al carrito.

—No lo despiertes, que está durmiendo.

—Vale, vale...

A Teo se le dulcificó el rostro nada más verle. Y también asomó a su cara un gesto de orgullo.

—Es guapo, ¿eh? De qué color tiene los ojos...

—A esa edad aún no se sabe bien —mintió mi hermana.

—Verdes —dije yo.

—¿Verdes? ¿Como los míos?

—Como los tuyos... como los tuyos... tampoco son exactamente iguales...

—Verdes. A ver si luego se despierta con el ruido de las motos y los puedo ver. Verdes...

—Un verde marino —dijo León.

Teo miró a mi hermano. Y se quedó un poco pillado.

—Oye, ¿tú no eres... tú no eres... Leonem? Y si no, eres clavadito.

—Eh...

—Mi hermano se llama León.

—¿O sea que eres tú? ¿Y es hermano vuestro? —Teo estaba muy impresionado y como intentando digerir la información—. ¿Pero qué pasa con vuestra familia, que sois todos famosos?

—¿Mi hermano famoso? —Me reí—. ¿Pero qué dices?
—¿Eres tú o no? —volvió a preguntar Teo a León.
—Sí, sí —admitió mi hermano algo avergonzado.
—¿Tú quién? —pregunté—. ¿Qué es eso de Leonem?
—Su nombre de *youtuber*.
—¿Eres *youtuber*? —pregunté sorprendida.
—¿Eso qué es? —quiso saber mi padre.
—Nada, que subo vídeos de vez en cuando a internet —dijo, sin darle importancia.
—Que visitan una media de cuatro millones de personas —explicó el enano.
—¡Anda ya! —exclamé—. ¿En serio?
—Está en el *top ten* europeo.
—¿De verdad, León? —pregunté y miré a mi familia—: ¿Vosotros sabíais algo?
—Primera noticia —dijo mi hermana.
—Se pasa muchas horas encerrado con el ordenador, pero yo creía que veía porno —comentó mi madre.
—¿Y qué vídeos cuelgas?
—No sé... tonterías... cosas que pienso, que se me ocurren. Comento vídeos, videojuegos... cosas de mi vida...
—Es muy agudo y divertido. Brillante incluso —dijo el enano.
—Claro, León siempre lo es —intervino con orgullo el guardia civil—. Qué callado te lo tenías.
—¿Tú tampoco sabías nada? —le pregunté a Jacobo.
—No, pero no me extraña.
—Ha tenido que venir Teo a desenmascararte —dije yo y miré al enano—: ¿Y tú hay algo de lo que no sepas? Qué tío...
—¿Y con eso se gana dinero? —preguntó mi padre.
—Algo.
—Te sacarás limpios entre cinco mil quinientos y siete mil euros al mes —calculó Teo.

Nos quedamos en silencio al oír esa cantidad y enseguida nos dio un ataque de risa. El enano deliraba.

—Algo más —confirmó León.

—¿Qué? ¿Cuánto más? —preguntó Débora.

—¿Qué más da? Solo es dinero.

—¿Ganas esa pasta? —preguntó el guardia civil.

—¿A qué ahora ya te están entrando ganas de casarte con él? —bromeé yo.

—¿Y desde cuándo ganas esa fortuna? —preguntó Débora.

—¿Queréis dejar de exagerar? —protestó mi hermano.

—Lleva más de año y medio en el *top ten*. Así que desde hace dos años, al menos —dijo Teo.

—¿En serio? ¿Pero qué estás haciendo con todo ese dinero? —pregunté yo.

A León no se le notaba cómodo hablando de ese tema, así que aprovechó el inicio de carrera para esquivarlo.

—Oye, que esto empieza ya.

Los motores rugieron en la línea de salida. Y la carrera dio comienzo. Mi sobrino empezó regular, pero pronto fue cogiendo el ritmo situándose en los primeros puestos. Y a pesar del barro en la pista y del nuevo tamaño de la moto de 125, lo noté bastante cómodo. Cuando pasó a nuestro lado, con un salto que le hizo volar y levantarse sobre la moto, gritamos dándole ánimos.

—¡Tú puedes, Fin!

—¡Ese Fin!

—¡¡Vamos, hijo!!

Yo miré a León de reojo. No me acababa de creer que mi hermano de veintiún años estuviera ganando ese pastizal y que encima se lo hubiera tenido tan calladito. Tenía que buscar sus vídeos cuando llegáramos a casa. Vi que mi padre, mi madre y Débora también le miraban de vez en cuando. Vivíamos con un desconocido. Y había tenido que ser el enano el que nos abriera los ojos. Tócate las narices.

Débora se revolvió incómoda. Se acercó a mí, me apartó del resto de la familia y de Teodoro y disimuladamente me señaló hacia la loma que había enfrente con público. Me susurró.

—Está mirando hacia nosotros.

—¿Quién?

—Juan, quién va a ser. Yo creo que ya ha visto al enano...

—Mujer, a esta distancia a lo mejor lo confunde con un niño.

—Te mato, te mato... ¿Y ahora qué coño le voy a explicar? ¿Qué he metido en mi vida al *stripper*?

—Bueno, tú ya no estás con Juan. Él no quiso, y el *stripper* es el padre de tu hijo.

—¡Pero yo no quiero que esté en mi vida! ¡Sois tú y mamá las que os empeñáis!

—No te alteres, que te va a oír...

—¡Me da igual!

León se acercó a nosotras y pasó su brazo por encima del hombro de mi hermana.

—Esto sí que es una salida del armario en toda regla, tú aquí con tu hijo y el *stripper* delante de todo el pueblo.

—Calla. Que por ahora nadie tiene que saber nada.

—Te hacía yo más moderna que todo esto. Vamos, que no pensé que te importaran tanto las apariencias —dijo mi hermano.

—Claro, tú como eres rico, te puedes permitir estar por encima de todo esto.

—No digas chorradas —protestó mi hermano. Yo aproveché para insistir.

—Mujer, con lo majo que se le ve... Y ahí el bombero ha salido huyendo, mientras Teodoro está aquí, intentándolo, a pesar de cómo lo tratas.

En ese momento oímos unos gritos de mi padre y de Jacobo. Y también de mi madre y del *stripper*.

—Ay, ay, ay...

—¿Qué pasa, qué pasa?

Miramos hacia la pista. Fin acababa de perder el control de la moto, debido al barro que había, y se había estrellado de morro contra la moto de delante, que también se había caído al suelo. El golpe fue brutal. Y las motos que venían detrás no pudieron frenar su velocidad y una cayó encima de mi sobrino. Atrapándole el pecho y la cabeza. Fin no se movía, seguramente debido al peso de su moto y de la otra que tenía sobre él. ¿Podría respirar? La cabeza se le había quedado colgando...

Sentí cómo el tiempo se detenía. ¿Y si Fin...? ¿Y si Fin...? No, no lo pienses, Bea, tu sobrino no se puede morir. No. No. ¿Cómo se va a morir alguien de quince años? Solo ha sido un golpe, un accidente. Se va a levantar ahora mismo. ¿Pero y si...? ¡Bea! ¿Y si fuera él? ¿Y si fuera él a quien mi madre le rogaba en sueños que no se muriera? ¿Por eso estaba mi madre esta mañana de un humor tan raro? No. No, no lo pienses. Todo está bien, Bea. Todo va a estar bien. ¿Pero y si esa obsesión de mi sobrino por la muerte...? ¿Esa angustia, ese miedo atávico tuviera que ver con este momento? ¿Y si había sido Fin el que había heredado el don de mamá? ¿Y si Fin intuía de alguna manera un final aciago y temprano para él? ¿Y si...? ¿Y si...? Y es culpa tuya, Bea, tú le insististe en que no lo dejara, en que siguiera corriendo, incluso hoy, cuando tenía dudas, tú le dijiste que siguiera. Si le pasa algo, Bea, si le pasa algo, no te lo vas a poder perdonar jamás. ¡No! Sacudí mi cabeza, obligándome a no pensar ni una sola atrocidad más. Estaba desvariando. Solo era eso. Fin tenía que estar bien, tenía que estar bien.

—¡Ten cuidado! —gritó mi madre.

Eso me sacó de mis elucubraciones tétricas y sin sentido y vi al *stripper* bajando la loma y metiéndose en medio de la pista, sin importarle que las otras motos aún estuvieran en movimiento.

Mi padre quiso bajar también, pero mi madre se lo impidió.

—Con la mano como la tienes no vas a poder levantar las motos. Quédate aquí.

El enano corría en dirección a mi sobrino. Dos pilotos volaron por encima de él y Teo decidió seguir a rastras para poder avanzar sin que lo atropellaran. Por fin llegó hasta donde estaba mi sobrino. Vimos a Juan, que también se lanzaba al rescate. Pero a él las motos en plena carrera le impedían moverse con rapidez. Nunca pensé que la poca estatura del enano pudiera jugar en su favor en ningún tipo de circunstancias, pero así había sido. Teo, con una fuerza que no supe ni de dónde había sacado con ese cuerpo tan menudo, consiguió desembarazar a mi sobrino del peso de las motos. Teo hablaba con él, y vi cómo Fin alzaba la cabeza y le contestaba. Estaba vivo. ¡Estaba vivo! Noté cómo mis piernas por su cuenta se pusieron a temblar cual palos de madera de una marioneta. Tuve que agarrarme a mi madre para no caerme.

Por fin los motoristas consiguieron parar y la gente de los equipos, Juan y sus amigos bomberos llegaron hasta los heridos. La cosa parecía que se había quedado en un susto. Aun así nosotros quisimos acercarnos. Débora le pasó el niño a mi madre.

—Quédate con él, mamá.

Débora bajó con nosotros, que nos precipitamos torpemente por el desnivel del terreno. Y mientras avanzábamos vimos cómo dos ambulancias llegaban hasta allí. Corrimos hasta mi sobrino.

—Fin, ¿estás bien? —pregunté.

—Mi pierna... Y el pecho...

Intentó incorporarse, pero Teo se lo impidió.

—Es mejor que no te muevas —dijo el *stripper*.

—Pero...

Mi sobrino miró a Juan, que se había agachado a su lado.

—Hazle caso, quédate así.

Juan y el enano se miraron. Como reconociendo quién era quién.

—Has estado rápido —le dijo mi cuñado.

—Bueno...

Vi cómo manaba sangre de la rodilla de mi sobrino y tuve que sostenerme en mi padre para no caerme al suelo del mareo. Mi sobrino intentó quitarse el casco, pero Teo se lo impidió.

—No, no, mejor no te lo quites.

Los camilleros de la ambulancia se acercaron a Fin y al otro motorista herido. Colocaron a ambos en sendas camillas y los llevaron a la ambulancia.

—Yo subo con él —dije.

—¿Queréis que vaya yo? Soy enfermero —se ofreció el enano.

Mi sobrino le miró.

—Sí. Ven, por favor. Me has salvado la vida. La moto me estaba aprisionando, no me podía mover...

—No ha sido nada.

Los camilleros metieron a Fin en la ambulancia. Yo cogí al enano como si fuera un niño pequeño y lo subí dentro. Débora me miró. Estaba desconcertada, sobrepasada. Juan se acercó a ella.

—¿Es quien creo que es?

—Sí.

—¿Y qué coño hace aquí?

Débora no tardó en contestarle, con rabia y con cierto orgullo.

—Pues salvarle la vida a mi sobrino. Él consiguió llegar a la pista, no como otros.

Me subí a la ambulancia y los camilleros cerraron las puertas. Vi a través de la ventanilla cómo Débora y Juan seguían hablando. Miré a mi sobrino, Teo le estaba tranquilizando, mientras los enfermeros lo examinaban.

—¿Cómo estás campeón? —le pregunté.

—¿Es el padre de Óscar? —preguntó mirándome y luego mirando a Teo.

—Sí —dije yo.

El enano agradeció mis palabras. Sonrió orgulloso.

Era el padre de Óscar.

Se lo acababa de ganar.

Irene entró en tromba por el pasillo del hospital. Atacada, muerta del susto. Venía acompañada de Diego. Al verlo, casi me dio un vuelco el corazón.

—¿Dónde está? ¿Está bien?

—Tranquila, Irene, se ha roto la tibia, tiene una pequeña quemadura en el pecho y ya. Ahora le están haciendo un TAC, por si las moscas, pero el médico nos ha dicho que es pura rutina, para asegurarse de que está bien. Y que fue una suerte que lo sacaran tan rápido de debajo de la moto.

Irene miró a mis padres y a mi hermana Débora. Y también vio al enano.

—¿Has sido tú el que le ha salvado?

—No hice gran cosa, de verdad.

Mi hermana se tiró al suelo para abrazarlo. Diego buscó mi mirada. No acababa de entender la escena. Yo le sonreí. Agradecía tanto que estuviera allí. Vale que había venido simplemente acompañando a mi hermana, porque seguramente Irene con los nervios no estaba ni para conducir hasta el hospital de Santander. Pero yo sentí, o fantaseé, que Diego estaba allí por mí, en ese momento de crisis familiar, para apoyarme. Y qué bien me sentó. Lástima que no fuera del todo verdad y que las cosas entre nosotros estuvieran tan raras.

—Gracias, gracias —dijo mi hermana, abrazando y estrujando al enano.

—Lo hubiera hecho cualquiera.

—Cualquiera, cualquiera tampoco —intervino mi madre—. Lo hiciste tú. —Y miró intencionadamente a Débora. Esta no supo ni qué cara poner.

Irene se incorporó.

—¿Dónde está? Quiero verlo.

—Ven conmigo —le pedí.

Y me la llevé hasta la sala donde le estaban haciendo el TAC. Vio a su hijo a través del cristal.

—¿No puedo pasar?

—En tres minutos acabamos —le dijo el auxiliar que estaba manejando la máquina desde la cabina.

Mi hermana se agarró a mí. Notaba su tensión. Intenté tranquilizarla.

—Está bien, Irene, de verdad.

—Tenía que haber estado allí, tenía que haber...

—Se hubiera caído igual.

—Soy la peor madre del mundo. Si es que no le hago caso, si es que el ayuntamiento me tiene consumida, si es que...

—Deja de decir chorradas, Irene. Tu hijo está bien y tú eres una madre estupenda. Siempre lo has apoyado para que viviera su pasión. Pocas lo hubieran hecho. Así que ahora no te me vengas abajo y te comportes como una madre histérica, ¿de acuerdo?

En ese momento la puerta de la sala se abrió y Román, el ex de mi hermana, entró decidido.

—¿Cómo está?

—Bien, bien —dije yo.

Román miró a su hijo con angustia a través del cristal.

—¿Bien? ¿Entonces por qué le metieron en ese tubo?

—Para asegurarse y descartar lesiones, pero está bien.

—Se acabaron las malditas motos —afirmó él.

—Eso tendrá que decidirlo él, Román —dijo mi hermana.

—No digas boludeces. A la concha de su madre las motos.

A Román cuando estaba nervioso se le disparaba el acento argentino.

—Bueno, ya lo hablaremos cuando estemos más calmados —contemporizó Irene.

—¡No! Vos y yo tenemos que hacer un frente común. Y cuando mi hijo salga le vamos a decir...

—Que no, Román, que en caliente no vamos a decidir nada.

—Mirá, pelotuda, o te comportás de una vez como una madre sensata o te quedás sin la custodia.

Mi hermana aguantó el envite sin inmutarse. Si hacía un momento estaba nerviosa, ahora el enfrentamiento con su marido le acababa de devolver su fuerza habitual. Así que muy serena y segura de sí misma habló:

—Román, tu hijo tiene quince años. La custodia en todo caso la decidiría él. Y adivina con quién quiere estar.

—Pues entonces empezá a ejercer como una madre. Lo tenés abandonado a su suerte con todas las horas que te pasás en el ayuntamiento. Por culpa del pelotudo que está ahí fuera y de la concha de la planta eléctrica.

—Román... tengamos la fiesta en paz.

—¿Creés que no lo sé?

Yo seguía la discusión alucinada. ¿Pero al argentino le estaba dando un ataque de celos? ¿Pero se creía que Diego estaba liado con mi hermana? Que era conmigo, ¡conmigo! y no con ella con la que tenía un lío.

—¿Creés que no sé que tenés abandonado al pibe? No le hacés ni caso. ¿Y sabés qué te digo? Que no te podré quitar la custodia, pero a lo mejor puedo obligarte a que pases todo el tiempo del mundo con él.

—¿Qué dices? Estás desvariando.

—Que si querés ejercer de madre, vas a poder hacerlo a tiempo completo. Porque a partir de ya me voy a encargar con todo mi empeño de echarte de la alcaldía.

—Ya llevas tiempo intentándolo, no tengas la cara dura de poner a tu hijo como excusa.

—No es una excusa, linda. De excusa nada. Querés ser madre, *pos* ejercé. Y como una madre de verdad. Dedicada a tiempo completo.

Coño, qué chungo se podía poner el argentino. Y a mí que me había tenido engañada hasta ahora.

—Cuando creo que ya no puedes ser más rastrero, siempre acabas sorprendiéndome —dijo mi hermana sin perder sus nervios—. Y ahora relájate un poquito, que tu hijo va a salir. Y no vamos a montarle el numerazo aquí, ¿verdad?

Dinero

Fin pasó esa noche en el hospital, los médicos querían descartar cualquier tipo de complicación y preferían tenerlo controlado allí. Nos peleamos por quién se quedaba a dormir con él, pero Irene no admitió ningún tipo de discusión, ella era la madre, ella se quedaba. Aun así estuvimos en la habitación toda la familia, supongo que teníamos la necesidad de pasar tiempo con él, para cerciorarnos de que estaba bien, para disfrutar del hecho de que todo se había quedado en un susto. Un susto horrible pero un susto. Vivan los sustos que se quedan en sustos. Vivan los sustos que no van a más, vivan los sustos de película de terror, que asustan mucho, pero luego te ríes de tu propio susto.

—Qué bien que todo haya sido un susto.

—Que sí, Bea, que sí, que como vuelvas a decir lo del susto, te echamos a patadas de la habitación.

—Perdón, me callo, me callo.

La verdad es que yo no era yo después de la conversación breve que había mantenido con Diego antes de que se despidiera de nosotros. Pero intenté olvidarla y disimular. Me dolía demasiado. Y no quería que se notara. Así que traté de integrarme con mi familia y olvidar el asunto.

Durante esas horas con Fin le relatamos con detalle cómo habíamos vivido el accidente, cómo había volado por los aires, cómo las otras motos habían caído sobre él y cómo Teodoro, el *stripper* enano, se había metido entre las motos jugándose la vida y salvándole la suya.

—Qué bien estuvo el chico, pero qué bien —repetía mi madre.

—Que sí, mamá, que ahí se portó —concedió Débora.

—Si no hubiera estado allí, ¿quién sabe? ¿Ves como no hay mal que por bien no venga? Hasta de los errores salen cosas buenas. Le tenemos que comprar algún detallito, o algo.

—Ya se lo hemos agradecido hasta la saciedad, mamá —dijo Débora.

—Pues le invitamos a comer —se le ocurrió a mi madre—. ¿O te vas a negar que lo invitemos a comer, Débora?

—Haced lo que queráis.

Teo se había ido prudentemente del hospital cuando subieron a la habitación a mi sobrino. Entendía que ese era un momento familiar, y aunque él había tenido mucho que ver en que todo se hubiera quedado en un susto, no quería abusar de su buena estrella. Tío listo. Débora agradeció que se marchara, porque aunque entendía que todos estuvieran alabando su actuación, seguía estando incómoda en su presencia. Por mucho que se hubiera convertido en un héroe a ojos de todos, seguía siendo parte de ese error infame que ella había cometido con fatales consecuencias.

Y Diego había aguantado poco más. Algo que en principio me había parecido una decisión acertada, porque con mi familia allí yo no quería mostrar ningún tipo de intimidad con él y ya me dolía la cara de disimular una mueca de indiferencia cada vez que cruzábamos la mirada. Cuando se despidió, me moría de ganas de acompañarlo hasta la salida, pero en principio me contuve y lo despedí con un: «Nos vemos mañana en la casa del árbol». A lo que él solo contestó un escueto: «Claro». Y ahí me di cuenta de que con ese claro no me bastaba, que necesitaba algo más. Así que me inventé una excusa tan pronto como lo vi salir para poder hablar con él sin que nadie sospechara.

—Ay, se me ha olvidado comentarle algo a Diego de las ventanas... Ahora vuelvo.

Salí de la habitación y lo alcancé en el pasillo justo antes de que cogiera el ascensor.

—¡Diego!

—Dime.

—Oye, que... muchas gracias por venir, por acompañar a mi hermana. Ha sido todo un detalle.

—Qué menos, después de todo lo que ha hecho por mí.

—Y que... bueno, no sé si me esperabas encontrar aquí.

—Sí, era una posibilidad.

—Como apenas hemos hablado... ¿Está todo bien?

—Sí.

—Digo... entre nosotros.

—¿Por qué? ¿No debería?

—No sé, después de lo de la pillada de tus suegros, no sé, siento que... no sé...

—Bea, contéstame a una pregunta. Y jamás pensé que le preguntaría a nadie una cosa semejante.

—Dime.

—¿Te hiciste pasar por mi mujer muerta ante los ojos de mi suegra?

Glubs. Tierra trágame. ¿La vieja se había chivado? Maldita.

—Eh... a ver... o sea... no exactamente...

—¿No exactamente?

—Es que... a ver... ella me preguntó si era ella y yo...

—Y tú le dijiste que sí.

—Más o menos.

—Y no solo contenta con eso le pediste que se fuera a la cama.

—Estaba muy nerviosa. Compréndelo, estaba allí, desnuda y... no sabía qué decirle... y...

—¿Pero no ves cómo está mi suegra? ¿Medio paralítica, muerta de dolor por su hija muerta? ¿Qué pretendías? Es que no lo entiendo, por mucho que le he dado vueltas no lo entiendo, ¿te volviste loca? ¿O querías volverla loca a ella o qué?

—A ver... que esa mujer está mejor de lo que parece, que me tiró la linterna a la cara y me llamó puta.

—¿Mi suegra?

—Sí. Vamos, que no creyó ni por un momento que yo fuera su hija, que me lo dijo para ver si picaba, estoy convencida. Que... que... es un mal bicho.

A Diego se le torció el gesto. Le había dolido mi comentario. Dolido y sorprendido. Supongo que a pesar de haberle dado muestras sobradas de mi mal carácter no se esperaba algo así de mí.

—¿Mi suegra? Si es un ángel.

—Un ángel caído —insistí. Porque yo soy de meter la pata hasta el fondo y con reiteración.

Diego me miró como si me estuviera viendo por primera vez, como si no me reconociera, como si yo no fuera la persona que él se creía que era. Había mucha decepción, dolor y tristeza en su mirada. Yo, consciente por fin de lo poco acertada que había estado, no supe cómo reaccionar y me quedé callada. Con todo lo que rajo y, en los momentos importantes, como si se me olvidara hablar.

—Va a ser mejor que entre nosotros todo se quede a nivel profesional. Tal como habíamos hablado. Y eso si consigo que te permita entrar de nuevo en la finca. Porque la mujer no quiere ni que te acerques por allí, y no la culpo.

—Lo siento —fue lo único que se me ocurrió—. De verdad que no pretendía...

—Además, era en lo que habíamos quedado tú y yo, ¿no? En no volver a liarnos.

—Eh... Sí, sí, claro...

Diego pulsó el botón del ascensor y esperó a que llegara a la planta.

—Diego... ¿Esto es solo por lo de tu suegra? Vale que la he cagado pero no sé, creía que entre nosotros había... surgido algo... Y que me huele que todo esto te viene ahora de maravilla para desentenderte de mí. Para que ni siquiera me des, nos demos, una oportunidad.

—Comprende que para ellos ha sido un shock saber que yo mantenía relaciones sexuales con otra y en su casa.

—Sí, supongo. Pero no estoy hablando de eso.

—Mira, todo esto me ha hecho ver que... lo de Diana está demasiado reciente, y no estoy preparado, Bea. No estoy preparado para implicarme, para dar un paso más y desde luego no con alguien a quien... apenas conozco. Porque no te conozco.

Yo asentí. Era una buena explicación. Me quemaba las entrañas, pero era una buena explicación.

—Y mi hija ha vuelto a tener pesadillas. No sé si su abuela le habrá contado algo, o notará el ambiente enrarecido, pero el caso es que no puedo permitir que todo esto le acabe afectando. Es... demasiado irresponsable por mi parte. No puede ser.

Las puertas del ascensor se abrieron y Diego se metió dentro.

—¡Diego! —Paré las puertas con mi mano—. ¿Quieres que se encargue otro arquitecto de supervisar la obra?

—No hace falta. Convenceré a mi suegra y tú y yo podremos comportarnos como adultos, ¿no?

—Sí, sí, claro. —Yo no soltaba la puerta.

—¿Me dejas que me vaya?

Quité a toda prisa mi mano del ascensor y las puertas se cerraron ocultando el rostro de Diego, que ya ni me miraba. Ay.

Volví hecha polvo a la habitación. Como si me hubieran arrancado toda la alegría, la pasada y la futura. Como si me hubieran vaciado dejando la carcasa nada más. Solo sentía tristeza, una tristeza infinita. Pero me juré a mí misma que nadie se iba a enterar. Porque no iba a servir de nada compartir mi drama; es más, dudo que alguien pudiera entender mi nivel de desolación. Así que disimulé como una actriz merecedora de un Oscar. Y me impliqué en la conversación como si no hubiera ocurrido nada ahí fuera, como si no se hubiera desencadenado una guerra nuclear que había dejado todo el terreno arrasado.

—¿Estaría grabando alguien la competición y el accidente? A lo mejor en YouTube alguien la ha colgado ya —aventuró Débora.

—¿Y para qué íbamos a querer volver a verlo? —dijo mi madre.

—Eso. Yo no quiero —replicó Irene.

—¡Yo sí! —exclamó Fin.

No encontramos ningún vídeo del accidente en YouTube, pero ya que estábamos navegando a mí se me ocurrió buscar alguno de los vídeos de mi hermano, el *youtuber* famoso y desconocido para nosotros. Más que nada para distraerme, para olvidar el momento del ascensor. León no quería que los viéramos mientras él estuviera delante, pero como a pesar de su oposición todos quisimos echarles un vistazo, él acabó saliendo de la habitación.

Había cientos de vídeos de mi hermano. Como no sabía por cuál empezar, me decidí por el que tenía más millones de visitas. Le di al *play*. Mi hermano en su habitación, mirando a cámara y en plano medio, saludaba a sus seguidores y enseguida se ponía a comentar en una clave cómica un videojuego. Después de siete minutos de una perorata y unas explicaciones para mí sin ningún sentido, me di cuenta de que yo ya pertenecía a otra generación. No entendí ni una de las bromas que mi hermano estaba soltando. Puede que, en mi caso, la conversación que había tenido con Diego no me dejara concentrarme del todo. Me odiaba tanto a mí misma y empezaba a echarle tanto de menos. Dios...

Claro que mis padres y mi hermana no tenían a Diego en la cabeza y tampoco habían entendido ni palabra. Nuestro desconcierto era absoluto. Sin embargo, Fin desde el segundo veinte estaba muerto de la risa, desencajado.

—Qué fenómeno, qué fenómeno.

—¿Y con esto gana tanto dinero? —preguntó mi padre.

—Se ve que sí.

—¿Y de qué habla?

—Ni idea. Pregúntale a Fin, a ver si nos ilumina.

Y mi sobrino nos explicó que lo que estaba haciendo León en ese vídeo era dotar a uno de los personajes del videojuego, a uno de los más inofensivos, de las mejores estrategias y las más peligrosas armas de combate, para que luego les diera una paliza a otros usuarios. En el vídeo luego aparecían otros chavales jugando contra ese personaje, y ese bicho inofensivo, gracias a lo que había hecho León, los humillaba con una derrota sin paliativos. Y se ve que eso era la cosa más divertida e hilarante del mundo. Ocho millones trescientos mil veintitrés usuarios así lo confirmaban.

—¿Tú has entendido algo, Jacobo? —le pregunté al guardia civil.

—Ahora cuando lo ha explicado Fin, sí.

—Y esto debe ser lo que llaman la brecha generacional —sentencié.

—Bienvenida —dijo mi madre—. Así me he sentido yo desde que empezasteis a escuchar en casa a los Red Hot Chili Peppers y yo no entendía nada.

—Si decías que te gustaban —repliqué.

—¿Ah, sí? —preguntó mi madre.

—Y vas a comparar —dijo Irene—. Los Red Hot al menos estaban buenos.

—Eso debía de ser lo que me gustaba de ellos —explicó mi madre.

León entró al rato en la habitación. No supimos qué decirle. Menos mal que Fin habló por nosotros.

—Eres un *crack*, tío. Pero un *crack*, *crack*.

—Gracias —dijo León con una gran sonrisa—. ¿Y a vosotros qué os ha parecido?

—Bien, bien —dudó mi padre.

—Das muy bien en cámara —añadí yo.

—Sí, y tienes desparpajo —apostilló mi hermana Irene.

—¡Artista! —le dijo el guardia civil.

—Vamos, que no os habéis enterado de nada.

—¿Cómo que no? Ni que fuéramos unos carcas. Ingeniosísimo lo de entrenar al muñecajo ese —dijo mi madre.

Mi hermana Irene no pudo más que admirarla.

—Qué bien disimula, así nos engañó con los Red Hot.

Vino una enfermera para echarnos. Ya era la hora de que todas las visitas se fueran y dejáramos al paciente tranquilo. Nos despedimos con mil besos y le dejamos la habitación llena de chuches, bombones, revistas (ni una sola de cotilleos, porque yo me opuse), y nos marchamos. Yo lo agradecí, porque quería llegar a casa y encerrarme en mi cuarto para dejar de disimular mi pena infinita.

Una vez en casa pensé en llamar a Diego por teléfono con cualquier excusa. Pero me contuve. ¿Por qué me dolía tanto el hecho de que fuéramos a hacer lo que habíamos dicho que íbamos a hacer? O sea, no volver a liarnos. ¿Por qué sentía que estaba rompiendo una relación cuando no existía ni siquiera esa relación? Por dios, Bea, han sido dos polvos. Bueno cinco, pero en dos días. ¿En serio te vas a comportar como si te hubieran dado la peor noticia del mundo? No tenías que haberte implicado emocionalmente, tenías que haber dejado al margen tus sentimientos, sexo y ya. Sexo para vengarte de tu ex, para olvidarlo, para demostrarte que estabas viva, que aún eras una mujer joven y atractiva, y listo. ¿Pero a qué venía lo de implicarse? ¿No ves que tú aún no estabas curada, que todavía estabas convaleciente por culpa de Víctor? Y esta es la prueba, que te afecte de esta manera lo de Diego no es normal. Es porque estás frágil, débil, herida. Si por algo todo el mundo aconseja no meterse en una relación cuando estás saliendo de la anterior. Solo a ti se te ocurre, pillarte en dos polvos. Y menos de alguien que aún no ha superado la muerte de su esposa y se aferra a cualquier cosita para no superarla. Vale, hacerte pasar por su mujer delante de su suegra no fue lo más acertado, pero de ahí a que él no haya hecho el más mínimo esfuerzo por comprenderlo... ¿Pero no te das cuenta? Que Diego parece que se abre, pero luego recula. Porque aún no está preparado, y lo peor es que no te ha mentido en ningún momento. ¿Pero no ves que todo eran señales? ¡Que vive con los suegros! Por mucho que use a su hija de excusa para no mudarse a otro lugar, o para no implicarse emocionalmente con nadie, ese hombre vive aferrado a su pasado. Y vas tú y te pillas. Si es que eres de libro. Pues se acabó. Diego se acabó para siempre. Y si sufres es que eres tonta.

Me acosté repitiendo ese mantra hasta quedarme dormida. Nada de sufrir, nada de sufrir por lo que nunca fue, por lo que no es y por lo que no será. Nada de sufrir por lo que nunca fue, por lo que no es y por lo que no será.

Nada de sufrir por lo que nunca fue, por lo que no es y por lo que no...

A Fin lo iban a dejar más días en el hospital. Había algo en las pruebas que no les acababa de gustar a los médicos. No parecía grave, pero el hecho de que no tuvieran una respuesta clara no tranquilizaba mucho. Irene se puso en lo peor. Todas intentamos animarla. No iba a pasar nada, simplemente los médicos querían asegurarse de que todo estaba bien. Irene, que se había enfrentado a su cáncer con una fuerza descomunal, no podía soportar la idea de que a su hijo le pasara algo. Una tarde me pidió que la acompañara a dar un paseo. Me llevó hasta la pequeña capilla románica que estaba cerca de los acantilados. La recuperación de la ermita había sido el primer gran éxito de Irene como alcaldesa. En los años cincuenta iban a hacer un embalse a unos kilómetros de nuestro pueblo, las aguas cubrirían tres aldeas de la comarca, por lo que se trasladaron los muertos de los cementerios y también desmontaron piedra a piedra las dos iglesias para llevarlas a otro sitio. Además de las iglesias, la idea era trasladar una pequeña capilla a unos kilómetros de allí. El embalse nunca se llegó a hacer y devolvieron las iglesias a su sitio. Excepto la capilla. Se había extraviado. Sí, más tarde todo el mundo se enteró de lo que había ocurrido. Y es que un ministro de Franco, no recuerdo ahora el nombre, se había enamorado de esa joya del románico y se la había quedado para instalarla en su pazo de Galicia. Con la llegada de la democracia empezaron a oírse las primeras voces exigiendo la devolución de la ermita, aunque en la aldea a la que pertenecía ya no quedaba ni un vecino, o se habían muerto o habían emigrado. Por eso tal vez ningún gobierno, ni ningún alcalde habían luchado firmemente para conseguirlo, aparte de que siempre se topaban con la cerrazón de los herederos del ministro y con unas leyes ambiguas que sin acabar de ampararlos tampoco los condenaban. Muy típico del apaño que fue la Transición, para lo bueno y para lo malo. Como en la aldea ya no quedaba nadie, ¿para qué perder el tiempo y el esfuerzo? Irene nada más jurar el cargo decidió que esa capilla tenía que volver a la comarca. Y no paró hasta conseguirlo, buscando una nueva ubicación que satisficiera a todos.

—Es bonita, ¿verdad?

—Mucho —admití.

—¿Te acuerdas de lo que me costó traerla? Tengo enmarcado un artículo que me hizo Anselmo, aquel periodista facha que escribía en *El Diario Montañés*: «Antes los rojos quemaban las iglesias y ahora les da por recuperarlas. Pero siempre con el mismo fin: tocarnos los cojones a la gente de bien». El hombre no soportaba la idea de que le arrebatara la capilla a los herederos franquistas.

—Supongo que muchos no entendieron cómo una atea como tú había hecho de la capilla su guerra particular.

—Era patrimonio del pueblo. Y yo prometí gobernar para todos los vecinos. Y los vecinos la querían de vuelta.

—Ya...

—Aunque... tengo que confesarte una cosa. Sabes que todo esto pasó cuando me detectaron el tumor, ¿verdad?

—No me acordaba.

—Nunca se lo he dicho a nadie, pero creo que me empeñé tanto en recuperar la capilla porque de alguna manera... de alguna manera pensaba que hasta que no estuviera aquí, hasta que no montaran cada una de las piedras, nada malo me podía pasar. Que Dios no iba a dejarme morir sin haber acabado del todo el traslado.

Me sorprendió mucho la confesión sincera de mi hermana. Era raro que mostrara de esa manera tan descarnada su fragilidad.

—No sabía que creyeras en Dios.

—Estaba muerta de miedo. Me agarraba a todo lo que encontraba, al té verde, al brócoli, a la quimio y a Dios.

—Como se entere el periodista del *Diario* de que te volviste creyente verás... —bromeé.

—El hombre murió. Le mandé una corona y otra por parte del ayuntamiento.

—¿Y sigues creyendo?

—No sé. Me tranquiliza mucho venir aquí cuando me van a dar los resultados de mis pruebas periódicas... Para mí es un bálsamo entrar en la capilla y mirar por su ventanuco las olas batiendo contra las rocas. Estoy muy orgullosa de que haya vuelto al pueblo. Y si a los demás les hace la mitad de bien que a mí, creo que mereció la pena luchar por ella.

Sonreí. Ahí estaba mi hermana, la mayor, la terremoto, la gobernanta, mostrando su fragilidad y a la vez su orgullo. Muerta de miedo, pero agarrándose a lo que hiciera falta para no hundirse.

—Gracias —le dije.

—¿Por?

—Por traerme aquí. Por contármelo. Y por... por todo, Irene. Por haber cuidado de nosotros como una madre. Y por ser nuestro faro, joder.

—Vuestro faro en la niebla —bromeó.

—No te rías. Estoy muy orgullosa de ti. Y que Fin se va a poner bien.

—Pues claro. Y si no vengo con un mazo y tumbo piedra a piedra la puta capilla.

Irene no tuvo que cumplir su amenaza de derribar la capilla. A los tres días los médicos descartaron cualquier posible complicación y dieron de alta a Fin, para alivio y alegría de todos. Como tenía la pierna escayolada y apenas se podía mover ni con muletas, decidimos que se quedara en casa. Irene no podía estar todo el día pendiente de él y en casa de mis padres iba a estar mejor atendido por cualquiera de nosotros.

Fin desarrolló una gran amistad vía Skype con el *stripper*, para desesperación de mi hermana Débora. Pero tampoco podía negarse a que su sobrino tuviera los amigos que le diera la gana, sobre todo este, que le había salvado la vida. Charlaban durante horas. Y cada vez que mi hermana se cruzaba en la visión, el enano la saludaba y le pedía que acercara al niño a la cámara. Débora no siempre accedía, pero gracias a la insistencia de Fin, a veces acababa aceptando. Mi madre también aprovechaba la conexión vía Skype para saludarlo y hablar con él.

—Tenemos pendiente una comida.

—Cuando quieras.

—La abuela no cocina mucho. Aunque el abuelo está aprendiendo, cada vez le sale mejor —le advirtió Fin.

—Mi nieto es muy generoso, mi marido cocina fatal. No te voy a engañar.

—Las empanadillas ya parecen empanadillas —dijo Fin.

—Pero saben a croquetas —puntualizó mi madre—. A croquetas dulces. Un espanto.

—Yo tengo buen estómago, como de todo.

—Así me gusta, te hará falta. Y ahora ya tienes otra razón para venir. Para ver a Óscar y para ver a Fin. Siempre está hablando de ti.

—Abuela, que va a pensar que me he enamorado de él.

—Tampoco sería tan extraño —dijo Teodoro desde el otro lado de la pantalla—. Sería la típica transferencia sicólogo-paciente.

—¿Ah, que es tu sicólogo? —preguntó mi madre.

—Se ve que está haciendo las prácticas conmigo —se rio Fin.

—¿Y me dirás que no te estoy sirviendo de ayuda?

—protestó el enano—. ¿A que cada vez tienes menos pesadillas en las que te mueres?

—Eso es verdad. Ahora ya solo sueño con que me amputan la pierna —dijo entre risas.

—¡Capullo! —exclamó Teo.

—Ay, qué alegría que aparecieras en nuestras vidas, Teo —le dijo mi madre.

Yo contemplaba toda la escena desde la cocina sin acabar de creer lo que veía. Y Débora a mi lado no dejaba de refunfuñar.

—Yo es que lo flipo, lo flipo, el *stripper* va a acabar metido en casa sí o sí. Y aquí da igual lo que piense yo. Lo flipo.

—A lo mejor mamá tiene algo de razón —le dije.

—¿En qué?

—En que la vida es imprevisible. Y que sale por donde menos te lo esperas. ¿Quién nos iba a decir que el *stripper* iba a acabar ayudando a Fin?

—Juan quiere hablar conmigo.

—¿Ah, sí?

—Bueno, de hecho estamos ya hablando bastante por teléfono.

—¿Y?

—No sé... yo creo que desde que vio al enano rondando, como que le debió de revolver algo por dentro.

—¿Celos?

—Algo así.

—¿Ves como Teo al final va a servir para mucho? Polifacético a más no poder.

—No. Si tengo alguna posibilidad con Juan, el enano tiene que desaparecer del mapa.

—Yo creo que la única posibilidad que tienes con Juan es que él acepte que Teo existe.

—No sé, Bea, no sé... Juan no va a soportar que la gente sepa que su hijo es de él...

—Bueno, paso a paso. Tampoco hace falta que la gente lo sepa ya, ¿no? Digo, que tampoco nos vamos a ir de la lengua.

—Pero si el enano empieza a venir mucho por aquí, va a ser un poco inevitable...

—Si por esta casa pasa gente de todo tipo, Débora. ¿Tú crees que en el pueblo se extrañan ya de nada de lo que pueda pasar por aquí?

La primera vez que regresé a la finca de los Andrada desde la charla desoladora con Diego lo hice sin saber muy bien el terreno que pisaba. Sintiendo que había perdido el derecho de estar allí. Y que cuanto menos pisara ese jardín, mejor sería para todos. Intenté que nadie notara mi zozobra y me dediqué a supervisar la obra de una manera profesional, aparte de intentar adelantar bastante trabajo para que no me tuvieran que ver a diario por allí. Diego no se pasó en todo el día. Y la suegra estuvo vigilándome durante horas sentada en su silla de ruedas desde la terraza. Incluso sacó unos prismáticos para tenerme controlada del todo. A media tarde me mandó un mensaje por boca de uno de sus cuidadores.

—Que dice la señora que espera que la construcción de la casa no se alargue demasiado.

—Vamos todo lo deprisa que podemos.

—Y que dice también que si se retrasara más de lo debido, se juntaría con la época del verano. Donde hay muchos incendios. Que hace dos años parte del jardín se vio asolado por un incendio que bajó del monte.

—¿De verdad te ha dicho eso?

—Sí.

—¿Me lo repetirías con su yerno delante?

—¿Repetirle el qué?

—Lo que me acabas de decir.

—Yo no te acabo de decir nada. Creo que te confundes.

Y sin más, el cuidador se dio la vuelta y me dejó allí completamente anonadada. ¿Pero es que la bruja había comprado también a sus cuidadores? ¿Pero es que me iban a hacer luz de gas entre todos? Desde luego, tenía que acabar la obra cuanto antes y olvidarme de Diego y de su familia política para siempre. ¿En qué momento? ¿En qué momento había aceptado el maldito encargo de la casa del árbol?

Un portazo me despertó de una de esas siestas que procuro no echarme porque me hacen más mal que bien. Despertarse con el ruido de una puerta cerrándose con fuerza no es agradable. Así que salí de la habitación con el carácter torcido.

—¿Y esos portazos? —pregunté a León, que fue al primero que vi por casa.

—El guardia civil, que se acaba de ir dejando clara su postura.

—¿Habéis discutido?

—Algo más que eso. Puto dinero. Si por algo no había dicho yo lo que ganaba. Si el dinero lo enrarece todo.

—¿Habéis discutido por dinero?

—El guardia civil dice que no entiende por qué no me independizo si gano la pasta que gano. Y que por qué no nos buscamos un piso juntos, dice. Y yo le he contestado que eso no es independizarse, que eso es dejar a la familia para atarse a alguien. Que yo no tengo ese concepto de la independencia.

—Y se ve que le ha sentado mal.

—Fatal.

—Y a ti no te apetece irte a vivir con él, intuyo.

—Pues no. Y alucino con que no lo entienda. Tengo

veintiún años. Y ninguna necesidad de dar ese paso. Y menos con alguien que hace dos meses no se atrevía ni a decir que éramos novios. No creo que sea tan difícil de entender.

—¿Y se lo has dicho así tal cual para que lo entendiera?

—Pues claro. Pero Jacobo tiene la cabeza muy dura. Cuando se cierra, no hay manera de hacerle entender nada. Es que además no sé por qué esas prisas. ¿Solo por el hecho de que tenga dinero para hacerlo tengo que hacerlo?

Sonó el timbre. Yo me acerqué a abrir. Ahí estaba Jacobo. Me saludó con un hola y se dirigió derechito a León.

—Dime una cosa. ¿No quieres irte a vivir conmigo porque soy poca cosa para un millonario como tú? ¿Estás entreteniéndote conmigo hasta que encuentres a alguien mejor? ¿A alguien que esté a tu altura?

—¿En serio? ¿Esto lo has barruntado tú solito mientras te ibas?

—¿Es por eso?

—Que no, Jacobo. A ver... para ti lo de que yo tenga dinero es nuevo, pero yo llevo viviendo con eso desde que te conozco. Para mí nada ha cambiado, y por eso no entiendo por qué de repente ahora tiene que cambiar. Yo soy el mismo de ayer y el de antes de ayer. Cuando me fijé en ti, ya tenía dinero. Y que tampoco tengo tanto, joder.

—¿Tú sabes lo bonito que sería que pudiéramos vivir juntos? Y si tú no quieres es porque no me quieres.

—La madre que te parió. No quiero porque aún no es el momento. Porque no tengo ninguna prisa. Te recuerdo que hace dos meses ni te atrevías a decir que eras mi novio.

—Eso te pasa por sacarlo a lo bruto del armario —intervine yo—. Que ahora ha cogido carrerilla.

—¿Te quieres callar, por favor? —me pidió León.

—¿Entonces qué hacemos?

—¿Seguir como estábamos?

—No. A mí ya no me vale. Saber que podemos vivir juntos y que no quieras... no me vale. Eso es que no ves futuro en lo nuestro.

—¿Y no te vale con el presente, guardia civil?

—Es que yo voy en serio contigo. Y esto me demuestra que tú no vas en serio conmigo.

—¿Pero por qué tenemos que ir en serio? ¿Qué es ir en serio? ¿No crees que la vida ya es demasiado seria como para que también nos tengamos que tomar nuestra relación en serio? Qué manía con la seriedad. La seriedad es el recurso de los pobres de espíritu. Está muy sobrevalorada.

—No hay manera de discutir contigo. Me enredas. Me enredas. Y esto es muy fácil, si me quieres como yo te quiero, nos vamos a vivir juntos.

—¿Me estás dando un ultimátum?

—¿Eso qué es?

León me miró.

—Explícale al guardia civil lo que es un ultimátum, Bea.

—Que es eso o nada —le dije yo.

—Justo, tu hermana lo ha explicado estupendamente —contestó el guardia civil—. O estás conmigo de verdad o nada.

—Pues va a ser nada, Jacobo. Porque desde luego no quiero irme a vivir con alguien que no sabe el significado de la palabra *ultimátum*.

—Eres... eres... un capullo —dijo dolido Jacobo. No se esperaba ese golpe tan bajo de mi hermano y tuvo que hacer esfuerzos para no derramar unas lágrimas. Se dio la vuelta y salió de la casa.

León movió la cabeza dándolo por imposible.

—Y así es como el dinero lo jode todo.

—El dinero y que has estado pelín gilipollas con él, ¿no?

—¿Pero qué culpa tengo yo de que de repente le haya dado esa ventolera? ¿Eh? Y mira, mejor acabarlo así, de un hachazo. Fin de la historia. Se acabó lo de liarme con seres primarios en búsqueda de futuro, de seriedad y de lo absoluto. Que le den.

León se metió en su habitación y cerró la puerta. A mí me dio pena por los dos. E iba a echar de menos al guardia civil. Ya me había acostumbrado a su simpleza y su manera tan pura de querer a León y a todos nosotros. Era básico, sí, pero en un mundo donde todas las relaciones están cargadas de cinismo, de estrategia, de juegos de poder, de miedos, de medias verdades, de medias mentiras, que alguien pidiera a tumba abierta que lo quisieran con todas las consecuencias y que ofreciera lo mismo me parecía más una virtud que un defecto.

Oí un ruido estruendoso en la habitación de mi hermano. Abrí la puerta alarmada.

—¿Estás bien?

—Me acabo de enredar en el cable de la lámpara y se ha caído...

Miré hacia su mesa y al suelo. No solo había una lámpara, también estaba el portátil y un par de objetos tirados.

—El caso es que voy a echar de menos a ese gilipollas.

La noticia

La amenaza de Román, el ex de Irene, de ir a por ella no se hizo esperar. El argentino iba a ir a por todas para echar a mi hermana del ayuntamiento, tal como había asegurado en el hospital.

Salía del estudio de Ingrid cuando me abordó Pacheco. Llevaba la misma camiseta de «La Guarra de las Galaxias».

—Bea, qué bien que te encuentro. Quería que me dieras tu versión de un asunto.

—¿Sobre?

—Un encuentro que tuvisteis con la Guardia Civil hace poco...

—No sé de qué estás hablando...

—Te dije que no me iba a quedar parado. Y he encontrado una buena fuente. ¿Has visto el artículo que he publicado hoy en *El Diario*?

Pacheco abrió el periódico que llevaba debajo del brazo y buscó en las páginas interiores una noticia y me la enseñó.

—¿Qué te parece? A ver cómo sale ahora de esta la alcaldesa.

Le eché un vistazo a la noticia y me quedé muda. En

el artículo se hablaba de que dos propietarios de unos terrenos habían sido amenazados por la alcaldesa con la expropiación de sus tierras si no accedían a la venta de sus árboles por parte de la fábrica de biomasa.

—Tiene al enemigo en casa. Su exmarido me está facilitando todo tipo de información.

—¿Y eso qué tiene que ver conmigo?

—Porque esto es solo es el principio. El segundo artículo que voy a sacar va a ser la bomba. Y tú eres una de las protagonistas.

—¿Qué? ¿Yo? ¿Pero qué dices?

—Sé lo que pasó con los castaños, tu casa en el árbol y la Guardia Civil. Que os detuvieron porque tratasteis de impedir que los de la fábrica os destrozaran la casa. Qué desalmados, ¿tanto daño les hacía una casita que tuvieron que llevar hasta a la Guardia Civil? Esto es peor que un desahucio, más sucio incluso.

—A ver, que no saques las cosas de madre, que eso no fue así...

—¿No? ¿Y entonces la alcaldesa por qué trató de taparlo para que no afectara a sus intereses?

—¿Cómo que trató de taparlo, qué dices?

—Sí, coaccionando a la Guardia Civil.

¿Toda esa información se la había dado el argentino? ¿De dónde la había sacado? ¿O el ex de mi hermana solo le habría dicho hacia dónde apuntar y luego Pacheco habría seguido investigando?

—Que no, que no, que no coaccionó a nadie, y que todo fue una confusión, de verdad. Que yo no sé quién te habrá contado... pero... no...

—Tengo mis fuentes dentro de la Guardia Civil. Tengo hasta fotos de tus hermanos siendo detenidos...

—¿Qué? ¿Pero de dónde las has sacado?

—¿Quieres darme tu versión de los hechos?

Yo me estaba poniendo muy nerviosa. Porque al final

todo acaba revirtiendo en mí. Y eso no lo podía permitir. Bastante había liado las cosas como para que ahora me estallara todo en las narices. Y yo creía que este tema ya estaba olvidado, no podía ser que ahora por culpa del ex de Irene, por culpa de los que se oponían a la planta eléctrica, yo acabara pringando.

—Solo fue un malentendido, de verdad. Los árboles ya no eran nuestros... Fue... No saques nada sin consultarnos, por favor...

—Es lo que estoy haciendo.

—No, me refiero a Irene. Deja que hable mi hermana contigo y...

—¿Para intentar comprarme como hizo con la Guardia Civil y con todos a los que amenaza? De eso nada. A este periodista no lo calla nadie. Esto ya es imparable.

Mi hermana Irene estaba hecha una furia, blandiendo el periódico por la página de la noticia. Nos había reunido a todos en casa, incluido al *fabari*, al guardia civil. En la noticia publicada solo hablaban de la amenaza de la alcaldesa de expropiar unas tierras. Algo que en sí mismo ya dañaba los intereses de mi hermana, pero lo peor era lo que le había contado yo, el artículo que iba a publicar Pacheco, con, al parecer, fuentes de la Guardia Civil hablando de nuestro motín en los castaños. Y con fotos y todo. Mi hermana se encaró con Jacobo. Lo había hecho venir a casa, a pesar de la oposición de León. Entre ellos no se dirigieron la palabra. Todos notaron que pasaba algo, pero no era el momento de ponerse a hacer averiguaciones.

—¿Pero quién coño se ha ido de la lengua? Jacobo, si me dijiste que estaba todo bien, que tus compañeros no iban a decir nada.

—Ya... si yo también lo creía, te lo juro. Pero... es que

el hombre al que amenazasteis con expropiar es el padre de Juanjo, mi compañero. Y claro, al enterarse de que querías expropiar a su padre, decidió hablar.

—¡Pero que yo no he amenazado con la expropiación! ¡¿Pero qué tonterías son estas?!

—A ver... Irene —dije yo—, que amenazar así a lo mejor en plan serio no, pero que se te calienta la boca y sueltas lo de la expropiación, pues sí. Que hasta yo te he escuchado.

—¡Pero es una forma de hablar! Que yo jamás haría algo así. Que aquí este señor —señaló el artículo— está diciendo que se reunió conmigo y con Diego y que poco menos que le obligamos a que le vendiera sus árboles.

—¿Y no es así? —pregunté.

—¡No! ¡Claro que no! Que soy pasional, pues sí, que intento que comprendan la magnitud y la importancia de lo que estamos haciendo, también. Pero yo jamás expropiaría unas tierras. Si hasta me negué a expropiar los terrenos adyacentes a la autovía y la tuvieron que desviar. Que esa no es mi política.

—Vale, vale...

—Tenemos que arreglar esto. Es que no puede salir. Que van a convertir tu casita en el árbol en todo un símbolo en contra de la planta eléctrica. Que es lo que me faltaba. Tienes que hablar con tu compañero, Jacobo, que se retracte de lo que ha dicho, que diga que todo fue un malentendido y, sobre todo, que yo no le presioné.

—La vas a liar más así —dijo Débora—. Va a ser mejor que salga...

—¿Y lo de las fotos? ¿Quién coño hizo fotos?

León admitió que había sido él.

—¿Y a quién se las pasaste? ¿Y por qué?

—A ver... que cuando creíamos que teníamos la razón, que los castaños aún eran nuestros, pues yo... colgué las fotos en mi Facebook... denunciando el caso... Y también hice un vídeo... Pero luego cuando Bea nos contó todo lo que había pasado, lo borré todo. Pero, claro, durante el día que estuvieron colgadas a lo mejor alguien hizo copias...

—Joder, joder... Todo esto es culpa tuya, Bea.

—¿Culpa mía? Si esto lo ha empezado tu ex... si...

—Pero si no hubiera pasado lo tu casita de las narices en el castaño, no tendrían de dónde tirar.

—Perdona, pero yo no fui la que amenazó a los propietarios con expropiarlos.

—Pero el enfrentamiento con la Guardia Civil fue cosa vuestra —insistió mi hermana—. Tenemos que arreglarlo, de verdad, que esta publicidad no nos conviene nada. Que si llega a oídos de Emerge, son capaces de retirarse del proyecto. Una corporación como esa odia la publicidad negativa.

—A ver... en el peor de los casos... —intenté decir—, esto se publica pero se queda en nada, si la gente ya no lee periódicos, y menos los locales...

—Tenemos que pararlo. Jacobo, habla con tu compañero. Dile la verdad, porque es la verdad, que los árboles ya no eran de mi padre, que fue mi hermana la que metió la pata.

—Gracias...

—Bea, te recuerdo que estás trabajando para Diego. Y que le va a hacer menos feliz que a mí esta noticia. Tú verás...

En eso tenía toda la razón. Mejor pararlo. Y sobre todo después del incidente con la suegra y de su amenaza velada. Lo que menos me convenía era darle otro motivo para que la cosa se enrareciera todavía más. Ya sabía que la cosa entre nosotros había acabado antes de empezar, pero por nada del mundo quería volver a decepcionarle o que me pudiera culpar de otra atrocidad. Tenía que salir de su vida sin causar más daños. Y como Emerge se retirara del proyecto, llevaría a Diego a la ruina absoluta. Ay, madre...

—Vale, hablaré con Pacheco. Le cuento todo lo ocurrido. Y tú te vienes conmigo, Débora.

—¿Yo?

—Sí, porque tú estás en su bando, eres de las que te opones a la planta eléctrica. Que vea que aunque sigues pensando que la planta es un error, en esto no tiene razón, que la noticia que va a publicar no es verdad...

—¿Y por qué iba a ayudaros? Si la noticia puede ayudar a que la gente vea cómo son las prácticas abusivas de estos capitalistas...

—¡Pero es mentira, Débora! Los árboles ya eran suyos. Papá se los vendió...

—Maldita la hora —dijo mi padre.

—No sé si quiero hacerlo —dudó Débora.

—Débora, por favor... —insistí.

—Ayuda a tus hermanas. —Era mi madre la que había hablado—. ¿O las quieres tener enfrentadas para siempre?

—Cómo os ponéis de exageradas, de verdad... —Débora se lo pensó y tomó una decisión—: Venga, vale, voy contigo a hablar con el periodista.

—Gracias, Débora —dijo Irene de manera sincera.

—Y creo que es mejor que Jacobo no hable con su compañero para que se retracte, porque eso lo puede liar más. Van a pensar que lo único que intentas es callarle la boca. Deja que entre Débora y yo lo arreglemos.

—Vale, pero por favor, arréglalo.

Débora y yo nos presentamos en el Caribe para hablar con Pacheco. Fue una conversación larga, pormenorizada, en donde además aportamos los contratos de compraventa de los árboles con los que se demostraba que ya no eran nuestros.

—Eres una judas.

—Y tú estás cegada por la alcaldesa y por tu Diego.

—¡No es mi Diego! ¡Y lo menos que podías hacer era apoyar a tu hermana! ¡Nosotras siempre te hemos apoyado!

—Déjame en paz.

A pesar del ambiente en el pueblo y de las peleas ideológicas con Débora, yo tenía la conciencia casi tranquila. De todos modos, la cosa no iba a empeorar por mi culpa. No había sido yo quien había prendido la llama. Así que intentaba quedarme con eso, para no sentirme culpable. Y ya había demostrado a ojos de Irene que yo la apoyaba. Y también se lo estaba demostrando a Diego con mi trabajo. Porque a pesar de todas las adversidades yo seguía al pie del cañón. Porque era una profesional.

Es verdad que aún tenía que lidiar con mi día a día en la casa de los Andrada, que cada vez que entraba en ese jardín temía encontrarme con la suegra. Y sobre todo temía que volviera a amenazarme o que de alguna manera se fuera de la lengua con Ingrid. Pero al parecer Diego tenía razón y no se iban a meter en algo así. Aunque no las tenía todas conmigo, porque Diego creía que su suegra era una santa y yo conocía su lado oscuro. Vamos que si lo conocía. Pensé incluso en intentar congraciarme con ella de alguna manera. Tratar de averiguar, qué sé yo, cuál era su postre favorito, o qué música le gustaba, o si le encantaban los pañuelos de Hermès, o cualquier cosa que yo pudiera regalarle como ofrenda de paz. Pero luego lo pensé mejor y decidí no hacer nada. Desde luego a esa señora no me la iba a camelar con un regalo. De hecho, no iba a poder camelármela de ninguna manera. Lo único que podía hacer era pasar desapercibida hasta que la casa estuviera acabada y desaparecer de allí.

Diego apenas se pasaba por la obra, entre otras cosas porque debía de estar trabajando a destajo para acabar de convencer a los de Emerge y mitigando los daños de los artículos del periódico. Y cuando nos cruzábamos su trato era cordial, pero distante. Una tarde lo noté especialmente cabizbajo, apesadumbrado. Intenté que me contara qué le preocupaba. Si tenía que ver con la planta eléctrica.

—Sí. Todo tiene que ver con la planta estos días. Desgraciadamente.

—¿Ha pasado algo grave? ¿Se han retirado los de Emerge?

—No. He tomado medidas para que no se retiren.

—Bien entonces, ¿no?

—Bueno, no estoy precisamente orgulloso de lo que he hecho. Pero servirá.

No me quiso decir nada más. Cambió de tema. Me preguntó algo de la casa, de la niña. No sé. Estuvo amable, pero distante. Su fría amabilidad me dolía. Aunque casi me dolía más cuando no aparecía. Ya no sabía ni qué quería, si tenerlo cerca aunque fuera frío conmigo, o si prefería que no se pasara por allí y que eso me ayudara a olvidarlo. ¿Cómo me podía afectar tanto? ¿Tanto me había marcado? Y he de reconocer que también me había acostumbrado a la presencia de su hija. Me encantaba verla a diario por allí y contarle los avances de la casa. Me había encariñado con ella, y también la echaba de menos.

—¿Tú encariñada con una niña? Ay, madre, que lo tuyo va a ser grave —ironizó Chavela desde el otro lado del teléfono—. Vamos, que te has colado como una perra por el tal Diego.

—No, no, me estoy obsesionando porque ahora sé que es imposible. Nada más. Y que ya he pasado página en serio. Porque yo en realidad no me puedo enamorar de un tío así, ¿no? Dime que no.

—¿Un tío así, cómo? ¿Guapo, forrado, arrogante, padrazo, misterioso? Serías la primera, vamos.

—Misterioso no es. Misterioso me parecía al principio, ahora lo veo...

—¿Cómo lo ves?

—Esquivo. Pero cuando se dejaba llevar era... todo lo contrario, efusivo, expresivo, alegre, payaso...

—Enamoradita perdida estás. Y yo que me alegro.

—¿Pero por qué te vas a alegrar? Si te estoy diciendo que no puede ser, que ya no quiere nada conmigo, y menos después de cagarla con la suegra. ¿En qué coño estaba pensando haciéndome pasar por su hija?

—A mí me pareció genial cuando me lo contaste. Ni a mí se me hubiera ocurrido un disparate semejante. ¿Sabes que ya cuento esa historia como si me hubiera pasado a mí?

—¡Chavela!

—Es que es demasiado buena como para desperdiciarla.

—Fue una cagada. Y la prueba es que esa mujer ahora va a hacer lo imposible para que desaparezca de sus vidas. Y con el beneplácito de Diego.

—A ver, que yo creo que el hombre estará usando lo de la suegra como excusa para no volver a caer contigo. Le estará pasando lo que a ti, tendrá el mismo miedo a que le gustes demasiado.

—Ojalá fuera eso, pero no. Me dijo que no estaba preparado para implicarse. Y no lo puedo culpar, nunca me prometió nada y yo sabía lo que había. Sabía que su mujer estaba muerta, que seguía viviendo en esa casa...

—Un *cagao*, eso es lo que es.

—Y luego está lo otro, la amenaza de que salga publicado todo el lío de los castaños, que como eso vea la luz sería ya el remate para que la planta eléctrica se fuera a la mierda y entonces sí que me va a odiar. Porque lo llevaría a la ruina.

—Hija, y pensar que tú te ibas a tu pueblo buscando tranquilidad. Qué arte para embarullarlo todo.

—¡Si yo solo quería olvidarme de Víctor y hacer una casita en el árbol!

—¿Y de Víctor te has olvidado?

—Ya apenas pienso en él.

—Algo es algo. Y me das una alegría.

—¿Por qué?

Silencio al otro lado de la línea.

—¿Por qué te callas? ¿Qué pasa?

—Nada, nada.

—Chavela, que nos conocemos, ¿qué te estás callando?

—A ver... ¿No has visto ninguna revista estos días, o no has entrado en internet a las páginas de cotilleos?

—No. ¿Qué pasa?

—Que han roto.

—¿Víctor y la presentadora?

—O se han distanciado. Eso dicen las revistas.

—¿Qué ha pasado?

—Eso ya no lo cuentan. Dime que no te afecta.

—Eh... no... no sé... no. Creo.

—Me ha llamado.

—¿Quién? ¿Víctor?

—Sí.

—¿Para qué?

—Para preguntarme por ti. Como tú no le coges el teléfono ni le contestas a los WhatsApps...

—Pero si me cambié de número, ¿cómo le voy a contestar si no me llega ninguno?

—Por eso.

—¿Y tú qué le has dicho?

—Que te va estupendamente. Que estás trabajando para una genia, una arquitecta amiguísima del Gary, Guiry, o como se llame el del Guggenheim.

—Frank Gehry. ¿Y él qué te dijo?

—Que no le extrañaba, porque tú valías eso y más.

—Qué majo.

—¡Bea!

—¿Qué?

—De majo nada, que se lio con la cuatrilingüe.

—Es verdad. ¿Y qué más te dijo?

—Me pidió tu nuevo número. Insistió mucho.

—¿No se lo darías?

—No.

—Bueno, pues si te llama otra vez dáselo.

—¿Para qué se lo voy a dar? Yo no se lo doy.

—Mujer... A lo mejor ya es hora de que hablemos como dos personas civilizadas.

—Bea, ni se te ocurra meterte ahí. Que tú aún no estás curada. Tú céntrate en el viudo. Que es mucho más divertido.

—¿Divertido? *Divertido* no es la palabra.

—Entretenido, nuevo... Y que yo hacía mucho que no te veía tan ilusionada. Si hasta se te nota en el tono de voz. No vuelvas ahora a pensar en Víctor simplemente porque tienes un bache con el viudo, y porque Víctor se ha quedado libre.

—También qué oportuno. Con lo bien que le iba con la presentadora, y ahora... precisamente ahora...

—Por eso, tú como si nada. Víctor como si estuviera muerto para ti. Hazme caso.

—Vale.

—¿Me vas a hacer caso?

—Que sí. Y además borré su teléfono. No tengo forma de acceder a él. Tendría que llamar a...

—¡Bea! ¡No llames a nadie!

—Vale, vale... Pero lo de Diego no es un bache, lo de Diego es un socavón insalvable.

—Y luego soy yo la exagerada... Ay, doña dramas...

Yo quería llamarlo. Yo quería hablar con él. Yo...

Pero no fue necesario.

Qué malo es el alcohol

El timbre de la puerta de casa sonó a las ocho de la tarde. Y fue mi padre quien acudió a abrir. Y casi se queda en el sitio de la sorpresa.

—Víctor...

—¿Qué tal, Jonás? Cuánto tiempo...

Yo, que estaba en la sala comiendo un yogur desnatado con trocitos de melocotón, mi favorito, casi me lo tiro por encima al escuchar su nombre. Dejé el yogur sobre la mesa de la sala y corrí a mirarme al espejo. No era mi mejor pijama... Pero bueno... Débora y mi madre, que estaban en el sofá, me observaron sin saber qué decir. Me acerqué veloz a la puerta de entrada. Y sí, Víctor estaba allí, con su mejor sonrisa, sus mejores vaqueros y la cazadora de piel negra motera que le había regalado en nuestro segundo aniversario. Qué bien le quedaba. Qué guapo estaba.

—¡Víctor! ¿Qué haces aquí? —pregunté.

—Hola, Bea.

—Hola.

—¿Puedo pasar?

Miré a mi padre como buscando una respuesta.

—Arquitecta, tú sabrás.

—Pasa, pasa...

Víctor llevaba una pequeña maleta de viaje, de esas que caben en la cabina del avión, aunque dudaba de que hubiera venido volando. Débora y mi madre se levantaron del sofá y lo saludaron con dos besos.

—Qué guapa estás, Débora. Te sienta bien ser madre.

Débora se limitó a sonreír. Víctor se asomó al capazo donde estaba Óscar durmiendo.

—Qué guapo.

—Y eso que no le has visto sus ojazos verdes —dije yo—. ¿Verdad, Débora?

—Calla —me ordenó mi hermana.

—Ángela... Qué alegría verte.

—Dichosos los ojos. ¿Quieres comer algo? ¿Has venido en coche? ¿En tren? Estarás cansadísimo del viaje.

—Mamá, deja de tratarlo tan bien. Que ya no somos novios.

—¿Y no le puedo ofrecer de comer?

—Estoy bien, Ángela, gracias.

Se produjo un silencio incómodo que yo solventé como pude.

—¡León! —grité—. ¡Ven a saludar!

Mi familia me miró como quien mira a un desequilibrado. Mi hermano salió de su cuarto y al ver a Víctor solo pudo decir:

—¡Coño! Víctor...

—¿Qué pasa, León? ¿Qué tal esa universidad?

—Bien...

—Aquí donde lo ves gana una pasta como *youtuber* —dije yo—. Es famosísimo.

—¡Bea! —protestó León.

—Es la verdad. ¿No puedo presumir de hermano?

—¿Ah, sí? Me alegro —dijo Víctor.

—¿Y a qué has venido? —preguntó León—. ¿A rescatar a mi hermana?

—¡León! —Ahora era yo la que protestaba.

—¿Qué? Si me has llamado supongo que es porque necesitabas que alguien le hiciera la pregunta.

—No... solo quería que lo saludaras —mentí.

—¿Has venido a eso? ¿A rescatarla del pueblo y de la familia?

—Tu hermana no es mucho de dejarse rescatar.

León me miró.

—¿Le has llamado tú?

—No.

—¿O sea que ha venido sin que nadie le invitara?

Ahí intervino mi padre para intentar solventar una situación que cada vez se iba poniendo más violenta.

—No hace falta ser maleducado, León. Esta casa siempre está abierta para Víctor.

—¿Has venido sin la presentadora?

—Venga, vete a tu cuarto —le ordenó mi padre.

—No, déjalo, si me lo merezco —dijo Víctor—. No sé qué os habrá contado Bea, pero seguro que nada más que la verdad.

León me miró.

—Ten cuidado con este, Bea, que sabe poner como nadie cara de perrito apaleado, y le quedan demasiado bien los vaqueros.

León no esperó la respuesta de nadie y se volvió a encerrar en su cuarto.

—Genio y figura... —dijo Víctor.

—Es gay. No sé si lo sabías.

—Ah... ¿y bien?

—Se ha echado un novio majísimo, guardia civil.

Otro silencio largo. Sonó el móvil de Víctor. Miró quién llamaba e ignoró la llamada.

—Puedes cogerlo.

—No es importante.

Otro silencio. Víctor miró a mi familia, que le sonreía con cierta incomodidad. No menos de la que sentía él.

—Bea, ¿podemos hablar en algún sitio o continuamos aquí haciendo sufrir a tu familia?

—Si están encantados viendo cómo se desarrollan los acontecimientos.

—Hala, sí, id a alguna parte a hablar —dijo mi padre con cierto alivio.

—¿Tu habitación? —preguntó Víctor.

—No, al jardín mejor.

—¿No te pongo un orujito de hierbas ni nada? —insistió mi madre.

—Pues sí, un orujo me vendría de miedo. En vaso largo.

Víctor y yo salimos al jardín. Yo me senté en el columpio neumático de color rojo. Y me balanceé ligeramente. Él le dio un trago al orujo generoso que le había servido mi madre. Con la cantidad que había en ese vaso se podría adormecer a un *Tyrannosaurus rex*.

—Está fuerte.

—De eso se alimenta mi madre. Así está, como un toro. ¿Qué haces aquí, Víctor?

—No había manera de dar contigo. Ni por teléfono, ni por mail, ni por Facebook... A eso se le llama quemar todos los puentes.

—No teníamos mucho de qué hablar. No pensé que quisieras ponerte en contacto.

—Es verdad, total solo nos íbamos a casar, vivíamos juntos y nos queríamos y eso, tonterías. No se me ocurre de qué podríamos hablar.

—¿En serio?

—¿En serio qué?

—Que si has venido hasta aquí para ser un capullo.

—No. Pero entenderás que puedo estar un poco molesto contigo, digo yo.

—¿Tú? Esto es la leche. ¿Tú molesto? ¿Tú? El mismo que ha declarado por tierra, mar y aire estar enamoradísimo de una famosa presentadora de televisión, el que ha vivido una relación de cuento de hadas retransmitida casi en directo, está molesto porque la novia a la que dejó a los pies del altar no le coge el teléfono?

—Me dejaste tú.

—Y tardaste dos semanas en declarar tu amor por la otra. ¿O no eras tú y se le parecía muchísimo?

—Bueno, pero te habrás enterado también de que hemos roto.

—No.

—Sí.

—¿Y tú qué coño sabes?

—Sé que Chavela te lo contó.

—Ya hablaré con ella. Bueno, ¿y qué? Sí, lo sé. Has roto con ella. Y a saber por qué. Seguro que la famosa se ha hartado de su Ken arquitecto. Una vez desenvuelto el paquete tiene menos gracia. Yo tardé cinco años en saberlo, la cuatrilingüe, que sin duda es más lista que yo, solo ha necesitado dos meses.

—No.

—Bueno, pues te habrás aburrido tú de tanta fiesta glamurosa. ¿Y ahora qué, como te aburres, como te sientes solo, has decidido venir a tocarme un poquito los ovarios?

—Bueno, había pensado empezar primero por un beso... —bromeó.

—Ni puta gracia, Víctor. Ni puta gracia.

—Perdón. Es el orujo... y los nervios... y que tú no me lo pones fácil.

—Nunca he sido fácil —dije.

—Eso es lo que más me gusta de ti.

—Primera noticia.

—Dale un trago —dijo pasándomelo—. A lo mejor

conseguimos relajarnos un poco y reconducir esta conversación.

Yo acepté su vaso y le di un buen trago al malditoorujodeloscojonescomopicabalaputamadrequeloparió.

—Muy suave. No sé de qué te quejas —dije con la garganta en carne viva. Arrasada como un bosque quemado por las llamas.

—¿Suave?

—Ni lo he notado. —Y para demostrárselo y que creyera mi mentira, le di otro trago aún más largo. Noté cómo se me desgarraba la garganta y cómo las lágrimas asomaban a mis ojos. Pero no pensaba ni mover un músculo de la cara para darle el gusto—. Suavecito, suavecito. Dale tú, ya verás.

Víctor quiso imitar mi trago largo y tuvo que escupirlo del dolor que sintió en la garganta.

—Si es puro veneno, Bea.

—Flojo, que eres un flojo. Otra razón para que la cuatrilingüe te haya dejado.

—Que he sido yo. He roto yo con ella. Y no es cuatrilingüe.

—¿Por eso la has dejado? ¿Porque no sabe cuatro idiomas? ¿O porque se rompió el amor de tanto usarlo?

—No, se rompió otra cosa.

—No me digas que un condón, porque no sé si estoy preparada para que me cuentes que vas a ser padre.

—No digas chorradas, Bea. Se rompió... la fantasía, el hechizo, la tontería. Fue muy embriagador, no digo que no.

—Embriagador... —dije burlándome.

—Sí, como una borrachera. Toda la situación me tuvo en un estado de euforia, de... no sé, de irrealidad, de...

—Se llama amor. Y te agradecería mucho que no me lo restregaras.

—No. No era amor. Lo sé porque un día me desperté

en su cama y la borrachera se había pasado. Volvía a ser yo, estaba lúcido, y echaba de menos mi vida real, mi vida contigo. Te echaba de menos.

—Trae esa copa. Que necesito adormecer mi cuerpo para no levantarme y meterte un guantazo.

Víctor me pasó la copa. Y yo volví a beber. Aunque esta vez un poco menos.

—Así que has venido a decirme que me echabas de menos.

—Y a que me perdones.

—¿Exactamente qué te tengo que perdonar?

—Todo en lo que te haya hecho daño y en lo que haya tenido la culpa.

—¿Y crees que lo voy a hacer?

—Ojalá puedas.

—Tú crees que este orujo desgarra la garganta, ¿verdad?

Víctor asintió.

—Pues es zumo de piña al lado de lo que he sentido yo cada vez que te veía con ella. Cada vez que salías en la tele diciendo que era la mujer de tu vida, diciendo que nunca habías sentido nada parecido. ¿Cómo tienes el cuajo de presentarte ahora aquí, con tus vaqueros bonitos, con la cazadora que te regalé, con tu sonrisa y tus explicaciones, creyendo que con eso basta? ¿Que te voy a perdonar sin más? ¿Pero de qué vas?

—Era la única manera que se me ocurría de hacerlo. Presentarme aquí y decirte lo que hay, lo que siento y aguantar el chaparrón. Que me gritaras, que me insultaras, que hicieras lo que te diera la gana.

—¿Y qué sientes, a ver?

—Te quiero, Bea.

—Por favor... —Sentí repulsión al escuchar decírselo.

—He necesitado meter la pata hasta al fondo, he necesitado perderte, hacer el ridículo delante de toda España, he necesitado caer y embarrarme en mi puto narcisismo para darme cuenta de que lo único que merece la pena de mi vida eres tú. Que lo mejor de mí es cuando estoy contigo.

Me negué a caer en la red de su elocuencia. Lo conocía demasiado bien. Le había visto desplegar su encanto, su discurso «emotivo y sincero» con muchos clientes para convencerlos de lo imposible, como para que ahora yo me dejara enredar.

—Calla, anda. Calla. Que a lo mejor todas esas chorradas te funcionaban con la presentadora. Bueno, y conmigo antes, la verdad, para qué nos vamos a engañar. Pero soy otra. No veas lo que he cambiado en dos meses.

—No son chorradas. Es la verdad.

—Pues no quiero escucharlas. No quiero escucharlas.

Volvió a sonar su teléfono. Él volvió a mirar la pantalla y no lo cogió. Pero esta vez lo apagó.

—¿Quién te llama?

—Un asunto de trabajo. Pero ya lo cogeré luego. Esto es más importante. Bea, no soy tan capullo ni tan gilipollas como para creer que me vas a perdonar hoy y que vas a volver conmigo a Madrid mañana, ya lo sé. Solo te pido que no te cierres en banda. Que te lo pienses, que me des una oportunidad. En una semana, en un mes, en dos. Cuando quieras, cuando puedas. Cuando te duela menos todo lo ocurrido.

—No —le dije. Aunque no con la contundencia que se merecía.

—No me digas que no. No digas nada, pero no me digas que no.

—No. —Y la contundencia seguía sin aparecer.

—Bea.

—No. —Esta vez me salió mejor. Pero seguía sin ser el NO que yo imaginaba en mi cabeza.

—Si te entiendo, pero...

—No. Vete. Vete de aquí. Vete de mi casa. Has tenido una idea nefasta viniendo. Ha sido un error garrafal.

—Bea.

—Vete. No hace falta ni que te despidas de mi familia. Ya te despido yo. Por ahí a la derecha puedes salir.

—¿En serio? —Y si preguntaba era porque no me acababa de creer. Porque el muy maldito me conocía.

—Completamente en serio. Vete.

—Me voy a quedar unos días.

—¿Aquí? ¿En el pueblo?

—Sí. No me voy a rendir a la primera.

—Pierdes el tiempo.

No me acababa de creer. Y por eso insistía.

—Vale, pero no puedes impedir que me quede. Me quedo.

—No seas imbécil y coge el primer tren de mañana. Y porque esta noche ya no hay ninguno, creo, que si no te diría que lo cogieras también.

—Voy a estar en el hotel Cantábrico.

—Muy bien, como si te quedas en la playa en una tienda de campaña. Me trae sin cuidado. —Le volví a señalar el camino—. A la derecha y sales.

Víctor me hizo caso. Dejó el vaso sobre la mesa.

—Dile a tu madre que estaba muy bueno.

No le contesté. Se alejó, desapareciendo de mi vista. Cogí la copa y me bebí de un trago lo que quedaba. Y grité de dolor al sentir mi garganta arrasada.

—¡Aagggg!

Entré en casa. Toda mi familia, incluido León, que ya no estaba en su cuarto, se sentaron en el sofá y en dos de las sillas de la sala, disimulando. Como si no hubieran estado pendientes de mi conversación.

—¿Qué tal? —preguntó Débora.

—Bien.

—¿Se ha ido? —preguntó mi madre.

—Le ha encantado el orujo de hierbas, quería que te lo dijera.

—Qué majo.

—Los cojones majo.

—Te ha dicho cosas muy bonitas —dijo mi padre.

—Labia tiene. Que por un momento he sentido envidia de ti y todo, hija.

—¡Ángela! —se quejó mi padre—. Que es el prometido de Bea.

—Ese ya no es nada mío. Por mí como si te lo tiras, mamá. Que ya sabemos que te gustan jovencitos.

—¿Pero queréis dejar de desvariar? —pidió mi padre—. ¿Y qué es eso de que te gustan jovencitos?

—Nada, nada —dijo mi madre.

—¿Te has enamorado de un jovencito? —preguntó mi padre.

—Sí. De ti.

—¿De mí?

—¿O no eres más joven que yo?

—Es verdad. A veces se me olvida —dijo mi padre con una felicidad que no pudo disimular—. ¿Sigues enamorada de mí?

—A pesar de lo mal que cocinas. Pero sí.

Mi padre besó a mi madre.

—¿En serio? —protesté—. ¿Yo aquí viviendo mi drama y vosotros de luna de miel? ¿En serio?

—Arquitecta, qué carácter —afirmó mi padre.

—¿Cómo estás? —preguntó Débora.

—Lo habéis escuchado todo, ¿no?

—Menos cuando hablabais bajito —admitió León.

—Pues mejor, así ya os imagináis cómo estoy.

—No mucho. ¿Cómo estás? —preguntó Débora.

—Hecha mierda.

—No dejes que entre de nuevo en tu vida, Bea —dijo León—. Es un liante.

León también me conocía. Todos en mi familia me conocían. Y todos dudaban de mí. Qué poquita confianza. Si yo no iba a caer, yo no iba a caer...

—Estaba para comérselo, allí tan con el corazón en la mano, tan... Y mira que lo odio, pero... Voy a por un poquito más de orujo.

Entré en la cocina, busqué la botella de orujo y me serví una copa. Mi madre apareció en la cocina.

—Ten cuidado, que es traicionero.

—Ya lo sé, ya, ya sé que es un traidor. Y un capullo y un cerdo.

—Me refería al orujo.

—Ah, el orujo ahora mismo es mi amigo. Si me dejaran, me casaba con una botella de estas.

—A la larga no compensa. Te lo dice una adicta.

—Mamá, que lo tuyo es recreativo.

—Sí, así nos engañamos las alcohólicas. Ponme a mí uno.

Le serví un chupito, otro a mí. Brindamos y lo bebimos de un trago.

—Qué rico —dijo mi madre—. ¿Qué vas a hacer?

—Ponerme otro. ¿Quieres?

—No. Y tú tampoco deberías —dijo ella.

—Hay tantas cosas que no debería...

Me serví otro y lo bebí de un trago. Ya no notaba la garganta. Ni mis extremidades, ya puestos. El corazón aún latía. Al igual que mi rabia. Y estaba hecha un mar de dudas. Cómo lo odiaba por hacerme dudar.

—Qué hijo de la gran puta.

Me serví otro chupito. Pero mi madre no me permitió beberlo. Me lo quitó de las manos.

—No bebas más, Bea.

—¿Y lo vamos a desperdiciar?

—No —dijo, bebiéndoselo ella—. Es mejor que comas algo, antes de que te empieces a marear.

—Ya estoy mareada y súper a gusto. Quiero otro.

Mi madre me quitó la botella.

—Se acabó. Venga, sal de la cocina.

—Dictadora.

—Lo tuyo no se arregla con más alcohol, Bea.

—¿Y con qué se arregla, mamá? ¿Con qué se arregla?

Mi madre no tenía una respuesta.

—¿Así que papá y tú ya estáis bien?

—El hombre se hace querer.

—¿Por qué no conseguiré uno así? Uno que acepte como somos y al que le dé por aprender a cocinar con tal de agradar a todos. Qué suerte tienes, mamá. Qué suerte.

—Lo sé. Y tú también la tendrás.

Me hubiera encantado creerla, pero no. Salí de la cocina. Y volví al jardín. Me balanceé en el columpio. Seguía demasiado enfadada.

—Capullo. Capullo. Capullo.

No sé cuánto tiempo estuve allí columpiándome. Hasta que el pedo se me empezó a bajar y hasta que el frío empezó a aterir mis manos. Entré en casa.

—Me voy a dar una vuelta.

—¿Estás segura, cielo? —preguntó mi padre.

—Sí, claro. ¿Qué pasa?

—¿Que dónde vas a estar mejor que con nosotros ahora mismo?

—Tranquilo, que no voy a hacer ningún disparate.

—Claro que lo vas a hacer. Tienes toda la intención de hacer un disparate, ¿a que sí, Jonás? —afirmó mi madre.

—Sí, pone la misma cara que ponías tú cuando te daba una ventolera. La mismita. Quédate en casa, hija.

—¡No!

Caminé por la calle, no sabía si ir hasta la playa o ir hasta el centro del pueblo y cambiar el orujo por *gin-tonics*. Algo a lo que mi cuerpo estaba más acostumbrado. ¿Mar o *gin-tonics*? ¿Paseo por la arena o *gin-tonics*? ¿Aire puro o *gin-tonics*? No sé por qué ganaron los *gin-tonics*.

Al tercer *gin-tonic* decidí ir al hotel Cantábrico. Y decirle cuatro cosas al capullo de mi ex. Y zanjar de una vez por todas, por si no le había quedado claro clarinete, lo que sentía, lo que pasaba, y que se fuera de una puñetera vez del pueblo y de mi vida. Hasta nunca, Víctor. Hasta nunca.

Hacía años que no entraba a ese hotel. Nunca había subido a ninguna de las habitaciones, pero sí había tomado algún que otro café en el bar cuando nos dio por pensar que entrar allí era lo más sofisticado que se podía hacer en el pueblo. Y en aquella época, un año antes de mudarme a Madrid, yo andaba ansiosa de sofisticación.

No era tarde cuando llegué, pero parecían las tres de la mañana de lo vacío que estaba aquel lugar. En el vestíbulo no había el típico trasiego que una se imagina en los hoteles cosmopolitas abiertos y ajetreados las veinticuatro horas del día. Aquí no había nadie. Ni un alma en el bar, ni un alma en la recepción. Me acerqué al mostrador y carraspeé, con la intención de que alguien me oyera y viniera hasta allí. No sabía cuál era la habitación de Víctor, y aunque el hotel no era grande, no tenía intención de ir llamando de puerta en puerta. El carraspeo no dio resultado, y tampoco había un timbre que pudiera presionar.

—Hola. ¿Hay alguien? ¿Hola?

Por fin salió un chico del despacho que estaba conectado con el mostrador. Y al verlo me di cuenta de que lo conocía. No acababa de ubicarlo, pero lo conocía. Eso o tenía una cara familiar. ¿O sería que con los *gin-tonics* todos me parecían familiares? El caso es que era medio mono con sus gafitas de carey. ¿Sería que lo había visto por el pueblo y me había fijado en su cara? Pero al ver su expresión me di cuenta de que él me conocía. Y que no le caía precisamente bien.

—Tú —dijo con pánico.

—Sí, yo. ¿Nos conocemos?

—Joder, ya es mala suerte, en mi segundo día de curro. Por favor, no me montes un chocho, que aún estoy a prueba.

—¿Y yo por qué te iba a montar un chocho? ¿Pero por quién me tomas?

—¿No te acuerdas de mí?

—Pues... sonarme me suenas... pero ahora mismo no caigo. ¿Debería acordarme?

—No, déjalo. Casi mejor. ¿Qué quieres? ¿Una habitación? —me preguntó con cierto miedo.

¿Qué le había hecho yo a ese pobre chaval para que se comportara así? Y en ese momento tuve una epifanía y lo recordé de una manera nítida. ¡Era el chico del tren!, al que había acusado de robarme el móvil. Con el que me había encarado de una manera brutal, sin concesiones, fruto más del desvarío en el que me encontraba por aquel entonces, que por la pérdida del móvil en sí. Desvarío del que tenía la culpa Víctor, justo al que yo quería ver ahora. Ya era mala suerte, como si el destino estuviera gastándome una broma pesada.

—No, no... Lo primero de todo quería... disculparme por lo que te dije en el tren. Yo entonces no era yo.

—¿Has venido hasta aquí un lunes a las doce de la noche para disculparte dos meses después?

—No. No. Pero ya que estoy, nunca está de más disculparse. ¿Eres de aquí? ¿Del pueblo? Porque nunca te había visto, y en todo este tiempo no hemos coincidido ni nos hemos cruzado...

—No, si me acaba de salir este trabajo, yo soy de Torrelavega.

—Ah, muy bien. Oye, yo venía a ver a mi... a Víctor Segura. Se hospeda aquí. Pero no me acuerdo de en qué habitación. ¿Lo puedes llamar?

El chico comprobó en el ordenador el nombre que le había dado.

—No, aquí no hay nadie con ese nombre.

—¿Cómo que no? Mira bien —le dije, encaramándome al mostrador para intentar ver la pantalla del ordenador.

—Por favor, bájate de ahí. ¿Has bebido?

—¿Y a ti qué te importa si he bebido o no?

—No, nada, nada... lo digo por el aliento... Y que si sobria me montaste el lío que me montaste, con ese aliento... me das un poco de miedo.

—Miedo... miedo. No digas tonterías. Tú mira bien, Víctor Segura. ¿Has escrito Víctor con V? Que la ESO ha hecho estragos.

—Claro que he escrito Víctor con V, ¿por quién me tomas?

—No se ofenda el caballero. Y Segura, ¿has escrito bien Segura?

—¿Hay alguna manera de escribir mal Segura?

—No sé, con zeta, si eres sudamericano.

—Borracha y racista. Y me tenía que tocar a mí —murmuró.

—¿Qué has dicho?

—Nada, nada.

—Oye, que habré bebido un par de *gin-tonics*, pero no estoy sorda. A ver... prueba con su segundo apellido, que a veces le gusta hacerse el interesante. Víctor Heinz.

—¿Como la mostaza?

—Amargo y picante. Sí. Es lo que siempre dice. La de veces que se lo habré escuchado. Y luego ni amargo ni picante. Ni chicha ni limoná. Prueba.

Tecleó el nombre.

—Sí, aquí está.

—Este es tonto —dije yo.

—¿Yo?

—No, hombre no. Mi ex... por hacerse el interesante en el hotel Cantábrico. Qué necesidad. Llama.

Me miró un tanto molesto por mi manera de ordenarle que llamara. Intenté arreglarlo. Y añadí un por favor.

—Por favor. Que no me habías dejado terminar la frase. Llámalo, por favor.

El chaval marcó en el teléfono un número que no vi.

—¿De parte de quién le digo?

—Bea. Beatriz Vélez.

Asintió y esperó la respuesta. Pero después de cinco segundos que a mí se me hicieron eternos, y creo que a él también, negó con la cabeza y colgó.

—No responde.

—Prueba otra vez.

—Tampoco quiero ser pesado.

—Tú hazme caso. Llama... ¿Por favor?

El chaval volvió a marcar el número. Otros cinco segundos eternos de espera. Nada. Colgó el teléfono.

—No está.

—Mira a ver si tenéis la llave.

—Aquí va con tarjeta.

—¿Ah, sí? Qué modernos los del Cantábrico. Llama otra vez.

—No voy a llamar más.

—Bueno, vale, ya subo yo. Dime qué habitación es.

—No puedo facilitarte esa información.

—¿Cómo que no?

—En ningún hotel se facilita esa información.

—Ya, vale, pero yo lo conozco. Estará encantado de verme.

—Yo eso no lo sé.

—Por eso te lo digo yo. Estará encantado. Si antes estuvo en casa rogándome que volviera con él. Le voy a dar un sorpresón.

—Ya... pero yo no puedo hacer nada.

—A ver, que te estoy diciendo que me conoce y mucho. Que soy su ex.

—¿Su ex? ¿Y va a estar encantado de verte?

—Porque está deseando que dejemos de ser ex. Y yo vengo a hablar del asunto. Por eso te digo yo que estará encantado de verme. ¿Me dices su habitación?

—No puedo, de verdad.

—Venga, hombre, ¿qué te cuesta?

—Mi puesto de trabajo.

—Si no se va a enterar nadie.

—Solo el huésped. Y como no se alegre de verte, luego se va a quejar a mi jefe. Y acabo en la calle.

—Que te estoy diciendo que se va a alegrar.

—Y yo te estoy diciendo que no puedo hacer nada. De verdad, por favor, no me hagas el lío. Que no me lo merezco.

—Mira, vamos a hacer una cosa si quieres, para no hacerte el lío, ni nada, y porque pareces buen chico y yo lo último que quiero es fastidiarte. Puedes ir al baño un momento, o entrar en ese cuarto y yo le echo una mirada rápida al ordenador. Tú no has visto nada, ni te has enterado de nada. No tienes la culpa.

—La tendría por no estar en mi puesto. ¿Por qué no lo llamas a su móvil? Y así ya hablas con él y si te quiere abrir pues te abre...

—Eso es una buena idea. Pero... no tengo su número.

—¿No tienes el número de tu ex?

—Tampoco es tan raro.

—Hombre... un poco sí.

—Mira, no te voy a contar mi vida. No tengo el número porque estaba muy cabreada con él después de que me dejara a dos meses de nuestra boda y se liara con la presentadora del telediario de La 1. Era una de las que tenía en su lista de famosas que yo le permitiría tirarse. ¿Sabes de qué lista hablo, a que sí?

—Yo casi preferiría que te fueras.

—Es la lista esa que haces en plan broma con tu novio para hacerte la moderna. ¿Sabes? Tú pones cinco tías famosas y yo cinco tíos y, si algún día coincides con alguno, tienes carta blanca para tirártelo si puedes. Pues él pudo. Con la presentadora de La 1. La más guapa, cuatrilingüe. ¿Sabes quién te digo?

—No soy mucho de telediarios.

—Así va España. Pues se lio con esa. Y me dejó. Bueno, lo dejé yo a él, que buena soy yo, vamos, a mí con esas. Y ahora quiere volver conmigo. Por eso está aquí. Ha venido a por mí, una declaración preciosa me hizo. Muy sentida y elocuente, muy como es él. Que antes me la daba, pero ahora ya no. Yo le mandé a la mierda. Pero ahora necesito verlo. Aclarar las cosas. Que estoy un poco hecha un lío y, con el alcohol, como que me he venido arriba y lo he visto todo con claridad.

—Para no querer contármelo me lo has contado con detalle.

—Para que veas que no miento y que es verdad. ¿Me dices ya cuál es su habitación?

—Joder, tía. Que no, que no puedo. Y que si lo piensas te estoy haciendo un favor. Que mañana cuando te despiertes vas a agradecer no haber podido hablar con él.

—Ya, yo es que no te he pedido que me hagas ese favor, yo lo que quiero es el otro favor, que me des su número de habitación.

En ese momento oímos la puerta de la entrada abriéndose. Y unos pasos avanzando. Pensé que sería Víctor, pero no hubo suerte. Era una pareja de ancianos.

—Buenas noches... Hijo, ¿podrías darnos la maleta que tenemos en consigna? Hemos conseguido a alguien que nos acerca a Santander.

—Eh, sí, claro, ahora mismo se la doy.

Me miró e hizo un gesto amenazador.

—Te estoy vigilando. Ni se te ocurra acercarte al ordenador.

Yo asentí, más falsa que una moneda de tres euros. Y tan pronto como se alejó del mostrador yo me encaramé a él y alargué la mano para llegar hasta el teclado. Pero estaba demasiado lejos como para alcanzarlo, así que tuve que extender no solo la mano, sino parte del cuerpo, con tan mala pata que al hacerlo perdí el equilibrio y me caí del otro lado del mostrador. Con bastante estruendo. Me incorporé lo más rápido que mi borrachera me permitió. Recogí los papeles que me había llevado a mi paso y tecleé rápidamente el nombre de Víctor.

—¿Qué haces ahí, tía? —me gritó el recepcionista mientras corría hasta donde estaba.

Yo conseguí acabar de teclear el nombre y miré en la pantalla. Vi el número de habitación antes de que la pantalla se quedara en negro. El chaval acababa de desenchufar el ordenador.

—Eres la hostia, de verdad...

—Tranquilo, tranquilo, que no he visto nada —mentí—. Y ya me voy. No sufras.

Salí del mostrador a paso lento, mostrando una dignidad que no tenía, y peinándome con la mano. Di las buenas noches a la pareja de ancianos que me miraba con cierto susto y me dirigí hacia la salida. Pero justo antes de alcanzar la puerta giré a toda velocidad y me metí por las escaleras.

—¡Serás...! —gritó el recepcionista—. ¡Vuelve aquí!

Yo eché a correr como alma que lleva el diablo. Tenía que subir hasta la planta cuarta. La habitación era la 414. Ojalá hubiera podido coger el ascensor, pero era lo que había, me tocaba subir a pata. Oí unos pasos detrás de mí.

—Tía, que me buscas la ruina, vuelve.

¿Me estaba siguiendo? ¿Pero a este qué celo le había dado con su trabajo? ¿No era su segundo día? ¿A cuento de qué se ponía así en plan perro guardián? Ni que fuera a asaltar la caja fuerte de un banco. Solo era una puñetera habitación del hotel Cantábrico. Que ahí no se alojaba precisamente la realeza, ni ningún político de renombre, que no iba a cometer yo ningún atentado.

—Tía, vuelve.

Yo seguí corriendo escaleras arriba. Me quité los zapatos, que aunque tampoco tenían mucho tacón, me empezaban a molestar bastante. Subí a mucha más velocidad descalza. Noté cómo se me desgarraban las medias, pero me dio igual.

—¡Vuelve!

—¡Que no seas pesado! ¡Que voy a entrar!

Empecé a sofocarme en el piso segundo. Aún me quedaban dos. Miré escaleras abajo. El chaval estaba a punto de llegar a mi altura. Vi cómo alargaba la mano, cómo estaba a punto de llegar a mi pierna. Yo doblé la velocidad. Pero él no se quedó corto. Y acabó por agarrarme una de mis piernas. Entonces decidí algo radical. Apoyé mis manos en uno de los escalones superiores y con toda la fuerza que pude le arreé una patada. Que le hizo perder el equilibrio y rodó escaleras abajo hasta el descansillo.

—¡Serás hija de puta! —gritó.

—¡No haber subido! ¿Estás bien?

—¿Sabes qué te digo? ¡Que hagas lo que te dé la gana, puta loca! Yo paso.

—¿Pero no te has roto nada, verdad?

—¡Que me dejes!

—Vale, vale, qué carácter. Encima de que me preocupo.

—Debería llamar a la policía.

—Aquí no hay policía. Aquí hay Guardia Civil.

—No te callas ni debajo del agua, ¿no? Ella siempre tiene que tener la última palabra. Normal que te dejara por una más guapa y famosa. Yo hasta te hubiera dejado por una fea.

—Serás...

Y le tiré un zapato. Con la mala suerte de que le di en toda la cara.

—Pues ahora te quedas sin él. ¡Tarada!

Se incorporó como pudo y bajó las escaleras con mi zapato en la mano.

—¡Son de Zara, me da igual si te lo quedas!

Subí los dos pisos que me faltaban. Y busqué la habitación. 414. Intenté recuperar el aliento y llamé a la puerta. Nadie abrió. Ahora solo faltaba que no estuviera después de todo el lío que había formado. Volví a llamar. Y por fin abrió la puerta. Víctor estaba en calzoncillos. Siempre dormía así, sin pijama. Tenía cara somnolienta.

—¿Bea? ¿Qué haces aquí? ¿Por qué estás sudando? ¿Por qué llevas un zapato en la mano? —Miró a mis pies—. ¿Y el otro?

—Es una larga historia. Lo que me ha costado llegar.

Sin darle más explicaciones me lancé a sus brazos. Y lo besé.

A la mañana siguiente

Me despertaron los rayos del sol. Estaba desubicada. No reconocí mi habitación. ¿Por qué entraba tanta luz por la ventana si yo siempre bajaba la persiana? ¿Y esas cortinas tan historiadas? ¿Dónde estaba? Palpé el colchón. Abrí por fin los dos ojos. Reconocí el lugar y reconocí a la persona que estaba durmiendo a mi lado.

—¡Mierda!

Víctor roncaba desnudo, apenas tapado por una sábana.

—Mierda —repetí.

Sonó el móvil de Víctor. Pero este ni se inmutó. Dormía profundamente. El móvil estaba en el suelo. Así que lo cogí para ponerlo en la mesilla. Y ahí vi quién le llamaba. Era una tal Rebeca. ¿De qué me sonaba ese nombre? ¡Rebeca Ramos! ¡La presentadora del telediario! Tuve una sospecha. ¿Sería ella la que le había llamado insistentemente la tarde anterior? Cuando dejó de sonar, miré en el móvil el registro de llamadas. Y comprobé que tenía razón. Había sido ella la que le había estado llamando. Le había hecho muchas llamadas que Víctor no había respondido. ¿Pero no habían roto? ¿Qué estaba pasando? Dejé el móvil en la mesilla. Ya le preguntaría en otro momento.

Sentía un dolor que martilleaba mi cabeza. Resaca y de las buenas. Cogí la ropa del suelo. Me vestí torpemente y busqué mis zapatos. Pero solo encontré uno. Miré por todos lados, hasta debajo de la cama, y en el baño. Nada. Entonces caí. El otro zapato se lo había lanzado al recepcionista. Dios... ¿De verdad? ¿De verdad le había lanzado el zapato? Me puse colorada solo de recordarlo. ¿Pero cómo estaba tan loca? Cuando volví del baño, Víctor me miró desde la cama. Se acababa de despertar.

—Buenos días. ¿Qué haces tan vestida? ¿No quieres que pida el desayuno? ¿O te ibas a largar sin más?

—No, no... no sé. Te han llamado por teléfono. Era ella.

—¿Ella?

—La presentadora del telediario. Ayer también te llamó. Y antes de ayer.

—¿Has estado mirando en mi teléfono?

—Sí. ¿Habéis roto o no?

—Claro que hemos roto.

—¿Y entonces para qué te llama tanto?

—No todo el mundo es como tú y le da por romper todos los vínculos cuando algo se acaba.

—Supongo...

—¿Qué tal estás?

—Ay, Dios, Víctor, ¿qué hemos hecho?

Víctor sonrió. Estaba de buen humor.

—Follar como conejos, y vaciarnos el minibar. Me va a salir por un pico. Creo que voy a tener que tirar de la cuenta conjunta de la boda.

—De esa mejor no tires.

—¿Por?

—Porque está más vacía que el minibar.

—¿Cogiste nuestro dinero?

—Estaba muy enfadada contigo.

—Ya, pero ese dinero era de los dos.

—¿Vamos a ponernos a discutir por dinero?

—No, no, supongo que no. Yo no quiero discutir por nada. Si estoy feliz. Qué bien anoche, ¿no? Qué polvazos, ni cuando empezábamos...

—Yo ayer venía a hablar.

—Pues hablar no hablamos mucho. Bueno, sí, entre botellita de whisky y botellita de ginebra... Hablamos de futuro, del buen equipo que hacemos juntos, de lo mucho que nos compenetramos: bebiendo, follando, conviviendo, trabajando. ¿Sabes que nos casábamos dentro de una semana? Aún estamos a tiempo de mantener la fecha.

—¿Casarnos?

—Sí, ¿por qué no? Es una locura, pero podemos hacerlo. Imagínate la cara que van a poner todos. Hagámoslo.

¿Casarnos? ¿Hacer como si nada hubiera pasado? ¿Continuar con la vida planeada? ¿Era posible? Víctor estaba eufórico, con una sonrisa perenne.

—Deja de sonreír. Que pareces un anuncio de Profidén.

—Qué mal despertar tienes siempre, Bea. ¿No quieres casarte en la misma fecha?

Dudé antes de dar una respuesta.

—En la misma fecha, creo que no.

—¿No te pone la idea?

—No mucho.

—Pues en otra. La elegimos.

Yo dudé. Más que dudar estaba intentando recapacitar. Unir las piezas, no sé, buscarle un sentido a todo esto.

—¿Qué pasa, Bea? ¿No estás contenta? ¿Es por la llamada de teléfono? No te rayes.

—No. No es eso. Me siento fatal, resacosa y sucia.

—Puedes darte una ducha.

—Lo de sucia era metafórico.

—¿Y eso?

—Me siento... me siento infiel. —Sí, así exactamente era como me sentía. Y ese sentimiento me estaba aturdiendo demasiado.

Eso pareció descolocar a Víctor.

—¿Infiel?

—Sí, Víctor. Y si lo pienso es absurdo que me sienta así, sobre todo porque... bah, es igual...

—Pero cómo que infiel. ¿Infiel a qué? ¿A quién?

—¿Qué pasa? ¿Que no he podido conocer a alguien en estos dos meses?

—¿Has conocido a alguien?

—No es de tu incumbencia.

—Estás tratando de ponerme celoso. Qué encanto —dijo él con una suficiencia que me enervó.

—No sé en qué coño estaba pensando anoche.

—Me viste en gayumbos y no te pudiste resistir. Siempre te he puesto mucho.

—Arrogante de mierda.

—Y te encanta. No rompimos la cama porque se ve que es buena, pero vamos, le dimos bien.

Y ahí tuve una epifanía. Mis resacas son muy de epifanías. Me darán dolor de cabeza pero también una lucidez más propia de Einstein en sus años buenos. Antes de que se metiera en lo de la bomba nuclear.

—¿Tú recuerdas todas las veces que hemos follado este último año? —le pregunté.

—Todas, todas, no sé.

—Yo sí. Y estaba siempre borracha.

—¿Qué dices?

—Que me acabo de dar cuenta de que me pones mucho cuando estoy borracha. Solo cuando estoy borracha.

—Eso no es verdad.

—Lo es. No quiero estar contigo, Víctor.

—Venga, Bea, ¿hasta cuándo vas a castigarme? Los dos sabemos que me quieres. Y todo lo que hablamos anoche. Si los dos estábamos felices de todo lo que íbamos a hacer juntos. Si hasta hablamos de la posibilidad de que te vinieras a trabajar conmigo a mi estudio nuevo. De ponerle el nombre de los dos. De que íbamos a ser el mejor equipo del mundo. Yo pondría mi labia, tú el talentazo ese que tienes. Imbatibles.

Y de nuevo otra epifanía. Esta incluso más apabullante y demoledora. Fue como cuando Pablo se cayó del caballo y tuvo su revelación.

—Por eso has venido a por mí. Dios...

—¿A qué te refieres?

—Que me necesitas en tu nuevo estudio. Que me quieres a tu lado, pero como arquitecta. Que eso es lo que más echas de menos de mí. Si por la noche hasta me pediste consejo para que te solucionara un problema sobre unas tuberías. Si estabas desesperado. Eso es lo que has venido a buscar. ¡A una socia para tu nuevo estudio!

—Pero cómo puedes decir semejante cosa.

—Claro, por eso tanta insistencia en lo del buen equipo que hacemos, en lo mucho que nos necesitamos, en el futuro que nos espera juntos... Que eres capaz de no haber dejado a tu novia y de liarte conmigo solo para que sea tu socia. ¿Y qué pretendías? ¿Que nos liáramos de vez en cuando para tenerme contenta? ¿Convertirte en mi amante mientras sigues con ella?

—Estás delirando, Bea. Rebeca ya es historia, joder. Si estoy aquí porque te quiero.

—Es que ya no me fío, ya no me fío.

—Pero ese es tu problema, Bea. Siempre has sido desconfiada. Yo te quiero, joder. No desconfíes de lo que siento y de mis motivos.

Le escudriñé como un entomólogo observaría a un insecto, como un paleontólogo, los restos de un dinosaurio, con interés, pero con un interés científico y nada emocional.

Y Débora se portó. Estuvimos convincentes, sobre todo porque no mentimos en nada. Mi hermana insistió en que seguiría ayudando a la causa de acabar con la idea de la planta eléctrica, pero no así, no desde las mentiras, y aprovechándose de un hecho que no acababa de ser del todo verdad.

—Pacheco, y a mí me parece estupendo que te opongas a la planta eléctrica, allá cada uno con sus ideas, pero tú que tanto hablas de las prácticas torticeras de la alcaldesa, estarías haciendo lo mismo si publicas una noticia que no es verdad solo para intentar salirte con la tuya.

—Bea, no me digas cómo tengo que hacer mi trabajo. Que sois muy dadas en vuestra familia a decir lo que tenemos que hacer los demás.

—No, solo te digo que lo hagas bien. Nada más. Publica lo que quieras, pero ahora ya conoces todos los hechos. Y seguro que si buscas, investigas, entrevistas a toda la gente, acabas encontrando algo sólido que realmente pueda servir a vuestra causa. Pero por ahí te vas a estrellar. Sobre todo porque si publicas eso, solo me vas a dejar en ridículo a mí, pero ¿de qué te va a servir?

—Me lo voy a pensar... Si es que me había quedado cojonudo lo de la casita del árbol como símbolo contra el capitalismo feroz... Si es que era la mecha que necesitábamos...

—A ver, Pacheco, pero es que esa mecha te digo que está mojada. Si fuera cierto, vale, pero siendo mentira no iba a prender...

Salimos del Caribe sin tener del todo clara la decisión que iba a tomar Pacheco. Así que durante los días siguientes yo abría el periódico con miedo de lo que me fuera a encontrar. Pero nuestra negociación parecía que había dado resultado porque no encontré ninguna noticia al respecto. Eso sí, Pacheco parecía haberme hecho caso y todos los días publicaba algún artículo que intentaba dañar la gestión de mi hermana con la planta eléctrica. Si la había acusado de amenazar con expropiar terrenos, ahora lo hacía de falsificar informes de medio ambiente, de comprar voluntades, de convencer a ingenieros agrónomos para que firmaran la viabilidad de la planta eléctrica. Pacheco rebatía con datos y nuevos informes que la viabilidad del proyecto solo era favorable para dos partes: la familia Andrada y la carrera política de mi hermana. Pacheco hasta insinuaba que quería utilizar la planta eléctrica como trampolín a la diputación. La prosa del periodista era tan persuasiva que hasta yo empecé a dudar del proyecto de mi hermana. Pero ella pronto me sacó de dudas. Todo lo que Pacheco publicaba estaba sesgado y manipulado entre otros por su ex. Lo malo es que aunque yo conseguí creerla, los artículos estaban cumpliendo su propósito y el pueblo estaba más dividido que nunca. La manifestación que iba a tener lugar dentro de poco prometía ser multitudinaria. Yo solo podía pensar en Diego y en lo nervioso que debía de estar. Si no quería publicidad negativa, la estaba teniendo a raudales. Ojalá no llegara a oídos de Emerge. Al fin y al cabo, se trataba de un periódico que no tenía tirada nacional. Pillé a Débora haciendo un cartel con una sábana en la que se oponía a la plataforma.

—¿De verdad, Débora? ¿Después de todo por lo que hemos pasado, tú aún quieres hacer campaña en contra de Irene?

—Son mis convicciones. No voy a renunciar a ellas.

—¿Entonces para qué me acompañaste a hablar con Pacheco?

—Una cosa es que yo no quisiera que saliera publicado lo de los castaños y otra muy distinta esto. Yo no quiero la planta eléctrica. No al precio de que se arrasen los bosques.

—¿Sabes qué pasa? Que yo ya no sé si te quiero. Me voy, Víctor.

—Espera... Espera...

Víctor se levantó y vino a mi lado. Me abrazó.

—Bea, soy yo, Víctor. Tu Víctor. He sido un cabrón y me merezco que me odies, que ya no me quieras. Pero me quieres, lo sé. Lo he sentido. Me da igual que digas que fue el alcohol, porque yo sé que no. El alcohol como mucho te ayudó a venir hasta aquí. Luego eras tú.

—No... no lo sé...

—Yo sí lo sé. Me quieres. Tanto como yo a ti. Te juro que no he vuelto porque te necesite en el estudio. Bueno, vale, sí, claro que te necesito, eres mejor arquitecta que yo. Mil veces mejor. Pero estoy dispuesto a que no trabajes conmigo solo para demostrarte que estoy aquí por ti, por Bea, no por la arquitecta.

—Déjame, Víctor... no sé... Estoy hecha un lío.

Y era verdad. Lo estaba. Quería tener la fortaleza necesaria para acabar con todo de una vez. De manera radical. Tenía que hacerlo. Pero supongo que cinco años pesan mucho. Y más si es con alguien que es capaz de arrepentirse con una locuacidad propia de un cantautor. Siempre me había imaginado la desgracia de estar enamorada de un poeta infiel. Alguien con el don de la palabra. Alguien capaz de herirte con sus infidelidades pero luego componerte el mejor poema o la mejor canción para que le perdones. ¿Quién puede ser inmune a una disculpa cantada, a una carta de amor escrita por alguien que te conoce y sabe cómo hacerse perdonar?

Me desembaracé de sus brazos.

—Me voy.

Y abrí la puerta de la habitación.

—Bea, voy a esperarte.

No le contesté y salí de allí.

Cojeando porque llevaba solo un zapato.

El ascensor abrió las puertas en el vestíbulo del hotel. Recé para que en recepción no estuviera el chaval del tren. Miré con disimulo y vi a una chica. Alivio. ¿Debería acercarme a ella y preguntarle por mi zapato? Siempre era mejor que salir descalza del hotel. Así que fui hacia ella.

—Perdona, ¿no habréis encontrado un zapato?

—¿Eres tú? —La chica me hizo un repaso de arriba abajo—. Pues pareces normal.

—¿Perdona?

—Mi compañero me escribió esta nota. Te la leo: «Si viene una mujer preguntando por su zapato, dile que lo he llevado a la Guardia Civil, como prueba de su agresión. Y ten cuidado con ella. Síguele la corriente. Está muy desequilibrada».

—¿En serio le ha llevado mi zapato a la Guardia Civil?

—Eso dice aquí.

—Seguro que es mentira. Mira, por favor, a ver si está por ahí.

—Vale.

La chica se puso a hacer como que buscaba el zapato. Yo ahí me di cuenta de algo.

—¿Me estás siguiendo la corriente?

—Sí.

—Vale. Lo pillo. Me voy.

Salí a la calle con la mayor dignidad que me permitía mi cojera. Era una de las principales, y a esa hora ya había bastante gente yendo de un lado para otro. Vi cómo estaban colgando una enorme pancarta en una de las fachadas de un edificio, con un lema en contra de la planta eléctrica. Se ve que ya estaban preparando la manifestación que estaba convocada para unos días más tarde. Y esa era una de las calles por donde transcurriría. El lema era bastante agresivo. A mi hermana no le iba a hacer ninguna gracia.

A Diego menos. Pacheco y el exmarido de Irene tenían que estar muy orgullosos, desde luego habían conseguido movilizar a la gente. Pero yo ahora mismo tenía otros problemas más inmediatos. Como solucionar el tema de mi calzado. Intenté recordar dónde quedaba la zapatería más cercana. Tenía que comprarme un par de zapatos cuanto antes. No quería que nadie me viera descalza a esas horas, y menos saliendo de un hotel. Que en los pueblos son muy de cotillear. Y en este más. Y yo no quería que hablaran y que acabara en los oídos de Diego, era lo último que necesitaba.

—¿Bea?

Me di la vuelta. Mierda. Diego.

—Eh... eh... hola...

—¿Todo bien? Vas descalza. Tienes cierta tendencia a perder los zapatos, ¿no?

—Eh... sí... sí... una noche complicada... Ya... ya te contaré...

Diego miró hacia el hotel Cantábrico.

—¿La has pasado en el hotel?

—Eh... sí, al final mis hermanas y yo bebimos demasiado y... decidimos quedarnos a pasar la noche aquí...

—¿Tu hermana Irene estuvo de juerga?

—Eh... No, no, salí con Débora... nada más.

—Ah, como has dicho hermanas...

—Ah, no... me confundí.

Ay, qué mal mentía, qué mal se me daba lo de ser infiel. Aunque en el sentido estricto del término, yo no había sido infiel a Diego, si ni siquiera estábamos saliendo. Es más, si había roto conmigo antes de empezar. Y yo había decidido pasar página. Si ya no era nadie en mi vida, si yo acababa la casa del árbol y adiós muy buenas. Capítulo finiquitado. Y no era yo de volver a releer. No era yo de relecturas. ¿Entonces por qué me sentía así? Era completamente absurdo. Estaba en mi derecho de poder decirle, tío, no querías nada conmigo y me he vuelto a liar con mi ex. Y hemos echado tres polvazos de escándalo. Pero, por supuesto, no le dije nada. Porque solo sentía que a pesar de que no quisiera nada conmigo, yo... yo...

—Oye, no tienes por qué contarme nada... Preguntaba por curiosidad... no para que me dieras una explicación —dijo Diego.

—Ya, ya... lo sé... claro. Nos vemos luego en...

—Sí, no sé si hoy me podré pasar, tengo un día de locos. ¿Has visto eso? —Diego señaló hacia la pancarta—. Yo creía que iban a ir cuatro gatos, pero con todo el ruido que han hecho estos días en la prensa... no sé yo...

—Ya... ¿Te preocupa mucho?

—No —admitió, sin parecer del todo convincente—. Está todo atado ya. ¿Quieres que te acerque a algún lado? Lo digo por cómo vas de... descalza.

—Eh... no, no. Gracias.

Diego se despidió con un gesto y se alejó. Mierda. Mierda. Mierda. No había estado nada convincente. ¿No se me podía haber ocurrido una excusa mejor que lo de mis hermanas? Y encima casi meto a Irene en problemas. Mierda. Si las cosas ya estaban imposibles entre nosotros, esto no ayudaba a mejorarlas. Había perdido cualquier tipo de posibilidad. Joder. Y vale que yo no quería que me diera ninguna oportunidad, pero me fastidiaba haber quemado otro puente.

En la primera zapatería que encontré me compré los zapatos más baratos y menos horribles que me enseñaron. Le dejé allí el zapato impar que llevaba. Miré la hora que era. Aún podía pasar por casa, darme una ducha y salir pitando para la casa de los Andrada. Lo bueno de supervisar una obra como arquitecta es que tampoco me necesitaban a tiempo completo allí. Podía permitirme un respiro, sobre todo esa semana, donde casi todas las decisiones importantes que afectaban al trabajo estaban ya tomadas.

Al llegar a casa me encontré el zapato que le había tirado al recepcionista encima de la mesa. Sentí un escalofrío. ¿Cómo había llegado hasta allí? Pero al ver a Jacobo enseguida llegué yo solita a la única conclusión posible.

—¿Es tuyo? —me preguntó.

—¿Por qué iba a ser mío? —dije yo.

—A primera hora de esta mañana lo llevaron al cuartel.

—Muy bien, ¿y qué?

Mi hermana, mis padres y León estaban presentes.

—Al parecer una chica se lo tiró al recepcionista del hotel Cantábrico. Quería poner una denuncia. Pero le convencí de que no lo hiciera.

—¿Y por qué iba a ser yo?

—Dio una descripción muy precisa. Y también tu nombre.

—¿Mi nombre?

Ahí caí en que se lo había dado. Imbécil que es una. Tragué saliva. No había manera de seguir negándolo.

—Y a este le ha faltado tiempo para venir a traértelo —dijo León. No supe entrever si le hacía ilusión o le parecía un fastidio la presencia del guardia civil.

—He venido por hacerle el favor a tu hermana, no a ti.

—¿Y no me lo quieres probar por si me entra? —ironizó León. Y como el guardia civil no pilló la broma, León decidió explicársela—. Cenicienta... no sé si te suena... Mi hermana se ve que tiene complejo. Va perdiendo zapatos por ahí en búsqueda de príncipes que no llegan.

—Qué poca gracia tienes —dijo Jacobo.

—Toda la razón —concluí yo.

Mis padres decidieron centrarse en mí y dejar de lado la discusión de pareja o de expareja o lo que fueran en esos momentos León y el *fabari*.

—¿Qué has hecho, hija? —preguntó mi padre.

—A ver... no saquéis conclusiones precipitadas...

—No, si es difícil sacar conclusiones —dijo mi padre.

—Hemos elaborado varias teorías, eso sí —admitió mi hermano.

—Pero no sabemos si alguna se corresponde con la realidad —apostilló Débora, que claramente estaba disfrutando de la situación—. Ilumínanos.

—Tengo que dejar el alcohol —fue lo único que se me ocurrió decir.

—Según el recepcionista pretendías subir a la habitación de un huésped —explicó el guardia civil.

—Haberlo dicho antes —le recriminó León—. Y nos hubiéramos ahorrado las elucubraciones.

—¿Fuiste a ver a Víctor? —preguntó mi madre.

—Bea...

—Pues claro que fue a verlo —concluyó mi hermana—. Si iba derechita a ello cuando salió de casa.

—Yo no quería...

—¿Y qué pasó?

—Que ya está, que ya está todo aclarado. Él quiere mantener la fecha de la boda.

—¿Qué? ¿Vas a casarte?

Vi cara de angustia en cada uno de los miembros de mi familia.

—No. Se acabó.

—Has sonado muy poco convincente.

—Es que no tengo que convenceros de nada —dije revolviéndome. Ya sabía que no estaba sonando muy convincente, claro que lo sabía. Si estaba hecha un lío.

—Con que tú estés convencida, vale. ¿Lo estás?

—Me voy a la ducha. —Era una forma como otra cualquiera de escapar del interrogatorio.

Mientras el agua caía sobre mi cabeza, yo no paraba de darle vueltas a una cosa. Necesitaba más artillería, más munición para poder hacer frente a Víctor, para tomar una decisión definitiva, de verdad. Salí de la ducha, me envolví en una toalla y me metí en el cuarto de mi hermano.

—Déjame usar internet. Quiero encontrar todas las noticias que hablen de Víctor y la presentadora.

—¿Para qué?

—Que no tengo tan claro que hayan roto. Quiero saber exactamente qué ha pasado.

—Bea, y qué más te da si ya no estás con él. ¿O sí?

—No, no. Pero me está liando. Y hay algo que no me acaba de cuadrar. Ayúdame a buscar.

Nos pasamos una hora pegados a la pantalla. Yendo de una página a otra, de una noticia a otra. Seguía doliendo cada vez que veía una foto de ellos dos juntos, pero empecé a darme cuenta de que era un dolor diferente, más apagado, porque lo que me dolía era el orgullo, no mi corazón roto. Muchas de las noticias hablaban de que era el flamante nuevo fichaje de una cadena privada. Algo que yo había descubierto por casualidad, o más bien fatalidad, la noche del hotel en Santander con Diego. En todas las noticias comentaba lo emocionada que estaba al emprender esa nueva aventura profesional, que era un orgullo y una suerte que hubieran querido contar con ella, que iba a hacer todo lo posible para estar a la altura, que le habían dado carta blanca, y blablá, blablá, blablá... A mí eso no me interesaba lo más mínimo. Yo quería saber cómo estaba lo suyo con Víctor. En muchas noticias se mencionaba el distanciamiento de la pareja, una primera crisis.

—«No es más que un bache, lo vamos a remontar» —leyó León.

—¿Qué? ¿Quién dice eso? ¿Ella o él?

—Ella.

—Lo sabía, estos no lo han dejado. Estos aún vuelven.

Seguí leyendo noticias. Más declaraciones de ella.

—Esta está enamoradita perdida. Mira lo que dice aquí: «Por las cosas buenas hay que luchar. Ya tengo la suficiente experiencia vital para saber que los hombres como él son la excepción». Ay, qué engañada te tiene, cuatrilingüe, te creía más lista. Si supieras todo lo que me dijo tu hombre excepcional anoche...

Seguí buscando. Y cada noticia nueva me confirmaba que su relación no estaba muerta. Y que desde luego la presentadora estaba muy pillada, yo incluso la notaba...

—Esta está como las maracas de Machín —dijo mi hermano.

—¿A que sí? ¿A que no es cosa mía y está un poco mal?

—Espera, deja que haga una búsqueda más amplia. Vamos a ver qué más encontramos de ella. Vente en un rato.

Necesitó tres horas, que a mí se me hicieron eternas. Pero pronto me di cuenta de que habían merecido la pena. León había hecho un barrido a conciencia por todo internet. Ahí me di cuenta de que mi hermano era un *hacker* con todas las de la ley. O mejor dicho, fuera de la ley, como todo *hacker* que se precie. Y sacando de aquí y de allá, sumando, restando, deduciendo... había llegado a lo siguiente:

—No me las quiero dar de listo, Bea. Pero aquí donde la ves tan fabulosa, ha tenido graves problemas de bulimia y anorexia. Y hace cinco años pasó una temporada en una clínica de desintoxicación.

—¿En serio? ¿La presentadora cuatrilingüe? ¿Y yo por qué no lo sabía?

—No ha salido en ninguna revista publicado. He tenido que investigar de una manera un tanto... alegal. Ah, y uno de sus ex estuvo condenado por tráfico de estupefacientes.

—¿Ah, sí?

—Lo condenaron cuando aún estaba con ella. Eso no significa que ella tuviera nada que ver. Pero, vamos, que seguro que sabía con quién estaba liada. La pija cuatrilingüe ya no parece tan perfectita.

—Ay, lo bien que me hubiera venido saber todo esto hace dos meses. ¿Por qué no me lo dijiste?

—Me tenías prohibido que buscara nada. Y que tampoco me parecía bien. Uno tiene su moral. Y hay otra cosa. ¿Estás preparada?

—¿Es bueno o malo?

—Júzgalo tú misma. Encontré una denuncia por malos tratos.

—¿El traficante le pegaba?

—Fue él quien la denunció a ella. Malos tratos sicológicos. «Retorcida, sibilina, capaz de hacer cualquier cosa, de retorcer la realidad, de amoldarla a su manera, de confabular, de manipular, de...»

—¡Venga ya! ¿Todo eso decía en la denuncia? ¿Y no decías que luego la retiró? ¿De esas cosas quedan constancia?

—Si sabes buscar, sí.

Yo me quedé asimilando toda la información.

—Joder con la mosquita muerta.

—¿Qué quieres hacer? —preguntó mi hermano.

—¿Yo? Nada, nada. Como para meterme ahí. Si ya tenía claro que no quería volver con Víctor, ahora estoy más convencida que nunca. Que se quede con esta. Si está claro que lo que tienen aún no se ha acabado. Y como ella se empeñe, seguro que sabe cómo conseguir que vuelva con ella. Es lista, guapa y está un pelín desequilibrada, lo que más le puede poner a Víctor. Te lo digo yo, que estuvo cinco años liado conmigo. No va a saber resistirse si la otra insiste. Y capaz es de encadenarlo a la cama y todo. Y a Víctor puede que hasta le guste.

—¿No deberíamos advertirle?

—¿De qué?

—De que la chica puede ser peligrosa.

—¿Pero qué peligrosa ni qué niño muerto? A ver... que la mujer tuvo una relación complicada y un pasado durillo, pues sí. Pero de ahí a calificarla de peligro público hay un trecho. Y Víctor ya es mayorcito.

—Vale, vale, tienes razón. Pero tiene toda la pinta de que a esta no le va a hacer ninguna gracia si se entera de que se ha liado contigo.

—Yo, como comprenderás, no se lo voy a decir. Entre otras cosas porque no la conozco, ni sabría cómo llegar a ella. Y Víctor tampoco va a ser tan tonto de contárselo.

—A lo mejor en un momento de remordimiento y para liberar su culpa se lo larga.

—Qué poco conoces a mi ex. Ese no abre la boca ni bajo tortura. —Intenté cambiar de tema, porque ya me estaba asfixiando—. Oye, ¿y tú con el guardia civil, qué? Ha sido un detalle que usara la excusa de mi zapato para venir a verte.

—Pues a mí no me ha hecho ninguna gracia verlo. ¿No me dio un ultimátum y rompió conmigo? Pues ahora que no maree.

—Venga... que también te ha gustado verlo. Reconócelo.

—Que no.

—Si seguro que ya se ha arrepentido de haberte pedido que te fueras a vivir con él.

—Lo dudo. Ese es muy cabezón.

—Bueno, tú por si acaso no le cierres la puerta.

—Ya veré lo que hago, Bea. No enredes. Que bastante tienes con lo tuyo. ¿Qué vas a hacer con toda esta información?

—Nada. Olvidarme de Víctor y hacer como si esta noche no hubiera pasado. Ya verás como a dos veces más que le llame la otra, se va corriendo a buscarla. Y así ya se irá del pueblo y de mi vida para siempre. Y todos felices.

Esa tarde, cuando me dirigía hacia el estudio de Ingrid —quería discutir con ella la posibilidad de cambiar uno de los materiales de la casa del árbol—, me topé casi de bruces con un revuelo a escasos metros del hotel Cantábrico. Había bastantes fotógrafos y periodistas disparando sus flashes hacia un coche que acababa de parar en medio de la plaza. ¿Era por Víctor? ¿Se habrían enterado de que estaba aquí y habían venido a por él? Pero no podía ser, Víctor no se podía haber convertido en un personaje tan popular en solo dos meses, ¿no? Del coche bajó un hombre que no era Víctor, y después una mujer a la que apenas pude ver porque estaba de espaldas, pero cuya melena me resultó familiar. Se dio la vuelta para saludar a la prensa. Y casi me da un infarto.

Era ella.

La presentadora del telediario.

Dos gallos de pelea

¿Por qué había venido la presentadora al pueblo? ¿Víctor la habría puesto al corriente de lo nuestro? ¿Venía a luchar por él? ¿O a mandarlo a la mierda? ¿Y por qué había fotógrafos y periodistas? ¿Viajaban siempre con ella o alguien había delatado que vendría al hotel? ¿Tan codiciada era para la prensa rosa como para que la siguieran a todas partes? Mil preguntas se agolpaban en mi mente. Quise llamar a Víctor para preguntarle, pero seguía sin su número de teléfono. Además, aunque lo tuviera, lo más probable es que tampoco quisiera contarme la verdad. Decidí acercarme unos metros más. Quería verla de cerca. No sé muy bien por qué, pero ya que estaba ahí necesitaba verla. Y que ella me viera a mí. Tal vez si cruzábamos nuestras miradas, yo podría saber si ella estaba al tanto de que la noche anterior yo me había acostado con Víctor. Pero aunque me acerqué, no hubo ningún tipo de contacto. Ella se metió rápidamente en el hotel Cantábrico sin percatarse de mi existencia y yo no iba a entrar detrás. No podía hacerlo, entre otras cosas porque existía la posibilidad de que hubiera un cartel con mi foto alertando de que era una loca peligrosa.

Ingrid me notó de un humor extraño, a pesar de que yo intenté disimular de la mejor manera todo lo que me pasaba.

—¿Te ha ocurrido algo con Diego?

—Eh... no, qué me va a ocurrir, nada. Nada. No sé ni por qué lo dices.

Temí que los suegros hubieran hablado con la arquitecta y la hubieran puesto al día de mis paseos nocturnos en bolas. Iba a ser difícil de explicar. Y rápidamente imaginé algún tipo de respuesta que pudiera ser admisible, pero solo se me ocurrían chorradas. Como Ingrid estuviera al tanto, sus gritos iban a llegar a Santander. Así que me preparé para lo peor.

—Bea, los obreros me dicen que ya no estás diez horas al día allí, que hay jornadas en las que ni *aparrreces*.

Alivio. Los suegros no le habían contado nada. Menos mal. Pude volver a respirar con normalidad. Para esa observación de Ingrid sí podía dar una respuesta convincente, aunque no fuera del todo cierta.

—Porque... porque hay días que está todo en orden y no pinto mucho allí.

—*¿Segurrro?*

—*Segurrro* del todo, Ingrid —dije, imitándola, algo que no le sentó nada bien.

—Diego aún no ha firmado el proyecto de la *reforrrma*, tonterías las justas, *Beatrizzz*.

—Entendido, entendido. Y no te preocupes, que está todo bien —mentí, intentando poner mi mejor cara.

Al salir del estudio de arquitectura pensé en pasarme por la mansión de los Andrada, pero a medio camino cambié de idea. Podía solucionar de un telefonazo con el encargado de obra la decisión que había tomado con Ingrid del cambio de material para las escaleras. No era necesario que me acercara hasta allí. Y así evitaba tropezarme con Diego, y sobre todo con la suegra. Volví a mi casa y no le conté a nadie mi encuentro con la presentadora. Decidí que si no hablaba con nadie de eso tal vez fuese como si no hubiera pasado, como si ella no estuviera allí. Con un poco de suerte venía a por Víctor, él le decía que sí, que sí a volver con ella, que sí a olvidarse de mí, que sí a todo lo que la desequilibrada le propusiera, y esa misma noche se volvían a Madrid y desaparecían de mi vida.

Ilusa que es una.

No sé por qué lo hice. No sé por qué fui al día siguiente a casa de los Andrada. Si tampoco era tan necesaria mi presencia allí, si ya había transmitido las decisiones importantes por teléfono. Pero supongo que quería quitarme de la mente todo lo que tuviera que ver con Víctor y la presentadora. Y la mejor manera que se me ocurrió fue ir a trabajar.

Cuando estaba en plena discusión con uno de los albañiles, buscando una solución para el material aislante que iría entre las maderas, porque habían traído por error el que yo no había pedido, se presentó Ingrid en la casa. Iba acompañada de Víctor. Al último que esperaba en la casa de los Andrada era a Víctor. No pintaba nada allí, era como una presencia disonante. Como si estuviera invadiendo un terreno que no le pertenecía, como si fuera un personaje que se colaba en la película equivocada.

—¡Víctor! ¿Qué haces aquí?

—Vino a buscarte al estudio. Que tenía que hablar contigo urgentemente —explicó Ingrid—. No sabía que tenías novio. Y que estabas a punto de casarte. ¿He hecho mal en traerlo?

—Ingrid, tú eres la primera en decir que no se debe mezclar el trabajo con la vida personal.

—Sí, pero me dijo que es arquitecto, y un arquitecto sabe cómo comportarse en una obra. No me dijiste que tenías un novio arquitecto.

—¿Eso es lo que estás construyendo? —me preguntó él, mirando la casa y sin saber muy bien qué pensar de ella—. Tú... tú vales más que para hacer casitas de juguete. ¿De verdad prefieres quedarte enterrada en este pueblo diseñando estas tonterías?

Me encaré a Víctor, ignorando a Ingrid y sobre todo ignorando sus apreciaciones sobre mi trabajo.

—¿Le has dicho que somos novios?

—Lo somos, ¿no? O la otra noche me dio esa impresión.

—¿Pero tú recuerdas algo de lo que hablamos a la mañana siguiente?

—Estabas enfadada por las llamadas de Rebeca. Pero ya te dije que es historia.

—¿Las llamadas? Si ha venido a verte, Víctor. La he visto entrando en el hotel Cantábrico, y como para no verla con tanto *paparazzi*.

—No estamos ni en la misma habitación. Yo no tengo nada que hablar con ella. Por eso he venido, porque me imaginé que habías visto las imágenes de Rebeca en el pueblo. Y quería decirte personalmente que yo no tengo nada que ver, que ha venido por su cuenta y que se va a ir ya.

—No me debes ningún tipo de explicación. Es mejor que te vayas. Estoy trabajando. Y a mi jefa, aunque la hayas camelado, no le gusta que traigamos los problemas personales al trabajo.

—No, si yo estoy encantada. *Prrrefiero saberrr* que te casas. Me deja más *trrranquila*.

En ese momento apareció Diego. Qué bien. Ya estábamos todos.

—¿Quién se casa? —preguntó.

—Tu arquitecta de la casa del árbol —dijo Ingrid.

—¿Te casas? ¿Con quién te casas?

—Conmigo.

—¿Tú eres... Víctor?

—El mismo. ¿Tú?

—Diego. —Y le tendió la mano—. Enhorabuena por la boda —dijo sin mostrar ningún tipo de emoción.

—Gracias.

Diego clavó sus ojos en mí. Buscando alguna respuesta. ¿Qué se había perdido?

—Qué calladito te lo tenías, Bea.

—Y tanto —apostilló Ingrid.

—A ver... a ver... que Víctor y yo no nos vamos a casar. Que está muy confundido. Que si se casa es con la otra, con la que ha venido siguiéndole hasta aquí.

—Que no, que ella ya no forma parte de mi vida.

—Que me sobra esa información —le dije toda digna.

—Vale, a lo mejor es precipitar un poco las cosas —concedió Víctor—, pero reconoce que la otra noche en el hotel no te pareció tan mala idea.

—¿Qué noche? —preguntó Diego.

—Antes de ayer. Precioso el hotel que tenéis en el pueblo. Es un edificio modernista muy bien restaurado.

Quería matar a Víctor. ¿Pero cómo era tan capullo? ¿Qué rayos hacía aquí? ¿De verdad venía a darme explicaciones de la presencia de la presentadora o se había olido que tenía algo con Diego? ¿Le habría comentado Ingrid algún detalle sobre nuestra relación o qué diablos estaba pasando?

—Ah, yo creía que estabas con tus hermanas en el hotel —dijo Diego con muy mala baba.

Estaba dolido, lo disimulaba, pero le estaba doliendo. ¿Celos o simplemente orgullo herido por haberle mentido? Yo decidí ir a por todas. A ver qué pasaba. A ver cómo reaccionaba.

—No, pasé la noche con él. Pero no creo que tenga que darte ninguna explicación.

Esperé su respuesta, que tardó en llegar unos cuantos segundos. Lástima que su gesto impertérrito no dejara adivinar lo que le estaba pasando por la cabeza.

—¿A mí? Ninguna —contestó con una frialdad que no tendría que haberme sorprendido—. Lo que haga mi arquitecta en su tiempo libre es asunto de ella y solo de ella, faltaría más.

—Exacto —dije yo.

—¿Es él? —preguntó Víctor, que de repente se había dado cuenta, al igual que Ingrid, de que a pesar de la frialdad aparente de Diego, ahí había una tensión que iba más allá de lo profesional.

—¿Él? No sé a qué te refieres.

—Por el que te sentiste infiel al hacerlo conmigo. ¿Es ese?

—¿Qué es eso de que te sentiste infiel? —preguntó Diego.

—No sé de lo que está hablando —mentí.

—¿Te estás tirando a un cliente? No te pega nada, Bea. ¿O estabas tan desesperada por conseguir trabajo que decidiste ir a por todas?

—No seas imbécil —le espeté.

—Eso, contrólate un poquito, tío —le dijo Diego.

—Y tú mejor no te metas, por favor —le pedí a Diego—. Lo que menos necesito es que te pongas a defenderme.

Nos habíamos olvidado del albañil que estaba allí y carraspeó.

—Yo, si no les importa, ya sigo mañana.

Y sin más cogió sus cosas, bajó de la estructura y se alejó por el jardín. Víctor seguía asimilando toda la información.

—Te lo estás tirando... Por eso no quieres volver conmigo. Es por este... este... pelirrojo —lo soltó casi escupiéndolo, con todo el desprecio del que fue capaz.

—¿Algún problema con los pelirrojos? —preguntó Diego.

—¿En serio te estás tirando a este... a este... pijo?

—Oye, estás en mi casa —puntualizó Diego—. ¿Qué tal si te cortas un poco?

—Tú también te podrías cortar a la hora de tirarte a mujeres a punto de casarse.

—Me cortaría si supiera que están a punto de casarse. —Se dirigió a mí—: ¿Estás a punto de casarte?

—¡No! —le grité a Diego. Y acto seguido me enfrenté a Víctor—: ¿Estás mal de la cabeza? ¡Tú y yo rompimos hace dos meses! ¡Te liaste con una famosa que ahora ha venido a por ti! ¿Qué coño haces que no estás encerrado ahora mismo con ella en una habitación del hotel follando a lo loco?

—Porque he venido a por ti. Y a ti antes de ayer te pareció bien. Te pareció muy, muy bien. Vamos... si hasta gritabas.

—No me puedo creer que me estés haciendo esto... es que no me lo puedo creer. ¿Exactamente, qué pretendes?

—Recuperarte, y si tengo que luchar por ti, y si tengo que pegarme con este, me pego.

—¿Pegarte? ¿Pero tú te has levantado gilipollas? ¿Pretendes conseguirme a puñetazos? Pues siento decepcionarte, pero para tu información para pegarte tendrías que tener un rival y Diego está muy por encima de tus niñerías.

—Oh, claro, el pelirrojo es perfecto y está por encima de los simples mortales.

—¿En serio te ibas a casar con este neandertal? —preguntó Diego con perplejidad.

—¿A quién estás llamando neandertal, pijo de mierda?

—A ti.

—¿A mí?

Se miraron retándose. Cerrando sus puños y posicionándose como si estuvieran en un ring o como si fueran los personajes de un videojuego de lucha. Yo no daba crédito. Esto no podía estar sucediendo. ¿De verdad iban a llegar a las manos?

—Venga, atrévete. Para tu información soy cinturón negro de kárate —dijo Diego.

—¿En serio? —preguntó Víctor. Y vi cierta duda y temor en su expresión—. Pues yo... yo hago kickboxing.

Casi me da la risa al escucharlo, y Diego lo notó.

—En la PlayStation, seguro —le dijo.

—No me das ningún miedo, cinturón negro.

—Vale, yo te he avisado.

Me metí en medio de los dos antes de que la cosa acabara como el rosario de la aurora.

—¡Vamos a ver! Contigo acabé hace dos meses —le dije a Víctor—. Y lo de la otra noche, lo de la otra noche fue... una despedida. —Y ahora le tocaba el turno a Diego, porque para él también tenía—. ¿Y tú? ¿No habías quedado en que ya no querías nada conmigo? Que lo nuestro era imposible y que los dos habíamos pasado página. ¿Por qué de repente te molesta tanto que me haya liado con mi ex? ¿De repente te ha entrado un ansia territorial de perrito al que mean en su árbol o qué? Si tú y yo no somos nada.

—Nada de nada —dijo él.

Sentí como si me clavara un cuchillo de cocina. De los grandes. Ay, cómo duelen ciertas palabras dichas por ciertas personas. A pesar de que no te pillen por sorpresa. A pesar de que no sean la primera vez que te las dicen. Qué daño, qué desgarramiento. Intenté reponerme.

—Pues entonces no sé a qué viene este numerito —continué.

—Numerito ninguno, pero fue aquí tu neandertal el que empezó primero a insultarme en mi propia casa.

—Que no me llames neandertal, pijo de mierda.

—Tú vuélveme a llamar pijo y te reviento la cara.

—¿Tú? Qué risa.

—Llámamelo, atrévete.

Víctor sonrió. Ay, que era capaz de hacerlo, que a arrogante y chulito no le ganaba nadie, bueno tal vez Diego. Menudos dos. Qué ojo tenía yo para fijarme en los tíos. Dos gallitos de pelea frente a frente. Víctor abrió la boca y empezó a formar con sus labios la P y la I de pijo. Yo intenté frenarlo.

—No, no, no... no digas nada, Víctor, vamos a dejarlo estar.

Yo, desesperada, intenté pedir ayuda a Ingrid.

—Ingrid, haz algo.

—¿Yo? No.

Víctor, con una frialdad y una parsimonia pasmosa y como si lo estuviera disfrutando a lo grande, pronunció las tres palabras justo enfrente de su cara, a escasos dos centímetros.

—Pijo de mierda.

El impacto no se hizo esperar. Diego le pegó tal puñetazo en la cara que casi lo tumbó. Víctor gritó más por la sorpresa que por el dolor. Creo.

—Qué hijo puta...

Y una vez superada la sorpresa, Víctor fue con toda su furia a por él. Pero en vez de usar sus puños utilizó toda la fuerza de su cuerpo. Impactó con Diego, este perdió el equilibrio y acabaron los dos en el suelo. Y ahí me di cuenta de que no iba a ser una pelea limpia, como en las películas, aquí valía todo, patadas, empujones, cachetes, tirones de pelo... Hay poca épica en una pelea entre dos gallitos que no se han ganado la vida a puñetazos.

—¿Queréis parar? A lo mejor a otra le pone cachonda

que se peleen por ella, pero a mí no. Estáis muy poco atractivos. Muy poco. Y tú para ser cinturón negro hace mucho que no practicas... Y tú, Víctor, Dios... ¿de verdad le has tirado del pelo?

Yo no sabía ya qué hacer ni qué decir para que lo dejaran.

—¿Ves? Por eso no quería yo que tuvieras nada con Diego. Mira lo que ocurre —concluyó Ingrid.

—Ayúdame a separarlos.

—De eso nada.

Siguieron rodando por el suelo. Víctor en un momento dado cogió un puñado de tierra y se lo lanzó a los ojos a Diego.

—¡Cabrón! Pero tienes cinco años, ¿o qué?

—¿Dónde está ahora tu cinturón negro? No lo veo por ningún lado.

Diego, sin abrir los ojos, levantó la pierna con fuerza y le arreó tal patada en la entrepierna que Víctor se dobló de dolor. Y mientras aullaba, Diego se restregó los ojos como pudo y al abrir el derecho vio un listón de madera y lo agarró. Lo blandió delante de Víctor, dispuesto a arrearle con él, asustándole por primera vez.

—¡No serás capaz!

Diego no se lo pensó dos veces e intentó alcanzarle con el listón. Como estaba medio ciego con la tierra en los ojos, Víctor pudo escurrirse sin sufrir ningún daño. Se puso en pie, a duras penas, el golpe en los huevos había sido fuerte. Pero no tanto como para que le impidiera echar a correr. Diego, medio ciego, intentó seguirle. Seguía moviendo el palo como el que espanta moscas.

—¡Suelta ese palo! ¡Bea, dile a tu amante que suelte el palo!

—No es mi amante.

—¡Suelta el palo! ¡Y pelea como un hombre, pijo!

—Habló de pelear como un hombre el que me tiró del pelo, el que me echó tierra en los ojos...

—Calla, cinturón negro.

Diego ya conseguía ver mejor y empezó a perseguir a Víctor, que ya no disimulaba en correr. La pelea había cogido de repente un cariz muy... ¿tonto?

—¿Queréis dejar de hacer el ridículo? Al final os vais a hacer daño de verdad... Ingrid, imponte.

—Yo prefiero la neutralidad. Así es como acaban las cosas cuando te bajas las *brragas*.

Víctor vio una manguera en el césped y no dudó en cogerla, buscó la llave de paso y cuando la encontró la abrió a toda potencia. Apuntó el chorro hacia Diego y lo empapó entero.

—¡Serás cabrón! ¡Apaga eso!

El chorro tenía tal fuerza que Diego apenas podía llegar hasta Víctor, solo conseguía moverse de un lado a otro. Con tan mala suerte que se acercó a nosotras y Víctor acabó por empaparnos.

—¡Víctor Segura Heinz, apaga esa manguera ahora mismo! —grité.

Antes de cerrar el grifo, Víctor, en un momento de lucidez, en lo que debió de creer que era un movimiento astuto, subió por las escaleras de la casa del árbol. Dejó caer la manguera y allí arriba se hizo fuerte, impidiendo que Diego escalara, arrojándole todos los tablones sueltos que había por el suelo y también las herramientas.

—¡Serás cabrón! ¡Baja de ahí!

—No, hasta que no tires el palo. —Víctor miró la estructura—. Bea, la verdad es que, bien mirado, me gusta lo que estás haciendo aquí. El aprovechamiento del espacio es... Qué talentazo tienes. Nunca me cansaré de decírtelo.

—¡Cállate, anda! —le grité, mientras separaba mi ropa empapada de mi piel, para intentar no calarme del todo.

—¡Baja de mi casa del árbol!

—¡No! No pienso bajar hasta que no te retires al menos cincuenta metros.

—¿Te estás rindiendo? ¿Eso es lo que vas a luchar por Bea? ¿Ni cinco minutos?

—Ah, ¿que estáis peleando para ver quién se queda conmigo? Primera noticia. Conteneos; yo no me quiero quedar con ninguno de los dos.

—¿No? —preguntó Víctor.

—¿No? —preguntó Diego.

—¡No! Víctor, no me quiero quedar contigo porque llegas dos meses tarde. Y tú, Diego, no estás luchando por mí. Estás luchando por tu puto orgullo herido. Y estoy muy harta, pero hartísima de orgullosos.

Y mirándolos a los dos, tan patéticos, tan críos, tomé una decisión.

—¿Sabes qué te digo, Ingrid? Vámonos.

—¿Sí? —preguntó ella.

—Sí. Y así nos secamos y nos cambiamos de ropa y nos olvidamos de estos dos gilipollas.

La cogí del brazo, dimos la espalda a los dos energúmenos y comenzamos a caminar alejándonos de la zona de conflicto.

—Como te vayas y no te lleves a este de aquí, no hace falta que vuelvas, Beatriz —gritó Diego.

Yo no le hice caso y seguí caminando. Ingrid frenó algo el paso.

—¿Lo has oído? Que si va en serio, me quedo sin proyecto. Y a ti te mato. Te mato. Si ya decía yo que todo iban a ser problemas. Tú y tus *brragas*...

—Está enfadado, no le hagas caso.

—¡Beatriz, no me dejes a tu novio aquí! —insistió Diego.

—¡No es mi novio! ¡No es nada mío! No es mi responsabilidad. Porque vives muy cómodo en tu rol de viudito afligido. Mucho mejor seguir estancado en el pasado, ¿verdad?, que correr el riesgo de exponerte y de que te hagan daño. Eres un acojonado.

—¿Yo?

—Sí, tú, por rendirte a la primera de cambio conmigo. Por poner de excusa a tu suegra y a tu esposa muerta para escapar corriendo. Deja de culparla de tu falta de agallas, joder. Si no te atreves a vivir, es tu problema y no de la pobre Diana.

Qué a gusto me había quedado. Supongo que si no hubiera sido por esa situación absurda de los dos peleando, supongo que si no hubiera sido por toda la adrenalina contenida y que había estallado en ese momento, yo jamás habría tenido el cuajo de hablar así tan a calzón quitado. Noté que a Diego esas palabras le habían llegado hondo. De repente parecía un niño desvalido.

—Pero si estoy aquí peleándome con este gilipollas por ti.

—¡Que me dejéis en paz! ¡Que las cosas no se hacen así! —Yo estaba demasiado embalada como para sentir algún tipo de piedad, o como para permitir que su carita de niño me ablandara.

Volví a tirar de Ingrid y salimos de la casa. Me negué a mirar atrás. Que se apañaran ellos solos. Me daba igual.

—La de tiempo que dos hombres no se pelean por mí —dijo Ingrid.

—Por mí es la primera vez.

—¿Y a que da gustito?

—Es que no se estaban peleando por mí, Ingrid. Los hombres cuando se aturullan emocionalmente la emprenden a golpes. Y será que no hay maneras mejores de enfrentarse a las cosas.

—Sí, tienes razón. Pero hubiera dado mi dedo meñique por ser la mujer por la que peleaban. ¿No te ha puesto ni un poquito caliente?

—¿Caliente?

—Cachonda, húmeda, excitada. Dos hombres jóvenes, fuertes, guapos e inteligentes peleando por conseguirte.

—¿Tú has visto cómo peleaban? Que si no saben dar ni un puñetazo. Y lo de la inteligencia déjame que lo dude.

—El caso es que peleaban.

—Que no, Ingrid, que no. Que las cosas no se hacen así.

—Dime una cosa. ¿Quién querías que ganara?

—Ninguno.

Pero mentía. Claro que sabía quién quería que ganara. ¿Cómo no lo iba a saber?

Mis quince minutos de fama

Cuando mi padre me vio llegar a casa empapada, ni se extrañó. Yo creo que ya se empezaba a acostumbrar a todas mis excentricidades.

—Mejor no preguntes —le advertí.

—No pensaba.

—Pues eso. Mejor.

—¿Estás bien? ¿O eso tampoco lo puedo preguntar?

—Sí, puedes. Y sí, estoy bien.

Bien y absurdamente esperanzada, pensé. Y no sabía si eso era bueno, porque no sabía si al final iba a salir escaldada. Porque ya no estaba nada acostumbrada a que las cosas salieran bien. Y porque hasta que no se fueran Víctor y la presentadora del pueblo yo no iba a estar del todo tranquila. Porque si tenía alguna posibilidad, por remota que fuera, de reconducir las cosas con Diego, necesitaba a Víctor y a la otra fuera del pueblo y fuera de mi vida. Porque la pelea al menos me había servido para aclararme. Era a Diego a quien quería. Sin ninguna duda. Era de Diego del que estaba enamorada hasta las trancas. Mejor admitirlo de una vez, aunque ya no sirviera de nada. Aunque solo fuera para ser sincera conmigo misma. Aunque solo fuera para poder llorarle a gusto, pasar un duelo y superarlo.

Claro que el hecho de que Diego hubiera llegado a las manos porque venía otro de fuera y a su propia casa a comerle el terreno, a llevarse a la chica, de alguna manera, ay, me llenaba de esperanza. No todo estaba perdido. ¿O sí? Mierda, ya me había aclarado con respecto a lo que sentía, pero ahora de lo que dudaba era de que pudiera tener posibilidades mi historia con él.

Chavela me llamó esa noche por teléfono.

—¿Estás viendo la tele?

—Ya sabes que la tenemos prohibida en casa.

—Enciéndela.

—¿Qué pasa? Chavela, es que la tele solo me da sobresaltos, malas noticias y no sé yo si a estas alturas puedo con otra más...

—Enciéndela, coño. Pon la 5. Lo están volviendo a poner.

Fui al salón. Fin estaba en el sofá, con la pierna escayolada en alto y con los cascos puestos jugando con el ordenador. Revolví buscando el mando a distancia y cuando por fin lo encontré pulsé el número 5.

—Huy, qué raro, tú poniendo la tele —dijo mi padre, saliendo de la cocina con un delantal y lleno de harina, que parecía que se había rebozado él mismo más que la comida que estuviera preparando.

Fin también se asombró de que yo encendiera la tele y se quitó los cascos.

—¿Qué pasa?

En la pantalla vimos una imagen medio borrosa, con un encuadre raro, se veía a un hombre al que el encuadre le cortaba la cabeza y con un uniforme negro y gris.

—Esto es una cámara oculta —dijo mi padre, como si nosotros nunca jamás hubiéramos visto la tele.

Enseguida reconocí la voz. No. No. No.

Era la del recepcionista del hotel Cantábrico. Estaba hablando de la presentadora, de su novio, ambos se hospedaban en el hotel, sí. Y no, no les iba a contar si en la misma habitación, él era un profesional. Y sí, sí, es verdad, la cámara está apagada, ¿no?, que dos noches atrás una loca subió a la habitación del chico diciendo que era la exnovia. Sí, Beatriz se llamaba. Se me coló, a mí me tiró un zapato y todo para que no fuera a por ella. Muy tremenda. Qué carácter. Y no, no salieron en toda la noche, al menos no durante mi turno.

—¿Qué? —grité yo—. ¿Pero qué está contando este desgraciado?

—Qué fuerte, Bea —dijo mi sobrino—. Está hablando de ti, ¿no? Tú eres esa Beatriz, ¿verdad?

—Han puesto ya esa grabación unas tres o cuatro veces —me explicó Chavela desde el otro lado del teléfono—. Ya sabes cómo son estos programas, que para rellenar lo repiten todo hasta la saciedad. ¿Aún no tenéis a ningún reportero llamando a vuestra puerta?

—¿Pero por qué iba a venir un reportero aquí? No delires.

—¿Va a venir la prensa? —preguntó Fin—. Mola.

—Calla, que no escucho qué me dice mi amiga —protesté.

—Bea, a ver, que te hago un resumen rapidito, que tú debes de ser la única habitante de este país que no sabe cómo va esto de la prensa del corazón. Acaban de encontrar carnaza y no la van a soltar. Han visto y han olido la sangre, son tiburones.

—Ya te estás poniendo tremenda, Chavela. Que solo tienen a un desgraciado al que han grabado diciendo que una desconocida que no interesa a nadie se ha colado en una habitación, pues ya ves tú.

—Pero esa desconocida es la ex del novio de la presentadora más famosa de la tele. Los siguen desde el día uno de su relación. Como bien sabes. ¿O no lo sabes?

—He intentado alejarme, Chavela. Estar al margen, pero no ayudáis.

—Mira, te resumo: se han convertido en la pareja más mediática del año, y si estos dos el día uno ya interesaban, ahora que están en crisis interesan el doble, sobre todo si el novio va a buscar a su ex y la presentadora lo sigue hasta allí. Coño, si como culebrón es estupendo. Hasta yo querría ver esta noticia, si no la viviera de primera mano contigo. Es más, quiero verla, aunque tú también me la cuentes.

Y es que la noticia se las traía, había que reconocerlo.

—A ver, a ver, a ver... que yo puedo entender hasta cierto punto que la vida de esta señora le interese a alguien, pero la de la ex de su novio, ¡no! ¡Y que ya no son novios! ¡Que es todo muy absurdo!

—No tanto —dijo Fin.

—¿Te lo explico otra vez? —me gritó Chavela—. ¡Acabas de hacer una llegada triunfal en el mundo del corazón!

—¿Pero qué dices, loca? Si a mí ni siquiera me han grabado, si no saben que existo.

—Gracias a esa cámara oculta claro que lo saben. Y eres un filón.

—¿Qué voy a ser un filón? De verdad, que deliras, Chavela, y no me vas a arrastrar en tu delirio.

—¿Te has tirado o no te has tirado a Víctor? ¿Hiciste o no hiciste lo imposible para colarte en su habitación? Bienvenida al apasionante mundo de las *celebrities*. Te acabas de ganar por derecho propio la participación en un *reality*.

—Es absurdo, es... Es... que no... Chavela, que no. Que por muy necesitados que estén en esos programas esto no les puede interesar.

—Bea, cualquier choni consigue sus cuatro semanas de fama por meterse un rato en la cama del torero de turno, lo tuyo tiene mucha más gracia.

Le colgué el teléfono. No quería escuchar ningún delirio desorbitado más de Chavela, que dejara sus exageraciones para contar las historias con sus ligues.

—¿Qué te dice? —preguntó mi padre.

—Tonterías, la muy loca cree que va a venir la prensa a casa. Porque me he convertido en un personaje apetecible.

—No le falta razón. Todo lo que ha contado el recepcionista tiene su coña —dijo Fin.

—Y menos mal que no se han enterado de lo que ha pasado en la casa del árbol...

—¿Qué ha pasado? —quiso saber mi padre.

—Víctor y Diego han llegado a las manos.

—¿Por ti? ¿De verdad?

—¿Tanto te extraña que dos hombres se peleen por mí?

—¿Y quién ganó? —preguntó Fin.

—El caso es que no lo sé, para mí que quedaron en tablas.

En ese momento sonó un timbrazo. Mi padre se echó a temblar. Yo también, para qué lo voy a negar. Y Fin sonrió divertido.

—¿Será la prensa? —preguntó mi padre temeroso.

—Abre tú —le dije con el mismo tipo de temor.

—Pero estoy sin peinar, y con el delantal... No quiero salir en la tele así.

—Papá, pues quítate el delantal. Y diles que yo no estoy, ¿eh? Que me he ido de viaje. Muy lejos y que no vuelvo en meses.

—Que no, que no, que abra Fin.

—Abriría, pero no me puedo mover.

Mi padre, a regañadientes, se quitó el delantal, se atusó el pelo y no cayó en que estaba lleno de harina por todas partes. Pero tampoco le quise decir nada porque era capaz de meterse en el baño y darse una ducha. Abrió la puerta con miedo.

—Ah, eres tú —dijo, mirando hacia abajo y con cierta decepción.

En la entrada estaba Teodoro, el *stripper*.

—Hola, ¿es buen momento para visitar a Fin? Me dijo que me pasara a esta hora. Y como sé que Débora ha salido... pues...

—Pasa, hombre, pasa. ¿No habrás visto a la prensa?

—¿Cómo?

—Sí, a periodistas o fotógrafos viniendo hacia aquí.

—Eh... no. ¿Debería?

—¡Teo! ¡Qué bien que has venido! —le dijo Fin con una gran sonrisa.

El enano se acercó a mi sobrino y se fundieron en un tremendo abrazo. Tremendo y un poco torpe, porque con la pierna escayolada y el tamaño de Teo, tuvieron que hacer malabarismos para llegar a abrazarse.

Durante la tarde y la noche yo me sobresaltaba cada vez que sonaba la puerta. Aunque nunca aparecieron periodistas. Estaba claro que Chavela deliraba. Aun así yo me pasé más de dos horas vigilando desde la ventana. Por supuesto, disimulaba cuando se acercaba alguien de mi familia. No quería que me tomaran por loca, cuando la única demente era Chavela por meterme esas tonterías en la cabeza. Volví a pensar en la pelea de Víctor y Diego, tenía cierta curiosidad morbosa por saber cómo habría acabado. Si Víctor y él una vez que yo ya no estaba presente habrían dejado todo el paripé de gallitos, y Diego le habría dejado marcharse sin más, o si habrían seguido un rato haciendo el tonto. Y sobre todo quería saber cuál iba a ser el siguiente movimiento de Diego. O tal vez me tocaba hacerlo a mí, una vez que él había dejado clara su postura.

¿La había dejado clara? El caso es que la única que se había manifestado de manera transparente había sido yo al decirles que no quería nada con ninguno. ¿Qué debía hacer ahora? ¿Dar un paso al frente, o esperar a que se fueran Víctor y la presentadora, dejar que las cosas volvieran a su cauce normal y luego ver cómo se desenvolvía todo?

En televisión volvieron a poner la grabación y también hicieron un seguimiento de la presentadora en mi pueblo. Comprando la prensa, tomándose algo en una terraza y firmando autógrafos. En ningún momento se la veía con Víctor. ¿Habría visto ella también la grabación de cámara oculta del recepcionista? ¿Se habría enterado ya de que yo había pasado la noche con Víctor? Y menos mal que no sabía nada de la pelea...

—Qué fuerte que haya venido al pueblo —dijo Débora.

—Al final vas a tener razón, esta tía tiene toda la pinta de estar desesperada. ¿Cómo se le ocurre venir a por su novio al pueblo de su ex? —preguntó León.

—Mejor no hablemos de desesperadas —contestó Débora—. Porque aquí el retrato de Bea que ha hecho el del hotel tampoco es muy halagüeño.

—Exageraba.

—¿Te colaste o no te colaste en el hotel? ¿Le tiraste o no le tiraste el zapato?

—Hay que poner las cosas en su contexto.

—Pues a eso habrá venido la otra, a poner las cosas en su contexto. Y se ha topado con que su noviecito recién estrenado se ha tirado a su ex. O sea a ti. Yo me andaría con ojo.

—¿Por qué? —pregunté con miedo.

—Porque si ha venido a por él no se va a parar ante nadie.

—No seas peliculera —le pidió mi madre—. Si quiere a Víctor, todo para ella. Si Bea ya se ha retirado de la competición, ¿a que sí?

—No había ninguna competición, yo no estaba compitiendo por nadie. Fue Víctor quien vino a por mí. Y le dije que no.

—Y luego bien que te colaste en el hotel. Y bien que...

—Bueno, ¡ya! No hace falta que me lo recuerdes todo el rato.

—No, si ya se encarga la tele de hacerlo —dijo León—. Qué fuerte que te hayas hecho famosa de rebote.

—¡No soy famosa! ¡Aquí el único famoso eres tú y bien callado que te lo tenías!

Al día siguiente, después de un paseo por la playa, que debido a la proximidad del verano y del buen tiempo, ya no tenía para mí sola, pues los primeros bañistas empezaban a ocuparla, volví a casa y noté a toda mi familia un poco revolucionada. Eso me hizo temer lo peor. ¿Habrían descubierto los periodistas mi dirección? ¿Vendrían a por mí? Pero no, la prensa no se había presentado. Alivio. Decidí que ya era hora de quitarme esa tontería de la cabeza. Nadie me perseguiría mediáticamente. Yo no interesaba. Punto.

Irene también estaba allí y parecía la más nerviosa. En principio no me extrañó verla porque desde que Fin vivía con nosotros, mi hermana, siempre que podía, se acercaba a casa. Esos días éramos una verdadera familia numerosa. Algo que mi padre agradecía; era, decía, como si no hubiera pasado el tiempo, como cuando de pequeños aún vivíamos todos allí. Y encima ahora con un par de miembros más, Fin y Osquítar, perdón, Óscar. Por no hablar de la presencia constante vía Skype del *stripper*, cuando no se presentaba allí como el día anterior. Mi padre empezaba a tenerle estima. Más que nada porque veía que estaba ayudando a Fin a mejorar su ánimo.

—Tengo algo que contarte, Bea —me dijo Irene.

—Va a ser mejor que te sientes —me pidió Débora.

—Sí, va a ser lo mejor —convino mi madre.

Y mi padre no dijo nada, pero me acercó una silla.

—¿Qué pasa? De verdad que yo ya no estoy para más sorpresas, de verdad que no.

—No sé por dónde empezar... —dijo Irene—. Y si quieres puedes decirme que no, ¿vale? Yo lo entenderé, y aunque puede ser el espaldarazo final para que Emerge aterrice del todo en la planta eléctrica entenderé que para ti se mezcla con algo muy personal y lo voy a tener en cuenta.

—A ver, Irene, que no sé qué me estás diciendo y no sé qué tengo yo que ver con la planta eléctrica y Emerge.

—Pues supongo que sin pretenderlo y de alguna retorcida manera habrás tenido algo que ver, pero el caso es que... ¿Quién iba a decir que me ibas a venir como agua de mayo? ¿Eh?

—Al grano, Irene, por Dios.

—Nos quieren hacer un amplio reportaje sobre los beneficios y ventajas de la energía verde. Y por ser los pioneros en España con el proyecto de la planta eléctrica.

—Ah... qué bien, ¿no? Pero sigo sin saber qué tengo yo que ver en eso...

—Es para un nuevo programa de investigación de Antena 3.

—Muy bien.

—¿Y a que no sabes quién lo presenta?

Ahí caí. Blanco y en botella. Mi rostro mudó. Y sentí como si el riego sanguíneo no me llegara a la cabeza. Mis manos se enfriaron de golpe. Y mis pies. Juro que lo noté.

—No, no puede ser.

—Sí, yo casi me quedo muerta al verla. Porque ha venido ella sola, sin equipo, a hablar conmigo al ayuntamiento. Fíjate que yo pensé que para este tipo de reportajes primero se ponía en contacto algún redactor o alguien de producción, pero no. Se ve que ella vino ayer aquí al pueblo a pasar unos días con su novio, de vacaciones, o eso me dijo, y se topó de casualidad con todo el revuelo que está generando la planta eléctrica. Y que como es una profesional, como vive para su trabajo, no pudo evitar ponerse a investigar y le pareció tan interesante que decidió que este podía ser un tema maravilloso para su primer programa de investigación. ¿Cómo te quedas?

—Muerta, me quedo muerta.

—¿A ti te parece muy mal que yo le conceda esa entrevista?

—No sé qué decirte, Irene... Ahora mismo no puedo ni pensar del shock.

—No veas lo maja que fue. Y eso que yo al principio fui muy borde, la recibí de uñas. Al fin y al cabo, sé lo que te ha hecho sufrir.

—No me digas —ironicé.

—Pero luego reconozco que me fue ganando. A mí es que la gente apasionada y profesional me gana. Lo sabes muy bien. Y no veas la tía, en una sola noche se había puesto al día de todo lo que pasa aquí. Pero de todo. Si hasta tenía un perfil mío con todos mis logros como alcaldesa: la recuperación de la capilla, la apertura de los comedores infantiles en vacaciones, la peatonalización del centro...

—Conocemos de sobra tus logros, Irene —dije.

—Yo estaba anonadada, te lo juro. Cómo se nota que la gente que ha llegado a la cima de su profesión es porque se lo ha currado, porque tiene talento y se sigue esforzando, ¿a que sí?

—Vamos, que te sorbió el seso. Que se quedó contigo en medio minuto. Que te alabó un poquito y, hala, en el bolsillo. No sabía que fueras tan facilona.

—Que no, Bea, de verdad que no. Que la tía a nivel humano no sé cómo será, pero en lo laboral es... chapó. Y que la tenemos entregadita a la causa. Y que le va a dar un eco nacional que nos va a venir de maravilla. Justo lo que necesitamos.

—Irene, no te fíes de esa, por favor.

—Sé que es difícil, Bea, pero intenta desvincularte emocionalmente...

—Pero es que me suena todo muy raro, Irene. ¿Después de todo de lo que se tuvo que enterar ayer por la tele va y se pone a hacer buenas migas con la hermana de la exnovia de su novio? Es muy raro.

—Yo no sé qué le ves de raro.

—Ha venido aquí persiguiendo a Víctor. Para recuperarlo. Y se ha encontrado con todo el pastel.

—Que sí, que puede ser, que no digo no, si por eso mismo te he dicho que tú de alguna manera has tenido que ver con la presencia de ella en el pueblo. Pero luego dudo mucho que la mujer sepa que yo soy tu hermana.

—¿Pero no dices que en una noche averiguó todo tu currículo? Te apellidas como yo. Vives en el mismo pueblo que yo, vamos, que no hace falta ser un genio para sumar dos y dos. Y que seguro que vio la grabación de cámara oculta. Y me odia. Y ahí empezó a barruntarlo todo. Y a ver, si no la puedo culpar. Yo también odiaría a alguien que hubiera hecho lo que yo. Va a intentar vengarse de mí como sea, incluso usándote.

—¿Pero qué dices? ¿De qué hablas? ¿Vengarse? Que esa mujer es una profesional, Bea, qué se va a querer vengar. ¿Y vengar de qué exactamente? Ni que tú hubieras hecho algo... Si fue ella la que te robó el novio. Y robar es una palabra muy fuerte, en la vida las cosas pasan y nadie es culpable y...

Mi hermana debía de ser de las pocas que no se había enterado de la grabación del recepcionista, de que me había colado en el hotel, de que me había trajinado a Víctor... y la pusimos al día. A cada dato nuevo mi hermana no sabía ni qué cara poner.

—Por eso no deberías aceptar la entrevista, Irene. Esa chica está dolida y está dolida conmigo. Y te lo va a hacer pagar a ti.

—¿Pero tú te estás escuchando? Que va a hacer un reportaje de investigación. Que ella será un personaje del corazón, pero su trabajo no. Que es toda una profesional.

—Irene, como vuelvas a hablar de su profesionalidad te cruzo la cara, te lo juro. ¡Esa tía es una desequilibrada! Díselo, León.

—Bea, para ti todas las mujeres son desequilibradas. ¿Y sabes por qué? Porque se cree el ladrón que todos son de su condición. Y flaco favor nos haces a las mujeres en general, metiéndonos en tu mismo saco. Que lo diga el típico hombre que nos teme, y nos llame desequilibradas, vale. Pero tú, tú...

—Escucha a León. Díselo.

—A ver... desequilibrada... no sé... pero, vamos, que la tía se las trae.

—¿Tú también, León? Entiendo que Bea no quiera que esa mujer consiga un buen reportaje porque se ha quedado con su novio, pero no me parece nada bien que tú te pongas de su parte y alientes su teoría disparatada.

—¡Irene, que lo digo por tu bien! Que es mejor que no te metas ahí —insistí—. No hagas esa entrevista.

—El caso es que ya he dicho que sí. Mañana vienen con el equipo.

—¿Mañana ya? ¿Pero por qué esas prisas? ¿Pero esas cosas no se preparan con más tiempo? No entiendo nada.

—A ver... supongo que querrán tener material grabado cuanto antes, yo qué sé, y también aprovecharán para grabar la manifestación... Que ya le he dicho yo que van a ir cuatro gatos. Pero oye... Tampoco le voy a decir cómo tiene que hacer su trabajo. Yo injerencias cero, que no piense que quiero manipular nada...

A mí todo me olía fatal. Que podía ser que yo fuera una paranoica, puede. Que a lo mejor me estaba dejando llevar, también. Pero a mí nada de esto me daba buena espina. Y lo último que quería es que mi hermana Irene acabara pagando el pato.

—Esto es un error, Irene. Un error. No hagas esa entrevista.

Y aunque insistí e insistí, no hubo manera de convencerla. Irene es de las que cuando toma una decisión poco se puede hacer al respecto. Acababa de ver su oportunidad y no iba a dejar de aprovecharla. Traté entonces de relajarme y verlo desde otra perspectiva. Y es que bien mirado era probable que yo estuviera exagerando, que realmente la presentadora no fuera una mujer desequilibrada y vengativa y fuera simplemente una oportunista. De las que cazan las primicias al vuelo. Y por eso había llegado tan lejos, aparte de por su cuerpo de modelo y sus cuatro idiomas. Había visto que ahí existía una buena noticia y no lo había dudado. Y sí, quizá en la entrevista del día siguiente intentara poner a mi hermana en algún aprieto; al fin y al cabo, es el periodismo que se lleva ahora, pero mi hermana tenía capacidad de defenderse y sobre todo las manos limpias. Como vi que no iba a hacer cambiar de idea a mi hermana, le pedí que se preparara bien, que no pensara en que iba a ser un camino de rosas. Que se preparara como para ir a una batalla en la que se iba a enfrentar a su peor enemigo, como en un debate político en el que la oposición va a por ti. Que hiciera examen de conciencia, que repasara todos esos momentos en su carrera política en los que había tomado atajos o decisiones controvertidas, y que si tenía algún cadáver en el armario, buscara una justificación plausible y creíble.

—Vale, que sí, que me la preparo bien.

—Júramelo, Irene, por favor.

—Voy a ir con la lección bien aprendida, no sufras.

—¿De verdad?

—De la buena.

Yo por un momento pensé en acercarme al hotel Cantábrico y hablar con Víctor, para que convenciera a la presentadora de que no le hiciera la entrevista a mi hermana. Podría persuadirlo, decirle que si hacía ese favor por mí, yo me pensaría la idea de volver con él. Pero era demasiado vil por mi parte prometerle algo que ya estaba convencida de que no iba a cumplir. Tenía que confiar en que la entrevista fuera mejor de lo que yo esperaba. Que estuviera equivocada y que la presentadora fuera una profesional. Y tenía que rezar también para que Víctor y ella no hablaran esa noche, que no viera sus arañazos y moratones, porque como se enterara de que se había peleado por mí, ya podía dar a mi hermana por condenada.

Apenas pegué ojo en toda la noche. Tenía la sensación de que yo debía parar todo aquello de alguna manera. Yo lo había provocado, yo tenía que detenerlo. Por nada del mundo quería que mi hermana acabara pagando el pato de mis líos sentimentales. Por mucho que ella creyera que la coyuntura la favorecía. Y mucho menos quería que Diego acabara sin planta eléctrica y arruinado.

Me presenté temprano en casa de mi hermana Irene. La encontré justo saliendo del portal. Llevaba puesto su traje de chaqueta pantalón de Hugo Boss de las grandes ocasiones. E iba cuidadosamente maquillada. Tal vez un poco travesti de más.

—Con los focos, es mejor pecar por exceso de maquillaje que luego parecer un cadáver. Y el maldito pantalón no me abrocha. Va a ser verdad que he engordado.

—Irene, ¿puedo ir contigo a la entrevista?

—¿Tú crees que es lo mejor, que la otra te vea?

—Yo creo que si hablo antes con ella y le aseguro que no quiero volver con Víctor, que lo nuestro es historia antigua, a lo mejor se ablanda luego con tus preguntas.

—¿Aún sigues pensando que me va a machacar?

—¿Tú te has preparado bien las respuestas?

—Sí.

—Vale. Pero déjame intentarlo.

—Va a ser mejor que no.

—Vale, te acompaño al menos hasta la puerta del ayuntamiento y si quieres te lanzo preguntas y me las vas contestando. Hago de periodista cabrona.

—Bea, estoy bien. Todo está bien. Vete.

En ese momento la llamaron al móvil. Lo cogió.

—Andrés, ¿ya están ahí los del equipo de televisión? Ya estoy saliendo de casa. ¿Cómo? No, no he comprado la prensa. No, ni me he metido en internet. ¿Qué pasa? ¿Cómo? Pero... ¿En qué periódico? ¿Quién lo firma? ¿Pacheco? ¿Y qué hace Pacheco escribiendo ahí? ¿Y quién más? Ni idea. No sé quién es la otra. Que sí, que sí, que le echo un vistazo ahora mismo.

Irene colgó el teléfono.

—¿Qué pasa?

—Vamos al quiosco.

—¿Qué pasa, Irene? Te juro que no puedo ya con más malas noticias. Que ya estoy cansada de tanto sobresalto a golpe de lo que sale en la tele o en la prensa.

Irene se acercó hasta el quiosco de la esquina a paso rápido. Yo la seguí. Al llegar, el quiosquero nos saludó con cierta complicidad.

—Las famosas. A ti no te sacan muy favorecida —dijo mirándome.

—¿A mí? ¿Dónde? ¿Qué pasa?

—¿No lo habéis visto? Os han hecho un repaso guapo a las hermanas. Bueno, y al pequeño lo emparejan con el nieto del militar, el chico este que es guardia civil. Y a tu madre tampoco le va a hacer mucha gracia que la llamen curandera...

—¿Qué? Ay... Dios...

—Buscad, buscad ahí, en sociedad.

—Estoy atacada, Irene.

Irene cogió dos periódicos, uno me lo pasó a mí y otro se lo quedó ella. Lo abrimos a la vez, buscando la sección de sociedad. Había una foto mía entrando en la casa de los Andrada. El titular no podía ser más tendencioso: «Una cántabra es la tercera en discordia».

—¿Qué es esto? ¿Qué es esto?

Empecé a leer el artículo. Y después de dos párrafos tuve que sentarme en el bordillo de la acera, porque no me podía ni mantener de pie.

—Pero... ¿de dónde han sacado toda esta información? ¿Y por qué la cuentan aquí? ¿Pero esto es legal? Pero... pero...

—Calla, coño, que no me dejas leer —dijo Irene.

El artículo venía a contar quién era yo, o sea, la ex del novio de la presentadora del telediario, la trastornada de la que hablaba el recepcionista en la cámara oculta. La que se había colado en la habitación de Víctor. Y por eso habían decidido hacer un reportaje a fondo, para ponerme cara y nombre. Para saber quién era yo, cuáles eran mis circunstancias y cómo había logrado arrastrar a la famosa presentadora hasta este pueblo costero con encanto.

Y habían indagado y habían averiguado lo siguiente: que había estudiado en Madrid arquitectura, que allí había conocido a Víctor, que habíamos estado a punto de casarnos hasta que se cruzó en el camino la presentadora. Que me había refugiado en la casa familiar para superar la ruptura. Y ahí era donde empezaban a desglosar de quién era hija, al parecer de una curandera muy popular de la zona, y de quién era hermana, de la controvertida alcaldesa de Izquierda Unida que tenía al pueblo soliviantado y dividido por culpa de la planta eléctrica. Una política que presumía de íntegra, pero que no había tenido ningún problema moral en buscarme un trabajo con el empresario que ella había favorecido de manera descarada desde el ayuntamiento.

Ahí no acababa la cosa. También hablaba de Débora, casada con un conocido bombero y ahora separada por haberse quedado embarazada de un *stripper* enano. Y también citaban al guardia civil, que hacía trabajos extraoficiales para la alcaldesa, limpiando sus chanchullos, y todos los líos en los que ella o su familia se metían, ya que le unía una «especial amistad» con el hermano pequeño. Vamos, que éramos una familia que no tenía desperdicio. Contado de la manera en que lo hacían, éramos más mafiosos, corruptos y singulares que los Soprano. Y que cómo no iba a salir yo así de trastornada, con esos genes... Para rematar el artículo acababa diciendo que el novio de la presentadora había llegado a las manos con el empresario de la biomasa. Algo que muchos del pueblo iban a agradecerle, porque más de uno y de dos hubiera pagado por meterle un buen derechazo.

—Joder... —fue lo único que pude decir.

—Joder... —fue lo único que pudo decir mi hermana.

—¿Pero... pero... de dónde han sacado toda esta información?

—Pacheco, ¿quién si no? Me la tenía jurada y ha encontrado el altavoz que necesitaba. Joder...

—Pero ¿y lo del enano? ¿Cómo lo han averiguado?

—¿No quedasteis con él en el bar de Pacheco, no estuvo luego en la competición de motocross?

—Es verdad...

—Y ya la frase final es de traca: «Para un pueblo en el que nunca pasa nada, tendremos que agradecerle a la ex que nos haya situado en el mapa. Aunque sea en el mapa de la prensa rosa». Y tú preocupada por la entrevista que me va a hacer la otra. Y la bomba estaba aquí. Coño, que esto sale en tirada nacional. Que me acusan de tráfico de influencias, de prevaricación, de... y en las páginas de cotilleos. Las que lee todo el mundo. Te has lucido, bonita.

—¿Yo?

—Sí, tú. ¿Tú crees que este periódico hubiera dado eco a nuestros problemas ridículos de pueblo si no fuera porque la presentadora está aquí?

—Pero si ayer estabas encantada con que te hubiera traído a la presentadora hasta las puertas del ayuntamiento.

—Eso era ayer.

—Lo siento. A lo mejor deberías cancelar la entrevista.

—De eso nada. Ahora más que nunca tengo que darla. Al menos para intentar defenderme de tanto infundio. Y ya verás Débora, cuando lea todo lo del *stripper*...

—Justo ahora que se estaba acercando a Juan... Joder... Joder...

—Bueno, ya está. Hay que reponerse. Me voy a merendar a esa presentadora. A esto le damos la vuelta. Ya verás.

Pues resultó que no. Que ni le dio la vuelta, ni se la merendó. La presentadora, tal como yo había previsto en mis peores vaticinios, fue a degüello. Para aproximarse a mi hermana había utilizado la táctica de la adulación, pero una vez que las cámaras se pusieron a grabar no tuvo piedad. Atacó con uñas y dientes, con datos, con opiniones, con toda una batería de preguntas envenenadas que parecían directamente dictadas por la oposición y su exmarido, e Irene apenas pudo defenderse. La periodista primero cuestionó las ventajas de la energía verde, por algo el programa se iba a llamar *La verdad de la energía verde*. Título, claro, del que nos enteramos después. Puso de relieve todos los problemas que existían en esas plantas termoeléctricas pioneras, problemas relacionados con la combustión de la biomasa, con el abastecimiento y transporte del producto. ¿Por qué se decía que era una energía limpia si al transportar en camiones los restos forestales se consumían grandes cantidades de combustibles fósiles, o sea, gasolina? ¿Qué pasaba con los residuos una vez quemada la biomasa? ¿Cuánta emisión de CO_2 suponía para la atmósfera esa combustión? Y sobre todo, ¿cuántas miles de hectáreas de bosque eran necesarias para abastecer anualmente de biomasa una planta termoeléctrica de tales características? Y aunque Irene tenía respuesta para casi todo, no fue demasiado convincente, porque la periodista, apenas mi hermana intentaba contestar, la abrumaba con datos y más datos. Que si tal central había tenido que cerrar, que si la energía que producían necesitaba estar tan subvencionada que casi era más inviable que la obsoleta industria minera, que si de todos los puestos de trabajo prometidos al final no habían sido ni la tercera parte. Mi hermana se defendía, pero estaba perdiendo la batalla. Y la periodista, no contenta con cuestionar y desmontar las supuestas ventajas de la energía verde, decidió entrar en el terreno político. Aun suponiendo que la planta fuera rentable económica y ecológicamente, ¿cómo se había conseguido? ¿Qué tipo de sacrificios y chanchullos habían tenido que realizar para poner de acuerdo a tantos agentes implicados? Y ahí fue cuando la hizo quedar como una política al uso, dispuesta a lo que fuera con tal de salirse con la suya.

Una política corrupta, capaz de comprar voluntades a cualquier precio, prevaricadora, asociándose con el empresario más poderoso de la zona e ignorando a otros competidores, ¿a cambio de qué?, ¿de un trabajo para la hermana?, ¿de una comisión sobre los beneficios?

Una política autoritaria, ignorando a los concejales de

su propio partido y obligándolos a tragar con ruedas de molino con la amenaza de echarlos del ayuntamiento si no se plegaban a su voluntad.

Y, por último, una política incompetente e ignorante.

—¿Es consciente del acuerdo que han firmado los dueños de la planta eléctrica con una de las mayores empresas energéticas del país?

—Lo conozco al detalle —aseguró mi hermana.

—Entonces sabe que la compañía energética se debatía entre esta planta y otra catalana.

—Sí.

—Y que finalmente ha optado por esta debido a una rebaja del cuatro por ciento sobre la oferta inicial.

—Eh...

—Y qué curioso que esa rebaja afecte de forma tan directa a la calidad de la emisión de los gases contaminantes. Al optar por una caldera y unos filtros mucho más baratos, la emisión contaminante aumenta un veinte por ciento.

—Eso es mentira —aseguró Irene.

Y ahí la periodista le enseñó en su iPad una copia del acuerdo donde se modificaban esos parámetros, algo de lo que Irene no tenía ni idea.

—Esa es la verdad de la energía verde, alcaldesa. La planta eléctrica solo busca su beneficio aun a costa de la salud de sus vecinos. Y un gobierno de izquierdas como el suyo no solo apoya una industria usurera, sino que la fomenta, y ha hecho de la planta eléctrica su bandera.

Mi hermana sin saber a qué agarrarse, completamente pillada, optó por lo peor que podía hacer, negarlo coléricamente. Perdiendo del todo los estribos.

Y de qué manera. En eso de perder los estribos nos parecíamos mucho todas las hermanas.

Llegó a nuestra casa hundida y derrotada. Nos contó con todo lujo de detalles cómo había transcurrido la entrevista.

—La tía me ha tendido una trampa, y lo malo es que si es verdad el dato que ha intentado pasar por bueno, significa que Diego me la ha jugado.

Tratamos de animarla y decidimos que estaba exagerándolo todo. Al fin y al cabo, mi hermana, de estudiante, era la típica que salía de un examen diciendo que le había salido fatal y luego sacaba sobresalientes. Seguro que aquí había pasado lo mismo. Pero no, y pronto nos dimos cuenta de ello. La entrevista había sido tal cual nos la había resumido. Y había quedado tan explosiva que en el telediario de la noche decidieron poner un adelanto, como manera de promocionar el nuevo programa de investigación de la presentadora. Más que una entrevista era una ejecución pública en toda regla. Mi hermana no había exagerado ni un ápice su derrota. En cuatro minutos tumbaban su carrera. Y convertían su proyecto estrella, la futura inauguración de la planta eléctrica de energía verde, en el mayor de los desatinos. En un proyecto de energía renovable inviable que traería unas consecuencias ecológicas y económicas nefastas para la comarca. La presentadora acababa asegurando que todo el pueblo estaba en contra y que al día siguiente en la manifestación que estaba convocada quedaría patente. La imagen que se daba de mi hermana era la de una política de izquierdas que apoyaba a un empresario desalmado y sin escrúpulos. Y yo, a todo esto, no me podía creer que Diego se la hubiera jugado de esa manera.

—Entiendo que Diego estuviera desesperado por firmar, entiendo que intentara una rebaja, pero no a costa de las emisiones, y no sin consultármelo, joder —gritaba mi hermana enfurecida.

¿Sería verdad? ¿Sería verdad que Diego se la había

jugado? Aunque no quería creerlo, todo me empezaba a cuadrar. Esa última tarde en su casa donde me había dicho que había hecho algo de lo que no estaba orgulloso pero que solucionaba su inversión. ¿Se trataba de eso?

—Y por culpa de esta puñetera entrevista, mañana van a estar aquí los medios de toda España para cubrir una manifestación que tendría que haber pasado casi desapercibida. Qué desastre. Qué desastre —se lamentaba Irene—. Es el fin de mi carrera política. Y Diego ni me coge el teléfono... No tiene los huevos de contarme la verdad, que me ha dejado con el culo al aire delante de todos.

—¡Todo esto es por tu culpa! —me gritó Débora, saliendo de la cocina. Venía con el móvil en la mano—. ¡Juan me acaba de mandar a la mierda! No soporta la idea de que todo el mundo sepa que le puse los cuernos con un enano. ¡Y yo no puedo salir a la calle de la vergüenza que tengo!

—Vamos a intentar tranquilizarnos —dijo mi padre—. Hay tormentas que pintan mucho peor de lo que luego son.

—Papá, cállate la boca —le pidió Irene—. Ahora tus consejitos de marino mercante no ayudan.

—Controla ese carácter, Irene, que mira cómo has salido en la tele. Y no te ha servido de mucho.

—Me voy a casa de los Andrada. A ver cómo hacemos frente a todo esto. Y me va a oír, me va a oír.

—Voy contigo —le dije.

—No. Tú te quedas aquí. Bastante la has liado ya.

—Yo no tenía ni idea de que Diego había pactado esa rebaja con ellos...

—¡No! Pero si no hubieras traído a la periodista hasta aquí, nadie se habría enterado y hubiera podido arreglarlo con Diego de una manera discreta.

Irene salió de casa y nos dejó a todos abatidos.

—¡Te odio! —gritó Débora.

—Débora... —la reprendió mi madre—. Si ya con Juan estaba todo perdido. Tampoco culpes a tu hermana.

—Estaba a punto de perdonarme. Estábamos a esto de volver.

—Ya intentó perdonarte cuando se enteró de lo que había pasado y no lo logró. Por mucho que te quiera a veces el amor no basta —le dijo mi madre—. Y él es de ese tipo de personas.

—¿Tú qué sabrás?

—Lo sé, Débora, lo sé. A las pruebas me remito. Ahora pone de excusa esa noticia y que todo el pueblo se va a enterar. ¿Y qué pensaba? ¿Que no se iban a enterar? ¿Su condición para perdonarte era que nadie lo supiera? Pues, hija mía, vaya mierda de perdón. Débora, hay personas que cuando vienen mal dadas no saben estar a la altura. Y se ve que Juan es de esos. Servirá para rescatar a ancianitas, pero no para hacer frente a la vida.

—¡Tú lo que quieres es que me líe con el enano! ¡Y no me voy a liar con él!

—¿Pero yo por qué voy a querer que te líes con Teodoro? Yo lo único que quiero es que mi nieto tenga a un padre. Hija, tú líate con quien te dé la gana. Siempre lo has hecho y lo vas a seguir haciendo.

Pero Débora, no contenta con las explicaciones de mi madre, me señaló con el dedo.

—Tú... Tú... Tú trajiste las drogas a mi despedida de soltera y por eso yo me lie con el enano, y no contenta con eso trajiste al enano a la vida de Fin, y luego a la prensa para que lo destapara todo. ¡Ojalá no hubieras vuelto! ¡Ojalá no existieras!

Y al igual que Irene, que se había ido dando un portazo, Débora hizo exactamente lo mismo, pero con el bebé a cuestas. Y de nuevo el abatimiento. Yo no iba a remontar después de todo eso.

—Ya se le pasará, no te preocupes —dijo mi padre.

—No sé yo. ¿Alguien tiene algo más que echarme en cara? Lo digo porque parece que ahora es el momento.

—Yo no, tía —intervino Fin—. A mí Teo me cae muy bien. Y me gusta que sea mi amigo.

—Gracias —dije realmente conmovida.

—¿Y tú, León? ¿Sabes algo de Jacobo? ¿Le ha afectado de alguna manera salir en la noticia relacionado contigo?

—No sé, me da igual. Ya no es nada mío.

—Y no sé por qué, pero también siento que es culpa mía que estéis peleados. Si no se hubiera enterado del dinero que ganas, tal vez no te habría pedido que te fueras a vivir con él y tú...

—No te martirices más de la cuenta, Bea —dijo mi hermano—. Que a este paso te vas a acabar haciendo responsable del asesinato de Kennedy o de que la Pantoja esté en la cárcel. Y no.

Yo, esa noche, decidí que tan pronto como acabara la casa del árbol me iría del pueblo. Porque a pesar de que mis padres, León y mi sobrino habían intentado hacerme sentir bien, no lo habían conseguido. Sentía que mis hermanas tenían toda la razón al culparme de sus males. Yo había venido al pueblo huyendo de mi caos y había traído el caos a la vida de los que más quería. Ese era el resumen de mis dos meses en Cantabria. Como bien decía el artículo pernicioso de periódico, yo solita había conseguido situar a Cantabria en el mapa del cotilleo. Ya no solo íbamos a ser famosos por las anchoas, por Eduardo Noriega, por Bustamante y por el presidente Revilla. Había llegado Beatriz Vélez para liarlo todo.

Llamé varias veces por teléfono a Diego, pero no me lo cogió. Porque también necesitaba que se explicara, que me dijera que no era ese cabrón que había pintado la periodista, que tenía una razón para vender a mi hermana. Pero no hubo manera de dar con él. Esa noche tuve muchas pesadillas, que no las voy a reproducir porque, como bien dice mi madre, no hay nada más aburrido que contar los sueños de uno mismo. Desperté a las seis de la mañana y ya no pude volver a cerrar los ojos. Hice balance de todo lo ocurrido el día anterior, con el anhelo de que con las horas de sueño viera ahora las cosas de una manera más optimista y sosegada. Pero no. Mi única esperanza era que la entrevista de mi hermana no hubiera causado demasiado revuelo. Y que no hubiera supuesto un gran espaldarazo a la convocatoria de la manifestación.

Pero cuando las cosas se tuercen, se tuercen hasta sus últimas consecuencias. Una hora antes de que diera comienzo la manifestación, yo me quise acercar a la calle desde donde saldría. Pero no pude ni aproximarme porque seiscientos metros antes de llegar, la multitud me interrumpió el paso. Allí no solo estaba medio pueblo, allí estaba media Cantabria. Nunca había visto tanta gente en San Esteban, ni en las fiestas patronales.

Me fui adentrando en la muchedumbre. No sé con qué fin, supongo que quería llegar hasta el inicio de la manifestación, hacer un recuento de los daños, aunque ya estaba claro que la cosa no podía ir peor. Entre la gente vi a Juan y a sus compañeros bomberos. Iban vestidos con sus trajes, quizá para dejar claro que todos ellos estaban en contra de la planta eléctrica. Me dolió especialmente porque era la primera noticia que tenía de que ellos también se oponían a ella. Intuía que mi cuñado los habría convencido.

—No te esperaba aquí, Juan —le dije.

—Ya ves, los bomberos somos así. Vamos a donde se nos necesita.

—Y esto no tendrá nada que ver con que en estos momentos odies a mi hermana, y a mí y a toda mi familia.

Juan no contestó.

—Tan valiente para algunas cosas y tan acojonado para otras.

—No sé de qué estás hablando —dijo él.

—Que eres capaz de enfrentarte al fuego, o a tus jefes para que no desahucien a una anciana, pero luego te cagas por la pata abajo si en el pueblo descubren que tu familia no es perfecta. Eres capaz de romper con tu mujer solo por no enfrentarte a la vergüenza.

—Me puso los cuernos con un *stripper* una semana antes de mi boda, Bea. Creo que se te olvida ese pequeño dato.

—Dime algo que no sepa.

—Que no la puedo perdonar.

—Pues entonces admítelo y no la marees. No le des esperanzas y luego la humilles a la primera de cambio.

—No sé quién te has creído para darme lecciones de nada.

—Púdrete, bombero. Aunque no te lo creas, mi hermana se merece a alguien mejor —le espeté. Y me fui de su lado, a codazos, para lograr avanzar entre la multitud.

Pronto vi varias cámaras de televisión y unas cuantas unidades móviles. La entrevista había llamado la atención, sí. Y entre la gente que estaba próxima a las cámaras vi a Pacheco, y esta vez no llevaba su camiseta de «La Guarra de las Galaxias», ahora llevaba una camisa estampada de flores con un lema. «Fui al Caribe y no me acordé de ti.» Me señaló y les dijo a todos quién era yo. Lo que provocó que muchos periodistas, cámaras y fotógrafos vinieran a por mí.

—¡Ya hablaremos tú y yo, cabrón! —le grité a Pacheco. Y sin más traté de escabullirme para que los periodistas no lograran acercarse. Pero era difícil avanzar entre tanta gente. Y no tardaron demasiado en cercarme.

—¿Es verdad que tu hermana te consiguió trabajo en la empresa de la biomasa?

—¿Has vuelto con el arquitecto? ¿Llegó a las manos con el empresario amigo de la alcaldesa?

—¿Qué le quieres decir a Rebeca Ramos? ¿Algún mensaje para ella?

—¿La alcaldesa y tú compartís la misma cama con el empresario?

Yo, que había estado muda e impertérrita ante todas esas preguntas, reconozco que la última me descolocó. ¿Que si compartíamos a Diego mi hermana y yo? ¿Pero esta gente qué inventaba? ¿No le parecía ya bastante delirante y barroca la realidad como para dedicarse a desvariar de esa manera? Tuve que morderme la lengua, de manera literal, hasta hacerme sangre, para no mandarles a la mierda. Y seguí escabulléndome.

—Déjenme pasar, por favor...

A duras penas fui avanzando por la calle, eso sí, la prensa y las cámaras seguían detrás de mí. ¡De mí! Hacía dos meses yo me iba a casar de manera discreta, ostentosa, pero discreta, y ahora las cámaras de televisión me seguían. ¡Pero si yo no era nadie! Claro que de poco me valía indignarme, ahora se trataba de escapar. Tendría que meterme en algún bar o en algún portal para que dejaran de seguirme. Así que intenté acercarme a una de las aceras para conseguir mi propósito y, cuando ya estaba llegando, la vi.

La presentadora, micrófono en mano y seguida de una cámara de televisión, estaba relatando el transcurrir de la manifestación. Me sentí atrapada, detrás me seguían los periodistas con las cámaras y delante tenía a la causante de todos mis males. Si no hubiera aparecido aquella noche en el casino de Madrid, si no hubiera conocido a Víctor, nada de todo esto estaría pasando. Yo estaría tan contenta y tan muerta de nervios ultimando mi boda. Y en este pueblo ni habría esta manifestación ni mi hermana estaría a punto de perder su alcaldía, ni Diego su fortuna.

Y de repente vi la luz. Y en un segundo lo decidí. Era completamente temerario, sí. Y un movimiento desesperado, lo sé, pero ante problemas imposibles, soluciones desesperadas. Tal vez podría aprovecharme de la prensa del corazón que me seguía. Tal vez podría darle la vuelta a la noticia, y que al día siguiente nadie hablara de la manifestación y todos se hicieran eco de otra cosa. A fin de cuentas, las noticias ecológicas importaban a muy pocos, sobre todo si a cambio le dabas otra de vísceras, amarilla y rosa.

—¡Rebeca! —grité—. ¡Rebeca Ramos!

Pero no me oyó. Así que aproveché que pasaban dos chicos con un megáfono y se lo quité.

—Ahora os lo devuelvo. Os lo prometo. Es por una buena causa. ¡Rebeca Ramos!

La antigua presentadora del telediario ahora reconvertida en periodista de investigación incisiva me miró. Yo comprobé que las cámaras de los periodistas del corazón estuvieran cerca y bien pendientes. Al ver que era así, volví a increparla.

—¡Rebeca, ¿sabes quién soy?!

Noté cómo la periodista se ponía tensa y hacía un gesto a su cámara para que dejara de grabar. Rebeca intentó escabullirse, pero no se lo permití.

—¿Te vas a escapar, cobarde?

—No tengo nada que hablar contigo.

—Yo creo que sí. Tenemos mucho de qué hablar. Mucho.

Sentí cómo media manifestación me estaba escuchando. De hecho dejaron de oírse las consignas y un silencio se fue extendiendo entre la multitud. Todos atendiendo a lo que tenía que decirle a la presentadora más guapa y más cuatrilingüe de la tele.

—Si quieres vamos a otro lado —dijo ella, un poco apabullada al ser el centro de atención.

—No, aquí está bien. Yo no tengo nada que ocultar. Y ya que por tu culpa todos se han encargado de airear lo que pasaba, ahora no tengo ningún problema en que se sigan haciendo eco. ¡Me robaste a mi marido! ¡Y no contenta con eso, cuando viste que él volvía a por mí, lo seguiste hasta aquí!

—Perdona, pero yo aquí he venido a trabajar, no sé de qué estás hablando.

La periodista le hizo una señal a su cámara y al chico de producción que iba con ella para largarse de allí. Pero cuando lo estaba haciendo se topó con alguien. Era Jacobo, vestido de guardia civil. Jacobo me miró. Yo no sabía si estaba enfadado conmigo al igual que mis hermanas, si le había afectado verse implicado en todo este asunto, si se iba a poner de parte de la periodista y obligarme a mí a que la dejara en paz, a que bajara el megáfono, y a que disolviera mi pequeña *performance* con *paparazzi* incluidos. Lo miré intrigada. ¿Qué iba a hacer?

Pronto tuve la respuesta. Jacobo abrió sus brazos y se dirigió a la periodista.

—Por aquí no puede avanzar, señorita.

—¿Cómo?

—No es seguro. No lo ve, ¿o qué?

La periodista desconcertada intentó ir hacia el otro lado. Pero se topó con otros dos agentes de la Guardia Civil.

—Por aquí tampoco, señorita. No podemos garantizar su seguridad.

—¿Me queréis decir qué coño está pasando? ¡Dejadme marchar! ¡Esto es un atropello, esto es...! ¡Graba, Antonio! ¡Graba!

—¿Pero no decías que no querías que esto...?

—¡Que grabes, cojones!

El cámara, acobardado, decidió obedecerla.

—Nadie le impide el paso, señorita —le dijo Jacobo—. Pueden, usted y su compañero, salir por ahí.

Jacobo le señaló con la mano el camino. Y el camino era pasar por donde yo estaba. Jacobo me sonrió y guiñó el ojo. Agradecí con una sonrisa mezcla de alivio y complicidad la ayuda del guardia civil. Qué bien que estuviera de mi parte. Qué bien. Gracias, Jacobo, amor. Gracias, mil gracias, y como León no se quede contigo es para matarlo. Y tú sé listo y no le presiones más con lo de irse a vivir contigo, que eso acojona a cualquier hombre.

La periodista estaba condenada a escucharme, porque yo no iba a permitirle el paso, y mucho menos todos los *paparazzi* que me seguían. Así que aproveché para seguir hablando, megáfono en mano:

—¡No pudiste soportar que me tirara a tu novio hace tres noches y que él siguiera sin hacerte caso, así que decidiste vengarte a costa de lo que fuera! ¡Y fuiste a por mi hermana!

—Bonita, estás delirando. Yo no sé ni quién es tu hermana.

—Lo sabes de sobra. La alcaldesa. Decidiste hacerte pasar por una periodista incisiva y objetiva, pero lo único que buscabas era venganza. Me río de tu profesionalidad. ¡Lo tuyo no es objetividad, lo tuyo es maldad!

A algunos con megáfono les debió de gustar la consigna, porque empezaron a repetirla. La gente en las manifestaciones es así, incapaz de resistirse ante un buen eslogan, aunque no tenga nada que ver con el tema de la protesta.

—¡Me río de tu profesionalidad! ¡Lo tuyo no es objetividad, lo tuyo es maldad!

—¡Me río de tu profesionalidad! ¡Lo tuyo no es objetividad, lo tuyo es maldad!

—¡Me río de tu profesionalidad! ¡Lo tuyo no es objetividad, lo tuyo es maldad!

La periodista miraba a unos y a otros, sin entender en qué momento se había convertido esa manifestación en su peor pesadilla. Yo, animada, continué mi ataque:

—Tú has provocado este revuelo y todo porque no podías soportar que tu arquitecto prefiriera a esta mindundi. ¿Y sabes lo mejor de todo? Que yo no quiero al arquitecto, que te lo regalo, que me da asco. Y que si no está contigo no es por mi culpa, porque yo ya le he dicho que no. ¡Yo ya le he dicho que no!

Y ahí todos los que llevaban megáfono, decidieron corearlo. Y esta vez con botes incluidos.

—¡No, no, yo ya le he dicho que no! ¡No, no! ¡Yo ya le he dicho que no!

—¡No, no, yo ya le he dicho que no! ¡No, no! ¡Yo ya le he dicho que no!

—¡No, no, yo ya le he dicho que no! ¡No, no! ¡Yo ya le he dicho que no!

La pobre mujer no sabía dónde meterse. Hasta me empecé a compadecer de ella. Se la veía desconcertada, no entendía nada. Así que en un acto magnánimo, me aparté para dejarla marchar. Ella me miró impotente, sobrepasada, y no dijo ni una palabra. Se dirigió a su cámara.

—¿Qué coño haces grabando?

—Pero si me dijiste que lo hiciera...

—No eres más tonto porque no entrenas, ¡apaga esa cámara!

Ese arrebato autoritario fue grabado completamente por los *paparazzi* al igual que todo mi discurso. Aproveché para decirle una última cosa mientras se escabullía. Con el megáfono en mano.

—Ah, y que sepas que la planta eléctrica es lo mejor que le puede pasar a este pueblo y a toda Cantabria. Por mucho que tú quisieras tergiversarlo todo, las plantas eléctricas de biomasa son una realidad. ¡Riqueza y bienestar!

—¡Las plantas eléctricas de biomasa son una realidad! Riqueza y bienestar. ¡Las plantas eléctricas de biomasa son una realidad! Riqueza y bienestar —corearon algunos ya completamente entregados a mis eslóganes pegadizos. Aunque pronto se dieron cuenta de que eso era justo lo contrario de lo que venían a defender y se callaron. Noté algunas miradas incómodas y de malestar. Así que decidí devolver el megáfono a sus dueños, antes de que la masa decidiera ir a por mí.

La periodista se alejó entre los abucheos de algunos y también de los de Jacobo, al que le tuve que rogar que se moderara, que iba vestido de guardia civil y le podía causar un problema.

—Me da igual, la tía se lo tenía merecido. Y qué bien hablas, cuñada.

Conseguí salir en todos los programas del corazón. Había logrado esa parte del objetivo, durante una semana los improperios que le solté a la periodista famosa llenaron horas de programación y encendidos y absurdos debates entre colaboradores de esos programas, pero no conseguí desviar la atención del lema de la manifestación. La multitud era demasiado abrumadora como para ignorarla. Así que aunque no abrió ningún informativo, sí que fue noticia en todos ellos. Y eso provocó lo que Irene temía, que Emerge rompiera el contrato con los Andrada y se decidiera finalmente por la otra planta eléctrica.

Eso suponía la ruina económica de Diego. Y yo ya no sabía si se lo merecía o no por habérsela jugado a mi hermana. Estaba hecha un mar de dudas.

Todo salió mal

Durante dos días estuve llamando a Diego, pero nunca me cogió el teléfono, ni devolvió ninguna de mis llamadas. Me armé de valor y fui hasta la casa de los Andrada, pero no me dejaron entrar, alegando que Diego no estaba en casa. Volví a intentarlo al día siguiente y fue la propia suegra la que a través del telefonillo de la puerta de entrada me dijo que no era bien recibida en esa casa. Utilizó otras palabras para decírmelo:

—No vuelvas aquí, puta. No se te ha ppppedidonadddda.

Fui al estudio de arquitectura, Ingrid me había llamado para que me pasara por allí.

—Supongo que ya lo sabes.

—¿El qué?

—Diego suspende la reforma y la ampliación de la casa.

—Ah, no. No lo sabía. Así que es verdad que está arruinado.

—Eso parece. ¿No has hablado con él?

—Lo he intentado, pero no me ha cogido el teléfono. Supongo que estará muy ocupado tratando de salvar lo que pueda. ¿Qué va a pasar con la casa del árbol?

—Se para, claro.
—Claro.

Estaba condenada a que cualquier intento por mi parte de hacer una casa en el árbol acabara en fracaso. Como no me quería rendir, y sobre todo porque tenía una necesidad imperiosa de hablar con Diego, decidí ir hasta el aserradero. Allí no le quedaría más remedio que recibirme.

—Hola, Marisa —le dije a la recepcionista tan excesivamente maquillada como siempre.
—¿Qué tal, Beatriz?
—¿Está Diego?
—No, lleva dos días sin pasarse por aquí. Y la verdad es que estamos preocupados.
—¿Por él?
—Y por nosotros. Todo apunta a que cierran y nos despiden.
—¿El aserradero también?
—El aserradero y la fábrica, sí. Todo.
—No puede ser —dije yo.
—Por aquí ya han venido un par de encargados de aserraderos para interesarse por lo que tenemos. Y eso solo puede significar una cosa, que el jefe piensa desmantelarlo todo.
—Madre mía...
—Sí.
—Si lo ves, le puedes decir que me he pasado por aquí.
—Claro.

Víctor me había llamado varias veces por teléfono. Y si Diego no me lo cogía a mí, yo tampoco quise cogérselo a

Víctor. Me dejó varios mensajes de voz. Y el más elocuente fue este:

—Bea, ya veo que no me vas a coger. Me hubiera encantado volver a verte antes de irme. Pero no pudo ser. Yo ya estoy de camino a Madrid. Ya sé que dejaste muy claro tu punto de vista delante de toda España. Que me odiabas y que me regalabas a la presentadora. Solo quería decirte que entiendo que no vuelvas conmigo y que yo... bueno, que a pesar de eso, no voy a volver con Rebeca. No te conté toda la verdad de por qué la dejé. Te dije que me había levantado un día y que sentí como si despertara de un sueño, y que te echaba de menos. Y no es del todo cierto. O sea, sí que te echaba de menos, esa parte sí. Pero la de despertar del sueño no. Más bien desperté y quise escapar de esa pesadilla, para ser exactos. Ya lo has podido comprobar, pero esa chica no está muy bien. Es muy difícil seguirle el paso. Al principio pensé que lo que me molestaba de ella era su excesivo protagonismo, y que yo apenas brillaba a su lado. Y no digo que no me importara, porque sí me importa. Al fin y al cabo, cuando estábamos tú y yo juntos, yo era el que estaba acostumbrado a brillar. Pero pronto me di cuenta de que no era eso lo que impedía que ella y yo estuviéramos bien. Es demasiado... impulsiva, y a la vez también es muy manipuladora, y... No sé por qué te estoy contando esto, perdona. Supongo que para que sepas que sé que me confundí. Que me equivoqué. Y que nunca debí irme con ella. Y siento mucho haberte perdido. Y siento también haberte hecho daño de tantas maneras. Y no solo a ti, sino también a tu familia. Ojalá algún día me puedas perdonar y nos podamos tomar un café como amigos. No sé. Ojalá.

Agradecí ese mensaje, aunque no veía probable ese café. O no por ahora. No en bastante tiempo. Lo que sí tenía que reconocer es que Víctor, cuando la cagaba, lo hacía a lo grande, pero también sabía disculparse a lo grande. Elocuente hasta para eso. Y no como Diego, que había decidido desaparecer por la puerta de atrás. A mí su actitud me enfurecía. ¿De verdad Diego iba a ser tan cobarde de no dar la cara? ¿Tan avergonzado estaba? ¿O era tanto el odio o el desprecio que me tenía?

La oposición anunció una moción de censura a Irene. Por fin iban a llevarla a cabo. Después de tanto amenazar con ella, ahora se atrevían. Mi hermana estaba convencida de que si la hacían era porque tenían los votos necesarios para echarla.

—¿Y por qué no dimites? —le pregunté—. Siempre es mejor a que te echen, ¿no?

—¿Y dimito alegando qué? ¿Qué es lo que he hecho mal exactamente? ¿Fijarme un objetivo e ir a por él? ¿Intentar poner este pueblo a la vanguardia energética de Europa? ¿Por eso debo dimitir?

—O por confiar en alguien que te la jugó de la peor manera en el último momento. Si al final todos los empresarios se hacen ricos de una sola manera. Pasando por encima de todo y de todos.

—¿Hablas de Diego?

—Sí, ¿de quién si no?

—No seas tan dura con él. Estaba desesperado e hizo un movimiento desesperado. Nada más.

—Que te hizo quedar como una inepta. Se portó fatal contigo. Fue una traición en toda regla, cambiando el contrato sin consultarte. Y tú estabas furiosa, no sé ahora por qué te pones en plan conciliadora.

—Es que la traición no fue tal, Bea. Yo tenía ese contrato en mi mesa.

—¿Cómo? —pregunté, no acababa de entender lo que quería decir.

—Que sí, que Diego me lo había enviado y con la rebaja que les había propuesto, pero yo ni tiempo tuve de echarle un vistazo.

—¿Eso es verdad?

—Sí. Y es cierto que pudo habérmelo explicado en persona, en vez de mandármelo un poco de tapadillo. Pero bueno, luego me aseguró que iba a hacerlo, contármelo en persona, pero se metió en medio lo de la entrevista y todo se precipitó.

—¿Y de saber lo que iba a hacer, la rebaja y todo eso, lo hubieras seguido apoyando?

—Si era la forma de que Emerge invirtiera, sí.

—¿A pesar de que las emisiones fueran más contaminantes?

—Aun así estaban dentro de los límites que marca Europa. Y con el tiempo hubiera podido cambiar la caldera, aumentar la seguridad y los controles. No era tan grave como lo pintó la periodista. Era un mal menor.

—Ya, pero la gente está muy cabreada. Siente que Diego te tangó a ti y que tú has tangado a todo el mundo.

—Pero no lo he hecho. Diego simplemente fue realista y se equivocó en las formas. Y yo más, por dejar que la periodista me pillara desprevenida. Pero no creo que eso sea un motivo para dimitir. —De repente dudó, o realmente quería escuchar mi opinión—. ¿O sí debería hacerlo?

—No sé, aunque solo sea para demostrarles a todos que no le tienes querencia al cargo.

—Y no se la tengo, de verdad. Pero ya que me van a hacer la moción de censura quiero dar la cara. Que no crean que me escabullo por la puerta de atrás.

—Y a lo mejor tampoco tienen los votos necesarios —dijo mi padre.

Los tenían. Vaya si los tenían. Mi hermana fue depuesta de su cargo con una apabullante mayoría. Cinco concejales de su partido le dieron su voto a la oposición. Y mi hermana perdió la alcaldía. Su pesadilla, su temor se acababa de hacer realidad. Los representantes del pueblo por el que tanto había luchado le daban la espalda. Intentó asumirlo con deportividad, pero fue un mal trago para ella. Mucho.

Y yo no podía mirarla a la cara, me sentía responsable. Y aunque Irene no me culpara directamente, yo sabía que mi presencia allí no hacía más que agravar su malestar. No le tendría apego al cargo, pero desde luego se sentía completamente fracasada y humillada. Y lo mismo le pasaba a Débora, bueno, ella ni siquiera se molestaba en disimular su odio hacia mí.

Tuve que asumir que ya no pintaba nada allí. Había venido a refugiarme de mi caos y había llevado el caos a sus vidas. Lo único sensato que podía hacer era marcharme. Volver a Madrid. Empezar de cero. Buscar trabajo, un apartamento y olvidarme de esos meses y de todo lo vivido.

El día antes de irme vi aparcado el Mercedes rosa en la plaza del pueblo. Y ahí lo decidí. Me plantaría allí delante hasta que Diego apareciera. No tendría más remedio que hablar conmigo. Me acerqué al coche y me dispuse a esperar. Ordené en mi cabeza todo lo que quería decirle. Que se había equivocado de lleno. Que nos la había jugado a mi hermana y a mí. Sobre todo a mí, porque yo no había hecho las cosas bien, es verdad, pero él era un cobarde de libro. Y su cobardía hasta la podría justificar, lo que no soportaba era el barullo emocional en el que me había enredado. ¿Por qué me dices que solo es sexo y me follas como si estuvieras enamorado? ¿Por qué me dices que ya no quieres nada más y luego peleas por mí para acabar desapareciendo después?

Empezó a lloviznar. Y en vez de refugiarme en un soportal decidí no apartarme. La llovizna dio paso a un aguacero y yo seguí sin mover un músculo. Cuando ya estaba calada hasta los huesos por fin vi una cabellera pelirroja corriendo hacia el coche. Era Diego, venía con el cuerpo encogido intentando refugiarse de la lluvia. Por eso no me vio hasta casi tropezar conmigo.

—Bea...

—Hola.

—¿Qué haces ahí? Te estás empapando.

—Ya...

—Sube, te llevo.

—No. No quiero que me lleves a ningún sitio. Solo quería despedirme de ti. Me voy. Me vuelvo a Madrid.

—Vaya...

—¿Vaya?

Silencio.

—¿Eso es todo lo que vas a decir?

—Te quería llamar, de verdad. Pero... ¿Por qué no subes? Vamos a estar más cómodos.

—No. Te he estado intentando localizar, no sé si lo sabes...

—Me pillas en un mal momento, Bea. Ni te imaginas el lío que tengo encima. Todo se ha ido a la mierda. La empresa, la planta eléctrica... Todos mis ahorros... Estoy intentando que mis suegros no pierdan la casa.

—Tus suegros otra vez.

—Sí, Bea, mis suegros. Forman parte de mi vida. Son mi vida, ellos y mi hija. Y ella es lo más importante, en lo que me tengo que centrar. Perdona si en algún momento te hice creer lo contrario.

—Y eso lo justifica todo, ¿no? Tu hija, tus suegros, tu empresa... Y a la mierda lo que quedara por resolver entre nosotros.

—Bea, ¿no entiendes que ahora mismo tengo problemas de verdad? ¿Que no puedo perder el tiempo con tonterías?

Sus palabras me hicieron tanto daño que solo pude girar sobre mis talones y echar a andar. Tonterías. Perder el tiempo con tonterías. Estaba claro que no pintaba nada ahí. Me alejé a buen paso.

—¡Bea! —gritó, mientras echaba a correr en mi búsqueda.

Yo seguí caminando y noté su mano sobre mi brazo intentando retenerme.

—Bea, perdona, no quería decir eso.

—Pero lo has dicho. Adiós, Diego. Esta tonta que hace tonterías desaparece para siempre y ya no te vuelve a molestar.

Apuré.

—Bea, espera, no nos despidamos así.

—¿Así, cómo? ¿Bajo la lluvia y de esta manera decepcionante? Porque yo habré sido una tontería, pero tú has sido una decepción. Como casi toda la gente que se cruza en mi vida. Gente que parece que merece la pena, pero luego no. Gente que viene y bah.

—Aunque tú los has superado a todos —continué—, tú te has llevado el premio gordo.

Diego respiró hondo.

—Para mí no has sido una tontería...

—¿Y qué he sido, a ver?

—Has sido... algo... estupendo —rectificó—. No, mucho más que eso.

—Ya... mucho más, pero no lo suficiente.

—¿Qué esperabas, Bea? ¿Qué esperabas de mí? ¿De verdad creías que ibas a llegar y me ibas a curar? ¿Que me ibas a rescatar de este pozo en el que estoy? ¿Que me ibas a hacer olvidar a mi mujer o mi mierda de vida? ¿O que yo te iba a hacer olvidar todo el daño que te hizo tu novio? Las cosas no son así.

—¿Sabes? A veces las cosas son lo que queramos que sean. ¿Tú crees que yo quería todo esto? ¿Volver a mi pueblo, enredarme con un viudo que vive en el pasado? No, pero surgió. Y estaba dispuesta a probar. Tú, sin embargo, solo querías tu casita en el árbol, un par de buenos ratos y nada más. Todo lo que saliera de ahí no estaba en tus planes. Era demasiado arriesgado, ¿verdad?

Diego no me contestó.

Me alejé. Notando cómo las gotas de lluvia resbalaban por mi cara.

—¿Vas a ir andando a tu casa? Te vas a empapar, deja al menos que te acerque.

—Que me la trae floja la lluvia, quiero mojarme, ¿es que no lo ves? Métete tú en tu maldito coche y quédate a cubierto. Yo me voy a mojar. Y me voy a mojar porque no pasa nada. ¡Nada! ¿Ves?

Pero sí pasó, en ese momento un coche cruzó por encima de un charco y me salpicó entera, llenándome de barro.

—¿En serio? ¿En serio? Joder... Puto pueblo que llueve hasta en verano. Putos coches y puta... vida.

Me eché a caminar sin mirar atrás y al poco escuché el motor del Mercedes alejándose.

Mi padre no quería que me fuera. A pesar de todo el revuelo que mi presencia había causado, él se sentía feliz con toda la familia rondando por casa. Además, ¿quién iba a probar sus nuevos platos sin quejarse, con entusiasmo, como yo hacía cada vez que se atrevía con unas croquetas dulces y poco consistentes, o con un cordero medio quemado, o con una dorada a la sal sin sal? Es verdad que a lo largo del mes había ido mejorando, y él creía que parte de su éxito se debía a mi paciencia y mis consejos de comensal poco escrupulosa y agradecida. Y quizá también echara de menos el hecho de tenerme por allí. Intuía asimismo que después de mi marcha, pronto partiría también Débora, que ya estaba buscando piso una vez que había asumido que lo suyo con Juan estaba muerto y enterrado. Y aunque León no tenía pensado abandonar el nido, mi padre sentía que el guardia civil tenía más influencia en él de la que mi propio hermano admitía.

Mis padres, mi hermano y Fin, todavía escayolado, fueron los que me acompañaron hasta la estación de tren.

—¿Cuándo vas a volver?

—No sé, pronto.

—Si no encuentras trabajo, si los pisos que ves son horribles, si te sientes muy sola, ya sabes dónde estamos —dijo mi padre—. Si es que no sé para qué te marchas, con lo bien que estábamos todos aquí.

—Papá, si solo ha faltado que prendiera fuego al pueblo. No he podido liarla más.

—Ningún mar en calma hizo experto a un marinero.

—¿Papá, de verdad? ¿Un refrán de los tuyos?

—Arquitecta, hay que reconocer que hemos estado muy entretenidos.

—Mis hermanas no piensan lo mismo.

Me abracé y besé a todo el mundo. Noté a mi madre especialmente temblorosa y besucona.

—¡Mamá! ¡Deja de tocarme!

—Si no es para diagnosticarte nada, si es porque... ay, hija, que me da mucha rabia que te vayas así.

—¿Así cómo?

—Sintiendo que no has acertado. Y que no te han venido bien estos dos meses aquí.

—Me he olvidado de Víctor. Ese era el objetivo y ese lo he conseguido. A costa de joder a todo el mundo, pero lo he conseguido.

—Ya, ya... pero... no sé... Que me da mucha rabia.

—Voy a estar bien, mamá.

—Si yo eso ni lo dudo. Tú siempre has sabido cómo estar bien.

—¿Sí? —pregunté dudosa.

—Claro. Eres mucho más fuerte de lo que crees. No lo olvides nunca.

—Ay, deja de decir esas cosas tan sentenciosas, que me da yuyu.

Volvió a abrazarme con fuerza. Mi padre acudió en mi auxilio y tocó su hombro para separarla de mí.

—Ángela, que estás más tontorrona que el día que se fue para Madrid a estudiar.

—No digas tonterías —gruñó ella.

—Lo que lloró tu madre.

Me sorprendió mucho esa información.

—¿Lloraste?

—A mares —dijo mi padre—, pero aguantó hasta que el tren salió de la estación. No quería que te fueras preocupada.

—¿Y tú para qué le cuentas eso? —protestó mi madre.

—¿Y por qué no me lo va a contar? Me gusta saber que lloraste. Tú no sabes lo que presumían todos en la facultad, entre risas y burlas, pero presumían, de lo mucho que habían llorado sus padres al despedirse, y yo, ahí, sin saber ni qué pensar de los míos y disimulando porque no habían soltado ni una lagrimita. Y ahora me entero de que sí.

—Pues claro, hija. ¿Por quién me tomas? —dijo mi madre—. Siempre me has creído mucho más especial de lo que soy. Y soy una madre como todas.

—Si tú lo dices.

—¿Vas a estar bien?

—Pues claro, soy fuerte, ¿no?

—Mucho —afirmó ella con la mejor de sus sonrisas. Esa que tan bien me hacía y que siempre asomaba a su rostro cuando más la necesitaba.

Me subí al tren con un nudo en el estómago. Y era una sensación extraña, nueva. Porque yo siempre que cogía el tren de vuelta a Madrid lo hacía sintiéndome aliviada, liberada. Adoraba a mi familia, pero qué bien escaparse de ellos. Y sin embargo esta vez... esta vez era distinto.

Esa sensación se vio agravada los primeros días en Madrid. No me hallaba. Yo que siempre había sentido la ciudad como mía, como mi lugar en el mundo, ahora no acababa de reconocerla o de reconocerme en ella. Donde antes veía vida, aventura, actividad, la posibilidad de todo tipo de encuentros, ahora solo me parecía que había estrés, suciedad y polución. El hecho de buscar y solo encontrar pisos horribles a precios abusivos no ayudaba, ni que ningún estudio de arquitectura valorara mi experiencia, incluidas dos fallidas casas en el árbol. Y que muchos me reconocieran como la loca de la tele que se había enfrentado a la guapa presentadora en una manifestación tampoco hacía las cosas más fáciles. Es verdad que levantaba elogios entre algunos, pero yo no buscaba ese tipo de reconocimiento. Mis quince minutos de fama ya estaban durando e incordiando demasiado.

Por las noches y por las mañanas al despertarme pensaba en Diego. Y también a la hora de comer, o cuando salía a la calle. Vamos, que pensaba en él constantemente. A pesar de todo, a pesar de nuestro final, no sabía cómo quitármelo de la cabeza.

Menos mal que Chavela estaba ahí, a mi lado, incansable. Quiso quedar para que viéramos juntas el primer programa de investigación de Rebeca Ramos: *La verdad sobre la energía verde*. Pero me negué en redondo. Y reconozco que me alegré cuando dos semanas después en la cadena decidieron cancelarlo. Aunque era una alegría pobretona, porque a mí esos días nada me alegraba.

—¿Hasta cuándo te va a durar esa nostalgia mustia, Bea? Que no te reconozco, tú echando de menos Cantabria —dijo Chavela, sirviéndome un chupito de ron miel en su miniapartamento, con la intención de que el alcohol me levantara el ánimo.

—No es eso.

—¿O es al pelirrojo al que echas de menos?

—Y a mi casa en el árbol. Y a mis hermanas.

—¿Siguen sin hablarte?

—Ya se les pasará, digo yo. ¿Y si no se les pasa?

—¿Cómo no se les va a pasar? ¿Y el pelirrojo no ha vuelto a dar señales de vida?

—No.

—Que le den al pelirrojo y a su Mercedes rosa. Y a su hija muda. Y a su viudedad y a su puñetera suegra. Que les den a todos —dijo Chavela.

—Que les den.

Jonás, qué bien que hayas aprendido a cocinar

Nadie debería morir en un día soleado de otoño. O la Tierra debería tener la decencia de no seguir girando. Eso fue lo que pensé mientras el taxi me llevaba por las calles de mi pueblo. La idea de que los chavales jugaran a la pelota en medio de la plaza como si nada, que hubiera gente sentada en las terrazas tomando algo y que continuaran con sus vidas, riendo, hablando, era tan... absurda. Porque para mí el mundo se había detenido. Y no me cabía en la cabeza que para los demás no fuera así.

No había encontrado en el armario ni una sola prenda negra que no fuera un par de vestidos escotados hasta el ombligo. Así que me había decidido por lo más sobrio y de tono oscuro que había encontrado en ese miniapartamento, más pequeño incluso que el de Chavela, al que aún me negaba a llamar casa. Sabía que a mi madre no le hubiera importado que apareciera vestida de rojo, o de verde chillón, incluso en sandalias o mini shorts, pero pensé que tal vez a Irene no le hiciera demasiada gracia. Y no quería hacerla enfurecer. No habíamos hablado durante esos tres meses, solo la llamada de teléfono del día antes.

—Bea...

—Irene, ¡por fin! Ya pensaba que te habías olvidado

de mi número. Te juro que no te hacía tan rencorosa. Si hasta Débora me llamó hace dos semanas para decirme que la habían seleccionado no sé qué fotos del enano y el niño en un concurso y que...

—Bea... mamá acaba de morir.

—...

—¿Bea?

—...

—¿Bea, estás ahí?

El taxi me dejó en la puerta de mi casa. Yo no quería entrar. No iba a saber hacerlo. No quería entrar en esa casa si mi madre ya no estaba. El taxista sacó su brazo por la ventana del coche y me dio el cambio que yo rechacé.

—Quédeselo.

—Son veintitrés euros, señorita.

—Ah, traiga, traiga.

—Si quiere me quedo con tres. Eso sí se lo acepto.

—¿Tres? Vale...

Me quedé plantada ante la puerta, mientras el taxi se alejaba. Busqué la llave, que seguía llevando en mi llavero. Pero no encontré el valor ni la fuerza para meterla en la cerradura. No hizo falta. La puerta se abrió. Allí estaba Irene. Demacrada.

—Bea, por fin.

Me abrazó y rompió a llorar. A mí no me salían las lágrimas. Supongo que aún estaba en shock.

—Mamá... mamá se ha ido, Bea. ¿Qué vamos a hacer? ¿Qué vamos a hacer sin ella?

Quiso soltarse de mí para dejarme respirar, pero yo no se lo permití, o fueron mis brazos los que se lo impidieron. A la puerta de casa fueron llegando Fin, luego León, Jacobo, también Débora y por último mi padre. No parecía él, consumido, apagado, como en blanco y negro.

Al verle por fin me solté del abrazo de mi hermana y fui hasta él. Al abrazarlo rompí a llorar como una niña pequeña. Desconsoladamente. Sin mesura.

Su abrazo me reconfortó de una manera pasmosa. Como si de alguna manera atenuara levemente, por un instante, ese vacío enorme, ese frío sin sentido que llevaba sintiendo desde el día anterior.

—Ay, papá. Dime que no es verdad.

—Ojalá, mi niña. Ojalá no lo fuera.

Y me llamó mi niña, en vez de arquitecta. Y acertaba al llamármelo porque yo en esos momentos no era más que una niña desvalida y huérfana. Huérfana.

Medio pueblo estaba allí. O más bien media Cantabria. Se suponía que tenían que ir al tanatorio, pero habían querido pasar antes por casa. Estaban todos los pacientes de mi madre, todos los vecinos, vi a Ingrid que me saludó con un movimiento de cabeza y algo parecido a una sonrisa, y también vi a Teo, vestido de traje negro muy brillante y una corbata negra con falsos diamantes incrustados, que acunaba a su hijo Óscar, y parecía estar completamente integrado saludando a unos y a otros. ¿De dónde habría sacado el traje, sería de los que usaba para sus *shows* de *striptease*? En el salón, apoyada sobre un radiador, había una foto de él desnudo de cintura para arriba cogiendo en brazos a su hijo. Teo se la enseñó a un par de personas y presumió de foto, de hijo y de fotógrafa. Y no me extrañaba, la foto era una verdadera obra de arte y entendí perfectamente que con ella a Débora la hubieran seleccionado para un premio. Transmitía paz, bondad, transmitía paternidad. A lo mejor Débora, gracias a Teo, había conseguido sacar la fotógrafa que llevaba dentro.

Sin apenas darme cuenta me vi buscando entre la gente a alguien pelirrojo, pero no lo encontré. Diego no estaba allí. Tres señoras arregladas como para una fiesta y que no conocía se acercaron.

—Cantábamos con tu madre en el coro. Qué bien cantaba. Qué fe le ponía para tener ella tan poca fe.

—Mujer, a su manera creía —dijo otra de ellas.

—Más bien poco —concluyó la tercera.

—¿Es verdad que no vais a hacer servicio religioso? El pobre cura está desolado.

—No sé, eso es cosa de mi padre...

—Pues una misa nosotras sí le vamos a ofrecer, si a vosotros no os importa.

—No, claro, lo que quieran.

En las mesa del salón, y en la de la cocina, había comida como para hacer frente a una Tercera Guerra Mundial. La había traído la gente, por eso se habían pasado antes por casa, acostumbrados a traer comida siempre que venía a la consulta no quisieron dejar de hacerlo. Escuché alguna frase perdida: «No somos nada», «Siempre se van los mejores», «Qué injusto, ahora que empezaba a disfrutar de su marido a tiempo completo», «Con todo lo que hizo por nosotros», «Si es que la vida tiene muy poco sentido y nosotros venga a darnos importancia». Con algunas de esas frases parecía estar escuchando a mi sobrino Fin en plena angustia existencial, y de vez en cuando lo buscaba para comprobar que estaba entero, y con la esperanza de que la muerte de mi madre no lo sumiera de nuevo en una etapa incluso más terrible que la que había pasado.

—¿Has visto toda esa comida? Como en las películas —dijo León, entrando en la cocina—. Papá lleva fatal que hayan traído tantos *tuppers* y ollas, él que ya se cree autosuficiente.

—¿Cocina mejor?

—Bueno, las croquetas ya le salen saladas.

Intenté una sonrisa. Mi hermano también.

León y mi padre habían sido los que habían encontrado a mi madre inconsciente sobre la mesa de la cocina.

Los que habían llamado a la ambulancia y los que habían descubierto que ya no había nada que hacer, que ya no respiraba. Egoístamente me alegré de no haber estado allí. No hubiera sido capaz de estar a la altura, solo pensar que yo podía haber encontrado a mi madre con medio cuerpo encima de la mesa, ya muerta... No hubiera sabido, no hubiera podido. No.

—Estaba escribiendo cuando murió. En su libreta roja, la de Hello Kitty.

—¿Sabes? Me dijo que algún día iba a dejar que lo leyera.

—Era para ti.

—¿Cómo?

—Lo que escribía, lleva tu nombre en la portada. Para Bea.

Después del tanatorio, después del crematorio, después de los abrazos y los pésames, después de todas esas horas tan largas y tan extrañas y a la vez tan terapéuticas, por lo necesarias para hacernos a la idea de que era verdad, de que mi madre había muerto, y para que pudiéramos compartir nuestro dolor con todos los que vinieron a apoyarnos y hacerlo así un poco llevadero, yo me encerré en mi habitación con la libreta roja de Hello Kitty. Aquí estaba, en mi cama, en ese cuarto en el que había pasado tantas horas y la última primavera, tan preocupada por mis problemas, tan pequeñitos ahora, tan poca cosa. Qué bien me viniste, mamá. Y qué bien haberte tenido esos meses. Qué bien haber estado aquí. Y eso, mira, se lo tengo que agradecer a Víctor y a la chica del telediario, si no hubiera sido por ellos, yo no habría venido y no habría compartido contigo ese tiempo. Al final va a ser verdad eso de que no hay mal que por bien no venga, y como tú decías, hasta de las cosas malas y de los errores se sacan cosas buenas. Gracias a ese momento horrible pude estar aquí, contigo, con todos. Y qué poco horrible me parece aquello comparado con esto, ay...

Antes de abrir la libreta la abracé. Con su portada de Hello Kitty y todo. Ya que no había podido pasar con mi madre los últimos días, las últimas horas, al menos me dejaba eso. Ay, mamá, pensando en mí, en nosotros hasta el final. Gracias.

Al cabo de media hora salí. Y llamé a todos para que vinieran al salón. Mi padre, Débora, Irene, León, Fin, Jacobo y también Teo con el niño en brazos se acomodaron en el sofá y en las sillas.

—No era para mí —expliqué—. La libreta es para todos. Es una especie de testamento. Bueno, ella le ha llamado un libro de instrucciones para cuando no esté. Son notas sueltas para cada uno de nosotros. Empieza con una para ti, papá. ¿Te la leo?

—Claro —dijo mi padre, intentando mostrarse un poco más entero y menos abatido que horas antes.

—«Jonás, qué bien que hayas aprendido a cocinar. Porque ahora que ya no voy a poder pasar consulta, ya nadie os traerá comida. Sé que me vas a echar de menos, pero intenta hacerlo solo los meses que pasábamos juntos, cuatro al año. Así te será más llevadero. Es un truco tonto, pero a lo mejor te funciona».

—En el último mes ya conseguí que se comiera casi todo lo que cocinaba. Aunque nunca le gustó —dijo mi padre.

—Ojalá hubiera visto toda la comida que han traído —habló el guardia civil, que no se despegaba de León—, para que no se preocupara por eso. Cómo la querían, ¿eh?

Mi hermano le sonrió.

—Mucho —aseguró León—. Vamos a estar comiendo un mes.

—Mamá sabía que se moría —dije—. ¿Os había dicho algo?

—¿Lo sabía?

—Sí, aquí lo dice.

—¿De verdad? Nunca me comentó nada. A ratos la notaba más cansada de lo habitual, o preocupada de estar perdiendo su empatía, pero nada más. ¿Vosotros sabíais algo? —preguntó mi padre.

Todos negaron.

—Lo sabía desde hacía unos meses —dije yo—. Se hizo unas pruebas y ahí lo descubrió, que su corazón no iba a aguantar mucho. Aunque tampoco sabía cuánto, eso lo dice aquí, que no lo había compartido con nosotros no por guardar el secreto, sino con la esperanza de que si no lo decía en voz alta nunca ocurriría.

—Muy propio de ella.

—Pero por si acaso fue escribiendo estas notas.

—Eso, y que no quiso preocuparnos... —intervino Irene—. Buena era mamá.

—Ella era así, se comía la preocupación de todos, el dolor de todos, pero que nadie conociera el suyo —dijo mi padre—. Y al final su corazón no pudo con tanto dolor ajeno.

Nos costó un rato asimilar lo que acababa de decir mi padre, no porque no lo compartiéramos, sino por contarlo así a corazón abierto. La muerte tenía eso, que dejabas aparcado el pudor y hablabas sin tapujos, sin corazas. Yo volví al cuaderno.

—Hay una nota para ti, Débora, ¿te la leo?

—Sí.

—No sé si te va a gustar mucho, a lo mejor deberías leerla en la intimidad.

—Da igual, si hablará de Teo y del niño, que nos casemos o algo. Pero no te emociones, Teo, que no, que por mucho que mi madre se empeñe, tú y yo nada de nada.

—¿Cuántas veces le voy a tener que decir a vuestra hermana que no quiero nada con ella? —protestó Teo—. Si no hay quien te aguante.

—Se hace el duro, pero está coladito perdido —dijo Débora.

—Ella es feliz creyéndolo —respondió Teo como dándola por imposible—. Y eres tú la que empiezas a sentir cosas por mí.

—¿Yo?

—¿Si no a qué viene lo de pedirme que deje de hacer despedidas de soltera? Celosa perdida estás.

—¡Eso te lo digo por el niño!

—¿Te la leo? —pregunté.

Débora asintió.

—«Débora, sé que te vas a enfadar cuando te lo diga. Lo sé, pero como ya no voy a oír tus gritos, me da un poco igual. Hija, yo sé que tú lo sabes, aunque no quieres admitirlo. —Hice una pausa. La miré como queriendo prevenirla antes de seguir porque lo que venía era fuerte. Ella me animó con un gesto a que continuara—: Has heredado mi don. No te voy a pedir que sigas con la consulta, sé lo sacrificado que es, pero solo quiero que sepas que lo sé. Que lo he sabido siempre, por mucho que tú quisieras ocultarlo o huir de ello. Cada vez que buscabas tu lugar en el mundo, cada vez que probabas con una nueva carrera o con un nuevo trabajo, yo pensaba está más cerca, está más cerca de aceptarlo. Por supuesto, no hace falta que lo aceptes, a mí me basta con que lo sepas. Haz lo que quieras con tu vida, siempre lo has hecho, no sé ni para qué te lo digo, quizá hayas encontrado tu vocación en las fotos, la de Teo y el niño es preciosa, una obra de arte. Si ahí has encontrado tu lugar, adelante, en el fondo el arte también es una manera de empatizar con los demás, de canalizar el dolor propio y el de los otros. Si a ti te va bien, Débora, es lo que tienes que hacer. Pero si algún día quieres ayudar a los demás como yo lo hacía, la consulta es tuya.»

Todos se quedaron en silencio asimilando lo que acababa de leer.

—¿Es verdad, Débora? —preguntó Irene—. ¿Tienes el don de mamá?

A mi hermana le costó responder, pero finalmente lo hizo.

—Sí.

—¿Y lo has sabido siempre? —pregunté yo.

—No lo sé. —Débora se calló, no quería hablar del tema. Era algo demasiado íntimo o demasiado duro como para comentarlo así a bocajarro—. Voy a salir un rato al jardín, ¿os importa?

Dejamos que se fuera. Yo volví a la libreta de Hello Kitty.

—León, tú también tienes una nota.

—¿A que la mía sí que tiene que ver con Jacobo?

—Sí. Tú si has acertado. ¿Te la leo?

León asintió. Jacobo se abrazó a él.

—«León, el guardia civil nos cae tan bien que queremos que te dure, pero por supuesto es cosa tuya. No hace falta que te vayas a vivir con él, pero piensa que será mejor compañero de piso que tu padre.»

Sonreímos. León también.

—Eso es verdad. Qué grande era vuestra madre, qué grande —dijo el guardia civil sin poder reprimir las lágrimas. Y al momento se dio cuenta de que podría haber molestado a mi padre—. Sin ánimo de ofender, Jonás.

—Si tiene toda la razón, no te preocupes —replicó mi padre.

—O también me puedo instalar yo aquí —sugirió Jacobo.

—No te lo tomes mal, pero no. No está en mis planes vivir mi jubilación con un guardia civil en mi casa.

—Claro, claro —contestó Jacobo—. Si yo no pretendía... vamos... que lo entiendo... si yo en mi casa, vosotros en la vuestra y... vamos que yo, o sea que todo bien, no. ¿O qué?

León le besó para callarlo.

—Hay una nota también para ti, Fin.

—¿La puedo leer yo?

—Claro.

Le pasé el cuaderno y, mientras leía, a Fin se le encharcaron los ojos de lágrimas. Y tuvo que sorber los mocos debido a la emoción.

—¿Qué dice, Fin? —preguntó Irene.

Mi sobrino arrancó a leer con un hilillo de voz.

—«Fin, ¿ves? La muerte no es para tanto. Así que déjate de tonterías y vive.»

No supimos cómo reaccionar ante semejante nota. Porque no podíamos estar más en desacuerdo en ese momento. ¿Que la muerte no era para tanto? Si nos acababa de fulminar, nos acababa de dejar huecos, vacíos, le acababa de quitar el sentido a todo. ¿Cómo no iba a ser para tanto?

Un silencio plúmbeo se solidificó hasta casi ahogarnos. Fue el enano quien salió al rescate.

—Si hemos avanzado mucho en las sesiones, ¿verdad, Fin? Si ya casi no le carcome la angustia.

—Es verdad —admitió Fin.

—Puedes compartir con todos si quieres todo lo que hemos hablado —dijo el enano con una profesionalidad de sicólogo que nos sorprendió.

—¿Ahora? No creo que sea el momento —respondió él, mirando a su madre.

—¿Y por qué no? Estamos todos aquí, qué mejor momento para anunciarlo —le animó Irene.

—No sé... me da palo.

—¿Quieres que lo cuente yo? —preguntó Teo.

Fin asintió. Y entonces Teo se puso a hablar, a contar

que después de horas y horas con Fin, ambos habían llegado a la conclusión de que su miedo abismal a la muerte tenía un origen bastante concreto. Fin quería seguir corriendo encima de su moto, quería seguir compitiendo, quería ser el mejor. Pero para eso tenía que pasar al siguiente nivel, empezar a entrenar con los mejores, que estaban fuera de España, en Bélgica. Y para eso tendría que mudarse y, al ser menor, tendría que hacerlo con alguno de sus progenitores. Con el padre ni pensarlo porque nunca había aprobado su afición y, con la madre, hasta ahora también había sido imposible porque había estado dedicada en cuerpo y alma a la alcaldía. Fin, al saberlo, de una manera inconsciente, había empezado a angustiarse. Si no podía competir, mejorar, ganar, su vida no tenía sentido. Pero como no quería culpar a nadie de su mala suerte, se había ido retrayendo y angustiando cada vez un poco más. Y al no saber cómo solucionar ese problema concreto, lo había ocultado bajo uno más absoluto y abstracto, el miedo a morir, que no dejaba de ser el miedo a no poder vivir la vida que deseaba.

Todo eso contó el enano con una clarividencia pasmosa. Iba a ser un buen sicólogo, sí. E iba a ser un padre maravilloso para Óscar. Qué claridad expositiva, qué manera de entender el alma humana. Y qué tontos nosotros para no habernos dado cuenta de lo que le pasaba a nuestro sobrino.

—Así que hemos decidido que vamos a probar fortuna en Bélgica, para que entrene con el mejor equipo del mundo —dijo Irene.

—¿Qué? —pregunté estupefacta.

—Sí, nos vamos en un mes —explicó Irene—. Yo ya he empezado a estudiar holandés. Y por ahora me apañaré con el inglés para buscar trabajo de abogada.

—¿Os vais? —pregunté.

—Si a papá no le importa, nos vamos —dijo ella.

—Claro que no, hija. Que quiero ver a mi nieto ganando el campeonato del mundo.

—Ahí, abuelo, ahí, presionando desde el principio —bromeó Fin.

—Vale, ahora por fin entiendo lo que quería decir mamá con la nota que había dejado para ti, Irene —dije yo—. ¿Te la leo?

—Claro.

—«Irene, escucha a tu hijo. Es un campeón sobre la moto y el adolescente más bueno y más listo que conozco. Pero aún te necesita. Más de lo que crees.»

—Qué lista era la jodida —concluyó Irene—. Pero qué lista eras, mamá.

Ya solo quedaba por leer una nota más. Tomé aire antes de hacerlo. No iba a ser fácil. Nada fácil. No porque fuera imposible de cumplir, sino porque no iba a saber leerla sin derramar una lágrima.

—Y también hay una nota para mí y para el resto —dije—. ¿Por qué no llamáis a Débora?

—Ya estoy aquí —anunció mi hermana, entrando en ese momento—. Lee.

Los miré a todos. Miré a mi familia allí reunida. Mi familia coja sin el miembro más importante. Mi familia a la que todo le debía. Mi familia a la que quería agarrarme y no soltarme.

—¿Quieres leerlo de una vez, pesada? —me apremió Débora.

—«Bea, te diría que te arreglaras con tus hermanas. Y que ellas se arreglaran contigo. Pero sé que no hace falta ni que lo diga. Creo que mi muerte ya habrá servido para eso. ¿León, cómo se llamaba eso de las obras de teatro del Siglo de Oro que venía Dios y lo arreglaba todo...?»

—*Deux ex machina* —contestó León.

—Pero qué listo eres —se admiró el guardia civil.

—«Pues como se diga —continué, leyendo las palabras de mi madre—. Esto es igual pero con la muerte. Si algo tiene de bueno la muerte es que convierte el resto de los problemas en ridículos.»

Nos miramos las tres hermanas. Y no fue necesario decir nada. Porque una vez más mamá tenía razón.

—Qué bonito, joder, qué bonito. ¿O qué? ¿No es bonito? —dijo el guardia civil sin poder contener las lágrimas. Y sin querer hacerlo, porque nunca había tenido problema en dejarse llevar por las emociones.

—Lo que lloráis los gais, por Dios santo querido —protestó mi padre—. León, dile al guardia civil que cierre el grifo. Que lo van a acabar echando de la Benemérita, por llorón. —Y no pudo ni terminar de decirlo, porque las lágrimas se lo impidieron.

—Que se atrevan, que los denuncio, ¿o qué?

Y esa provocó la primera carcajada del día. Bendita Benemérita. Bendito *fabari*, bendito Jacobo, bendito guardia civil.

Cuánto te he echado de menos

En la libreta también había escrito instrucciones sobre dónde le gustaría que expandiéramos sus cenizas. Quería que fuéramos al acantilado, donde Irene había decidido trasladar la capilla románica. Era uno de los sitios favoritos de mi madre y entre bromas siempre le decía a Irene que no le perdonaba que lo hubiera convertido en un lugar de peregrinaje por culpa de la capilla. «Pero, bueno, supongo que no hay mal que por bien no venga. Si las esparcís por allí, mis amigas del coro y el cura y muchos de mis pacientes creerán que por fin he entrado en el redil y que estoy buscando la manera de que recen por mí. Dejad que se lo crean. Total, una misa o dos no creo que me maten.»

Decidimos ir dos días después al acantilado. Aunque pretendimos que quedara entre nosotros, que fuera una cosa familiar, de alguna manera se extendió la noticia y fueron muchos los que quisieron acompañarnos. No tuvimos el valor de negarnos. A mi madre le hubiera gustado. Y a nosotros esos días también nos gustaba sentir el calor de los demás. Nos ayudaba a seguir.

A pesar de que era octubre, no había ni una sola nube en el cielo y el mar estaba en calma. Así que al tirar las cenizas, no hubo viento que nos jugara una mala pasada y las acabara arrojando sobre nosotros. Sí, es un pensamiento absurdo, pero la noche anterior me imaginé una y otra vez cubierta por las cenizas de mi madre, debido al viento traicionero del norte. Pero no, cayeron al mar y vimos cómo desaparecían sobre las olas.

Adiós, mamá.

—¿Qué hacemos con la urna? —preguntó mi padre.

—No sé, ¿nos la quedamos de recuerdo?

—Pero si está vacía...

—Ya... ¿Qué se suele hacer en estos casos?

—Lo que os parezca bien —dijo una voz desde atrás—. Nosotros la dejamos vacía en el desván y un día a mi hija la vi utilizándola como bañera para sus Barbies.

Yo me di la vuelta. Era Diego. Se quitó las gafas de sol y esbozó una tímida sonrisa. Vestía con un traje negro entallado y llevaba una camisa oscura, sin corbata. Su pelo con el sol de la tarde parecía más rojo de lo que recordaba.

—Hola —saludó.

—Diego —dije yo.

—Siento mucho vuestra pérdida.

—Gracias —dijo Irene—. No sabía que estabas en el pueblo.

—Vine por unos asuntos y quise pasarme. Espero que no os importe.

—Claro que no —contestó mi padre.

Diego se quedó mirándome. Yo empecé a temblar, tuve la necesidad de que me abrazara o de echarme yo a sus brazos, pero me contuve. Qué bien que estés aquí, pensé. Qué bien que hayas venido. Cómo te he echado de menos, joder. Llevo cuatro meses negándote, llevo cuatro meses queriendo no acordarme de ti. Renegando de mi vida contigo, despreciándote, aprendiendo a ignorarte, pero qué bien que estés aquí. Qué bien.

—¿Por qué no te la llevas a dar una vuelta? —sugirió mi padre, quizá intuyendo mi estado de ánimo—. Le va a venir bien librarse un rato de nosotros.

—Papá... —protesté. Aunque no sé muy bien ni por qué lo hacía, porque había dado en el clavo.

—Es buena idea, así se lo enseñas —dijo León.

—¿Enseñarme qué?

—¿Vienes? Tengo el coche ahí.

Caminamos en silencio hasta el Mercedes rosa. En silencio porque tal vez teníamos tanto qué decirnos que ninguno de los dos sabía por dónde empezar. Al ver el Mercedes no pude evitar sonreír. Y me di cuenta de que había echado de menos hasta el coche rosa. Abrió la puerta del copiloto.

—Entra, por favor.

—¿Adónde me llevas?

—Es aquí al lado. Te devuelvo con tu familia en nada. Lo prometo.

Entré, y al sentarme en el asiento de cuero, al sentir ese olor familiar, me vine abajo.

—No voy a poder, Diego, no voy a poder.

—¿El qué?

—Vivir sin mi madre. ¿Tú cómo pudiste? ¿Cómo pudiste vivir sin tu mujer? Es... demoledor. Es... es que no lo puedo soportar. No puedo soportar que no esté, que no exista. No puedo soportar no poder verla nunca más. No me cabe en la cabeza. Es un pensamiento demasiado abrumador para que me quepa aquí dentro. ¿Tú cómo lo hiciste?

Diego no dijo nada. Arrancó el motor. Y puso el coche en marcha. Condujo un par de kilómetros en silencio, supongo que para que me desahogara, o me calmara. O porque no sabía qué decir. Yo lo observaba conducir, como queriendo aprenderme cada uno de sus gestos, fijándome en sus manos en el volante, en su pelo rojo cayéndole sobre la frente, en la manera en que soplaba para sacudírselo de los ojos...

—¿Adónde vamos?

—Ahí.

Diego se metió por una pista forestal y aparcó el coche tres minutos después. Estábamos en medio del bosque.

—¿Qué hacemos aquí?

—Baja.

Yo abrí la puerta. Pero antes de bajar, Diego habló.

—Bea, yo no sé cómo lo hice. No sé cómo hice para soportar la ausencia de Diana. Supongo que mal, no creo que haya manera de hacerlo bien. Y llevo dos años largos equivocándome. Pero creo que algo, por fin, he aprendido. Y si quieres, si quieres te ayudo.

Sus palabras me conmovieron de una manera que no puedo explicar. Me estremecí.

Si quieres te ayudo. Y ahí me di cuenta de que quería. ¿Cómo no iba a querer? Es lo único que quiero. Es lo único que tal vez me sirva para continuar.

Él bajó del coche, se puso a caminar y yo lo seguí. Se adentró en el bosque, entre los castaños.

—¿Qué te parece? —me preguntó, parándose en medio de un claro.

—No sé, ¿qué me tiene que parecer?

—Toda esta parcela es mía. Y de tu hermano.

—¿De León?

—Sí. Vamos a empezar un negocio juntos.

No entendía nada. ¿Qué tipo de negocio? ¿Un nuevo aserradero? ¿Otra fábrica de biomasa? ¿Pero no había escarmentado?

—Y que otro miembro de tu familia confíe en mí después de cómo se la jugué a tu hermana, creo que solo habla bien de vosotros.

—Mi hermana no le dio demasiada importancia a lo que pasó. Así que tampoco te tortures demasiado.

—Lo hice mal, merecí que las cosas salieran como salieron y perderlo todo. Pero nunca debí arrastrar a Irene.

—Yo también ayudé al desastre.

—Qué va. Tú como mucho fuiste el catalizador. Y al final estos bosques te lo agradecerán. Esta vez lo haré mejor. Lo juro.

Yo me quedé en silencio.

—Nunca debí dejar que te fueras así —dijo.

—Empapada.

—Y furiosa conmigo. Y decepcionada. Y con toda la razón. Fui un cretino, Bea. Llevo cuatro meses lamentándolo. No veas cómo.

Quise cambiar de tema. En esos momentos no me apetecía volver la vista atrás y enredarnos en lo que habíamos hecho o dejado de hacer.

—Aún no me has dicho de qué es el negocio.

Sonrió antes de contármelo.

—Un hotel en los árboles —dijo.

—¿Cómo? —pregunté boquiabierta—. ¿Un hotel, aquí, entre los castaños?

—Vamos a construir una casita en cada árbol. Queremos hacer quince. Con espacio para treinta y ocho, cuarenta personas. Va a ser la cosa más bonita que se haya visto en la zona. Ahora empiezan a estar de moda, son tendencia. ¿No lo sabías? Y queremos que sea el primer hotel en los árboles de Cantabria.

—¿En serio?

—Sí, solo tenemos un problema para poder arrancar.

—¿Los permisos?

—No, qué va, todo eso ya está en regla.

—¿Entonces?

—Nos falta contratar a la mejor arquitecta.

Sentí cómo me quedaba sin respiración. Diego apartó el pelo de sus ojos con un soplido y me sonrió. Con una de esas sonrisas amplias y traviesas que tan poco prodigaba pero que yo tanto había echado de menos.

—¿Qué dices? ¿Aceptas? ¿Quieres ser nuestra arquitecta?

No sabía ni cómo reaccionar, me había pillado con la guardia baja.

—Sin ti no va a tener sentido.

—No sé... —Estaba abrumada. Todo esto me cogía de sorpresa. En un momento frágil, sin capacidad para reaccionar. Pero mi mente enseguida se puso a barruntar por su cuenta, sin que mi voluntad tuviera nada que ver en el proceso. Quince casas, cada una de una madera distinta, de varios tamaños y formas, una recepción en el césped, varios puentes colgantes para poder pasear entre los árboles, tal vez dos piscinas... o un lago artificial, y allí...

—Eso sí, hay una condición —dijo Diego.

—¿Qué condición?

—Mi hija me ha dicho que antes tienes que acabar la suya, la que empezaste en la casa de sus abuelos, para que tenga su lugar especial cuando vaya a visitarlos. Al final pude salvar la finca con la casa. Pero Diana y yo ya no vivimos allí, nos mudamos a Santander, no sé si lo sabes...

—No, no lo sabía.

Así que se habían mudado... Quizá Diego no tuviera la elocuencia de Víctor, pero sin necesidad de palabras, con los hechos, me estaba demostrando todos los pasos que había dado. Ya no vivía con sus suegros y quería que estuviera en su vida, o al menos que trabajara en su hotel, que fuera su arquitecta. ¿Acaso se podía ser más elocuente?

Y entonces caí en una cosa que no me acababa de encajar.

—¿Cómo que tu hija te lo ha dicho?

—Sí. Con todas las palabras. Ya habla. Espera.

Sacó su móvil y me puso una grabación de voz.

—Bea, quiero mi casa del árbol.

A Diego le asomaron unas lágrimas a los ojos, que rápidamente se limpió con el dorso de su mano.

—Perdona, es que aún no me acostumbro. Soy supertonto.

Pero qué va, no era nada tonto. ¿Cómo iba a ser tonto un hombre que lloraba porque había conseguido, él solo, sin ayuda de nadie, que su niña de cuatro años, por fin, superara la muerte de su madre y se pusiera a hablar? ¿Conseguiría ayudarme a superar la muerte de la mía?

—Bueno, ¿qué dices?

No necesité pensarlo mucho. Porque solo había una respuesta. Pensé en mi madre, en lo que decía sobre los errores que cometíamos en la vida. Que había que aceptarlos, asumirlos, y que muchas veces nos llevaban a sitios inesperados. Y los míos, todos mis errores, todas las meteduras de pata, todos los líos que había causado, me habían traído hasta aquí.

Hasta él.

Hasta Diego. Y él, por fin, también se estaba dejando llevar. Dejando su otra vida atrás. Y ofreciéndome compartir con él lo que viniera.

—Bea, ¿qué dices?

—Que sí, dile a tu hija que construyo su casa del árbol. Y que me voy a dar mucha prisa, porque luego me espera el proyecto más loco de la historia.

—¿Ah, sí?

—Sí. Construir con un pelirrojo un hotel en los árboles.

Diego se acercó a mi espalda y me abrazó desde atrás.

—Va a ser divertido —dijo.

—Eso ni lo dudes.

Agradecimientos

A Breixo Corral, por hacer la historia de esta novela más inteligente de lo que era. Gracias por todo lo que has aportado, que es mucho. Qué suerte que aparecieras en el camino.

A Guillermo Escribano, que cree que soy mejor de lo que soy. Y eso me obliga a estar a la altura. No siempre lo consigo, claro.

A Miryam y a Ana Rosa, mis editoras. Por cuidarme, mimarme, seguir confiando en mí, y por todas las discusiones con la portada. Yo creo que al final acertamos. Gracias al equipo de diseño por conseguirlo. Y al de marketing. Y a todo Espasa.

A Paco Ramos, por hacer un sueño realidad. ¡Ese karma! Y por ser el primer lector de la novela. Gracias por el entusiasmo. Esta también la convertimos en peli, ¿no?

A Susana López, luz en la noche.

A Javi Holgado, quien no tenga un amigo y un lector como tú no sabe lo que se pierde.

A Miguel Sáez, por entender mis tiempos. Y por quitarle importancia a las cosas que no la tienen.

A Jesús de la Torre, por ser siempre el lector y el amigo que necesito cuando el eclipse dura más de la cuenta y deja de ser bonito.

A Agustín Martínez. ¿Qué hacéis que no estáis leyendo su *Monteperdido*? Yo solo digo que ha nacido un escritor.

A Carlos Lizaga, por intentar hacerme comprender a Rubius. Fracasó, pero le puso empeño.

A Claudio Fernández, por sus consejos arquitectónicos. Y por no reírse de mí cada vez que le hacía una pregunta absurda sobre estructuras, materiales, etc.

A mis tíos, Pili y Alfonso, que me dieron la idea de la ermita. Una de las páginas que más me gusta de la novela.

A toda mi familia, por lo que cogí prestado, por lo que me inventé, porque ojalá se rían leyéndola.

A mi hermana. Porque la protagonista, Bea, tiene bastante de ella. Como dice mi cuñado, esa manera de cabrearse, estallar y al segundo volver a la calma como si nada hubiera pasado. Te quiero.

Otros títulos de la autora en Booket: